I0761727

EMPÍREO III

REBECCA YARROS

Planeta Internacional

ALAS DE ÓNIX

Firmado digitalmente por Rebecca Yarros

EDICIÓN COLECCIONISTA

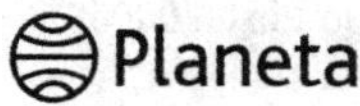

Título original: *Onyx Storm*

Traducción: © 2025, María José Díez Pérez y Víctor Ruiz Aldana
Ilustración de la p. 9: © Elizabeth Turner Stokes
Ilustraciones desplegables: © Judit Mallol
Arte de interiores: © Elizabeth Turner Stokes
Mapa: © Melanie Korte
Fotografía de la autora: © Katie Marie Seniors

© 2025, Editorial Planeta Mexicana, S.A. de C.V.
Bajo el sello editorial PLANETA M.R.
Avenida Presidente Masarik núm. 111,
Piso 2, Polanco V Sección, Miguel Hidalgo
C.P. 11560, Ciudad de México
www.planetadelibros.com.mx

Primera edición impresa en México: noviembre de 2025
ISBN Volumen: 978-607-39-3218-9
ISBN Obra Completa: 978-607-39-1623-3

Impreso en los talleres de Wai Man Book Binding (China) Ltd.
Piso A, 9/F, fase 1, centro industrial Kwun Tong, 472-484 Kwun Tong Road, Kwun Tong, Kowloon, Hong Kong, Código Postal 00000.
Impreso en China – *Printed in China*

A los que no siguen al rebaño,
a los que sorprenden leyendo debajo de la mesa,
a los que tienen la sensación
de que nunca los invitan,
los incluyen o los representan.
Pónganse la ropa de vuelo, tenemos
unos dragones en los que montar.

Alas de ónix es una aventura fantástica llena de emociones ambientada en el mundo despiadado y competitivo de un colegio militar para jinetes de dragones, que incluye descripciones de batallas, combates cuerpo a cuerpo, sangre, violencia intensa, lesiones brutales, escenas sangrientas, asesinatos, muerte de personas y de animales, rehabilitación física, duelo, envenenamiento, quemaduras, situaciones extremas, lenguaje ofensivo y escenas de sexo explícito. Si eres sensible a estos elementos, tenlo en cuenta y prepárate para hacer frente a la tormenta...

NOMBRE	VINCULADO A	SELLO/ESPECIALIDAD *(si procede)*
Violet Sorrengail	 Tairn y Andarna	Manipular el rayo
Xaden Riorson	 Sgaeyl	Manipular las sombras, leer las intenciones

SEGUNDO PELOTÓN, SECCIÓN LLAMA, ALA CUATRO

Imogen Cardulo	Glane	Borrar la memoria
Quinn Hollis	Cruth	Proyección astral
Rhiannon Matthias	Feirge	Llamar a los objetos
Sawyer Henrick	Sliseag	Metalúrgico
Ridoc Gamlyn	Aotrom	Manipular el hielo
Sloane Mairi	Thoirt	Apropiadora
Aaric Graycastle *(alias Cam Tauri)*	Molvic	No se ha manifestado

Avalynn, Baylor y Linx: *jinetes de primer año cuyo sello aún no se ha manifestado*

Catriona Cordella	Kiralair	Manipular emociones
Maren Zina	Dajalair	

Bragen, Neve, Trager y Kai - *pilotos de grifo*

LÍDERES MUNDIALES

Rey Tauri el Sabio - *Rey de Navarre*

Halden Tauri - *Primero en la línea de sucesión al trono navarro*

Reina Maraya - *Reina de Poromiel*

Vizconde Tecarus - *Primero en la línea de sucesión al trono poromielense*

El siguiente texto fue fielmente traducido del navarro al idioma moderno por Jesinia Neilwart, curadora del Cuadrante de Escribas del Colegio de Guerra Basgiath. Todos los eventos son reales y los nombres se conservan como un homenaje al valor de los caídos. Que Malek cuide de sus almas.

PRÓLOGO

Asegurar Basgiath y las protecciones ha supuesto pagar un alto precio, incluida la pérdida de la vida de la general Sorrengail. Se impone un cambio de estrategia. Forjar una alianza con Poromiel, aunque sea de carácter temporal, es lo que más conviene al reino.

—Correspondencia recuperada del general Augustine Melgren a su majestad el rey Tauri

En nombre de Malek, ¿se puede saber adónde va? Avanzo a ritmo ligero por los túneles que discurren por debajo del cuadrante, intentando seguirlo, pero la noche es la sombra por excelencia, y Xaden se funde completamente con la oscuridad. De no ser porque el vínculo que nos proporcionan nuestros dragones me guía hacia él y por la esporádica desaparición de las luces mágicas, jamás pensaría que va enmascarado delante de mí.

El miedo me atenaza con un puño de hielo, y mis pasos cada vez son más vacilantes. Por la tarde Xaden mantenía la cabeza baja, vigilado por Bodhi y Garrick mientras estábamos esperando para saber cómo evolucionaba la herida de Sawyer tras la batalla que casi nos costó Basgiath, pero nadie sabe qué está haciendo ahora. Si alguien ve los círculos desvaídos de color rojo fresa que rodean sus iris, lo arrestarán... y probablemente lo ejecuten. Según los textos que he leído, en esta fase deberían desvanecerse, pero hasta que sea así, ¿qué podría ser lo bastante importante para que se arriesgue a que alguien lo vea?

La única respuesta lógica hace que me recorra la espalda un escalofrío que no tiene nada que ver con la gélida piedra del corredor, cuyo frío me atraviesa los calcetines. Cuando el clic de la puerta al cerrarse me ha despertado de un sueño inquieto, no he tenido tiempo de ponerme las botas, ni tan siquiera la armadura.

—Ninguno de los dos te contestará —asegura Andarna, y abro de un tirón la puerta del puente cubierto cuando la del otro extremo se cierra. ¿Ha sido él?—. *Sgaeyl todavía está... furiosa, y Tairn huele a rabia y a tristeza a la vez.*

Lo cual es comprensible, por todos los motivos en los que no me puedo parar a pensar ahora, pero también inoportuno.

—¿Quieres que pregunte a Cuir o a Chradh...? —empieza.

—No. Los cuatro necesitan dormir.

No me cabe la menor duda de que por la mañana saldremos a patrullar por si todavía hay algún venin. Cruzo la congelada extensión del puente con unos pasos cada vez más inseguros y doy un respingo al mirar por las ventanas. Antes hacía el calor suficiente para que estallaran tormentas eléctricas, pero ahora la nieve cae formando una gruesa cortina que oculta el barranco que separa el cuadrante del campus principal de Basgiath. Siento una opresión en el pecho, y una nueva oleada de unas lágrimas que al parecer no tienen fin amenaza con causarme escozor en mis dolorosamente hinchados ojos.

—Ha empezado hace una hora más o menos —informa Andarna con suavidad.

La temperatura lleva cayendo sin cesar desde las horas que hace que... «No vayas por ahí». La respiración se me entrecorta, y me fuerzo a guardar todo lo que no puedo gestionar en una cajita mental ignífuga que escondo en algún lugar muy profundo de mi ser.

Es demasiado tarde para salvar a mi madre, pero no permitiré de ninguna manera que maten a Xaden.

—*Puedes llorar* —me recuerda Andarna cuando abro la puerta del Cuadrante de Curanderos y entro en la abarrotada sala. Heridos con uniformes de todos los colores festonean los lados del túnel de piedra, y de las puertas de la enfermería salen y entran disparados los curanderos.

—*Si lloro todas las pérdidas, no tendré tiempo para hacer otra cosa.* —He aprendido bien esa lección a lo largo de los últimos dieciocho meses. Tras pasar por delante de un grupo de cadetes de infantería que a todas luces van borrachos, atajo por lo que se ha convertido en una extensión de la enfermería y busco un borrón de oscuridad. Esta parte del cuadrante no ha sufrido daños, pero todavía hiede a azufre y ceniza.

—¡Que tu madre viva siempre en nuestro recuerdo! ¡La general Sorrengail, la llama de Basgiath! —exclama uno de tercero, y el nudo que siento en el estómago se me retuerce más mientras sigo adelante sin contestar.

Cuando me aproximo a la esquina y la doblo, veo una mancha de oscuridad que envuelve el lado derecho de la pared durante un suspiro y a continuación aparece la escalera que lleva a la cámara de interrogatorios, flanqueada por dos soldados que están aturdidos. Unas sombras bajan por los peldaños.

«Mierda». Por lo general me encanta tener razón, pero en este caso confiaba en que no fuera así. Intento comunicarme mentalmente con Xaden, pero me topo con un grueso muro de gélido ónix.

Tengo que pasar por delante de esos soldados. ¿Qué haría Mira?

—*Ya habría asesinado a tu teniente y se sentiría segura de la decisión que ha tomado* —contesta Andarna—. *Tu hermana es de las que primero actúan y después preguntan.*

—*No eres de mucha ayuda* —le reprocho.

Lo poco que he cenado amenaza con reaparecer. Andarna tiene razón: Mira matará a Xaden si averigua que ha canalizado poder de la tierra, sean cuales fueran las circunstancias. Pero lo de la seguridad no es mala idea. Reúno toda la arrogancia que soy capaz de encontrar o fingir, echo atrás los hombros, levanto la barbilla y voy hacia los soldados dando zancadas mientras rezo por parecer más firme de lo que me siento. Necesito hablar con el prisionero.

Los dos hombres se miran de soslayo, y el más alto, a la izquierda, carraspea.

—Tenemos órdenes de Melgren de no dejar bajar a nadie.

—A ver. —Ladeo la cabeza y me cruzo de brazos como si llevara encima todas las dagas que poseo..., o como si al menos fuera calzada—. Si el hombre que es directamente responsable de la muerte de su madre estuviera ahí abajo, ¿qué harían?

El más bajo mira al suelo, dejando a la vista un corte debajo de la oreja.

—Son órdenes... —empieza el alto mientras me mira de reojo las puntas de la trenza, que se me ha aflojado al dormir.

—Está detrás de una puerta cerrada a cal y canto —lo interrumpo—. Solo les estoy pidiendo que se hagan de la vista gorda durante cinco minutos, no que me den la llave. —Dirijo una mirada triste al llavero que cuelga de su cinturón con manchas de sangre—. Si hubiera sido su madre, y ella hubiera asegurado el sistema defensivo del reino entero a cambio de su vida, prometo que les haría el mismo favor.

El alto palidece.

—Goverson —musita el de menor estatura—. Es la que manipula el rayo.

Goverson gruñe y tensa las manos a los costados.

—Diez minutos —dice—. Cinco por tu madre y cinco por ti. Sabemos quién nos ha salvado hoy. —Señala la escalera con la cabeza.

No, no lo sabe. Ninguno de ellos es consciente del sacrificio que ha hecho Xaden para matar al Sabio..., a su general.

—Gracias. —Empiezo a bajar con las rodillas temblorosas, pasando por alto el olor acre a tierra mojada que amenaza con desgarrar lo que me queda de aplomo—. *No me puedo creer que haya venido aquí.*

—*Probablemente busque información* —observa Andarna—. *Es normal que quiera saber qué es.*

El anhelo que deja traslucir su voz me sobresalta a muchos niveles.

—*No es un venin sin alma. Todavía es Xaden. Mi Xaden* —espeto, aferrándome a lo único de lo que estoy segura mientras bajo por la escalera sin hacer ruido.

—*Ya sabes lo que pasa cuando se canaliza de la tierra* —me recuerda Andarna.

¿Lo sé? Sí. ¿Lo acepto? Desde luego que no.

—*Si se hubiera perdido por completo, esta noche me habría drenado en unos cuantos sitios, sobre todo mientras dormía. Sin embargo, lo que ha hecho ha sido garantizar nuestra seguridad y arriesgarse a que lo descubrieran por sentarse a mi lado durante horas. Ha canalizado de la tierra una vez. Una. Seguro que podemos reparar lo que quiera que se haya... roto en su alma.* —Es todo cuanto estoy dispuesta a admitir—. *Ya sé lo que piensa Tairn, y la posibilidad de tener que enfrentarme a ustedes dos es agotadora, así que, por favor, por el amor de Amari, ponte de mi parte.*

El vínculo que nos une se ilumina.

—*Está bien.*

—*¿De verdad?* —Me detengo en la escalera y apoyo una mano en la pared para no perder el equilibrio.

—*Yo soy tan desconocida como él y, aun así, confías en mí* —afirma—. *No seré otra batalla que tengas que librar.*

Gracias a los dioses. Sus palabras me llegan a lo más hondo de mi ser, y dejo caer la cabeza con alivio. No era consciente de lo mucho que necesitaba oír eso hasta que lo ha dicho.

—*Gracias. Y tienes todo el derecho del mundo a saber de dónde eres, pero yo no tengo ninguna duda de quién eres.* —Bajo los escalones que me quedan con paso firme—. *Tú y solo tú eres quien debería decidir si quieres ir en busca de tu familia, y me preocupa que Melgren...*

—*Achicharré a la venin en la batalla* —me interrumpe con un torrente de palabras atropelladas.

—*La achicharraste..., sí.* —Arrugo la frente mientras continúo bajando la escalera de caracol hacia las celdas de la cámara de tortura. Me dejó demasiado noqueada su aparición, el modo en que cambiaron sus escamas, para pensar en el ser oscuro que ardió. Que yo sepa, nunca le hemos prendido fuego a ninguno. Y Tairn tampoco había dicho nada.

—*He estado pensando en ello toda la noche. Noto que la magia es distinta cuando mudo de color. Puede que el uso que hice de mi poder en ese momento modificara a la venin, la debilitase lo suficiente para que pudiera calcinarla.* —Andarna se frena lo bastante para articular las palabras, pero no mucho más.

—*Eso podría cambiarlo... todo.* —Me llegan sonidos amortiguados de abajo y aprieto el paso—. *Desde luego, vale la pena investigarlo más tarde.* —Aunque no es que esté dispuesta a poner en peligro a Andarna publicando a los cuatro vientos que tal vez sea nuestra arma más nueva, y menos cuando ya circula el rumor de que intentaremos forjar una alianza con Poromiel. ¿Qué podría ser peor que el hecho de que los líderes hagan peligrar a Andarna? Que los líderes de todo el continente pretendan hacer eso mismo.

—Puedes luchar contra ello todo lo que quieras, pero ¿contra ese poder que le corre por las venas? —lo provoca Jack. Sus palabras se vuelven más claras cuando me acerco a las últimas vueltas—. Hay un motivo por el que los de arriba la quieren. ¿Me permites un consejito fraternal? Agacha las orejas y búscate a otra para coger. Ese control que tanta fama te ha granjeado flaquea con ella...

—¡Jamás! —replica Xaden con voz gélida y letal.

El corazón me late al doble de la velocidad normal, y me detengo justo antes de la última espiral de la escalera, sin que me vean. Jack está hablando de mí.

—Ni siquiera tú tienes voz ni voto en las partes de nosotros que nos arrebatan primero, Riorson. —Jack se ríe—. Pero te diré, por experiencia personal, que el control desaparece deprisa. Mírate, acabas de alimentarte de la fuente y ya estás aquí abajo, desesperado por conseguir una cura. Te descontrolarás, y después... En fin, digamos tan solo que ese pelo plateado del que tan locamente enamorado estás será gris, como el resto de ella, y esos anillos debiluchos de iniciado de tus ojos no durarán unos días: serán permanentes.

—Eso no pasará. —Xaden escupe cada palabra.

—Puedes entregarla tú. —Se oye un ruido de cadenas—. O puedes soltarme y lo hacemos juntos. Quién sabe, tal vez la dejen vivir para que sea tu freno hasta que te conviertas en un asim y te olvides de ella.

—Jódete.

Mis manos se cierran en puños. Jack sabe que Xaden ha canalizado. Se lo contará a la primera persona que lo interrogue y arrestarán a Xaden. La cabeza me da vueltas mientras los dos empiezan a discutir a escasos metros de mí, sus palabras se desdibujan en el torbellino de mis pensamientos. Ay, dioses, podría perder a Xaden así de...

No puedo perderlo. No lo perderé. Me niego a perderlo, a dejar que se pierda.

El miedo pugna por subir a la superficie y lo ahogo, privándolo del aire que necesita para respirar o crecer. Lo único más fuerte que el poder que bulle en mí es la férrea resolución que me invade.

Xaden es mío. Es mi corazón, mi alma, mi todo. Ha canalizado poder de la tierra para salvarme y yo removeré cielo y tierra para encontrar la manera de salvarlo a él. Aunque para ello tenga que negociar con Tecarus para que me permita acceder a todos los libros que existen en el maldito continente o capturar a seres oscuros uno por uno para interrogarlos. Encontraré una cura.

—*Encontraremos una cura* —me promete Andarna—. *Primero agotaremos los recursos más cercanos, pero si estoy en lo cierto y de algún modo modifiqué a esa venin sin darme cuenta mientras cambiaba las escamas, supongo que el resto de mi especie sabrá cómo dominar la táctica. Cómo cambiar a Xaden. Cómo curarlo.*

La respiración se me entrecorta al sopesar la posibilidad, el costo.

—*Aunque tengas razón, no te utilizaré...*

—*Quiero encontrar a mi familia. Las dos sabemos que, ahora que los líderes saben lo que soy, la orden de dar con los de mi especie será inevitable. Así que hagámoslo poniendo nuestras condiciones y aprovechémoslo para nuestros propios fines.* —Su voz se endurece—. *Sigamos todos los caminos posibles para encontrar una cura.*

Tiene razón.

—*Tal vez seguir todos los caminos posibles requiera violar unas cuantas leyes.*

—*Los dragones no estamos sujetos a las leyes de los humanos* —replica en un tono que me recuerda a Tairn—. *Y puesto que estás vinculada a mí, y eres la jinete de Tairn, tú tampoco estás sujeta ya a ellas.*

—*Adolescente rebelde* —musito mientras visualizo media docena de planes, la mitad de los cuales quizá funcione. Aunque sea su jinete, sigue habiendo algunos delitos que exigirían mi ejecución..., y la de cualquiera en quien confíe y a quien involucre. Asiento, aceptando el riesgo que al menos yo estoy dispuesta a correr.

—*Tendrás que volver a guardar secretos* —me advierte Andarna.

—*Solo los que protejan a Xaden.* —Y ahora mismo eso implica impedir que Jack revele la conversación que acabo de escuchar sin tener que matarlo, ya que no podemos permitirnos la cacería que desencadenaría la muerte de nuestro único prisionero.

—*¿Estás segura de que no quieres que les pregunte a Cuir o a Chradh...?*

—*Muy segura.* —Sigo bajando por la escalera. Solo hay una persona, además de Bodhi y Garrick, en la que puedo confiar para que anteponga lo que es mejor para Xaden a todo lo demás, solo hay una persona aparte de ellos que puede saber toda la verdad—. *Dile a Glane que necesito a Imogen.*

UNO

~~No voy a morir hoy.~~
Voy a salvarlo.

—*Addendum* personal de Violet Sorrengail al libro de Brennan

Dos semanas después

Volar en enero debería ser una infracción del Código. Entre la tormenta rugiente y la incesante niebla que me empaña los goggles de vuelo, no veo una mierda mientras atravesamos la violenta borrasca de nieve por encima de las montañas próximas a Basgiath. Confiando en que casi hemos dejado atrás lo peor, me agarro a los dos borrenes de la silla con las enguantadas manos y me sujeto con fuerza.

—*Morir hoy no sería oportuno* —digo a través del canal mental que me une a Tairn y Andarna—. *A menos que estén intentando mantenerme lejos del Senario esta tarde.*

Llevo más de una semana esperando a recibir la orden disfrazada de invitación del consejo del rey, pero el retraso es comprensible, puesto que se encuentran en el cuarto día de unas negociaciones de paz sin precedentes que se están entablando en el campus. Poromiel ha declarado públicamente que se irá después del séptimo día si para entonces no han llegado a un acuerdo, y la cosa no pinta bien. Solo espero que estén de buen humor cuando llegue.

—*¿Quieres asistir a esa comparecencia? Pues esta vez no te caigas* —espeta Tairn.

—*Por última vez, no me caí* —objeto—. *Me tiré para ayudar a Sawyer...*

—*No me lo recuerdes.*

—*No pueden seguir dejándome fuera de las patrullas* —interrumpe Andarna desde el calor y la protección que brinda el valle.

—*Esto no es seguro* —le recuerda Tairn por centésima vez—. *Aparte del mal tiempo que hace, perseguimos a seres oscuros, no volamos por placer.*

—*Es mejor que no participes en esto* —coincido mientras busco alguna señal de Ridoc y Aotrom, pero solo veo paredes blancas. El pecho se me oprime. ¿Cómo se supone que vamos a ver la topografía o a nuestros compañeros de pelotón, por no hablar de a un ser oscuro, a cientos de metros más abajo con este tiempo inclemente? No recuerdo una serie de tormentas tan brutales como las que han azotado el colegio de guerra a lo largo de las dos últimas semanas, pero sin...

«Mi madre». La pena hunde sus afiladas garras en mi pecho, y levanto la cara para sentir el frío cortante de la nieve en los pómulos mientras me concentro en cualquier otra cosa para seguir respirando, para seguir moviéndome. Ya lloraré su muerte más adelante, siempre más adelante.

—*Pero si solo es una patrulla rápida* —se queja Andarna, arrancándome de mis pensamientos—. *Necesito practicar. Quién sabe con qué tiempo nos encontraremos cuando salgamos a buscar a los miembros de mi especie...*

Las patrullas rápidas han resultado ser mortales, y no estoy buscando razones para poner a prueba la teoría del fuego de Andarna. Es posible que los seres oscuros tengan un poder limitado cuando se encuentran dentro de las protecciones, pero siguen siendo guerreros mortíferos. Los que no han escapado después de la batalla han utilizado el elemento sorpresa para sumar multitud de nombres a la lista de muertos. El Ala Uno, el Ala Tres y nuestra propia sección, la Sección Garra, han sufrido pérdidas.

—*Pues practica a menudo e intenta dispersar la magia suficiente para mantener las extremidades calientes durante el vuelo, porque tus alas no aguantarán el peso de este hielo* —refunfuña Tairn mientras la nieve cae.

—*«Tus alas no aguantarán el peso de este hielo».* —Andarna se burla de él con descaro—. *Y, sin embargo, es un milagro que las tuyas puedan cargar con el peso de tu ego.*

—*Ve a buscar una oveja y deja que los adultos trabajen.* —Los músculos de Tairn se desplazan ligeramente bajo mi cuerpo de un modo que me resulta familiar, y me inclino hacia delante todo lo que me permite la silla, preparándome para bajar en picada.

El estómago se me sube a la garganta cuando sus alas se repliegan de golpe y nos precipitamos hacia abajo, atravesando la tormenta. El viento me jala la capucha de vuelo de invierno, y la correa de cuero que me mantiene en la silla se me clava en los helados muslos mientras rezo a Zihnal para que no haya ninguna cumbre justo debajo de nosotros.

Tairn se nivela y el estómago se me asienta al tiempo que me subo los goggles a la frente y parpadeo deprisa, mirando a la derecha. La bajada de altitud ha reducido la virulencia de la tormenta y ha permitido que la visibilidad mejore lo bastante para ver la escabrosa cresta justo por encima del campo de vuelo.

—*Parece despejado.* —Los ojos me lagrimean, agredidos por el viento y por una nieve que más parecen minúsculos proyectiles de hielo que copos. Me limpio los cristales con la punta de ante de mis guantes antes de ponerme los goggles de nuevo.

—*Coincido. Cuando nos digan lo mismo Feirge y Cruth, daremos por concluida la jornada* —gruñe.

—*Lo dices como si llevar tres días seguidos sin encontronazos con el enemigo fuera algo malo.*

Es posible que los hayamos atrapado y matado a todos. Los cadetes hemos matado a treinta y un venin en el área circundante a Basgiath mientras nuestros profesores se esfuerzan en despejar el resto de la provincia. Pero serían treinta y dos si alguien sospechara que uno de ellos está viviendo entre nosotros, aunque se le atribuyan diecisiete de esas muertes.

—*Este silencio no me reconforta...*

Sobre nuestras cabezas el viento latiguea, y Tairn levanta la cabeza de sopetón. Yo hago lo mismo acto seguido.

«Oh, no».

No es el viento. Son alas.

Las garras de Aotrom invaden mi campo visual y el corazón me da un vuelco del pánico. El dragón está saliendo de la tormenta directamente por encima de nosotros.

—*¡Tairn!* —exclamo, pero él ya está girando a la izquierda para cambiar nuestro rumbo.

El mundo da vueltas, el cielo y la tierra intercambian el sitio dos veces en una danza nauseabunda antes de que Tairn abra las alas con un chasquido estremecedor. El movimiento agrieta los témpanos que cubren las crestas delanteras de sus alas, y algunos trozos de hielo se desprenden.

Tomo una profunda y temblorosa bocanada de aire cuando Tairn bate de arriba abajo las alas haciendo un esfuerzo supremo; ganamos treinta metros de altitud en cuestión de segundos y vamos directo hacia el Café Cola de Espada de Ridoc.

La ira hace que me hierva el aire en los pulmones, y las emociones de Tairn inundan mi cuerpo un instante antes de que pueda levantar de golpe mis escudos mentales para amortiguar lo peor de lo que fluye a través del vínculo que nos une.

—¡No! —grito al viento cuando nos elevamos y aparecemos a la izquierda de Aotrom, pero, para variar, Tairn hace lo que le da la gana y cierra con fuerza la mandíbula a lo que me parecen escasos centímetros de la cabeza de Aotrom—. ¡Está claro que ha sido un accidente! —Lo cual se podría evitar si los dragones se comunicaran entre sí.

El Café Cola de Espada, de menor tamaño, lanza un chillido cuando Tairn repite la advertencia y, acto seguido, le ofrece la garganta en señal de sumisión.

Ridoc me mira a través de la cinta de nieve y levanta las manos, pero dudo que vea que me encojo de hombros a modo de disculpa antes de que Aotrom se aleje para ir hacia el sur, al campo de vuelo.

Supongo que Feirge y Rhi ya habrán llegado.

—*¿De verdad era necesario?* —Bajo los escudos, y los vínculos de Tairn y Andarna me inundan a toda velocidad, pero el luminoso canal que conduce a Xaden sigue bloqueado, reducido a un eco de su habitual presencia. Perder esa conexión constante es una mierda, pero no se fía de sí mismo (o de aquello en lo que cree que se convertirá) para mantenerlo abierto.

—*Sí* —responde Tairn, que cree que con esa única palabra es suficiente.

—*Eres casi el doble de grande que él y está claro que ha sido un accidente* —repito mientras descendemos velozmente hacia el campo de vuelo. La nieve que tapiza el zigzagueante cañón está pisoteada, y ahora en ella se distingue una serie de caminos embarrados abiertos por las constantes patrullas que efectúan los de segundo y tercero.

—*Ha sido imprudente, y un dragón de veintidós años debería saber que no es buena idea desconectarse de la manada solo porque está discutiendo con su jinete* —rezonga Tairn, y su ira disminuye cuando Aotrom aterriza junto a Feirge, la Verde Cola de Daga de Rhi.

Las garras de Tairn golpean el suelo helado a la izquierda de Aotrom, y el brusco aterrizaje hace que me vibren todos los huesos del cuerpo, como si alguien hubiera tocado una campana. El dolor me recorre la espalda, los riñones se llevan la peor parte de la ofensa. Respiro para superar lo más intenso, acepto el resto y a otra cosa.

—*Muy elegante, sí, señor.* —Me subo los goggles a la frente.

—*La próxima vez vuelas tú.* —Se sacude como si fuera un perro mojado, y yo me cubro la cara con las manos cuando de sus escamas salen volando hielo y nieve.

Jalo la correa de cuero de mi silla en cuanto para, pero la hebilla se atasca en la costura dentada de mierda que he hecho después de la batalla y una de las puntadas se rompe.

—*Maldita sea. Esto no habría pasado si hubieras dejado que Xaden la arreglara.* —Salgo como puedo de la silla, haciendo caso omiso de la dolorida protesta que lanzan mis articulaciones contraídas por el frío mientras me abro camino entre las púas y las escamas cubiertas de hielo que conozco como la palma de mi mano.

—*No fue el Oscuro el que la cortó* —replica Tairn.

—*Deja de llamarlo así.* —La rodilla me falla, y abro los brazos para no perder el equilibrio mientras maldigo mis articulaciones cuando llego al hombro de Tairn. Después de una hora subida a la silla con esas temperaturas, una rodilla dañada no es nada; tengo suerte de que pueda mover la cadera.

—*Deja de negar la verdad.* —Tairn pronuncia cada palabra

de la condenatoria orden cuando evito un témpano y me dispongo a desmontar—. *Su alma ya no le pertenece.*

—*Eso es un poco dramático.* —No pienso enzarzarme en la misma discusión—. *Sus ojos han vuelto a la normalidad...*

—*Esa clase de poder es adictivo. Lo sabes, de lo contrario no te harías la dormida por la noche.* —Tuerce el cuello de un modo que me recuerda a una serpiente, y me lanza una mirada furibunda con sus ojos dorados.

—*Sí que duermo.* —No es mentira del todo, pero sin duda ha llegado el momento de cambiar de tema—. *¿Me hiciste arreglar la silla para darme una lección?* —Mi trasero protesta en cada escama de la pata de Tairn mientras me deslizo. Aterrizo sobre treinta centímetros de nieve recién caída—. *¿O porque ya no te fías de Xaden y no quieres que toque mi equipamiento?*

—*Sí.* —Tairn levanta la cabeza muy por encima de la mía y lanza un torrente de fuego por su ala para derretir el hielo residual. Yo me aparto de la oleada de calor, que forma un doloroso contraste con la temperatura de mi cuerpo.

—*Tairn...* —Pugno por encontrar las palabras adecuadas y alzo la cara para mirarlo—. *Necesito saber cuál es tu postura antes de que vaya a la comparecencia. Con o sin la aprobación del Empíreo, no podré hacer nada de esto sin ti.*

—*Lo que me preguntas es si apoyaré la miríada de formas en que pretendes bailar con la muerte para curar a alguien a quien no se puede salvar, ¿no?* —Voltea el rostro de nuevo hacia mí.

La tensión crepita por el vínculo de Andarna.

—*Sí que...* —Dejo ese argumento en concreto, ya que el resto es válido—. *Básicamente, sí.*

Un gruñido retumba en su pecho.

—*Estoy volando sin calentar las alas como entrenamiento para llevar una carga más pesada durante distancias más largas. ¿No contesta eso a tu pregunta?*

O sea, a Andarna. Dejo escapar un rápido suspiro de alivio.

—*Gracias.*

De sus fosas nasales salen nubes de vapor.

—*Pero no confundas mi apoyo inquebrantable a ti, a mi compañera y a Andarna con nada que se parezca a fe en él.*

Tairn levanta la cabeza para dar a entender que la conversación ha terminado.

—*Entendido.* —Dicho eso, voy pesadamente hacia el camino pisoteado en el que esperan Rhi y Quinn. Ridoc evita a Tairn mientras hace lo mismo a mi derecha. Mis dedos enguantados y casi insensibles desabrochan con torpeza los tres botones que la capucha de vuelo de invierno tiene en un lateral, y la prenda forrada de piel deja al descubierto mi nariz y mi boca cuando llego hasta mis amigos—. ¿Todo bien en su ruta?

Rhi y Quinn parecen tener frío, pero ninguna herida, gracias a los dioses.

—Una rutina tranquila..., de un modo inquietante. No hemos visto ningún motivo de preocupación. Y el hoyo en el que quemamos a los guivernos sigue lleno de cenizas y huesos. —Rhi toma un puñado de nieve del forro de su capucha y se vuelve a poner la prenda sobre las trenzas negras, que le llegan por los hombros.

—No hemos visto una mierda durante esos últimos diez minutos. Punto. —Ridoc se mete la enguantada mano en el pelo y por las oscuras mejillas le caen copos de nieve que no se derriten.

—Al menos tú manipulas el hielo. —Señalo su cara sin copos de nieve, que resulta de lo más irritante.

Quinn se recoge los rubios rizos en un chongo rápido.

—A ti manipular también puede ayudarte a no tener frío.

—No pienso arriesgarme cuando no veo a lo que podría darle. —Sobre todo tras haber perdido mi único conducto en la batalla. Miro de reojo a Ridoc cuando una fila de dragones de la

Sección Garra, la nuestra, despega para patrullar detrás de él—. Por cierto, ¿de qué discutías con Aotrom?

—Perdona por lo que ha pasado. —Ridoc se estremece y baja la voz—. Quiere irse a casa, a Aretia. Dice que podemos lanzar la búsqueda de la séptima estirpe desde allí.

Rhi asiente y Quinn aprieta los labios en una línea fina.

—Ya, lo entiendo —aseguro; es un sentimiento habitual entre la manada. Aquí no somos lo que se dice bienvenidos. La unidad entre los jinetes navarros y aretianos se vino abajo a las pocas horas de que terminara la batalla—. Pero la única manera de forjar una alianza que pueda salvar a los civiles poromielenses requiere que estemos aquí. Al menos por ahora.

Por no hablar de que Xaden insiste en que nos quedemos.

—*Si se queda es porque las protecciones de Navarre te protegen de él.* —Tairn lanza otra llamarada cuando no le hago caso, se calienta el ala izquierda y a continuación se agazapa antes de salir disparado hacia el cielo con el resto.

El patio casi está vacío cuando entramos por el túnel que discurre bajo la cresta que lo separa del campo de entrenamiento. Ante nosotros, la nieve corona el ala de los dormitorios, la rotonda central que une las estructuras del cuadrante y casi toda la línea del tejado salvo la más meridional del ala académica, delante a nuestra izquierda, donde el fuego de Malek arde vivamente en el torreón más alto, consumiendo las pertenencias de nuestros muertos, como él exige.

Puede que el dios de la muerte me maldiga por quedarme con los diarios personales de mi madre, pero si llegáramos a encontrarnos yo también tendría cuatro cositas que decirle.

—Informen —ordena Aura Beinhaven desde la tribuna que tenemos a la izquierda, donde está en pie junto a Ewan Faber, el líder de ala, bajo, fornido y con cara avinagrada, uno de los pocos que quedan del Ala Cuatro de Navarre.

—Vaya, qué bien, han vuelto todos. —La voz de Ewan rezuma sarcasmo. Se cruza de brazos mientras la nieve le cae sobre la ancha espalda—. Estábamos muy preocupados.

—El muy imbécil solo era líder de pelotón de la Sección Garra cuando nos fuimos —masculla Ridoc.

—Nada esta mañana —contesta Rhiannon, y Aura asiente, pero no se digna a decir nada—. ¿Alguna noticia del frente?

Se me forma un nudo en el estómago. La falta de información es angustiosa.

—Nada que esté dispuesta a compartir con un puñado de desertores —escupe Aura.

«Que se vaya a la mierda».

—¡Un puñado de desertores que te salvaron el culo! —exclama Quinn al tiempo que le pinta el dedo cuando pasamos por delante; nuestras botas hacen crujir la gravilla cubierta de nieve—. Jinetes navarros, jinetes aretianos... Así no podemos funcionar —dice al grupo en voz baja—. Si a nosotros no nos aceptan, imagínense a los pilotos.

Hago un gesto de asentimiento. Mira está trabajando en ese problema en concreto, aunque no es que los líderes sepan o permitan utilizar lo que sea que ella ha averiguado, ni siquiera si sirve para salvar las negociaciones. Vaya estúpidos pretenciosos.

—Devera y Kaori están por llegar. Ellos organizarán la estructura de mando en cuanto la realeza firme un tratado que, con un poco de suerte, nos conceda el perdón por habernos marchado. —Rhi ladea la cabeza cuando Imogen sale de la rotonda delante de nosotros; el pelo rosa le roza el pómulo mientras baja la escalera de piedra—. Cardulo, has faltado a la patrulla.

—El teniente Tavis me ha asignado otra cosa —aduce Imogen sin inmutarse al unirse a nosotros. Dirige la mirada hacia mí—. Sorrengail, necesito hablar contigo.

Muevo la cabeza afirmativamente. Ha estado vigilando a Xaden.

—Procura presentarte mañana. —Rhi pasa por delante de Imogen con los otros dos, pero se detiene hacia la mitad de la escalera y gira el rostro mientras los demás van adentro—. Un momento. ¿Se supone que Mira regresa hoy?

—Mañana. —Los nervios me forman un nudo en la garganta que aprieta. Una cosa es forjar un plan y otra muy distinta llevarlo a cabo, sobre todo cuando las consecuencias podrían ser que las personas a las que quiero se conviertan en traidores... otra vez.

—*Todos los caminos posibles* —me recuerda Andarna.

—*Todos los caminos posibles* —repito, como si fuera un mantra, y echo los hombros atrás.

—Bien. —Una sonrisa asoma despacio al rostro de Rhi—. Estaremos en la enfermería cuando termines —promete, y sube el resto de los peldaños hasta la rotonda.

—¿Les has contado a los de segundo lo que está haciendo Mira? —susurra Imogen con un tono cortante, teñido de acusación.

—Solo a los jinetes —contesto también en voz baja—. Si nos descubren, será traición, pero si lo hacen los pilotos...

—Será la guerra. —Imogen termina la frase por mí.

—¡Ridoc, ¿has congelado esta hoja de la puerta?! —grita Rhi desde lo alto de la escalera mientras tira de la manija de la rotonda aplicando todo el peso de su cuerpo antes de entrar por la hoja izquierda—. Ven a arreglarla, ¡ahora!

—Pues sí, contárselo ha sido una gran elección. —Imogen se frota el puente de la nariz mientras Ridoc estalla en una risa histérica desde el interior de la rotonda—. Los cuatro son una maldita molestia. Será un milagro que logremos hacer esto sin que nos ejecuten.

—No tienes por qué involucrarte. —La miro como jamás habría soñado que la miraría hace dieciocho meses—. Lo haré con o sin tu ayuda.

—Conque estamos de mal humor, ¿eh? —Una comisura de la boca se le eleva—. Relájate. Siempre que Mira desarrolle un plan, me apunto, faltaría más.

—Mi hermana no sabe lo que es el fracaso.

—Eso ya lo sé. —La nieve nos da en la cara mientras la mirada de Imogen se endurece—. Pero, por favor, dime que no le has contado a tu temible cuarteto la razón por la que estamos haciendo esto.

—Pues claro que no. —Me meto los guantes en los bolsillos—. Xaden todavía está enojado conmigo por habértelo explicado y haberte «cargado» con ello.

—Pues que deje de hacer estupideces que haya que encubrir. —Se frota las manos para entrar en calor y me sigue escalera arriba—. Mira, necesitaba hablar contigo a solas porque Garrick, Bodhi y yo hemos estado hablando...

—¿Sin mí? —Me pongo rígida.

—De ti —aclara sin el menor rubor.

—Vaya, eso es mejor aún. —Me dispongo a abrir la puerta.

—Hemos decidido que tienes que replantearte el tema de dormir.

Me aferro a la manija y sopeso darle con la puerta en las narices.

—Pues yo he decidido que se pueden ir al carajo. No pienso huir de él. Nunca me ha hecho daño, ni siquiera en los momentos en los que ha perdido el control. Jamás me hará daño.

—Es lo que les he dicho que dirías, pero que no te sorprenda si insisten. Me alegra saber que sigues siendo predecible, aunque Riorson no lo sea.

—¿Qué tal estaba esta mañana? —Siento una bofetada de calor en la cara cuando entramos en la desierta rotonda y me quito la capucha. Sin clases, sin formación y sin nada que se parezca al orden, el ala académica bien podría estar abandonada, pero el área común y el salón de reuniones se encuentran atestados de cadetes sin rumbo, preocupados, inquietos, que confían en sobrevivir a la siguiente patrulla y buscan a alguien en quien descargar sus frustraciones. Todos y cada uno de nosotros mataría por una clase de Informe de Batalla.

—Tan gruñón y testarudo como siempre —me contesta Imogen cuando entramos en el dormitorio. Dejamos de hablar al pasar por delante de un grupo de segundo año del Ala Uno que nos lanza una mirada asesina, incluida Caroline Ashton, lo que significa que los detectores de mentiras la han absuelto. Por suerte para nosotros, en la escalera que baja al Cuadrante de Curanderos no hay nadie—. ¿Te has planteado contarle lo que vamos a hacer?

—Es consciente de que nos enviarán en busca de los miembros de la especie de Andarna. ¿En cuanto al resto? No quiere saberlo. —Saludo con la cabeza a un par de jinetes aretianos que vienen del Ala Tres cuando nos aproximamos a los túneles, pero no hablo hasta que sé que no pueden oírnos—. Le preocupa que filtre algo sin querer, lo cual es ridículo, pero estoy respetando sus deseos.

—Me muero de ganas de que se entere de que eres la líder de tu propia rebelión. —Me sonríe mientras enfilamos el puente cubierto para ir al Cuadrante de Curanderos.

—No es una rebelión y yo no soy su... líder.

Xaden, Dain, Rhi: ellos sí son líderes. Son una fuente de inspiración y todo cuanto hacen es por el bien de la unidad. Yo solo haré lo que haga falta para salvar a Xaden.

—¿Tampoco en la misión para dar con los de la especie de

Andarna? —Abre la puerta del Cuadrante de Curanderos y la sigo.

—Eso es distinto, y mi papel no es tanto el de líder como el de elegir a un líder. O eso espero. —Echo un vistazo al abarrotado túnel, veo a los pacientes, que duermen apaciblemente, casi todos los cuales lucen el azul de la infantería, y diviso a un grupo de escribas encapuchados que se mueven entre ellos. Sin duda siguen trabajando para obtener informes precisos de la batalla—. Parece lo mismo, pero no lo es.

—Ya. —La palabra rezuma sarcasmo—. Bueno, pues dicho queda, así que esta conversación ha terminado. Avísame cuando vuelva Mira. —Echa a andar hacia el campus principal—. Saluda a Sawyer de mi parte, y buena suerte esta tarde.

—Gracias —respondo, y me dirijo hacia la enfermería. Un aroma a hierbas medicinales y metal me inunda los pulmones cuando cruzo la puerta de doble hoja. Saludo a Trager, a mi derecha, que forma parte de los pilotos con formación de curandero, que están haciendo todo lo posible para ayudar.

Me devuelve el saludo desde la cabecera de un paciente y acto seguido toma aguja e hilo.

Continúo deprisa hacia la siguiente esquina, quitándome de en medio cuando los curanderos entran y salen de los cubículos cubiertos por cortinas en los que descansan hileras de heridos.

Oigo la risa de Ridoc en el último cubículo al acercarme. Las cortinas azul claro están recogidas, dejando a la vista un montón de chamarras de vuelo de invierno en un rincón y prácticamente a todos los de segundo de nuestro pelotón alrededor de la cama de Sawyer.

—No exageres —pide Rhiannon desde la silla de madera que ocupa cerca de la cabeza de Sawyer mientras sacude un dedo mirando a Ridoc, que se ha acomodado en la cama, justo donde solía estar la parte inferior de la pierna de nuestro compañero de pelotón—. Yo solo les he dicho que era la mesa de nuestro pelotón y que tenían que...

—Mover sus cobardes traseros hasta la sección del Ala Uno a la que pertenecían. —Ridoc termina la frase por ella con otra risotada.

—No has dicho eso, es broma. —Una comisura de la boca de Sawyer se eleva, pero el gesto dista mucho de ser una sonrisa.

—Sí que lo ha dicho. —Pongo cuidado para no pisarle las piernas a Cat, que las tiene extendidas en el suelo, junto a Maren, cuando entro en el abarrotado espacio mientras me desabrocho la chamarra de vuelo y la lanzo al montón.

—Los jinetes se ofenden con las cosas más raras. —Cat arquea una oscura ceja y hojea el libro de historia de Markham—. Tenemos problemas mucho mayores que las mesas.

—Cierto. —Maren asiente al tiempo que se recoge el pelo castaño oscuro en una trenza francesa.

—¿Y las patrullas? ¿Cómo han ido? —Sawyer se sienta más recto sin ayuda de nadie.

—Tranquilas —contesta Ridoc—. Empiezo a pensar que los hemos matado a todos.

—O que han conseguido huir —reflexiona Sawyer, y la luz de sus ojos se apaga—. Dentro de poco estarán persiguiéndolos.

—No hasta que nos graduemos. —Rhi cruza las piernas—. No enviarán cadetes más allá de las fronteras.

—Salvo a Violet, claro, que irá en busca de la séptima estirpe para que podamos ganar esta guerra. —Ridoc me mira esbozando una sonrisa satisfecha—. No se preocupen, yo la mantendré a salvo.

No sé muy bien si lo dice de broma o en serio.

Cat resopla y pasa otra página.

—Sí, claro, como si fueran a dejarte ir. Seguro que solo van oficiales.

—Ni de broma. —Ridoc niega con la cabeza—. Su dragón, sus reglas. ¿No, Vi?

Todas las cabezas se voltean para mirarme.

—Suponiendo que nos asignen esa misión, les daré una lista de personas en las que confío para que me acompañen.

Una lista que ha pasado por tantos borradores que ya ni siquiera estoy segura de llevar encima la correcta.

—Deberías ir con el pelotón —sugiere Sawyer—. Trabajamos mejor en equipo. —Se ríe—. A quién quiero engañar. Trabajarán mejor en equipo. Yo apenas soy capaz de subir una escalera. —Señala con la cabeza las muletas que hay junto a su cama.

—Sigues siendo parte del equipo. Hidrátate. —Rhi extiende la mano hasta la mesita, por encima de una nota cuya letra parece la de Jesinia, para agarrar una taza de peltre.

—El agua no hará que me crezca la pierna. —Sawyer la acepta, y el asa de metal chisporrotea y se amolda a su mano. Alza la vista y me mira—. Sé que es un comentario de mierda cuando tú has perdido a tu madre...

—El dolor no es una competición —le aseguro—. Siempre hay bastante para todos.

Él deja escapar un suspiro.

—Ha venido a verme el coronel Chandlyr.

Siento un vacío en el estómago.

—¿El comandante de los jinetes jubilados?

Sawyer hace un gesto afirmativo.

—¿Qué? —Ridoc se cruza de brazos—. Los de segundo no se jubilan. ¿Morir?, sí. ¿Jubilarse?, no.

—Y lo entiendo —empieza Sawyer—. Es solo que...

Un grito estridente resuena en la enfermería, en un tono que hace que las rodillas me flaqueen y que se reserva para algo mucho peor que el dolor: el terror. El silencio que sigue me hiela la sangre, el temor me eriza el vello de la nuca mientras desenvaino dos de mis dagas y me volteo para hacer frente a la amenaza.

—¿Qué ha sido eso? —Ridoc se baja de la cama de Sawyer y los demás se ponen detrás de mí cuando salgo del cubículo y giro sobre mis talones hacia la puerta abierta de la enfermería.

—¡Ha muerto! —exclama un cadete que luce el uniforme azul de la infantería cuando entra tambaleándose, cae al suelo y se apoya en las manos y las rodillas—. ¡Todos han muerto!

La huella gris que tiene en un lado del cuello es inconfundible.

«Venin».

El corazón me da un vuelco. No los hemos encontrado cuando hemos salido de patrulla porque ya estaban dentro.

DOS

Los sellos más excepcionales —los que se dan una vez en una generación o en un siglo— se han manifestado concurrentemente con un igual dos veces según nuestros registros, en ambas ocasiones en momentos críticos de nuestra historia, pero solo en una de ellas los seis más poderosos caminaron simultáneamente por el continente. Aunque debió de ser un espectáculo fascinante, preferiría no vivir para ver que suceda otra vez.

—*Un estudio sobre sellos*,
por el comandante Dalton Sisneros

—*¡Están dentro de los muros!* —vocifera Tairn.

—*Ya nos hemos dado cuenta.* —Cambio mis dagas por dos con empuñadura de aleación que llevo en los muslos y me muevo deprisa para darle una a Sawyer—. Nadie va a morir hoy.

Él asiente y agarra la daga por la empuñadura.

—Maren, protege a Sawyer —ordena Rhiannon—. Cat, ayuda a todo el que puedas. ¡Vamos!

—Supongo que yo... me quedo aquí —nos dice Sawyer, que farfulla un insulto cuando salimos corriendo entre las hileras de camas de la enfermería.

Somos los primeros en llegar a la puerta, donde Winifred sostiene por la parte superior de los brazos al lloroso cadete de infantería.

—Violet, no salgas ahí... —empieza.

—¡Cierren la puerta! —exclamo después de que la hayamos cruzado.

—Claro, como si eso fuera a detenerlos —replica Ridoc cuando entramos en el túnel. Acto seguido los tres frenamos en seco, derrapando, al ver la escena que se nos ofrece.

Las mantas de todas las camas del corredor están apartadas, dejando a la vista cuerpos secos. Se me cae el alma a los pies. ¿Cómo ha sucedido algo así tan deprisa?

—Mierda. —Ridoc se saca otra daga a mi derecha cuando otros dos jinetes, ambos del Ala Dos, cruzan corriendo la puerta de la enfermería tras nosotros.

Intento comunicarme con Xaden y me encuentro con que, además de tener los escudos levantados, son impenetrables.

«Frustrante, pero no pasa nada». Soy perfectamente capaz de luchar yo sola, y tengo conmigo a Ridoc y a Rhi.

—*No tienes conducto* —me recuerda Tairn. Lo que significa que no podré lanzar con precisión mis rayos, y menos en un lugar cerrado.

—*Siempre he sido mucho más hábil con las dagas que con mi propio poder. Avisa a los jinetes que estén protegiendo la piedra.*

—*Ya lo he hecho* —me contesta.

—¡Comprueben el puente! —ordena Rhiannon al par del Ala Dos, que echan a correr hacia el Cuadrante de Jinetes.

—*Saquen los cuerpos cuando los hayan matado. Así podremos freírlos para divertirnos* —sugiere Andarna.

—*Ahora no.* —Consigo que mi respiración sea más lenta y me concentro.

—Mantengan los ojos abiertos —nos advierte Rhiannon, con la voz tan firme como su mano cuando saca una daga con aleación en la empuñadura y se mueve a mi izquierda—. Vamos allá.

Avanzamos como si fuéramos uno, sin hacer ruido y deprisa al tiempo que bajamos por el pasillo. Miro al frente mientras Rhi y Ridoc se encargan de hacerlo a la izquierda y a la derecha respectivamente, y su silencio me dice todo cuanto necesito saber: no hay supervivientes.

Seguimos la curvatura del túnel, dejamos atrás el último camastro y, más adelante, un escriba sale corriendo de la escalera; la túnica ondea tras él cuando viene hacia nosotros a toda velocidad.

Le doy la vuelta a la daga que sostengo en la mano para sujetarla por la punta mientras mi corazón empieza a latir el doble de deprisa.

—¿Por dónde han ido? —pregunta Rhi al cadete.

La capucha del escriba cae hacia atrás, dejando al descubierto unos ojos rojos con unas venas rojas e hinchadas que se extienden como telarañas en sus sienes. Pues no, no era un cadete. Se mete la mano por debajo de la túnica, pero para cuando quiere agarrar el pomo de una espada yo ya he hecho girar la muñeca.

Mi daga se aloja en el lado izquierdo de su pecho, y la sorpresa hace que los ojos se le salgan de las órbitas a la vez que cae sin elegancia al suelo. El cuerpo se le seca en un suspiro.

—Carajo, a veces se me olvida lo buena que eres con las dagas —musita Rhi al tiempo que escudriña el lugar mientras seguimos adelante.

—¿Cómo lo has sabido? —pregunta Ridoc, también en un susurro; le da la vuelta con el pie a ese cuerpo que es poco más que una cáscara y toma mi daga.

—Un escriba habría corrido hacia los Archivos. —Recupero mi arma y la agarro por la empuñadura—. Gracias. —El zumbido de poder que emite la aleación es un poco más débil, pero sigue ahí; con suerte, será capaz de asestar otro golpe mortal. ¿A cuántos de ellos habremos visto Imogen y yo cuando íbamos a la enfermería sin tan siquiera percatarnos?—. Así es como se estaban alimentando sin que nos diéramos cuenta. Van vestidos como si fueran escribas.

Dos bultos con sendas túnicas de color crema se aproximan por el otro extremo del túnel; las luces mágicas iluminan la marca que los distingue como de primer año, y me preparo para lanzar la daga de nuevo.

—¡Quítense la capucha! —ordena Rhi.

Los dos se sobresaltan y la cadete de la derecha obedece deprisa, pero a la otra le tiemblan ligeramente las manos al hacerlo; tiene los grandes ojos azules clavados en el cuerpo que yace a mis pies.

—¿Eso es...? —susurra, y su amiga le pasa un brazo por los hombros cuando se tambalea.

—Sí. —Bajo la daga al ver que ninguna de las dos tiene los ojos rojos ni venas hinchadas rojas en las sienes—. Vuelvan a los Archivos y avisen a los demás.

Las mujeres dan media vuelta y salen corriendo.

—¿Arriba o abajo? —inquiere Ridoc al llegar a la escalera.

Se oye un grito más abajo.

—¡Abajo! —exclamamos a la vez Rhi y yo.

—Genial —comenta Ridoc mientras hace giros con el cuello—. Abajo, a la cámara de tortura donde nos esperan a saber cuántos seres oscuros recién alimentados. Qué alegría. —Se sitúa a la cabeza y se pasa la daga a la mano izquierda al tiempo que levanta la derecha, preparándose para manipular su poder. Rhiannon se coloca detrás de mí.

Bajamos deprisa la escalera, con la espalda pegada a la pared de piedra, y doy las gracias en silencio a Eran Norris por construir Basgiath con escaleras de piedra en lugar de madera, que podrían crujir... o arder.

—*Presta atención al presente, no al pasado* —me sermonea Tairn.

Oímos sonidos metálicos más abajo; el tono oscila entre el tintineo de las hojas al entrechocar y el sonido chirriante del acero al raspar la piedra. Pero es la risa maniaca mezclada con gruñidos de dolor lo que hace que apriete el paso y que el poder me recorra el cuerpo y me chisporrotee en la piel.

—*¡Contrólalo!* —me ordena Tairn.

—*Tiempo de silencio* —le recuerdo mientras subo los escudos para bloquearlo, aunque sé que podría atravesarlos si quisiera.

—Deja de jugar con tu presa y ayúdanos a abrir esta puerta —exige alguien más abajo.

Si quieren abrir la puerta de una celda, está más que claro que no son de los nuestros. Han ido en busca de Jack.

—¿Cuántos soldados hay con Barlowe? —susurra Ridoc mientras nos acercamos a la vuelta de la escalera que nos expondrá a quienquiera que esté esperando abajo.

—Dos... —La respuesta de Rhiannon se ve ahogada enseguida por un grito grave y doloroso.

—Resta uno —apunto mientras me preparo para lanzar con la mano derecha.

Vemos la antecámara de las mazmorras y recorro con la mirada ese espacio que me resulta tan familiar, evaluando deprisa la situación.

Dos seres oscuros vestidos con túnica de escriba tiran de la manija de la inamovible puerta de la celda de Jack; al mismo tiempo, una venin le pasa por el cuello una espada con un rubí en el pomo a un alférez al que han inmovilizado a la gruesa mesa con dagas que le atraviesan las manos, y una cuarta permanece sumida en las sombras.

La larga trenza plateada se libera de la capucha cuando su cabeza gira hacia nosotros, y sus escalofriantes ojos rojos se fijan en los míos y se abren ligeramente bajo una frente en la que se distingue un tatuaje desvaído. La sangre se me hiela al ver que a su boca asoma una sonrisa de suficiencia que le deforma las venas rojas de las sienes, y después ella... desaparece.

Parpadeo cuando una repentina brisa mueve un mechón de pelo que se me ha salido de la trenza, y clavo la vista en el espacio ahora vacío que ocupaba la venin. O al menos creo que lo ocupaba. ¿Ahora veo visiones?

Rhi profiere un grito ahogado detrás de mí y centro la atención en el soldado aprisionado. La sangre que mana de la herida del jinete inunda la mesa, y yo me obligo a tragar el ácido que me abrasa la garganta cuando veo dos cuerpos sin vida a la izquierda, uno vestido de color crema y el otro de negro.

La venin con el rubí en la espada que está junto a la mesa gira en redondo; el corto cabello rubio le azota los pronunciados pómulos al voltear hacia nosotros, dejando a la vista una telaraña de venas rojas en las sienes.

Le arrojo una daga por si también desaparece.

—Jinetes... —Su voz de alarma muere cuando mi daga se le clava en la garganta.

Ridoc corre hacia los dos que hay junto a la puerta, pero están preparados; uno de ellos saca una espada que Ridoc bloquea con una gruesa cinta de hielo.

Le lanzo la daga que me queda al otro a la vez que salto los dos últimos peldaños, pero el venin de pelo oscuro se mueve a una velocidad sobrenatural y esquiva el arma. Mi daga rebota en la piedra detrás de él cuando echo a correr hacia el jinete que se está desangrando en la mesa.

«¡Mierda!»

Rhi salta por encima del cuerpo sin vida de la venin y va hacia Ridoc. Yo continúo sin perder de vista al venin al que no le he dado.

Este mueve el brazo y un bulto sale volando hacia mí.

—¡Al suelo, Vi! —grita Ridoc mientras extiende la mano con la palma hacia abajo, y un frío helador me pasa por delante de las piernas cuando unas púas se aproximan a gran velocidad hacia mi cara.

Me golpeo con fuerza las rodillas y me deslizo por una pequeña capa de hielo tan pronto como la maza me pasa rozando la cabeza, partiendo el aire con un silbido.

—¡La plateada no! —brama el ser oscuro que empuña la espada; me pongo de pie y resbalo en la piedra cubierta de sangre—. ¡La necesitamos!

«¿Para controlar a Xaden?» Ni de broma. Jamás volverán a utilizarme contra él.

—¡La tengo! —exclama Rhi, y cuando miro a la izquierda con el rabillo del ojo, la veo haciendo girar la maza para lanzársela a su antiguo dueño, con lo cual me da tiempo para llegar hasta el jinete que convulsiona en la mesa.

—Aguanta —le pido a la vez que le pongo las manos en la garganta para contener la hemorragia, pero me detengo cuando un último estertor le sacude el pecho y su cuerpo queda inerte. Ha muerto. El corazón se me encoge un instante antes de que me saque dos dagas más y me voltee hacia mis amigos.

El venin de pelo negro se mueve como si fuera un borrón, y se agacha bajo la maza que blande Rhiannon para acto seguido aparecer delante de mí como si hubiera estado ahí todo ese tiempo.

Qué rápidos. Carajo, son demasiado rápidos.

Mi corazón pega una sacudida en cuanto subo la daga hacia su garganta, y él me escudriña con un entusiasmo enfermizo en sus ojos rojos. El poder me inunda las venas, calentándome la piel y erizándome el vello de los brazos.

—Vaya, la que manipula el rayo. Estás muy lejos del cielo, y los dos sabemos que no puedes matarme con esa daga —dice provocándome, y las venas de las sienes le palpitan mientras Rhi se acerca por detrás a hurtadillas, lista para clavarle la daga con empuñadura de aleación.

Unas sombras tiemblan en los extremos de la cámara y se me levanta una comisura de la boca.

—No será necesario.

Sus ojos reflejan confusión durante un milisegundo antes de que nos envuelvan unas sombras que devoran inmediatamente toda la luz, sumiendo la cámara en un mar de un negro infinito que reconozco en el acto como mi hogar. Una cinta de negrura me envuelve las caderas y me jala hacia atrás, después me roza con delicadeza la mejilla, haciendo que mi desbocado corazón se tranquilice y mi poder se aquiete.

Unos gritos inundan la cámara, seguidos de un par de golpes secos, y sé sin lugar a dudas que cualquier cosa que pudiera suponerme una amenaza ha muerto.

Un segundo después las sombras se retiran y dejan a la vista el cuerpo seco de los seres oscuros en el suelo, con sendas dagas con la empuñadura de aleación clavadas en el pecho.

Bajo mis armas cuando Xaden avanza hacia mí dando zancadas desde el centro de la habitación; la empuñadura de las dos espadas que lleva a la espalda asoma por encima de sus hombros. Viste la gruesa ropa de cuero de invierno desprovista de cualquier marca salvo el parche que lo identifica como teniente, y las pequeñas marcas de agua que lo salpican me dicen que estaba fuera, en la nieve.

«Teniente». El mismo rango que tenían los soldados de Barlowe.

El mismo que tiene Garrick, que está en la base de los escalones, detrás de Xaden, y casi todos los oficiales que se encuentran destacados aquí temporalmente para proteger Basgiath.

Mi corazón late con fuerza y mis ojos recorren el alto y musculoso cuerpo de Xaden en busca de alguna herida. Los ojos color ónix salpicados de dorado se posan en los míos y mi respiración se estabiliza solo cuando veo que no está herido y que no hay ni rastro de rojo cerca de sus iris. Puede que técnicamente sea un iniciado, pero no se parece en nada a los venin contra los que acabamos de enfrentarnos.

«Dioses, amo a este hombre».

—Dime una cosa, Violencia. —Un músculo en su cuadrada mandíbula se contrae mientras me mira de arriba abajo, haciendo que la piel morena de su mejilla con barba de tres días forme una especie de onda—. ¿Por qué siempre eres tú?

Una hora más tarde nos ordenan que nos retiremos después de dar parte al comandante del Cuadrante de Jinetes, el coronel Panchek.

—Ni siquiera parece desconcertarle que estuvieran intentando rescatar a Barlowe en lugar de ir por la piedra protectora. —Garrick se pasa la mano por el corto cabello oscuro mientras baja por la escalera del ala académica delante de Xaden y de mí.

—Puede que no sea la primera vez que lo intentan —opina Rhi, que gira el rostro hacia Garrick—. Tampoco es que informemos a diario.

Aquí no estamos a salvo, aunque en realidad no lo hemos estado nunca.

—Panchek informará a los otros líderes, ¿no? —inquiere Ridoc cuando dejamos atrás la tercera planta.

—Melgren ya lo sabe. Ahí abajo solo estábamos dos de nosotros. —Xaden señala intencionadamente la mano de Garrick, donde su reliquia de la Rebelión le asoma por la manga del uniforme.

—Doy gracias a las protecciones que levantó Sorrengail antes de marcharse. —Garrick no se molesta en aclarar que está hablando de mi hermana—. Barlowe no puede oír ni ver nada al otro lado de esa cámara a menos que alguien abra la puerta, así que no conseguirá recabar información. Viendo el aspecto que tienen las piedras de la celda que ha drenado, habrá muerto antes de que termine la semana.

Xaden se tensa a mi lado y trato de comunicarme con él mentalmente, pero sus escudos son más gruesos que los muros de esta fortaleza.

—No siempre soy yo —musito a Xaden, y le rozo la mano con la mía mientras seguimos bajando la ancha escalera de caracol y nos acercamos a la segunda planta.

Él se burla y a continuación entrelaza mis dedos con los suyos y se lleva el dorso de mi mano a su perfecta boca.

—Sí lo eres —porfía con la voz igual de baja, y subraya la observación con un beso.

El pulso se me acelera como lo hace cada vez que sus labios tocan mi piel, algo que no ha sucedido mucho durante las últimas dos semanas.

—Esto de matarlos en la oscuridad ha sido impresionante, ¿sabes? —observa Ridoc al tiempo que levanta un dedo—, pero que te quede claro que al mío lo tenía controlado.

—No es verdad. —Xaden me acaricia el pulgar con el suyo y

Garrick suelta una risilla que hace que sus hombros suban y bajen mientras descendemos el último tramo de escalera y llegamos a la entrada principal.

—Lo tenía listo —aduce Ridoc, que mueve el mismo dedo.

—No es verdad —le asegura Xaden.

—¿Y eso tú cómo lo sabes? —Ridoc baja la mano.

Garrick y Xaden intercambian una mirada de auténtica desesperación y yo reprimo una sonrisa.

—Porque tú estabas en un lado de la habitación, pero tu arma estaba en el otro —responde Garrick.

—Un problema que justo estaba solucionando. —Ridoc se encoge de hombros y llega a la planta baja con Rhi.

Xaden se detiene y jala mi mano en una petición muda de que me quede con él, cosa que hago.

—Deberíamos ir a ver cómo están los demás. —Rhi me mira—. ¿Vas al gran salón?

Asiento, y los nervios hacen que se me revuelva el estómago.

—Estás preparada. Lo tienes controlado —me asegura mi amiga con una sonrisa—. ¿Quieres que te acompañemos?

—No, vayan a ver al pelotón —contesto, y Garrick se para un escalón por debajo de nosotros—. Los busco después.

—Estaremos esperando —promete Ridoc volteando la cabeza, y acto seguido se dirige hacia la izquierda con Rhi y desaparece al doblar la esquina.

—¿Todo en orden? —Garrick nos mira y escudriña los ojos de Xaden.

—Lo estará si nos dejas cinco minutos solos —replica Xaden.

Garrick frunce el ceño, preocupado, cuando me mira de soslayo, pero suaviza la expresión en el acto al ver que hago un gesto afirmativo.

—Carajo. Te fías de ella para que sea mi niñera por la noche, ¿no? —Xaden mira a su mejor amigo entrecerrando los ojos.

—No hagas como si yo fuera el motivo por el que necesitas que alguien te vigile —espeta Garrick.

Las sombras se arrastran por el escalón, a nuestros pies.

—Estoy bien —me apresuro a decirle a Garrick, sin soltar mi mano de la de Xaden, que es mucho más grande—. Yo estoy bien, él está bien, todos estamos bien.

Garrick nos mira a uno y a otro y a continuación da media vuelta y sigue bajando.

—Estaré cerca —nos advierte, y gira a la derecha, hacia el gimnasio de entrenamiento.

—Carajo. —Xaden me suelta la mano y se apoya en la pared; las espadas tintinean al golpear la mampostería. La chamarra se le abre cuando él descansa la cabeza en el marco de piedra de la ventana—. Nunca fui consciente de lo mucho que me gusta pasar algún rato a solas hasta que dejé de poder hacerlo. —La manzana de Adán le sube y le baja y las manos se le crispan a los costados.

—Lo siento. —Cruzo el escaso espacio que nos separa, me meto entre sus pies y llevo una mano al costado de su cuello, justo sobre esas líneas de su marca tatuadas mágicamente.

—Pues no lo sientas. Tiene todo el derecho del mundo a preocuparse si me deja a solas contigo. —Cubre mi mano con la suya y baja la cabeza para abrir despacio esos ojos de los que nunca me canso.

—Confío en ti.

«No veo ni rastro de rojo».

—No deberías. —Me pasa un brazo por la cintura y me pega a él. El contacto me calienta la piel en el acto y hace que el estómago me dé un vuelco en el mejor de los sentidos—. Carajo, estoy seguro de que el único motivo por el que Bodhi y él no duermen a los pies de nuestra cama es que saben que antes los habría matado por hacer algo así, así que ya no digamos ahora.

Aunque no es que estemos haciendo otra cosa en esa cama que no sea dormir. Puede que confíe en él, pero Dunne sabe que él no se fía de sí mismo, al menos no lo suficiente para permitirse descontrolarse de ninguna manera.

—Para ser del todo sincera, es preciso que sepas que les gustaría que yo reconsiderara cómo estamos durmiendo. —Apoyo mi otra mano en su caliente pecho.

A los ojos le asoma una mirada furibunda, y el brazo con el que me rodea me aprieta.

—Tal vez deberías hacerlo.

—Ni de broma. Le he dicho a Imogen que se fueran a la mierda.

Una sonrisa aflora a sus labios.

—Me lo creo.

—Dejarán de revolotear a tu alrededor en cuanto te hayas curado. —Mis ojos recorren la cincelada línea de su mandíbula, y suben por la elevación de sus pómulos hasta los rizos del negro cabello que le han caído por la frente. Sigue siendo él. Sigue siendo mío.

Los músculos se le tensan bajo mis dedos.

—¿Estás lista para reunirte con el Senario?

—Sí. —Hago un gesto afirmativo—. Y no cambies de tema, daré con la forma de curarte. —Pongo toda mi determinación en estas palabras y enarco las cejas—. Déjame entrar. —No es una petición. Para mi sorpresa, Xaden baja los escudos y el brillo ónix de nuestro vínculo se solidifica—. *Hoy has utilizado tu sello. Detrás de las protecciones.*

Xaden asiente, su mano deja la mía y me envuelve con sus brazos.

—*He canalizado el poder de Sgaeyl.*

Disfruto al sentir su cuerpo contra el mío, pero no tiento a la suerte buscando un beso.

—*¿Te ha dicho ella que teníamos problemas?*

Desvía la mirada y niega con la cabeza.

—*Sigue sin hablarme. Volar se ha vuelto bastante incómodo.*

El corazón amenaza con rompérseme con el peso de la tristeza que transmite su tono.

—*Lo siento mucho.* —Le pongo las manos en la parte baja de la espalda y lo abrazo. Luego ladeo la cabeza para sentir el latido de su corazón en el oído—. *Ya verás cómo cambia de opinión.*

—*No cuentes con ello* —me advierte Tairn con un gruñido a través del canal mental que solo nos pertenece a nosotros dos, pero no le hago el menor caso.

Xaden baja el mentón y lo apoya en mi cabeza.

—*Sabe que no soy yo... del todo. Lo nota.*

Doy un respingo y me separo para levantar las manos y rodearle la cara con ellas.

—Eres tú del todo —musito—. *No sé cuál fue el precio que pagaste para acceder a ese poder, pero no te ha cambiado...*

—Sí que lo ha hecho —asegura, y a continuación baja un escalón y se zafa de mí.

Solo se me ocurre una forma para demostrarle que no es así.

—¿Todavía me quieres? —Le lanzo la pregunta como si fuera un arma.

Su mirada busca la mía en el acto.

—¿Qué clase de pregunta es esa?

—¿Todavía. Me. Quieres? —Pronuncio con claridad cada palabra e invado su espacio precisamente para demostrarle que no me siento intimidada por él.

Xaden me toma por la nuca y me acerca a escasos centímetros de su rostro, lo bastante cerca para besarme.

—*Podría llegar a ser Maven, capitanear ejércitos de seres oscuros contra todas las personas que nos importan y ver como se vuelve roja cada vena de mi cuerpo a medida que canalizo todo el poder del continente, y seguiría queriéndote. Lo que hice no cambia eso. No creo que nada pueda cambiarlo.*

—¿Lo ves? ¿Ves como continúas siendo tú? —Mis ojos bajan hasta su boca—. Decirme que eres capaz de hacer cosas horribles mientras todavía me quieres básicamente es tu idea de los preliminares.

Su mirada se ensombrece y me pega más a él, hasta que solo su obstinación separa nuestros labios.

—Eso debería darte mucho miedo, Violet.

—Pues no me lo da. —Me pongo de puntillas y le rozo la boca con la mía—. Nada de ti me da miedo. No saldré corriendo, Xaden.

—Carajo. —Baja la mano y da un paso atrás, poniendo espacio entre ambos de nuevo—. *Como tenía los escudos subidos, no he sabido que estaban en la cámara de interrogatorios hasta que iba por la mitad de la escalera.*

—¿Qué? —Lo miro con cara de sorpresa—. Entonces ¿cómo has sabido que tenías que acudir en nuestra ayuda?

Entre nosotros se instala el silencio y un escalofrío hace que cambie el peso de un pie al otro, lastimándome los riñones.

—*He sentido su presencia* —responde al cabo—. *Igual que ellos sienten la mía.*

Se me revuelve el estómago y apoyo la mano en la tosca piedra para no perder el equilibrio.

—No es posible.

—Lo es. —Asiente despacio mientras me observa—. *Así es como sé que he cambiado, como Garrick y yo hemos podido ma-*

tar a más de una docena de ellos esta semana. Siento que me llaman, igual que siento el latido de la fuente bajo mis pies con su incomparable poder..., porque soy uno de ellos. —Sus ojos se entornan—. ¿Y ahora qué? ¿Tienes miedo?

TRES

A veces Violet me preocupa. Tiene tu ingenio agudo, tu inteligencia despierta y tu corazón leal; y mi terquedad, unida a mi obstinada tenacidad. El día que entregue de verdad ese corazón, temo que se imponga a los demás dones que tú le has dado y que la sensatez ceda ante el amor. Y si las dos primeras relaciones que ha tenido son algún indicativo de lo que podemos esperar... Que los dioses la ayuden, amor mío, porque en lo que respecta a los hombres me temo que nuestra hija tiene un gusto atroz.

—Correspondencia recuperada y no enviada de la general Lilith Sorrengail

Xaden puede sentir su presencia.

Las uñas se me doblan ligeramente cuando la mano se me flexiona por la junta de la piedra, en la que me apoyo como si me fuera la vida en ello mientras la cabeza me da vueltas. Pero que pueda sentir su presencia no significa que haya renunciado a parte de su alma, ¿no? Está ahí, en sus ojos, observándome, esperando que lo rechace, que lo aparte como hice después de lo que pasó en Resson.

Puede que la cosa sea peor de lo que pensaba, pero sigue siendo él, sigue siendo él del todo. Solo que con... los sentidos agudizados.

Devuelvo el estómago al sitio al que pertenece y le sostengo la mirada.

—¿Miedo de ti? —Niego con la cabeza—. Nunca.

—Lo tendrás —musita, y observa mis rasgos como si necesitara memorizarlos.

—Tus cinco minutos han terminado —anuncia Garrick desde la base de la escalera—. Y Violet tiene una comparecencia a la que asistir.

La expresión de Xaden se vuelve peligrosa cuando fulmina con la mirada a su mejor amigo y se separa de mí.

—Te ha dicho que creemos que deberías dormir en otra parte, ¿no? —Garrick hace rotar el cuello como si se preparara para pelear.

—Me lo ha dicho. —Xaden empieza a bajar los peldaños y yo lo sigo—. Y yo te diré lo mismo que le ha dicho ella a Imogen: váyanse a la mierda.

—Me lo imaginaba. —Garrick me dirige una mirada suplicante y le sonrío mientras salimos del ala académica y entramos en la sorprendentemente desierta rotonda, que cruzamos entre dos pilares con forma de dragón—. Pensaba que al menos tú serías sensata, Violet.

—¿Yo? Son ustedes los que actúan basándose en sentimientos, sin tener ninguna prueba. Mi decisión de confiar en él se basa tan solo en hechos comprobados.

—Aunque agradezco la preocupación, si vuelven a intentar decidir quién ocupa la cama de Violet, tendremos problemas —añade Xaden arrastrando las palabras, con un tono glacial.

Garrick mira a su mejor amigo negando con la cabeza, pero no sigue con el tema. Nos dirigimos al campus principal, dejando atrás la caótica limpieza que se está realizando cerca de la enfermería.

Mañana la lectura de los nombres que estarán en la lista de los muertos del Cuadrante de Infantería será sumamente larga.

—Para ser alguien que está a punto de enfrentarse a la más alta aristocracia del reino pareces bastante tranquila, Sorrengail —comenta Garrick cuando llegamos a la gruesa alfombra roja del edificio de Administración.

El pasillo está repleto de personas que lucen túnicas de distintos colores y esperan a que se reanuden las conversaciones, identificadas únicamente por el escudo de armas que llevan bordado en bandas atravesadas sobre el cuerpo, que me recuerdan a nuestros uniformes. Resulta fácil distinguir a nuestras provincias, e incluso veo la de Braevick cuando las cabezas empiezan a voltear hacia nosotros.

—Lo veía venir, y tengo un plan. Dos semanas es mucho tiempo para dar vueltas a todos los escenarios posibles —contesto mientras el gentío se va situando poco a poco a un lado del pasillo en lo que he llegado a pensar que es el efecto Xaden. No me extraña que lo miren así: es guapo a rabiar. Y tampoco me extraña que retrocedan. No solo es aterradoramente poderoso, sino que además se sabe que es el responsable de dividir la manada de Navarre y proporcionar armas a Poromiel.

Puede decirse con absoluta seguridad que no todas las miradas que le dirigen —que nos dirigen, a cualquiera de nosotros tres— son amistosas.

—¿Estás segura de que esto es lo que quieres? —me pregunta Xaden mientras nos aproximamos a la enorme puerta de doble hoja del gran salón.

—Es lo que ella quiere —le contesto, y uno de los soldados que luce la cimera de Calldyr entra en el salón, sin duda para anunciar nuestra llegada—. *Y es lo que necesitamos. ¿Todavía te apuntas a venir conmigo?* —Lo miro de soslayo—. *¿Incluso más allá de las protecciones?*

La barrera mágica está haciendo algo más que protegernos de él: lo protege a él de sí mismo.

La mandíbula se le tensa.

—*Incluso más allá de las protecciones* —confirma cuando llegamos a la puerta y a la soldado que ha permanecido en su sitio, que viste el azul de la infantería y tiene una expresión imperturbable.

—Imagino que me están esperando, ¿no? —pregunto a la soldado.

—Aguardarás hasta que te escolten, cadete Sorrengail —replica sin mirarme.

Qué simpática.

—Estoy empezando a replantearme lo de venir aquí —señala Garrick desde el otro lado de Xaden mientras escudriña a la multitud armada hasta los dientes que hay en el pasillo—. La han invitado a comparecer ante el Senario sola, y no es que nos hayan perdonado por abandonar Basgiath y llevarnos una gran parte de la manada. Es posible que Brennan esté presente en las negociaciones del tratado en representación de Aretia, pero nosotros no formamos parte del consejo. A Violet podría pasarle cualquier cosa ahí dentro.

—Eso ya lo he pensado —le aseguro—. Me necesitan viva por el bien de Andarna, o por el de Tairn. No me pasará nada.

—Tiene a Lewellen en representación de Tyrrendor, y puede prenderle fuego a todo este puto sitio con un solo movimiento de la mano —añade Xaden, que se cruza de brazos y lanza una mirada asesina a la soldado—. Me preocupa más la seguridad de toda esa gente que la suya.

La hoja derecha de la puerta se abre y el otro soldado sale.

En el estómago se me hace un nudo cuando el general Melgren aparece en el umbral, con su nariz aguileña y esos ojillos oscuros que se entornan al mirarme.

—Cadete Sorrengail, el Senario está listo para recibirte. —Después mira a Garrick y a Xaden—. A solas.

—Estaré aquí fuera —el tono de Xaden se vuelve amenazador—, al otro lado de esta puerta de madera que está suspendida a dos centímetros del suelo.

—*Muy sutil.* —Reprimo la sonrisa que pugna por asomar a mis labios.

Melgren me indica que pase, pero no aparta los ojos de Xaden.

—*No lo seré nunca* —contesta mientras entro en el salón—. *Confío plenamente en tu capacidad para protegerte, pero no tienes más que decirlo y arrancaré la puerta de los goznes.*

—*Eres todo un romántico.* —Me percato en el acto del nuevo mobiliario que hay en la sala que me es tan familiar, con una larga mesa de caballete que recorre el salón en toda su longitud y docenas de sillas, sin duda para dar cabida a las negociaciones. Seis nobles vestidos con túnicas y ropajes con suntuosos bordados están sentados de cara a mí en el extremo más cercano, cada uno de ellos en representación de cada una de las seis provincias de Navarre. Los conozco a todos gracias a mi madre, pero solo el del extremo izquierdo me ofrece una sonrisa cansada cuando me aproximo al centro del grupo y apoyo las manos en el respaldo de la silla que hay allí.

Lewellen.

—*¿Alguna cosa de última hora que quieras añadir?* —le pregunto a Andarna mientras Melgren da la vuelta a la mesa y se sienta a la derecha de la duquesa de Morraine.

—*No se me ocurre nada* —responde.

Allá vamos.

—Resolvamos esto con presteza —dice la duquesa de Morraine con una voz aguda desde la derecha. Un rubí gigantesco se le desplaza por la clavícula cuando suspira—. Tenemos tres días para salvar estas negociaciones y necesitamos cada hora.

—No podría estar más de acuerdo... —empiezo.

—Nos ha informado el general Melgren y hemos deliberado con el rey —me interrumpe el duque de Calldyr, que tengo sentado justo enfrente, mientras se acaricia la corta barba rubia—. A partir de este momento serás adscrita a un... —Mira a Melgren—. ¿Cómo lo has llamado?

—Un destacamento especial —responde Melgren, que está inquietantemente inmóvil mientras me estudia.

—Un destacamento especial —repite el duque—. Que se embarcará en una búsqueda para localizar y reclutar a la séptima estirpe de dragones con el objetivo de incrementar nuestros efectivos y, con suerte, adquirir conocimientos para matar a los venin.

Me meto la mano en el bolsillo del uniforme y saco dos pergaminos doblados. Sostengo en alto el primero.

—En el caso de que accedamos a participar, esta es una lista de las exigencias de Andarna.

La duquesa de Elsum arquea las oscuras cejas y el duque de Luceras pone cara de asco.

—Tú no eres quién para venirnos con exigencias —me advierte la duquesa de Morraine—. Aunque estemos en deuda con tu madre, a ti todavía se te considera una desertora.

—Una desertora que salvó este colegio, nuestras protecciones y nuestro reino, por no mencionar que se ha enfrentado a unos cuantos venin dentro de estos muros hace unas horas, todo lo cual he hecho sin someterme a la cadena de mando navarro. —Ladeo la cabeza—. Difícilmente pueden adscribirme a nada, puesto que ninguno de ustedes está al mando de la manada de Aretia. Y estas no son mis exigencias, sino las de Andarna.

—El regreso de nuestra manada es algo que todavía está siendo objeto de negociación. —Melgren mira de reojo a Lewellen—. Esta adscripción se hace de buena fe, con la condición de que la manada permanezca en Basgiath. Lewellen, como llevas años representando en secreto a Aretia (lo cual constituye un punto y aparte que este consejo aún ha de abordar), quizá estés dispuesto a leer sus exigencias.

El reproche hace que la mayoría de los aristócratas se muevan en sus asientos con incomodidad.

Lewellen extiende la mano y le doy la lista doblada. Paso número uno completado. Una sonrisa le curva la arrugada boca mientras lee:

—Algunas son ciertamente... singulares.

—Como ella —observo, y me lanzo al paso dos—. Me acompañarán seis jinetes...

—No te acompañará nadie —me corta Melgren—. Eres una cadete de segundo año a la que solo se permite que participe porque necesitamos a tu dragón. Ya se ha decidido que el capitán Grady estará al mando del destacamento especial, debido principalmente a su experiencia tras las líneas enemigas.

Se me revuelve el estómago.

—¿Mi profesor de CSJ?

No, no, no, no es así como se suponía que debía ir esto. Agarro la lista cuyo nombre encabeza Mira.

—El mismo. —Melgren asiente—. Ha sido informado, y tendrás noticias suyas en cuanto hayamos forjado la alianza con Poromiel y sus requisitos y él haya configurado el pelotón de su elección.

De su elección. El poder me recorre el cuerpo y hace que me bulla la sangre.

—Que al menos incluirá al teniente Riorson, ¿correcto?

Todos los aristócratas miran a Melgren.

—La participación de Riorson estará sometida al criterio de Grady. —Melgren me observa impávido.

—Tairn y Sgaeyl no pueden separarse —arguyo.

—Con lo que cabría suponer que Riorson será uno de sus elegidos —afirma Melgren con la misma emoción que un árbol. No me extraña que a mi madre le cayera tan bien—. Pero, como te digo, estará sometido al criterio del capitán.

Al criterio del capitán. Noto el zumbido de mi sangre.

—Decidir cuáles serán los integrantes del pelotón es una de las exigencias de Andarna. —En todos los escenarios que he contemplado, que se acaten las exigencias de Andarna siempre ha sido la carta que he jugado mentalmente.

—Que, sin embargo, no se cumplirá. —Melgren une las manos en el regazo—. Se trata de una operación militar no negociable, no de una excursión de clase.

—*No iremos* —afirma Tairn.

—*¡Tenemos que ir!* —replica Andarna levantando la voz.

El pergamino se arruga en mi mano.

—*Tiene razón. Hemos de ir.* —Sobre todo porque Andarna lo merece, pero si existe una posibilidad de que sepan cómo derrotar a los venin o cómo curar a Xaden, lo cierto es que no tenemos elección—. *Todos los caminos posibles.* —Lo que significa que debemos ceder.

—¿Podemos considerar zanjado el asunto? —pregunta el duque de Calldyr.

Por supuesto que no, carajo.

—Sí —afirma Melgren.

—Solo si se aceptan las demás exigencias de Andarna. —Levanto la barbilla—. Creo que tanto ella como Tairn han demostrado que están más que dispuestos a salir corriendo (mejor dicho, volando) de Basgiath.

A Melgren se le dilatan las fosas nasales en señal de ira y me cuesta no cantar victoria.

—Sopesaremos la aprobación de las demás exigencias.

—En tal caso, asunto liquidado —anuncia el duque de Calldyr—. Excelente. Este avance debería ayudar a suavizar las negociaciones.

—Al menos sería de ayuda permitir que los pilotos entren en el cuadrante —añado, y la frustración me abrasa el pecho.

—¿Cuando ni siquiera son capaces de manipular para protegerse? —se burla Melgren—. Los jinetes se los comerán vivos.

—¿Acaso no es ese uno de los argumentos de Poromiel en contra de dejar con nosotros esas fuerzas adicionales? —inquiere la duquesa de Morraine, y Melgren asiente.

No son «fuerzas». Son cadetes que necesitan el amparo de las protecciones.

El duque se rasca el cuello.

—Lo pensaremos. Que los pilotos se manejen en el cuadrante serviría de mucho para suavizar ese punto de la negociación.

Eso es exactamente lo que pienso yo.

—Puedes retirarte, cadete —ordena Melgren.

—Te acompaño fuera —se ofrece Lewellen al tiempo que se separa de la mesa y se levanta.

Me meto la arrugada lista en el bolsillo y cruzo los adoquines hasta la puerta mientras intento recoger los pedazos hechos añicos de mis expectativas. A saber si podremos fiarnos de los miembros del pelotón a los que elija Grady.

—Me ocuparé de esto —dice en voz baja Lewellen, refiriéndose a las exigencias de Andarna—. Mientras tanto —introduce una mano en la túnica y saca una misiva del tamaño de la palma de mi mano—, me han pedido que te dé esto en privado.

—Gracias —respondo por pura costumbre, y tomo el pergamino.

Él llama dos veces a la puerta y salgo por la hoja por la que el soldado me indica que lo haga, la de la izquierda.

Tras abrir la misiva, salgo al pasillo y reconozco la desparramada letra de Tecarus.

Tienes tres días para cumplir tu parte del trato.

«Mierda». Es imposible. Levanto la cabeza y veo que todos los integrantes de mi pelotón están esperando, un muro negro y café que contiene un colorido mar de túnicas y vestidos.

—¿Cómo ha ido? —inquiere Imogen.

—Dale un segundo —la regaña Rhi.

Los recorro con la mirada cuando la puerta se cierra a mi espalda y clavo la vista en Xaden, que está cruzando la distancia que nos separa.

—El plan se ha ido a la mierda.

Lo que significa que es imprescindible que la misiva que sostengo en la mano no falle.

La luz de la mañana entra a raudales por mi ventana, y despierto parpadeando despacio con el sonido de las campanas del campus, que dan las ocho. La nieve se amontona en el alféizar, pero más allá el cielo es azul por primera vez desde el solsticio.

Carajo, no solo he dormido, lo he hecho profundamente. Puede que fuera la paliza que me di en el gimnasio con Imogen ayer por la noche o el bajón emocional después de que me desahogara con Rhi y Tara sobre por qué Grady era la peor elección posible para liderar la misión de Andarna, pero la cosa es que no me he despertado ni una sola vez, gracias a los dioses. Debí de caer muerta en cuanto me metí en la cama con el libro sobre las importaciones navarras anteriores al Acuerdo Comercial de Resson que Jesinia me dio cuando fui a ver a Sawyer, todavía echando humo. Al levantar la cabeza de la almohada, veo el libro cerrado en mi mesita de noche, la página señalada con una de las dagas de Xaden.

Su consideración hace que una sonrisa lenta se me dibuje en la boca. Supongo que ya estaba durmiendo cuando él llegó a la cama tras su reunión diaria con Brennan, Lewellen y, desde ayer por la tarde, también el duque Lindell, que fue el padre adoptivo de Xaden y Liam.

Me volteo bajo el calor de las mantas, esperando encontrar a Xaden despierto, teniendo en cuenta la hora que es, pero está como un tronco, con un brazo alrededor de la almohada y el otro, con su reciente cicatriz rosada, sobre las sábanas entre nosotros. El corazón se me contrae, y me parece que lo más lógico es contemplarlo, aunque sea unos segundos. Dioses, qué guapo es. Su rostro se dulcifica mientras duerme, y no hay ni rastro de la tensión que suele mostrar en la mandíbula y en los hombros. La semana pasada fue dura para él, al verse constantemente dividido entre sus obligaciones como jinete y el desenvolvimiento de la responsabilidad que asume por Aretia en un espacio que no la reconoce. Resisto el deseo de tocarlo. Tampoco ha dormido casi nada desde la batalla, y si puede descansar unos minutos más, no seré yo quien se lo impida.

Me muevo hacia mi lado de la cama muy despacio y haciendo el menor ruido posible, me incorporo y dejo que los pies me cuelguen sobre el suelo. Todavía tengo el pelo un poco húmedo al habérmelo trenzado justo después de bañarme por la noche, y me lo cepillo rápida y silenciosamente para que, con un poco de suerte, se me seque antes de que sea hora de salir al frío. Cuando dejo el cepillo en la mesita de noche, me estiro a una velocidad que sería el orgullo de un perezoso...

Una cinta de sombras me envuelve la cintura un segundo antes de recogerme el pelo hacia un lado, y Xaden me besa con los labios abiertos allí donde el cuello se une con el hombro.

«Oh, sí».

Profiero un grito ahogado cuando una oleada de calor me recorre de inmediato la espalda al ritmo de las caricias de su lengua, del roce de sus dientes, y recuesto la cabeza en su hombro. Él va directo al punto hipersensible del lateral de mi cuello, como si mi cuerpo fuera un mapa del que solo él tiene la clave, y entierro los dedos en su pelo mientras la espalda se me arquea. Carajo, sabe exactamente cómo hacer que despegue de la tierra y llegue a lo más alto del maldito cielo en cuestión de segundos.

—Eres mía —dice contra mi piel, y su mano me roza el bajo del camisón antes de subir por el muslo.

—Eres mío —contesto mientras lo agarro con fuerza del pelo.

Xaden se ríe en mi cuello, un sonido grave y embriagador, al tiempo que su mano pasa por la unión de mis muslos, me sujeta por la cadera y da un tirón.

Mi mano deja su pelo y la habitación gira antes de que mi espalda acabe en el centro de la cama. Después, todo cuanto veo es a él, que se planta sobre mí con una sonrisa pícara y sin nada salvo un pantalón de dormir suelto, e introduce el duro muslo entre los míos.

—Soy tuyo —dice, como si fuera una promesa, y me quedo sin aliento al ver la intensidad de su mirada.

Dioses, siento que el pecho se me va a abrir cuando me mira así.

—Te amo tanto que me duele. —Deslizo las manos por la piel tibia y desnuda de su pecho, la yema de mis dedos dibuja la cicatriz que tiene encima del corazón y continúa hasta las duras líneas del estómago.

Él deja escapar el aire con fuerza entre los dientes.

—Bien, porque así es exactamente como te amo yo a ti.

Su muslo se mueve entre los míos con una fricción exquisita, y acto seguido todo él está encima de mí, borrando uno a uno mis pensamientos salvo el de cómo conseguir que se acerque más aún.

Sus manos recorren cada una de mis curvas y su boca acaricia cada centímetro de piel de mi cuello. La necesidad me corre por las venas como si fuera una llama que prende mis terminaciones nerviosas y provoca un fogonazo cuando sus dientes me rozan el pezón a través de la tela del camisón.

Gimo y entrelazo los dedos en su nuca. Carajo, cómo necesito a este hombre.

—*Ese es uno de mis sonidos preferidos.* —Sus palabras se cuelan en mi cabeza mientras su mano me sube por el muslo y se mete por debajo del camisón para juguetear con el borde de mi ropa interior, y yo me derrito—. *Solo lo superan esos ruiditos que haces justo antes de venirte.*

Me roza el clítoris con los nudillos a través de la exasperante tela que nos separa y mi cadera se mueve cuando su boca pasa a mi otro pecho. Hay demasiada puta ropa entre nosotros.

Levanta la cabeza para mirarme en el momento en que sus dedos franquean la barrera de mi ropa interior y acto seguido está ahí, acariciándome y provocándome, estimulándome el clítoris y por fin, gracias a los malditos dioses, aplicando la presión exacta que necesito.

—Xaden —gimo, y mi cabeza golpea una y otra vez en la almohada mientras el poder me asalta, me recorre cada hueso, cada vena, cada centímetro de piel.

—*He cambiado de opinión.* —Me desliza dos dedos dentro—. *Este es mi sonido preferido.* —Sus dedos se hunden en mí y se curvan hacia arriba retirándose solo lo justo.

Me quedo sin aliento y una comisura de su boca se eleva en una sonrisilla que hace que las paredes de mi cuerpo se contraigan alrededor de sus expertos dedos. Noto el zumbido del poder, que forma una espiral cerrada dentro de mí, y me aferro a sus hombros al tiempo que mis manos se clavan en su reliquia de la Rebelión.

—*¿Cómo quieres que te coja, Violet?* —La frente se le frunce al presionarme el clítoris con el pulgar, y la energía que se está acumulando en mí vibra—. *¿Así, acostada boca arriba y conmigo encima? ¿Delante de mí, a cuatro patas y sacando las nalgas? ¿Contra la pared para que pueda embestirte con más fuerza? ¿Sentada encima de mí para que controles tú el ritmo? Dime.*

¿Que controle? Eso es solo una ilusión en lo que a estar con él se refiere. En cuanto me toca, soy suya para que haga conmigo lo que quiera.

—De todas esas formas. —Soy toda fuego en el mejor sentido, y sus palabras avivan las llamas. Me da lo mismo cómo se introduzca en mí, lo único que me importa es que sea ahora mismo, carajo.

Sus pupilas se dilatan.

—Siento tu poder. Te siento a ti. —Me mira fijamente un segundo más y, tras bajar la cabeza para acercarla a la mía y quedarse a escasos centímetros por encima de mis labios, incrementa el ritmo de los dedos, privándome de la respiración de tal modo que sé que solo sobreviviré si me hago añicos—. Luminosa, excitada y perfecta, carajo.

Y yo lo quiero todo de él, no solo sus dedos; noto lo dura que la tiene contra mi muslo y necesito que se mueva dentro de mí, conmigo, desmelenado, desenfrenado y descomedido. Solo que no soy capaz de dar con esas palabras, no cuando está decidido a dejarme sin habla.

Acudo al luminoso ónix que nos conecta mentalmente y vierto en él mi pura e imperiosa necesidad mientras mi respiración es cada vez más rápida.

—*Violet* —gime, frunce el ceño y tensa la mandíbula, como si estuviera conteniéndose.

¿Por qué lucha contra esto? ¿Contra nosotros? Soy suya, pero él también es mío. ¿Es que no recuerda lo bien que estamos juntos? Con el vínculo firmemente sujeto, rememoro el armario rompiéndose contra mi espada, la sublime sensación de él arremetiendo dentro de mí, con fuerza y hasta el fondo, cada uno de nosotros perdido en el otro, respirando el mismo aire caliente, viviendo solo para recibir el clímax de la siguiente embestida.

El poder que se acumula en mi cuerpo empieza a arder, me tiñe de rojo la piel y amenaza con abrasarlo todo si no lo libero. Dioses, cómo sería sentir el suave roce de sus sombras por toda mi piel, envolviéndome con un millar de caricias mientras él...

Xaden apoya su frente en la mía y tiembla, el sudor le perla la frente.

—Carajo, amor.

Hay algo al oír ese gemido gutural, todo aspereza y desesperación, que me lleva al límite con el siguiente movimiento de sus dedos. Intento retenerlo, pero el poder da un chasquido y veo un destello de luz a mi izquierda cuando me hago añicos. Las sombras inundan el espacio durante un segundo mientras el placer llega en unas oleadas que me arrollan y hacen que suba a la superficie una y otra vez.

Percibo un olor a madera quemada, y Xaden dirige ambas manos a la cabecera de la cama, por encima de mí. El tormento que desfigura su rostro me devuelve a la realidad en menos de un suspiro. Parece que está sufriendo un dolor insoportable.

—¿Xaden? —lo llamo, intento tocarlo.

—No —espeta, y el grito roza la orden y al mismo tiempo es todo súplica.

Las manos se me caen al pecho, y cuando busco nuestro vínculo, lo noto débil y sellado por un muro de frío ónix.

—¿Qué pasa?

—Necesito espacio —escupe.

—Está bien. —Salgo de debajo de él y me bajo de la cama; veo en el acto la grieta quemada de la mesita de noche. Al menos cada vez se me da mejor no incendiar los árboles—. ¿Así estoy lo bastante lejos?

—Ni en los reinos insulares estarías lo bastante lejos —masculla, y su respiración se ralentiza.

Pero ¿qué demonios es esto?

—¿Perdona? —Veo, completamente desconcertada, que recupera el control y hace un gesto afirmativo, como si volviera a sentirse seguro de sí mismo.

—Se me había olvidado. —Separa las manos de la cabecera despacio y se sienta de nuevo en los talones. Apoya las manos en los muslos y, acto seguido, las deja caer a ambos lados—. Me he despertado y te he visto sentada ahí, y tocarte me ha parecido lo más natural del mundo, pero en mí ya no hay nada natural. Carajo, lo siento mucho, Violet.

«Oh».

—A mí también se me había olvidado. —En cuanto su boca se ha posado en la mía—. No tienes por qué disculparte por nada, y no digas que en ti no hay nada natural... —Un momento. Esbozo una sonrisa. Este es un problema que tiene solución—. De hecho, creo que acabas de hacernos un favor a los dos. —Doy un único paso hacia la cama y su cabeza se gira rauda hacia mí—. No ha pasado nada malo, Xaden. Acabas de acariciarme todo el cuerpo, me has penetrado y estoy más que bien. Dame dos segundos para que vuelva a la cama y te prometo que tú estarás igual de bien.

Sus ojos se cierran y me señala la cabecera.

—De bien nada.

Entrecierro los ojos para ver la oscura madera y tengo que inclinarme hacia delante un poco para distinguir las leves señales de decoloración, apenas un tono menos que el color original, allí donde antes estaban sus pulgares. Me llevo una mano al estómago, como si de ese modo pudiera impedir que se me revuelva.

¿Acaba de canalizar?

CUATRO

Existen dos motivos por los que a los cadetes de jinete no se les conceden los mismos permisos de verano e invierno que al resto: en primer lugar, los civiles no reaccionan bien cuando ven dragones deambular como si nada por sus pueblos.

En segundo lugar, criar tigres para la guerra exige cerrar con llave las jaulas, no vayan a atacarse entre sí... o ataquen a uno.

—*Afilar las garras: manual del profesor*,
por el coronel Tispany Calthea

Niego con la cabeza al ver las sutiles marcas.

—Eso no es nada, casi ni se nota. —Y desde lejos sus ojos parecen los mismos de siempre. Lo que sea que ha hecho no se parece en nada a lo que sucedió durante la batalla.

—Porque he parado. —Baja por el otro lado de la cama y retrocede hasta que la cara posterior de sus muslos da contra mi mesa—. En cuanto tu poder ha aumentado, lo he sentido y he recordado por qué me prometí que no te tocaría. Y he pensado que, si por lo menos podía satisfacerte, me bastaría, pero, carajo, he estado tan a punto... —Se agarra con fuerza al borde de mi mesa y me mira—. No puedo permitirme perder el control cuando estoy contigo. Ni lo más mínimo. —Mira de reojo la cabecera—. Ni así ni de ninguna manera.

El pecho me duele y tomo aire con fuerza para frenar los latidos de mi corazón. Si de verdad Xaden ha canalizado...

—¿Puedo ir contigo? No te tocaré.

Hace un gesto afirmativo.

—Ahora estoy bien. Todo está bajo control.

Cruzo el frío suelo descalza y me planto delante de él. Profiero un suspiro de alivio al no ver ni rastro de rojo en sus ojos.

—Nada de rojo.

Los hombros se le hunden.

—Bien. Lo he bloqueado bastante deprisa y ni siquiera he tenido la sensación de estar absorbiendo algo, pero es evidente que lo he hecho.

—Una lija se lleva más de lo que te has llevado tú. —Miro la cabecera para asegurarme de que no son imaginaciones mías—. Casi ni les veo, y eso que estoy mirando.

—Lo he absorbido sin pensar. Sin que tuviera elección. ¿Y si hubieras sido tú? —Me mete el pelo por detrás de la oreja—. No me lo habría perdonado nunca. —Deja escapar un suspiro hondo.

Y el dolor que siento en el pecho se me agudiza.

—¿Vas a sobrepensar e intentarás apartarte de mí? Porque te aviso desde ya que no voy a permitirlo.

—No. —A su boca asoma una sonrisa—. Solo creo que hemos hecho bien manteniéndonos alejados de actividades en las que no tengo la seguridad de lograr mantener el control. Es la única forma de que estés a salvo, y por más ganas que tenga de que salgas corriendo, soy demasiado egoísta para renunciar a ti.

Asiento despacio, puesto que no tengo intención de discutir con lo que a todas luces es su parte del guion.

—Y, solo para que lo sepas, ese recuerdo que has tenido ha

sido increíble. He disfrutado cada segundo. —Traga saliva y se agarra con ambas manos a la mesa de nuevo, como si ya estuviera arrepintiéndose de la decisión que ha tomado.

Frunzo el ceño.

—No sé muy bien cómo lo he hecho. ¿Compartir el pensamiento es algo propio de los inntinncistas? ¿O del vínculo? Porque nos ha pasado en más de una ocasión.

Una comisura de la boca se le levanta y la presión de sus manos cede.

—No tengo ni puta idea, nunca he probado a hacerlo con nadie más. —La sonrisilla pasa a ser una sonrisa de oreja a oreja y yo respiro un poco mejor—. La primera vez estaba en clase de Táctica y no podía dejar de pensar en ti. Luego intentaste comunicarte conmigo, te resistías a manipular cuando la noche anterior prácticamente le habías prendido fuego a todo el campus, y me limité a abandonarme al recuerdo, en parte para ayudarte, pero sobre todo para que estuvieras en el mismo infierno en el que me encontraba yo. —Lo admite y se siente cero culpable por ello—. Y ahora vamos a vestirnos, anda. Probablemente nos hayamos perdido el desayuno.

Nos preparamos con relativa normalidad teniendo en cuenta lo que acaba de pasar. Me vendo la rodilla deprisa, pasando la venda por encima y por debajo de la rótula para mantenerla en su sitio, y termino de vestirme. Para cuando quiero ponerme la armadura sobre la camiseta, Xaden ya me está apretando las cintas con la misma eficiencia que cuando me las desata, solo que lo primero tarda bastante más que lo segundo.

—Ayer llegaste tarde —digo mientras llega a la parte de abajo—. ¿Tiene que ver con la presencia del duque Lindell?

—Sí. —Jala con suavidad y la espalda se me endereza.

—Me alegro de que estés durmiendo aquí —observo, y sus dedos se quedan quietos—. Han venido las tres casas más nobles de Tyrrendor. De dos de ellas se sabe que solo son leales a la provincia, y de la tercera se sospecha. —Giro el rostro—. ¿No fue Lindell quien se aseguró de que Liam y tú recibieran entrenamiento para entrar en el cuadrante?

Xaden asiente.

—Sí, aunque Lewellen también tuvo algo que ver en ello.

Enarco las cejas.

—Estoy segura de que a Melgren se le ha pasado por la cabeza que podría hacer borrón y cuenta nueva. Hay mucho caos en los pasillos y casi ningún oficial que preste atención. —«Ten cuidado». Pronuncio esas dos palabras con la mirada.

Él asiente otra vez y continúa apretándome el corsé, y yo miro al frente de nuevo.

—No hace falta matarme para acabar con la aristocracia de Tyrrendor. Oficialmente solo soy un teniente que no tiene cabida en las negociaciones, y, sin embargo, se supone que hablo por Aretia, según tu hermano. Listo. —Me ata las cintas del corsé y me vuelve loca cuando me da un beso debajo de la oreja antes de ir al armero que hay junto a la puerta.

—Gracias. ¿Querrías hacerlo? —le pregunto mientras me pongo la parte de arriba del uniforme y me la abotono.

—¿Estar presente en las negociaciones? —inquiere al tiempo que se coloca las vainas en la espalda.

—Hablar por Aretia, todo. —Cruzo la habitación y empiezo a trenzarme el pelo y recogérmelo en la corona de siempre mientras me acerco a la mesa, y Xaden me mira con una expresión que no sé interpretar—. Dijiste que estabas satisfecho con cómo estaban yendo las cosas, pero no sé si alguna vez alguien te ha... preguntado.

Frunce el ceño.

—La Asamblea dirige Aretia, yo solo soy el propietario de la casa, lo cual probablemente esté bien, teniendo en cuenta que soy..., ya sabes, venin. Soy bueno en el campo de batalla, pero gobernar no es lo mío.

Trabo todos mis músculos para no estremecerme y sigo trenzándome el cabello.

—En cualquier caso, estamos intentando negociar las condiciones para que la manada se quede, y al parecer Lewellen piensa que al menos puede conseguir que el rey Tauri devuelva la espada de mi padre, pero todo parece muy enmarañado. Si nosotros no nos quedamos, Poromiel se va. Si Navarre no puede proteger a los pilotos aquí, en Basgiath, Poromiel se va. Si alguien mata a alguien, que es algo que aquí pasa a menudo...

—Poromiel se va. —Termino la frase por él mientras agarro los pasadores de la mesa para sujetarme la trenza, y me doy perfecta cuenta de que ha hablado en plural. Tengo que morderme la lengua para no contarle que estaré trabajando activamente en uno de esos puntos a lo largo de las próximas cuarenta y ocho horas, pero él no lo quiere saber, y el hecho de que hace unos minutos haya perdido el control no ayudará a que cambie de opinión.

—Exacto, y la otra noche dos de los pilotos de tercer año tuvieron una pelea con el Ala Uno cerca del gran salón, que dejó a todo el mundo ensangrentado. —Empieza a envainarse las dagas en los muslos—. Si Tauri no está dispuesto a aceptar a civiles, Poromiel no gana nada con prometer que no atacará nuestros puestos avanzados. Los únicos incentivos son las armas y mantener a salvo a los pilotos.

—Ambas cosas pueden conseguirse forjando una alianza solo con Aretia —apunto mientras Xaden comienza a colocarme mis dagas, que desliza en las vainas de los muslos y en las que están cosidas al uniforme a lo largo de las costillas.

—¿Ahora quién parece el separatista? —pregunta con una sonrisilla—. Si tuviéramos unas protecciones estables, quizá, pero sabemos que están fallando, y aunque no fuera así, la última vez que Tyrrendor trató de separarse, la cosa no salió bien... —Ladea la cabeza como si estuviera aguzando el oído, y acto seguido se planta en la puerta de dos zancadas y la abre de golpe—. Estás bromeando, ¿no? Ninguno de los dos ha entrado aún en el baño.

Vaya, ahí está la impertinencia que se gasta con todo el mundo. No reprimo el deseo de sonreír. Hay una gran parte de mí a la que le gusta que sea la única con la que se ablanda.

—¿Quién es? —pregunto mientras tomo del respaldo de la silla mi chamarra de vuelo.

—¿Estás ahí dentro con mi hermana pequeña y me preguntas a mí si estoy bromeando? —espeta Brennan—. Creo que normalmente soy bastante comprensivo con el hecho de que duermas en su cama, y hago la vista gorda cuando se besuquean, pero tenemos una reunión dentro de media hora y necesito hablar contigo antes.

—Buenos días, Brennan —lo saludo al tiempo que meto los brazos en la chamarra de vuelo.

—Hola, Violet —me contesta.

—Tengo patrulla —aduce Xaden.

—Es verdad —añade Garrick desde algún lugar detrás de Brennan.

—¿Cuántas personas hay fuera? —Me meto por debajo del brazo de Xaden y arqueo las cejas. El pasillo está lleno de gente: Brennan, Garrick, Lewellen, Bodhi e Imogen están esperando. Los días de negociaciones han pasado factura a Lewellen y a Brennan. Mi hermano tiene más ojeras, y la barba de tres días entrecana de la angulosa barbilla de Lewellen ahora es más poblada, como si estuviera demasiado cansado o demasiado ocupado para rasurársela—. ¿Ha muerto alguien? ¿Por qué no han llamado a la puerta?

—Porque es mala. —Garrick señala con un gesto a Imogen, que está apoyada en la pared a mi derecha.

—Violet necesita dormir, carajo. —Ladea la cabeza hacia él—. Teniendo en cuenta lo descansado que pareces, supongo que dormirías bastante en la cama de Nina Shrensour la otra noche. Pobrecita, vaya decepción.

—Carajo. —Bodhi intenta sofocar una risotada.

En el rostro de Garrick se extiende una sonrisa y un hoyuelo se le dibuja en la mejilla izquierda.

—Cuidado, Imogen. Cualquiera diría que estás un poquito celosa.

—¿Quién demonios tendría celos de una piloto? —La mirada asesina que le lanza promete una muerte rápida.

—Bueno. —Brennan se frota el puente de la nariz y Lewellen se aleja negando con la cabeza—. Solo necesitamos a Riorson.

—En serio, niños, solucionen sus problemas. Estamos en plena guerra —observa Mira desde el otro extremo del corto pasillo, con las mejillas rojas y la marca de los goggles de vuelo todavía en la piel.

Sonrío en el acto.

—¡Lo has conseguido! —Gracias, Amari, disponemos de cuarenta y ocho horas y una única oportunidad.

—Creía que llegarías esta noche, como pronto. —Brennan enarca las rojizas cejas.

—Teine se sentía pletórico de energía. —La sonrisa de Mira podría cortar cristal, pero por lo menos lo intenta. Tras descubrir que Brennan seguía vivo, tardó meses en dejarlo entrar en su vida. Quién sabe lo que necesitará para superar la pérdida de nuestra madre cuando considera que Brennan tendría que haberlo impedido—. Traigo nuevas y unas cuantas misivas.

Necesito que todo el mundo se marche ya para saber cuáles son exactamente esas nuevas.

—Gracias —dice Brennan a Mira, y acto seguido se voltea hacia Xaden—. Esto es más importante que salir de patrulla.

La mano de Xaden me roza la parte baja de la espalda cuando sale y sigue a Brennan hasta el pasillo principal, donde espera Lewellen. Garrick le pisa los talones.

—¿Hay algo que deba saber? —pregunta Bodhi ceñudo mientras Mira se quita la mochila de los hombros.

—No pasa nada —le asegura Brennan, y el cuarteto dobla la esquina y desaparece.

—Está bien sentir que me necesitan —musita Bodhi, que se acerca más al tiempo que Mira cierra nuestro corro—. Me figuro que iremos nosotros de patrulla, Imogen.

—¿Lo has averiguado? —pregunto a Mira, incapaz de aguantar un segundo más.

—En primer lugar, Felix te envía un regalo. —Saca un conducto de la bolsa y me lo da con una sonrisa.

—Oh, gracias a los dioses. —Profiero un suspiro de alivio cuando mis dedos se curvan sobre el orbe de cristal con la franja metálica que lo rodea, el cual me confiere un amago de control de mi sello.

—Y también tengo esto. —La pequeña chispa de esperanza que aviva mi corazón se torna una llama cuando Mira saca del morral un disco de madera para practicar runas—. Trissa es un genio.

Me quedo boquiabierta. Hay tres runas templadas en el disco, una de levitar en el centro y dos en capas que se superponen y que parecen ser un escudo de sonido y de calor. La línea exterior —la del calor— está interrumpida por un pequeño brote verde de nuevo crecimiento.

—¿Cómo lo has hecho? —Apenas puedo mantener la voz baja.

—Después de que casi saliéramos por los aires y disparados

como un proyectil —una sonrisa le eleva las comisuras de la boca—, modificamos el material con el que se templa la runa sin destruirlo, y así le cambiamos la forma. Resulta que Kylynn es agricultor —cuenta Mira.

—¿El sello del «hacha de guerra» es manipular las plantas? —musito.

—No hace falta que hables tan bajo, Vi —me recuerda una risueña Mira—. El escudo de sonido todavía está activo, aunque hemos anulado el de calor. Debería protegernos casi hasta el final del pasillo.

—¿Estás segura? —pregunto.

—Sí. Está frío al tacto y... —Mira coloca una moneda de oro en el centro de la runa de levitación y ¡se queda suspendida! Anular una runa es alucinante; averiguar cómo hacerlo sin que afecte al resto, increíble—. Lo tenemos. No está exento de riesgo, pero podemos hacerlo.

El corazón me empieza a latir con fuerza.

—Podemos salvar las negociaciones. —Los pilotos se quedarán y yo podré mantener el trato que hice con Tecarus.

—Si ellos aceptan —objeta Imogen despacio—. Y sabes que no aceptarán.

—Atención —avisa Bodhi ladeando el mentón hacia el descansillo. Brennan avanza con parsimonia hacia nosotros, con la mirada fija en el suelo, como si estuviera absorto en sus pensamientos—. Nos vamos.

—No se lo cuenten aún a los demás —se apresura a decir Mira mientras guarda el disco en la mochila que tiene a los pies—. Hemos de darle la oportunidad al Senario de que haga lo correcto, y cuantas menos personas lo sepan, a menos ejecutarán por traición.

Bodhi e Imogen asienten y yo pongo cara de sorpresa al ver que empiezan a alejarse.

—Eh, ¿qué necesitaban? ¿Por qué estaban esperando? —le pregunto a Imogen.

Bodhi se mete las manos en los bolsillos y continúa andando, e Imogen mira de soslayo a Brennan al pasar.

—Solo queríamos asegurarnos de que... estás durmiendo un poco —dice justo antes de dar la vuelta a la esquina y desaparecer.

Bodhi. Garrick. Imogen. El estómago se me encoge. Han venido a verme para cerciorarse de que Xaden no me había matado.

—Estás hecho una mierda —comenta Mira cuando Brennan se suma a nosotras.

—Así es como me siento. —Nuestro hermano se pasa una mano por el rostro—. La política de Poromiel no tiene nada que ver con la nuestra. Solo dispongo de unos minutos, después tendré que volver a entrar para suplicar a la provincia de Cygnisen que no abandone la mesa. Ninguna de las partes está dispuesta a dar su brazo a torcer.

—Se diría que no querer que los maten los venin los animaría a aprender deprisa —afirma Mira, y ladea la cabeza igual que nuestra madre, lo cual hace que sienta una opresión en la garganta.

—En efecto. —Brennan cabecea—. Lo único en lo que todo el mundo está de acuerdo es en que a los pilotos se les permitirá recorrer hoy el cuadrante con los jinetes de primer año de sus pelotones (al parecer no son tan amenazadores) y en el destacamento especial que irá contigo —me dice a mí.

—¿Adónde exactamente va a ir Violet? —espeta Mira, que se pega a mí.

—Nos van a enviar en busca del resto de la especie de Andarna —contesto por Brennan.

—¿Qué? —Sus ojos se abren como platos.

—Es lo que quiere Andarna. Debería habértelo dicho antes de que te fueras, pero el Empíreo no lo había aprobado aún. —Un sentimiento de culpa me atenaza la garganta al ver su expresión afligida—. Andarna iba a ir de todas formas. Al menos ha podido exigir algunas cosas.

—¿Tú has permitido esto? —Mira fulmina con la mirada a Brennan.

—Mira... —empiezo.

—Silencio, cadete, están hablando los oficiales —me ordena.

Qué grosera.

—Aparte de nuestras necesidades, la reina Maraya confía en que la séptima estirpe sepa cómo derrotar a los venin, en vista de la edad que tiene el huevo de Andarna. —Brennan no se aleja mucho de lo que nosotros pensamos—. Mira, esa esperanza es lo único que hace que Poromiel siga sentado a esa mesa, y todavía estamos negociando la seguridad de sus pilotos y debatiendo con Navarre que puedan quedarse los cadetes de Aretia. Ya sabes, detrás de las protecciones que funcionan. Todo esto es más complicado de lo que parece.

Mira está que echa humo.

—Te haré una pregunta muy sencilla: ¿les dijiste que por encima de tu cadáver ibas a permitir que tu hermana vuele a través de un territorio infestado de guivernos, que probablemente esté controlado por el enemigo, en una misión imposible?

—Debería preocuparles más lo que pasará cuando demos con ellos —refunfuña Tairn—. *Si una manada de nuestra especie decide marcharse (decide esconderse), nuestra intrusión no les hará ninguna gracia.*

—Tú eso no lo sabes —argumenta Andarna, dolida.

—Eres una ingenua si das por sentado lo contrario. —Su tono

se vuelve más cortante y Andarna nos bloquea a los dos—. *Necesita prepararse* —me advierte Tairn—. *Y tú también. Hay muchas probabilidades de que esta misión nos mate.*

También podría salvarnos a todos. Qué dramático es.

—No podía decir que no. —Agarro con fuerza el conducto—. Aretia necesita a otro miembro de la especie de Andarna para activar su piedra protectora.

Mira gira la cara deprisa hacia mí; el horror hace que sus ojos se abran como platos antes de dirigirlos de nuevo a nuestro hermano.

—¿Por eso me mandaste a evaluar el estado de las protecciones? ¿Para saber cuánto tiempo te queda antes de que utilices a nuestra hermana como a una ficha con la que jugar?

—No es eso lo que ha pasado. —La mandíbula se le contrae—. Estoy intentando apoyarla y respetar sus deseos.

—Pues quítatelo de la cabeza. ¡Tenemos seis meses, Brennan! —Mete la mano en la mochila y saca un fajo de misivas que le estrella con fuerza en el pecho, dándole justo al lado de la etiqueta con su apellido: Aisereigh—. A la velocidad a la que están desapareciendo, calculo que nos quedan seis meses antes de que se derrumben por completo, eso con un poco de suerte. Encontrar al resto de la especie de Andarna podría llevar décadas. Para cuando Violet quiera dar con ellos (eso si lo consigue), Aretia habrá desaparecido. Estarías arriesgando la vida de Violet en vano.

El estómago se me encoge. ¿Seis meses? Contaba con que tendríamos al menos un año o dos antes de que las protecciones cayeran. Las fechas de ese camino se acaban de complicar, pero Xaden no perderá su hogar por segunda vez, ¡no lo permitiré!

—Seis meses. —La mirada de Brennan va de la puerta de Ridoc a la de Rhi, como si estuviera efectuando cálculos en su cabeza.

—No. Esta es la clase de misión de la que los jinetes no vuelven. —Mira retrocede y escudriña a nuestro hermano como si fuera un desconocido.

Vaya, qué tranquilizador.

—Esto es más importante que nosotros tres. Cientos de miles de civiles están siendo objeto de ataque en Poromiel. —Brennan se mete las misivas en el bolsillo del pecho y suspira—. Desde luego que no quiero que Violet corra peligro, y no me permitirán ir con ella, ya lo he preguntado.

—Pues busca otra manera. —Mira niega con la cabeza—. No puedes cambiar la vida de Violet por la de unos extraños.

—Ahora hablas como mamá. —Las palabras le salen sin más de la boca, y en su favor hay que decir que hace una mueca de dolor en el acto cuando Mira y yo proferimos sendos sonidos ahogados—. Carajo. —Baja la cabeza.

—¿Te atreves a mencionar a nuestra madre cuando ni siquiera llevas su apellido? —Saca de la mochila el disco con las runas y lo lanza contra nuestro hermano, acertándole en el pecho. Él lo agarra con torpeza—. Mira lo que he estado haciendo esta semana, teniente coronel Aisereigh. No creo que mamá lo aprobara.

Mierda. Ese no es el plan que pensábamos presentar tranquila y serenamente a nuestro hermano, cuya frente se frunce mientras estudia el disco.

—No lo entiendo.

—Hemos encontrado una manera para que los pilotos de Basgiath estén a salvo —responde Mira.

Él sigue mirando el disco, y veo el momento en el que cae en la cuenta. Se pone completamente blanco y se queda boquiabierto.

—¿Quieren...?

—Sí, y deberías buscar un espejo —lo corta Mira, captando

así su atención—. Sacrificar a miembros de nuestra familia por lo que se considera el bien mayor es un arma del arsenal de mamá. —Y se aleja sin decir nada más.

Le doy unas palmaditas en la espalda a Brennan.

—Llévaselo al Senario.

—Jamás accederán.

—Tú y yo sabemos que es la única manera de forjar esta alianza.

Brennan afirma con la cabeza.

—Eso es lo que me temo.

CINCO

No olviden nunca que los jinetes de dragones han sido seleccionados, entrenados e incluso educados para que sean crueles. Esperar misericordia de un jinete es un error, puesto que nunca la concederá.

—*Guía táctica para derrotar dragones*, capítulo uno, por el coronel Elijah Joben

Unas horas después estoy segura de que este ha sido el día más largo de toda mi vida. El salón de reuniones no está lleno ni en una cuarta parte, y es el lugar perfecto para esperar hasta que nos den alguna noticia, así que eso es lo que hacemos los tres mientras Sawyer duerme la siesta y los de primer año efectúan el recorrido con los pilotos: sentarnos —con la espada apoyada en la pared, por si algún jinete navarro decide hacer alguna estupidez— a esperar hasta que Brennan y Mira nos traigan noticias.

Xaden tampoco ha vuelto.

No saber si podría haber más venin correteando por nuestro campus es aterrador, pero al menos si están aquí Xaden sentirá su presencia. La idea resulta extrañamente reconfortante.

—La venin que estaba junto a la celda de Jack tenía el pelo

plateado —farfullo mientras pelo una manzana con la daga en una única monda larga—. Es raro, ¿no?

—Antes o después a todo el mundo se le pone el pelo gris. Eso es lo menos raro del ataque de ayer. ¿Cuánto se supone que vamos a esperar para saber si nos acusan de traición? —Ridoc tamborilea con los dedos sobre la gruesa mesa de roble—. Pasemos al plan B antes de que otra horda de seres oscuros inquietantemente coordinados intente liberar de nuevo a Barlowe.

—Se llama plan A por algo. Ten paciencia —lo sermonea Rhi, sentada a su derecha, mirando por encima el libro de tejeduría tyrrish que me dio Xaden antes de que yo supiera que tenía por objeto prepararme para las runas—. Dudo mucho que el Tratado de Aretia se escribiera en unas horas.

—La fase inicial supuso trece días de negociaciones. —Termino de pelar la manzana cuando un cadete de primero cruza corriendo la puerta de doble hoja rematada en arco, y bajo la daga en el momento en que ese larguirucho va directo a una mesa en la sección del Ala Uno que está llena y se pone a contar de inmediato lo que parece un chisme jugoso—. ¿Cuándo terminan los de primer año? —inquiero.

Sea cual sea el rumor del que se ha enterado el Ala Uno, no tarda en circular, difundiéndose desde el centro de la mesa hasta los costados en un fascinante despliegue de cabezas ladeadas y espantadas de cadetes.

—Ni idea —contesta Rhi mientras pasa otra página—. Solo espero que sea una experiencia de vínculo pacífica, porque estoy bastante segura de que hay una especie de triángulo amoroso entre Avalynn, Baylor y Kai, algo que normalmente no me estresaría; al fin y al cabo a Aetos le daba lo mismo con quién estábamos cogiendo el año pasado...

—Eso no es verdad —resopla Ridoc al mismo tiempo que me pega con el hombro.

Miro de reojo la mesa que tengo más cerca para asegurarme de que Dain no nos ha oído, pero es evidente que está enfrascado en una conversación con un grupo de tercer año, del que forman parte Imogen y Quinn.

—... pero estos siempre están... —Rhi arruga la nariz— peleándose. No ayuda mucho a la hora de integrar a los pilotos en este ambiente hostil, y está arruinando las dinámicas interpersonales.

Los dedos de Ridoc se detienen cuando este se percata del patrón que yo he estado observando. La noticia va de persona en persona y los jinetes empiezan a irse del salón.

—¿Estás viendo esto?

Asiento y me envaino la daga sin haberme comido la manzana.

—Rhi.

Mi amiga cierra el libro y levanta la vista.

—¿Tú crees que ganarán? —pregunta nerviosa una castaña del Ala Tres al tiempo que estampa su jarra de peltre en la mesa frente a nosotros.

—Ni de broma. Va a ser un baño de sangre —le contesta el chico que tiene al lado, que me ve y desvía rápidamente la mirada mientras se levanta de la mesa, toma su chamarra de vuelo y deja la bebida.

—Está pasando algo. —Echo una ojeada a las mesas y se me pone la piel de gallina. Los únicos jinetes que quedan en el salón de reuniones son aretianos.

Los tres nos levantamos cuando un cadete bajo y fornido cruza la puerta a la carrera, y veo a uno de primer año y la etiqueta con su nombre, Norris, un segundo antes de que se quite la capucha y deje a la vista su familiar rostro.

—¿Baylor? —Un escalofrío me recorre la espalda al ver el pánico que reflejan los ojos cafés de nuestro compañero de pelotón, al que la preocupación le frunce la piel morena de la frente.

—¡Están aquí! —grita mientras gira el rostro, y Sloane entra corriendo tras él.

Tomo mi chamarra y salgo de detrás de la mesa para unirme a los de primer año en el centro del salón de reuniones.

—¿Qué ocurre?

—Tienes que hacer algo. —En lugar de a mí, Sloane mira a Rhiannon. No ha sido capaz de mirarme a la cara desde que se apropió de la vida de mi madre—. El Ala Uno atrapó a uno de los pilotos de la Sección Cola en el patio y lo están obligando a aceptar un reto.

Se me encoge el estómago. Bastará con que se derrame una gota de sangre de piloto para que las negociaciones de paz se trunquen.

—Beinhaven está insistiendo a punta de arma —prácticamente gruñe Baylor.

¿Un líder de ala está orquestando esto? No hay suficientes insultos en el mundo. Artículo cuatro, sección cuatro..., necesitamos a otro líder de ala.

—En marcha —ordena Rhiannon, y todo el mundo corre hacia la puerta. Ridoc pasa por delante de mí mientras me volteo hacia los de tercer año.

—¡Dain! —grito, y él levanta la cabeza y sus familiares ojos cafés me ven en el acto—. Te necesitamos. —Sin esperar a que me conteste, salgo corriendo detrás de mi pelotón mientras meto los brazos en la chamarra.

Dain nos da alcance antes de que lleguemos al otro extremo del área común, y los demás jinetes aretianos le pisan los talones.

Salimos por la rotonda al patio, y recorro con la mirada al gentío para evaluar la situación. Hay una división clara entre la masa que se encuentra reunida delante de la tribuna: casi todos los jinetes navarros están a la izquierda, y al menos la mitad esboza una sonrisa enfermiza mientras, al parecer, Caroline Ashton acepta apuestas cerca de la escalera más alejada. El resto contiene a la enfurecida multitud de jinetes aretianos y pilotos que discuten justo delante de...

El corazón se me sube a la garganta.

Aura Beinhaven, en el centro delante de la multitud, sostiene una de las dagas que por lo general lleva afianzadas en la parte superior de los brazos, contra el moreno cuello de un aterrorizado piloto de primer año.

Y a la vista no hay ningún superior.

—Busquen a sus pelotones y encárguense de que esto no vaya a más, cueste lo que cueste —ordena Dain girando la cabeza, mientras bajamos a toda velocidad la escalera y vamos con la multitud.

—Si tan solo nos hubieran enseñado cómo —masculla Ridoc.

—Están delante. Síganme —nos indica Baylor, que se abre paso entre el gentío como si nada y despeja el camino para que vayamos tras él con facilidad. Ha parado de nevar, pero ahora que el sol se pone detrás de las montañas, hace un frío intenso.

—¡Suéltalo! —La voz de Cat se oye por encima del resto cuando llegamos a la parte de delante, y en cuanto Baylor se hace a un lado, veo que Maren sujeta a Cat para mantenerla alejada de la línea de jinetes navarros que protegen a Aura; sus brazos rodean la cintura de su mejor amiga.

—Eres libre de aceptar el reto, puesto que él se niega. —Una chica de tercer año del Ala Dos tiene la punta de su espada a menos de treinta centímetros del estómago de Cat.

—¡Lo haré encantada! —exclama ella.

Carajo, este sitio es un polvorín a la espera de que una única llama le prenda fuego.

Empuño una daga, me muevo antes de que el sentido común se imponga y me coloco delante de Cat al tiempo que miro a la de tercer año con el mentón levantado.

—No es así como tenemos que tratar a nuestros compañeros cadetes.

—¡No son cadetes! —se burla.

—No oí que te quejaras cuando llevaban a tu hermana pequeña a la enfermería durante la batalla. —Noto el hombro de Imogen contra el mío en cuanto se pone a mi lado y me insta a apartarme—. Pero si quieres pelea —saca la espada—, pelearás con alguien de tu año, Kaveh.

Quinn se sitúa a mi otro lado y obliga a Neve —una piloto de tercer año— a colocarse detrás de ella. A continuación, deja su hacha de guerra en el suelo y se pone en guardia delante de un chico del Ala Uno que parece el doble de alto que ella.

—Te di una paliza en primero, y no tengo ningún problema en volver a hacerlo, Hedley.

Aprovecho la oportunidad para girar en redondo, ponerle el antebrazo en la clavícula a Cat y obligarla a retroceder con nuestro pelotón y a la seguridad que le brinda.

—¡Lucharé! —insiste ella.

—No puedes hacerlo. —Le agarro el antebrazo con la otra mano—. Cat, no puedes. Si caes...

—Lamentarías mucho haber perdido a tu rival, ¿no? —Me mira entornando sus ojos oscuros—. ¿O es que te intimida más pensar que podría ganar y demostrar otra vez por qué soy mucho mejor partido para...?

—Cierra el pico, anda. —Hago un esfuerzo supremo para no zarandearla—. No puedes utilizar tu poder detrás de las protecciones, así que deja de intentar manipular mis emociones. No tienes nada que ganar. Si te desangras, será imposible forjar una alianza, y no estoy dispuesta a perder a una compañera de pelotón por una estupidez del Ala Dos. Si ganas y hieres a un jinete, confirmarás todo lo que temen de ustedes.

Su expresión se suaviza y, durante un segundo, se parece a su hermana mayor.

—Nunca nos aceptarán.

—Ni falta que hace —le aseguro—. Nosotros ya lo hemos hecho.

—¡Reto! ¡Reto! ¡Reto! —Corean por la izquierda, y la idea no tarda en prender entre la fila de jinetes navarros.

Carajo, no hay nada peor que el borreguismo.

—¡Este cobarde se niega a aceptar el reto de un líder de ala mayor! —grita Aura para hacerse oír, utilizando magia menor para amplificar la voz—. Pero seré compasiva y aceptaré a otro. Escojan a su paladín o serán testigos de su muerte.

—¡Esto va en contra del Código! —Dain aparta a un cadete navarro del Ala Tres dándole con el codo en la cabeza y atraviesa la fila—. Solo se puede retar a alguien en presencia de un instructor de combate.

—¿Basándote en qué autoridad te opones, Aetos? —espeta Aura.

El gentío enmudece, pero, cuando todo el mundo voltea para ver lo que pasa, hay más peligro en el silencio que se ha instalado que en los gritos de antes.

—Quédate aquí —ordeno a Cat, y vuelvo para colocarme entre Imogen y Quinn.

—Artículo cuatro, sección cuatro. —Dain se aproxima a Aura con las manos levantadas, mostrándole la palma—. «Un líder de ala tiene la autoridad y el deber de mantener...».

—¡Artículo dos, sección uno! —vocifera Aura mientras pasa

el filo de la daga por la garganta del piloto—. «Los jinetes que no pertenezcan a la cadena de mando del cuadrante no podrán interferir en asuntos relacionados con los cadetes». Tú ya no formas parte de la cadena de mando.

Los jinetes navarros farfullan algo en señal de aquiescencia, y la tensión sube como las burbujas en una cacerola que se calienta a fuego lento y que está a un grado de entrar en ebullición. El cuadrante ha hecho que nos sintamos demasiado cómodos derramando la sangre del otro.

Aprieto con fuerza mi daga mientras el color inunda mi visión periférica. Levanto los ojos y veo que grifos y dragones están aterrizando a lo largo de los gruesos muros de piedra del patio.

Genial, justo lo que necesitábamos en esta situación: fuego y garras.

—*¿Estás aquí?* —pregunto. No hay escamas negras entre los dragones, pero distingo a Cath detrás de la tribuna.

—*¿Corres peligro?* —me pregunta a su vez Tairn, y siento la presencia de Andarna, que, sin embargo, no dice nada.

—*No exactamente, pero...*

—*Entonces confío en que puedas ocuparte.*

—Herir a un piloto pondrá en peligro esta alianza —alega Dain, y afirmo con la cabeza, como si él necesitara mi apoyo.

—¿Quién ha dicho que la queremos? —Aura mueve el filo del arma hasta situarlo debajo del mentón del piloto, que se estremece pero no se mueve—. No han cruzado el Parapeto, no han subido por el Guantelete, ni siquiera aceptan un reto. ¡No aguantamos a los cobardes!

Los jinetes navarros la vitorean, y aprovecho la oportunidad para plantarme entre los dos que montan guardia delante de nosotros. Me veo flanqueada deprisa por Ridoc a mi izquierda y, sorprendentemente, Aaric a mi derecha. El de primer año es casi tan alto como Xaden, y su amenazadora mirada hace que Kaveh y Hedley enmudezcan al verlos detrás junto a Quinn e Imogen.

—¡Acepto el reto! —grita Kai, y el piloto de primer año avanza por la derecha de la fila. Todas las cabezas voltean cuando Rhi y Baylor lo jalan deprisa.

Delante se oye un crujir de huesos y me centro en Dain, que empuja al piloto de la Sección Cola hacia la fila al mismo tiempo que Aura se tambalea hacia atrás, desarmada y con sangre manándole entre los dedos mientras se tapa la nariz.

—¡Se acabó! ¡Ahora mismo! —Las palabras de Dain rebotan en los muros de piedra.

—¡No acatamos órdenes de desertores! —Aura escupe sangre a la nieve y se yergue—. Tú ya no hablas por el Ala Cuatro, Aetos. Aquí no eres nada.

Dain acepta el insulto levantando la barbilla y yo abro una rendija la puerta al poder de Tairn, y agradezco el calor que me corre por las venas y me calienta los músculos agarrotados por el frío y las manos sin guantes.

—¡Ala Cuatro! —Ewan Faber se destaca de la multitud cerca de la escalera—. ¡Prepárense para defender a su líder de ala mayor!

—No me jodas —farfulla Aaric, que desenvaina la espada mientras Ridoc hace otro tanto a mi izquierda.

A mi alrededor se levantan armas, pero, sin perder de vista a Aura, agarro bien la daga. Puede que albergue sentimientos más que encontrados en lo que respecta a Dain, pero sabe Amari que no pienso permitir que Aura haga daño a ningún jinete de Aretia, y menos a mi amigo de la infancia.

—¡Nosotros acatamos las órdenes de Aetos! —grita Ridoc

en la fila mientras apunta con su espada a Faber—. Y los superamos en número.

—¡Solo en el Ala Cuatro! —anuncia Iris Drue, la líder del Ala Uno, al tiempo que se sitúa junto a Faber—. ¡El Ala Uno se mantiene firme y leal a Navarre!

Se oyen vítores por la izquierda.

—No sé yo si presumiría tanto de estar en el ala en la que estaba Jack Barlowe —espeta Ridoc.

—¡Ridoc! —lo riñe Rhi.

—Bien, me callo —promete él cuando Dain le lanza una mirada asesina.

—Ahora mismo echo de menos, y mucho, a los profesores —comenta Aaric en voz baja.

—¡Reta a Aetos! —sugiere alguien gritando por la izquierda, y un miedo nuevo me rodea el corazón con sus dedos y me lo estruja. En el patio no hay una sola persona cuya autoridad debamos acatar todos. Lo único más peligroso que un cuadrante lleno de arrogantes máquinas de matar es un cuadrante sin líderes, y si Dain acepta el reto y... cae, dará lo mismo forjar una alianza con Poromiel, porque nos haremos pedazos entre nosotros.

Ahora sería un buen momento para que Xaden bajara los putos escudos.

—El Oscuro no podrá unir lo que rompió.

—Deja de llamarlo así.

—Nos echan la culpa por lo de Barlowe, pero son ustedes los que se fueron. —Aura señala nuestro lado de la formación, dejando a la vista el montón de parches que tiene bajo el que indica su sello, manipular el fuego, mientras avanza hacia Dain.

Este se saca la daga, la deja caer en la nieve y se enfrenta a Aura desarmado.

—No levantaré mis armas contra ti, Beinhaven.

—Bueno..., es una opción —observa Aaric en voz baja—. ¿Le hará cambiar de opinión?

Mis dedos se tensan uno por uno en la empuñadura de mi daga, preparando a mi mano para que entre en movimiento al mismo tiempo que el zumbido del poder me recorre de arriba abajo.

—Nos fuimos, sí —continúa Dain, y sus manos se cierran en puños—. Pero también hemos vuelto.

Aura se lleva una mano al hombro, como si hubiera olvidado que ya ha utilizado y perdido esa daga, pero no desenvaina la espada de la cadera.

—¿A alguno de ustedes le ha pasado por la cabeza que si nos atacaron fue únicamente porque sabían que no contábamos con todos nuestros efectivos? ¿Que fue su deserción lo que permitió que las protecciones cayeran?

¡Ay!

—Elegimos la verdad —responde Dain, con una vena palpitante en el cuello—. Elegimos defender a los que estaban desvalidos...

—Eligieron dividir la manada. Separar el cuadrante —espeta Aura, que apunta con un dedo enguantado al pecho de Dain mientras se acerca a él con unos pasos lentos y metódicos que me disparan el pulso—. Y después traen a casa al enemigo contra el que llevamos siglos luchando, al enemigo que mató a mi propio primo en una de sus incursiones. ¿Y encima creen que tenemos que darles la bienvenida al corazón del reino para cuya destrucción los han entrenado?

Los navarros mascullan palabras de conformidad.

—Creo que nuestro chico está perdiendo esta batalla —musita Aaric—. Es bueno, pero no es Riorson.

Xaden no solo se hallaba al mando del Ala Cuatro, sino que

además era respetado —y temido— por todo el cuadrante. La mandíbula se me tensa. Sin embargo, ya no es cadete, y el Cuadrante de Jinetes al completo solo acatará órdenes de uno de los suyos. «No podrá unir lo que rompió».

—Xaden no podrá arreglar esto —digo, casi como si hablara sola. Carajo, odio que Tairn tenga razón.

Afortunadamente, no dice nada.

—Necesitamos a los pilotos —Dain mantiene su opinión.

—Ustedes los necesitan. —La voz de Aura roza la amargura cuando da otro paso hacia Dain—. Nosotros luchamos para salvar Basgiath. Nuestra defensa fue firme. No flaqueamos en ningún momento. —Se oye otro coro de vítores cuando voltea hacia el cuadrante como un político.

—Dain no podrá ganarse a la multitud, ella lo retará de verdad —advierte Aaric mientras su mirada recorre el público de dragones y grifos. Y de pronto yo recuerdo quién es él exactamente.

—¿Por casualidad te gusta hablar en público? —le pregunto a Aaric, y me desabrocho el primer botón de mi chamarra de vuelo mientras el calor va en aumento—. Cosa de familia es, desde luego.

—¿Fue el hecho de que renegara de mi linaje en favor de una elevada probabilidad de morir lo que me delató? —responde con un tono seco.

Lo interpreto como un «no».

—¿Qué me dices? ¿El más fuerte de los suyos contra el más fuerte de los nuestros? —Aura se da unos golpecitos en el corazón con la mano manchada de sangre—. Te propongo un trato, *líder de ala*. Si me derrotas, tus pilotos vivirán para ver otro día. Si no sales a la palestra, teñiremos de rojo este patio.

El rugido de aprobación de los navarros hace que los dientes me castañeteen.

—*Dain no es el más fuerte* —señala Andarna.

—*Dain podría con ella cuerpo a cuerpo.* —El nepotismo no es el único motivo por el que obtuvo el rango que tiene, y manipular no está permitido en los retos. Estoy pendiente de cada movimiento, pero entonces Aura empieza a jalarse los dedos del guante en lugar de agarrar otra daga o la espada. El estómago se me revuelve. Solo hay una razón por la que necesitaría quitarse los guantes.

El fuego siempre vencerá a un lector de recuerdos.

Aura señala la nieve compactada que los separa.

—Que esta sea nuestra colchoneta. ¿Qué diría nuestro instructor de combate? —pregunta a la multitud.

—¡Empiecen! —exclama el Ala Uno al unísono.

—No pelearé contra ti, Aura —repite Dain.

—Pero yo sí contra ti. —Aura juguetea con el guante y yo le doy la vuelta a la daga; ahora la sostengo por la punta—. ¿Qué pasa, que ahora eres un cobarde? ¿Otro rebelde al que hay que marcar como tal?

«Marcar». La ira me hace entrecerrar los ojos.

—*¡Dain no es el más fuerte!* —insiste Andarna, y esta vez lo entiendo.

Yo soy la más fuerte.

Aura se quita el guante y mueve la mano. Lanzo la daga un segundo antes de que una llama le salga disparada de la palma.

El acero clava el guante al soporte de madera de la tribuna.

Aura profiere un grito ahogado y la llama se extingue antes de que pueda tocar a Dain. Busca con la mirada el guante que ha perdido y luego se centra en mí. Amusga los ojos.

—Sorrengail.

—Violet, no —objeta Dain.

—*Rebelde* es una palabra que está muy... pasada de moda.

Preferimos el término *revolucionario* —informo a Aura mientras doy un paso calculado hacia ella, y agradezco el crepitar del poder que me chisporrotea en la punta de los dedos—. Y si vas a manipular, es a mí a quien te enfrentarás.

SEIS

Nunca le des la espalda a un jinete.

—*Guía para el Cuadrante de Jinetes*,
por el comandante Afendra
(edición no autorizada)

—Te atreves... —Aura se voltea para situarse completamente de frente a mí y se quita el otro guante.

—Me atrevo. —Levanto la palma de las manos hacia el cielo y el calor me baja por los brazos cuando lanzo una oleada de poder que obligo a ir hacia arriba y que libero.

El rayo parte el cielo con un vivo destello y se ramifica por las nubes. El trueno le sigue en el acto, tan ruidoso que sacude la mampostería.

La multitud enmudece y Aura se queda boquiabierta un instante antes de bajar las manos.

—Verás, Dain concede demasiada importancia al honor para manipular en un reto, pero conmigo comprobarás que mi sentido de la moral ha aprendido a... vacilar. —Saco otra daga y la blando hacia ella—. Si vuelves a alzar la mano contra él, la siguiente daga te la atravesará. Si sigues viva es por él. Si todos ustedes siguen vivos es por él. —El poder me tamborilea por el cuerpo, su zumbido me indica que está listo para ser liberado, y meto la mano izquierda en el bolsillo de la chamarra de vuelo para sacar el conducto.

—Violet —me advierte Rhiannon en voz queda, a mi derecha.

—Chsss, es más divertido cuando destruye cosas —musita Ridoc.

Me giro ligeramente y recurro a la magia menor para que mi voz llegue a oídos de los jinetes navarros sin perder de vista a Aura. Se han acercado, haciendo que esta situación pase de peligrosa a mortífera.

—Si sobrevivieron al ataque fue solo porque logramos acceder a los conocimientos que Navarre nos había ocultado a propósito. Robamos la información, la tradujimos y les salvamos el trasero. —El calor desciende por mi brazo, el conducto empieza a emitir un zumbido—. Y sí, confiamos en que reconozcan que necesitamos esta alianza para sobrevivir a lo que se nos viene encima.

—¿Esperas que nos fiemos de ellos? —inquiere Caroline.

Aura da un paso atrás mientras mira el conducto.

—Es preciso que lo hagan —respondo al tiempo que freno el calor que hace que me suba la temperatura de la piel cuando el poder se me acumula de nuevo—. Pero lo más importante es que pueden hacerlo. Han luchado a nuestro lado durante meses, incluso después de que nos pasáramos siglos condenando a muerte a los suyos porque nos negamos a compartir el único recurso que podría haberlos salvado. No hace falta que nos caigamos bien, pero tenemos que confiar los unos en los otros, y no podemos seguir haciendo esto, no podemos seguir aceptando bajas innecesarias en el cuadrante para consolidar el ala, no cuando todos y cada uno de nosotros somos necesarios en esta guerra.

—¡Es su guerra! —porfía Aura—. ¿De verdad crees que deberíamos debilitar nuestras protecciones, poner en peligro a nuestra propia gente solo para dotar de armas a la suya? ¿Eliges Poromiel en lugar de Navarre?

—Podemos elegirlos a ambos. —Me envaino la daga y libero la mano para manipular.

Aaric levanta la espada cuando ve que Ewan Faber se acerca demasiado.

—Los jinetes que nos precedieron no protegieron a los inocentes solo porque se hallaban al otro lado de nuestra frontera —arguyo—. Mintieron y ocultaron información. Los cobardes fueron ellos. Pero no es preciso que nosotros lo seamos. Podemos elegir permanecer unidos y luchar. Ahora mismo los líderes están reunidos intentando firmar un tratado. —Recorro con la mirada a los jinetes que se quedaron cuando nosotros huimos a Aretia, hace tres meses—. Pero no lo están consiguiendo, como tampoco lo consiguieron las generaciones que nos preceden, y si nosotros hacemos lo mismo... —Niego con la cabeza mientras busco las palabras adecuadas—. Ya han visto cómo son las cosas ahí fuera. O esta alianza empieza aquí y ahora con nosotros, con nuestra generación, o seremos los últimos jinetes de dragones y pilotos de grifos del continente. —El sudor me corre por la nuca, mi temperatura aumenta con cada segundo que mantengo mi poder listo—. ¿Y bien? ¿Qué me dices?

Se instala un silencio denso y plúmbeo, pero nadie se mueve.

—¿Esto es lo que hacen cuando no tienen clases?

Todo el mundo voltea hacia la rotonda al oír la voz de Devera. La profesora está con los pies separados, flanqueada por los profesores Emetterio y Kaori. Los tres parecen necesitar un baño urgentemente y una noche de descanso reparador.

«Gracias, Dunne». Cierro la puerta del Archivo al poder de

Tairn y reparo en el humo que me asciende de la mano antes de que la luz del conducto se atenúe.

—¡Sorrengail tiene razón! —grita Devera—. Es muy probable que todos nosotros nos reunamos con Malek a lo largo de los próximos meses, pero tienen que decidir si prefieren morir luchando entre ustedes o combatiendo al enemigo que tenemos en común. —Se balancea sobre los talones—. Adelante, decidan. Esperaremos.

—Morir ahora o morir después, ¿cuál es la diferencia? —inquiere alguien del Ala Dos.

—Si mueren ahora, los escribas pronunciarán su nombre mañana por la mañana. —Emetterio se encoge de hombros—. Si deciden luchar contra nuestro enemigo común, existe una posibilidad de que vivan para graduarse. Personalmente —se rasca la barba—, creo en nuestras probabilidades de éxito. La última vez que manipuladores de sombras y del rayo lucharon codo con codo, consiguieron expulsar a los venin al Páramo durante unos cuantos siglos. Si lo logramos entonces, encontraremos la forma de hacerlo ahora.

Agarro con torpeza el conducto y casi se me cae. ¿Xaden y yo somos los primeros con nuestro sello que viven simultáneamente desde la Gran Guerra?

Las cabezas se giran hacia mí y, una por una, todas las armas bajan.

—Enorgullezcan a sus dragones y a sus grifos. —Devera hace un gesto afirmativo—. Las vacaciones han terminado. Sus profesores volverán en el curso de las próximas veinticuatro horas, y yo que ustedes me centraría en dormir bien hoy, no vaya a ser que Emetterio decida obligarlos a subir el Guantelete solo por diversión. Estamos hartos de seguir esperando a que los nobles tomen una decisión. Informe de Batalla empieza a las nueve en punto, con o sin tratado. —Mira intencionadamente a nuestro grupo—. Y ello incluye a todos los cadetes, con independencia del color del cuero que prefieran. Pueden retirarses y dejar de hacer lo que sea que crean que estaban haciendo aquí.

Los cadetes se dispersan y pasan por delante de nuestros profesores mientras estos tres vienen hacia nosotros y, acto seguido, los alados alzan el vuelo. No puedo evitar darme cuenta de que los cadetes siguen separados entre navarros y aretianos, pero por lo menos nadie intenta matar a nadie.

Nosotros continuamos de espaldas a la tribuna hasta que los navarros se han ido, y después nuestro pelotón cierra la marcha.

—A veces lo entiendo —comenta Cat, que se pone la capucha a la vez que camina delante de mí—. Por qué te eligió. Bonito discurso. Aunque te has tomado tu tiempo en intervenir.

—De nada —musito tras ella, pero una minúscula sonrisa curva mis labios.

—Nunca pensé que tendría ganas de un día normalito de clases. —Ridoc me pasa un brazo por los hombros mientras caminamos—. Puede que de una buena sesión de Parapeto.

Veo a Xaden junto a la escalera de la rotonda con Lewellen, Brennan y Mira, y el estómago me da un vuelco. Deben de tener noticias.

—Que nuestros compañeros de clase intenten matarse entre sí no es lo que se dice original —menciona Sloane, que pasa por delante cuando yo aflojo el paso al ver la tensión que refleja el rostro de Brennan.

Supongo que no son buenas noticias.

—¿De verdad han tenido la desfachatez de quedarse de brazos cruzados viendo lo que estaba pasando? —pregunta Rhi cuando nuestros profesores están cerca.

—Sí. —Devera limpia los goggles de vuelo y se aprieta la correa de cuero por la parte posterior de la cabeza—. Iba a pasar en un momento u otro, y al menos este era un entorno controlado —añade mirando hacia atrás.

—Me siento tan protegido... —comenta Ridoc llevándose una mano al corazón—. Cuidado, incluso. ¿Tú no, Violet?

—Básicamente acabas de describir cómo creció Violet —observa Dain, que nos sigue con Aaric mientras los demás van adentro con el resto del pelotón. Me mira—. Gracias por intervenir. Durante un segundo he pensado que iba a quemarme vivo.

—Gracias por venir sin vacilar cuando he dicho que te necesitábamos. —Nuestras miradas se encuentran y, durante un segundo, me doy cuenta de lo distintas que podrían haber sido las cosas si durante el primer año hubiera tenido la misma fe en mí que ha demostrado tener hoy. Aunque no tan distintas como para cambiar lo que siento por Xaden.

—Siempre lo haré —me asegura con un amago de sonrisa antes de dirigirse a los dormitorios.

Cuando miro a Xaden, veo que nos está observando; la ceja en la que tiene la cicatriz se arquea al escudriñar a Dain antes de centrarse de nuevo en mí.

Mis ojos se entrecierran. ¿Eso son...? No, es imposible que sean celos, ¿no?

Rhi mira de soslayo a Ridoc y a Aaric y hace un gesto con la cabeza.

—Violet, nos vemos luego.

—También tenemos que hablar contigo, Aaric —dice Brennan, que parece que ha envejecido cinco años en las últimas horas. Y tampoco está de buenas con Mira, lo que hace que se me caiga el alma a los pies.

Ridoc me retira el brazo de los hombros.

—Vaya, ¿por qué Aaric puede quedarse? Es de primero.

—No me obligues a llevarte a rastras —le advierte Rhi levantando un único dedo, y Ridoc accede y profiriere un suspiro mientras continúa andando, y nos deja a los seis en la escalera de la rotonda.

—Vamos dentro. —Brennan me sorprende cuando empieza a bajar la escalera y va en diagonal hacia el ala académica.

Yo voy con Xaden y escudriño las severas líneas que surcan su rostro mientras seguimos a Brennan. El resto viene justo detrás.

—¿Va todo bien? —le pregunto en voz baja, al notar que sus escudos continúan levantados—. ¿Estás bien?

—Buen discurso. —Me toma de la mano, entrelazando nuestros dedos.

—Aura iba a matar a Dain. —Mi voz se torna un susurro—. Madre mía, no nos pueden ni ver.

—Eso no cambia el hecho de que estemos aquí. Sobre todo ahora que hemos acordado las condiciones para que la manada se quede. —Xaden llega a la puerta antes de que se cierre detrás de Brennan y, tras soltarme la mano, me la sostiene para que entre.

—Eso es bueno, ¿no? —Lo miro mientras entramos en el desierto gimnasio de entrenamiento—. Y no has contestado a mi pregunta.

—Primero habla con tu hermano. —Se cruza de brazos en cuanto llegamos a la primera hilera de colchonetas, donde Brennan está esperando. Cuando los demás se suman a nosotros, formamos un círculo abierto.

Esto no pinta bien. Los nervios se me enroscan en el estómago, como una serpiente que se prepara para atacar, al ver las sombrías expresiones en el rostro de los jinetes de más edad que tenemos frente a nosotros.

Aaric, a mi izquierda, se mete las manos en los bolsillos.

—A ver si lo adivino: Halden ha complicado las negociaciones.

Me pongo blanca como el papel.

—Desde luego, tu hermano no ha sido de ayuda —responde Lewellen, que se rasca la barba del mentón.

—¿Halden está aquí? —consigo articular.

—Ha llegado esta mañana con una compañía de la Guardia de Occidente. —Aaric me dedica una mirada cómplice y yo le devuelvo una asesina.

—Genial. —Su mal carácter es lo último que necesitamos en la mesa de negociaciones.

Mira nos escudriña a Xaden y a mí, pero no dice nada.

—Su secreto sigue a salvo, por cierto —informa Lewellen a Aaric—, aunque podría plantearse hablar con su padre para que deje de preocuparse: tiene a la mitad de su guardia personal buscándolo.

—Lo que demuestra lo eficiente que es, ¿no te parece? —Aaric hace una mueca sarcástica—. ¿Y bien? ¿Tienen alguna novedad? ¿O solo se han reunido para escuchar el discurso de Violet? —Sus ojos nos recorren uno a uno, sin duda reparando en los detalles más nimios de cada cambio de expresión, tal como lo han educado para que lo haga. Siempre ha sido el más observador de sus hermanos—. Ha resultado bastante conmovedor.

—La hemos escuchado. —Brennan me dedica una breve sonrisa rebosante de orgullo—. Y visto.

—Sería una gran política —continúa Aaric—. O quizá una gran general. Aristócrata, sin duda.

—¿Con ese discurso? Duquesa como mínimo. —Xaden cambia el peso de un pie a otro y me roza el hombro con el codo.

Niego con la cabeza.

—Gracias..., pero no. La política no me gusta, y tampoco se

me da bien tratar con el Senario. —Miro a mi alrededor—. Muy bien, que alguien empiece a hablar.

—¿Teniente Riorson? —interrumpe desde el umbral un jinete que luce una banda de mensajero.

—Vuelvo ahora mismo. —Xaden me pasa una mano por la parte baja de la espalda mientras va con el mensajero.

—Tu misión se ha debatido hoy en la mesa de negociaciones con la esperanza de que nos concedieran una prórroga —comienza Brennan—, y teniendo en cuenta quiénes se hallaban presentes...

La serpiente de nervios ataca con ganas.

—Halden —apunta Aaric; sus ojos verde esmeralda se entornan ligeramente mientras mira a mi hermano y hace conjeturas—. Halden irá con ella, ¿no?

La boca se me abre y se me cierra acto seguido al ver la mirada de disculpa que me dedica Brennan.

—Ni de broma. —Hago un gesto de rechazo—. No lo dicen en serio. —Me niego tan siquiera a pensarlo.

—Lo dicen en serio —afirma Aaric sin mirarme—. Poromiel aceptaría a un Sorrengail sin dudarlo, así que si necesitan a un miembro de la realeza que pueda hablar por Navarre, es que creen que irás a los reinos insulares o al norte. —Ladea la cabeza al tiempo que estudia a los jinetes de más edad—. Es eso más o menos, ¿no?

Voy a vomitar.

—*¿Por qué estás enferma?* —pregunta Andarna.

—*¿Halden?* —señala Tairn con lentitud, y juro que noto que enarca sus inexistentes cejas.

—*Pues si incomoda a Violet, lo matamos* —sugiere Andarna—. *Problema resuelto.*

—*No puedes matar al heredero al trono.* —Aunque yo misma me haya sentido tentada de hacerlo una o dos veces.

—Vaya, está claro que eres el más sensato de todos ellos, ¿no? —Lewellen suelta una risotada sardónica—. A nuestro reino le habría venido bien que fueras tú el primogénito, alteza.

—Aaric —corrige cruzándose de brazos—. ¿Por eso me quieren aquí? ¿Para ver si estaría dispuesto a revelar mi verdadera identidad ahora que Halden quiere salir por ahí en misiones peligrosas? ¿Para hacer que todo el mundo se sienta bien y tranquilo al saber que sigue habiendo un repuesto?

—Tal vez. —El duque sonríe a Aaric.

—Un intento admirable, pero si estoy aquí es solo por mi pelotón. Desmantelaré el negocio familiar antes que volver a él —contesta Aaric.

—Tu príncipe no quiere jugar —le dice Mira a Lewellen, y alza una ceja—. Y ahora, o le cuentas el resto a Violet o se lo cuento yo.

El comentario me recuerda algo.

—¿Las exigencias de Andarna?

—Eso mismo —responde Lewellen cuando Xaden vuelve. Su expresión sigue siendo seria, pero ahora sostiene un pergamino enrollado al colocarse a mi lado. El duque se saca del bolsillo la lista de Andarna—. Como ya saben, el punto número dos ahora está en manos del capitán Grady. El tres, sin embargo, lo han ganado: el Senario ha accedido a que todos aquellos que volaron a Aretia sean bienvenidos y se les conceda el perdón total de los delitos de traición y sedición dentro del marco del acuerdo que acaba de negociarse con Aretia —mira de soslayo a Xaden—, y que se firmará por la mañana, cuando los escribas terminen de redactarlo. Personalmente, creo que les diste el susto de su vida cuando ayer amenazaste con marcharte, Violet. Buen trabajo. Punto número cuatro: Andarna no se someterá a ningún reconocimiento...

—Porque de todas formas eso no iba a pasar —tercia esta.

—Y punto número cinco: se le permitirá cazar en el bosque del rey cuando le plazca.

—*Eso lo dije en broma.*

—Te has saltado a los pilotos. —Enderezo la espalda y miro a mi hermano—. Mantenerlos a salvo y que nuestros pelotones sigan intactos es el primer punto de la lista. —Entorno los ojos.

Solo nos quedan dos días. «Y les hemos dado la solución».

Los labios de Brennan forman una línea apretada y el estómago me da un vuelco.

—Este asunto en concreto no llegó a la mesa de Poromiel. —Lewellen dobla el listado de Andarna y se lo guarda en el bolsillo delantero de su túnica verde oscura—. Tu hermana expuso sus argumentos con valentía y demostró ser más que competente, pero el Senario votó seis contra uno, y no se jugará con la seguridad de las fronteras de Navarre.

Mira se cruza de brazos.

Un calor hormigueante se transmite a través del vínculo de Andarna; las manos se me cierran y las uñas se me clavan en la palma.

—¿Qué pasa con la alianza? —Sin ella, el trato que hicimos con Tecarus se romperá.

—Ha fracasado —anuncia estoicamente Lewellen, como si leyese los nombres de los muertos.

—Porque los pilotos no están seguros aquí. —Le escupo las palabras a mi hermano.

—Porque esta clase de tratados requieren tiempo, y no podremos dar con la solución a semejante dilema antes de los dos días de plazo que nos ha dado la reina. —Brennan se pasa el pulgar por el mentón—. Los cadetes de piloto estarán a salvo en Aretia mientras sigamos teniendo las protecciones, y, con un poco de suerte, más adelante la reina Maraya logrará obligar a sus nobles a sentarse a la mesa para negociar —promete Brennan, y los hombros se le hunden—. La política es complicada.

«Mierda». ¿Cómo es posible que nuestros nobles permitan que se vayan sin haber forjado una alianza sabiendo que contamos con los medios necesarios para proteger a los pilotos?

—*Seguimos teniendo los medios* —me recuerda Andarna.

Cierto. El plan B: traición. Supongo que es el propio camino el que se elige.

—Si lo dices así... —Obligo a mis hombros a que se relajen y a mis manos a que caigan pacíficamente a ambos lados—. Me figuro que mañana Basgiath volverá a la normalidad, y yo debería prepararme para la misión; ¿o acaso documentarme escapa a mi control, igual que la elección de los miembros del equipo?

Mi hermana me mira entrecerrando los ojos, como si en esta habitación la inntinncista fuera ella y no Xaden.

—Tendrás a tu disposición todos los recursos, incluida la biblioteca real —promete Brennan.

—Qué bien, porque los libros la mantendrán a salvo. —Mira lanza una mirada gélida a Brennan.

Los libros adecuados harán que así sea.

—Bueno, pues ha sido muy divertido. —Aaric me saluda con la cabeza y se marcha sin decir nada más.

—Entrará en razón. —Lewellen deja escapar un suspiro y se gira hacia Xaden con una sonrisa tan rebosante de orgullo que roza las lágrimas—. Disfruta de tu victoria, Xaden. Retrasar la alianza es algo desafortunado, pero hemos ganado. Tu padre estaría orgulloso.

—Lo dudo mucho —le contesta con un tono cortante.

—*¿Cómo?* —Intento comunicarme con él mentalmente, pero sus escudos son más impenetrables que nunca. ¿Le han devuelto la espada de su padre? ¿Cómo es que eso no lo hace feliz?

—Dejaremos que le cuentes a Violet la buena noticia. De verdad que siento que no hayamos podido sacar adelante esa alianza. —Brennan me regala una sonrisa torpe a modo de disculpa y sale del gimnasio llevándose a Lewellen y Mira con él.

Espero hasta que la puerta se cierra y le pregunto a Xaden:

—¿Qué es lo que has ganado?

Da la impresión de que cada músculo de su cuerpo se tensa más aún, si es que es posible.

—Yo no he ganado nada. Ni siquiera lo pedí. Soy la última persona... —Niega con la cabeza y se mete el pergamino con las órdenes en el bolsillo del pecho—. Lewellen y Lindell les dijeron que era el precio que tenían que pagar por mantener la manada aquí, y el Senario claudicó. Así de atemorizados están con la perspectiva de quedarse sin nuestros efectivos. O sea que accedieron a devolverlo, y ojalá no lo hubieran hecho. No ahora. No cuando soy... así. —Se señala los ojos como si aún los tuviera rojos, pero yo solo lo veo a él—. Mi padre no se sentiría orgulloso, estaría horrorizado. —Lo dice entrecortadamente, rompiendo cada palabra.

—Eso no lo creo. —Es imposible no estar orgulloso de él, no quererlo.

—Tú no lo conociste. Solo había una cosa en este mundo a la que quería más que a mí. —Mira hacia otro lado, y me replanteo que se refiera a la espada.

—¿Qué te ha dado el rey? —Un arma no lo preocuparía así.

—He pasado la última hora intentando dar con una forma de rehusar. El rey sancionó a Lindell y a Lewellen por ocultar la existencia de Aretia (como ellos han predicho esta mañana), así que no entran en consideración. Y no puedo rechazar el acuerdo, puesto que, si lo hago, todo el mundo sabrá que pasa algo. —Su mirada atormentada busca la mía y se me oprime el corazón—. La única solución que se me ocurre eres tú. Serás la primera que lo notará cuando pierda el resto de lo que hace que yo sea... yo. —Despacio, me coloca un mechón de pelo que me ha soltado el viento detrás de la oreja.

—Eso no te pasará. —Tengo bastante fe en él por los dos.

—Sí que me pasará. Esta mañana me ha demostrado que solo es cuestión de tiempo y de cordura. —Asiente con una seguridad que hace que se me agrie el estómago—. No es justo, y puede que más adelante me odies por ello, pero necesito que me prometas una cosa. —Su cálida mano me rodea la nuca mientras sus ojos escudriñan los míos—. Júrame que darás la voz de alarma si voy demasiado lejos, que lo mantendrás todo a salvo, aunque sea de mí.

—¿Qué...? —empiezo, pero la puerta del gimnasio se abre y, cuando volteo la cabeza, veo a Garrick, que agita un pergamino enrollado.

—El *conde* de Lewellen ha dicho que estarías aquí. Las órdenes no son opcionales, Riorson, ni siquiera para la aristocracia. Tenemos que irnos.

—Prométemelo —me pide Xaden al tiempo que me acaricia con el pulgar por debajo de la oreja y no hace ni caso a su mejor amigo.

—¿Te marchas? —Miro de nuevo a Xaden y me doy cuenta de que ese es el motivo de que el mensajero haya venido en su busca—. ¿Ahora?

Se inclina hacia mí, dejando fuera al resto del mundo.

—Prométemelo, Violet, por favor.

Nunca irá demasiado lejos, nunca perderá su alma, así que asiento.

—Te lo prometo.

Sus ojos se cierran un instante y, cuando se abren de nuevo, reflejan un alivio indisimulado desde lo más profundo de ellos.

—Gracias.

—Sé que me oyes perfectamente. —Garrick sube la voz—. Vámonos.

—Te amo. —Xaden me da un beso intenso y rápido, que acaba antes de que me haya dado tiempo a procesar lo que ha sucedido.

—Yo también te amo. —Le tomo la mano cuando se aleja—. Dime qué es lo que te ha dado el rey.

Toma aire con fuerza.

—Me ha devuelto el título y mi sitio en el Senario.

«No lo puedo creer». Me quedo boquiabierta.

—Y no solo Aretia, no..., me ha dado Tyrrendor —añade despacio, como si él tampoco pudiera creérselo.

Y no lo quiere. Siento de nuevo esa opresión en el pecho.

—Xaden...

—No me esperes despierta. —Me besa en la cara interna de la muñeca y se va con Garrick—. Estaré de vuelta a las ocho de la mañana para firmar el acuerdo —me informa volteando la cabeza—. Procura no meterte en líos mientras estoy fuera.

—Ten cuidado. —Es el duque de Tyrrendor. Ahora esto es mucho más grande de lo que yo siento por él. Toda una provincia depende de él.

Necesito encontrar una cura, y eso significa salvar la alianza esta noche...

Aunque ello implique que por la mañana seré una traidora.

SIETE

Si me someten a un consejo de guerra por ayudar a Braxtyn a defender a su pueblo, bienvenido sea. Todos aquellos que canalizan el poder tanto de dragones como de grifos deberían prosperar al amparo de las protecciones, y ahora Aretia será ese refugio si alguno de los otros llegara a volver.

—Diario de Lyra de Morraine

—Traducido por la cadete Jesinia Neilwart

—Quiero formar parte del pelotón de búsqueda —me susurra Ridoc mientras cruzamos el puente cubierto para ir al Cuadrante de Curanderos. El corazón me late a un ritmo extrañamente regular teniendo en cuenta lo que estamos a punto de hacer.

—Por última vez, no hay ningún pelotón de búsqueda —lo regaña Rhi en el momento en que las campanas anuncian la llegada de la medianoche y amortiguan los sonidos de las bisagras herrumbrosas cuando Imogen abre la puerta que tenemos delante—. Hay un grupo muy reducido y muy calificado que acompañará a Violet para ir por los miembros de la especie de Andarna.

—Pues para mí eso es un pelotón de búsqueda. Considerando que acaban de ascenderlo, Riorson debería poder mover algunos hilos con Grady, ¿no? —Ridoc comprueba las dagas que lleva envainadas en el costado derecho, como si temiera haber perdido una. Espero que no las necesitemos—. Los demás, ¿qué opinan?

—Yo opino que deberías cerrar el puto pico antes de que nos descubran y nos maten a todos por tu culpa —le responde Imogen volviendo la cabeza al entrar en el túnel iluminado por luces mágicas.

Ridoc pone los ojos en blanco y me mira de reojo cuando nos introducimos en el Cuadrante de Curanderos.

—Sigue pareciendo un pelotón de búsqueda.

—Si tuviera alguna influencia, te llevaría —le prometo, y cierro la puerta después de que hayamos pasado todos.

En el túnel no hay nadie: han retirado todas las camas desde el ataque de ayer por la mañana, que parece que fue hace una eternidad. Buscamos el tramo más oscuro entre luces mágicas y nos pegamos a la pared para que no nos vea nadie desde la puerta de la enfermería.

—Ahora, a esperar —musita Rhi; tamborilea con los dedos sobre sus brazos cruzados.

No tardamos en ver a Bodhi y a Quinn, que se dirigen hacia nosotros desde el extremo opuesto seguidos de Maren, que tiene grabadas las marcas de la almohada en el rostro.

—¿Estás preparada para hacer esto? —me pregunta Bodhi bajando la voz cuando se une a nosotros—. ¿De verdad quieres hacer esto?

—No tengo ninguna duda —le aseguro levantando el mentón—. Cueste lo que cueste.

Hace un gesto afirmativo y echa un vistazo a nuestro grupo.

—¿Todo el mundo sabe lo que tiene que hacer?

—Yo no —susurra Maren, que nos mira como si hubiéramos enloquecido—. ¿Es una especie de novatada?

—Es mejor que no lo sepas hasta que te necesitemos. —Me

saco del bolsillo izquierdo el vial de tintura de raíz de valeriana púrpura concentrada—. Por tu propia seguridad (y por la negación plausible), es preciso que confíes en nosotros. Por ahora, quédate aquí con Imogen.

Maren nos mira, uno por uno, y hace un gesto afirmativo.

—Vamos, pues en marcha. —Bodhi señala la puerta de la enfermería y yo me pongo a la cabeza.

Dioses, espero haber pensado en todo. Con que una cosa salga mal, estaremos jodidos.

Los cinco nos aproximamos a la puerta de la enfermería y llamo con suavidad cuatro veces. «Por favor, dime que estás ahí».

—Recuérdame cómo conociste a este tipo —me pide Bodhi.

—Le salvé la vida en el ejercicio de navegación el año pasado —contesto, y contengo la respiración cuando la hoja de la derecha se abre sin hacer ruido.

Dyre asoma la cabeza; en las comisuras de los ojos castaños se le forman arruguitas cuando se ríe.

—He hecho todo lo que me has pedido. Pasen. —Nos sujeta la puerta y entramos haciendo el menor ruido posible.

—Gracias por hacer este turno extra después de avisarte con tan poca antelación y por ayudarnos. —Le entrego el vial—. Aquí tienes otra dosis, por si la necesitas. Es imprescindible que los otros curanderos estén dormidos hasta que lo traigamos de vuelta.

—Entendido. —Agarra el vial—. Pero, como saben, no podré hacer nada si alguien sale de la cámara de cuidados críticos.

—Es un riesgo que hemos de asumir. —Lo dejamos vigilando la puerta y vamos en silencio por la hilera hasta donde está el cubículo de Sawyer; las luces mágicas proyectan un sinfín de sombras a medida que pasamos por delante de los heridos que duermen.

Sawyer está sentado recto en la cama, pero no dice nada cuando entramos en su cubículo, vivamente iluminado. Se limita a levantar las cejas y deja la pluma y el pergamino en la mesita de noche.

Bodhi corre la cortina y traza una línea de energía azul que nos encapsula en una burbuja.

—El escudo de sonido está activado. ¿Te apetece venir a dar una vueltecita por el campus? —le pregunta a Sawyer.

—He dado una antes, forma parte de la rehabilitación. Puedo dar otra si es por una buena causa. —Sawyer asiente—. ¿Por eso me ha pedido Dyre que no me durmiera?

—Necesitamos que nos ayudes con el plan del que hablamos. —Me siento cerca de la cabecera de la cama—. Mira ha encontrado una manera. Supone modificar el material en sí con el que se templan las runas sin anularlas.

Se apoya en la cabecera.

—Pues entonces están perdidos, porque no se me ocurre ni un solo manipulador de la piedra o de la tierra en nuestra historia.

—Estoy casi segura de que en su mayor parte es de hierro —digo despacio.

La boca se le abre y permanece así unos segundos.

—No. —Niega con la cabeza y mira a Rhi—. Busquen a otro. Entre los nuestros hay al menos una docena de metalúrgicos. —Cruza los brazos sobre la camiseta negra.

—Aquí no. —Ridoc se sitúa en el otro lado de la cama y empieza a buscar algo en los cajones—. Los han destacado a todos en la frontera con prácticamente todos los jinetes de que disponemos ahora.

—Pues esperen a que vengan —aduce Sawyer—. No... no soy lo bastante bueno para hacer algo así.

—Tienes que serlo. —Rhi se sienta a los pies de la cama.

—Sliseag ni siquiera... —Se pasa una mano por el rebelde cabello castaño—. No sé si seré capaz.

—Lo serás. —Arqueo las cejas y miro intencionadamente la taza que descansa en la mesita de noche, que tiene la forma de su mano.

—No soy el jinete al que quieres para hacer esto, Vi. Ya ni sé tan siquiera si sigo siendo un jinete. Esperen a que venga otro.

—No podemos esperar —asegura Bodhi, junto a Rhi.

Los hombros de Sawyer se hunden.

—Los líderes no lo aprueban.

Niego con la cabeza.

—Si no hacemos esto esta noche, adiós a las negociaciones. Mañana escoltarán a los pilotos hasta Aretia.

—¿Van a acabar con nuestro pelotón? —La mirada de Sawyer pasa de mí a Bodhi y a Rhi, como si esperara que alguno de nosotros pudiera corregirlo.

—No si tú haces algo al respecto. —Ridoc pone en la cama la parte de arriba del uniforme de Sawyer—. A ver, te quiero como a un hermano, y entiendo que has perdido la pierna y respetamos lo que sea que eso te hace sentir, pero sigues siendo uno de nosotros. Sigues siendo un jinete, con todas las ventajas y las desventajas que implica vestir de negro. Así que, con todo el cariño de mi corazón, ponte el puto uniforme, porque te necesitamos.

Sawyer agarra el uniforme y pasa el pulgar por el parche de su sello de metalúrgico y después por el que lo distingue como miembro del Pelotón de Hierro. Mi corazón cuenta los largos segundos que Sawyer tarda en asentir.

—Que alguien me dé las muletas.

Pocos minutos después cinco de nosotros salimos de la enfermería, incluido Sawyer.

—¿Dónde está Quinn? —pregunta Maren al tiempo que se despega de la pared.

—Asegurándose de que nadie se dé cuenta de que él no está —contesta Bodhi.

—Me alegra ver que vas vestido como los dioses mandan —le dice Imogen a Sawyer—. El camino es largo y hay dos escaleras especialmente difíciles, así que si necesitas ayuda, aquí nos tienes.

Sawyer baja la vista hasta donde Ridoc le ha atado la pernera sin pierna a la rodilla.

—De acuerdo —contesta con queda determinación—. Vamos allá.

Subimos la escalera de caracol para ir al campus principal y enfilamos el pasillo en dirección a la torre noroeste. Esquivamos por poco a una patrulla que luce el azul de la infantería metiéndonos en un aula de curanderos que encontramos a medio camino y después a otra con túnicas rojas apretujándonos en el hueco de la escalera cuando da la vuelta a la esquina.

—Vaya, qué concurrido está esto —comenta Sawyer, cuya respiración se ha acelerado, con la espalda contra la pared de piedra. El sudor le perla la frente y está algo pálido.

—¿Te encuentras bien? —le pregunto cuando llevamos ya casi tres minutos.

Asiente y reanudamos la marcha.

—Todos los nobles del continente están aquí —nos advierte Maren—. Deberías haber hecho esto con Riorson. Podría haberles echado una mano con las sombras.

—Digamos que no sabe lo que estamos haciendo —le contesto mientras Imogen baja un par de escalones delante de nosotros—. *¿Existe alguna posibilidad de que aparezca?* —le pregunto a Tairn.

—Están fuera de nuestro alcance —me contesta—. *Esta noche él no será tu problema.*

—Denme sesenta segundos para noquear a los soldados y bajen —ordena Imogen al tiempo que desaparece en la primera curva.

—¿Todavía no puedo saberlo? —pregunta Maren.

—No —responden al unísono Bodhi y Rhi.

—*¿Y qué opina de esto el Empíreo?* —Doy unos golpecitos con los dedos en el muslo, contando los segundos.

—*Cuentan con el respaldo unánime de la manada de Aretia. Averiguaremos qué opina el resto por la mañana.*

Así que pediremos perdón en lugar de permiso. Entendido.

Empezamos a bajar, Bodhi y yo tomamos la delantera.

—Xaden se va a enojar —susurro para que no me oiga el resto.

—Por eso precisamente serás tú quien se lo cuente cuando lo hayamos hecho —me explica con una mueca—. A ti no te matará.

Continuamos descendiendo a un ritmo con el que al parecer Sawyer se siente cómodo, y el corazón se me encoge con cada paso que doy. Esta noche solo debería haber dos soldados, lo cual no supone ningún reto para Imogen, pero los nervios no me dan tregua hasta que la vemos. Nos está esperando en el último escalón, con los brazos cruzados.

—Tenemos un pequeño problema —aduce, y la boca se le tensa cuando se aparta—. No estaba muy segura de que quisieras que noquease a esta soldado en concreto.

Mira va hacia el centro de la cámara y ladea la cabeza imitando asombrosamente bien a nuestra madre.

Se me revuelve el estómago.

—Mierda —mascullo.

—Eso mismo digo yo, mierda. —Mi hermana se pone las manos en la cintura—. Y pensar que creí que me estaba pasando cuando les he dicho a los soldados que se retiraran y he ocupado su lugar.

—¿Cómo lo has sabido? —Me reúno con ella en el centro del túnel, percatándome de que se interpone entre la entrada a la cámara donde se encuentra la piedra protectora y yo.

—Porque te conozco. —Me fulmina con la mirada y después observa al grupo—. ¿Has sacado de la cama a ese jinete enfermo?

—Yo soy el único que dice si estoy enfermo o no —espeta Sawyer detrás de mí.

—Ya. —Centra de nuevo la atención en mí—. No deberían hacer esto.

Levanto la barbilla.

—¿Vas a impedírmelo?

Mi hermana entorna ligeramente los ojos.

—¿Podría hacerlo?

—No. —Niego con la cabeza—. Tú estabas presente cuando dimos nuestra palabra de que a los pilotos los educarían igual que a los jinetes. Si Navarre nos quiere, tendrá que aceptarnos a todos nosotros.

—¿Y por cumplir tu palabra estás dispuesta a arriesgar las protecciones a las que nuestra madre dio poder a costa de su vida? —Arquea una ceja.

—Fuiste tú la que me dijo que se podía hacer. —Evito la pregunta mientras el resto se sitúa a mi lado.

—Que es algo que tendré que aprender a aceptar. —Observa a cada uno de los jinetes—. ¿Son todos conscientes de que, si fallamos, las protecciones podrían caer? ¿Y de que, si lo conseguimos, existe la posibilidad de que nos acusen de traición y muramos ejecutados por fuego de dragón?

—*Eso no pasará* —me garantiza Tairn con un gruñido grave.

—Perdona, ¿qué? —Maren mira desde la derecha.

—Relájate. —Imogen le da con el codo—. Tú lo único que tendrás que hacer será conjurar magia menor. Nada del resto.

—Sabemos cuáles son los riesgos —aseguro a Mira—. Si las

protecciones caen, todo apunta a que habrá una migración en masa a Aretia, y yo voy a contrarreloj para encontrar al resto de la especie de Andarna. Pero no caerán, porque tú diste con la solución y nunca te equivocas. Así que te lo preguntaré de nuevo: ¿vas a impedírmelo?

Mi hermana suspira y deja caer los brazos a los costados.

—No, pero solo porque sé que volverías a intentarlo, y quizá yo no esté aquí para asegurarme de que salga bien la próxima vez. Tendrás más probabilidades si estamos ambos. —Gira sobre sus talones y desaparece en la entrada a la cámara de la piedra protectora.

Con Bodhi montando guardia, los seis enfilamos el estrecho pasaje. Maren y yo sujetamos las muletas de Sawyer mientras Rhiannon y Ridoc avanzan de lado con el peso de Sawyer repartido entre los dos.

Solo cuando entramos en la enorme cámara que alberga la piedra protectora de nuestro reino soy plenamente consciente de lo que quería decir Mira con ese «ambos».

—Esta pequeña empresa me dice que pasas demasiado tiempo con Riorson —comenta Brennan, que espera junto a Mira delante del inmenso pilar de hierro y su inquietante llama negra.

Supongo que ahora esto es un asunto familiar. Esbozo una sonrisa.

—Eres tú el que está liderando una revolución con él. Puede que me hayan pegado algo. —Miro a mis hermanos y hago caso omiso de todo cuanto hay en la cámara por puro instinto de supervivencia.

—Y pensar que podrías estar en el Cuadrante de Escribas, infrautilizada. —Brennan me dedica una sonrisa que se desvanece deprisa, en cuanto recupera la seriedad—. Henrick, tú vas con Mira. Te ayudará durante el proceso. Piloto...

—Maren Zina —lo corrige.

—Bien. Zina, tú te prepararás para conjurar la magia menor con la que te sientas más cómoda. Ustedes tres —señala a Rhi, a Ridoc y a mí—, no toquen nada.

—¿Y tú? —le pregunto.

—Estoy aquí por si todo se va a la mierda. —Gira la cabeza hacia la piedra—. No sería la primera vez que la reparo.

Le devuelvo las muletas a Sawyer y nos sentamos todos formando una fila larga para que dé comienzo la desquiciante espera. El futuro de esta guerra se decidirá en esta habitación, igual que sucedió hace un par de semanas. Cierro los ojos para evitar la piedra, pero me es imposible bloquear el olor de la cámara o el recuerdo de mis gritos.

«Pronto me reuniré con él». La voz de mi madre inunda mi cabeza, echando abajo todas las barreras que he levantado para no sentir el dolor, y se me clava en el corazón como el filo oxidado de una hoja dentada. «Que tengan una buena vida».

—¿Vi? —Rhiannon me pasa un brazo por los hombros.

—No pude impedir que lo hiciera —musito, y me obligo a abrir los llorosos ojos cuando Sawyer levanta las manos a mi izquierda—. Estaba ahí mismo y no pude impedir que lo hiciera.

—¿Tu madre? —pregunta con suavidad.

Asiento.

—Lo siento mucho, Violet —contesta Rhi en voz queda, y apoya la cabeza en mi hombro.

—Ni siquiera estoy segura de que la eche de menos —admito en un susurro entrecortado— o de que eche de menos la posibilidad de que con el tiempo hubiéramos... sido algo. Quizá no lo que son tu madre y tú, pero sí algo.

—Puedes sentir ambas cosas. —Me toma la mano y me la aprieta, y la opresión que siento en el pecho se aligera cuando vemos un punto en la línea superior de runas que diferencian la piedra protectora de Navarre de la de Aretia que bulle hacia fuera.

Las dos miramos hacia la derecha, a Maren, que clava la vista en una piedrecita que sostiene en la palma de la mano y acto seguido niega con la cabeza.

Vaya, qué decepción.

—Siguiente —ordena Mira.

—Me pregunto qué protección acabamos de quitar —masculla Ridoc cuando Sawyer levanta las manos de nuevo, sentado a nuestra izquierda.

Los brazos empiezan a temblarle y yo sigo apretándole la mano a Rhi.

—Puede que lo hayamos presionado demasiado —le susurro.

La siguiente línea de la piedra se abulta hacia fuera y a continuación se raja durante un aterrador segundo antes de que de la herida rezume metal fundido. Oh..., mierda.

—¡Gamlyn! —ladra Brennan, y Ridoc levanta las manos y lanza una bola de hielo a la piedra. Le da y se oye un silbido, y él la mantiene ahí mientras el vapor sale despedido hacia el cielo, chisporrotea y muere—. Puede que esto no haya sido muy buena idea... —empieza.

—Eh, ¡miren! —dice Maren.

Ladeo la cabeza hacia ella tan deprisa que la habitación me da vueltas, y veo que la piedra gira suspendida sobre su mano. Profiero un suspiro de alivio que adopta la forma de una risotada.

—¿Mira? —pregunta Brennan.

Mi hermana ya está acercándose a la piedra protectora, con las manos vueltas hacia arriba.

—Siguen intactas. Necesitamos asegurarnos de que Barlowe aún está contenido, puesto que es nuestro único sujeto de ensayo, pero estoy segura al noventa y nueve por ciento de que las protecciones contra los seres oscuros continúan en pie.

—¡Lo conseguimos! —exclama Ridoc, que se pone de pie de un salto y alza los puños—. ¡Genial, Sawyer! ¡Vete a la mierda, Senario! Los pilotos podrán utilizar sus poderes. Podrán quedarse con sus pelotones.

Sonrío como una niña pequeña. Dentro de ocho horas se firmará el acuerdo para que la manada se quede y seremos uno.

—De acuerdo, y ahora ¿qué? —Maren toma la piedra.

—Ahora nos juzgarán por traición —consigue decir Sawyer mientras se llena los pulmones de aire. Sin embargo, cuando nuestras miradas se encuentran, veo que está sonriendo, igual que yo.

—No nos juzgarán. —Mi sonrisa se ensancha—. Maren, necesito que me escuches con mucha atención.

A la mañana siguiente el corazón me late desbocado y el aula de Informe de Batalla vibra con una mezcla de entusiasmo, inquietud y miedo puro y duro cuando tomamos asiento. Rhi y Ridoc se acomodan a mi derecha y Maren le guarda un sitio a Cat entre ella y Trager, a mi izquierda.

—No lo pierdas de vista —ordena Rhi a Aaric al tiempo que baja la escalera del lateral de la habitación, escoltando a Kai y a los demás de primer año.

Aaric asiente, y me percato de que Baylor y Lynx les cubren las espaldas mientras Sloane y Avalynn van a la cabeza, manteniendo a Kai protegido desde todos los ángulos.

—Nunca he hecho esto sin un cuaderno. —Limpio el polvo de la mesa que tengo delante al tiempo que Cat viene hacia nuestra fila.

—Estoy segura de que nos mandarán nuestras cosas —afirma Rhi—. O al menos eso espero. Supongo que dependerá de cómo se tome la Asamblea la noticia de que Riorson no ha cumplido su deseo de que la manada regrese.

—No tiene por qué cumplir sus deseos. —Cat se sienta junto a Maren y se echa la trenza hacia un lado—. Ya no es solo el heredero de Aretia. Según mi tío, desde las ocho de esta mañana es el duque de Tyrrendor.

Gracias, Amari, se ha firmado. Cambio el peso del cuerpo para buscar una postura que me alivie un poco la presión en las lumbares y respiro bien hondo para intentar bajar las pulsaciones.

—¿Te encuentras bien? —me pregunta Rhi a la vez que mira con los ojos entornados a un grupo del Ala Cuatro de Navarre que ocupan asientos delante de nosotros.

—Estupendamente. —Hago girar el cuello—. Es solo que ayer no dormí mucho y ahora lo estoy pagando.

—¡... porque has agarrado mi puta pluma! —El de segundo año que tenemos justo delante se abalanza con furia por encima del asiento de la chica que está a su lado—. ¡Lo haces siempre y estoy harto! —Recupera la pluma y se acomoda de nuevo en su asiento.

Miro a Cat y la veo ufana.

—No.

—¿Qué? Solo estaba probando. —Reprime una sonrisa de suficiencia—. Dijiste que no se lo podíamos contar a nadie, no que no pudiéramos jugar.

Maren emite un sonido a medio camino entre el resoplido y la risa, y a mí también me cuesta no sonreír. Al menos no me está molestando a mí, y los navarros se lo merecen.

—Bienvenidos a Informe de Batalla —anuncia Devera mientras desciende por la escalera a nuestra izquierda, y en el aula se hace el silencio—. Entiendo que en mi ausencia les ha dado clase el coronel Markham, pero eso termina hoy. —Llega al escenario en la parte de abajo de la sala y se apoya en la mesa—. Aunque solo tengamos un día con nuestros colegas pilotos, procederemos a...

—¡Profesora Devera! —La profesora de cabello castaño rojizo de los pilotos, Kiandra, prácticamente baja corriendo los peldaños, y nuestro pelotón se mira de reojo deprisa cuando le dice algo a Devera tapándose la boca con la mano.

—Excelente —observa Devera con una sonrisa de oreja a oreja—. Para todo el que no lo sepa, esta es la profesora Kiandra, que a partir de ahora impartirá conmigo la clase de Informe de Batalla, puesto que, como acaban de informarme, nuestros nobles vuelven a negociar activamente una alianza.

Un rugido de aprobación acalla a los contrariados navarros.

—¿Cuándo se lo has dicho a tu tío? —le pregunto a Cat.

—Hace unos veinte minutos, como me pediste —me responde—. Mi tío actúa deprisa.

Lo que significa que solo disponemos de unos minutos. Tamborileo con los dedos sobre la mesa y, mientras tanto, observo el inexacto mapa de Navarre. Todo está a punto de cambiar.

—Teniendo esto en cuenta —Devera alza la voz y todos guardamos silencio—, hablemos de la estructura. Para facilitar las cosas, seguirán donde han estado siempre. Si les resulta extraño servir en un pelotón con quienes eligieron de forma distinta en la caída, siéntanse libres de presentar su queja a Malek.

—¡No es justo! —vocifera alguien de tercer año detrás de nosotros—. Con la suma de los pilotos, el Ala Tres y el Ala Cuatro son mucho mayores, y eso les dará ventaja durante los Juegos de Guerra.

—Ah, sí. —Devera ladea la cabeza—. Pueden olvidarse de eso: ya no habrá más juegos, los prepararemos para la guerra de verdad.

—¿Creen que han olvidado lo que pasó hace dos semanas? —susurra Ridoc.

—Creo que es posible que hayan olvidado lo que han desayunado —responde Rhi.

—Las alas Uno y Dos solo serán más pequeñas hasta que el resto de los cadetes de piloto regresen de Cygnisen —continúa Devera—. Cuando llegue ese momento, les darán la bienvenida.

—Mierda. —El chico que tenemos delante se hunde en su asiento.

—Siguiente asunto: entre nosotros hay demasiados líderes de ala. —Devera prosigue y yo volteo la cabeza para mirar a Dain, que se pone rígido unas filas más atrás, con los de tercer año—. Se ha decidido que los líderes se adecuarán a la... población del ala. —Enarca las cejas—. Por lo tanto, Iris Drue, seguirás siendo líder del Ala Uno, y Aura Beinhaven seguirá siéndolo del Ala Dos. Al frente del Ala Tres continuará Lyell Stirling y el Ala Cuatro será liderada por Dain Aetos.

Gracias a los dioses.

La sala prorrumpe en aplausos y gritos de disconformidad.

—Este punto no se someterá a debate. —La voz amplificada por magia de Devera sacude la mesa y hace callar al aula antes de continuar—. Si no saben a quién tienen que informar o si siguen estando al mando, esta tarde colgaremos en el área común un listado completo con todos los líderes.

La puerta del aula se abre de golpe y da contra la pared con tanta fuerza que oigo como se resquebraja la piedra mientras todos nos volteamos para hacer frente a otra conmoción.

—¡Violet Sorrengail! —grita el coronel Aetos desde el umbral, su rostro lleno de manchas rojas mientras sus ojos entrecerrados escudriñan la sala.

—Aquí. —Apoyo las manos en el borde del asiento para resistir un repentino mareo y me levanto cuando cuatro jinetes entran detrás de Aetos.

—Vi —musita Rhiannon.

—Que nadie diga una sola palabra —les advierto entre dientes—. No me pasará nada.

—Se te acusa de alta traición contra el reino de Navarre.

O puede que sí.

OCHO

Mientras que son muchos los que veneran a Hedeon por encima de los demás, en particular en la provincia de Calldyr, en mi opinión adorar a Zihnal goza de un atractivo universal.

Todo el mundo desea adquirir sabiduría, pero necesita suerte.

—*Guía para complacer a los dioses*,
por el comandante Rorilee
(segunda edición)

Que me arresten por traición no es que me sorprenda precisamente, pero que sea el coronel Aetos quien me informe de la acusación es un golpe que no veía venir.

—¿Papá? —Dain se pone de pie.

Aetos gira deprisa la cabeza hacia Dain y a su boca asoma una mueca de desdén.

—No tengo ningún hijo.

Profiero un grito ahogado y un gesto de dolor cruza el rostro de Dain, que acto seguido se domina y echa atrás los hombros.

—Como líder de ala de la cadete Sorrengail...

—Petición denegada —lo corta el coronel Aetos.

—No podemos quedarnos sentados sin hacer nada —aduce Ridoc en voz baja.

—Pueden y lo harán. —Avanzo por la fila y miro a Dain—. Estoy bien.

—¡Estás muy lejos de estar bien! —gruñe Aetos.

El mundo se mueve bajo mis pies y maldigo mi falta de sueño mientras subo la escalera hasta donde están Aetos y los cuatro tenientes que se han apostado a su lado. Una de las mujeres señala la puerta y mantengo la cabeza bien alta cuando paso por delante de Aetos, arreglándomelas para no vomitar al ver que lo han ascendido a general.

Aetos camina a mi lado por el corredor.

—Considérate muerta por lo que has hecho.

—Solo hablaré ante el Senario.

—Por suerte para ti está reunido. Será un juicio rápido.

Tras recorrer en silencio el cuadrante y entrar en el campus principal, Aetos me hace pasar por delante de un nutrido grupo de soldados y cadetes de otros cuadrantes para llegar al gran salón, al que accede por delante de mí.

—He aquí la traidora.

Se hace a un lado para dejar a la vista la larga mesa dispuesta para que se retomen las negociaciones. Los miembros del Senario se hallan sentados nuevamente a la izquierda, todos ellos deslumbrantes con el atuendo que han elegido para esa mañana, a excepción del único jinete, que viste de negro.

Xaden se gira en su silla en el extremo de la mesa y enarca la ceja con la cicatriz mientras las sombras se cuelan en mi cabeza.

—¿Qué ha sido de lo de no meterte en líos?

—En ningún momento te prometí que no fuera a hacerlo. —Le sostengo la mirada y me percato de que tiene ojeras—. *Pareces cansado.*

—Eso es justo lo que quiere oír cualquier hombre de la persona a la que ama. —Tamborilea con los dedos sobre la mesa, y

un pedazo de tela que tiene delante capta mi atención: mi parche de manipuladora del rayo—. *He decidido que se acabó lo de no saber lo que te traes entre manos.*

—Buena elección.

—¿De verdad saboteaste las protecciones?

—Alguien me dijo una vez que no hay una única forma correcta. —Utilizo contra él las palabras que él mismo me soltó en mi primer año y la boca se le tensa.

—Como puedes ver, tenemos la prueba que necesitamos y que te sitúa en la piedra —asegura Aetos cuando llega a la mesa—. Pido al Senario que dicte sentencia cuanto antes. —Mira de reojo a Xaden—. A menos que su nueva incorporación necesite abstenerse de participar, dada su cercanía a la traidora.

—Abstente tú si no puedes permanecer en silencio, Aetos. —El duque de Calldyr se retrepa en su silla y se pasa la mano por su corta barba rubia—. Esto no cae dentro de tus competencias.

Aetos se tensa a mi lado y acto seguido se retira con los demás jinetes, dejándome para que me enfrente al Senario.

—¿Tienes un plan, Violencia? —me pregunta Xaden, y aunque se le contrae un músculo de la mandíbula, las sombras de la habitación no se mueven—. *Supongo que sí, en vista de que el descosido de este parche parece limpio.*

—Aparte de permitir que los pilotos puedan conjurar magia, ¿ha informado alguien de que el poder de las protecciones se ha visto dañado? —quiere saber el duque de Calldyr.

—¿Firmaste el acuerdo para que la manada se quedara? —le pregunto a Xaden para estar segura.

—Siguen intactas frente a los seres oscuros. —Los dedos de Xaden se detienen—. *Si no lo hubiera hecho, no estaría sentado aquí.*

—En ese caso, tengo un plan perfecto.

—¿Tú cómo lo sabes? —dice la duquesa de Morraine girándose en su asiento.

—*Porque lo sabría* —me contesta Xaden únicamente a mí—. No nos han invadido y Barlowe continúa en nuestra cámara de interrogatorios. Las protecciones se mantienen. —Ladea la cabeza y me dirige la misma mirada expectante que cuando subimos a la colchoneta para entrenar—. *Me muero de ganas de ver el espectáculo.*

—Le ahorraré a todo el mundo el embrollo que supone organizar un juicio y una ejecución. —Señalo el parche que anoche descosí del uniforme—. Es mío. Yo fui la única que orquestó la modificación de la piedra protectora. Yo soy el motivo de que los pilotos puedan conjurar magia y de que ahora tengan vía libre para negociar una alianza. De nada.

La confesión se recibe con seis pares de cejas levantadas y una sonrisa burlona que no puede ser más sexy.

—*Veo que no te andas con sutilezas.*

—*No hay tiempo para sutilezas, y no hay pruebas para condenar a nadie más en caso de que esto se tuerza.*

—No me... —La duquesa de Morraine mira al resto del Senario; sus enormes pendientes de rubí le golpean la línea de la mandíbula cuando mueve la cabeza a un lado y al otro—. ¿Se puede saber qué hacemos con esto?

—Nada —responde Xaden, que me mira como si fuera la única persona que hay en la habitación—. La cadete Sorrengail y quienquiera que haya actuado con ella cometieron el delito ayer por la noche, y esta mañana todos y cada uno de ustedes han firmado su perdón.

Asiento.

—*Brillante e imprudente.* —Su mirada sube de intensidad, y a mí me cuesta no sonreír.

—Entonces ¿no podemos hacer nada? —La duquesa de Elsum se inclina hacia delante, sus largos rizos castaños rozan la mesa—. Modifica nuestras defensas y después, ¿qué? ¿Vuelve a clase sin más?

—Eso parece. —El duque de Calldyr asiente despacio.

—Yo diría que la joven ha protagonizado toda una hazaña —comenta una voz nueva.

Miro a mi derecha y me aseguro de haber visto bien a la mujer que está de pie en la puerta norte del salón. El intrincado peto acorazado de plata que luce lanza destellos con la luz matutina cuando camina hacia delante, y su sonrisa hace que se formen arruguitas en la piel dorada de las comisuras de sus ojos oscuros. Lleva unas calzas rojo escarlata con una espada corta a la cadera y una tiara resplandeciente en los alborotados rizos, cuya delicadeza marca un fuerte contraste con sus armas. «La reina Maraya».

—Majestad. —Inclino la cabeza como me enseñó mi padre.

—Cadete Sorrengail —contesta, y cuando levanto la vista veo que está muy cerca de mí—. He oído hablar mucho de la única persona del continente capaz de manipular el rayo, y me complace ver que los cumplidos no exageraban. —Mira de soslayo al Senario—. Me figuro que es libre de volver al cumplimiento de sus obligaciones, puesto que su rey sin duda llegará en cualquier momento para continuar con las negociaciones.

—No podemos hacerle nada. —Xaden se guarda en el bolsillo mi parche y los demás asienten despacio, cuatro de ellos con algo más que una expresión de ligero enfado en los ojos.

—Excelente. —La reina Maraya regala una sonrisa al Senario y a continuación me aparta y baja la voz—. El vizconde Tecarus mencionó el trato que hicieron. ¿De verdad te has expuesto a sufrir la ira de tu rey y has arriesgado las protecciones de tu reino solo para que mis pilotos puedan quedarse aquí?

—Sí. —El estómago se me encoge—. Era lo correcto.

—Y, a cambio, ¿solo has pedido poder acceder libremente a su biblioteca? —Me estudia con atención, pero le sostengo la mirada.

—Es la mejor del continente y nuestra mayor esperanza de encontrar algún registro histórico en el que se recoja cómo derrotamos a los venin hace siglos. —*Y cómo podemos curarlos.*

—*Dime que no has hecho esto por mí.* —La silla de Xaden chirría contra el suelo de piedra.

—*Creía que prometimos no mentirnos nunca.*

—*Te pusiste en peligro...* —Su tono se endurece.

—*Y no me arrepiento de nada.* —Cuanto antes se le meta en la cabeza que haré todo cuanto esté en mi poder para curarlo, más fácil será esto para los dos.

—Fascinante. —La sonrisa de la reina se vuelve cálida—. Pero la suya no es la mejor. La mejor es la mía. Tengo miles y miles de volúmenes a buen recaudo en mi residencia de verano y ahora todos ellos están a tu entera disposición. Le diré a mi custodio que te envíe un catálogo completo, pero te advierto que todavía no nos hemos topado con el registro histórico del que hablas.

—Gracias. —La esperanza me inunda el pecho. Si no lo encuentro yo, Jesinia dará con él.

La reina asiente una vez y, acto seguido, echa a andar hacia la mesa, despachándome eficazmente.

Me retiro deprisa, escapando antes de que aparezca el rey Tauri... o Halden.

—*Esta discusión no ha terminado* —me avisa Xaden cuando salgo a buen paso al pasillo y casi me llevo por delante a Rhi y a Ridoc.

—*Pero sí por ahora.* —Recupero el equilibrio en cuanto la

puerta se cierra de golpe a mi espalda—. ¿Qué están haciendo aquí? —Al parecer, todos los de segundo año de nuestro pelotón se han abierto paso entre los soldados.

—Nos preocupaba que pudieran llevarte detrás del colegio y convertirte en ceniza. —Ridoc se pasa la mano por el dragón que lleva tatuado en un lado del cuello.

—Estoy bien. Se nos ha perdonado todo cuanto hemos hecho hasta esta mañana. ¿Se han saltado el resto de Informe de Batalla?

—No tenían mucho de que informarnos, ya que las noticias de la frontera llegan a cuentagotas. Una zona en la que se combate activamente de la que están al tanto... —Rhi se detiene y abre mucho los ojos—. Vi.

—¡Sufrirás las consecuencias! —brama Aetos a mi izquierda, y me giro para interponerme entre mis amigos y él cuando echa a andar por la gruesa alfombra roja hacia nosotros hecho una furia. La ira se apodera de mí, veloz e intensa, haciendo que el poder me suba a la superficie de la piel.

—No serás tú quien le haga pagar por esto. —Brennan atraviesa la línea de soldados y sale justo frente a mí, negando con la cabeza.

—Tú. —Aetos recula—. Durante todo este tiempo...

—Yo. —Brennan hace un gesto afirmativo, y yo me coloco a su lado.

—Ha perdido. —Mis dedos rozan la empuñadura de una daga que descansa en el muslo mientras fulmino con la mirada al hombre al que en su día consideraba un ejemplo al que seguir—. Intentó matarnos en Athebyne y envió a asesinos para que acabaran conmigo después de la caída, e incluso ordenó a Varrish que me atacara, y, sin embargo, sigo aquí. Ha perdido. Nos han perdonado. Estamos aquí.

—Y, no obstante, es a mí a quien el rey ha nombrado comandante en jefe de Basgiath. —Hace un gesto que abarca el concurrido pasillo en el que nos encontramos—. Así que es posible que la que en realidad ha perdido seas tú, cadete Sorrengail.

El corazón me late a mil por hora, los límites de mi visión se vuelven negros y me tambaleo. No. Cualquiera menos él. Cualquiera. Niego con la cabeza mientras Brennan me agarra del uniforme por detrás para estabilizarme.

—No eres digno de sentarte a la mesa de nuestra madre —espeta mi hermano.

—Sin embargo, aquí estoy. —Se yergue un poco más—. Puede que el Senario se atenga a ese perdón, pero les garantizo que no saldrán impunes de haber modificado una piedra que ninguno de nosotros entiende por completo, ni de haber puesto en peligro nuestro reino.

—Sin embargo, aquí estoy —replico con suavidad; la ira sustituye deprisa a la conmoción—. Sus amenazas no son más que eso, amenazas. Ya no soy la chiquilla de primer año asustada que no sabría si sobreviviría a la Trilla o sería capaz de manifestar su sello. —Doy un único paso hacia él—. Uno de mis dragones es uno de los más poderosos del continente, y el otro es el más singular. No me di cuenta el año pasado, ni siquiera hace unos meses, pero ahora lo sé: no puede permitirse el lujo de matarme.

La expresión de su rostro —tan parecido al de Dain— cambia; ahora tiene el ceño fruncido.

—Tampoco puede permitirse el lujo de perder a ninguno de mis dragones, por no hablar de mi sello, y por Malek que desde luego tampoco puede permitirse perder a la dragona del teniente Riorson..., ¿o debería decir del duque de Tyrrendor? —Abro ambos brazos a los lados, exponiendo el pecho—. Haga lo que quiera, pero los dos sabemos que ahora estoy fuera de su alcance, general. —Dejo caer poco a poco los brazos.

—¿Que haga lo que quiera? —Sus jadeos hacen que los hombros le suban y le bajen mientras mira a Brennan y después detrás de él—. Sé exactamente dónde golpear para que me obedezcas, cadete. Es posible que tus hermanos no estén en mi cadena de mando, pero tus amigos sí.

Se me revuelve el estómago.

—Da la impresión de que tus compañeros de segundo son muy leales entre sí. —Su mirada vuelve a fijarse en mí—. Pagarán por todas y cada una de las veces que tú desobedezcas una orden o te pases de la raya, empezando desde ahora mismo. —Ladea la cabeza y deja de mirarme—. ¿Quieres jugar a la guerra? En ese caso, no te importará luchar en el frente. —Mira de soslayo a Rhi—. Líder de pelotón, todos los de segundo año que estén a tu mando servirán dos días en el puesto avanzado de Samara, a partir de mañana por la mañana. Es una orden. —Una sonrisa cruel le curva la boca cuando me dice—: La lucha allí es... bastante encarnizada, pero seguro que tu sello mantiene con vida a tus compañeros de pelotón, y en solo dos días tu dragón no tendrá tiempo de sentir la pérdida de su compañera.

—¿Mañana por la mañana? —La boca se me abre—. Pero si es un vuelo de dieciocho horas como mínimo para un grifo, y necesitarán descansar. —Más bien serán veinte horas en total, y cuando lleguemos allí estarán exhaustos.

—Así las cosas, supongo que será mejor que salgan cuanto antes. Confío en que vuelvan... sanos y salvos.

NUEVE

Enviar a cadetes al servicio activo en tiempos de guerra solo podrá ser autorizado por el comandante en jefe de Basgiath.

—Artículo ocho, sección uno
del Código de Jinetes de Dragones

Veintidós horas después, los seis nos presentamos ante el teniente coronel Degrensi, en el patio de Samara, con ojos cansados y un agotamiento profundo que hace que nos tambaleemos. No somos los únicos que estamos exhaustos. El teniente coronel sin duda ha visto días más fáciles. Tiene las mejillas hundidas y restos de sangre seca en un lado del cuello.

La fortaleza debería resultarme familiar debido a la cantidad de veces que vine a visitar a Xaden cuando estuvo destacado aquí en la caída, pero lo que vemos a nuestro alrededor hace que el lugar resulte prácticamente irreconocible: es como si un dragón hubiera atravesado el muro occidental, derribando casi una cuarta parte de la estructura. Hay heridos en distintos estados de sufrimiento que forman una fila en lo que queda en pie, mientras varios curanderos con batas ensangrentadas se mueven entre ellos.

—*Un dragón no* —me corrige Andarna—. *Un guiverno.*

Hemos sobrevolado lo que quedaba de sus huesos calcinados en unos campos situados a escasa distancia.

—*Intenta descansar* —le digo.

—*Yo soy la única que ha dormido durante el viaje* —arguye—. *Y esta cosa me pica.*

—*No te quites el arnés. Tal vez debamos largarnos de aquí deprisa y corriendo.*

—*No pienso llevar esto puesto cuando encontremos a mi familia* —refunfuña.

—*Pues vete a dar una vuelta por ahí* —rezonga Tairn—. *Algunos estamos tratando de dormir.*

El teniente coronel Degrensi termina de leer las órdenes que portaba Rhi y nos mira por encima del papel.

—¿De verdad han dejado Basgiath en manos de Aetos?

—Sí, señor. —Rhi mantiene la espalda recta, cosa que no puedo decir del resto de nosotros.

Cat y Maren tienen pinta de haberse visto sorprendidas por un huracán, y Trager no puede parar de bostezar. Igual que Ridoc. Y, tras pasarme toda la noche en la silla, yo prácticamente estoy apoyada en él para mantenerme de pie. Me duelen todos los músculos del cuerpo, las caderas me arden y la cabeza me palpita al mismo ritmo que el corazón.

—¿Y se ha aprovchado del artículo ocho para enviarme a cadetes? —Degrensi nos mira y sus ojos se detienen en los pilotos.

—Sí, señor —confirma Rhi.

—Estupendo. Bien, pues la información que tiene no está actualizada. —Degrensi arruga el papel—. La lucha terminó ayer, y aunque no hubiera sido así, no tiendo a mandar a cadetes a la batalla. —Señala el enorme agujero de la fortaleza—. El guiverno más grande se estrelló contra el muro cuando las protecciones volvieron a alzarse, pero en cuanto cayó el perímetro a los venin no les hizo falta la magia para entrar en el puesto.

Perdimos casi todo nuestro poder acabando con ellos. Conseguimos rechazarlos al otro lado de la frontera, pero el frente está en la otra orilla de esa colina. —Mira de nuevo a los pilotos—. Las bajas son mucho peores más allá de las protecciones.

—Siempre lo son —observa Cat.

—¿Se ha visto afectada Novasala? —inquiere Maren con el rostro tenso—. Es una aldea en la ribera del río Rocagua, a una...

—Sé dónde está Novasala —la interrumpe Degrensi, que a todas luces quiere despacharnos—. Según el informe de esta mañana, sigue en pie.

Maren deja caer los hombros y Cat le pasa un brazo por la espalda a su amiga.

—¿Y los civiles poromielenses? —pregunta Trager—. ¿Les está... —se estremece—, les estamos ofreciendo refugio?

Degrensi niega despacio con la cabeza.

—Tenemos órdenes estrictas de no permitir que entre nadie a menos que algo cambie en las negociaciones, pero hemos cruzado la frontera y luchado con los suyos hasta que la horda se marchó ayer.

—Permita que le exprese nuestra gratitud —dice Cat—. No todo el mundo haría lo mismo.

El teniente coronel asiente.

—Se lo diré sin tapujos: no espere que los demás sean amables, en particular los jinetes. Esta posible alianza no goza de mucha popularidad. —Luego centra la atención en mí—. A todos nosotros nos apenó saber que tu madre había muerto. Era una comandante excepcional.

—Gracias. Se enorgullecía de ello. —Me ajusto las correas de la mochila en los hombros solo para tener algo que hacer con las manos.

El hombre asiente.

—Hazme un favor y pídele a tu dragón que no se deje ver.

Son armas formidables, pero también un blanco gigantesco. Es posible que el enemigo lo considere su oportunidad para lanzar un ataque masivo y eliminarlos a ambos, y no podemos permitirnos sacar más dagas del arsenal si queremos mantener en pie las protecciones. No es que podamos hacer gran cosa si ya lo han visto, pero evitaremos concederles oportunidades adicionales.

—Sí, señor —respondo.

—*Estoy de acuerdo, pero solo para garantizar tu seguridad* —masculla Tairn, y añade algo sobre la insolencia de los humanos.

—¡Teniente coronel! —exclama un jinete con la ropa de cuero cubierta de polvo desde la puerta—. ¡Lo necesitamos!

Degrensi hace un gesto afirmativo al jinete y nos mira de nuevo.

—Escuchen, en realidad me da lo mismo lo que hayan hecho para enfurecer a Aetos. Estoy demasiado ocupado luchando en esta guerra para castigar a unos cadetes. —Señala el caos que nos rodea—. Así que busquen un sitio para dormir. Descansen un poco y después echen una mano donde puedan. —Cojea de un modo leve pero perceptible cuando nos deja para ir hacia la puerta.

Nos quedamos haciendo frente a más de un puñado de miradas cuestionables de los soldados y jinetes que pasan, algunas directamente hostiles.

—¿Cómo se supone que vamos a dormir sabiendo que la mayoría de estos jinetes estarían encantados de clavarnos una daga en la espalda? —inquiere Maren.

—Podemos hacer guardias —sugiere Trager al tiempo que se saca del pelo castaño claro una pluma—. Cuando haya dormido un poco, me ofreceré para ayudar a los curanderos.

—Si aceptan tu ayuda —le advierte Cat, que se cruza de brazos cuando un capitán vestido con el uniforme negro de los jinetes nos lanza una mirada asesina desde el otro extremo del patio—. Probablemente te darán las gracias clavándote una daga en la espalda.

—¿Violet? —Rhi me mira—. Tú conoces este puesto mejor que ninguno de nosotros.

Mis ojos reparan en la torre suroeste y esbozo una sonrisa cansada. Incluso a cientos de kilómetros Xaden cuida de mí y ni siquiera lo sabe.

—Sé dónde estaremos a salvo.

No lo encuentro. El pánico se apodera de mi corazón a medida que voy sacando cosas del arcón de madera que hay a los pies de mi cama con dosel, cada vez más desesperada con cada minuto que pasa.

Tiene que estar aquí.

El calor me abrasa un lado de la cara cuando las llamas azules entran por la ventana de mi habitación, y el fogonazo me lanza hacia atrás. Me estrello contra el espejo de cuerpo entero y cae una lluvia de cristales que me hacen cortes en la cabeza. Me pongo a gatas y avanzo hacia el arcón cuando el fuego prende las cortinas, y se oyen gritos en el pasillo, detrás de mí.

El pánico amenaza con paralizarme los músculos. El tiempo apremia, pero no puedo dejarlos. Son todo cuanto me queda. Cada centímetro supone un esfuerzo, mi cuerpo se niega a obedecer la sencilla orden de moverse y el sudor me perla la frente mientras las llamas se extienden hasta la ropa de cama.

—¡¿Qué estás haciendo?! —me grita alguien por detrás en el momento en que llego al arcón, pero no tengo tiempo ni siquiera para darme la vuelta, no hasta que lo haya encontrado. Almohadas, una manta extra, los libros que me legó mi padre... Lo descarto todo, lo tiro al fuego como si fueran sacrificios mientras sigo revolviendo en ese arcón que no tiene fondo.

—¡Tenemos que irnos! —Cat se arrodilla a mi lado—. Ya han tomado el pasillo. ¡Hay que salir volando!

—¡No lo encuentro! —intento gritar, pero la voz casi no me sale. ¿Por qué no puedo gritar? ¿Maldecir la crueldad, el miedo siempre presente a la inminente fatalidad?—. ¡Ve tú! Yo voy ahora.

—¡No puedo dejarte aquí! —Me toma por los hombros; el hollín le cubre la mitad del rostro, y el temor hace que los ojos cafés oscuros le lloren—. No me obligues a intentarlo, porque no podré.

—Tienes que vivir. —Me zafo de ella y continúo buscando en el arcón—. Él te escogerá a ti, sé que lo hará. Eres la futura reina de Tyrrendor y tu pueblo te necesita. —No ha perdido la corona. Luchará por lo que es suyo.

—¡Te necesito! —exclama Cat, y a continuación profiere un grito ahogado y se lanza sobre mí cuando el calor ruge contra nuestras espaldas. La madera crepita y se parte, y después el calor cambia, viene hacia nosotras por todas partes.

—Dame solo un... —Mis dedos buscan a tientas y por fin dan con la miniatura. Miro las sonrisas dulces, los juguetones ojos color miel de mi familia antes de estrechar contra el pecho la obra de arte—. ¡La tengo!

Cat me levanta de un tirón y me lleva hacia la puerta, y las dos damos un respingo cuando las columnas de mi cama se desploman. Salen volando brasas que me queman la mano, y el cuadrito se me resbala y se prende fuego mientras cae al suelo.

—¡No! —grito a la vez que Cat me jala hacia atrás, y cuando las llamas devoran el retrato, ya no es un cuadro..., son ellos. Mis padres, mi familia. Están ardiendo—. ¡Basta! —La palabra no logra salir de mi garganta mientras me alejo de sus gritos, de sus lágrimas, de sus súplicas para que los salve—. ¡No! ¡No!

Me despierto y me incorporo en la cama de golpe. Parpadeo para apartar los restos de la pesadilla y al mismo tiempo el sudor me corre por la nuca.

El sol de media tarde entra a raudales por la ventana, iluminando la habitación que ocupaba en su día Xaden, aquella a la que puso protecciones para que solo pudiéramos entrar él y yo. El corazón se me acelera al ver el rostro de mis compañeros de pelotón, que duermen. Gracias a los dioses, Xaden utilizó la misma técnica de protección en esta habitación que la que empleó en la mía en Basgiath: conseguí pasar uno por uno a todos los integrantes de mi pelotón.

Trager está durmiendo contra la puerta, con la mochila como almohada, y Ridoc se halla un poco más allá, con una daga a escasos centímetros de los dedos.

—¿Vi? —susurra Rhi, que, sentada a mi lado, se restriega los adormilados ojos—. ¿Estás bien?

Asiento y veo a Maren y Cat ovilladas espalda contra espalda en el centro de la habitación, en catres improvisados. Estamos todos. No hay fuego, ni ningún peligro inminente. Por más que eche de menos a Sawyer, me alegro de que se encuentre a salvo. Es evidente que estamos demasiado cerca del frente para mi tranquilidad, de ahí que tenga sueños como este.

—Solo era una pesadilla.

—Vaya. —Se acuesta de nuevo en el lado en el que normalmente dormiría yo, y yo me dejo caer en la almohada de Xaden, ahora empapada en sudor—. ¿Basgiath? Yo también las tengo a veces.

—Eso creo. —La última vez que Xaden durmió aquí fue hace meses, pero juraría que percibo un leve olor a menta al mover la cabeza hacia Rhi. Hablo en voz baja—. Cat estaba conmigo y yo intentaba encontrar un retrato de mi familia, pero todo era raro y acto seguido todos se estaban quemando. —Suspiro—. Lo cual tiene sentido, teniendo en cuenta que mi madre se convirtió en una llama.

Rhi hace una mueca de dolor.

—Lo siento.

Me mofo un tanto al recordar el sueño.

—Y yo le decía a Cat que tenía que vivir porque ella era la futura reina de Tyrrendor.

Rhi abre los ojos como platos y reprime una risotada tapándose la boca.

—Eso sí que es una pesadilla.

—Lo sé. —La sonrisa se me borra—. ¿Las tuyas cómo son?

Mi amiga se alisa la seda negra que le cubre el pelo.

—Normalmente van de que no salvas a Sawyer y yo no consigo llegar hasta él lo bastante deprisa porque tomo una mala decisión...

—No hablan tan bajo como creen —farfulla Ridoc—. ¿Qué hora es?

—Es probable que sea hora de levantarnos —contesta Rhi.

El resto del pelotón se despierta y entramos por turnos en el baño antes de salir al pasillo, listos para echar una mano. Un par de jinetes —uno de los cuales, una mujer, luce la insignia de comandante, y el otro de capitán— se aproximan cuando cierro la puerta de Xaden; sus pasos parecen tan cansados como sus ojos.

—Maise dice que tienen menos de una hora —señala la comandante mientras se venda una mano, y a continuación se aparta de los ojos el corto cabello rubio—. Han salido como de la nada.

«Maise». Conozco ese nombre.

—La pareja de Greim —me recuerda Tairn.

Eso es. Llevan juntos décadas y pueden comunicarse a una distancia mucho mayor que Tairn y Sgaeyl.

—Estamos abarcando demasiado. —Una línea de puntos de sutura se frunce en la mejilla del capitán, que niega con la cabeza—. Si son listos, ya habrán evacuado Novasala.

Todos nos pegamos a la pared para que puedan pasar.

Todos... salvo Maren, que los intercepta.

—Perdonen, pero ¿han dicho «Novasala»?

—Sí —confirma el capitán, que mira a Maren como si hubiera comido algo agrio.

—¿Por qué la están evacuando? —pregunta esta, ceñuda.

Los oficiales se miran con complicidad y los demás nos separamos de la pared para ponernos delante de la pareja al tiempo que Cat cruza por detrás de Trager para unirse a Maren.

—Están atacando esa zona. Es raro que los venin ataquen un pueblo tan pequeño, pero el pelotón de reconocimiento ha informado de que ha visto humo.

Maren toma aire con fuerza y Cat se sujeta de su brazo.

—¿Tienes a alguien en Novasala? —pregunta la comandante suavizando el tono y dedicándole una mirada compasiva.

Maren aprieta los labios y asiente.

—Allí es adonde huyó su familia —contesta Cat—. No está a más de media hora de aquí. ¿Vamos a volar a Novasala?

—«¿Vamos?» —El capitán nos mira a todos nosotros, deteniéndose en mi trenza, antes de responder a Cat—: Hemos dormido poco o nada y ya hemos perdido a un jinete esta semana. La mitad de nuestra manada está patrullando al norte y la otra mitad roza la sobrecarga, así que aunque suene duro —lanza una mirada a la comandante que no soy capaz de descifrar—, la aldea es demasiado pequeña para arriesgarnos a sufrir más bajas en la unidad.

Me quedo sin respiración.

—Así que dejamos que se mueran y listo, ¿no? —interviene Trager levantando la voz—. ¿Por qué? ¿Porque son poromielenses?

—No porque sean poromielenses, sino porque no podemos ayudarlos. —Las palabras de la comandante se cortan—. No todos nosotros manipulamos el rayo. —Me mira de reojo—. Si queremos salvar los pueblos, las ciudades, las áreas con mayor densidad de habitantes, una parte desafortunada de la guerra es saber que perderemos algunas de las aldeas. Si no aprenden conceptos de estrategia en tercer año, los aprenderán deprisa en cuanto se gradúen.

La pareja rodea a Maren y Cat y se aleja con pasos pesados.

—Eso si alguno de nosotros sigue vivo para cuando quieran graduarse... —La voz del capitán se pierde.

—Mi familia está allí —musita Maren, y el gesto se le demuda—. ¿Por qué no se irían mis padres al sur cuando Zolya cayó? En Cordyn habrían estado a salvo. O podrían haber vuelto a Draithus.

—Vamos. —Cat le acaricia el brazo a su amiga—. Ya verás como consiguen escapar.

Maren niega fuerte con la cabeza.

—¿Y si ya han muerto?

El estómago se me encoge cuando miro a Rhi.

—Tairn y yo podemos reducir esa media hora de vuelo si nos separamos del pelotón.

—Y tampoco es que no hayamos estado nunca en una batalla —añade Cat—. Salimos de Riscara luchando.

Rhi se pone rígida.

—Aetos se acogió al artículo ocho, así que legalmente estamos autorizados, pero hay muchos interrogantes —musita, como si hablara sola—. ¿Número de venin? ¿Guivernos? Pero los civiles...

—A ver, solo será una lucha si hacemos que lo sea. —Ridoc mira de soslayo a los pilotos—. Limitaremos el alcance de la misión, sacaremos a la familia de Maren, salvaremos a tantos civiles como podamos y nos largaremos de ahí.

—Sin saber a qué nos enfrentamos, no podemos... —empieza Rhi.

—Nosotros defendimos Basgiath —la corta Cat.

Y Rhi se calla.

Si Mira y Brennan estuvieran en peligro, yo iría, sobre todo teniendo esa pesadilla tan fresca en la memoria, pero existe un motivo por el que yo no soy la líder del pelotón y Rhi sí.

—Votemos —sugiero—. Entiendo que ordenarnos que vayamos a una zona en guerra podría ser algo catastrófico, y solo somos cadetes, así que votemos. Es lo que hicimos en Resson.

Ninguno de nosotros menciona que Liam y Soleil no volvieron a casa.

Rhi asiente.

—Los que están a favor... —Se levantan todas las manos, incluida la suya. Deja escapar un suspiro—. En fin, Degrensi nos dijo que echáramos una mano, así que eso haremos.

DIEZ

> Los elementos son un gran nivelador en la batalla, y según las condiciones pueden ser tan perjudiciales como favorables para ambos bandos. Sin que nuestros manipuladores sometan al fenómeno atmosférico en cuestión en nuestro beneficio, estamos a su merced.
>
> —*Tacticismo, una guía moderna para el combate aéreo,* por la comandante Constance Cara

Cuarenta minutos después, el sol desaparece cuando Tairn y yo bajamos entre las crestas coronadas de nieve, descendiendo miles de metros hacia el valle más cálido por el que discurre el río Rocagua. El sol siempre se pone temprano en esta época del año. El poder me corre por las venas, fluyendo y volviendo a fluir con cada latido de mi corazón. Casi se me había olvidado la intensidad con la que se siente la magia cuando estás fuera de las protecciones, lo accesible que es. El poder de Tairn parece infinito, más profundo que los océanos que nunca he cruzado, más ancho que el vasto cielo.

—*Maise ha visto que nos íbamos* —me advierte Tairn al tiempo que recoge las alas. El estómago se me sube a la garganta cuando él se lanza en picada, siguiendo el terreno a una velocidad que me provoca náuseas—. *Nos está transmitiendo la orden de que volvamos de inmediato.*

—*¿Puedes desobedecerla?* —Probablemente vayamos cinco minutos por delante de los demás dragones y diez de los grifos, que viajan con Andarna, pese a que le he suplicado que no nos acompañara.

—*Yo no recibo órdenes de Maise.* —Tairn se nivela cuando sobrevolamos el río; un notable viento de cola nos ayuda a mantener la velocidad. Sus alas baten tan cerca de los rápidos que casi cuento con sentir que el agua me salpicará cuando seguimos el meandro. Dentro de unos meses, con la escorrentía de primavera, este río será el más traicionero del continente, lo que se sumará a la ya impredecible meteorología que se da por el brusco cambio de altitud de la región.

Ante nosotros vemos un humo que asciende en densas columnas y se une a los nubarrones al tiempo que cubre la aldea que hay debajo. El corazón me da un vuelco cuando la adrenalina y el miedo se apoderan de mí.

—*Delante de nosotros.*

—*Ya, yo también tengo ojos. Estamos a cinco minutos.* —Tairn se inclina hacia la derecha para poder entrar por un cuello de botella en el cañón esculpido por el agua, y el peso de mi cuerpo cambia de lado, con el cinturón de la silla manteniéndome en el sitio.

Cuando lo atravesamos, me quito los guantes, me los guardo en el bolsillo delantero derecho y examino ambas orillas del embravecido río en busca de señales de vida.

—*Necesito que vayas más despacio. No sé si eso de ahí son personas o árboles.*

—*Me pides velocidad y te quejas cuando te la doy.* —Sin embargo, aminora la marcha en cuanto el paisaje se convierte en altiplanicie.

—*Este es el único camino lógico que tomarían para...* —Diviso una fila de civiles que vienen caminando hacia nosotros por la orilla meridional del río—. *¡Ahí!*

—He informado a Feirge. Los grifos y Andarna se detendrán allí primero, según lo planeado —me dice Tairn, y acto seguido gana velocidad de nuevo—. *Un minuto. Prepárate. La presión está descendiendo. Volamos hacia una tormenta.*

Ya lo creo, porque los oídos se me taponan en el momento en que introduzco la muñeca por el brazalete de cuero que impedirá que pierda el conducto. Me desabrocho despacio la capucha de vuelo, dejando que el viento más caliente me la aparte de la cara para poder ver mientras volamos hacia la aldea envuelta en humo y llamas. Los civiles huyen por una puerta en el muro oeste y el olor acre del humo me llena los pulmones, volviéndose más cáustico con cada batir de alas de Tairn.

Un bulto atraviesa la columna de humo...

—¡Un guiverno! —Agarro el conducto con la mano izquierda y abro la puerta al poder de Tairn, haciendo que el flujo pase de un goteo a un aluvión. El calor me envuelve, es un fuego que me corre por las venas, ascuas que me queman los huesos al mismo tiempo que el conducto se ilumina y absorbe el exceso.

—¡No canalices más de lo que vayas a manipular! —me advierte Tairn cuando el guiverno vuela directamente hacia nosotros, con las alas como de cuero agujereadas.

—No me pasará nada. —Como no le dé a la primera, esos dientes fétidos se acercarán demasiado a Tairn. Me obligo a erguirme pese al viento, apretando bien los abdominales para mantenerme firme cuando levanto la mano derecha, apunto y lanzo el poder con un chasquido.

Un rayo ilumina las nubes que tenemos más arriba durante menos de un suspiro, antes de hendir el cielo y acertarle al guiverno en el pecho. La bestia chilla al caer, y Tairn lo sobrevuela tan cerca que percibo el olor a carne quemada.

No hay tiempo para sentir alivio, ya que dos más surgen entre el humo.

Nos superan en número, y aunque Tairn es más grande, ellos son más rápidos.

—Nos elevamos —me avisa antes de ladearse a la derecha y subir, dejando tras nosotros la aldea.

Me giro lo más deprisa que me permite el cinturón de la silla y levanto la mano, agradeciendo la quemazón a medida que la energía se acumula en mi cuerpo, pero...

—¡Los tenemos encima!

Demasiado cerca para lanzar sin poner en peligro a Tairn.

El guiverno de mayor tamaño abre las enormes fauces, dejando a la vista unos dientes manchados de sangre, y su lengua se enrosca cuando se abalanza hacia nosotros dando un acelerón.

—¡Tairn!

Tairn baja las alas en diagonal, atrapando el viento, y yo salgo despedida hacia delante en la silla con la repentina disminución de velocidad mientras sacude la enorme cola. Se oyen huesos rotos, se ve un chorro de sangre, y el guiverno entra en barrena a la derecha, sin la mitad inferior de la mandíbula.

No puedo voltear por completo, pero apunto a lo que veo del guiverno que todavía nos persigue, descargo con un estallido... y fallo.

—Mierda. —Echo mano del...

—Como te quites el cinturón, te tiro al río y dejo que tus tristes dioses te salven —me avisa Tairn, que acto seguido se inclina a la izquierda, con lo que ahora la perspectiva es perfecta.

Lanzo otro rayo, que guío con el movimiento de mi mano, y le acierto de pleno, cortándole la cabeza al guiverno.

—¡Le he dado!

«¡Maravilloso!».

Pero a menos que esos tres guivernos formen parte de una patrulla de reconocimiento —algo poco probable, en vista de que la aldea está en llamas—, seguro que algún creador anda cerca. Miro al frente y me echo hacia delante cuando damos la vuelta, poniendo toda la atención abajo. La línea de demarcación se ve con claridad a esta altura de la aldea. La mitad está desprovista de color, drenada de toda su magia, y en el centro de la aldea se eleva una única silueta con una etérea túnica oscura, con el cabello de color claro —¿plateado?— dando latigazos con el viento.

—*Es ella. La venin que estaba junto a la celda de Jack.* —Aprieto con más fuerza el conducto.

Alza la vista hacia nosotros, levanta la mano y mueve los dedos como si estuviera saludándonos. Las náuseas me atenazan el estómago.

—*Creo... que nos estaba esperando.*

Es una trampa.

Y hemos ido directos a ella. Se me cae el alma a los pies al darme cuenta, pero eso no cambia el hecho de que la familia de Maren corre peligro.

—*¡Encima!* —ladra Tairn, y miro hacia arriba justo cuando dos guivernos salen del turbulento sistema tormentoso.

Alzo la mano, pero no hay tiempo. Ya están aquí.

Tairn vuelve la cola hacia delante, por debajo de nosotros, haciendo girar el cuerpo de un modo que no le he visto hacer nunca, y caigo hacia atrás; el estómago se me sube a la garganta cuando el suelo ocupa el lugar del cielo, y la correa me aprieta con fuerza los muslos y me sostiene boca abajo lo bastante para que el corazón me lata en las orejas dos veces.

Oigo un chasquido, huesos rotos, y Tairn vira hacia la derecha y nos llevamos por delante a un guiverno con el cuello partido, al que soltamos cuando nos nivelamos. Obligo a mi estómago a que vuelva a su sitio, y me preparo para atacar al otro cuando arremete contra nosotros.

Cierra de golpe la mandíbula y sus dientes entrechocan a escasa distancia del hombro de Tairn al fallar, quitándome al menos dos años de vida. Extiendo el brazo...

—*¡No!* —ordena Tairn, y un segundo después unas escamas cafés inundan mi campo de visión cuando Aotrom le hunde los dientes en la cabeza al guiverno y muerde en cuanto pasamos por delante.

El viento aúlla como un animal, impidiendo oír ninguna otra cosa, y Tairn se inclina bruscamente y gira a toda velocidad. El rostro se me desfigura debido a la fuerza que absorbe mi cuerpo con la maniobra, y pugno por no perder el conocimiento cuando volvemos a la batalla.

La cola de Aotrom se curva hacia arriba y el aguijón venenoso se clava en el vientre del guiverno. Pongo cara de sorpresa: ¿un Cola de Escorpión?

No es Aotrom.

—*Chradh* —explica Tairn mientras el dragón suelta al guiverno.

—*¿Se puede saber qué demonios hace Garrick...?*

—*¡Tornado!* —me avisa Tairn un segundo antes de que un muro de viento nos golpee lo bastante fuerte para vaciar de aire mis pulmones y nos arrastre hasta su espiral.

Nos zarandea como si fuéramos muñecas de trapo, y el rugido de la tormenta hace que me vibre cada hueso del cuerpo. Tairn repliega las alas de golpe y yo me agarro con fuerza a los borrenes y agacho la cabeza mientras a nuestro alrededor vuelan escombros; el terror me paraliza los músculos cuando damos vueltas y más vueltas como si no pesáramos nada.

«¡Malek, no estoy preparada para reunirme contigo!»

—*¡Violet!* —exclama Andarna.

—*¡No!* —grita a su vez Tairn tan pronto como giramos hasta estar prácticamente en posición vertical.

—*¡Quédate donde estás!* —chillo, y el miedo me quema los huesos como si fuera ácido en el instante en que la fuerza centrífuga nos expulsa hacia fuera. Lo más importante es no acabar atrapados aquí. Son muchas las probabilidades de que nos mate a nosotros, y seguro que se cobrará su vida.

Salimos disparados de la tormenta como un proyectil, atravesando el aire de espaldas hacia lo que creo que es la falda de una montaña. Tairn abre las alas de sopetón, con lo que nuestra velocidad baja de meteórica a mortífera en un movimiento tan repentino que la cabeza se me va hacia atrás y los oídos me pitan. El rugido que suelta me sacude las costillas mientras repliega las alas de golpe y se contorsiona para intentar girar.

Choca de costado, la colisión me deja sin aliento y hace que a nuestro alrededor se desprendan rocas con un chasquido. Algo me golpea la rodilla y las alas de Tairn me cubren instantes antes de que oiga un segundo impacto.

Nuestra comunicación se interrumpe.

«NO».

—¡Tairn! —chillo, y el terror me bloquea todos los músculos, me priva de todo pensamiento salvo uno: «No es posible que haya muerto».

Caemos risco abajo deslizándonos torpemente, sin oponer resistencia. No veo nada, solo oigo el arañar de piedra contra escamas, siento los estremecedores golpes cada vez que nos abrimos paso por algún obstáculo y continuamos cayendo.

—*¡Tairn!* —Pruebo de nuevo a través del canal mental que nos une, pero no hay... nada.

—*¡Violet!* —exclama Andarna—. *¡No siento a Tairn!*

—*¡Quédate donde estás!* —repito mientras bajamos más y más y más. ¿Hay un precipicio bajo nosotros?

Tendría que haberle hecho caso a Tairn cuando me ha advertido de la tormenta. ¿Estará bien? ¿Y si ha...?

—*¡No pienses eso!* —gime Andarna.

El corazón me late con ritmo de *staccato* mientras caemos en picada, y levanto las manos de los borrenes para ponérselas en las escamas. No noto su respiración, pero eso no significa que no respire. Tiene que estar bien. Si no fuera así yo lo sentiría, ¿no? El pánico amenaza con cerrarme la garganta. Este no es su final, este no es nuestro final.

Liam solo dispuso de unos minutos después de que Deigh dejara de respirar, pero lo sabía.

—*Elige vivir* —me apresuro a suplicar a Andarna—. *Eres la única de tu especie, tienes que vivir. Nos pase lo que nos pase a nosotros.*

Ay, dioses, Xaden.

—*No me dejes* —me ruega, la voz quebrándosele—. *No pueden dejarme.*

Caemos en picada durante un segundo, el estómago se me sube a la garganta, y me preparo para exhalar el último suspiro.

La tierra nos reclama una vez más con un brusco abrazo, y esta vez nos detenemos lentamente.

Las alas de Tairn se abren y me quedo colgando en un ángulo de noventa grados del suelo, respirando un aire lleno de polvo. Tairn ha caído sobre un costado.

Desde el ángulo en el que estoy no le veo la cabeza, así que dejo caer cualquier amago de escudo e intento comunicarme con él con todas mis fuerzas. Hay un hilo tenue donde debería estar nuestro vínculo, pero basta para que me llene de esperanza cuando oigo un golpe detrás de mí. Un hilo tenue significa que Tairn no ha muerto. Los latidos de mi corazón significan que es imposible que haya...

El pecho se le estremece y su respiración adquiere un ritmo profundo y regular.

«Gracias, dioses».

—*Respira* —le digo a Andarna.

—¡Sorrengail! —Unos pasos corren hacia mí.

—¡Aquí! —contesto; mis abdominales se contraen para ayudarme a mantener la postura mientras me peleo con el cinturón de la silla.

Garrick profiere un suspiro de alivio cuando aparece tres metros más abajo. El viento le ha quitado la capucha y sangra en el ángulo derecho del nacimiento del pelo.

—Estás viva. —Apoya las manos en las rodillas y se inclina hacia delante, y no sé si está tomando aliento o va a vomitar—. Gracias, Dunne. ¿Y Tairn? —Alza la vista, y una ojeada le basta para palidecer.

—Noqueado... ¿Qué pasa? —le pregunto.

—La rodilla, la tienes del carajo.

Me miro la pierna y un grito logra escapar de mi garganta cuando noto el intenso dolor; es como si hubiera esperado hasta que yo pudiera ver exactamente lo jodida que estoy para hacerse notar. Tengo el pantalón de cuero de vuelo desgarrado en la rodilla derecha, babeo y la bilis me sube deprisa cuando soy consciente de que no tengo la rótula donde debería estar. Un dolor abrasador me asciende por la pierna y por la columna, impidiéndome pensar de forma lógica mientras me consume, y me arrolla en unas oleadas que se corresponden con los latidos de mi corazón.

—¿Se te ha roto? —me pregunta Garrick.

Pasan segundos mientras me concentro únicamente en meter el dolor en una cajita que pueda gestionar y, acto seguido, obligo a mis dedos de los pies a que se muevan uno por uno.

—Creo... que solo... se me ha... dislocado. No me la puedo recolocar. —Cada vez que respiro siento náuseas—. En este ángulo.

Él asiente.

—Déjate caer, yo te sostengo. Cuando estés en el suelo nos ocupamos.

—¿Y Chradh? —pregunto al tiempo que agarro con fuerza el cinturón. Mi peso hace que sea imposible abrir la maldita hebilla.

—Está volviendo en sí poco a poco. —Garrick gira la cabeza—. El muy obstinado se ha dado la vuelta y ha recibido el impacto en el estómago. Me ha salvado la vida, pero un saliente que había a medio camino lo ha dejado fuera de combate temporalmente.

Es lo mismo que debe de haberle pasado a Tairn. El segundo golpe que he oído se lo ha dado en la cabeza.

«Mierda». La venin del pelo plateado sigue por ahí, y los dos dragones prácticamente están indefensos sin nosotros, al menos hasta que llegue el resto.

—Como me dejes caer, te doy una patada en la boca. —Aprieto los dientes para soportar el dolor. No voy a morir hoy; y Tairn, tampoco.

—Seamos sinceros: con esa rodilla dudo mucho que le des ninguna patada a nadie. —Levanta los brazos, y me inunda el deseo más ilógico de que ojalá fuera Xaden quien ocupara su lugar—. Vamos, Violet. Confía en mí.

Me lleno el pecho de aire y me ayudo de los borrenes para cambiar el peso del cuerpo, sacar de un jalón el cinturón de la hebilla y caer como una piedra. El grito que había estado reprimiendo se libera cuando Garrick me agarra, y el mundo estalla en un dolor insoportable con la colisión.

—¿Quieres que te la recoloque? —me pregunta, y me sujeta con el mayor de los cuidados.

Hago un gesto afirmativo, él me deja en el suelo deprisa y se acuclilla delante de mí, agarrándome por la cintura para mantenerme recta. La vaina de las espadas que lleva en la espalda raspa granos de granizo del tamaño de mi mano hasta llegar al pedregoso terreno.

—Extiéndela despacio —me ordena, con los ojos color avellana fijos en mi rodilla. Tuerzo la cabeza y me muerdo el cuello de la chamarra para no gritar otra vez al estirar la pierna—. Esto no será agradable, lo siento mucho —se disculpa al tiempo que me pone la rótula en su sitio.

—No lo sientas —consigo decirle, y el dolor baja inmediatamente a un nivel que al menos me permite pensar con cierta claridad—. En mi mochila hay vendas. —El rítmico sonido de la respiración de Tairn apacigua mi corazón, pero no veo nada más allá de sus negras escamas a mi izquierda y pedruscos de granito a nuestra derecha, ya que estamos prácticamente embutidos en la falda de la montaña.

Garrick saca las vendas y me sujeta mientras yo hago lo que puedo para estabilizar la articulación. El dolor me arrolla cuando pruebo a apoyar el peso en la pierna mala, pero es minúsculo en comparación con lo que podría pasarle a Tairn si no empezamos a movernos, así que me vendo la rodilla y doy por bueno el arreglo. Tendrá que servir hasta que pueda verme un curandero o Brennan, pero primero hay que salir de aquí con vida.

—Se te da bien —observa. Acto seguido se agacha, me pasa un brazo por la parte alta de la espalda y yo le echo el mío por el hombro.

—Tengo mucha práctica. —Caminamos junto al lomo de Tairn, poniendo cuidado en no pisarle las alas, y esquivamos la cola mientras el tornado se dirige hacia el este—. Estás sangrando justo encima de donde tienes la cicatriz de Resson.

—Bien. No me haría ninguna gracia fastidiarme el otro lado de mi perfecta cara —bromea—. No te preocupes por mí. No es nada que no puedan arreglar unos puntos.

—Los otros se acercan —me informa Andarna—. *No saben que Chradh está contigo, y yo no se los he dicho.*

¿El Café Cola de Escorpión ha bloqueado a su manada?

—Diles que vayan primero por la familia de Maren. Y tú quédate donde estás hasta que sepamos lo que está pasando.

No me cabe la menor duda de que su respuesta es un gruñido mientras avanzo a duras penas con la ayuda de Garrick y me sitúo en medio de Tairn y Chradh, al que parecen faltarle unas escamas en la mandíbula.

—Los demás están de camino —informo a Garrick—. Y estoy casi segura de que esa venin sabía que veníamos.

—Pues... genial. —Hace una mueca—. He tenido vuelos de mierda, pero nunca había atravesado un tornado —comenta mientras escudriña el horizonte—. Estamos como poco a un kilómetro y medio al sur de la aldea.

—Yo tampoco. —El humo se alza de nuevo sobre la aldea en una columna ininterrumpida. Intento acceder al poder de Tairn, pero, como era de esperar, en los abrasadores Archivos de los que he llegado a depender solo hay oscuridad y un leve chisporroteo—. ¿Te importaría decirme qué estás haciendo aquí?

—Lo han conseguido. —Garrick se tensa y mira intencionadamente hacia el extremo occidental de la aldea cuando Feirge y Aotrom atraviesan la luz que arroja la luna. Kira, Daja y Sila, la grifo de Trager, llegan poco después, cada una con su respectivo jinete o piloto—. La familia de Maren, ¿no? Es la información que nos dio el comandante Safah.

—Por eso estoy yo aquí. Se supone que tú estás con Xaden. —No tiene sentido que le confirme lo que ya sabe—. A ocho horas de distancia.

—Ya, bueno, en cuanto supo que ibas directa hacia el peligro, se puso... un poco irracional. —Un músculo de la mandíbula se le contrae y le quito el brazo del hombro para que pueda ponerse recto mientras cambio el peso para aliviar todo lo posible la presión que siento en la rodilla derecha—. Nunca lo había visto así. —Garrick me mira con cara de preocupación—. Nunca. Ni siquiera quiero pensar en lo que habría hecho si hubiera estado aquí, fuera de las protecciones, porque creí que iba a arrancar las piedras del muro. Siempre se ha enorgullecido del control que tiene (ha de tenerlo, considerando la cantidad de poder que manipula), y créeme si te digo que lo perdió por completo cuando supo que estabas cruzando la frontera, Violet. No es... él mismo.

Siento una opresión en el pecho. Se indignó, se enfadó incluso cuando volé a Cordyn con mis hermanos hace unos meses, pero ni remotamente llegó a perder el control.

—Porque Aetos nos envió a... —Dejo la frase a medias cuando asimilo lo que acaba de decir Garrick—. ¿Sabía que yo estaba cruzando la frontera? Maise. —La última palabra es un susurro. Alzo la cabeza, solo le veo media cara a Garrick—. ¿Cómo has llegado hasta aquí?

—No es importante. —Saca una espada con la mano izquierda.

—Maise ha visto que nos íbamos hace unos cuarenta minutos, y tú ya estás aquí. Manipulas el viento, y ni de puta broma has conseguido que un viento de cola de cientos de kilómetros por hora impulsara a Chradh, así que ¿cómo has llegado hasta aquí? —Levanto la voz a medida que aumenta mi enojo, y un rayo cae a unos cinco metros delante de nosotros, carbonizando el suelo al mismo tiempo que retumba un trueno.

Pego un brinco y hago un gesto de dolor cuando la rodilla se me resiente con el brusco movimiento.

—Carajo, Sorrengail, no hacía falta que... —empieza.

—No he sido yo. —Niego con la cabeza.

—He sido yo.

Miramos rápidamente a la derecha, y la venin del cabello plateado camina hacia nosotros, la túnica púrpura ondeando con la brisa. No se molesta en mirar a Tairn cuando pasa a escasos metros de sus garras traseras, se limita a mantener los inquietantes ojos rojos clavados en nosotros. En mí.

Un momento. ¿Qué es lo que ha... hecho? ¿Lanzar un rayo?

Me quedo completamente blanca y levanto mis escudos valiéndome del poder de Andarna.

Santa Dunne, ha manipulado el rayo. Pero se supone que los venin no tienen sellos..., y menos el mío.

El miedo me clava el corazón al suelo, pero mis manos son veloces al desenvainar y lanzarle dos dagas al pecho.

Ella mueve la mano a la izquierda y a la derecha, y las armas caen en plena trayectoria de vuelo.

—¿Así es como me das las gracias?

«Mierda». Tendría que haber traído la pequeña ballesta que me dio Maren.

—Las gracias... ¿por qué, exactamente? —Garrick levanta la espada y se pega a mí mientras yo intento canalizar de nuevo el poder de Tairn, pero lo único que encuentro es un débil zumbido.

—*Este no sería un mal momento para manifestar un segundo sello* —le digo a Andarna cuando el ser oscuro se aproxima. El corazón me late como un tambor. Lo único que necesita la venin es plantar las manos en el suelo y los cuatro estaremos secos en cuestión de segundos.

—*Claro, como si yo controlara cómo utilizas mi poder* —responde Andarna.

«Un segundo sello». Miro a Garrick de reojo, pues eso es todo cuanto puedo permitirme con el ser oscuro avanzando hacia nosotros.

—Pues por no matarte. —La venin ladea la cabeza y me mira de arriba abajo sin disimulo antes de detenerse a unos tres metros. Las venas rojo escarlata que tiene junto a los ojos me recuerdan al antifaz de un baile de máscaras rematado por el desvaído tatuaje de la frente, y la luz roja alrededor de los iris es diez veces más intensa que la de Jack. Una Sabia, probablemente..., puede que incluso una Maven, y de no ser por las señales físicas que indican que ha perdido el alma, sería despampanante, con esos pómulos altos y la boca carnosa, pero su tez es de una palidez siniestra—. Aunque debo decir que me decepciona que haya sido tan fácil hacerte salir de las protecciones. —Chasca la lengua—. Es una lástima que la familia de esa chica levantara sus armas contra mí. Si no lo hubiera hecho, quizá habría sobrevivido. —Le lanza una mirada de advertencia a Garrick, que, sin embargo, no baja la espada.

«La familia de esa chica...». Mis manos se cierran en sendos puños.

—¿Has matado a la familia de Maren? —Las piedras y el hielo crujen bajo mis botas cuando doy dos pasos hacia ella—. ¿Para hacerme venir aquí? —La ira me corta el estómago.

—Solo a los padres. —Pone los ojos en blanco—. He dejado a los niños vivos como gesto de buena voluntad, aunque tú no puedes decir lo mismo de mis guivernos, ¿no te parece?

—¡¿Gesto de buena voluntad?! —digo a gritos. Maren se sentirá desolada.

—Violet —me advierte Garrick, que, sin embargo, se mantiene a mi lado en todo momento.

—Cuidado con ese tono, manipuladora del rayo. —La venin mueve la muñeca y Garrick se eleva en el aire en una nauseabunda recreación de todas y cada una de mis pesadillas. La espada se le cae al suelo y se lleva las manos a la garganta—. Tú me despiertas curiosidad. Anhelo incluso, lo reconozco, teniendo en cuenta todo ese poder, por no hablar del eficaz freno que eres. Pero ¿él? —Niega con la cabeza y Garrick comienza a patalear.

«Freno». Eso es exactamente lo que me llamó Jack. Así que la venin sabe lo de Xaden.

—¡Suéltalo! —Me saco otra daga y aparto cualquier asomo de miedo que pueda sentir. A Garrick no le pasará nada si yo puedo impedirlo—. Tal vez esto no te mate, pero te aseguro que te dolerá un huevo.

—No comparemos armas. —Saca un cuchillo que lleva envainado en el cinturón de la vaporosa túnica púrpura y me deja ver lo suficiente la punta verde como para que se me corte la respiración un instante—. Nuestros caminos están demasiado entrelazados para empezar con tanta hostilidad. Ya sé: tú me contestas a una pregunta y yo bajo al caminante. Yo diría que es una forma civilizada de comenzar nuestra relación, ¿no crees, Violet?

—Pregunta. —Noto que Andarna ronda por nuestro vínculo, alerta y, con suerte, lejos de nosotros—. *Advierte al resto.*

—*Van hacia allí.* —La frustración dota de aspereza a sus palabras.

—Valoras más la vida de tu amigo que la información. Interesante. —Envaina el cuchillo—. Soy Theophanie, por cierto. Me parece justo que sepas cómo me llamo, puesto que yo lo sé todo de ti, Violet Sorrengail.

Maravilloso.

—¿Por Jack? —Es la única explicación lógica.

La venin se encoge de hombros en un gesto desdeñoso que me recuerda a la duquesa de Morraine.

—Vincularse a un dragón es... envidiable. Que te sea dado sin más todo ese poder. —Sus labios forman una línea tensa—. Pero a dos es algo inaudito. ¿Acaso no eres la chica más afortunada del continente? O puede que lo sea yo, por estar cerca cuando divisaron a tu Cola de Maza.

—¿Es esa tu pregunta? —Las uñas se me clavan en la palma de la mano mientras el pataleo de Garrick se vuelve más desesperado.

—Solo era una observación. —Mira a Garrick—. Para demostrarte mi buena fe. —Mueve la mano de nuevo y Garrick cae al suelo a mi lado, dando resoplidos—. Y ahora, dime: ¿cuál de los dos te eligió primero? ¿El que te regaló el poder del cielo? ¿O la írida?

ONCE

Mientras celebramos la esperanza y el entusiasmo que nos brinda esta nueva sobre los vínculos entre dragones y grifos y sus humanos, me pregunto quién se ha parado a contemplar la naturaleza del equilibrio de la magia. ¿Acaso no nos arriesgamos a que aumenten en igual medida los mismos poderes que queremos manipular?

—Correspondencia registrada de Nirali Ilan, comandante en jefe de la Fortaleza de Riscara, a Lyra Mykel, comandante en jefe en funciones del Campamento Militar de Basgiath

—¿La írida? —Parpadeo, y me cuesta una vida poner cara de póquer.

—Sí, tu írida. —Theophanie escudriña el cielo y después el terreno que tenemos a nuestras espaldas mientras Garrick se levanta, tambaleándose, con la espada en la mano—. Algunos no lo creen, pero yo lo supe en cuanto los estudiosos de la túnica de color crema mencionaron a la séptima estirpe en su colegio de guerra. Es una pena que tuviera que marcharme tan de repente. Una que no se ve desde hace siglos, y tenía tantas esperanzas de... poner los ojos en ella. —Termina la frase como la amenaza que es, y su mirada carmesí busca la mía.

Andarna. El terror me repta por la espalda y hace que me maree.

—*Írida* —musita Andarna—. *Sí, ahora me acuerdo. Así es como se llama mi especie. Soy una Írida Cola de Escorpión.*

—*¡Vuelve a las protecciones!* —le grito mentalmente—. *La venin no ha venido por mí, es a ti a quien quiere.*

—*¡No te abandonaré!* —ruge.

—*El continente entero te necesita viva. Y ahora ¡vete!* —Mis dedos rozan el conducto, que me cuelga de la muñeca, pero no me sirve de nada sin el poder de Tairn. Necesito ganar tiempo para que Andarna pueda escapar—. Está fuera de tu alcance.

—Mmm. —Theophanie me analiza el rostro—. Vaya, qué decepción, pero no sería divertido que atrapara a mi presa a la primera. No tienes ni idea de lo que es esa dragona, ¿verdad? —La boca del ser oscuro se curva en una alegre sonrisa que hace que se me revuelva el estómago en el acto—. Vaya premio has ganado. A veces se me olvida la poca memoria que tienen los mortales.

¿Los mortales? ¿En comparación con qué? ¿Con los inmortales? ¿Cuántos putos años tiene ella?

Se mueve hacia un lado, en dirección a la aldea, y Garrick y yo imitamos su movimiento, interponiéndonos entre ella y Tairn.

—Cuando el manipulador de sombras venga con nosotros...

—No hará tal cosa —espeto. Noto el zumbido de un poder que me inunda poco a poco al mismo tiempo que el sonido de un batir de alas llena el cielo.

Tairn se está despertando, pero lo que sea que viene hacia nosotros va a toda velocidad.

—Lo hará —afirma ella con la misma seguridad exasperante que emplea Xaden. Un rayo restalla a modo de signo de puntuación, ramificándose por la nube que se cierne sobre nosotros.

«Ni siquiera ha tenido que levantar las manos». Carajo, me supera en todos los sentidos.

—Y cuando tú vengas con él, recordarás que hoy te perdoné la vida y me elegirás a mí de profesora en lugar de a Berwyn. —Se retira lentamente, paso a paso, extendiendo los brazos a ambos lados.

Es posible que los venin pierdan la cabeza junto con el alma, pero seguirle la corriente le da más tiempo a Andarna para escapar.

—¿Y por qué haría tal cosa?

El poder me inunda, escaldándome los huesos, y dejo que se acumule y se enrosque.

—¿Aparte de porque es inferior a mí y estarías encadenada a él, sin poder para oponerte a sus órdenes? —Hace una mueca de asco, pero acto seguido se controla—. Yo dejaré que te quedes con tus dos dragones y te daré lo que más deseas en el mundo. —Su mirada baja al conducto cuando el viento arrecia. Los demás deben de estar aquí—. Control y conocimiento.

Tairn se gira y su cabeza sale disparada hacia Theophanie, pero sus dientes se cierran a escasa distancia de los pies de la venin cuando la garra de un guiverno la levanta del suelo. La bestia bate las alas deprisa y con fuerza, provocando una ventolera y llevándose a su creadora del campo de batalla.

—No lo puedo creer, estamos vivos —dice Garrick al tiempo que baja la espada—. Nos ha dejado vivir.

—¿Estás bien? —le pregunto a Tairn, y la voz se me quiebra.

—No me he muerto. —Se levanta y sus garras se hunden en el pedregoso suelo.

El alivio hace que se me humedezcan los ojos y mi visión se vuelve borrosa.

—*No te deshidrates por mí* —me sermonea—. *Hace falta algo más que los elementos para matarme.* —Sus ojos dorados reparan en mi rodilla—. *Ojalá pudiera decir lo mismo de ti.*

—Pues sí, veo que estás bien —farfullo, y a continuación volteo hacia Garrick, que ya está recogiendo una de mis dagas—. No tienes por qué hacer eso.

—No estás precisamente para caminar —me recuerda al tiempo que recupera la segunda.

—¿Lo estabas tú? —me apresuro a preguntar, a medida que el batir de alas se va volviendo más ruidoso—. La venin te ha llamado caminante.

Garrick ha recorrido más de mil quinientos kilómetros en minutos y, que yo haya leído, solo hay una manera de lograr algo así, pero nadie lo ha hecho en siglos.

Garrick se pasa el dorso de la mano por la sien y la retira manchada de sangre.

—Bueno, y a ti te ha llamado freno. —No me extraña que sea el mejor amigo de Xaden. A los dos se les da de maravilla evitar preguntas.

—Tienes un segundo sello, ¿verdad? —Y, al igual que Xaden, ha ocultado el más poderoso.

—Tú también. —Me devuelve las dagas y se balancea—. O al menos lo tendrás.

—Gracias. —Le sostengo la mirada mientras me enfundo las armas y sopeso la importancia de lo que está escondiendo—. Sabes que la última vez que alguien manipuló las distancias...

—Yo no he dicho que haga tal cosa —me interrumpe, y mira a Chradh con una sonrisa cuando el Café Cola de Escorpión se pone de pie torpemente—. Durante un segundo me ha dado un buen susto. —Se ríe—. Sí, sé la cantidad de energía que consume. Créeme si te digo que a ti te falta mucha más experiencia que a mí.

—Deberías irte. —Señalo a Chradh y noto un pinchazo en la rodilla cuando la adrenalina empieza a bajar—. Ahora, antes de que se acerquen lo bastante y te vean. Sé que ha bloqueado a la manada, así que tu secreto seguirá estando a salvo si te marchas dentro de unos segundos.

Garrick me mira, con los sentimientos claramente divididos.

—Deja que te ayude a subirte a la silla...

—Gracias por arriesgarte a exponerte para ayudarme, pero vete. —Arqueo las cejas—. Mi pelotón me ayudará.

Garrick ladea la cabeza como si estuviera escuchando y asiente.

—¿Irás directa a Basgiath?

Yo también asiento.

—¡Corre!

Se queda un segundo más y después sale corriendo hacia Chradh. Se lanza hacia las sombras y desaparece cuando mi pelotón se aproxima.

—*¿Tú lo sabías?* —le pregunto a Tairn.

—*No chismeamos sobre nuestros jinetes.*

Un punto a favor. Si lo hicieran, a estas alturas Xaden estaría muerto.

—*Esto es ridículo* —le digo a Tairn, que en lugar de ir al campo de vuelo va directo al patio del cuadrante veinte horas después.

—*Lo mismo que pensar que puedes ir cojeando desde el campo de vuelo.* —Oigo gritar a los cadetes, una docena aproximadamente, que corren al ala de los dormitorios para ponerse a salvo, cuando Tairn aterriza en el barro. Por lo menos ha dejado de nevar.

—¡Violet! —Brennan pasa corriendo por delante de los cadetes que huyen en desbandada, el ceño fruncido en señal de preocupación.

—No me lo puedo creer: ¿se lo has dicho a mi hermano? —Fulmino con la mirada a Tairn, aunque sé de sobra que no me ve.

—Desde luego que no. —Tairn resopla, y el vaho empaña las ventanas del ala de los dormitorios.

—He sido yo, se lo he contado a Marbh —reconoce Andarna, que aterriza a la derecha de Tairn, las escamas tan negras como las de él.

—Estoy bien —le aseguro a Brennan mientras me quito el cinturón, y suelto una vulgaridad cuando la costura vuelve a engancharse. Me muerdo el labio para no gritar al obligarme a bajarme de la silla—. *Conque los dragones no chismean.*

Andarna lanza un bufido y yo comienzo el humillante ejercicio de deslizarme por el lomo de Tairn mientras ella mira. Tairn agacha el hombro cuando llego a él y no consigo reprimir el agudo grito de dolor al levantar la pierna derecha para poder deslizarme hasta abajo.

—¿Por qué no me traes unas muletas para que...?

—¿Por qué no bajas aquí? —pregunta Xaden, que está donde yo contaba con encontrar a Brennan. El corazón me da una sacudida. Dioses, qué guapo está, mirándome con esa intensidad que me ponía de nervios en mi primer año. Levanta un brazo y las sombras suben desde debajo de Tairn y se solidifican en cuanto me rodean la cintura—. Ahora, de ser posible. —Dobla los dedos en mi dirección—. Haría lo mismo por cualquier jinete herido.

—No sé por qué, pero lo dudo. —Me deslizo por la pata de Tairn, y las sombras me ponen de lado en el último segundo y me depositan en los brazos abiertos con los que me espera

Xaden—. Vaya, vaya. —Le aparto de la frente un mechón de cabello oscuro, le echo los brazos al cuello y me dejo caer contra su pecho, haciendo caso omiso del dolor punzante que siento en la rodilla al flexionarla—. ¿Y qué más puedes hacer con esas sombras, teniente Riorson?

Xaden aprieta la mandíbula y mantiene la vista al frente mientras me aleja de Tairn y pasamos por delante de Brennan, que sostiene la puerta del ala de los dormitorios.

—El área común está más cerca —sugiere Brennan, quien no tarda en darle alcance a Xaden.

Todo el cuerpo de Xaden está rígido mientras sigue a Brennan, el cual cruza la rotonda y sube al área común. Irradia tensión en oleadas de sombras que se arremolinan como pisadas. Yo volteo la cabeza y, cuando intento comunicarme mentalmente con él, me bloquea.

—Estás enfadado —musito. Brennan sigue a buen paso y ordena a unos cadetes que desalojen una sala de reuniones que se abre a la derecha del tablón de anuncios.

—*Enfadado* se queda corto para describir lo que siento ahora mismo —espeta Xaden al tiempo que entra dando zancadas en la habitación sin ventanas. Las sombras quitan de en medio las seis sillas de nuestro lado de la larga y tosca mesa, y él me tiende en la superficie con sumo cuidado. Después retrocede y se pega a la pared.

—Hice exactamente lo mismo que habrías hecho tú en esa situación —arguyo, y me incorporo apoyando la palma de las manos mientras Brennan se ocupa de mi rodilla, dejando la puerta abierta—. Si te...

Xaden levanta un solo dedo.

—Ahora. No.

Lo miro con los ojos entornados a la vez que Brennan me corta el vendaje con una daga.

—¿Tú no te ibas a casa? —le pregunto a mi hermano.

—Estaba ayudando con los pormenores de la alianza. —Hace una mueca al ver la tremenda masa azul y negra que es mi rodilla—. Por suerte para ti, sigo aquí. Veinte horas en la silla no ha sido lo que se dice bueno para la hinchazón, Vi.

—Tampoco lo habría sido intentar desmontar en Samara. —Me estremezco cuando Brennan me palpa la articulación.

—Me he traído un poco de menta de arín. Pediré que la pongan a remojo en leche para que ayude a acelerar la curación profunda. —Asiente para sí—. Te fue bien cuando te envenenaron.

—¿Te has traído menta de arín de Aretia? —Xaden lanza una mirada asesina a mi hermano.

—Infringiendo la ley delante del duque —comento tratando de bromear con mi hermano, pero el dolor hace que mis palabras suenen estridentes y el intento fracasa. Carajo, qué dolor. La pierna me duele el doble sin la venda.

—Sé perfectamente cómo utilizarla. No les hace ni pizca de gracia que abandones las negociaciones cuando hablas en nombre de tu provincia; lo sabes, ¿no? —Brennan extiende las manos sobre la articulación y gira la cabeza hacia Xaden—. Ya no eres solo un jinete, y creo que deberías volver... —Pone cara de sorpresa cuando este lo fulmina con la mirada—. Da lo mismo. No querría ser tú —me dice a mí entre dientes, y a continuación cierra los ojos.

—¡No es culpa suya! —exclama Garrick, que entra corriendo y prácticamente derrapa al detenerse junto a la mesa.

—¿No? —inquiere Xaden.

—Cruzar la frontera de Poromiel fue decisión suya, sí. —Garrick se quita la chamarra de vuelo y la deja en la silla que tiene más cerca—. Pero ¿el tornado? Un peligro de la región. La venin...

—Ya la has defendido. Dos veces. —El tono de Xaden casi es de aburrimiento cuando se cruza de brazos.

—No necesito que me protejas. —Niego con la cabeza mirando a Garrick mientras un calor me envuelve la rodilla, y después miro a Xaden—. Soy dueña de mis decisiones.

—Vaya, una puta novedad. —Xaden cierra los ojos y apoya la cabeza en la pared.

—¡Está aquí! —grita Rhiannon desde la puerta.

Cadetes de segundo año invaden la sala, incluida Maren y sus dos hermanos pequeños, que parece que están pegados a ella.

—Siéntense ahí —pide esta a los niños con suavidad, y Trager saca dos sillas del otro lado de la mesa para ellos. Los niños, gemelos, tienen siete años y la tez ocre, el cabello oscuro y los ojos color miel afligidos de su hermana, y ese debe de ser el motivo por el que los pequeños me resultan tan familiares. No han abierto la boca ninguna de las veces que hemos parado cuando volábamos hacia aquí. Maren se agacha frente a ellos—. Todo va a salir bien, se los prometo.

—Siéntate —dice Trager a Cat al tiempo que le ofrece otra silla.

—Estoy bien. —Ella se tambalea y se frota la nuca.

—Si no te sostienes. —Trager le señala la silla—. Siéntate.

—Está bien —refunfuña ella, y prácticamente se deja caer—. Tú también, Maren.

Todos estamos agotados.

—¿Has desobedecido una orden directa? —El general Aetos irrumpe en la sala y se sobresalta al ver a Brennan y Xaden.

El calor en la rodilla se intensifica, y el dolor va disminuyendo poco a poco a medida que Brennan repara el ligamento distendido y el tejido hinchado.

—Nos ordenaron ayudar donde pudiéramos, y eso hicimos

—responde Rhiannon, que se sitúa entre Aetos y el resto del pelotón—, señor. —La última palabra la pronuncia sin ningún respeto—. Si hemos regresado antes es porque el teniente coronel Degrensi así lo autorizó, dado que en el puesto no hay ningún reparador y están sobrepasados con los heridos. Seguro que se sentirá usted satisfecho ahora que la cadete Sorrengail está herida. Hemos cumplido con el castigo que nos impuso.

—Y volveremos a hacerlo. —Ridoc retira la silla y apoya los pies en la mesa—. Una y otra y otra vez.

Aetos se pone rojo.

—¿Cómo dices, cadete?

—Ha dicho que volveremos a hacerlo. —Levanto el mentón y veo que las sombras reptan por el suelo de piedra hacia Aetos—. Tomamos las decisiones como el pelotón que somos. Cumpliremos cualquier castigo que nos quiera infligir como el pelotón que somos. Lo que no haremos será quedarnos de brazos cruzados mientras mueren civiles, sea cual fuere su ciudadanía. Y antes de que lo pregunte, todos los dragones y todos los grifos están de acuerdo.

El odio asoma a los ojos de Aetos, y enseguida mira de soslayo a Brennan.

—No tienes derecho a estar aquí, Aisereigh. Este es un asunto del cuadrante.

—Es Sorrengail —corrige Brennan sin abrir los ojos—. Y aunque el artículo dos, sección cuatro del Reglamento de Conducta del Colegio de Guerra Basgiath no permitiera que los reparadores tengan acceso a todas las áreas del campus (que lo permite), lo cierto es que no recibo órdenes de usted.

Se me forma un nudo en la garganta al ver ese apellido en la etiqueta recién cosida en su uniforme.

—¿Y quién responde por ellos? —Aetos señala a los dos niños—. El rey Tauri se ha negado a abrir nuestras fronteras.

¿Incluso ahora? Me cuesta no quedarme boquiabierta. ¿Cómo es que eso no forma parte de las negociaciones?

Aetos esboza una sonrisilla, como si supiera que ha ganado.

—Tendrán que volver a su hogar. Inmediatamente.

Miro deprisa a Xaden y veo que él ya me está observando. Enarco las cejas y él suspira. Después gira la cabeza hacia Aetos.

—Como esta tarde concluiremos esta ronda de negociaciones, el teniente coronel Sorrengail llevará encantado a los niños a su hogar... —empieza Xaden, y Maren profiere un grito ahogado—. A Tyrrendor, puesto que ahora son ciudadanos tyrrish.

—¿Desde cuándo? —Aetos se pone rígido, y el calor de la rodilla se disipa cuando Brennan levanta las manos.

—Desde que yo lo digo —responde Xaden con una autoridad gélida.

—Ya, entiendo. —Como Aetos se ponga más rojo, me temo que podría explotar—. Y puesto que las negociaciones concluyen esta tarde, cuento con que usted y el teniente Tavis se unan al Ala Este como se les ha ordenado, dado que no es preciso que le recuerde que los suboficiales no son bienvenidos sin más en el cuadrante, así como tampoco se les alienta a que confraternicen con los cadetes. La indulgencia de que disfrutaron en la caída no se les brindará mientras yo esté al mando.

«No». Se me cae el alma a los pies. A Xaden no se le permitirá ir y venir a su antojo como hacía en Aretia, lo que significa que estaremos separados. Y en la frontera es muy probable que tenga que salir fuera de las protecciones, donde su acceso a la magia no se verá restringido.

—Dudo que Sgaeyl acepte —le advierte Xaden en un tono que me recuerda lo poco culpable que se siente cuando se trata de matar a enemigos que se interponen en su camino.

—Su dragón siempre es bienvenido en el valle. Sencillamente usted no es bienvenido en el cuadrante. —La atención de Aetos se centra en Garrick—. Usted y el teniente Riorson partirán antes de mañana por la tarde rumbo al Ala Este, como se les ha ordenado.

—Como ha ordenado el general Melgren —contesta Garrick al tiempo que hace un leve gesto de asentimiento—. Puesto que estamos en su cadena de mando. O al menos yo lo estoy. —Mira a Xaden—. De su excelencia el duque no estoy tan seguro, ya que ningún miembro del Senario viste de negro desde hace unos cuantos siglos, pero sí estoy seguro de que ahora está al mando del ejército tyrrish.

Xaden no se digna a responder.

—Me importa un bledo quién dé las órdenes a quién mientras salga usted de mi colegio de guerra. —Aetos se endereza la solapa—. En cuanto al resto, las clases se reanudarán mañana. —Sus ojos buscan los míos y se encienden con una crueldad nauseabunda—. Me temo que ahora debo marcharme, puesto que están llevando mis pertenencias a las dependencias del comandante en jefe. He de decir que desde mi despacho privado las vistas son sublimes.

El comentario surte el efecto que pretendía, y la opresión que siento en el pecho amenaza con ahogarme al imaginarme a Aetos viviendo en el espacio que en su día compartían mis padres.

Brennan se yergue cuan alto es, y Aetos retrocede con una sonrisa y desaparece en el área común.

—No lo puedo ver ni en pintura, carajo —afirma Ridoc, que se echa hacia delante y apoya las cuatro patas de la silla en el suelo—. ¿Cómo pudo salir Dain medio normal con un padre tan imbécil?

—Esa boca —silba Maren, pero dudo que los niños lo hayan oído, porque los dos se han quedado dormidos.

—También tenía al nuestro —dice Brennan a Ridoc.

—Hasta que dejó de tenerlo —musito.

—¿Ya está mejor? —pregunta Xaden sin molestarse en mirar a Brennan, ya que no aparta los ojos de mí.

—Está mejor —observo risueña, y doblo la rodilla casi sin sentir dolor alguno.

—¿No te duele? —se interesa Brennan, y se pasa el dorso de la mano por la sudorosa frente mientras me mira.

—No más de lo habitual. —Flexiono la articulación otra vez—. Gracias.

—Largo —ordena Xaden sin apartar la vista de mí, pero soy perfectamente consciente de que no me lo dice a mí.

Todo el mundo se queda quieto.

—Intentaré decirlo de otra manera —empieza Xaden despacio—. Largo de aquí todo el mundo, ahora. Y cierren la puerta al salir.

—Buena suerte, Violet —me desea Ridoc volteando la cabeza, mientras Rhi lo empuja para que salga junto con el resto. Maren y Cat toman en brazos a los gemelos, y en menos de un minuto oigo con claridad el clic de la puerta al cerrarse.

—No puedo creer que estés enfadado conmigo —comienzo mientras Xaden se despega de la pared y viene hacia mí con la fuerza de un huracán—. Nunca has tenido ningún problema con mi autonomía. —Extiende los brazos, me sujeta por la cadera y me arrastra hasta el borde de la mesa al tiempo que me pone de cara a él—. Y no pienso tolerar que empieces a tenerlo ahora. ¿Se puede saber qué haces?

Me agarra la nuca y estampa su boca con fuerza contra la mía.

DOCE

Tal vez te enfades por no haberte despertado para despedirme, pero si lo he hecho así ha sido tan solo porque ya no confío plenamente en que sea capaz de separarme de ti.

—Correspondencia recuperada entre
su excelencia el teniente Xaden Riorson,
decimosexto duque de Tyrrendor,
y la cadete Violet Sorrengail

Oh. «Oh». Abro los labios y él consume mi mundo.

Me besa con entusiasmo y pasión, toma mi boca como si esta tal vez fuera la única vez que podrá hacerlo. Es esa nota de desesperación, el roce de sus dientes por mi labio inferior, lo que hace que mis manos vayan a su pelo. Entierro los dedos entre los oscuros mechones y me aferro a él como si me fuera la vida en ello, volcando en ese beso todo lo que siento.

El calor y la necesidad chocan en mi bajo vientre, enroscándose más con cada caricia de su habilidosa lengua. No me besaba así desde antes de la batalla de Basgiath, ni siquiera en la cama, y, dioses, lo echaba de menos. Es tan carnal como el sexo y tan íntimo como despertarme entre sus brazos.

El corazón se me desboca y separo las rodillas. Él ocupa el espacio y me besa más apasionadamente, haciendo que el cuerpo se nos encienda, pero dista mucho de satisfacernos a ninguno de los dos. Sus dedos se abren paso por la parte inferior de mi trenza y Xaden me ladea la cabeza para dar con ese ángulo perfecto que me obliga a gemir en el acto.

—Violet —gime a su vez contra mi boca, y yo me derrito.

Me quito la chamarra de vuelo y oigo que cae en la mesa, pero perder esa prenda no alivia el calor apremiante que amenaza con quemarme viva. De eso solo es capaz Xaden. Instala una mano en mi cadera y después recorre la curva de mi cintura mientras me succiona el labio inferior, y yo gimo de nuevo al sentir el temblor de puro deseo que me sube por la espalda.

Apoyo una mano en la parte de arriba del uniforme y deslizo los dedos por ella antes de sacarle del pantalón la suave camiseta de lino. Mis manos se topan con una piel tibia y suave que cubre crestas de músculo acerado, y dibujo las dos líneas que le bajan por los bordes del estómago hasta que desaparecen en su pantalón de cuero.

Toma aire apretando los dientes, y me besa concienzudamente de una forma que hace que se me vayan todos los pensamientos de la cabeza, manteniéndome en un intenso estado de locura que solo él es capaz de provocarme y llevándome más allá hasta que somos una maraña de bocas y manos que exploran.

Sus labios me rozan la mandíbula y pasa a la sensible línea de la garganta. Profiero un grito ahogado cuando llega a ese punto cuyo roce sabe que me derretirá; se entretiene en él, asegurándose de que me fundo por completo.

—Xaden... —Echo atrás la cabeza para facilitarle el acceso y él lo aprovecha. El fuego me corre por las venas, y a ello se suma deprisa un poder que hace que mi sentido común se quede fuera del continente—. Xaden, te necesito.

Aquí, en una mesa de una sala de reuniones. Contra la pared en la puta área común. Me da lo mismo dónde o quién pueda vernos siempre que pueda tenerlo ahora mismo. Si él está dispuesto, yo también lo estoy. Un sonido grave le retumba en la garganta antes de apartar la boca.

—No, yo te necesito. —Acerca su rostro al mío y son demasiadas las emociones que asoman a las profundidades de sus ojos.

—Ya me tienes —susurro, y llevo una mano a un lado de su cuello, justo por encima de la reliquia. Noto su pulso bajo mis dedos, tan raudo y fuerte como el mío.

—Hubo un momento en que dudé de que fuera así. —Noto su mano en la nuca y, acto seguido, Xaden da dos preciados pasos atrás que se me antojan kilómetros cuando el aire frío se apresura a ocupar su sitio y me enfría las acaloradas mejillas—. Sgaeyl ni siquiera me lo dijo. Chradh se lo contó a Garrick. —Niega con la cabeza—. No solo estaba enfadado, Violet. Estaba aterrorizado.

La expresión torturada de su rostro hace que trague saliva, y me echo hacia delante para agarrarme al borde de la mesa.

—Es la misma decisión que habrías tomado tú, la decisión que tomamos todos juntos, y estoy bien.

—¡Eso ya lo sé! —Alza la voz y las sombras no solo dan un respingo, sino que además salen corriendo.

«Vaya, esta sí que es una novedad».

Se pasa una mano por la cara y respira hondo.

—Eso ya lo sé —repite, esta vez con más suavidad—. Pero que estuvieras en ese sitio, fuera de las protecciones, haciendo frente a un ataque venin que estaba planeado, desencadenó algo en mí que no había sentido nunca. Era más violento que la ira y más intenso que el miedo, y hería más que la impotencia, todo porque no podía unirme a ti.

La boca se me abre y un dolor arraiga en mi pecho. Odio que tenga que pasar por esto.

—Habría matado cualquiera cosa y a cualquiera en ese momento para llegar hasta ti. Sin excepciones. Habría canalizado todo el poder que tuviera bajo los pies sin vacilar si ello me hubiera llevado a tu lado.

—Tú nunca matarías a civiles —objeto, y estoy segura al cien por cien de que es así.

Da otro paso atrás.

—Si hubiera estado allí, fuera de las protecciones, habría drenado la puta tierra hasta el mismísimo centro para mantenerte a salvo.

—Xaden... —musito, pues es la única palabra que me sale.

—Soy muy consciente de que puedes arreglártelas sola. —Hace un gesto afirmativo y retrocede otra vez—. Y, lógicamente, respeto la decisión que tomaste. Carajo, estoy orgulloso de que decidieras salvar a la familia de Maren. Pero algo se ha roto entre esto —se da unos golpecitos en una sien— y esto. —Repite el movimiento sobre el corazón—. Y no soy capaz de controlarlo. Tú tienes órdenes de dar con los miembros de la especie de Andarna y yo de ir al frente, y ni siquiera me fío de mí lo suficiente para tocarte.

—Acabas de hacerlo. —Mis dedos arañan la tosca madera y cambio el peso del cuerpo mientras lucho contra la necesidad egoísta de salvar la distancia que nos separa, ya que recuerdo las marcas de los pulgares en la cabecera de la cama. Es posible que Xaden crea que está cayendo en espiral, pero acaba de exhibir un control absoluto.

—¿A ti te basta con esto? —La mirada se le acalora al recorrer mi cuerpo—. Un beso, nada de manos, completamente vestidos. ¿Eso es lo que quieres de mí a partir de ahora?

Esa es una pregunta capciosa, sobre todo cuando todo mi

cuerpo sigue vibrando por él. Sin embargo, el instinto me dice que vaya con cuidado.

—Quiero lo que puedas darme, Xaden.

—No. —La ceja con la cicatriz se arquea mientras vuelve conmigo despacio—. Te olvidas de que conozco tu cuerpo tan bien como el mío, Vi. —Me roza los labios con el pulgar—. Tienes la boca hinchada, la tez roja y los ojos... —Se pasa la lengua por el labio inferior—. Los tienes empañados y son más verdes que azules. Tu pulso está acelerado y tu forma de cambiar el peso del cuerpo me dice que, si te quitara ahora mismo ese pantalón, te encontraría más que lista para mí.

Reprimo un gemido. Si no lo estaba antes, desde luego que lo estaría ahora.

—Un beso no basta. A nosotros nunca nos basta. —Sus dedos dan con la punta de la trenza, que llevo recogida en una corona, como siempre, y tira de ella, de manera que mi rostro se levanta hacia él—. Me deseas del mismo modo que yo te deseo a ti. Enteramente. Por completo. Con nada salvo piel entre nosotros. Con el corazón, la cabeza y el cuerpo. —Su boca se posa en la mía y la respiración se me entrecorta—. Lo único que quiero es perderme en ti, y no puedo hacerlo. Eres la única persona del mundo que tiene la capacidad de privarme de todo mi control y la única persona con la que no concibo perder ese control. —Levanta la cabeza—. Y, sin embargo, aquí me tienes, incapaz de mantenerme a un puto metro de distancia de ti.

—Encontraremos la manera —le prometo mientras pugno por calmar los latidos de mi corazón—. Siempre lo hacemos. Tú aprenderás a mantener el control mientras yo doy con una cura.

—¿Y si tenemos que poner el límite en un beso? —Su mirada se clava en mi boca.

—Pues ese será el límite. Si eso significa que no te tendré en mi cama hasta que encuentre la forma de curarte, pues supongo que será un incentivo adicional para que me dé prisa, ¿no te parece?

Me suelta la trenza y se yergue por completo.

—Crees de verdad que lo lograrás, ¿no?

—Sí —aseguro—. No te perderé y no dejaré que te pierdas.

Se inclina hacia mí y me besa en la frente.

—No puedo permanecer en la frontera —admite con suavidad—. Puede que sea uno de los jinetes más poderosos del continente, pero en ese sitio también soy el más peligroso.

—Lo sé. —La espalda se me pone rígida mientras sopeso todo lo que podría ir mal ahí fuera y lo que a mí me ha salido bien hace minutos—. Hablando de poderosos...

Me levanta la barbilla para mirarme a los ojos.

—¿Qué?

—Garrick es un manipulador de distancias, ¿no? —Ni me molesto en andarme por las ramas.

Durante un instante entre nosotros se instala el silencio, pero veo la confirmación en sus ojos.

—¿Te molesta que no te lo haya dicho?

Niego con la cabeza.

—No tienes por qué contarme los secretos de tus amigos. —Frunzo el ceño—. Pero veinte horas de vuelo me dieron bastante tiempo para pensar. Tú, Garrick. —Inclino la cabeza—. Y una vez creí ver que Liam...

—Manipulaba el hielo. —Xaden termina la frase por mí mientras me acaricia el mentón con el pulgar.

Asiento con la cabeza.

—¿Con qué frecuencia acompañan los segundos sellos a estas reliquias en concreto? —Mis dedos bajan por un lado de su cuello.

—Con la suficiente para que esté seguro de que es imposible que Kaori cuente con registros precisos, pero no con tanta como para que alguien cuestione por qué yo solo manifiesto uno —contesta—. Nuestros dragones nos eligieron. Sabían lo que hacían.

—¿Para que tuvieran más posibilidades de sobrevivir? —Mi mano descansa en su corazón.

—Sí, si te pones en plan sentimental. Pero más bien para formar su propio ejército. —Esboza una sonrisilla—. Más sellos equivalen a más poder.

—Cierto. —Tomo aire con fuerza, ya que sé que aún tenemos que hablar de Samara—. El parte que Rhiannon dio en Samara omitió algunos detalles porque no queríamos contribuir a la desinformación o dar la impresión de que no sabíamos de lo que estábamos hablando. ¿Qué te ha contado Garrick?

—¿Te refieres a además del hecho de que la venin jugara contigo y te dejase marchar? —Entorna los ojos—. No mucho más de lo que constaba en el parte, lo cual me ha enojado, porque me he dado cuenta de que no estaba siendo completamente sincero. Nunca ha sido capaz de mentirme. ¿Qué fue lo que omitieron?

—¿Estoy hablando con el hombre al que quiero o con el duque de Tyrrendor? De cualquiera de las dos formas, esto podría ser de lo más bochornoso. —El calor me sube por el cuello. Si doy una falsa alarma, quedaré como si fuera tonta.

—Con los dos —contesta Xaden—. Para ti no quiero ser dos personas distintas. Para el resto, perfecto, pero no para ti. Soy enteramente tuyo y enteramente soy más que capaz de guardar tus secretos. Utilizaré Tyrrendor para protegerte, no te utilizaré a ti para proteger Tyrrendor.

—Ya te he dicho que protegeré tu hogar encantada. —Me agarro a su uniforme—. La venin manipuló el rayo —musito, y frunce el ceño—. Xaden, creo que estamos equivocados. No creo que su poder se limite a la magia menor. Me parece que es posible que... también tengan sellos.

—Te creo. —No se inmuta lo más mínimo—. ¿Qué más omitieron?

A lo largo de la semana que sigue, nuestros profesores demuestran lo buenos que son logrando que todo en Basgiath parezca casi rutinario, como si no estuviéramos librando una guerra. Física, CSJ —con un profesor nuevo, ya que Grady está muy ocupado organizando el pelotón de búsqueda y documentándose para saber adónde ir—, Matemáticas y Magia. Se han reanudado todas las clases salvo una: Historia.

Supongo que seguimos esperando a que lleguen los cadetes de Cygnisen para empezar con esa.

Si los de tercer año no estuvieran fuera la mitad del tiempo para dotar de personal los puestos del interior, tal vez incluso daría la impresión de que no nos fuimos nunca, de no ser porque se han incorporado los pilotos. Cuando lleguen los pilotos de Cygnisen, rozaremos el límite de la capacidad en los dormitorios, lo cual hace que sea consciente de la cantidad de dragones que han dejado de vincularse durante el último siglo.

—Ayer por la noche llegó esto a Treifelz —me cuenta Imogen mientras reprime un bostezo, y me entrega una misiva doblada y lacrada cuando nos reunimos en el puente que lleva al Cuadrante de Curanderos. No me extraña: lleva en pie toda la noche en el puesto del interior.

El alba entra por las ventanas, pero las luces mágicas son tan tenues que prácticamente solo puede distinguirse su nombre como destinataria.

—No creo que esto sea para mí. —Enarco las cejas al leer el nombre del remitente—. Y menos si es de Garrick.

—Claro, porque Garrick me escribe a mí. —Pone los ojos en blanco y estira los hombros antes de abrir la puerta del túnel—. Todo el mundo sabe que Aetos leerá cualquier cosa que lleve tu nombre.

Rompo el lacre y sonrío al ver la letra de Xaden, pero la sonrisa se desvanece pronto.

V—

Anoche combatimos en Feruan, acudimos porque estaban atacando a civiles. Lamento mucho tener que retrasar mi vuelta, pero debo descansar. Estoy al borde de la sobrecarga, pero las vidas que salvamos valieron el costo, y Garrick ha informado a los líderes de que me quedaré en el puesto, recuperándome, hasta nuevo aviso. Lewellen me representará en caso de que el Senario ordene alguna reunión de emergencia.

Fuera de las protecciones la cosa está peor de lo que imaginamos, pero tengo en mente una solución para impedir futuras sobrecargas. ¿Soy yo o mi almohada huele a ti?

Con cariño,

—X

Mis pasos se vuelven más lentos a medida que avanzamos por el túnel; el terror me oprime la garganta. Me detengo al llegar a la escalera que conduce a la cámara de interrogatorios y me guardo la carta en el bolsillo interior del pecho del uniforme.

—Se ha descontrolado.

Imogen se tensa.

—¿Te lo ha dicho?

Niego con la cabeza.

—Ha escogido las palabras con cuidado, pero estoy segura. No hay ningún otro motivo por el que necesitaría encerrarse en su habitación para restablecerse después de haber rozado la sobrecarga, a menos que esté esperando a que sus ojos recuperen su color natural.

—Carajo. —Empieza a bajar y la sigo—. Tenemos que sacarlo de la frontera.

—Lo sé. Y yo necesito dar con una cura.

—¿Estás segura de que es así como quieres empezar? —Imogen sofoca otro bostezo.

—Todos los caminos posibles —le digo mientras me paso las manos por las vainas para asegurarme de que todas mis dagas están en su sitio, así como un vial o dos—. Es la única fuente de información directa que tenemos. ¿Y tú? ¿Estás segura de que puedes con esto? Si te sientes demasiado cansada, de verdad que lo entiendo. —Están matando a trabajar a los de tercer año.

—Podría hacer esta mierda dormida. —Se desabrocha la chamarra de vuelo—. ¿Ya te has reunido con Grady?

—La semana que viene. —Suspiro—. Seguirá «documentándose» antes de dignarse a quedar conmigo, pero ayer envió un primer borrador del pelotón, y el único jinete al que conozco es la maldita Aura Beinhaven, porque (no lo vas a creer) es una compañera digna de confianza de mi misma edad y la manipuladora del fuego más poderosa del cuadrante.

—¿Sabe que estuviste a punto de matarla este mes? —Arquea las cejas.

—No creo que le importe. Y tampoco tiene ni idea de por dónde empezar, cosa que sé porque probó a ver si su dragona interrogaba a Andarna. Y eso fue después de leer mi informe en el que hacía constar todo cuanto Andarna recordaba de sus primeros cientos de años en el cascarón, lo cual (como en el caso de la mayoría de los dragones que tardan en salir del cascarón) no es nada.

—¿Y Tairn cómo se lo tomó? —me pregunta Imogen frunciendo el ceño.

—Tairn le quitó a su dragona una docena de las escamas del cuello, y Andarna le dejó marcas de dientes en la cola.

—La próxima vez le arrancaremos más para hacerte una armadura nueva —me promete Andarna.

—¿De la dragona del capitán? Gracias, pero no —replico.

Una sonrisa asoma a la boca de Imogen.

—Le dieron su merecido. —La sonrisa se le borra—. Estoy con él en que necesitas a jinetes con experiencia en el pelotón, pero cuesta confiar en su capacidad de decisión.

Emery y Heaton dejan de jugar a las cartas cuando damos la última vuelta.

—¿Esta vez te has traído a Sorrengail? —pregunta Emery enarcando las cejas.

—Es evidente —responde Imogen.

Cruzamos el suelo de piedra y aparto la vista de la mesa con manchas de sangre al acercarnos.

—¿Por qué tengo la sensación de que solo vienes de visita cuando estamos nosotres de guardia? —Heaton deja las cartas en la mesa—. Yo gano.

Emery mira lo que ha dejado Heaton y suspira.

—Tienes una buena suerte antinatural con las cartas.

—Zihnal está de mi parte —contesta Heaton, que sonríe y se rasca las llamas color magenta con las que se ha teñido el pelo—. ¿Van a entrar las dos? —Mira de reojo las armas que llevamos—. A este ritmo probablemente le queden veinticuatro horas, pero no respondo de lo que es capaz de hacer.

—Lo tengo controlado. —Me doy unos golpecitos en los viales que llevo sujetos en la parte superior del bíceps.

—Eso no lo dudo. Nolon y Markham suelen llegar a las siete para empezar con el interrogatorio diario, así que dense prisa.

Y yo no esperaría mucho. Por lo general, no dice ni mu. —Heaton abre la puerta de la celda y se aparta—. Tienes visita.

Piso el umbral, pero freno en seco, haciendo que Imogen, que viene detrás de mí, suelte una maldición.

Jack no solo tiene mal aspecto, parece un muerto andante. Está tendido en el mismo suelo de piedra en el que yo estuve a punto de desangrarme hace unos meses, con los brazos y las piernas abiertos, pero unos gruesos grilletes le rodean las muñecas y los tobillos, afianzándolo a la pared de detrás del duro camastro que debieron de reconstruir después de que Xaden lo hiciera pedazos. Tiene el pelo rubio grasiento y lacio, y la pálida piel de su cara se le ha hundido en el cráneo, recordándome más a un cadáver que a un ser humano.

Claro que es posible que en realidad ya no sea humano.

«¿Qué le haría esto a Xaden?»

Respiro hondo y atravieso las protecciones que levantó Mira; la magia me cosquillea en la nuca mientras Jack me mira con sus ojos con círculos rojos. Siguen siendo de un azul gélido en el centro del iris, pero el rojo ha difuminado los bordes.

—Jack.

Imogen entra detrás y cierra la puerta de la celda, dejándonos encerradas. Es una mierda, pero también un mal necesario para asegurarnos de que Heaton y Emery no oyen nada de lo que hablemos.

Tomo aire por la nariz y lo echo por la boca, hago como si esta no fuera la celda en la que Varrish me destrozó los huesos durante días, pero el olor a tierra mojada y a sangre seca me pone los pelos de punta.

—Vaya, ¿se puede saber qué se te ha perdido aquí, Sorrengail? —grazna Jack con los labios agrietados, sin molestarse en levantar la mejilla del suelo.

Imogen se apoya en la puerta y yo me acuclillo delante de

Jack, pero fuera de su alcance, por si decide probar hasta dónde le permiten llegar las cadenas.

—Vengo a proponerte un intercambio.

—¿Crees que, después de todos los interrogatorios y las reparaciones que llevo, al final me vendré abajo por ti? —Su mirada destila odio.

—No. —No me molesto en decirle que ya se ha venido abajo por Xaden muchas veces—. Lo que sí creo es que quieres vivir. —Me meto la mano en el bolsillo y saco el minúsculo medallón de aleación de mi conducto. La brillante y pesada sustancia metálica es suave y está caliente en la palma de mi mano, y emite un leve zumbido cuando extiendo el brazo para enseñársela—. Está imbuida del poder suficiente para mantenerte vivo otra semana por lo menos.

Devora el metal con los ojos.

—Pero no suficiente para alimentarme del todo.

—No pienso ayudarte a escapar, si es lo que estás pidiendo. —Me siento en el suelo y cruzo los tobillos bajo mi cuerpo—. Pero si me respondes a unas preguntas, es tuya.

—¿Y si prefiero reunirme con Malek? —me desafía.

—¿Los de tu calaña se reúnen con Malek? —espeto. Al ver que no contesta, dejo la aleación fuera de su alcance y saco uno de los viales de cristal que llevo en el brazalete del bíceps—. Estás a un día de averiguarlo, pero si quieres que ponga fin a tu sufrimiento, he venido preparada para hacerlo. —El cristal tintinea contra la piedra cuando lo deposito junto a la aleación.

—¿Eso es...? —pregunta, clavando la vista en el vial.

—Monda de naranja pulverizada. Algo sencillo, pero efectivo en tu caso, dado lo cerca que está tu cuerpo de claudicar. Y también misericordioso, teniendo en cuenta que lo que hiciste tuvo como resultado la muerte de mi madre. Pero no soy tan misericordiosa como para dejarte con una daga.

Una sonrisilla le asoma a la boca cuando, haciendo un esfuerzo supremo, se incorpora en un macabro despliegue de su cuerpo huesudo y demacrado. Las cadenas traquetean contra la piedra, y me alivia ver que he calculado bien. Nos separa un metro de distancia, pero él solo puede llegar a la mitad.

—Siempre has sido demasiado misericordiosa. Demasiado débil.

—Cierto. —Me encojo de hombros—. Siempre tengo sentimientos encontrados cuando me tropiezo con un animal que sufre. Y ahora, a diferencia de ti, tengo que ir a otra parte, así que decídete.

Su mirada busca la aleación.

—¿Cuántas preguntas?

—Eso depende del tiempo que quieras vivir. —Empujo hacia él la sustancia plateada, pero sin que pueda agarrarla—. Hoy solo serán cuatro. —De una de ellas ya conozco la respuesta, pero quiero asegurarme de que no me miente.

—¿Y se supone que tengo que confiar en que me lo darás? —Mira de soslayo a Imogen.

—Estás mucho mejor con ella que conmigo, imbécil. Si por mí fuera, me quedaría aquí sentada viendo cómo te mueres —replica Imogen.

—Primera pregunta —empiezo—. ¿Pueden sentirse los unos a los otros?

Jack mira fijamente la aleación y traga saliva.

—Sí. Cuando somos nuevos, no se nos da tan bien ocultarnos. Según me han dicho, así es como nos encontrará y nos educará un anciano, por lo general un Sabio, pero en casos excepcionales es posible que se interese en nosotros un Maven. —Una comisura de su boca se eleva—. Los iniciados, los asim, somos fáciles de localizar, pero el gran salón podría estar lleno de Sabios y Maven y nunca lo sabría. Ni ustedes tampoco.

—Los ojos le brillan y las venas rojas le palpitan en las comisuras—. Lo que hace que te preguntes quién lleva años aquí, canalizando, ¿no? Quién ha estado cambiando información por poder.

El corazón se me sube a la garganta.

—¿Tienen que enseñarte a canalizar o puedes volverte oscuro tú solo? —pregunto, negándome a darle la satisfacción de admitir que ahora me aterroriza pensar en quién podría estar caminando entre nosotros.

—Pregunta lo que de verdad quieres saber. —Su voz se torna rasposa, y paso por alto el instinto de darle el vaso de agua que no ha tocado de la bandeja del desayuno, asimismo intacta—. Pregúntame cuándo me convertí, cómo me convertí. Pregúntame por qué solo sangran los iniciados.

Asimilo la información y sigo a lo mío.

—¿Tienen que enseñarte? —repito. Xaden lo hizo por su cuenta, pero necesito saber si cualquier cadete de infantería desconocido que no tuvo huevos para cruzar el Parapeto es un peligro para nosotros.

Su respiración cascabelea, y Jack se fija de nuevo en la aleación.

—No si ya tienes experiencia con el flujo de la magia. Alguien que nunca ha manipulado requeriría que le enseñasen, pero ¿un jinete de dragones o un piloto de grifos? —Niega con la cabeza—. La fuente está ahí. Solo tenemos que decidir verla, evitar a los guardianes y tomar lo que es nuestro por derecho. —Levanta la mano, pero la cadena no le permite mucha amplitud de movimiento—. El poder debería ser accesible a todo el que sea lo bastante fuerte para manipularlo, no solo a quienes ellos consideren. Me ves como un villano porque te conviene, pero tú estás vinculada a dos.

Paso por alto el insulto abiertamente.

—¿Sabes cuál es su plan?

Jack se ríe.

—¿Capitanea las alas alguien de primer año? No. No somos tan estúpidos como crees. La información es esencial. Vaya desperdicio de pregunta. Te queda una.

—Última pregunta. —Empujo la aleación hasta el borde de la piedra en la que está—. ¿Cómo se curan una vez que canalizan de la fuente?

—¿Curarnos? —Me mira como si hubiera enloquecido—. Hablas como si estuviera enfermo, cuando en realidad soy libre. —Vacila—. Bueno, libre en parte. Cambiamos cierta autonomía por un acceso sin restricciones al poder. Puede que para ti sea perder el alma, pero no nos lastra la conciencia y los apegos emocionales no nos debilitan. Avanzamos en función de nuestras capacidades, de nuestro talento, y no según el capricho de esta o aquella criatura. No hay cura porque la magia no se negocia, y no deseamos curarnos.

Recibo el profundo desdén que le provoca la pregunta como si de un golpe en el estómago se tratase, que me vacía de aire los pulmones. En un momento dado, ¿Xaden dejará de querer curarse?

—Siempre cumplo mi parte de los tratos —consigo decir antes de acercarle la aleación.

Él la agarra con sorprendente rapidez, cerrando el puño y después los ojos.

—Sí —musita, y observo, paralizada, que sus mejillas se vuelven carnosas y llenas de color. Las grietas de los labios desaparecen y hay un poco más de sustancia bajo su camisa. Los ojos se le abren de golpe y las venas le palpitan en las sienes cuando Jack me lanza la aleación.

La agarro y percibo de inmediato que está vacía. Me la meto en el bolsillo y me guardo la peladura de naranja en el brazalete antes de ponerme de pie.

—Vuelve cuando quieras —dice al tiempo que se incorpora y flexiona las piernas.

—Dentro de una semana, más o menos —respondo, y hago un gesto afirmativo cuando Imogen se sitúa a mi lado. Nuestro tiempo casi ha terminado, pero hay una cosa más que necesito preguntarle—. ¿Por qué yo? —añado—. Seguro que ellos te han ofrecido la misma recompensa, así que ¿por qué me contestas a mí y no a ellos?

Entorna los ojos.

—¿Llamaste a gritos a Riorson para que te salvara cuando te encerraron aquí abajo y te rompieron los huesos?

—¿Perdona? —La sangre se me va del rostro. No es posible que me haya preguntado eso.

Jack se inclina hacia delante.

—¿Llamaste a Riorson cuando te ataron a la silla y viste cómo bajaba tu sangre por las juntas de las piedras hacia el desagüe? Si te lo pregunto es solo porque juro que lo noto cuando me tumbo en el suelo. Todo ese dolor me arrulla como si fuera una canción de cuna.

Me estremezco.

—Ahí lo tienes. —La sonrisa de Jack se ensancha y se le hiela con un entusiasmo enfermizo—. La cara que estás poniendo es el motivo por el que he decidido responder a tus preguntas, por la satisfacción que me produce que ambos sepamos que todavía puedo herirte sin tan siquiera alzar un arma.

Respiro el olor que ronda mis pesadillas y echo un vistazo a la celda; una parte de mí espera darse cuenta de que todo ha sido una alucinación y sigo atada a la silla, y la otra confía en ver a Liam, pero lo único que veo son piedras grises, desecadas, drenadas de cualquier magia, de toda magia.

—¿De verdad crees que esta es la única habitación en la que me he sentido torturada? El dolor no es algo nuevo para mí,

Jack. Es un viejo amigo con el que paso la mayoría de mis días, así que no me importa que te cante. Sinceramente, ni siquiera parece la misma celda, en vista de cómo la has redecorado. Un poco monocromática para mi gusto. —Doy un paso a un lado—. Imogen, estoy lista para salir.

—¿Y qué me impide contarle a tu escriba preferida que has estado alimentando al enemigo? —La sonrisa se le ensancha.

—Es difícil hablar de lo que no se recuerda. —Imogen entra en su espacio y la sonrisa de Jack se desvanece.

Cuatro minutos después salimos de la escalera y vemos que Rhiannon, Ridoc y Sawyer nos están esperando en el túnel.

—Carajo, ¿es que ustedes cuatro no saben hacer nada solos? —masculla Imogen.

TRECE

> Con fecha 15 de enero, tras suspender tres exámenes, Jesinia Neilwart ha sido apartada de la senda del adepto y privada de todas sus responsabilidades y sus sagrados privilegios. Pese a su objeción, a partir de ahora estará sujeta a las órdenes del profesor Grady tras recibir su más que autoritaria solicitud.
>
> —Actas oficiales del Cuadrante de Escribas, coronel Lewis Markham, comandante

—¿Qué? —Rhiannon se encoge de hombros y se separa de la pared—. No nos hemos pegado a Violet mientras jugaba a hacer de interrogadora. Respetamos los límites.

—¿Acaso tienen límites entre ustedes? —Imogen los mira a los tres—. Si van con ella, me disculparán si no los acompaño a lo que estoy segura de que será una excursión fascinante a los Archivos. Nos vemos en formación. —Le hace un saludo militar de burla a Rhi y echa a andar hacia la izquierda, en dirección al cuadrante.

—Básicamente ha dicho que podríamos estar rodeados de venin y nunca lo sabríamos —les cuento.

—Resulta superreconfortante —afirma Sawyer.

—Te veo bien —añado, reparando en el color de sus mejillas

mientras mantiene el equilibrio con las muletas—. ¿Te has cortado el pelo? ¿Acabas de afeitarte?

—Casi es como si se hubiera levantado temprano para prepararse para la visita —bromea Ridoc cuando bajamos por el túnel, dejando en el medio a Sawyer.

—Cierra el pico. —Sawyer hace un gesto de protesta—. Me he levantado pronto para intentar acoplarme un trozo de madera espantoso en la pierna porque era la única hora a la que podía el tallador. Empiezo a pensar que debería hacerme algo yo mismo.

—Deberías. Y apuesto a que la idea de ver a cierta escriba ha hecho que madrugar fuera soportable. —Rhi sonríe a mi derecha.

—¿Te fastidiamos a ti con lo que sea que haces con Tara? ¿O con el hecho de que Riorson y Sorrengail se peleen como una pareja que lleva años casada? —Sawyer nos fulmina con la mirada primero a nosotras y después a Ridoc, pero no consigue ocultar lo rojo que se pone en el acto, ni siquiera con las luces mágicas—. Ridoc salta de cama en cama como una puta rana, pero no, mejor me fastidian a mí.

Conseguimos dar un par de pasos antes de que ninguno sea capaz de contener la risa.

—¿Como una rana? —A la izquierda de Sawyer, Ridoc sonríe—. ¿Es lo mejor que se te ocurre? ¿Una rana?

—Tara y yo no somos ninguna novedad. —Rhi se encoge de hombros—. Ser líderes nos complica la agenda. Estamos juntas cuando tenemos tiempo, pero no salimos con otras personas. —Me mira de reojo—. Aunque hay algo que es verdad: Riorson y tú discuten como si llevaran cincuenta años casados y ninguno de los dos quisiera lavar los platos.

—No es cierto —protesto, y Sawyer asiente.

—Sí que lo es —se suma Ridoc—. Y siempre discuten por lo mismo. —Se lleva una mano al pecho—. «Confiaré en ti si dejas de tener secretos». —Baja la mano y se ríe—. «Es mi carácter reservado lo que te atrajo», y «¿por qué no puedes estar cinco putos minutos sin correr peligro?».

Rhi suelta tal risotada que casi se atraganta.

Miro a Ridoc entornando los ojos.

—Como sigas hablando, te planto la daga en un sitio que ponga fin a tus actividades de rana.

—No me odien por ser el único de nosotros que de verdad está soltero y disfruta cada minuto. —Damos la vuelta a la esquina y vemos la enorme puerta circular de los Archivos.

—Apuesto a que en el fondo los líderes están encantados de que salgas con Riorson —me dice Sawyer, que cambia el agarre de la muleta derecha—. Los legados normalmente hacen que los jinetes sean más fuertes, y con tanto poder como el que manipulan los dos, lo más probable es que Melgren los escolte hasta el templo que elijan en cuanto sean oficiales.

—Dudo que Loial me deje entrar —musito—. No recuerdo cuál fue la última vez que puse un pie en su templo. —Dejé de rezarle hace años, a ella y a Hedeon, por puro rencor. Digamos que el amor y la sabiduría no se han presentado cuando los necesitaba.

—Eso si el general espera hasta entonces. —Rhi arquea las cejas—. Riorson ya se ha graduado.

—No es algo de lo que hayamos hablado —contesto negando con la cabeza—. Y no es que me oponga a ello en el futuro, pero estoy más centrada en vivir hasta que nos graduemos. ¿Y tú?

—Puede que algún día —responde—. Lo único que digo es que tienes suerte de que Melgren no te haya sacado de Informe de Batalla y se haya encargado personalmente de organizar los preparativos con la esperanza de que el hijo que tengan sea la próxima persona capaz de prever el resultado de las batallas dentro de veintiún años. —Rhi me da con el hombro.

—Es una lástima que tenga tan poco criterio —comenta Ridoc cuando pasamos por delante del escriba de primer año que monta guardia a la puerta.

El olor a pergamino y tinta inunda mis pulmones y me da la bienvenida a casa. Miro las estanterías que recorren el lado derecho del cavernoso espacio como si mi padre pudiera salir de allí en cualquier momento.

—Venimos a ver a la cadete Neilwart —informa Rhi al escriba de primero que se ocupa de la mesa de la entrada, la cual traza la línea invisible que solo pueden cruzar los que lucen túnicas de color crema.

El cadete se aleja mientras Ridoc saca una silla para Sawyer, y nuestro amigo se sienta exactamente en el mismo sitio en el que yo pasé años de mi vida preparándome para entrar en este cuadrante.

—¿Te encuentras bien? —me pregunta Rhi en voz baja.

Hago un gesto afirmativo y me obligo a sonreír.

—Me he quedado pensativa.

—Relájate, Violet. —Ridoc se sienta junto a Sawyer—. Tampoco es que el destino de nuestro mundo dependa de que tú encuentres lo que sea que quede de los íridos. —Se frota la nuca—. ¿Creen que es la abreviatura de *iridiscente*?

—Sí —respondemos los tres al unísono.

—Carajo. Mejor volvemos a meternos con Sawyer. —Ridoc se recuesta en la silla cuando Jesinia viene hacia nosotros, cargada de volúmenes encuadernados en cuero.

Un escriba de tercer año se interpone en su camino y ella lo esquiva. El incidente se repite con uno de segundo unas filas más cerca de nosotros.

—Son peores que los jinetes. —Sawyer aprieta con fuerza las muletas cuando las deja contra la mesa.

—Así es —coincido, y veo con orgullo que Jesinia mantiene

la cabeza alta cuando uno de tercero le lanza una mirada asesina con descaro desde la primera fila de las mesas de estudio.

Lo miro entrecerrando los ojos y se estremece al darse cuenta.

—Voy a presentar una solicitud a Grady para formar parte del pelotón de búsqueda —signa Ridoc cuando Jesinia llega hasta nosotros—. ¿Crees que dirá que sí? —La mira arqueando las cejas.

Jesinia deja seis libros en la mesa y levanta las manos.

—¿Necesita Violet a un manipulador del hielo? —signa a su vez.

—Es posible —contesta Ridoc del mismo modo—. Supongo que todo dependerá de lo que encuentres tú.

—Sin presión —signa ella, y pone los ojos en blanco, pero su expresión se suaviza en cuanto ve a Sawyer—. No tenías por qué haber venido hasta aquí —signa, y Ridoc traduce—. Habría ido a verte yo.

—Quería. Aquí —signa despacio Sawyer.

Rhiannon y yo nos miramos y sonreímos. Está aprendiendo deprisa.

La preocupación dibuja dos líneas en el entrecejo de Jesinia, justo por debajo de la capucha color crema, pero mi amiga asiente y me mira.

—Te he traído seis volúmenes que creo que podrían ser de utilidad —signa, y Ridoc se lo traduce discretamente a Sawyer.

—¿Necesitas que entierre algún cuerpo? —pregunto, mis manos se mueven deprisa—. Porque Andarna asará encantada a cualquier escriba que esté comportándose como un imbécil.

—*Desde luego* —me confirma ella alegremente.

—*No* —objeta Tairn—. *Y tú no le des ideas.*

Jesinia mira a los cadetes que empiezan a reunirse para comenzar la jornada.

—Ya he visto bastante derramamiento de sangre —rehúsa—. Y puedo con el castigo que me han infligido por desertar del cuadrante.

—¿Castigo? —El estómago se me revuelve.

—La han echado... —empieza Sawyer, pero se equivoca y signa «empujado» y deja caer las manos—. Mierda —suelta mirando al techo—. ¿Ridoc?

—Yo me encargo —asegura Ridoc, que traduce—. Y te prometo que no te organizaré ningún plan sexual para más tarde.

Jesinia se queda con los ojos muy abiertos.

—Los dioses nos ayuden —farfulla Rhi, que lo signa acto seguido—. ¡Ridoc!

—Son ellos los que salen perdiendo —afirma Ridoc, y se lo dice por signos.

—Y pensar que prácticamente estábamos tú y yo solas a esta mesa —signo a Jesinia manteniendo la boca cerrada.

Ella retrae los labios, reprimiendo una sonrisa.

—Como iba diciendo. —Sawyer fulmina con la mirada a Ridoc mientras traduce—. La han echado del camino del adepto. Se inventaron unos exámenes de mierda que sabían que suspendería.

Se me cae el alma a los pies. Sabía que Markham encontraría la manera de castigarla por haber elegido Aretia, pero jamás imaginé que fuera a expulsar a su escriba más brillante de la senda cuando se le necesita con tanta desesperación.

La atención de Jesinia pasa de Ridoc a Sawyer, y no le desearía ni a mi peor enemigo la mirada que le lanza.

—No eres tú quien debía compartir esa información —signa.

Ridoc repite.

—Eso lo he entendido —farfulla Sawyer—. Era preciso que lo supieran, teniendo en cuenta cuáles son tus nuevas órdenes.

—No estoy de acuerdo —signa a su vez, desvía la mirada abiertamente y se centra en mí—. No te preocupes por mí. No voy a salir ahí fuera a luchar contra los venin. —Deletrea la palabra.

—Lo siento mucho —musito y signo a la vez.

—No lo sientas. —Niega con la cabeza—. Me han asignado el único cometido con el que están seguros de que pueden fiarse de mí: ayudarte con la documentación. Bueno, oficialmente a las órdenes de Grady, pero en realidad es a ti a quien rendiré cuentas.

¿Y han limitado el alcance de sus conocimientos? Me cuesta dioses y ayuda tragarme la inmensa ira que me sube por la garganta.

—No quería eso para ti.

Mi amiga hace una mueca.

—Anda ya —signa—. Me dejan a mis anchas con un tesoro de tomos de la biblioteca real que nadie ha leído al menos en los últimos cuatrocientos años. Mira cómo sufro. —Pone los ojos en blanco y sonríe.

—¿Has encontrado alguna mención a los íridos? —pregunta Ridoc.

Jesinia parpadea una vez y mira a Ridoc con una expresión que he visto en suficientes ocasiones como para estremecerme por él cuando empieza a signar:

—Sí, en el segundo volumen que saqué.

—¿En serio? —El rostro se le ilumina.

—Claro —responde ella; su rostro está completamente impasible—. Refería que cuando la última írida rompa el cascarón y se vincule a la cadete nacida de jinete y escriba, dicha cadete será obsequiada con dos sellos.

—¡Estás bromeando! —signa Ridoc entusiasmado—. ¿Hay una profecía? —Se gira hacia mí—. Violet, tú eres...

Niego con la cabeza deprisa y arrugo la nariz.

Ridoc suspira y levanta las manos hacia Jesinia.

—Estás bromeando, claro. No hay ninguna profecía.

—Pero mira que eres idiota —musita Sawyer.

Jesinia se inclina un poco sobre la mesa hacia él.

—Pues claro que no hay ninguna profecía. —Signa con movimientos bruscos, mirándolo con los ojos entornados, y esta vez es Rhiannon quien se lo traduce a Sawyer—. Solo documentación. Acabo de terminar de traducir el diario de Lyra y ahora tengo seiscientos años de relatos personales que leer. ¿De verdad crees que encontré la respuesta durante la primera semana que accedí al depósito o que no habría ido a ver a Violet con esa información en cuanto la tuviera?

Me balanceo sobre los talones.

—Tenía la esperanza de que fuera así —signa Ridoc—. Y das un poco de miedo cuando te enfadas.

—No soy un oráculo colocado de lo que sea que den en el templo ese día. Soy una escriba extremadamente cultivada. Trátame como a tal y no me enfadaré —replica ella, y voltea hacia mí—. Bien, he sacado estos seis volúmenes para que los lean. Cubren la mayor parte de la isla más meridional de Deverelli, puesto que es la última isla con la que establecimos comunicación. He pensado que quizá deban empezar por aquí, pero he de advertirles que Grady ha solicitado volúmenes sobre la exploración del mar Emerald en el norte. —Desliza los libros por la mesa y levanta de nuevo las manos—. Lo cierto es que estoy consternada con todo lo que no hay en el depósito. Gracias a los dioses que la reina Maraya te envió el listado, porque nos falta... —Ladea la cabeza—. Ni siquiera sé lo que nos falta. Ayer estaba leyendo el diario del general Cadao y hay un montón de páginas arrancadas después de que mencione que es posible que una isla remota respaldase la segunda revuelta krovlana. —Deja caer los brazos en señal de exasperación—. No puedo documentar lo que no tenemos.

—¿La segunda revuelta krovlana contó con el respaldo de un reino insular? —digo, y signo despacio para asegurarme de que lo he entendido bien—. Pero eso fue en el siglo IV, ¿no? Y se dio por sentado que Cordyn envió soldados. Cortamos toda comunicación con la mayoría de las islas cuando apoyaron a Poromiel alrededor del año 206, y ellas, a su vez, mataron a todos los emisarios que mandamos en los siglos que siguieron, así que ¿cómo es posible que el general Cadao lo sepa?

—Exacto —signa Jesinia—. Solo se me ocurre un escriba que podría tener la respuesta. —Me mira enarcando una ceja.

«Oh». Parpadeo mientras proceso deprisa la información y suelto un insulto cuando llego a la maldita e inevitable conclusión.

—¿Se refiere a ti? —me pregunta Rhi, y simultáneamente signa—: Carajo, no. ¿Es Markham?

Niego con la cabeza.

—Mi padre. Y ahora es difícil acceder a los estudios que realizó, la obra que no llegó a publicar. —Los hombros se me hunden. Centré tanto mis esfuerzos en salir de las dependencias de mi madre con sus diarios tras su muerte que me olvidé por completo de lo que mi padre dejó escondido.

—¿«Difícil de acceder» significa que necesitamos a Aaric y una misión a medianoche? —pregunta Sawyer, y Ridoc traduce.

—«Difícil de acceder» significa que necesitamos que Dain traicione a su padre. —Lo cual es sumamente improbable.

—Después de que renegara de él delante de todo el cuadrante, no debería ser tan difícil —apunta Rhiannon, que arquea las cejas mientras signa.

—Y tampoco es que Dain no lo haya traicionado ya —añade Sawyer.

Niego con la cabeza.

—Abandonó Navarre, no a su padre, y créanme si les digo que es distinto. —Miro los libros y después a Jesinia—. Gracias por estos y por todo lo que estás haciendo. Empezaré por aquí.

Tres días después estoy en Informe de Batalla, todavía dándole vueltas al problema de Dain, cuando Devera mueve la muñeca y sobre la representación del cuadrante se despliega el mapa del continente más grande que he visto en mi vida. Y es una estampa aterradora.

—Imagino que llegó ayer de Aretia junto con nuestras pertenencias —observa, a mi izquierda, Cat.

—Hay mucho más rojo en ese mapa de lo que me gustaría —comenta Rhi al tiempo que da golpecitos con la pluma en el cuaderno.

El mortífero color abarca desde el Páramo hasta el río Rocagua, y termina poco antes de Samara para extenderse a lo largo de las protecciones, como si el enemigo buscase puntos débiles. Pero Samara sigue en pie. Xaden está a salvo, al menos por ahora. Lleva fuera más de diez días, Tairn está desesperado, y ya somos dos. Cada día que pasa en ese sitio, arriesga su alma y su cordura. O da con la solución que ha prometido o tendremos que encontrar el modo de apartarlo de la frontera.

La mayor parte de Braevick está llena de banderas rojas, sobre todo a lo largo del río Dunness, pero Cygnisen no ha sufrido ataques recientemente... ni tampoco ha enviado aún a sus cadetes.

La capital de Braevick —Zolya— cayó hace meses, pero la sede del poder del reino, Suniva, en el norte de la provincia, aguanta. No puedo evitar preguntarme dónde estará la residencia de verano de la reina Maraya... y la biblioteca. Confío en que al menos ambas estén bien protegidas.

—Cordyn todavía está a salvo —le susurro a Cat.

—A este ritmo, ¿durante cuánto tiempo? —Frunce los labios, pero no me lo tomo como algo personal. Mi hermana está destacada en Aretia; la suya, fuera de las protecciones.

—Como pueden ver —empieza Devera, haciendo que la sala se suma en el silencio—, se está lanzando un ataque definido, respaldado a lo largo de las protecciones, cuyo centro es el puesto avanzado de Samara. Creemos que la razón es sencillamente que es el camino más recto hasta aquí, hasta los terrenos de cría.

Arqueo las cejas. No es propio de ella darnos las respuestas.

—Lo que sabemos de los venin hasta ahora se ha visto un tanto... obstaculizado —admite Devera.

—Eso es quedarse corto —dice Ridoc entre dientes.

—Y estoy segura de que a algunos de ustedes les habrá resultado frustrante la falta de clases de este último par de semanas. Si meten la mano debajo del asiento, descubrirán el porqué de esta espera.

Me doblo por la cintura, como los demás cadetes, y encuentro y agarro un libro grueso, encuadernado en tela, bajo la silla. Parpadeo para que se me pase el mareo que me ha dado al incorporarme demasiado deprisa y observo el lomo liso antes de pasar al índice.

—*Guía para derrotar a los venin*, por la capitana Lera Dorrell —leo—. *Compendio sobre los venin* y... más. Miren, nos han hecho una pequeña antología.

—Tú ya los has leído todos, ¿no? —me pregunta Rhi mientras hojea su ejemplar.

—Todos menos el último: *Seres oscuros y tiempos oscuros*. Tecarus me los envió a Aretia.

—El compendio lo escribió mi primo Drake —se pavonea Cat.

—Que sí, Cat, que lo entendemos: tú eres mejor. —Ridoc mira de soslayo a Rhi—. Necesitamos un ejemplar para Sawyer.

Rhi asiente.

—Tenemos que asegurarnos de que no se queda demasiado atrás, o le costará ponerse al día cuando decida volver.

—No he visto a muchos jinetes cojos por aquí. —Cat mete la antología bajo el cuaderno—. En realidad... a ninguno. Tal vez deberían preguntarle lo que quiere antes de dar cosas por sentadas.

No le falta razón, así que no le suelto una fresca por el primer comentario.

—Los cadetes del Cuadrante de Escribas han trabajado sin descanso estas dos últimas semanas para imprimir los ejemplares necesarios para que todos ustedes tengan uno. —Devera se sienta a la mesa—. Nada en este libro es nuevo para los pilotos, naturalmente, así que espero que todos ustedes aprueben con nota el primer examen de su nueva clase de Historia. —Señala a Kiandra—. Esta clase en particular la dará la profesora Kiandra, y en aras de la velocidad y la comodidad, se impartirá en esta aula los martes y los jueves. Puesto que nuestra experta en runas se ha negado a venir aquí, también volarán a Aretia en ciclos de dos semanas rotatorios para recibir clases intensivas de runas. Consulten a sus líderes de sección para que les faciliten el nuevo horario en lo que respecta a compartir el campo de vuelo y las fechas de las clases de runas.

Todo el mundo refunfuña, incluidos los de tercero, sentados detrás de nosotros. Giro la cabeza y veo a Dain en la fila superior. Ha estado fuera tan a menudo que no he tenido ocasión de preguntarle si estaría dispuesto a ayudarme a hacerme con los estudios de mi padre.

—No se quejen —nos advierte Devera levantando un dedo—.

Solo estamos añadiendo tres clases al programa, y todas ellas les salvarán la vida.

—¿Tres clases más? —se lamenta Ridoc, y el sentimiento resuena en la habitación—. ¿Además de la documentación para el pelotón de búsqueda? —Me mira—. Solo voy por la mitad del primer texto deverelí, y ahora, encima, esto.

Me hace sonreír que se haya lanzado de cabeza pese a saber que no hay ninguna posibilidad de que vaya.

—Lo digo en serio. Los llorones no visten de negro —espeta la profesora Devera—. Lean el libro y vivirán; no lo lean y morirán. —Deja escapar un suspiro, se cuadra y echa un vistazo por toda la sala—. Sin embargo, lamento mucho tener que informarles de que apareció un dato crucial mientras se efectuaba la labor de impresión, que por lo tanto no se ha incluido. Tres fuentes de información independientes han confirmado que venin de alto nivel (Sabios y Maven, creemos) pueden desarrollar y desarrollan sellos.

Se instala un silencio más denso que la nieve que hay fuera; todos los cadetes menos aquellos de nosotros que ya lo sabíamos se quedan completamente helados. ¿Han tardado diez días en confirmarlo?

—Lo sé —continúa Devera con una suavidad nada característica de ella—. Es un buen golpe. Les daré un segundo para que se hagan a la idea.

Veo más de una cabeza gacha en las filas que tenemos delante, como si acabaran de comunicarnos nuestra derrota. No me extraña: a la mayoría de nosotros solo nos han enseñado a luchar contra pilotos que lo único que dominan es magia menor.

—Se acabó el tiempo. —Devera se levanta—. Bienvenidos a la nueva cara de la batalla, donde no solo nos superan en número en el cielo, sino que además ahora estamos igualados en el campo de batalla en cuanto a las destrezas de nuestros adversarios. Pueden contar y deberán contar con que se enfrentarán a un ser oscuro que tendrá los mismos poderes que sus amigos, sus compañeros de pelotón —me mira— y ustedes mismos.

Se oye un nuevo murmullo, que la profesora acalla levantando la mano.

—Teniendo esto en cuenta, la naturaleza de los retos se modificará bajo la supervisión del profesor Emetterio para que incluya la manipulación con el objeto de poder prepararlos mejor para el combate real. —Su voz se impone al creciente número de conversaciones preocupadas—. Sin embargo, la muerte ya no es un resultado aceptable cuando se enfrentan a sus compañeros. Los días de ajustar cuentas en la colchoneta han terminado. Necesitamos que todos y cada uno de ustedes sobrevivan a la graduación.

—Es fácil decirlo si uno no se enfrenta a Sorrengail —apunta Caroline Ashton.

Cierto. No es justo que manipule en una colchoneta de entrenamiento.

—No vamos a echarlos a los leones —le contesta Devera—. La tercera clase que agregarán será un enfoque práctico que los preparará para el combate de sello contra sello. Contarán con un cuerpo de profesores que rotará para que puedan beneficiarse de todo tipo de sellos, y el Ala Este nos ha cedido temporalmente a su jinete más poderoso para que empiecen las clases.

Siento una opresión en la garganta y el corazón empieza a latirme con fuerza.

—Con respecto a esto último. —Devera señala la puerta que hay al fondo de la habitación y me giro tan deprisa que casi se me nubla la vista—. Miren quién acaba de llegar.

Xaden está junto al profesor Kaori en el umbral, apoyado con desenfado en el marco y con los brazos cruzados. Una minúscula pero indiscutible sonrisa asoma a su boca cuando nuestras miradas coinciden.

Sonrío en el acto. Gracias, dioses: ha dado con la manera de permanecer dentro de las protecciones impartiendo clase...

Impartiendo clase.

«Mierda, no». Artículo ocho, sección uno del Reglamento de Conducta del Colegio de Guerra Basgiath.

El gesto se me demuda y Xaden ladea la cabeza mientras las sombras rozan mis escudos.

—*¿Qué pasa?* —me pregunta cuando lo dejo entrar.

—Demos la bienvenida a nuestro miembro más reciente de su equipo de líderes: el profesor Riorson —anuncia Devera.

Se me constriñen las costillas, como si pudieran mantener entero mi corazón si aprietan lo bastante fuerte.

—*Creo que nuestra relación acaba de terminar.*

CATORCE

Aunque los pilotos solo conjuran magia menor, mi dilatada experiencia con el Ala Norte me ha demostrado que son adversarios formidables tanto en trucos mentales como en el cuerpo a cuerpo. Sigan mi consejo, jóvenes jinetes: no desmonten para enfrentarse a ellos a menos que se vean obligados a hacerlo.

—*Tacticismo, 2.ª parte, una autobiografía*,
por el teniente Lyron Panchek

—*De ninguna manera* —contesta Xaden antes de que Kaori se lo lleve, pero noto un leve zumbido en los oídos mientras Devera repasa los cambios que va a sufrir nuestro horario lectivo y las parejas que formaremos para la nueva clase de Xaden, que se llama Entrenamiento de Sellos.

Minutos después nos dejan marchar.

Estoy bien. Esto está bien. Ya pensaré en ello más tarde. De momento me concentro en el objetivo que tengo justo delante, que casualmente está hacia la mitad del pasillo para cuando quiero salir de Informe de Batalla con el resto de mi pelotón.

—No pareces contenta —observa Rhi, que me mira de soslayo—. ¿Por qué? Ahora pueden verse todo el rato.

—Pues sí. —Mi gesto de asentimiento es un tanto forzado—. Siempre que tengamos clase. —Me pongo de puntillas, pero aun así soy demasiado baja para ver por encima de la multitud de cadetes—. Necesito alcanzar a Dain.

—¿A Dain? ¿Xaden aparece y tú te vas a hablar con Dain? —Rhi me pone el dorso de la mano en la frente—. Es solo para asegurarme de que no tienes fiebre.

—Después de lo que acaban de anunciar, no sé muy bien si estoy en condiciones de ver a Xaden ahora mismo, si te soy sincera —le confieso en voz baja para que no me oiga Cat. Dioses, esto le va a encantar—. Y no he visto a Dain en días, necesito preguntarle... —Arqueo las cejas.

—Ya. —Mi amiga asiente mientras pasamos por delante de dos aulas de tercer año y entrecierra los ojos—. Está en la puerta del despacho del profesor Kaori, hablando con Bodhi. ¿Vas a decirme qué pasa con Riorson?

—Gracias. Artículo ocho, sección uno del Reglamento de Conducta. —Me adelanto deprisa, zigzagueando entre el río de cadetes.

—¡Eh! ¡No llegues tarde a Táctica de Vuelo! —me recuerda.

Para alivio mío, Dain no se ha movido para cuando quiero llegar al profundo arco que es la puerta de Kaori, y salgo de la corriente para no retrasar a nadie y que no me atropelle nadie.

Dain me mira y me dedica toda su atención. Se pega a la puerta cerrada y me deja sitio.

—¿Vi?

—Siento interrumpir, pero has pasado varios días en puestos del interior y necesito hablar contigo. —Me ajusto las correas de la mochila en los doloridos hombros. Esta semana Imogen me ha dado mucho trabajo con las pesas, y las palizas de manipulación que me estoy pegando por mi cuenta también están pasándome factura en los brazos.

—No interrumpes —me asegura Dain—. Solo estamos viendo cómo organizar el horario del campo de vuelo.

Bodhi nos mira a uno y al otro.

—¿Necesitas privacidad?

—No hace falta que te vayas. —Niego con la cabeza.

—Está bien. —Me señala su sitio y me cambio con él, que ahora se queda de espaldas a la multitud—. Para que así sea un poco más discreto.

—¿Qué está pasando? —pregunta Dain bajando la voz.

Desecho cualquier miedo que aún pudiera tener. Tal vez esta sea mi única oportunidad.

—Necesito tu ayuda, y sé que es mucho pedir, así que yo te cuento y te dejo tiempo para que decidas. —El pasillo va quedándose desierto poco a poco detrás de Bodhi.

—Suena un tanto intimidatorio. —Dain me escudriña los ojos—. ¿Te has metido en algún lío?

—No —niego—. Necesito una cosa que mi padre dejó antes de morir en las dependencias en las que vivía con mi madre. No es algo que haya que quemar ni nada por el estilo.

—¿Algún estudio? —adivina Dain, y su expresión se suaviza.

Asiento.

—Están... escondidos, y las dependencias del comandante en jefe de Basgiath cuentan con unas protecciones que solo pueden salvar sus familiares, bien por consanguinidad o bien por matrimonio, con lo cual yo no puedo hacer nada.

—Ya. —Traga saliva—. Harías mejor en preguntarle tú misma a mi padre. Ahora mismo no es que yo sea su persona favorita. —Parpadea y oculta deprisa el dolor que asoma a sus ojos—. En este momento está unas habitaciones más allá, con Panchek.

—Me preocupa más que no me los dé —alego despacio—. El año pasado mencionó que los quería, y me da miedo que desee quedárselos o que Markham o él censuren información.

Dain se cruza de brazos.

—Así que necesitas que te ayude a robarlos.

—Sí. —No tiene sentido mentir.

—No estoy muy seguro de que me considere parte de su familia... —empieza Dain, pero en ese momento la puerta se abre detrás de él.

—Vaya, no han tardado mucho —comenta Kaori con una risotada. Después mira hacia atrás—. No creo que hayan venido a verme a mí. —Se gira hacia nosotros—. Dense prisa, cadetes. Tiene que asistir a una reunión dentro de unos diez minutos. Y ahora, si me disculpan...

Nos apartamos y el profesor Kaori sale al pasillo vacío.

—Profesor Riorson. —El tono que emplea Dain no es precisamente respetuoso cuando Xaden sale a la puerta.

El pulso se me acelera y lo devoro con la mirada, las mejillas con barba de tres días, los labios carnosos y los preciosos ojos. En los que no hay ni rastro de rojo.

—Violet. —Xaden no hace ni caso a Dain ni a su primo, su voz se desliza por mi piel como si fuera terciopelo—. ¿Puedo hablar contigo en privado?

—No es buena idea. —Niego con la cabeza despacio.

—Estoy seguro de que las he tenido peores. —Me tiende la mano.

—Ahora eres profesor. —Agarrarme las correas de la mochila impide que le tome la mano—. Y yo soy cadete.

—¿Y...? —Xaden me mira ceñudo.

—Carajo —tercia Dain—. Artículo ocho, sección uno del Reglamento de Conducta.

—Un momento, ¿han cortado? —Bodhi sube la voz.

—Sí —respondo.

—No —dice a la vez Xaden, que fulmina con la mirada a su primo y después me mira a mí—. No —repite.

—Lo que pasa es que... si ahora eres nuestro profesor, se aplica el Reglamento. Al menos mientras ostentes el puesto —aclara Dain—. Y no me viene a la cabeza ni un solo punto del Código que lo invalide.

—Nadie te ha preguntado, Aetos —le advierte Xaden.

—No me eches a mí la culpa, no fui yo el que redactó el Código. —Dain retrocede hacia el pasillo con las manos en alto—. Ni el que aceptó el puesto.

Xaden se tensa.

—En fin, tengo clase, así que buena suerte con esto. —Bodhi sale corriendo detrás de Dain.

Xaden espera medio segundo antes de agarrarme la correa derecha de la mochila y meterme en el despacho de Kaori. Adiós a llegar a tiempo a clase.

Me suelta y cierra la puerta.

—¿Garrick no ha venido contigo? —Como estrategia para ganar tiempo es floja, pero no se me ocurre otra cosa mientras retrocedo hacia el escritorio de Kaori, evitando las dos sillas que hay delante. El despacho es uno de los más grandes, puede presumir de dos ventanas ojivales y una librería empotrada con volúmenes apilados de forma descuidada para ocupar cada centímetro disponible.

—Teniendo en cuenta que estaba peligrosamente cerca de mí cuando perdí el control, decidimos que el programa de niñera no estaba siendo tan eficaz como esperábamos que fuera. —Xaden se apoya en la pared a la izquierda de la puerta, con el hombro contra el marco de una representación pintada de los dragones de los Primeros Seis.

No siete.

—Ahora estás aquí, así que no volverá a pasar. —Pongo

las manos en el escritorio y doy un salto para sentarme en el borde—. Me he prometido que haría cualquier cosa para salvarte, para curarte, así que si eso significa que no podemos estar...

—No termines esa frase. —Viene hacia mí y el corazón me late más deprisa con cada paso que da—. Aquí ya eres la más letal, así que no es que tenga que preocuparme por ponerte una nota justa. Esto no cambia nada.

—Nos regimos por el Código... —pruebo de nuevo.

—Yo me rijo por ti. ¿Cuándo me han importado una mierda el Código o el Reglamento de Conducta? —Me toma la cara y baja la cabeza para que su frente descanse en la mía—. Soy tuyo y eres mía, y no hay ninguna ley o norma en este mundo o en el otro que vaya a cambiar eso.

Cierro los ojos como si eso pudiera impedir que mi corazón lata más aún por este hombre.

—Entonces ¿qué hacemos?

—Kaori cree que quizá nos concedan una exención. Tengo que preguntárselo a Panchek dentro de unos minutos. —Sus pulgares me acarician las mejillas, y abro los ojos despacio, aferrándome a la esperanza de que quizá esté en lo cierto. De que quizá sea así de fácil.

—Pase lo que pase, tienes que quedarte aquí sí o sí. Solo estuviste en la frontera una semana.

«Y mira lo que ocurrió». No hace falta que diga lo que los dos estamos pensando.

—Lo sé. —Levanta la cabeza—. Y lo peor es que ni siquiera recuerdo haber tocado la fuente o haber canalizado poder durante el combate. Sencillamente estaba ahí. Si Sgaeyl no hubiera... —Su pecho se eleva cuando respira hondo—. Me habló por primera vez (bueno, más bien me gritó) y salí del trance, pero el daño estaba hecho. Te defraudé.

—No es verdad. —Le sujeto las muñecas—. Daremos con la solución. Y si Panchek nos concede esa exención, tengo unas cuantas cosas que necesito comentarte.

Asiente.

—Te veo en tu habitación...

La puerta se abre y dejo caer las manos, pero Xaden no se mueve ni un centímetro.

—Ah, profesor Riorson —saluda Aetos desde el umbral—. Kaori ha mencionado que quizá estuviera aquí, así que he pensado que me ocuparía del incómodo asunto de que solicite usted indefectiblemente una exención al Reglamento de Conducta para no ponerse en evidencia con el coronel Panchek.

Se me revuelve el estómago. No me hace falta el sello de Melgren para saber que esta batalla no se decidirá en nuestro favor.

—General Aetos. —Las manos de Xaden bajan por mis mejillas en una caricia lenta, y a continuación él se voltea hacia el comandante en jefe—. Solicito formalmente una exención de lo que estipula el artículo ocho, sección uno, basándome en que la nuestra es una relación que ya existía y en que el puesto es temporal.

—Denegada —contesta Aetos sin perder un segundo—. Obedeceré la orden de Melgren y le daré el puesto, aunque creo que hay jinetes más indicados, pero no se confunda, Riorson, no lo quiero aquí. Con o sin perdón, con o sin título, no olvidaré que mató usted al comandante Varrish a sangre fría hace escasos meses e hizo usted pedazos esta institución. Su devoción por la cadete Sorrengail me dará la excusa perfecta para echarlo de mi campus, cosa que haré encantado en el momento en que infrinja el Reglamento de Conducta, *profesor*. Puede que el ejército sea del general Melgren, pero este colegio es mío. ¿Lo ha entendido?

Dioses, no puedo odiarlo más.

—¿Que es usted un imbécil? Desde luego. —Xaden le pinta el dedo—. E insultarlo no contraviene el Reglamento de Conducta. Lo he comprobado.

Aetos se pone como un tomate y me lanza una mirada asesina.

—La despedida ha terminado. Vete a clase, cadete.

—Esto no cambia nada. Sencillamente, haremos lo que mejor se nos da —dice Xaden.

—¿Llevarnos a la mitad de la manada del cuadrante y huir a Aretia? —Me bajo de la mesa, la ira hace que el poder me bulla.

—No, listilla. Vernos a escondidas. Al menos por ahora.

—Por ahora —convengo mientras el general Aetos se aparta de la puerta justo a tiempo para que yo pase—. Solo para que sepa a quién tiene que odiar —digo volviendo la cabeza en el pasillo—. No fue Xaden quien mató a Varrish, sino yo.

Aetos se tensa y abre mucho los ojos, y en ese momento Dain sale del oscuro arco que hay justo al otro lado del pasillo.

—Vamos, Violet, te acompaño a clase. —Dain mira a su padre como si el hombre hubiera abandonado a su dragón para que muera en el campo de batalla.

Caminamos en silencio hasta que llegamos a la escalera.

—La culpa no es solo tuya. Tú fuiste quien asestó el golpe definitivo, pero los dos sabemos que fui yo quien mató a Varrish —dice Dain en voz baja mientras bajamos a la tercera planta—. Podrías habérselo dicho, haber utilizado esa información para que te ayudase a conseguir la exención.

—¿Y qué te haría eso a ti?

—Ah, en lo que respecta a mi padre, conmigo ya no hay nada que hacer. —Deja escapar una risotada triste—. Y es evidente que con mi padre... ya no hay nada que hacer en general.

—Dain —musito, y odio ver que siente lo que sentía yo por mi madre el año pasado.

—Estará en Calldyr el fin de semana que viene. —Dain hace un gesto afirmativo, como si acabase de tomar una decisión—. Aprovecharemos para recuperar los estudios de tu padre.

La sensación que tengo dista mucho de ser de victoria.

El lunes siguiente sopeso darme de cabezazos contra la mesa para doce personas que domina lo que mi madre llamaba sala de planificación, en la segunda planta del edificio de Administración. Probablemente fuera una forma mejor de emplear el tiempo que escuchando al capitán Grady y al teniente —mierda, se me ha olvidado cómo se llama— mientras debaten posibles lugares en los que buscar delante del mapa del continente que cuelga entre las dos ventanas.

¿Mi parte preferida del mapa? Las masas amorfas, dibujadas a mano, que se supone que son los reinos insulares al sur y al este. Me ha llevado exactamente tres minutos de esta reunión decidir que nadie sabe qué demonios estamos haciendo.

Jesinia ha puesto los ojos en blanco dos veces desde el extremo izquierdo de la mesa, donde está sentada con un montón de libros, pluma y pergamino para dejar constancia de la reunión y de las personas a las que se ha escogido de forma oficial para la misión.

—*Por favor, dime que casi estás aquí* —pido a Xaden mientras el vínculo de sombras que nos une se refuerza con su proximidad.

—*Subiendo la escalera* —me contesta.

—Es evidente que ir al norte es la respuesta. —Grady signa a la vez que habla, como está haciendo todo el mundo desde que ha empezado la reunión, y después se rasca la barba, que no lleva tan cuidada como de costumbre.

—Claro, porque deberíamos aventurarnos en territorio ignoto —masculla con sarcasmo la capitana Anna Winshire, sentada a mi derecha. Es una locuaz capitana de infantería con el pelo rubio rojizo y unos veloces ojos castaños que luce sendas hojas dentadas afianzadas en los hombros, pero aparte de la miríada de condecoraciones al valor cosidas al uniforme, no sé por qué la han elegido para que forme parte del pelotón.

De hecho, no sé por qué han elegido a ninguno de los integrantes. Hay por lo menos tres jinetes mayores que yo, a los que acabo de conocer, sentados frente a mí, y la jinete a la que ya conozco —Aura— está lo más lejos posible, a la derecha, muy cerca del mapa. Pero por lo menos no está Halden; tampoco formaba parte de la lista propuesta, lo cual supone un alivio. Puede que al final hayan decidido no incluir a un representante de la realeza.

Grady continúa debatiendo con el equipo.

—El norte es...

La puerta se abre a mi izquierda y Xaden entra.

Todas las cabezas se voltean hacia él, pero la mía es la más rápida. Los últimos cuatro días se me han hecho eternos. Estar cerca de él sin tener la clase de acceso a la que estoy acostumbrada no puede ser más frustrante. Soy consciente en todo momento de dónde está cuando baja los escudos, e incluso cuando los sube me sorprendo mirando por las esquinas con la esperanza de que entre las sombras haya algo más.

Ahora que Xaden duerme en las habitaciones de los profesores, resulta que vernos a escondidas no es que sea difícil, es que es imposible. Siempre hay un jinete navarro que vigila todos mis movimientos.

¿La biblioteca? Ewan Faber controla oportunamente el pelotón.

¿Los dormitorios? Aura manifiesta un repentino interés en hacer rondas nocturnas por el pasillo.

¿Ir a visitar a Sawyer? Caroline Ashton y sus secuaces vienen detrás.

—Esta es una reunión a puerta cerrada —informa el teniente como se llame, que, indignado, echa atrás la barbilla, en la que se le dibuja un hoyuelo.

—Le perdono por no haberme invitado —espeta Xaden mientras se acomoda en la silla de mi izquierda.

Reprimo una sonrisa. Tal vez crea que ha cambiado, pero ese comentario no puede ser más suyo.

—No aceptaremos a un separatista... —empieza a argüir el teniente, y sus manos se mueven casi violentamente mientras signa.

—Ya lo ha hecho —lo corto con una sonrisa dulce.

Jesinia mete la barbilla en la túnica y sé que está ahogando una risa.

—Podemos perder el tiempo discutiendo o podemos convenir sin dilación en que Tairn no irá a ninguna parte sin Sgaeyl, y continuar —aclara Xaden.

La pluma araña el pergamino a medida que Jesinia toma nota deprisa, pero es evidente que en su boca hay una sonrisilla.

La mandíbula del capitán Grady se tensa, pero es digno de respeto que esa sea su única forma de exteriorizar lo molesto que está. Cualquiera que tenga parches en los hombros debería haber vaticinado esto, pero siento curiosidad por ver cómo piensa manejar la situación, teniendo en cuenta lo absurdo que es nuestro pelotón.

—Bien —dice al cabo—. Cadete Neilwart, añada su nombre a la lista, por favor. —Mira a lo largo de la mesa—. Todos los presentes han sido elegidos para llevar a cabo esta misión porque confío en ustedes. Preséntense, si no lo han hecho ya —ordena al resto, y a continuación se gira para mirar el mapa.

—Capitana Henson —empieza la mujer con apretadas trenzas negras que tiene a su derecha, al mismo tiempo que hace un gesto de asentimiento—. Manipulo el aire.

—Teniente Pugh. —El siguiente hombre entorna sus ojos azules claros—. Visión a larga distancia.

—Teniente Foley. —«Ah, conque así se llamaba...»—. Manipulo las plantas.

—Cadete Beinhaven. —Aura levanta la barbilla—. Manipulo el fuego.

—Capitana Winshire. —Anna sonríe—. Enlace de infantería.

—Teniente Riorson —se presenta Xaden—. *Es como si hubiera agarrado una lista de los sellos más comunes y se hubiera puesto a elegir nombres.*

—*Y no hay pilotos ni jinetes aretianos.* —Jugueteo con la pluma—. *No refleja precisamente el espíritu de la alianza.*

—¿Por qué no hay ningún escudo? —inquiere Xaden—. Es evidente que estaremos fuera de las protecciones, a menos que piense que hay una manada entera escondida dentro de las fronteras de Navarre de la que el Empíreo no sabe nada.

—Usted logró esconder una —escupe Foley.

—Que piense que el Empíreo no supo nada durante seis años me dice todo lo que necesito saber sobre las prioridades de usted y de su dragón. —Xaden se encoge de hombros.

—Ya basta —ordena Grady—. Y he solicitado al general Tinery que me ceda a una manipuladora de escudos concreta. Estoy esperando a que me conteste.

Xaden frunce el ceño durante un milisegundo, el tiempo justo para hacerme saber que está leyendo intenciones del resto.

—Podría pedírmelo a mí. Mira Sorrengail es la única jinete que ha demostrado su valía fuera de las protecciones, y se encuentra destacada en Aretia.

Echo mano de la pluma. Mira era mi primer nombre para esta misión desde el principio..., si me hubieran preguntado.

—Que constituye el Ala Sur y evidentemente está al mando del general Tinery. —Pugh mira ceñudo a Xaden.

—A excepción de Tyrrendor —afirma Xaden—, que según el Segundo Acuerdo de Aretia ahora se supedita a la casa reinante. —Ladea la cabeza—. En realidad a Ulices y Kylynn, pero soy yo quien les da órdenes.

El rápido sonido de la pluma raspando contra el pergamino es lo único que se oye mientras algunos cierran la boca y otros tensan la mandíbula.

Me retrepo en la silla y reprimo las ganas de sonreír.

—*Debo decir que una demostración de poder con tanta naturalidad me excita.*

—*No vayas por ahí* —me advierte—. *Bastante me cuesta tener las manos quietas dadas las circunstancias. Si supieras la cantidad de veces que pienso en colarme en tu habitación...*

El pulso se me acelera.

—¿Esto es lo que puedo esperar, teniente Riorson? —pregunta Grady; el color le sube por el cuello—. ¿Que esgrima su título en asuntos militares? Si los aristócratas no visten de negro es por algo.

—Sucede más a menudo de lo que cree —mascullo, y lo signo a mi amiga discretamente.

Jesinia levanta la pluma y no anota mi comentario de listilla, pero le cuesta no reírse.

—Depende de cómo se aborden esos asuntos —amenaza

Xaden. Los movimientos de su mano se vuelven bruscos al signar y su tono adquiere esa peligrosa tranquilidad que hace que los tenientes que tenemos enfrente se remuevan en sus asientos y que yo lo mire.

El vello de la nuca se me pone de punta. Hay un destello de algo... frío en sus ojos, pero desaparece en un pestañeo. ¿Eh?

—Usted y yo vamos a tener problemas —le advierte el capitán Grady.

—Es probable —admite Xaden.

Grady respira hondo mientras el rojo le sube hasta la mandíbula.

—Como íbamos diciendo, nos han concedido seis meses para dar con la séptima estirpe. El Senario ha ordenado que regresemos para informar cada vez que exploremos un posible emplazamiento, con el objeto de tenerlos al tanto...

—*Es una puta pérdida de tiempo* —se queja Xaden.

—... lo que significa que seleccionaremos nuestras primeras áreas de búsqueda en rangos de vuelo cortos —continúa Grady.

—*Pues espera, que la cosa mejora.* —Agarro la pluma y la hago girar entre el índice y el pulgar para mantenerme ocupada—. *Echo de menos tus manos.*

—*Y yo las tuyas.* —Xaden tiene la vista fija en el mapa, pero una cinta de sombra me sube por la pierna bajo la mesa y me envuelve el muslo—. *Y tu boca, sobre todo cuando es lo único que puedo permitirme.*

A punto estoy de decirle mentalmente que no tiene por qué limitarse a eso, pero estoy segura de que lo de extraer poder de la tierra durante su última misión no le inspira demasiada confianza en su autocontrol.

—Y he decidido empezar a lo largo del litoral septentrional —termina el capitán Grady.

Xaden enarca las cejas hasta el techo.

—*Ya te he dicho que mejoraría.*

La capitana Henson tamborilea con los dedos sobre la mesa.

—¿Por qué?

Grady carraspea.

—Situar nuestra base de operaciones en la costa nos permite acceder a la magia. Además, la mayor parte del mar Emerald es territorio inexplorado...

—Porque los marineros no regresan de las aguas más profundas —alega Henson, que acto seguido me mira—. ¿Por dónde le gustaría empezar a buscar a tu dragón?

—La cadete Sorrengail no es quien está al mando —interrumpe Aura.

—Si estás aquí es solo porque decidí no matarte cuando resolviste ir por mi líder de ala —espeto—. *Esto es un error. Las únicas personas de las que me fío en esta habitación son tú y Jesinia, y ella informará de las misiones a nuestra vuelta, no participará en ellas.*

—*Estoy contigo.* —Las sombras se arremolinan por la parte baja de la pared—. *Mira debería añadir cierto equilibrio, pero no es suficiente.*

—Las últimas comunicaciones que se conocen con un reino insular se entablaron con Deverelli —observo en medio del incómodo silencio que se instala—. Por lo que he leído, la isla de mercaderes comercia con algo más que con mercancías. Si tienen alguna información, podremos comprarla a su debido precio. Deberíamos explorar todas las rutas posibles, no solo el norte.

Jesinia asiente sutilmente mientras toma nota de mi sugerencia.

Frente a nosotros, todo el mundo empieza a hablar a la vez.

—Si vamos allí nos matarán.

—Dividirnos debilita al pelotón.

—Las islas odian a los dragones.

—Si los dragones estuvieran en las islas, alguna habría presumido de ello.

—*O los habría utilizado para lanzar un ataque* —musito mentalmente.

—*¿Qué es lo que sabes?* —me pregunta Xaden, y la cinta de sombras me acaricia la cara interna del muslo.

Mierda, me cuesta pensar cuando hace eso.

—*En el diario del general Cadao hay un montón de páginas arrancadas sobre la segunda revuelta krovlana, y Jesinia cree que un oficial insinuó que un reino insular se vio involucrado cientos de años después de que dejáramos de tener contacto con ellos. El año pasado el general Aetos me preguntó por los estudios que había realizado mi padre al respecto...*

—*Los Cola de Plumas.* —A Xaden se le tensa la mandíbula—. *Recuerdo vagamente que le oí mencionar algo cuando íbamos hacia el campo de vuelo.*

—*Exacto. La mención de dragones e islas me dice que deberíamos buscar en el sur.* —Veo que el resto ahora grita, las manos vuelan mientras signan, y Aura es la más estridente de todos. Bastante osada, teniendo en cuenta que solo es una cadete—. *No sé cuál es el contenido de los estudios de mi padre, pero sí que recuerdo que, seis meses antes de que muriera, de pronto se volvió muy reservado con ellos. Si hubiera querido que Aetos o Markham los tuvieran, los habría dejado en su despacho de los Archivos.*

—*¿En lugar de...?* —Me mira de soslayo mientras el griterío va en aumento.

—*En las dependencias de mis padres.* —Me estremezco—. *En las dependencias del general Aetos. Pero no te preocupes, Dain ha accedido a ayudarme a encontrarlos.*

Xaden hace crujir el cuello.

—*«No te preocupes» y «Dain» no pueden ir en la misma frase.*

—¡Silencio! —exclama Grady, que ahora está completamente rojo—. Aparte del razonamiento que se ha dado, Deverelli exige un precio demasiado alto para que se nos reciba en audiencia. El sur queda descartado —me dice, y después se voltea hacia la capitana Henson—. En cuanto al mar Emerald, es posible que la razón por la que los marineros no regresan sean los dragones. Hasta nuevo aviso, cuenten con que volaremos al norte el mes que viene. Preparen sus suministros. Esta reunión ha terminado.

Mierda. Todos los huesos del cuerpo me dicen que vayamos al sur.

—*No te vayas* —me pide Xaden—. *Mataría por estar treinta segundos contigo.*

—*Ya.* —Un maldito abrazo sería genial.

Xaden y yo nos quedamos cuando todo el mundo se marcha, incluida Jesinia, pero Aura Beinhaven espera a la puerta como una niñera y arquea una ceja mientras yo recojo mis cosas.

—¿Sí, Aura? —pregunto a la vez que cierro la mochila.

—Estoy esperando para acompañarte al cuadrante. —Mira intencionadamente a Xaden—. No me gustaría que te metieras en un lío o hicieras algo de lo que tenga que informar al general Aetos, en vista de que Grady me ha elegido como compañera tuya.

Más como una maldita vigilante.

—¿No querrás decir Panchek?

Ella hace un gesto negativo.

—Aetos dejó claro a los líderes de ala que el Reglamento de Conducta se seguirá al pie de la letra. —Sus ojos se entornan—. Como es natural, hemos transmitido la orden por la cadena de mando. Resulta que aquí somos muchos los que estamos encantados de amargarte la vida todo lo posible.

—Genial. —Esbozo una sonrisa forzada y las sombras dejan mi muslo cuando paso por delante de Xaden, sin tan siquiera mirarlo, para que Aura no tenga nada de lo que informar.

—*Encontraremos el momento* —me promete Xaden.

—*Aquí estás a salvo. Eso es lo único que importa.*

Al menos hasta que vayamos al norte.

QUINCE

Algunos sellos son aterradores en el combate, pero hay dos cosas que pueden abatir a cualquier jinete: la falta de un escudo... o un esfuerzo colectivo. Nunca den al enemigo la ventaja de rodearlos.

—*Grifos de Poromiel, un estudio sobre el combate*, por el comandante Garion Savoy

Para cuando el viernes le toca el turno a nuestro pelotón de bajar la escalera de piedra del anfiteatro al aire libre del Cuadrante de Infantería, ya han pasado otros cuatro días desde la última vez que vi a Xaden, que además mantiene los escudos en alto tan a menudo que bien podríamos empezar otra vez a escribirnos cartas.

Esculpido en la cara norte de una colina al oeste del Cuadrante de Infantería, la arena semicircular es más un foso de lucha que un auditorio. Tiene capacidad para albergar a los mil y pico cadetes de infantería, pero esta tarde el lugar, calentado mágicamente, solo acoge a nuestro pelotón; el de Caroline Ashton, del Ala Uno, y al hombre guapo a rabiar que está en el centro de la base plana del anfiteatro y tiene la impaciencia grabada en cada línea de su cara. Siempre me ha encantado de uniforme, pero verlo con la ceñida ropa de entrenamiento, con las espadas a la espalda, hace que desee en el acto que esta fuera una sesión de entrenamiento personal.

—Esto es increíble —dice Sloane delante de mí—. Aunque por los bordes hay nieve, aquí parece que es verano.

—¿Protecciones contra los elementos? —se pregunta Lynx al tiempo que se sacude la nieve que ya está derritiéndose en su corto cabello negro.

—Yo diría que hay algo más. —Teniendo en cuenta que la magia tiraba de mí como un pegajoso trozo de tofe cuando caminaba, estoy segura de que los elementos no son lo único que estamos dejando fuera.

Las sombras me rozan los escudos al quitarme la chamarra de vuelo hacia la mitad de la escalera, y abro mis defensas lo justo para dejar pasar a Xaden.

—*Te he echado de menos.* —Sus ojos me devoran, pero hace bien desviando la mirada enseguida.

—*Y yo a ti.* —Dejo la chamarra en la primera fila de asientos de piedra junto a mis compañeros y me quedo con la ropa de entrenamiento tradicional—. *¿Es aquí donde has estado escondiéndote?*

—Bienvenidos a su primera clase de Entrenamiento de Sellos, en lo que me gusta llamar el foso —anuncia cuando llegamos a la base de la escalera. El suelo está dispuesto en un adoquinado semicircular de distintos tonos, pero solo un metro y medio aproximadamente resulta visible antes de que empiece la colchoneta—. Los que pueden manipular, mantengan los pies en la piedra, pero (y no me cansaré de recalcar esto) fuera de la colchoneta. Los que no puedan, siéntense en la primera fila. —Señala las gradas de piedra que tenemos detrás y los cadetes se mueven—. *Si por esconderme te refieres a levantar unas protecciones supercomplejas, de las que puede que incluso tu hermana se sintiera orgu-*

llosa, pues sí. Y tampoco es que tú hayas estado accesible. Bodhi dice que o te dedicas a leer con Andarna de respaldo o manipulas sola en la montaña.

Una hora al día, es lo que me prometí. Sin importar el frío que haga o lo cansada que me encuentre, voy a la cresta con Tairn a practicar lanzamientos más pequeños y concisos hasta que me noto los brazos como de gelatina.

—*También paso mucho tiempo en la biblioteca.* —Hago rotar los hombros y ocupo mi lugar entre Ridoc y Rhiannon, manteniéndome a dos filas de la colchoneta mientras me aseguro la correa del conducto en la trabilla del lado izquierdo de la cintura—. *Puede que el pelotón de búsqueda se dirija al norte, pero, mientras tanto, pienso leer todo lo que pueda encontrar sobre Deverelli, aunque no basta ni de lejos.* —Y los volúmenes acerca de los seres oscuros que me han enviado tanto la reina Maraya como Tecarus, aunque no hay ninguna alusión a una cura ni tampoco se menciona que alguna vez un dragón achicharrara a un venin como hizo Andarna. Puede que sea bueno que no pueda pasar las noches con Xaden, ya que de lo contrario no estaría devorando libros como lo estoy haciendo.

—Vamos. No debería ser tan difícil que se organicen. —Sus ojos me buscan—. *¿El pelotón de búsqueda?*

—*Ridoc lo llamó así y así se ha quedado.* —Me encojo de hombros mientras el otro pelotón se coloca a la derecha de los nuestros de tercer año, en espejo con respecto a nosotros, con los de mayor edad en el centro del arco—. *Aetos viajará en breve a Calldyr, así que hemos estado preparándonos para entrar en las dependencias de mis padres...* —Me estremezco—. *Del general.*

—*¿Necesitas mi ayuda?* —Examina nuestra fila, sin lugar a dudas calculando puntos fuertes y débiles.

—*No, pero te lo haré saber si algo cambia.* —Doblo la rodilla izquierda para comprobar que la venda sigue en su sitio. Da lo mismo la cantidad de veces que Brennan me repare, esa articulación en concreto nunca aguanta bien mucho tiempo—. *¿Hay alguna posibilidad de que puedas escaparte a Chantara este fin de semana? Vamos a sacar de aquí a Sawyer.*

—*Espero que lo pasen bien, pero mirarte desde la otra punta de la taberna me parece una tortura.* —La mandíbula se le tensa—. *Creo que pasamos más tiempo juntos cuando estuve destacado en Samara.*

—*Cierto, pero aquí estás a salvo.* —Miro a ver a quiénes tenemos abajo. A la derecha de Rhiannon, Bragen y Neve (los pilotos de tercero) están con Imogen y Quinn, y a la izquierda de Ridoc están Trager, Cat, Maren, Baylor, Avalynn, Sloane y Kai. Aaric y Lynx se encuentran sentados detrás de nosotros, y me toma por sorpresa darme cuenta de que los cuatro de primer año del pelotón del Ala Uno también están sentados.

Los dragones están tomándose con calma lo de canalizar.

—*La seguridad empieza a parecerme algo sobrevalorado.* —Mira hacia el Ala Uno—. ¿Ya han terminado de chismorrear?

—Solo comentábamos que no estamos seguros de que alguien que se graduó hace menos de un año sea el mejor profesor. —Loran Yashil se cruza de brazos. El insolente de tercer año con los rizos de un púrpura intenso es uno de los mejores luchadores de su ala.

—Mierda —susurra Rhiannon.

Una comisura de mi boca se eleva. Se tienen bien merecido lo que sea que Xaden está a punto de darles.

—Veamos si puedes vencerme y zanjemos esa preocupación

ahora mismo. —Xaden curva los dedos—. Eres metalúrgico, ¿no?

El corazón se me encoge.

—Sawyer también debería estar aquí —digo en voz baja a Rhi.

—Ya, bueno, lo que hemos hecho para intentar convencerlo no ha servido de nada. —Su boca se tensa.

«Mierda».

—Lo estás haciendo lo mejor que puedes, no pretendía...

Deja caer los hombros.

—Lo sé.

—Metalúrgico —confirma Loran—. Así que estas bellezas de aquí están afiladas. —Sube a la colchoneta al tiempo que desenvaina la espada de la cadera y una daga de la cintura.

—Me alegro por ti. —Xaden da dos palmadas, pero mantiene los pies separados en la colchoneta—. Espero que te ayuden.

Loran levanta la espada y empieza a dar una vuelta alrededor de Xaden por la izquierda.

—¿No piensas sacar ningún arma?

—Ya veremos. —Xaden se encoge de hombros sin perder de vista los movimientos de Loran—. Y ahora, haznos un favor y no te cortes. Empieza.

Loran carga contra él y mis costillas se cierran como una tenaza en mis pulmones.

Xaden no se mueve.

Loran corre hasta que está a un metro de Xaden y da una estocada con la espada, manteniendo la daga pegada al costado.

Me quedo sin respiración cuando Xaden permite que la hoja llegue a escasos centímetros de su pecho, pero entonces esquiva y golpea con el puño izquierdo la muñeca de Loran. Este grita cuando la espada se le cae, pero ya está girando sobre sus talones hacia Xaden antes de que la hoja dé en la colchoneta, y su brazo izquierdo describe un arco que tiene por objetivo rajarle la yugular a Xaden.

Xaden agarra a Loran por el antebrazo, se gira y le lleva el brazo a la espalda para, un segundo después, jalarlo del codo hacia arriba hasta que este lanza un alarido de dolor y frustración. A continuación le quita la daga de la mano y lo suelta empujándolo hacia delante.

—Qué descarado es —farfulla Ridoc negando con la cabeza—. Si llega a esperar un segundo más...

Pero no lo ha hecho, porque sabía exactamente lo que pretendía Loran.

Una sonrisa asoma despacio a mi boca.

—*Siempre me ha encantado verte en la colchoneta.*

—*Lo sé.* —Xaden hace rotar el cuello—. *Me he aprovechado de ello unas cuantas veces.*

No me sorprende lo más mínimo.

Loran tropieza, pero en su favor hay que decir que se gira inmediatamente hacia Xaden.

Este lanza la daga y la clava en la colchoneta, entre los pies de Loran.

—Has arremetido con demasiada energía. Utilizar la fuerza bruta en lugar de la sutileza es una táctica propia de los de primero. —Ladea la cabeza y estudia a Loran con una mirada casi de aburrimiento—. Y ahora que hemos demostrado que puedo darte una paliza sin romper a sudar o empuñar un arma, ¿qué te parece si vamos al meollo de esta clase y manipulas? —Xaden levanta los brazos en un ángulo de noventa grados, con la palma hacia arriba.

Loran traga saliva y, sin dejar de mirar a Xaden, recupera sus armas.

—Empieza —ordena Xaden.

Loran cambia el peso del cuerpo y es evidente que en su mirada hay cierto pánico cuando comienza a dar la vuelta alrededor de Xaden otra vez. Para gran consternación mía, el hombre al que amo ni siquiera mira cuando Loran se sitúa a su espalda. No, en lugar de seguir los movimientos de su rival, Xaden me mira y me guiña un maldito ojo en el mismo instante en que Loran lo ataca por detrás, la espada transformándose, alargándose cuando arremete.

De hecho, sigue mirándome sin inmutarse hasta que Loran alza la espada a poca distancia de su cuello.

Entonces Xaden mira de reojo a su izquierda, donde la sombra de la hoja sobrepasa su bota, alargada por el sol de la tarde, y levanta un único dedo.

La sombra se abalanza hacia Loran y, en un suspiro, le envuelve la garganta y el brazo.

Xaden da un paso a un lado cuando Loran cae de rodillas en el sitio que hace un instante ocupaba él, y la espada cae también, abandonada, cuando Loran intenta tirar de las sombras que le oprimen el cuello. El rostro se le pone rojo y el otro pelotón empieza a moverse con incomodidad. Entonces Xaden baja las manos.

Las sombras vuelven a su posición y Loran pugna por respirar.

—No sé si estoy completamente enamorado de tu novio o cagado de miedo —dice Ridoc entre dientes—. En este momento no estoy seguro.

—Las dos cosas —contesta Cat desde su izquierda—. Pueden ser ambas cosas, créeme.

—Pues no debería ser ninguna —masculla Trager.

Ridoc me mira y pone los ojos en blanco.

Reprimo una sonrisa.

—A mí nunca me da miedo. —Los ojos de Xaden se encuentran con los míos y el pulso se me dispara—. Y no es mi novio.

Rhi resopla y un sarcástico Ridoc me levanta los dos pulgares.

—*Opino lo mismo* —coincide Xaden—. *Esa palabra es demasiado trivial para lo que somos tú y yo.* —Centra la atención en Loran, que sigue respirando con dificultad en la colchoneta—. Levántate.

Loran se pone de pie a duras penas y se pasa la mano por el moretón que se le está formando en la garganta.

—Llevo encima dos espadas y cuatro dagas —le cuenta Xaden—. ¿No se te ha ocurrido calentarlas? ¿Retorcerlas? ¿Manipularlas de alguna manera?

—He utilizado la espada... —empieza Loran.

—Una elección estúpida. Vuelve con tu pelotón. —Xaden lo despide y Loran agarra sus armas antes de retirarse—. Estoy seguro de que notan la protección contra los elementos que hemos levantado para que todos estén a gustito y cómodos durante las primeras clases, pero lo que no ven es la zona de la colchoneta que han protegido los mejores tejedores de protecciones de Navarre.

Mueve las manos y las sombras echan a correr desde sus pies y se despliegan en todas las direcciones, en una nube de oscuridad que vuela hacia nosotros pero que se estrella contra una barrera invisible y sale disparada hacia arriba. Se retira a una velocidad enervante, despejando el aire que tenemos delante en cuestión de segundos.

—Con tan solo un par de excepciones —me mira—, lo que sea que manipulen permanecerá en la colchoneta entre los rivales, y me han asegurado que sus sellos no saldrán del anfiteatro ni pondrán en peligro el campus, así que cuando les digo que no se corten, lo digo en serio, porque los venin no lo harán. ¿Siguiente?

Uno por uno va dando una paliza prácticamente a todo el mundo.

Se enfrenta a una manipuladora del fuego y esquiva la llama; las propias sombras de la rival la noquean tirándole de las rodillas con un giro de la muñeca de Xaden.

Quinn sube a la colchoneta y crea dos versiones de sí misma, y cuando las sombras le levantan los pies para hacerla caer, la Quinn real se estrella contra el suelo y la proyección se desvanece.

A Rhiannon le quita de la mano la espada, y un hilillo de sombra se la pone en la garganta.

Caroline apenas ha levantado las manos cuando Xaden la derriba de espaldas con un torrente de sombra que la impulsa por la colchoneta y la saca a la piedra.

Neve sube a la colchoneta empuñando sus dagas y utiliza magia menor para hacer que leviten.

—Mmm, qué gracioso —opina Xaden risueño cuando las armas salen despedidas hacia él y las sombras las interceptan y las lanzan hacia su propietaria para que le acierten encima de la clavícula.

Ella levanta las manos y las sombras caen y arrojan las dagas a la colchoneta.

—¿Les ha quedado claro? —pregunta Xaden mientras Neve recupera sus armas y vuelve a su fila—. No necesito desenvainar una espada porque el arma soy yo. Se me da bien el acero porque me divierte.

—No —objeta Loran, con la voz todavía bronca—. Que le des una paliza a todo el mundo en la colchoneta no es nada nuevo con respecto al año pasado.

—Cierto. —Xaden enarca la ceja marcada por la cicatriz—. Hasta ahora, cuando entrenamos o nos enfrentamos en los retos, nuestra prioridad siempre ha sido vencer a toda costa a nuestro rival. Lo que significa que practicamos en privado, buscamos una ventaja... —Una comisura de su boca se eleva—. *Como envenenar a nuestro oponente.* —Se mete las manos en los bolsillos—. Y mantenemos en secreto las tácticas que empleamos porque necesitamos esa ventaja en la colchoneta. La diferencia entre cuando era cadete el año pasado, incluso cuando era líder de ala, y ahora es que, como profesor que soy, quiero darles mi ventaja. Quiero que aprendan no solo de mí, sino también de sus compañeros. Los ayudaré a ver los puntos débiles de su sello, de forma que cuando se enfrenten a un ser oscuro que tenga ese mismo poder, ya habrán practicado cómo derrotarlo. Cada uno de ustedes tiene algo que aprender, y yo estoy aquí para mantenerlos a salvo mientras lo hacen.

—¿Y qué hay de los que no manipulan? —pregunta Caroline—. ¿Serán únicamente los *sparrings*?

Cat se mofa.

—No creas que estamos indefensos. —Fulmina con la mirada a Caroline—. Puedes probar a manipular el agua contra mí, pero yo ya estaré en tu cabeza, volviendo tus propias emociones en tu contra.

—Y se le da bien —admito, y apoyo casi todo mi peso en la pierna derecha.

—Ya verán que los trucos mentales pueden ser igual de mortíferos —conviene Xaden—. Y si no han aprendido a levantar sus escudos, les sugiero que pasen algo de tiempo con el profesor Carr antes de enfrentarse a un piloto o a cualquiera que lleve un parche clasificado. —Mira de soslayo a Imogen.

—¿Y nos enseñarás cómo podemos derrotarte? —pregunta Aaric por detrás de nosotros.

Una comisura de la boca de Xaden se curva lentamente hacia arriba.

—Puedo enseñarles a intentarlo, pero solo hay una persona capaz de vencerme algún día, y no eres tú, Graycastle.

Las mejillas me arden cuando todas las cabezas se vuelven hacia mí.

—Volvamos a lo nuestro mientras tienen cierta privacidad. A partir de la semana que viene, los cadetes de infantería asistirán en calidad de oyentes para que tengan alguna posibilidad en el campo de batalla. —Xaden recorre la fila—. Gamlyn, te toca.

Ridoc termina encerrado en una serie de carámbanos que él mismo ha formado.

Sloane se retira del foso con las manos atadas a su espalda por las sombras sin tan siquiera haber podido intentarlo. Miro de reojo su reliquia de la Rebelión y me pregunto si también ocultará un segundo sello.

Ni Cat ni Maren se acercan antes de terminar fuera de la colchoneta y tambaleándose hacia nosotros, pero Cat es la única de las dos que por un momento parece devastada por haber fracasado.

—Digo yo que tendrás que acabar olvidándolo, ¿no? —musita Trager cuando Cat vuelve a la fila—. Me parece que es una pérdida de tiempo perseguir a alguien que no te quiere cuando aquí hay muchas personas que sí.

Cat lo mira y yo enarco las cejas.

¡Vamos, Trager!

Ahora Xaden me mira levantando una ceja.

—Sin excepciones, Sorrengail.

—Vaya, esto es lo que tenía ganas de ver. —Caroline se balancea sobre los dedos de los pies como si fuera una niña pequeña.

—Hazme un favor —le pido a Xaden mientras me suelto de la cadera la correa de cuero del conducto y me la engancho a la muñeca para que el orbe descanse con comodidad en mi mano. Después, doy tres pasos adelante en la colchoneta y abro la puerta al poder de Tairn a la vez que esbozo una sonrisilla—. No dejes que te haga daño.

DIECISÉIS

Por la presente se recomienda encarecidamente que no se permita a ningún dragón o grifo vinculado aterrizar ni cazar en un radio de un kilómetro y medio del pueblo de Chantara con el objeto de respaldar los esfuerzos de nuestros pastores de ovejas durante este incremento de la demanda.

—Comunicado del pueblo de Chantara, transcrito por Percival Fitzgibbons

—Vaya, conque somos arrogantes, ¿eh? —Una sonrisa innegable aparece y desaparece antes de que yo pueda sucumbir por completo a ese encanto que hace que me flaqueen las rodillas—. Veamos qué tal te las arreglas en la oscuridad.

Las sombras inundan la colchoneta y engullen toda la luz del sol, dejándome en una oscuridad completa y absoluta mire a donde mire. Acepto el reto.

—*Esto es jugar sucio.* —Levanto el conducto justo por encima de mi hombro y libero un flujo de poder constante desde mi mano izquierda. El orbe chisporrotea y atrapa los zarcillos de rayo a medida que va imbuyendo la aleación del centro e ilumina mis alrededores más inmediatos.

—*Ya me llevas la delantera* —responde, y una hebra de sombra me acaricia la mejilla, pero no adopta ninguna forma cerca del conducto—. *Solo estoy equilibrando el campo de juego.*

Camino hacia delante y lo vislumbro antes de que se desvanezca una vez más en la oscuridad.

—*Ataca* —ordena.

—*¿Y arriesgarme a darte? Ni de broma.* —El brazo izquierdo se me calienta y aprieto los dientes para soportar la tensión que supone sostener el flujo de poder. Es mucho más fácil lanzar que utilizar un goteo contenido.

—*Utiliza nuestro canal mental para localizarme.* —Sus labios me rozan la nuca y un escalofrío me recorre la espalda al ser consciente de su presencia, pero cuando me doy la vuelta Xaden ya no está.

—*Eso es hacer trampas.* —Voy hacia la izquierda y hacia delante y giro en redondo otra vez, sin tener ninguna idea de cómo estoy encarada.

—*Se llama utilizar todas las herramientas que tengas a tu disposición* —señala—. *Vamos, Violencia. Haz honor a ese apodo. A estas alturas podría haberte matado una docena de veces por no haber querido atacar.*

—*Y yo podría matarte con un único rayo no hipotético.* —Abro mis sentidos, pero es imposible concentrarme en nuestro canal mientras mi cuerpo canaliza todo el tiempo. Al diablo con todo. De todas formas no veo una mierda. Bajo el brazo, corto el flujo de poder que emana de la punta de mis dedos y las sombras me envuelven y refrescan mi caliente piel.

Me concentro en nuestra conexión, en el vínculo, y obedezco el tirón sutil, apenas perceptible que siento a mi derecha.

—*Bien.* —El vínculo se intensifica cuando Xaden habla y yo cambio de sentido ligeramente, siguiendo la conexión—. *Puedo extraer poder de cualquier cosa que arroje una sombra, pero nadie sabe que los hilos más fuertes siempre son míos. Si consigues identificar cuáles son, notar la diferencia, podrás localizarme en la oscuridad.*

—*¿De verdad es eso lo que necesitas que aprenda?* —Paso las manos por las sombras, pero todas me parecen iguales.

—*Es preciso que aprendas a diferenciarlas, por el bien de ambos.* —El vínculo me rodea en el mismo instante en que Xaden me abraza por detrás, y una sombra más fuerte, la suya, me ladea la barbilla hacia el hombro y hacia arriba—. *Solo tú.*

Su boca encuentra la mía en la oscuridad y me da un beso largo y lento, como si fuéramos las dos únicas personas en el mundo, como si nuestro tiempo fuera infinito y no hubiera nada más importante que oír mi siguiente suspiro. Es profundamente inmoral, concienzudo, y solo hace que quiera más. El pulso se me desboca, y va más deprisa con cada caricia de su perfecta lengua.

—*Ataca* —exige, y sus dedos bajan por mi estómago y desaparecen en el pantalón—. *Si no lo haces, es posible que alguien piense que te lo estoy poniendo fácil.* —Me muerde el labio inferior.

—*Fácil es lo contrario de lo que quiero de ti.* —El poder aumenta y me zumba bajo la piel con una exigencia insistente, y levanto la mano derecha con la palma hacia el cielo del anfiteatro abierto.

Xaden deja de estar detrás de mí un segundo antes de que lance el rayo.

Un destello de luz ilumina la arena cuando el rayo sale disparado hacia arriba, atraviesa la barrera de las protecciones y se pierde en las nubes. Oigo que los demás cadetes profieren gritos ahogados antes de que la oscuridad nos engulla de nuevo.

—*Eres increíble* —dice, y ya es una de las sombras.

—*¿Por qué me cuentas esto solo a mí?* —pregunto mientras doy vueltas y más vueltas para encontrarlo.

—*Es necesario que seas capaz de encontrarme.* —Las sombras se precipitan contra mi piel y menos de un segundo después han desaparecido, me dejan tambaleándome cerca de la parte frontal de la colchoneta y viendo la espalda de Xaden mientras sube por la escalera—. La clase ha terminado. Espero que la próxima vez vengan todos preparados —dice girando la cabeza.

—*¿Por qué solo yo?* —repito, más que consciente de que los demás cadetes me miran mientras recupero el equilibrio, me escudriñan como si esperaran descubrir una marca, puesto que Xaden ha salido ileso—. *¡Xaden!*

Ni siquiera se detiene.

—*Porque eres la única que puede matarme.*

—Y aquí nuestra amiga Violet —cuenta Ridoc al día siguiente por la tarde, señalándome con la jarra de cerveza, cuando estamos sentados a la mesa del rincón de la taberna Seis Garras en Chantara— espantó al profe al lanzar un rayo. Él se fue rápido y la dejó tambaleándose en la oscuridad.

Sawyer se ríe. Se ríe de verdad, genuinamente, y me da lo mismo si es por la segunda jarra o si ha sido la mismísima Amari la que le ha arrancado esa risa, pero me alivia mucho oírla. Durante un segundo es como si hubiera vuelto con nosotros, como si todos fuéramos... nosotros.

La puerta se abre en la otra punta y la nieve entra antes de que alguien consiga cerrarla venciendo el incesante viento que sopla. La ruidosa taberna está llena de lugareños y de cadetes que buscan evadirse el sábado. Antes he visto a Dain probando suerte en la barra con una curandera de segundo año, y Ridoc ya ha repelido tres intentos distintos de afanarnos las tres sillas que hemos reservado al otro lado de la mesa para los pilotos.

Nuestro grupito ha visitado un puñado de templos después de comer, pero los pilotos llevan horas adorando a sus dioses. Como no regresen pronto, perderemos los últimos carros de vuelta al campus.

—Riorson me puso en la garganta mi propia daga —explica Rhi, que niega con la cabeza como si todavía no pudiera creérselo—. Siempre he sabido que es poderoso, pero nunca había sido consciente de que fuera capaz de... —No termina la frase.

—¿Matar a la habitación entera sin levantarse del asiento? —Lo hago yo por ella mientras me llevo a los labios mi limonada de lavanda y bebo un sorbo. «Y cree que necesito saber cómo matarlo».

La bebida, por lo general dulce, me deja un regusto amargo. Puede que se descontrolara en la frontera, pero sigue siendo él. Un error no equivale a perder el alma entera.

—Exacto. —Asiente—. ¿Tú siempre lo has sabido?

—Ajá. —Dejo la jarra—. Bueno, no siempre, pero sí después de que irrumpiera en mi habitación y se cargara a Oren y a los demás durante el primer año.

—¿De qué estamos hablando? —pregunta Cat, que deja una jarra en la mesa y se sienta justo enfrente de mí. Se quita la chamarra cubierta de nieve y Maren y Trager siguen su ejemplo.

—De la capacidad de Riorson de liquidar a..., en fin..., a todo el mundo —responde Ridoc, que agarra su chamarra de la silla de Maren al mismo tiempo que Sawyer aparta las muletas y las deja apoyadas en la pared detrás de él.

—Ah. —Maren toma asiento junto a Cat y la mira—. Eso... es nuevo, ¿no?

Cat clava la vista en su jarra.

—No era tan poderoso cuando estábamos... —Lo deja en puntos suspensivos y bebe.

—Nuestros sellos pueden crecer —afirmo para llenar el silencio incómodo que se ha instalado—. Nos pasamos la vida afinándolos y descubriendo dónde están nuestros límites. Un cadete de tercer año es mucho más poderoso que uno de primero, igual que un coronel puede darle una paliza a un teniente sirviéndose de la magia.

—Y a ti nunca te da miedo. —Cat me mira fijamente—. Es lo que dijiste ayer. Que nunca te da miedo.

—Tengo miedo por él, pero desde la Trilla no le temo a él. —Paso un dedo por el borde de la jarra.

—Porque sus vidas están conectadas. —Ladea la cabeza como si intentara entenderlo.

—Porque nunca me haría daño. —Bebo otro sorbo—. Tenía sus razones para quererme muerta, y en lugar de matarme me enseñó a asestar un golpe mortal en la colchoneta..., y eso fue mucho antes de la Trilla.

—Hablando de sellos, empiezo a preocuparme. —Rhi se apresura a cambiar de tema—. Sloane es una apropiadora. Avalynn empezó a manipular el fuego la semana pasada y Baylor ha manifestado la visión a larga distancia.

Como Liam.

—Pero Lynx y Aaric todavía no han manifestado, y el tiempo pasa —termina Rhi.

—¿Qué ocurre si no manifiestan ningún sello a su debido tiempo? —inquiere Trager.

—La magia se acumula y... explotamos. —Ridoc hace el correspondiente movimiento con las manos—. Pero estamos a finales de enero. Quedan meses antes de que empiece a ser peligroso. Vi no manifestó su sello hasta, ¿cuándo?, ¿mayo? —me pregunta.

Parpadeo al recordar la primera vez que Xaden me besó contra los cimientos de piedra.

—No, fue en diciembre. Solo que no me di cuenta.

—Eso no me consuela —aduce Rhi, que frunce el ceño por encima de su jarra—. Lo último que necesitamos es que Lynx o Aaric nos exploten encima.

Siento una opresión en el pecho.

—Recuérdenme que no me ponga al lado de ninguno de los dos cuando estemos en formación —pide Cat arrastrando las palabras.

—Sería mucho peor que uno de ellos se manifestara como inntinncista —farfulla Ridoc—. ¿Se imaginan ejecutando a...?

—No —espeta Rhi, y a continuación se estremece—. No puedo. Y ustedes tampoco deberían. —Mira de soslayo a Maren—. Bueno, ¿y qué tal el templo?

—Recibieron nuestras ofrendas —responde Maren con una sonrisa—. Creo que Amari velará por mis hermanos en Aretia. Lo cierto es que nunca podré agradecerte lo suficiente que tu familia los haya acogido, Rhi.

—¿Estás bromeando? —Rhi le resta importancia—. A mi madre le encantan los niños, y mi padre está entusiasmado con tener a dos pequeños correteando por la casa. Pero lo que siento de verdad es que no pudieran quedarse aquí contigo.

Maren baja la vista.

—Yo también, pero Basgiath no es lo que se dice un buen lugar para que crezcan los niños.

Cat le frota el hombro.

—Los templos que dedican a Malek y Dunne son desproporcionadamente grandes en comparación con los de los otros dioses de aquí —apunta Trager, que se recuesta en la silla—. Salvo el de Amari, claro.

—Es algo regional —contesta Sawyer, que se levanta apoyándose en los brazos de la silla para cambiar el peso del cuerpo. Parece más cómodo con la nueva prótesis de madera y metal en la que ha estado trabajando, pero todavía no ha sacado el tema, así que no lo hemos presionado—. Estando tan cerca de Basgiath, la guerra y la muerte están en la cabeza de casi todo el mundo.

—Muy cierto —conviene Ridoc.

—¿Sus escribas no rezan a Hedeon para que les conceda sabiduría? —me pregunta Trager, que deja la cerveza sin tocarla el tiempo suficiente para que Cat le eche mano y se la birle con una sonrisa astuta.

—Conocimiento y sabiduría son dos cosas distintas —contesto—. Los escribas ponen buen cuidado en no pedir lo que uno mismo debería ganarse.

—Entonces ¿no acudías con frecuencia cuando estudiabas para entrar en ese cuadrante? —Mete más la silla en el momento en que unos cadetes borrachos intentan pasar por detrás y mira de reojo a Cat por robarle la bebida, pero también sonríe ligeramente.

—Mi madre nunca fue mucho de ir a los templos, lo cual es extraño, teniendo en cuenta que cabría pensar que veneraría a Dunne. Y yo prefería pasar el tiempo que dedicaba a rezar en el templo de Amari. —Miro mi jarra, en la que ya casi no queda nada—. Y luego, cuando mi padre murió, frecuenté el de Malek, pero lo más probable es que estuviera más tiempo gritándole que rezando.

—Personalmente prefiero a Zihnal —añade Ridoc—. Puede superarse cualquier situación con suerte.

—Y la nuestra se nos debe de haber agotado, porque aquí viene nuestro líder de ala —observa Rhi, que me lanza una rápida mirada.

Los pilotos giran la cabeza y todos nos callamos mientras Dain espera a que un grupo de cadetes pase por delante antes de llegar a nuestro rincón.

—Vi. —Sigue teniendo esa mirada inexpresiva, atormentada, y no soporto ser incapaz de hacer que desaparezca.

—¿Dain? —Mis manos aprietan la jarra. Preferiría que volviera a ser un imbécil, incluso que tuviera esa odiosa seguridad suya, a esta versión huera de sí mismo.

—¿Puedo hablar contigo? —No hace el menor caso al resto de la mesa—. ¿A solas?

—Claro. —Me aparto de la mesa, dejando la limonada, y sigo a Dain hasta el poco iluminado y desierto pasillo que conduce a las habitaciones privadas de la taberna. Se me forma un nudo en el estómago cuando voltea para ponerse frente a mí.

—Me he pasado los últimos días efectuando un reconocimiento de la seguridad que hay en las dependencias de mi padre y es imposible hacer entrar a otras personas sin que nos descubran. —Se mete las manos en los bolsillos de su chamarra de vuelo.

Se me cae el alma a los pies.

—No me ayudarás.

—Te dije que lo haría y lo haré. —Su boca se tensa—. Es solo que tendrás que confiar en mí lo suficiente para que sea yo quien recupere los estudios y los saque. A ser posible mañana por la noche, puesto que mi padre no estará.

«Mierda». Dain podría entregarle los estudios a su padre y volvería a gozar de su favor. Lo único que me garantizaba que eso no sucedería era acompañarlo. Nuestro pasado, tanto el bueno como el malo, emponzoña el aire.

—De ti depende —añade encogiéndose de hombros—. O confías en mí o no.

—No es solo eso —me apresuro a decirle. Son muchas las cosas que podrían salir mal—. Si te descubren con ellos o si los cadetes que nos siguen todo el tiempo a Xaden y a mí te ven entregándonos algo con disimulo...

—Hasta ahí llego —me interrumpe, como si acabase de insultarlo—. ¿Qué decides?

Sopeso los pros y los contras en menos de un segundo y suspiro.

—Hay un compartimento secreto debajo del escritorio de mi padre, en el estudio. El seguro está al fondo del cajón del medio del de mi madre.

Dain asiente.

—Tendrás lo que quieres el lunes por la mañana.

Para bien o para mal, mi destino está en manos de Dain Aetos.

DIECISIETE

> Mi luz más brillante, era mi intención prepararte, pero solo he tenido tiempo para enseñarte la mitad de lo que necesitas, la mitad de la historia, la mitad de la verdad, y ahora el tiempo apremia. Fallé a Brennan el día que lo vi recorrer el Parapeto, fallé a Mira cuando no fui capaz de impedir que siguiera sus pasos, pero temo que mi muerte te falle a ti. Tu madre y yo no confiamos en nadie, y tú tampoco podrás hacerlo.
>
> —Correspondencia recuperada del teniente coronel Asher Sorrengail a Violet Sorrengail

—Thadeus Netien —lee desde la tribuna el capitán Fitzgibbons a la mañana siguiente; su voz se extiende por la formación en el patio cubierto de nieve mientras sostiene ante él la lista de los muertos—. Nadia Aksel. Karessa Tomney.

Oír los nombres de cada miembro que estaba en servicio activo y ha muerto el día anterior lleva más tiempo que la típica lista de muertes del cuadrante, pero agradezco el cambio. Creo que es lo correcto honrar a aquellos que han perdido la vida. También sirve para recordarme que, pese a que la comandante Devera ha impuesto una moratoria a que nos matemos entre nosotros dentro de los muros del colegio, hay un enemigo que está esperando fuera para hacer precisamente eso en cuanto salgamos.

Hay una enemiga que cree que voy a ir con ella.

—Melyna Chalston —continúa el capitán Fitzgibbons mientras el helador viento azota, tirando del papel y haciendo que me escuezan las puntas de la nariz y las orejas—. Y Ruford Sharna.

Pongo cara de sorpresa.

—¿Del Ala Tres? —La cabeza de Ridoc gira hacia la izquierda, al igual que las de Quinn e Imogen, que están delante de nosotros.

—Se cayó ayer de la silla cuando hacíamos maniobras —aclara Aaric, detrás de nosotros—. Según su sección, la Sección Cola, Haem no lo vio por culpa de la nieve y no pudo agarrarlo.

Fue un accidente. En cierto modo, ello hace que su muerte parezca incluso peor.

—Encomendamos sus almas a Malek —dice el capitán Fitzgibbons, y tras efectuar unos anuncios más, rompemos filas.

Vamos todos hacia el ala de los dormitorios, y Sloane me sujeta por el codo cuando llegamos a la puerta.

—Necesito darte una cosa —dice clavando la vista en el suelo—. ¿Vienes?

—Claro. —Que hable conmigo ya es algo.

Me lleva por la rotonda, subimos al área común y a la pequeña biblioteca de nuestro cuadrante, a la derecha. A esta hora de la mañana no hay nadie, y espero en el último grupo de mesas de estudio mientras ella se mete deprisa detrás de la primera hilera de las altas estanterías.

—Puedes mirarme, ¿sabes? —Me desabrocho la chamarra de vuelo—. Fue mi madre quien tomó la decisión, no tú.

—No exactamente. —Sloane saca del pasillo un carrito de la biblioteca lleno hasta los topes—. Sentí su poder, podría haberlo rechazado. Podría haberlo detenido incluso. —Deja el carrito justo delante de mí—. Pero quería que las protecciones volvieran a estar levantadas, quería vivir, así que dejé que pasara. —Termina la frase en un susurro.

—Yo diría que es un sentimiento válido. —Sobre todo teniendo en cuenta que mi madre fue testigo de la ejecución de la suya—. Y no estoy enfadada...

—¿Sabías que me toca trabajar en los Archivos? —me interrumpe, y se agacha para tomar algo del anaquel de abajo del carrito—. Me pareció apropiado, puesto que Liam siempre iba contigo cuando te tocaba a ti.

—¿Te gusta? —consigo preguntar, pues siento una asfixiante opresión en la garganta.

—Bueno, esta mañana he tenido ocasión de ver a Jesinia. —Se yergue con una gran bolsa de tela negra.

—Gracias. —Paso los brazos por las correas para ponerme la mochila en la espalda y me percato de lo mucho que pesa.

Sloane hace un gesto afirmativo y por fin me mira a los ojos.

—No lo hice para vengarme, lo juro. Siento no haberla parado.

Mis manos agarran con fuerza las gruesas correas de tela, sé que no se refiere a Jesinia.

—Me alegro de que no lo hicieras. Imbuir de poder a la piedra haría que se cobrara la vida de alguien. Si yo hubiera logrado hacerlo, Xaden, Tairn, Sgaeyl y yo estaríamos muertos. El mundo necesita a Brennan, Aaric es... irreemplazable, y a ti no te cambiaría por ninguna protección, Sloane. Mi madre tomó la decisión que tenía que tomar. Tú fuiste la herramienta, pero fue ella quien sacrificó su vida.

Ahora su respiración es trémula.

—En cualquier caso, Jesinia me ha pedido que te dijera que dos de los volúmenes los ha seleccionado ella y el tercero se lo ha pasado un líder a primera hora de esta mañana.

«Dain». Una sonrisa se extiende en mi rostro. No solo lo ha conseguido, sino que además lo ha hecho de forma que no levante las sospechas de nadie que pueda estar vigilándonos. Aprieto con más fuerza la mochila. Esta podría ser la última obra de mi padre.

—Gracias.

—Corre el rumor de que vas a ir al norte. —Sloane se cruza de brazos.

—Por desgracia, es posible que el rumor sea cierto. —Tuerzo el gesto.

Ella frunce los labios.

—Parece un lugar raro en el que buscar, teniendo en cuenta el frío que hace. No sé Tairn, pero Thoirt odia el frío.

Asiento.

—Tiene sentido, puesto que Thoirt es una dragona roja. Muchos de los terrenos de cría ancestrales de su raza se encontraban a lo largo de los acantilados de caliza que bordean el río Dunness. El instinto me dice que no es al norte adonde deberíamos ir, pero a Tairn el frío le da lo mismo, y la mayoría de los cafés lo prefieren, así que puede que Grady haya descubierto algo. —A Andarna tampoco le hace mucha gracia la nieve, pero tal vez ella no sea un miembro típico de su especie.

—Por el bien de todos ustedes, espero que Grady no se equivoque —observa Sloane.

—Yo también. —Sin embargo, no puedo desoír la vocecita de la intuición que insiste en que vayamos al sur.

Cuando llevo la bolsa a mi habitación, todas las esperanzas que he concebido desde que tengo en mi poder los estudios de mi padre dan paso a la frustración más absoluta al desenvolverlos del papel y descubrir el mecanismo de bloqueo que mantiene cerrado el grueso libro encuadernado en cuero. Es una combinación de seis letras, y si no acierto a la primera, hay seis viales de tinta dispuestos en puntos equidistantes alrededor del papel, listos para arrasar con lo que sea que mi padre dejara dentro. Peor aún, en el centro se distingue una runa que se parece sospechosamente a la que hace que las cosas terminen mal si se intenta forzar una cerradura con magia.

«Está claro que necesito pasar más tiempo estudiando las runas».

Tomo el pergamino que mi padre introdujo enrollado bajo el cierre y leo de nuevo su elegante letra.

El primer amor es irreemplazable.

Mierda. Nada de lo que escribió mi padre fue nunca tan sencillo. Así que ¿qué demonios significa?

—¿No estamos perdiendo el tiempo al darle tantas vueltas a esto? Es evidente que la respuesta es *Lilith*, ¿no? —pregunta Ridoc mientras bajamos la escalera del foso unos días más tarde.

—Mi padre habría querido que le diera vueltas. Y si me equivoco, dañaremos lo que sea que hay dentro. —Me meto la chamarra debajo del brazo y echo un vistazo a la arena del anfiteatro con la esperanza de ver a Xaden.

—Puede que no estemos pensando como lo haría un padre —reflexiona Rhi.

—Buena idea. Así que quizá sea *Bren*... —Ridoc se pone a contar con los dedos—. Olvídenlo, tiene demasiadas letras. Mira se queda corta, pero ¿qué me dicen de *Violet*?

—Sinceramente, no creo que mi padre se refiriera a algo suyo. Tanto *Lilith* como *Violet* son demasiado evidentes. —Pasamos por delante de la infantería que ya está sentada en el centro de las gradas y veo a Calvin, el líder de pelotón de una de las unidades de infantería con el que nos emparejaron durante las maniobras. Lo saludo con la cabeza y él me devuelve el saludo.

—Bueno. ¿Quién fue el primer amor de Brennan? —inquiere Ridoc cuando nos acercamos al final de los escalones.

—Me saca nueve años, como comprenderás no me contaba sus hazañas amorosas... —Me detengo mientras Ridoc se acomoda junto a Maren—. Aunque sí recuerdo que Mira dijo que había tenido una relación con una jinete uno o dos años mayor que él.

—Supongo que es cosa de familia. —Ridoc se quita la chamarra.

—¿Qué, siguen intentando dar con la contraseña para abrir el maldito libro ese? —pregunta Cat, que se echa hacia delante y se gana una mirada de los de primer año que tenemos sentados delante.

—Obvio, si no, no estarían hablando de ello —apunta Trager, que apoya los codos en la grada de detrás y se retrepa.

—¿Qué? ¿No tienes sitio? —Neve le aparta los brazos con la bota—. ¿Qué libro?

—El que le dejó a Violet su padre y del que al parecer todo el mundo cree que podría contener información sobre el paradero de los miembros de la especie de Andarna —responde Cat. Le lanzo una mirada asesina y ella se encoge de hombros—. ¿Qué? Nadie del pelotón te traicionará, y es evidente que necesitas más opiniones antes de que te sientas lo bastante cómoda para probar suerte con una contraseña.

Cierto, pero aun así...

—De acuerdo, ¿quién es el primer amor de Mira? —pregunta Rhi mientras observa a Avalynn, Kai y Baylor, que están sentados lo más lejos posible.

Me pongo a pensar, ladeo la cabeza y me afianzo el brazalete del conducto en la franja de piel en carne viva de la muñeca. Sin duda una hora de manipulación al día está ayudándome a lanzar con mayor precisión, pero mi cuerpo lo nota.

—No estoy segura de que haya estado enamorada de verdad. O, si lo ha estado, nunca me ha dicho nada.

—Tú ni siquiera habías visto a Xaden cuando tu padre se reunió con Malek... —Ridoc clava la vista en mí y profiere un suspiro de lo más exagerado—. Así que ¿quién es tu primer amor?

Vaya por los dioses.

Uno las manos en el regazo y me percato de que está llegando más infantería. Nada como que lo humillen a uno en público.

—Mi padre no soportaba al primer chico con el que salí de verdad, y al segundo ya no lo conoció.

Aaric se gira por completo hacia mí para mirarme.

—¿Cuántas letras?

Entorno los ojos.

—Seis.

Enarca dos cejas de color arena.

—Pues... encaja.

—De eso nada. —Las mejillas me arden.

—Un momento. —Ridoc nos mira a ambos—. ¿El de primer año tiene derecho a conocer una información que nosotros no tenemos...?

—Buenas tardes. —La voz de Xaden llena el anfiteatro cuando sale dando zancadas por un túnel de la derecha, vestido con un equipo de entrenamiento que capta toda mi atención de inmediato. Sorprendentemente, Garrick está a su lado.

—Ooh, a Imogen le encantará la clase de hoy... ¡Ay! —Ridoc se lleva la mano a la parte posterior de la cabeza.

—Jinetes, colóquense como lo hicieron en la clase anterior —Xaden señala los anillos de adoquines que quedan fuera de la colchoneta—. Confío en que ninguno de ustedes tenga miedo escénico, porque, como pueden ver —abarca con un gesto los asientos que tenemos detrás—, hoy tenemos lleno total.

—*¿No has dormido bien?* —le pregunto al verle las ojeras. Mi pelotón deja las chamarras y se sitúa alrededor de la colchoneta, frente al Ala Uno.

—*Cierto jinete con los ojos color avellana me mantuvo despierto anoche, hablando.* —Voltea y le dice algo a Garrick, que asiente—. *Lo cual no me importó, porque en mi cama hace demasiado frío si tú no estás físicamente en ella, y hay demasiado silencio si no gritas mi nombre.*

Vaya, conque quiere jugar. Esbozo una sonrisilla.

Pues jugaremos.

—*Echo de menos Aretia, echo de menos dormir a tu lado. Da con la forma de que pueda colarme y mantendré esa cama a la temperatura adecuada para que consigas... descansar un poco.* —Hago rotar los hombros y estiro los brazos, como lo están haciendo mis compañeros de pelotón.

—*Si te encuentro en mi cama, te digo desde ya que no habrá descanso que valga.* —Xaden se gira hacia la parte frontal de la colchoneta, separa los pies y cruza los maravillosamente tonificados brazos—. El teniente Tavis, a mi lado, es un manipulador del viento muy poderoso...

—*No olvides que sé muy bien cómo dejarte fuera de combate toda la noche...* —Bajo los brazos y Xaden me dirige una mirada de advertencia, pero las comisuras de su boca se elevan.

—... y ha accedido a dejar que intenten dar lo mejor de ustedes para... —Ahora sonríe de oreja a oreja—. *¿Dejarme fuera de combate? Normalmente eres tú la que suplica clemencia después de unos orgasmos...*

—*¿Quieres ver lo que es suplicar? Lo único que tengo que hacer es pasar la lengua alrededor de la punta de tu...*

Xaden tose como si se hubiera tragado un insecto inexistente y Garrick lo mira de soslayo.

—Vencerlo —termina—. El teniente Tavis está dispuesto a ser su *sparring*. —Gira el cuello y me mira.

Yo me limito a sonreír.

—Has empezado tú.

—Daría cualquier cosa por poder terminar. —Los dedos de Xaden se curvan—. *Vas a matarme.*

—No paras de decir eso. —Procuro no pensar en las otras interpretaciones que puede tener esa frase.

La manipuladora del fuego sube primero, y Garrick le devuelve la llama que le lanza.

—Es... irritante —musita Ridoc, e Imogen disimula una sonrisa a mi derecha.

—Saldremos en equipo —dice Rhiannon en voz baja a mi lado—. No han dicho en ningún momento que el combate tenga que ser de uno contra uno.

Asiento.

—Buena idea.

Rhiannon da órdenes en voz queda.

El metalúrgico —Loran— aprendió del último intento y, en cuestión de segundos, Garrick se suelta el arnés del pecho y las vainas le caen de la espalda antes de que con aire haga que Loran aterrice de culo en el suelo.

—¿Listos para salir, Segundo Pelotón? —pregunta Garrick, y curva los dedos mirando a Imogen.

—No creo que quieras enfrentarte a estas. —Ella levanta las manos.

—¿Por qué no me las pones encima y lo vemos? —Esboza una media sonrisa y en la mejilla se le dibuja un hoyuelo.

—Por los dioses, dejen de coquetear y cojan de una vez —dice Ridoc.

Todas las cabezas se giran despacio hacia él.

—Lo he dicho en voz alta, ¿no? —me susurra.

—Bien alta, sí —contesto, y le doy unas palmaditas en la espalda—. Garrick te dará lo tuyo en la colchoneta.

—Mmm, eso podría gustarme, dependiendo del método que elija... —Ridoc se estremece—. Creo que es mejor que me calle.

—Creo que sí deberías bajar la voz mientras estemos aquí —coincido mientras sigo a Rhiannon, Cat y Quinn a la colchoneta y tiro de Ridoc al ver que vacila.

—¿Esto les parece justo? —pregunta Garrick.

—Nunca estamos solos en el campo de batalla, ¿no? —Ladeo la cabeza.

El rostro se le tensa al entender lo que quiero decir.

—Luchamos como pelotón —informa Rhiannon desde el centro de nuestro grupo, y Ridoc se sitúa a mi izquierda.

—Buen argumento. —Xaden retrocede en la colchoneta—. Empiecen.

Rhiannon levanta las manos a mi lado y en ellas aparecen dos de las dagas de Garrick.

—Muy bonito —admite este con una sonrisilla de suficiencia, y acto seguido levanta las manos hacia arriba.

Ridoc da un paso adelante al mismo tiempo y lanza un muro de hielo que golpea en el acto una ráfaga de viento que no tiene nada que envidiar al tornado que nos arrolló a Tairn y a mí.

El borde del hielo se resquebraja con el ataque y salen trozos disparados hacia mí.

Me giro en redondo hacia nuestro pelotón y echo a Rhi al suelo cuando el hielo nos pasa volando por encima de la cabeza, tan cerca que oigo el silbido.

—¡Por poco! —ladra Xaden, y en cuanto levanto los ojos veo

que está dando un paso hacia Garrick, la ira grabada en las duras líneas de su cara.

—*¡No! ¡Estoy bien!* —Me pongo de pie tambaleándome mientras Quinn cierra los ojos y vuelve las palmas hacia el sol.

—*¡Casi te vuela la puta cabeza!* —Xaden mira a Garrick con una expresión que nunca le he visto, como si de pronto su mejor amigo se hubiera convertido en una presa, y a sus ojos asoma esa frialdad que me pone de punta el vello de la nuca.

En respuesta a ello mi poder se acumula, y le doy la bienvenida con los brazos abiertos, saboreando la rápida descarga de calor y el zumbido de la energía en las venas.

—*Mi cabeza sigue bien unida al resto del cuerpo.* —A través del hielo traslúcido veo que dos Quinns flanquean a Garrick—. Dame una de sus dagas. —Volteo hacia Rhi y extiendo la mano derecha, en la que ella deposita de inmediato la daga de Garrick.

Para mi sorpresa, este fija la vista en una Quinn y después en la otra, y a continuación su cabeza repite el movimiento rápida, repetidamente.

«Cat».

—Tendrás que darte prisa —me advierte Rhi.

—No te preocupes. —En cuanto el viento cesa, rodeo el hielo que ha creado Ridoc y le lanzo a Garrick su propia daga lo bastante cerca para asustarlo, pero no para causarle daño. El calor hace que me arda la piel a medida que el poder se acumula, exigiendo que lo libere.

Su mano sale disparada hacia arriba y una ráfaga de viento desvía la daga de su trayectoria, consiguiendo que caiga a poco más de cinco metros detrás de él a la derecha.

Bien, eso también funciona.

Garrick empieza a redirigir el viento, pasando la mano de

nuevo por delante del cuerpo, pero la mía ya apunta hacia arriba. El conducto absorbe el poder suficiente para proporcionarme el control que necesito y lanzo el resto, dirigiéndolo hacia abajo con una sacudida precisa de mi muñeca.

El rayo chamusca el aire y lo desgarra con un destello fulgurante que emite un poderoso resplandor cuando sale disparado del cielo y desaparece igual de deprisa que ha aparecido. El trueno acalla algunos de los gritos ahogados y los alaridos de los asientos de mi derecha, pero yo sigo pendiente de Garrick y con la palma de la mano hacia arriba.

Abre mucho los ojos.

—Lo has conseguido.

—Sí. —El conducto emite un zumbido en mi mano izquierda.

—Odio tener que decírtelo, Sorrengail, pero no solo te has quedado desprotegida, sino que además has fallado. —Sonríe.

—¿Ah, sí? —Miro deliberadamente la humeante empuñadura de la daga fundida que tiene detrás, y él me sigue la mirada y se tensa de forma visible al reparar en la destrozada hoja—. Si te quisiera muerto, estarías muerto.

—Por Malek, cómo te amo, carajo —dice Xaden.

—Y si me quedo desprotegida, perfecto: el resto de mi pelotón está vivo. —Me encojo de hombros.

Xaden me mira.

Garrick voltea hacia mí ligeramente boquiabierto y alguien empieza a aplaudir despacio desde la parte superior de la escalera.

Miro —como todos los demás— y me tambaleo.

No. No. No.

El cabello color arena le cae descuidadamente por el ojo izquierdo mientras empieza a bajar los escalones, y sé que es absurdo, pero juro que veo lo verdes que son esos ojos pese a lo lejos que estoy.

—*Ayuda a ocultar a Aaric* —le pido a Xaden—. *Ahora.*

—*Hecho.*

Un heraldo de la casa real infla el pecho desde el borde de la última fila.

—Su alteza real el príncipe Halden.

Todos los cadetes se ponen de pie.

—Siéntense —dice, lo bastante alto para que su voz se oiga en todo el anfiteatro, mientras hace un movimiento descendente con las manos. Conozco bien esa mirada. Ha perfeccionado una expresión de comprensible fastidio por el espectáculo, cuando en realidad esta mierda es lo que más le gusta—. Impresionante —me dice cuando deja atrás la primera fila y la pared de piedra que la separa de la arena, y llega a los adoquines.

«Respira. Tú respira».

—Alteza, estará más seguro en las gradas... —empieza Garrick.

—Sin embargo, creo que todo se ve mucho mejor desde aquí. —Se mete las manos en los bolsillos del uniforme de infantería azul marino hecho a medida por un profesional y sonríe—. Por favor, no paren por mí.

Garrick gira el rostro, imagino que hacia Xaden, pero estoy demasiado ocupada mirando a Halden para no desviar la atención sin querer hacia Aaric como para comprobarlo. Garrick asiente y mira la fila de jinetes.

—Siguiente.

Nuestro pelotón sale de la colchoneta y yo, en lugar de ir con los de segundo año, ocupo el espacio vacío que hay junto a Halden, percatándome de que uno de los dos miembros de la guardia apostados cerca, detrás de él, es la capitana Anna Winshire.

Conque no es solo el enlace de infantería en el pelotón de búsqueda, sino también el de Halden. Qué ingenua he sido al suponer que se había apartado del destacamento; y si Halden llegara a saber que Xaden es el motivo de que su hermano gemelo no siga con vida... En fin, no será tan comprensivo como Aaric. «Esto está mal».

—¿Qué estás haciendo aquí? —le pregunto.

No parece tan alto como lo recordaba —sin duda es unos cuantos centímetros más bajo que Aaric—, pero sigue siendo tan tremendamente guapo como la última vez que lo vi. Los pómulos altos, la boca curvada en una sonrisilla permanente y sus rasgos del todo proporcionados bastan para atraer todas las miradas, pero lo más espectacular son sus ojos. Verdes como hojas de verano. Aunque, madre mía, no paran quietos.

—Aprender, desde luego, como el resto. —Sonríe, y en las comisuras de los ojos incluso se le forman arruguitas—. Nunca pensé que acabarías siendo jinete y vistiendo de negro, pero el poder te sienta bien.

—No. —Niego con la cabeza y sigo el combate.

Garrick derriba los restos del muro de Ridoc con una ráfaga de viento, y Caroline Ashton sube a la colchoneta, acompañada de la manipuladora del fuego.

Xaden entrecierra los ojos mientras nos mira a Halden y a mí, y después centra la atención en el entrenamiento.

—No me refería a en la arena. —Uno el conducto a la correa de la cadera—. ¿Qué estás haciendo en Basgiath? No es que sea el fin de semana de los exalumnos. —«Por favor, no digas que vienes al norte con nosotros».

—Directa al grano, ¿eh? —Siento el peso de su mirada mientras me escudriña el perfil—. ¿Es que no piensas preguntarme cómo estoy? Mi hermano ha desaparecido, ¿sabes? —Parece cero preocupado.

—¿Ah, sí? —Me cruzo de brazos—. ¿No será que Cam necesitaba que tu ego le dejara un poco de espacio?

Tanto Caroline como la manipuladora del fuego salen despedidas hacia atrás y aterrizan de culo antes de deslizarse hasta el borde de la colchoneta.

—Lo que ha hecho que el ataque del Segundo Pelotón fuera efectivo ha sido el empleo de trucos mentales —le recuerda Garrick al pelotón del Ala Uno—. Quinn y Cat han unido fuerzas para confundirme y eso le ha dado el tiempo suficiente a Sorrengail para atacar.

—Aunque no es que lo necesitara —apunta Trager, y tiene razón: podría haber atacado en cualquier momento. Sencillamente he esperado hasta estar segura de que podía ser precisa.

Una sonrisa curva la boca de Xaden.

—Ahora en serio. —Halden chasca la lengua—. ¿Ni un «hola»? ¿Ni un cumplido por la confección de mi uniforme? ¿El corte de pelo? Me partes el corazón, Vi.

—Para poder partírtelo tendrías que tener corazón —replico en el acto—. Y el único pelo que recuerdo es el de tu profesora delante de tu cara cuando entré en la habitación y los sorprendí cogiendo. Era castaño cobrizo, ¿no?

Empieza la siguiente tanda, esta vez armada con pilotos. Xaden cambia de posición y se mueve ligeramente hacia la izquierda.

—¡Ay! Eso me ha dolido. —Halden se frota el pecho—. Te puse los cuernos, es verdad, pero no olvides que todavía estaba sufriendo por la pérdida de mi hermano. Fui...

—¿Estúpido? ¿Desconsiderado? ¿Cruel? —sugiero—. El dolor no excusa nada de eso. Nunca lo ha hecho.

Él deja escapar un suspiro.

—Y yo que pensaba que me darías las gracias por ofrecerme a intervenir y mostrarme de acuerdo contigo en lo que respecta a tu inminente misión.

—¿Cómo? —Frunzo el ceño.

Halden se mete la mano en el bolsillo del uniforme y saca una misiva en la que se distingue el lacre de cera roto del vizconde Tecarus.

—Toma. Grady está tardando demasiado y todavía debo presentar una ruta clara que satisfaga a mi padre. Me gusta esta opción.

Agarro el pergamino y los ojos se me abren como platos.

—Va dirigido a mí.

—No te entretengas con los detalles. —Se encoge de hombros sin ofrecerme una disculpa.

La boca se me tensa al desdoblar el pergamino.

Cadete Sorrengail:

En cumplimiento de nuestro acuerdo, aquí tienes los volúmenes que has solicitado. También he seleccionado cuidadosamente otros de mi biblioteca personal que confío encuentres instructivos. En lo que respecta a tu búsqueda, el rey Courtlyn de Deverelli ha accedido a recibirlos en audiencia —solo sangre azul— a cambio del razonable precio del citrino ameliano. La reina Maraya ha accedido a regalarle la gema, pero no se responsabilizará de recuperarla de Anca, el lugar en que se exhibe.

Te ruego me lo hagas saber cuando el citrino esté en tus manos para que pueda organizar nuestra visita.

A tu servicio,

Vizconde Tecarus

—¿Intercambias libros con el hombre que es el primero en la línea de sucesión al trono poromielense? Me figuro que no has olvidado por completo a los escribas —comenta Halden cuando yo termino de leer la misiva.

—No deberías leer mis cartas. —Doblo el pergamino y me lo guardo en una de las vainas de las costillas en la que no hay una daga.

—Tienes suerte de que lo haya hecho.

—¿Suerte? Estás de broma. —Resoplo, y veo que Garrick hace que otro jinete salga volando.

—No bromearía con tu inminente misión. Ni contigo. —Me mira—. He estado indagando un poco...

—Quieres decir que has hecho que alguien indague un poco, ¿no? —espeto.

—Es lo mismo. —Sonríe—. El citrino ameliano es un amplificador de magia menor que llevaba una de los integrantes de la primera bandada. Si estás dispuesta a recuperarlo, yo estoy dispuesto a ordenar a Grady que modifique la ruta.

—No es tan sencillo. Anca está en territorio ocupado. —No estoy segura de si todavía está ocupada o si ya es una de las poblaciones que los venin han drenado y han dejado atrás. En cualquier caso, se encuentra fuera de las protecciones, y el mero hecho de ir allí supone un riesgo para Xaden.

—Como he dicho, si deseas ir, intercederé por ti. Te debo al menos eso, y el título siempre está por encima del rango. —Se aclara la garganta—. Dime, ¿es verdad lo que se comenta? ¿Que estás con... Riorson? —Pronuncia el apellido de Xaden con un asco que me produce un escalofrío.

—Si lo que preguntas es si estoy enamorada de él, la respuesta es sí, con toda mi alma. —Miro a Xaden y veo que él también me está mirando—. Si lo que estás es molestándome para saber si seguimos juntos, permíteme que te asegure que estamos acatando el Reglamento de Conducta como tú nunca te has molestado en hacer. Puedes decírselo a tu padre.

—No te lo he preguntado porque mi padre quiera saberlo, Vi, te lo he preguntado porque quería saberlo yo.

—¿Perdona? —Me olvido de toda pretensión de seguir el combate de entrenamiento y presto toda mi atención a Halden.

—Nunca te dije que lo sentía. —Su rostro se suaviza y sus ojos me recorren el rostro como si estuviera fijándose en cada detalle que ha cambiado—. Y debería haberlo hecho. Si no estás con Riorson...

—Estoy enamorada de él —repito furiosa—. Ni siquiera he pensado en ti durante todos estos años. No me persigas solo porque te gusten los retos, porque perderás.

Halden se mofa.

—Todo el que ha salido con un jinete sabe que su prioridad, su primer amor, es su dragón. Cuando uno acepta eso, otro hombre difícilmente parece un reto.

Me quedo boquiabierta. Tiene razón. Nuestra prioridad es nuestro dragón. Que es «irreemplazable».

—Además, con todo el tiempo que pasaremos juntos en esta misión, he pensado que quizá estuvieras dispuesta al menos a cenar a solas conmigo. —Su sonrisa se desvanece—. Dime que no permites que tu «no-novio» te controle. Deja que me disculpe debidamente, como tendría que haberlo hecho hace tres años.

Levanta una mano para tocarme los mechones que se me han salido de la trenza, pero no llega a hacerlo.

Las sombras atraviesan las protecciones y golpean en el pecho a Halden como si fueran un ariete, lanzando al príncipe de Navarre despedido hacia atrás, contra la pared de piedra.

«Mierda».

DIECIOCHO

No concibo que pueda haber vida más allá del mar Emerald. Ningún barco ha sobrevivido nunca a las tempestades que forman sus olas con crestas de hielo, y de los que parten a explorarlo, los únicos marineros que regresan lo hacen derrotados.

—*El último almirante, una autobiografía*,
por el almirante Levian Croslight

—¡Halden! —Me arrodillo a su lado y las sombras se desvanecen como si nunca hubieran estado allí—. ¿Te encuentras bien?

—¡Mi príncipe! —Anna salta a los adoquines con el pánico reflejado en los ojos al tiempo que el otro miembro de su guardia se une a ella—. Oh, Halden, ¿estás...?

«Quizá sea algo más que eso». Arqueo las cejas al fijarme en el pelo: sí, es evidente que las pelirrojas son su tipo.

Halden la aparta con un gesto mientras pugna visiblemente por respirar, y ambos miembros de la guardia se retiran.

Gracias, Malek, Xaden no lo ha matado. Ni siquiera veo una grieta en la piedra que hay sobre su cabeza.

—Espera un segundo y podrás respirar —le prometo a Halden, y rezo por que no tenga rotas las costillas.

Se aproximan unas botas por detrás de mí y una oleada de centelleante ónix se me cuela en la cabeza como una caricia.

—Lo siento mucho —se disculpa Xaden, aunque no es eso lo que da a entender su tono—. Estaba bloqueando un golpe que podía ser letal para el cadete de primero y por lo visto lo he dejado sin respiración.

Enarco una ceja y giro la cabeza para mirarlo despacio.

—*¿En serio?*

—*Iba a tocarte.* —La ira gélida que veo en sus ojos hace que los míos se abran como platos.

—*Claro, y esa es la respuesta madura.*

Halden respira hondo una vez y luego otra.

—Estoy... bien..., sí.

—*No ha sido una respuesta, ha sido... Ha sido. Punto.* —Xaden se acuclilla detrás de mí mientras Halden se incorpora—. Dejemos tres cosas claras, alteza. Primera: poseo un oído excelente gracias a las sombras que tiene a sus pies. Segunda: yo no controlo a Violet. Nunca lo he hecho y nunca lo haré. Pero tercera y más importante... —Baja la voz—. Francamente, de verdad que no ha pensado en usted. Al menos no desde que me vio a mí.

Voy a arrancarle la puta cabeza.

A-I-M-S-I-R. Una hora más tarde sigo echando humo mientras estoy sentada con Rhi en mi cama, haciendo girar los diales de bronce del tamaño de una uña hasta que cada letra resulta visible en el mecanismo del libro. Detengo el dedo sobre la palanquita que abrirá el libro... o lo destruirá.

—No puedo hacerlo.

—Si lo prefieres, podemos hablar de cómo tu «no-novio» ha

empotrado en la pared al que claramente es tu exnovio —apunta Rhi—. O incluso de que nunca has mencionado que estuviste saliendo con el príncipe.

—Nunca me pareció importante. —Me encojo de hombros—. Para mí era solo Halden, igual que Aaric es... Aaric, y me prometí que no le dedicaría ni una pizca de espacio en mi cabeza cuando resultó ser el imbécil que todo el mundo me advertía que era.

—¿Un príncipe? ¿Un duque? Está claro que tienes un tipo —bromea—. ¿Lo sabía Xaden?

Niego con la cabeza. Halden no ha ordenado que arrestaran a Xaden, pero sin duda había un brillo en sus ojos que prometía vengarse cuando ha subido la escalera dando zancadas con su guardia personal.

La clase ha terminado poco después.

—Eso explica lo de la pared —cavila Rhi.

La completa y absoluta falta de control del genio que exhibe Xaden por ser un venin es lo que explica lo de la pared, pero no es que vaya a decírselo a Rhi, así que cambio de tema.

—*Aimsir* es la respuesta —afirmo, casi como si hablara sola—. El mundo de mi padre giraba en torno al eje de mi madre, y no se conocieron hasta que estaban en tercer año. Así que el primer amor de mi madre sería Aimsir, y era irreemplazable. La felicidad de nuestra familia dependía de la salud y la supervivencia de su dragona.

—A mí no tienes que convencerme. —Rhi se sienta con una pierna recogida y las manos extendidas hacia el libro.

Apoyo la punta del dedo en la palanca.

—¿Crees que podrás salvarme el trasero si me equivoco?

—Nunca he intentado recuperar seis viales de líquido..., de ningún líquido, pero creo que podré recoger lo suficiente para que al menos no se pierda toda la obra de tu padre. —Tensa los dedos y suspira—. Y si esa runa activa..., en fin, es imposible que ahí se acumule mucho poder. Probablemente solo haya el suficiente para destruir el libro.

—Probablemente. —Hago un gesto afirmativo—. Te juro que preferiría volver a subir el Guantelete que equivocarme con esto.

—Pues no te equivoques.

No estoy equivocada. *Lilith* es la respuesta evidente y, por lo tanto, la que no es. Cualquier otra persona la habría introducido sin pensarlo dos veces y habría arruinado el libro. No, esto me lo dejó a mí.

Presiono la palanquita.

Se hunde en el mecanismo y el corazón se me atropella con sus propios latidos cuando oigo el clic metálico del dispositivo al desbloquearse. El libro se abre y los seis viales de tinta giran y quedan alineados junto a las páginas, con su contenido perfectamente sellado.

—Gracias, Zihnal.

—Creo que sería mejor que nos encomendáramos a Hedeon, pero me quedaré con cualquier dios que esté con nosotras —comenta Rhi, que se acerca más cuando coloco el libro de manera que las dos podamos leerlo.

—*Crónica de la segunda revuelta krovlana*. Borrador. Por el teniente coronel Asher Sorrengail —leo, y sonrío al ver su elegante letra.

—Todo esto por un libro de historia. —Rhi niega con la cabeza—. Los Sorrengail son de lo que no hay.

Paso la página y profiero un grito ahogado al ver las primeras palabras.

Mi querida Violet:

Está escrito, pero oigo su voz con tanta claridad en mi cabeza que los ojos me escuecen en el acto.

—Vaya, no era solo un libro de historia. —Rhi me pasa un brazo por los hombros—. ¿Y si te doy un poco de tiempo para que estés a solas con tu padre? Llamaré a la puerta cuando tengamos que salir para las maniobras de vuelo.

Le doy las gracias asintiendo en silencio, y Rhi sale y cierra la puerta.

Quiero leerlo inmediatamente y al mismo tiempo limitarme a un solo renglón para que pueda dejar otro para mañana y para pasado mañana, como con los diarios de mi madre. Podría hacer que durara, tenerlo conmigo todo el tiempo posible.

Pero necesito la información ahora, así que me acomodo el libro en el regazo y empiezo.

Mi querida Violet:

Espero de todo corazón que estés leyendo esto a mí lado, riendo al ver el glorioso caos que es un primer borrador, pero tengo miedo de que tal vez no sea así. Si ahora camino junto a Malek con tu hermano, guarda bien este manuscrito. Pero si ha sucedido lo peor y tu madre se ha unido a nosotros, es preciso que protejas esta fuente de conocimiento con tu propia vida. En estas páginas encontrarás el meticuloso estudio que efectué sobre la segunda revuelta krovlana, pero, hija mía, no olvides lo que te enseñé de la historia: no es más que una colección de relatos, cada uno de los cuales acusa la influencia de los que acaecieron antes y condiciona los que vendrán. Escribí este estudio para que otros pudieran leerlo, pero para que tú lo entendieras. Si dispones de tiempo, léelo cuando mejor te venga; hallarás que la relación que existe entre la revuelta y la persecución de los Cola de Plumas es alarmante y esclarecedora a la vez. Pero si el tiempo se ha agotado y buscas el arma con la que derrotar a aquellos de cuya existencia solo sabes por las leyendas, cuelga la túnica y ve a Cordyn. El krovliano siempre se te ha hecho cuesta arriba, pero me he asegurado de que Dain lo domine por si llegaras a necesitarlo, y siempre que no decida cruzar el Parapeto este verano. Si sigue los pasos de su padre, deberás reunir el valor para renunciar al afecto que le profesas. Desde Cordyn, reserva un pasaje a Deverelli —allí estarás a salvo del alcance de la magia— y busca discretamente a la mercader Narelle Anselm. Llévale lo más preciado que poseas; asegúrate de que sea algo excepcional de verdad para que te dé lo que necesitas. No envíes a otro en tu lugar. Si navegaras bajo el pabellón de Navarre, ten cuidado con su rey: es rencoroso y lo único que le interesa es sacar provecho. Siento que este peso recaiga en ti, mi luz más brillante.

Confía solo en Mira.

Te quiere,

Papá

Leo la página una y otra vez, memorizándola aunque el cerebro me va a mil. ¿Cómo es que mi padre conocía a una mercader de Deverelli? «Si buscas el arma...». ¿Sabía de la existencia de Andarna? ¿Del resto de su especie?

Por primera vez en mi vida soy consciente de que quizá no conociera a mi padre tan bien como pensaba.

Narelle Anselm. Transmito la información a Tairn y Andarna.

—*¿«A salvo del alcance de la magia»?* —les pregunto, y después doblo el pergamino y vuelvo a meterlo en el libro.

—*No hay magia más allá del continente. Por eso seguimos aquí los dragones* —me cuenta Tairn—. *Por eso resulta sorprendente que los íridos dejaran nuestras costas.*

—*Sé lo que debemos llevarnos* —añade Andarna.

—*Yo he llegado a la misma conclusión* —gruñe Tairn—, *pero no deseo pasar el tiempo oyendo habladurías de guardería.*

—*¿De verdad piensan que las islas son nuestra mejor opción para encontrar a los de tu especie?* —inquiero.

—*Creo que es mejor plan que volar al norte hasta que muramos* —responde Andarna.

—*Opino lo mismo* —coincide Tairn—. *Si el capitán está tan convencido, divide el pelotón en dos, pero nosotros iremos a Deverelli.*

Llaman a la puerta.

Doy un respingo y me apresuro a cerrar el libro y meterlo debajo de mi almohada antes de ir a abrir.

Xaden está en el umbral, con las manos apoyadas en ambos lados del marco, la chamarra de vuelo desabrochada y la cabeza gacha.

La lógica acaba con la euforia que me había embargado.

—¿Qué haces aquí? —susurro, e intento mirar detrás de él para ver si hay alguien en el pasillo que pueda denunciarlo.

—¿Lo amabas? —La pregunta es un retumbar grave.

—¡Alguien te verá!

—Te he preguntado si lo amabas. —Xaden levanta la cabeza y me dedica una mirada que raya en lo salvaje—. Necesito saberlo. Podré soportarlo, pero necesito saberlo.

—Oh, por el amor de Amari. —Lo agarro por las solapas de la chamarra de vuelo y lo meto de un jalón en la habitación. Él mueve la muñeca y la puerta se cierra. El ruidoso clic me dice que además ha echado la llave—. Estuve con Halden hace algunos años.

—Ya, eso ya lo he entendido. —La frente se le arruga al asentir—. He entendido un montón de las cosas que ese tipo estaba pensando.

Pongo cara de sorpresa.

—No es así como deberías utilizar tu sello...

—¿Lo amabas? —insiste.

—Carajo. —Mis manos dejan su chamarra—. Conque estás celoso.

—Sí, mi amor, estoy celoso. —Me pone una mano en los riñones y me acerca a él—. Estoy celoso de la armadura que te rodea el cuerpo cuando yo no puedo hacerlo, de las sábanas de tu cama que te acarician la piel cada noche y de las armas que te tocan las manos. Así que cuando un príncipe de tu reino entra en mi clase y empieza a hablar con la mujer a la que amo con lo que solo podría considerarse una gran familiaridad, y cuando tiene el descaro de pedirle salir con ella delante de mis narices, pues sí, me pongo celoso. —Hace que nuestros cuerpos se acaloren.

—¿Y lo estampas contra la pared? —Mis manos pasan de la fría piel de su cuello a las heladas mejillas. Ha estado fuera bastante tiempo.

—Te dije que lo haría. —Su mirada me atraviesa y el pulso se me acelera—. En Aretia, ¿te acuerdas? Justo después de que te sentara en mi trono y te abriera esos preciosos muslos...

Le paso el pulgar por la perfecta boca.

—Me acuerdo. —Y mi cuerpo también, que se sofoca en el acto.

Me mordisquea la palma de la mano, y la retiro inmediatamente.

—Te dije que me sentiría celoso y le daría una paliza. Puede que me haya convertido en venin, pero sigo siendo un hombre de palabra en lo que respecta a ti.

—Eres Xaden Riorson. —Me pongo de puntillas y le doy un beso en el mentón—. Manipulador de sombras. —Otro en la mandíbula—. Duque de Tyrrendor. —Mi boca le roza la piel que hay justo debajo del lóbulo—. Amor de mi vida. No tienes nada de lo que estar celoso.

Su mano me recorre la columna, pero después él se aparta, pone un poco de distancia entre nosotros.

—¿Lo amabas? Violet, tienes que decírmelo. —El fuerte dejo de desesperación en su voz acaba conmigo.

—No como te amo a ti —admito con suavidad.

Él retrocede hasta darse con el trasero contra mi mesa y clava la vista en el suelo.

—Lo amabas.

—Tenía dieciocho años. —Hurgo en mis recuerdos, intentando pensar en una palabra mejor que describa lo que sentía por Halden, pero no encuentro nada—. Solo estuvimos juntos unos siete meses, desde poco antes de su Día de Reclutamiento hasta diciembre. Estaba encaprichada y enamorada y, por aquel entonces, esa sensación de embelesamiento total era cuanto yo sabía del amor. Así que sí, lo amaba.

Él se agarra al borde de la mesa y aprieta con fuerza.

—Carajo. E irá con nosotros. Eso también lo he entendido.

—Sí, y lo entiendo. —Cruzo la distancia que nos separa—. A mí me resulta muy duro verte cerca de Cat...

—Yo nunca amé a Cat. —Xaden levanta la cabeza de golpe—. Y sí, solo pensar en —traga saliva como si fuera a vomitar— Halden tocándote hace que me entren ganas de volver a estamparlo contra la pared, sobre todo teniendo en cuenta que él puede tocarte y yo no; pero saber que ha estado aquí... —Xaden me pone la mano justo por debajo de la clavícula—. Hace que se me pase por la cabeza matarlo para que no pueda volver a meter ahí su real trasero.

—No puede tocarme. —Le sujeto la mano y le beso el centro de la callosa palma antes de ponérmela de nuevo en el corazón y dejarla ahí—. Y esto solo será tuyo para siempre. Podrías dejarme o incluso reunirte con Malek y seguiría siendo tuyo. Me he reconciliado con la certeza de que no hay nadie más que tú.

Se mueve más deprisa que nunca y, en un abrir y cerrar de ojos, sus manos se amoldan a mi trasero y estoy pegada a su pecho.

—Deténme si cruzo la línea.

Es lo único que me advierte antes de posar sus labios en los míos.

Reclama cada centímetro de mi boca como si fuera la primera vez, con hábiles y diestros estoques y embestidas de su lengua que me devastan en el mejor de los sentidos.

En cuanto se me echa encima, me importa una mierda por qué me besa como si no existiera un mañana. El mundo se inclina, noto la cama bajo mi espalda, y lo único que me importa es que no pare. Podemos vivir así, sin ir más allá, mientras sus labios estén sobre los míos.

Las caderas se me arquean cuando él se mete entre mis muslos, y sentir su peso es tan increíble que gimo: limitarnos a besarnos solo hace que el gesto sea mucho más intenso, como si los dos estuvieran desesperados por exprimir todas las sensaciones posibles con la simple y, sin embargo, infinitamente compleja unión de nuestra boca.

Es una locura. La necesidad que tenemos del otro siempre ha sido la más dulce de las locuras. Él es el deseo del que nunca me sacio, la adrenalina de la que jamás me canso. Solo él.

Engancho los tobillos en la parte baja de su espalda y lo beso con todo el anhelo que se ha acumulado en mí a lo largo de estas semanas. Me succiona la lengua y gimo cuando el calor me enciende la piel y me desconcierta.

—Te amo —dice contra mi boca, moviendo rítmicamente la cadera.

—Te amo. —La confesión termina en un grito ahogado al notar lo duro que se lo he puesto. Mis manos recorren su musculosa espalda por encima del cuero de su chamarra de vuelo—. Te echo de menos.

—Violet —se lamenta. Y sus manos toman las mías y me las sujetan por encima de la cabeza.

No. Sus manos no.

Sombras.

Mi respiración se vuelve entrecortada. Soy su más que dispuesta prisionera mientras me besa una y otra vez, una embriagadora combinación de urgencia y exigencia unida a una firme contención.

Desliza el dorso de los dedos por mi cuello y se me pone la piel de gallina cuando una energía eléctrica, pura, me atraviesa todo el cuerpo.

—Carajo, tu piel es tan suave...

Mi única respuesta es un gemido y, cuando a la caricia le sigue la boca, un jadeo.

—*Sí.* —Mis manos tiran de sus vínculos y arqueo el cuello porque quiero más.

—*Pero solo será un beso.* —Va bajando por mi garganta y me sujeta por la cadera...

Se aparta de mí tan deprisa que casi me arrastra con él, y me quedo mirando al techo, pugnando por respirar, pero al menos él está igual.

—Mierda. —Se tapa los ojos con el antebrazo—. Por favor, ten compasión y di algo, cualquier cosa que me impida pensar en lo mucho que me gusta tenerte en mis putos brazos.

Parpadeo e intento obligar a mi cerebro a que funcione, y las suaves cintas de sombra se retiran, liberándome las muñecas. El ritmo de mi corazón baja lo suficiente para que la sensatez se imponga, y meto las manos debajo de la almohada para que no se me vayan hacia él.

El libro.

—Mi padre me dejó una carta. Necesita que vaya a Deverelli.

Su cabeza se gira deprisa hacia mí y yo ladeo la mía despacio; nuestros ojos se encuentran.

—Pues iremos.

Mi cuerpo no es lo bastante grande para contener lo mucho que amo a este hombre.

—Tendríamos que viajar fingiendo ir en busca del resto de la especie de Andarna, y creo que a eso es a lo que hace alusión mi padre, pero podría estar equivocada. Tengo que leer el libro.

Frunce el ceño.

—Sigues pensando que deberíamos recorrer las islas, ¿no?

Asiento.

—Pues yo diría que podemos matar dos pájaros de un tiro.

Me paso la lengua por mi hinchado labio inferior.

—Recorrer las islas implica que necesitaremos que el rey nos reciba en audiencia, y ello supone salir de las protecciones para hacernos con un ornamento para el rey de Deverelli y solicitar la ayuda de Halden, así que no es una decisión fácil...

—Sí que lo es. Si mi padre me hubiera dejado una carta... —Xaden se apoya en un codo—. Puedes contarme todo lo que va a ser una mierda y aun así diré que adelante.

—El ornamento se encuentra en territorio ocupado.

El rostro se le crispa.

—¿Y si te pidiera que te quedaras aquí tranquilita y a salvo mientras yo voy por él?

Niego con la cabeza.

—Ya. Me lo imaginaba. —Suspira—. Al menos nos dará la oportunidad de ver cómo nos comportamos en el pelotón que ha formado Grady. ¿Cuándo quieres salir?

—Lo antes posible.

DIECINUEVE

La gema que se les regala cuando se graduan en Riscara deberían llevarla siempre cerca del corazón, pero si su control todavía no es absoluto, lo único que hará será intensificar su caída.

—*El canon del piloto*,
capítulo tres

Cuatro noches más tarde, nuestra manada de ocho —que ahora incluye a Mira, gracias a que Halden ha movido sus reales hilos— cruza la frontera en Samara y la magia se libera de la jaula de las protecciones. El poder se expande en todas las direcciones, fluye como una corriente que se precipita a mi alrededor, me invita a jugar... o destruir. La piel me hormiguea cuando descendemos a los valles a través de las montañas Esben, y me asalta el más extraño de los deseos de intentar extraer hebras del mismísimo cielo para templar runas.

—*Da la sensación de que aquí fuera hay más poder del habitual* —le digo a Tairn mientras descendemos por una cresta.

—*En realidad hay menos, los venin se han ocupado de que así sea* —responde—. *Pero tú te vuelves más poderosa cada día, más capaz de reconocer lo que tiempo atrás te resultaba completamente invisible.*

—*Podría reconocerlo* —tercia Andarna— *si alguna vez me dejaran ir con ustedes.*

—*Con Theophanie queriendo darte caza, estás mucho más segura en Samara.* —Me agarro a los borrenes cuando Tairn se nivela a lo largo de la orilla del río, amparándose en las sombras que nos proporciona la nublada noche. Juraría que tengo un moretón permanente justo por debajo del esternón, de intentar dormir en la silla. A este cacharro no le irían mal algunas modificaciones antes de que partamos rumbo a Deverelli.

—*Pero tú no* —arguye Andarna; su voz se debilita cuanto más lejos volamos—. *Puedo achicharrar a los venin.*

—*Te he dicho una docena de veces que el primer fuego es el que más quema, lo cual podría explicar el fenómeno* —aclara Tairn—. *Esta misión es peligrosa sin necesidad de añadir un blanco apetecible para cualquier ser oscuro que ande al acecho.*

—*Están ocupados todos al sur...* —La frase se queda a medias cuando la comunicación se corta.

—*Tenemos unas doce horas antes de que empieces a sentir el dolor de estar separada de Andarna* —me recuerda Tairn mientras atravesamos la noche y abrimos la conversación a los canales de Sgaeyl y Xaden.

No tengo ningún deseo de poner a prueba los tres o cuatro días como máximo que pueden estar separados los jinetes de sus dragones, y menos de sufrir las fatales consecuencias. Tres horas para llegar a Anca. Una para localizar el citrino. Tres de vuelta. Una tercera parte de la manada que se encuentra destacada en Samara ha lanzado una ofensiva contra un conocido baluarte que se alza justo al norte de la fortaleza hace una hora, lo cual nos ha permitido cruzar la línea roja que figura en el mapa de Informe de Batalla sin que el enemigo nos viera. Todo está yendo según el plan.

Tres horas más tarde casi parece demasiado fácil cuando

aterrizamos en la desecada plaza del pueblo de lo que en su día fue Anca. «Sin duda no está ocupada». Aparte de dos patrullas de guivernos que hemos evitado volando bajo, no hemos visto a ningún enemigo. Tan solo aldeas despobladas y campamentos de civiles tenuemente iluminados entre el terreno que drenaron los venin cuando avanzaban hacia Samara. Tairn es el primero en hundir las garras, como de costumbre, pese a que Grady le ha ordenado que no abandone la formación, y el resto sigue su ejemplo alrededor de los restos agostados de la torre del reloj.

—*Que haya aceptado las condiciones de la misión no significa que me gusten* —afirma Tairn con un gruñido grave en el pecho mientras enrollo la chamarra de vuelo con la mochila, la dejo en el borde de la silla y desmonto.

—*Lo sé.* —Mis pies tocan el suelo y la sensación es... rara sin la presencia de la magia. Según la última información que recibimos, manipular en un territorio drenado no solo es un reto, sino que además, por lo visto, atrae a los venin, así que dejo que el conducto me cuelgue de la muñeca, manteniéndolo cerca por si todo se va a la mierda—. *Cíñete al plan. Te avisaré cuando lo tengamos.*

Tairn se inclina y acto seguido sale volando por encima de los edificios de dos plantas medio en ruinas. No tardan en unírsele el resto de los dragones, a dos de los cuales van subidos los jinetes a los que Grady ha elegido para que reconozcan el terreno desde el aire: Pugh y Foley.

Xaden deja atrás la torre del reloj y viene hacia mí dando zancadas. Se le da bien disimular la incomodidad que siente, pero veo el esfuerzo que le supone en sus ojos y en el modo en que se le curvan los dedos.

—*Deberías haber aceptado la labor de centinela* —le digo mientras Grady reúne a los demás a mi izquierda.

—*No estaba dispuesto a dejarte a ti en tierra.* —Nuestras ma-

nos casi se rozan cuando volteamos y echamos a andar hacia el grupo, pero ponemos buen cuidado en no tocarnos, sobre todo viendo cómo nos mira Aura Beinhaven—. *Y tampoco es que corra ningún riesgo siempre que permanezca tranquilo, sereno y sosegado dentro del perímetro. Drenaron la magia de este sitio hace tiempo.*

Y ese es el motivo de que los dragones estén en el cielo, sobrevolando el terreno que los seres oscuros dejaron intacto con las prisas por llegar a Samara.

—No sé... —Grady le da la vuelta al mapa trazado a mano—. La letra de esta mujer es atroz.

—Parece que es por ahí —apunta la capitana Henson, que se inclina para mirar y señala al otro lado de la plaza del pueblo.

—Por eso debería haber traído a Cat, como pidió Violet. —Mira le quita el mapa a Grady sin contemplaciones y lo estudia.

—Los grifos no son capaces de seguirnos el ritmo —nos recuerda Grady—. Y esta misión servirá de prueba para las venideras. Un miembro extra habría estropeado la dinámica.

—*¿De qué puta dinámica habla?* —le pregunto a Xaden—. *Detesto a Aura, y no termino de fiarme de Grady, no después de que nos diera el suero durante el CSJ; y al resto no lo conozco.*

—*Tranquilo. Sereno. Sosegado.* —Xaden se mete las manos en los bolsillos.

—¿En serio? No veo aquí a un príncipe o a su guardia, y tampoco a nadie que represente a Poromiel. Y dejen de susurrar como si pudieran oírlos. —Mira le da la vuelta al mapa y alinea los puntos de referencia que bosquejó Cat—. La zona está desierta, y no nos pasará nada siempre que nuestros centinelas intercepten a cualquier patrulla caprichosa y nadie manipule. —Mira señala más allá de mi hombro derecho—. Es por ahí.

—Yo llevaré el mapa, teniente. —Grady se lo arrebata.

—Cualquiera diría que ha diseñado esta misión para que fracase. —Mira le ofrece una sonrisa cortante.

—Andando. —Grady fulmina con la mirada a mi hermana y pasa por delante de mí con aire ofendido para ir hacia donde ha señalado ella.

—Por si sirve de algo, estoy de acuerdo con usted —afirma la capitana Henson, que mira de soslayo a mi hermana al pasar.

—Yo no. —Aura se remanga las mangas del uniforme y sale corriendo—. No podemos fiarnos de los pilotos.

—Y, sin embargo, lo que Cat está ayudándonos a localizar es un ornamento de su gente —musito mientras los seguimos.

—Tranquilo. Sereno. Sosegado. —Xaden escudriña cada edificio que dejamos atrás.

—¿Es tu nuevo mantra desde que eres duque? —le pregunta Mira, que examina los restos de lo que en su día fue un mercado a nuestra derecha.

—Solo intento que Grady no me haga explotar y eche a perder la prueba en cuestión —contesta Xaden.

El pueblo está en silencio mientras caminamos por las calles abandonadas, cada manzana pasamos por delante de restos de personas secas. Me recuerda a un castillo de arena: la estructura está ahí, pero es tan endeble que incluso una ráfaga de viento podría derribar la incolora estructura.

Giramos en el siguiente cruce y entramos en columnas estrechas de viviendas adosadas residenciales en las que apenas hay suficiente espacio para que pasen dos carros a la vez por la calle. Algunas casas están unidas a las del otro lado por medio de puentes cubiertos, creando un efecto de túnel cada cinco metros aproximadamente.

—Es irónico que construyeran estas casas tan juntas para impedir que los dragones pudieran entrar, y, sin embargo, son los dragones los que podrían salvarlos —observo mientras estudio lo que queda de la arquitectura.

—Un grifo cabría sin problema, siempre y cuando tenga las alas replegadas —comenta Mira.

—Es esta. —Grady se detiene delante de una casa amplia.

—¿Lo ha sabido por la placa en la que pone «Hogar de Amelia, Primera de las Bandadas?» —inquiere Xaden al tiempo que señala con la cabeza el lado derecho de la puerta.

La boca de Grady se crispa.

—Cada uno sabe lo que tiene que hacer. En marcha. —La puerta principal cruje lo bastante alto para despertar a los muertos cuando la abre, y todo el mundo se queda helado.

El estómago se me contrae, privando de aire a mis pulmones, y mis manos se convierten en puños cuando el poder se acumula inmediatamente en mis venas, en respuesta a mi miedo.

—No pueden oírnos —insiste Mira, y me da unas palmaditas en la espalda al pasar para unirse a Grady y Henson.

—Ahora mismo vuelvo —dice Xaden, pero no noto el habitual roce de su mano o de sus sombras en la parte baja de mi espalda, porque Aura vigila como si fuéramos a besarnos en cualquier momento.

Los cuatro oficiales desaparecen en la casa que cruje, dejándonos a Aura y a mí en mitad de la calle.

—Yo vigilo el sur —le digo, y voy hacia la puerta y me sitúo en esa dirección.

—Bien. —Ella se coloca de espaldas a mí y empezamos la vigilancia.

En la casa se oyen murmullos y la luna ilumina la adoquinada calle.

Alzo la vista y veo como se abren las nubes a medida que el viento arrecia.

Mierda.

—*Procura que no se te vea* —le digo a Tairn.

—*Soy como la noche.* —Parece más que un poco ofendido—. *El que debería preocuparte es Dagolh.*

El Rojo Cola de Maza de Aura.

—*¿Ha habido suerte?* —le pregunto a Xaden.

—*Este sitio es un museo, y Cat solo recuerda que estaba expuesto arriba, en una vitrina protegida. No sé si te has dado cuenta, pero hay muchos arriba* —me contesta.

Contemplo los cinco pisos que parecen a punto de desplomarse en cualquier momento.

—Vamos a permanecer aquí fuera un buen rato. —Por eso es por lo que deberíamos haber traído a Cat. Puede que estando en este sitio hubiera recordado dónde se exponía exactamente.

—Genial. —Aura cambia el peso del cuerpo de un pie a otro con nerviosismo detrás de mí, su sombra se mueve cerca de mis pies.

—¿Tienes miedo? —pregunto con la máxima amabilidad posible.

—Estamos a cientos de kilómetros de las protecciones, en medio de un puto cementerio —suelta—. ¿Tú qué crees?

—Como alguien que ha pasado algún tiempo fuera de las protecciones, te diré que estar nervioso es sano. —Algo tintinea arriba y ladeo la cabeza para centrarme en esa dirección. Una botella de cristal baja rodando por la suave pendiente de una calle, impulsada por una ráfaga antes de quedarse atascada en una puerta cuatro casas más allá—. ¿Lo ves? Era... —Giro la cabeza y después el cuerpo entero para situarme frente a Aura—. ¿Se puede saber qué demonios haces?

—Estar preparada. —La veo con las manos levantadas y un dispositivo similar al pedernal entre el pulgar y el índice; el miedo le atenaza el rostro.

—Esa... —le señalo las manos— es una cantidad de miedo

nada sana, peligrosa para la misión. Bájalas. Mételas en algún sitio. Ponte guantes. No olvides que manipular es lo peor que podemos hacer.

—No. —Levanta el mentón—. Que nos drenen es mucho peor. No estoy dispuesta a que me descubran con la guardia baja. De hecho, tú también deberías estar preparada.

—De eso nada. —Niego con la cabeza y le doy la espalda—. Mis órdenes son no utilizar mi poder a menos que nos enfrentemos a una amenaza de muerte inminente, y dudo mucho que esa botella lo sea.

—Como líder de ala mayor, te ordeno que estés preparada —responde, furiosa, Aura—. Aunque seas nuestra «mayor arma», ¿de qué nos sirves si no puedes manipular inmediatamente?

—El único rango que importa aquí fuera es el de cadete, así que, con el debido respeto, vete a la mierda. —Me encojo de hombros e intento dispersar el torrente de energía que empuja contra la puerta de mis Archivos. Al menos eso significa que Tairn ha dado con algún terreno sin drenar.

—¡Lo he encontrado! —exclama Mira por una ventana abierta.

Dejo escapar un suspiro de alivio.

La puerta del otro lado de la calle se abre con un crujido que da dentera y volteo la cabeza hacia el sonido, con el miedo haciendo que me suba el corazón a la garganta, cuando un bulto sale de las sombras...

—Vi, ¡cuidado! Aura va a... —empieza Xaden.

—¡No! —Giro en redondo y me abalanzo sobre Aura, pero el daño ya está hecho.

La chispa salta, y el fuego sale disparado de su mano como de las fauces de un dragón y engulle la puerta.

Caemos al suelo en una maraña de extremidades, y a punto

estoy de golpearme la cabeza contra la piedra de la escalera de la entrada cuando una oleada de calor me abrasa un lado de la cara y enciende la noche. El pánico me envuelve el corazón, pero lo corto antes de que se apodere de mí o, peor aún, me paralice.

—¡Quítate de encima! —chilla Aura, que me aparta de un empujón mientras el bulto avanza trastabillando, iluminado por la luna, y lanza un alarido.

Profiero un grito ahogado y, durante un milisegundo, el miedo gana.

El capitán Grady está envuelto en fuego.

—¡No! —Aura se arrastra por la piedra cuando él cae de rodillas en medio de la calle. Cada centímetro de la ropa de cuero que debería ayudar a protegerlo está cubierto de enormes llamas.

Y no tenemos a ningún manipulador del agua o del hielo en tierra.

—*¡Xaden!* —grito, y me levanto y echo a correr hacia el capitán—. ¡Aura! ¡Quítate la chamarra de vuelo! —Podemos apagar las llamas. Tenemos que hacerlo.

El grito que lanza Grady al desplomarse se me graba en la memoria. Le arrebato la chamarra a Aura de las manos y la echo encima del capitán con la esperanza de extinguir el fuego. El olor a carne quemada me revuelve el estómago, pero se ve superado enseguida por el humo denso y dulzón del edificio que tiene detrás.

Xaden es el primero en llegar adonde estoy; me aparta del capitán y las sombras salen desde nuestros pies para apagar las llamas mientras los gritos cesan, pero el fuego del edificio que tenemos delante ruge.

—Mierda.

Los tres alzamos la vista en el momento en que el viento arrecia.

Se me cae el alma a los pies cuando el fuego prende, casa a casa, extendiéndose por la calle. Tal vez en el paisaje, los edificios, la madera de la que están construidos, ya no quede magia, pero todo arde como la yesca.

—¡Riorson! —exclama Mira, que sale corriendo de la casa de detrás con Henson pisándole los talones—. ¡Hazlo! ¡Prácticamente estamos muertos ya!

Me zafo de los brazos de Xaden y me tambaleo hacia Grady mientras las sombras suben a toda velocidad por los laterales de los edificios, pero las llamas ya se han abierto camino por los puentes. Estamos en medio de un puto yesquero.

—¡Señor! —Caigo de rodillas delante de Grady, pero no se mueve.

—Ha muerto —anuncia Xaden como si fuera el parte meteorológico—. Y yo no puedo...

Giro el rostro y veo que el sudor le perla la piel mientras mueve la cabeza y levanta la mano una y otra vez, dirigiendo las sombras hacia una casa y después hacia la siguiente, pero es absolutamente imposible seguir el ritmo de lo que el viento está propagando. Cada ascua, cada ráfaga incendia otra estructura.

La capitana Henson combate lo que puede, pero ni siquiera el mejor manipulador del viento podría controlar la ceniza y las brasas a la deriva.

El cielo estalla y miro hacia arriba. El puente que une ambas mitades de la casa se desploma ruidosamente, devorado por las llamas. Me muevo para quitar de en medio a Xaden, pero Mira está entre nosotros con los brazos en alto y los dedos abiertos.

Un pulso de energía azul brilla como una luz mágica y el puente cruje, se parte por la mitad y cae a ambos lados de nosotros.

—Tenemos que salir de aquí. —Mira me levanta y después jala del cuello de la camiseta de una aturdida Aura. La líder de ala mayor se limita a mirar la creciente destrucción con los ojos como platos.

—¡Puedo hacerlo! —grita Xaden al mismo tiempo que levanta una sombra tras otra.

—¡Déjelo! —le ordena Henson—. Confiemos en que podamos llegar hasta la plaza para evacuar el pueblo.

A Xaden le tiemblan los brazos, y el miedo clava sus garras en mi pecho, poniéndome los pelos de punta. Si el suelo que pisa no estuviera ya drenado...

Me planto delante de él, sin importarme que todos puedan vernos, y le pongo las manos en las mejillas.

—Suéltalo —le suplico—. Xaden, tienes que soltarlo. Tenemos que salir de aquí.

Sus atormentados ojos se clavan en los míos, reflejando las llamas en sus profundidades ónix.

—Por favor. —Sigo mirándolo—. No hay forma de parar esto, lo único que podemos hacer es sobrevivir a ello.

Hace un gesto afirmativo y baja las manos.

El alivio inunda mi siguiente respiración, pero es todo el tiempo que se nos permite.

—¡Corran! —Mira nos empuja a los dos y salimos disparados por la estrecha calle.

El dolor me sube desde los tobillos hasta las rodillas, pero no importa, no cuando corremos solo un poquito más deprisa de la velocidad a la que se están prendiendo ambos lados de la calle.

—Céntrate y ven a la plaza del pueblo —ordena Tairn, y hago lo que me dice: centrarme.

Los dragones no caben por estas calles. Tenemos que llegar a la plaza o estaremos muertos.

Toda mi energía se vuelca en pisar bien para no torcerme los tobillos en la piedra, en mi respiración, en el espacio que me separa de Xaden, que corre a mi lado.

Mira va delante; dobla esquina tras esquina con una seguridad que yo jamás tendría en este pueblo que más bien es un laberinto, y vamos tras ella, corriendo para salvar la vida.

—¡Ahí! —grita mi hermana mientras señala la torre del reloj, que surge al final de la calle. También se oye un batir de alas—. ¡No! —exclama—. ¡Tairn primero!

Niego con la cabeza y subo el ritmo.

—¡Vete! Si Teine ya está aquí, ¡vete!

—No pienso marcharme... —empieza a decir.

—¡Váyase para que podamos salir los demás! —le advierte Henson.

Xaden extiende un brazo y me agarra al ver que derrapo a la vez que Mira entra en la plaza cuando llega Teine. Monta sin que ninguno de los dos se detenga, de manera impecable, con una sincronización perfecta. Ya está subiendo por la pata delantera del Cola de Maza cuando Teine sobrevuela el pueblo.

Henson asiente como si hablara con su dragón y mira a Aura.

—Eres la siguiente. Un minuto.

Las llamas empiezan a engullir las casas que tenemos detrás.

—Esto es culpa mía. —Aura aprieta la mano a mi derecha y mira la plaza con los ojos muy abiertos, asustada—. Grady ha... muerto. Los venin sabrán que estamos aquí. Es imposible no ver un incendio como este.

—Lo único importante es que salgamos de este sitio —le digo—. No pienses en nada más.

—¡Arriba! —avisa Xaden cuando unas alas ocultan la luna.

—*No somos las únicas alas que hay en el cielo* —informa Tairn, y un frío glacial me eriza la nuca.

—¡Ahora! —ordena Henson a Aura al tiempo que señala la plaza—. Dagolh se aproxima.

—¡Espera! —grito, pero ella ya está corriendo hacia la torre del reloj—. ¡Tairn dice que no estamos solos!

—Lo conseguirá —afirma Henson con una voz que no termina de convencerme.

Noto un calor abrasador en la espalda, pero mantengo la vista al frente mientras Aura sale al espacio abierto.

Una garra se abalanza hacia ella, y contengo la respiración cuando entra en contacto con su cuerpo. La garra se curva igual que suele hacerlo la de Tairn antes de agarrarme al vuelo...

Sin embargo, en este caso la atraviesa y sale cerca del centro de su columna vertebral.

La sangre mana de la herida, pero el grito que lanza Aura se ve acallado cuando el guiverno sube hacia el cielo su cuerpo sin vida. No muy lejos, un dragón ruge.

El brazo de Xaden me rodea con más fuerza, soportando mi peso cuando las rodillas amenazan con doblárseme.

—*Tairn...*

—*Sesenta segundos* —dice; la premura tiñe su tono.

—Mierda, no han tardado mucho en llegar —masculla Henson, que se mece sobre los talones—. Muy bien, Riorson, le toca...

«¿No han tardado mucho en llegar?» ¿Es todo lo que tiene que decir?

—Nosotros no recibimos órdenes suyas —replica Xaden sin apartar los ojos de la plaza.

La luna deja ver un destello de alas azul oscuro, pero en lugar de aterrizar, Sgaeyl pasa a toda velocidad por encima, persiguiendo con furia al guiverno, que empieza a ganar altitud.

—Por el amor de Dunne, pero ¿qué...?

—Y ella tampoco, que le quede claro —aclara Xaden a Henson.

Sgaeyl se lanza en picada, y da la impresión de que hunde las garras en el guiverno y se le sube encima. Su cabeza se mueve deprisa a la izquierda y después a la derecha, y la criatura pierde las alas.

—Recuérdame que no la moleste nunca —musito mientras el guiverno cae y se estrella en algún lugar a las afueras del pueblo.

Una de las comisuras de la boca de Xaden se curva hacia arriba.

—*Aproximándome* —anuncia Tairn.

—*Llévanos a los dos.* —Le agarro la mano a Xaden—. Corre conmigo.

Xaden frunce el ceño un instante y a continuación asiente.

—*No soy un caballo* —espeta Tairn mientras Xaden y yo salimos corriendo a la plaza, y a nuestras espaldas el calor alcanza temperaturas insoportables.

—*Patrullan en parejas* —aclaro por el canal mental que nos une a los cuatro—. *¡Llévanos. A. Los. Dos!* —Mis botas golpean con fuerza la piedra, y veo que Sgaeyl describe un giro cerrado delante para volver con nosotros.

Llegamos al espacio abierto y no pienso en la posibilidad tan real de que la pareja del guiverno nos vea primero; corro todo lo que me permiten las piernas hacia el lugar más amplio donde pueda agarrarnos Tairn.

—*Estoy aquí* —me informa mentalmente.

—*Confía en mí* —pide Xaden, y no sé con cuál de los dos está hablando, pero asiento en el acto. Gira en redondo a una velocidad alarmante, colocándose delante de mí, y me levanta contra su pecho, de forma que nuestras cabezas quedan a la misma altura—. *Agárrate.*

Me abrazo a su cuello y el conducto bota contra su espalda mientras él extiende los brazos hacia delante y unas cintas de sombra negras como la tinta nos envuelven a ambos, atándome a él.

Un batir de alas familiar acalla el sonido de las llamas escasos segundos antes de que despeguemos los pies del suelo. Las garras de Tairn envuelven los hombros de Xaden y nos llevan hacia la noche.

El viento hace que me lloren los ojos mientras nos dirigimos hacia Sgaeyl, pero otro par de alas se acerca por la derecha para interceptarnos. Dos patas, no cuatro.

—*A tu derecha* —aviso a Tairn, y después me dirijo a Xaden—: *Más te vale que seas extraordinario con esas sombras.*

—*Te tengo* —me promete Xaden, y las cintas me aprietan.

El poder me inunda el cuerpo cuando abro de par en par la puerta de los Archivos, y el calor me aguijonea la piel. Dioses, si canalizo demasiado estando pegada a él...

—*Ha estado bastante más cerca de ti cuando has manipulado* —me recuerda Tairn, y...

No, no quiero pensar en cómo sabe él eso.

Tanteo un segundo para agarrar el conducto y lo separo de la piel de Xaden. Acto seguido, dejo que la energía aumente hasta el límite y me centro por completo en la mano derecha.

El poder restalla, me azota y sale despedido, todo a la vez. El rayo descarga y lo hago bajar del cielo con el dedo mientras apunto. El calor me abrasa la yema, pero aguanto el rayo todo lo que puedo antes de liberarlo.

Directo al lomo del guiverno.

La criatura cae en picada, y Sgaeyl ruge y abrasa el cadáver con una llamarada al pasar por delante de ella. Se eleva para seguirnos cuando Tairn vira hacia la izquierda, dejando el camino que discurre en paralelo al río para dirigirse al oeste.

Volamos así unos minutos, lo suficiente para asegurarnos de que estamos a salvo, y aterrizamos para tomar nuestros respectivos asientos y subir de nuevo al cielo.

Tairn va a la cabeza volando bajo, atraviesa las sombras de

las montañas y sube por las crestas. Dos horas y media después cruzamos las protecciones a unos ciento cincuenta kilómetros al sur de Samara.

Regresamos a la fortaleza con tres horas de margen de nuestro límite de doce.

—No me puedo creer que lo dejaran morir —farfulla el teniente Pugh cuando cruzamos el rastrillo de Samara.

Xaden se gira hacia él y lo inmoviliza contra la pared con la fuerza de su antebrazo.

—Beinhaven era una cadete asustada que ha creído que era un venin. ¿Cuál es tu puta excusa? ¿Tú dónde estabas cuando el guiverno la ha ensartado?

—Estábamos patrullando al norte. —El hombre se pone como un tomate mientras consigue pronunciar las palabras, pero ni Mira ni yo intercedemos.

—Se les necesitaba sobre el pueblo. —Xaden retira el brazo y el teniente se escurre por la pared.

Henson y Foley ayudan a Pugh a levantarse y se apartan de nosotros para ir al patio. Mira levanta la mano cuando ellos nos dan la espalda para indicarnos que nos quedemos donde estamos.

—Yo he sido la primera en llegar —afirma, y voltea para mirarnos al tiempo que se saca una cadena larga del bolsillo interior de su chamarra de vuelo.

Una piedra del tamaño del pulgar, que supongo que en su día era del color de un citrino, ahora descansa en el engarce, resquebrajada, turbia y con una tonalidad ahumada.

—Mierda. —Los hombros se me hunden—. Si Courtlyn no la acepta, todo esto habrá sido en vano.

—No es por esto por lo que me alegro de haber llegado primero. —Mira me da la cadena y se mete otra vez la mano en el bolsillo. En esta ocasión saca un pergamino doblado—. Sino por esto.

Con la piedra en una mano, tomo el pergamino con la otra y me doy cuenta de que está dirigido a «La manipuladora del rayo».

—Estaba junto al collar —añade Mira cuando lo desdoblo, y Xaden se tensa a mi lado.

Violet:

Esto es solo para recordarte que, aunque prefiero que vengas voluntariamente, soy capaz de hacerte ir adonde quiera. ¿Por qué no me haces las preguntas que buscas con tanta desesperación?

—T

—Theophanie. —Siento un vacío en el estómago.

O sabe que estoy buscando a los miembros de la especie de Andarna...

O sabe que estoy buscando una cura.

Xaden está tan rígido que parece una estatua.

—Sabía que estaríamos allí.

Mierda, eso también.

VEINTE

> Tal vez el sentido de esto no sea negar la rebelión, sino ir a la guerra solo con aquellos en los que confías incondicionalmente.
>
> —*Aplastada: la segunda revuelta del pueblo krovlano*, por el teniente coronel Asher Sorrengail

Tras nuestro regreso, paso unos días leyendo todos y cada uno de los libros sobre Deverelli que Jesinia es capaz de encontrar, con el objeto de prepararme para informar al Senario sobre los avances. Entre eso, las clases, los volúmenes que me envía la reina Maraya a instancias mías, las modificaciones de la silla y las horas que paso manipulando en los picos cubiertos de nieve que coronan Basgiath, caigo exhausta en la cama todas las noches.

Cuando llega el viernes ya he devorado *El lado oscuro de la magia*, *Iura regalia rojas*, *El azote de nuestro tiempo* y uno que me provocó pesadillas: *Anatomía del enemigo, un estudio*, ninguno de los cuales me ha facilitado las respuestas que necesito para Xaden.

Y Jack tampoco. Me cuenta encantado cómo avanzan los asim, que canalizar de la tierra es tan fácil como respirar fuera de las protecciones, pero se niega a revelarme el nombre de su Sabio o a darme otra cosa que no sea información trivial de ellos. Y estoy completamente segura de que no me dirá cómo sabía Theophanie que iríamos por el citrino o cuáles son las respuestas que busco.

Pero cuando termino de leer el manuscrito de mi padre por tercera vez y selecciono la documentación que exige el mamotreto, tengo una corazonada con respecto a por dónde podría ir su hipótesis. Me la guardo para mí, en parte porque me asusta que pueda estar equivocada, pero sobre todo porque me aterroriza tener razón. Cuando Varrish mencionó el año pasado que pensaba que los estudios de mi padre se centraban en los Cola de Plumas, jamás imaginé que tomarían esta dirección.

—Quiero ir —insiste Ridoc mientras caminamos por la mullida alfombra roja del edificio de Administración hacia el gran salón.

Busco las palabras adecuadas e intento apaciguar el pozo de náusea que es mi estómago. Presentarme ante Halden ya es bastante malo, pero me he saltado el desayuno sabiendo que el Senario al completo está esperándome, probablemente para designar a un nuevo comandante.

Que no pienso aceptar.

—Quítatelo de la cabeza —contesta Rhi, y suspira desde su otro lado—. Vi lo tiene difícil tal y como están las cosas, y de todas formas a ti no te permitirán que faltes a clase. Ni siquiera nos dejarán entrar ahí.

—Puedo mantenerte a salvo —porfía, y se gira hacia mí con una naranja sin pelar en la mano.

—Estoy muy seguro de que Riorson la mantendrá a salvo —apunta Sawyer, que camina a la derecha de Rhi con la ayuda de las muletas y la última prótesis de metal que se ha hecho.

Incluso ha retomado las clases esta semana, aunque todavía no ha ido al campo de vuelo.

—Y Mira. —Estoy haciendo caso a la carta de mi padre.

Cuatro cadetes de infantería se apartan para dejarnos pasar y la inmensa puerta de doble hoja del gran salón queda a la vista. Cat está cerca del umbral, sonriendo a un piloto alto al que no había visto nunca.

Parece unos centímetros más bajo que Xaden, delgado y de sonrisa rápida. Su cabello es oscuro como el de Cat y refleja la misma luz azul mágica que atrapa la empuñadura de la espada que porta al costado y la V de las dagas que lleva envainadas en el pecho.

Enarco las cejas. Cuando le pedí a Cat que asistiera a esta reunión con alguien en quien confiara, di por sentado que elegiría a Maren, pero no puedo estar más a favor de que pase página si eso significa que dejará de mirar todo el rato a Xaden. Aunque en realidad esperaba que Trager probara suerte con ella.

—Oye, ¿al menos lo intentarás? —La voz de Ridoc no solo se tensa, sino que se eleva, haciendo que las doce personas que hay en el pasillo nos miren.

—¿Quieres decirme de qué va esto en realidad? —Lo agarro por la parte superior del brazo y los cuatro nos detenemos a unos tres metros de la puerta.

—Es solo que... necesito ir. —Desvía la mirada y sujeta la naranja con las dos manos—. Es preciso que uno de nosotros vaya contigo. Desde... —El dolor asoma a sus ojos cafés oscuros cuando me mira—. Desde Athebyne uno de nosotros siempre ha estado a tu lado. —Levanta un dedo—. Salvo la vez que te escabulliste a Cordyn en ese viajecito que hiciste solo con tus hermanos. El colegio se divide y vamos contigo. Atacan Basgiath y estamos ahí. ¿Que hay que ir a Poromiel a rescatar a los hermanos de Maren? Vamos. Nos separan y o bien acabas en una cámara de interrogatorios en la que te torturan durante días o casi te tuesta el fuego de Aura, y sé que no es posible que sea el único que ha pensado que si Liam hubiera estado allí, velando por ti, eso no habría sucedido. —Voltea y apunta con el dedo a Rhiannon y Sawyer—. Los dos saben que les ha pasado por la cabeza.

En la garganta se me forma un nudo.

—Te lo agradezco, de verdad, pero no necesito que nadie vele por mí.

—No lo decía en ese sentido. —Cubre la naranja con las dos manos—. Es solo que creo que cuando no estamos juntos ocurren cosas malas. Rhi no puede ir (tiene un pelotón que capitanear) y Sawyer todavía está recuperándose, con lo cual quedo yo. Y si Riorson estuviera seguro al cien por cien de que es capaz de impedir que ocurran cosas malas, no habría asignado a Liam a nuestro pelotón. Tu novio es poderoso, pero no infalible.

«Si supiera la verdad...». Solo los dioses saben a quiénes tienen esperando al otro lado de esa puerta para sustituir a los miembros que hemos perdido, pero yo ya sé que solo puedo confiar en dos de ellos: Mira y Xaden.

—¿Acaso lo eres tú? —inquiere Sawyer apoyándose en las muletas.

Ridoc entrecierra los ojos.

—Soy tan bueno combatiendo como cualquiera de ustedes, y mientras que tú has estado centrado en tu rehabilitación y Rhiannon anda persiguiendo a cadetes de primer año para mantenerlos a raya, yo soy el que ha estado leyendo cada puto libro que Jesinia me da y entrenando horas extras... —La piel de la naranja se abre—. Y me enoja, y mucho, cuando hacen como si mi sentido del humor en cierto modo disminuyese mi capacidad para ayudar a nuestro pelotón.

—Ridoc —musito con la vista fija en la naranja—. ¿Qué es lo que acabas de hacer?

—He intentado contárselos. —Me da la fruta, que me congela en el acto las manos—. Tú no eres la única que ha estado invirtiendo horas en pulir su sello.

Retiro la piel con el pulgar: debajo, la naranja está completamente congelada.

—¿Cómo lo has hecho?

—Siempre he sido capaz de absorber agua del aire —cuenta—. Además, me aburro esperando a que Sawyer despierte cuando descansa (no te lo tomes a mal), y si algo se les da bien a los curanderos es ir dejando fruta por todas partes. Caí en la cuenta de que podía congelar el agua que contiene la fruta.

La boca se me abre mientras mi cerebro sopesa las posibles implicaciones.

—¡Sorrengail, ¿vamos a entrar o no?! —pregunta a gritos Cat por el pasillo.

Miro a Ridoc y susurro:

—¿Estás intentando decirme que puedes congelar el agua del cuerpo de una persona?

Se frota la nuca.

—A ver, no lo he probado con nadie, ni con ninguna criatura viva, claro, pero sí..., creo que sí.

—Demonios, eso es inquietante. Y estupendo. Y aterrador. Las tres cosas juntas, la verdad.

—Carajo. —Sawyer se acerca más—. ¿Pueden hacer eso otros manipuladores del hielo?

—No lo creo. —Ridoc niega con la cabeza—. Resulta que ya solo unos pocos podemos absorber el agua del aire.

—¡Sorrengail! —espeta Cat.

—Tú te vienes conmigo, desde luego. —Le devuelvo la naranja a Ridoc y señalo la puerta—. Aunque mi decisión no tiene nada que ver con el hielo, porque en el lugar al que vamos no hay magia, y sí con lo primero que has dicho.

—Cuando no estamos juntos pasan cosas malas —repite en voz queda.

«Ir a la guerra solo con aquellos en los que confías incondicionalmente».

Asiento y enfilamos el pasillo.

—Ya iba siendo hora. —Cat pone los ojos en blanco, pero su amigo abre la hoja derecha de la puerta y cuando entramos consigo ver el nombre de la etiqueta: «Cordella».

¿Su primo?

Han apartado contra los lados la mitad de las mesas y de los bancos del salón, dejando un espacio abierto delante de la larga mesa central, a la que los miembros del Senario están sentados frente a nosotros, y no se encuentran solos. Aetos y Markham flanquean a Halden, que ocupa el centro del grupo y escucha cualesquiera mentiras que le esté contando Markham.

Xaden se encuentra en el extremo izquierdo de la mesa, con la silla girada hacia mí y las piernas estiradas, como si esta reunión fuera a decidir el horario de vuelos y no el futuro del continente. Sus ojos no se apartan de mí.

—*¿Estás bien?* —pregunto mientras miro de reojo a Halden.

—*El príncipe todavía respira, así que lo consideraría un triunfo* —responde Xaden, que parece más bien aburrido, pero las sombras que lo rodean tienen el borde nítido, a diferencia de las desdibujadas que recorren la mesa, el resultado natural de las numerosas fuentes de luz—. *Están decididos a seguir su rumbo, por lo tanto será mejor que tú decidas cuál es el nuestro.*

—Vaya, cadete Sorrengail. —La sonrisa de Halden le ilumina los ojos, y él se separa de Markham—. Justo a tiempo.

—En realidad falta una persona. —Miro alrededor de la sala

y me percato de que, por primera vez en su vida, mi hermana llega tarde. También resulta imposible no ver a Foley, Henson y Pugh, sentados más hacia el extremo de la mesa (todo lo que queda de nuestro destacamento), y una incorporación: el capitán Jarrett.

—Que yo vea, en el salón hay dos personas más. —La duquesa de Morraine mira con desdén a mis acompañantes.

—Están aquí a instancias mías. —Levanto la barbilla—. Al igual que el cadete Gamlyn.

Ridoc guarda silencio a mi lado.

—Esto no puede ser verdad... —empieza la duquesa.

—Yo lo permitiré —la interrumpe Halden levantando la mano—. Las recientes pérdidas han sido desafortunadas, pero ha pasado un mes y ha llegado el momento de actuar. Tienen el citrino, y el rey Courtlyn ha accedido a recibirnos en audiencia. El mando pasa a la capitana Henson. —A continuación señala el pergamino enrollado que tiene delante.

—*Está bromeando, ¿no?* —Miro de soslayo a Xaden.

—*En absoluto.* —Una comisura de su boca se eleva—. *Diviértete comiéndotelos vivos.*

Cruzo el suelo recién fregado, tomo el pergamino y, tras retroceder hasta situarme junto a Ridoc, leo deprisa mis órdenes. Partiremos hacia Deverelli pasado mañana, nos reuniremos con el rey para intentar negociar una alianza, aseguraremos una base para ampliar la búsqueda si no encontramos allí a los de la especie de Andarna y volveremos para informar. Estaremos al mando de la capitana Henson y el oficial ejecutivo Pugh.

Mientras Markham y Melgren recorren Aretia en busca de alguna pista que se nos pueda haber pasado por alto.

—*¿Has leído esto?* —Tengo que hacer un esfuerzo supremo para no estrujar el pergamino—. *Quieren buscar en Aretia.*

—*Que se vayan a la mierda.*

—No —digo a Halden.

—¿Perdona? —El príncipe se echa hacia delante.

—He dicho que no. —Parto en dos las órdenes—. No a su comandante, no a la selección que han hecho y no a buscar en Aretia. No.

—Se lo advertí —observa Xaden.

Halden se pone rígido y el duque de Calldyr se mueve en su asiento antes de mirarme con los ojos entornados.

—El capitán Jarrett es una gran incorporación y el mejor espada que tenemos entre los jinetes.

—Eso es ser muy generoso, teniendo en cuenta que vi como el teniente Riorson le daba una paliza sin tan siquiera intentarlo hace unos meses en Samara. —El poder me corre por las venas, pero consigo contener la ira—. Probamos a su manera...

—Y es evidente que la misión fue un éxito —asegura Halden—. ¿O acaso no estás en posesión del ornamento?

—Perdimos a dos jinetes porque se me endosó a un pelotón formado por personas que no se conocen entre sí o no se fían unas de otras. Sí, tengo el ornamento, y lo llevaré a Deverelli, pero solo con el pelotón que yo elija. —Mantengo la espalda recta y veo con el rabillo del ojo que Ridoc asiente.

La puerta se abre detrás de nosotros y el familiar ritmo de pasos ágiles y eficientes hace que mi valor roce la más absoluta audacia.

—Siento llegar tarde —se disculpa Mira, que rodea a Cat y a su primo para ponerse a mi derecha—. Soplaba un viento de cara de mil demonios procedente del norte. ¿Qué me he perdido?

—Creo que Violet está a punto de enojarse demasiado —musita Ridoc.

—Este —le lanzo las dos mitades del pergamino a Halden,

que las toma con los mismos reflejos que lo convierten en un enemigo letal en el campo de batalla— no es el plan, y ellos —señalo a los jinetes que están sentados— no son mi pelotón.

Xaden sonríe de oreja a oreja y se acomoda como si estuviera listo para presenciar un espectáculo.

—Buscar en Aretia es la primera medida lógica, teniendo en cuenta que es la única zona de la que no tenemos información sobre... —empieza Markham, las mejillas tiñéndosele de rojo por momentos.

—No es usted quién para hablar —espeto, y no rehúyo su mirada por primera vez en meses—. No conmigo. En lo que a mí respecta, tiene la credibilidad de un borracho y la integridad de una rata. ¿Cómo se atreve a quejarse de los seis años de información sobre Aretia que faltan cuando usted nos ha ocultado a todos siglos de historia del continente?

Halden arquea las cejas y Mira apoya una mano en la empuñadura de su espada.

—¡No puedes hablar con semejante falta de respeto a un superior, y menos al comandante de un cuadrante! —brama Markham al tiempo que se levanta de la silla.

—Por si se lo perdió cuando crucé el Parapeto, no estoy en su cadena de mando —replico.

—Pero sí en la mía —me advierte Aetos—. Y hablo con la autoridad que me confiere Melgren.

La furia me vence.

—Y yo hablo con la autoridad que me confieren Tairn, Andarna y el Empíreo. ¿O es que ha olvidado que dos dragones perdieron a sus respectivos jinetes?

—Si no estuviera enamorado de ti ya, lo estaría ahora —observa Xaden cruzando los tobillos.

—Siéntate, Markham —ordena Halden con una nota de sorpresa en su tono—. Probaste y fracasaste.

Markham vuelve a ocupar su silla.

—Probaremos de esta manera. Nombra a los integrantes de tu pelotón para la misión de Deverelli, cadete Sorrengail —decide Halden—. Pero has de saber que, si fracasas, asignaremos a otro comandante, y negarte a continuar invalidará los términos del Segundo Acuerdo de Aretia.

El que devolvió el título a Xaden.

Trago el nudo que tengo en la garganta. Sin presiones ni nada.

—Acepto. —Echo atrás los hombros—. Para la misión de Deverelli, mi pelotón estará formado por el teniente Riorson, la teniente Sorrengail, el cadete Gamlyn, la cadete Cordella, el —giro la cabeza para verle la graduación— capitán Cordella, el cadete Aetos, el príncipe Halden y cualquier favorito de su guardia que lo siga por si se golpea algún dedo del pie —respondo a Halden—. Cuando salgamos airosos, me reservo el derecho de sustituir a algún miembro al término de la primera expedición.

—De ninguna manera. —Aetos niega con la cabeza—. Irás únicamente con oficiales, nada de pilotos, y desde luego Riorson no te acompañará.

Halden levanta la mano y Aetos se calla.

Xaden se queda tan quieto que tengo que mirar de reojo para comprobar si respira.

—Llevaré conmigo a quien me plazca —contesto—. Como tercera en la línea de sucesión al trono, Catriona puede hablar por Poromiel...

—¿Y el capitán? —pregunta la duquesa de Morraine, que tuerce el gesto como si hubiera olido algo agrio—. ¿Necesitas dos pilotos?

—La cadete Cordella también merece tener a alguien en quien confíe. —Miro a Halden ladeando la cabeza—. Los dragones no llevan en sus lomos a humanos que no hayan cruzado el Parapeto o no hayan subido el Guantelete, así que tienen suerte de que los grifos sean más benévolos en este sentido, de lo contrario no podrían seguirnos el ritmo. La teniente Sorrengail es la única jinete capaz de levantar sus propias protecciones. El cadete Aetos es el único jinete en el que confío que habla krovliano con fluidez, que es la segunda lengua más común que se utiliza en Deverelli. El cadete Gamlyn se compromete a garantizar mi seguridad personal. Y aunque el teniente Riorson no fuera el jinete más mortífero de todas nuestras fuerzas —miro de soslayo a Aetos y después a Halden—, que lo es, saben que Tairn y Sgaeyl no pueden estar separados, y nadie sabe durante cuánto tiempo nos veremos obligados a viajar. Estoy harta de argumentar este punto.

—Es profesor de este colegio de guerra —aduce Aetos.

—Es uno de los miembros de mi elección.

Halden se retrepa en su silla y me mira como si no me hubiera visto nunca.

—*Porque es así* —me recuerda Tairn—. *Ya no te conoce.*

Miro a los ojos a Halden.

—Y los tyrrish mantuvieron el contacto con Deverelli hasta el último siglo. ¿Quién mejor para reavivar esa comunicación que el mismísimo duque de Tyrrendor?

La sorpresa de Xaden me llega a través del vínculo que compartimos, pero él sigue manteniendo una calma antinatural.

—*Puedes leer el libro de mi padre cuando quieras* —le digo.

—Riorson es miembro del Senario —alega la duquesa de Morraine—. No puede marcharse sin más. Ni siquiera tiene un heredero, en caso de que... ocurriera una tragedia, aunque tal vez estuviera dispuesta a acceder a que se ausente si él tomara en consideración desposarse con mi hija.

—*¿Desposarse?* —La sangre se me va del rostro.

—*Una más de la docena aproximadamente de proposiciones que he recibido desde que me devolvieron el título. Nada que deba agobiarte.*

Una suave hebra de brillante ónix se cuela en mi cabeza.

Mi corazón da una sacudida. Tenemos una idea muy distinta de lo que es motivo de agobio.

—Al menos di lo que piensas, Ilene. —Halden la mira de reojo—. No te fías de él y te gustaría ver tu linaje no solo en Morraine, sino también en Tyrrendor.

—¡Capitaneó una rebelión! —exclama la duquesa al tiempo que estampa las manos en la mesa.

—Mi padre capitaneó una rebelión —corrige Xaden sin apartar los ojos de mí—. Yo tomé parte en una revolución. Al parecer, ambas palabras son distintas.

Noto que una sonrisa curva mi boca.

—Además, discutir no cambiará nada. —Xaden se sienta recto—. Voy a ir. Lewellen me representará en mi ausencia y contará con el consejo de mi único pariente consanguíneo vivo: el cadete Durran. El teniente Tavis, que ha estado codirigiendo mis clases, asumirá el papel de profesor para formarlos mientras yo no esté, hasta que le toque el turno al siguiente profesor.

—Si yo doy mi permiso —puntualiza Halden.

«Error, Halden».

—Solo pido permiso a una persona en el continente, y por Amari que no es a usted. —Xaden gira la cabeza despacio para mirar al príncipe, y da la impresión de que la estancia se queda sin aire.

—Hablo en nombre de mi padre —escupe Halden entre dientes.

—Bien, porque él es la autoridad que acato. —Xaden me mira—. ¿Cuándo te gustaría partir?

—Volaremos a Deverelli tan pronto como su alteza esté listo. —Miro a Halden a los ojos confiando en que no sea capaz de interpretar la expresión de mi rostro o presentir el miedo de que tome represalias contra Xaden con el poder que le confiere la corona.

Halden se levanta, y todo el mundo en la mesa, salvo Xaden, se pone de pie.

—Mantengamos al menos ese punto de las órdenes intacto. Partiremos pasado mañana. —Sale por la puerta norte, seguido de todos los que se han levantado.

—Vaya, no has hecho ningún comentario sarcástico —le comento a Ridoc con una sonrisa—. Estoy orgullosa de ti.

—Me he guardado para mí mis pensamientos —responde, risueño, mientras Xaden se acerca.

—¿De verdad era necesario que lo provocaras? —le pregunto cuando se une a nosotros.

—No. —Su mirada se posa en mi boca—. Lo he hecho solo para divertirme.

—¡¿Drake Cordella?! —exclama Mira, y los tres nos giramos cuando mi hermana atraviesa la habitación de dos zancadas en dirección a Drake—. ¿De la bandada de las alas nocturnales?

El aludido dedica a mi hermana una sonrisa encantadora, aunque engreída.

—¿Has oído hablar de mí?

—Tu intervención fue decisiva en la caída de las protecciones durante la ofensiva de Montserrat del año pasado. —Sus ojos se entornan.

—Cierto. —Su sonrisa se ensancha.

Mi hermana le da un rodillazo en la entrepierna.

«Oh, dioses».

—¡Ay! —Ridoc hace una mueca de dolor—. Se va a...

Drake cae de rodillas, y Cat profiere un grito ahogado.

—... caer. —Ridoc termina la frase.

—Tú debes de ser Mira Sorrengail —consigue decir Drake, el dolor grabado en cada línea de su rostro.

—Supongo que tú también has oído hablar de mí. —Se agacha para ponerse a su altura—. Si vuelves a poner en peligro la vida de mi hermana, cambiaré la rodilla por la espada. ¿Entendido?

En su defensa hay que decir que levanta la cabeza y toma aire apretando los dientes.

—Sí, señora.

—Excelente. —Mira le da unas palmaditas en la espalda y se yergue. Lanza una mirada asesina a Cat antes de voltearse hacia mí—. ¿Tienes la oportunidad de formar tu propio pelotón y eliges a tu ex, tu actual amante, el graciosillo oficial del cuadrante, dos personas que intentaron matarte el año pasado (una de ellas por el susodicho actual amante) y lo que quiera que sea Dain? ¿Eliges a estas personas para la misión más importante que posiblemente pueda emprender cualquier jinete?

—Me alegra que alguien lo haya dicho —coincide Tairn.

—A estas personas y... a ti. —No es mi mejor réplica.

—No te olvides de la guardia personal de Halden —añade Ridoc—. Estoy seguro de que será superútil.

Mi hermana lo mira poniendo los ojos en blanco exageradamente y echa a andar hacia la puerta.

—Necesitaré aprovisionarme aquí, pero creo que tendré tiempo para leer el siguiente volumen de esa saga que tanto te gusta —me dice girando la cabeza.

«Los diarios de nuestra madre». Asiento y disfruto de la victoria durante un preciado segundo.

Podríamos estar a tan solo unos días de tener todo cuanto

necesitamos: la familia de Andarna, una cura para Xaden y lo que sea que mi padre quiere que recupere de esa mercader en Deverelli.

Estoy impaciente por que llegue pasado mañana.

VEINTIUNO

Tyrrendor fue la última provincia que dejó de tener contacto con las islas. Dicha provincia es conocida por lo artero de sus líderes, pero en este caso yo añadiría la astucia.

—*Aplastada: la segunda revuelta del pueblo krovlano*, por el teniente coronel Asher Sorrengail

Hacemos alto en Athebyne la primera noche, poniendo a prueba los límites de los grifos en cuanto a velocidad y resistencia. Después los presionamos al máximo con veinticuatro horas en la silla, deteniéndonos únicamente para dar de comer y beber a los alados, y llegamos a Cordyn al alba.

Todo el mundo cree que esta tortura de día ha tenido por objeto preparar a los grifos para la travesía por mar.

Solo Xaden conoce el verdadero motivo: aunque ha conseguido salir bien librado de la noche, me aterroriza dejar que toque el suelo fuera de las protecciones más de lo que sea absolutamente necesario.

Sobrevolamos franjas de terreno quemado y desecado, evitando a los venin con la ayuda de la información proporcionada por Drake. Una parte de mí no puede evitar sentir que estamos eludiendo la guerra, aunque sé que buscamos la manera de ponerle fin.

—*Los grifos no pueden seguirnos el ritmo* —me advierte Tairn mientras descendemos hacia el palacio de Tecarus—. *Sobre todo cuando sustentan el peso de dos humanos.*

«Sustentan» se queda corto para describir los cestos de los que penden Halden y la capitana de su guardia personal, que los grifos sostienen con las garras.

—*¿Te estás ofreciendo a llevar a uno de ellos?* —le pregunto mientras intento espantar el sueño que lleva volviendo plúmbeos mis párpados durante las tres últimas horas. El clima mucho más cálido tampoco ayuda.

—*Sugiero que continuemos con solo jinetes y pilotos.* —Su batir de alas es lento, casi indolente, por deferencia a los grifos y a Andarna, que se ha soltado del arnés hace una hora por si nos divisaban y nos escoltaban hasta el palacio.

—*Aunque me encantaría, el príncipe representa a Navarre.* —Echo mano de la cantimplora, pero recuerdo que la he vaciado hace un par de horas.

—*No tendrá ninguna relevancia cuando encontremos a los íridos. Solo la tendrá Andarna.*

—*Muy bien; en cuanto establezcas contacto con ellos, despacharé al príncipe con mucho gusto. Hasta entonces nos quedamos con los humanos, porque necesitamos pistas.* —Miro a la derecha y vislumbro a Andarna entre las alas de Tairn cuando baten una y otra vez—. *¿Estás cansada?*

—*Hambrienta* —me contesta—. *Kira dice que tienen un montón de cabras, porque el entorno no es bueno para la lana de las ovejas. Puede que además de mejor tiempo tengan mejor comida.*

—*Somos perfectamente conscientes de que no eres muy fan de la nieve.* —Sonrío al cálido viento mientras Tairn se aproxima al amplio foso de combate que tiene Tecarus en lugar de a la terraza herbosa que eligió durante nuestra última visita.

—*Puede que seas como los miembros de la especie de Sgaeyl* —observa Tairn—. *Prefieren climas más cálidos.*

Efectivamente. Los terrenos de cría de los azules solían estar cerca de aquí antes de que estallara la Gran Guerra.

Los soldados se percatan de nuestra llegada y corren a la terraza más elevada del foso de combate cuando Tairn aterriza en el centro del campo y repliega las alas mientras Andarna se posa con menos elegancia a su derecha.

En cuestión de minutos, nuestros cinco dragones y dos grifos cubren toda la superficie disponible del campo.

Me quito una de mis mochilas, pero dudo si dejar la segunda afianzada a la parte posterior de la silla.

—*Es más seguro que la lleve yo* —me recuerda Tairn, que baja el hombro con impaciencia.

—*Pero significará que no puedes quitarte la silla.* —No quiero que esté incómodo.

—*Como si fuera a denigrar el apellido de mi familia no estando preparado en caso de que el enemigo...*

—*Ya entendí.* —Me desprendo de la correa y suplico a mi cuerpo que me responda cuando me bajo del asiento. Músculos, tendones, ligamentos..., todos ellos me crujen y chascan en cuanto desmonto, y las rodillas casi ceden al tocar el suelo.

No puedo evitar mirar mal a Cat en el momento en que sube la escalera ágilmente, como si no llevase en el aire veinticuatro horas seguidas, para ir al encuentro de los dos soldados que esperan.

—*¿Puedo quitarme yo el arnés?* —pregunta Andarna al tiempo que hace girar la cabeza para mordisquear la tira metálica que le cruza el hombro.

—*¡No!* —exclamamos Tairn y yo al unísono.

—*No* —nos imita Andarna—. *Muy bien, pues me voy por comida.*

—*Esperarás hasta que nos aseguremos de que somos bienvenidos* —le ordena Tairn, y Andarna le lanza una vaharada de vapor. Después se sienta sobre los cuartos traseros y nos mira ceñuda—. *Levanta la cola del suelo ahora mismo. ¿Dónde te crees que estamos? ¿En el valle?*

Me ajusto las correas de la mochila sobre la chamarra de vuelo de verano y reprimo una carcajada cuando Andarna arroja una llamarada corta a la pata trasera de Tairn mientras se levanta.

—*No pienso dignarme a responder a eso* —gruñe.

Ante nosotros, Sgaeyl alza el vuelo, y yo frunzo el ceño mientras Xaden ve como se aleja y sus rasgos adoptan esa máscara cuidadosamente controlada que tanto le gusta.

Aotrom, Teine y Cath se quedan donde están, pero Kiralair se marcha con el grifo de Drake, Sovadunn.

—¿Cómo te encuentras? —le pregunto a Xaden cuando me uno a él. Me doy cuenta de que Mira ya está por la mitad de la escalera de la arena, con la espada en ristre.

—Soy yo el que debería preguntarte eso. —Hace rotar el cuello y deja de mirar la silueta cada vez más pequeña de Sgaeyl para recorrerme a mí, deteniéndose en las caderas y las rodillas como si viera lo doloridas que están—. No creo que tu cuerpo esté contento después de pasar tanto tiempo en la silla.

—Estoy... —Dejo de hablar (los dos dejamos de hablar) cuando Halden sale con torpeza del cesto de poco más de un metro de alto que Kira ha depositado delante de nosotros—. Estoy mejor que lo que sea que está pasando ahí.

El príncipe profiere una imprecación en el instante en que la mochila se le engancha en la gruesa trama del transportín al salir y la tela lo retiene. En lugar de levantar la bolsa por encima del obstáculo, Halden la libera de un tirón, arrancando limpiamente la correa.

—Es evidente que fue el sentido común lo que te atrajo del heredero —observa, sarcástico, Tairn.

—Yo tenía dieciocho años y él era guapo. No fastidies. —Me estremezco al percatarme de que Halden no corre precisamente a ayudar a salir de su cesto a la capitana Winshire, la pelirroja que forma parte de su guardia personal.

—Parece que el reino está en buenas manos con ese. —Xaden mira de reojo las piedras drenadas que rodean el foso cuando echamos a andar con los otros, que esperan más adelante—. ¿Crees que alguien se dará cuenta si duermo en esas piedras hasta que estemos listos para marcharnos?

—Sí. —Bajo la voz al acercarnos a Dain y Ridoc, que parecen incómodos cuando la capitana se niega a aceptar la ayuda que le ofrecen y saca del cesto su casi metro ochenta de estatura tambaleándose a la izquierda de Halden. Después sube los escalones tras él dando zancadas veloces y furiosas—. Pero dormiré aquí fuera contigo si quieres. Si es lo que necesitas. —Haré lo que haga falta para reducir el riesgo que corre.

—Reserva esa mirada de preocupación para otro. Mientras no tengamos ningún motivo para manipular, no me pasará nada, igual que anoche. —Xaden me toma la mano y me la aprieta, pero me suelta antes de que Halden lo vea.

Dain y Ridoc miran embobados lo que nos rodea a la vez que subimos la escalera para salir del foso. Refresca un poco más que la última ocasión en la que estuvimos aquí, pero la humedad hace que el cuero de la chamarra de vuelo se me pegue a la piel y me resulte incómoda.

—¿Es de aquí de donde sacaste la idea para utilizar el foso de entrenamiento de Basgiath? —pregunta Dain girando la cabeza, cuando por fin llegamos a la parte de arriba.

Xaden hace un gesto afirmativo mientras escudriña el perímetro.

En cuanto veo que Tecarus —vistiendo lo que a todas luces es la camisa de dormir— abraza a Cat en el patio cercano, Tairn y Andarna alzan el vuelo del foso y los demás enseguida siguen su ejemplo. Mira permanece a un lado y envaina la espada al mismo tiempo que entorna los ojos para lanzar una mirada de advertencia a los dos pilotos que custodian a Tecarus antes de que Drake le dé al alto de la derecha un abrazo amistoso, acompañado de palmaditas en la espalda.

—Avísame si tiene a algún venin encerrado en un arcón a modo de prueba sorpresa —me pide Tairn, que vuela hacia donde se ha ido Sgaeyl.

Pasamos las últimas filas de piedras drenadas importadas del territorio que bordea el Páramo cuando Halden y Anna llegan al patio.

—Te avisaré. No dejes que Andarna se coma nada (ni a nadie) que no deba. —Una gota de sudor me baja por la espalda y ajusto de nuevo el peso de la mochila en mis doloridos hombros, haciendo una mueca de dolor cuando noto que se me va ligeramente la articulación derecha mientras una irritante sensación de mareo empieza a arrollarme. El agotamiento, la deshidratación y el calor nunca son una buena combinación para mi cuerpo.

—Estás hecho un viejo. Puede que los miembros de mi especie no sean tan aguafiestas. Puede que se coman lo que les dé la gana. Puede que... ¡Ohhh! ¿Qué es eso?

—Una tortuga gigante de cuernos rojos, y ¡la respuesta es no! El caparazón se te quedará metido entre los dientes, y no pienso cargar contigo y con un caparazón de tortuga putrefacto. ¡Vuelve aquí ahora mismo! —Su voz pierde fuerza a medida que se alejan.

Xaden se tensa en cuanto salimos de la piedra drenada y pisamos la franja de hierba que separa el foso del patio de mármol que conduce al comedor del palacio.

—*Estoy bien* —me asegura cuando llegamos con el grupo.

Nos incorporamos al pequeño círculo y me veo al lado de Halden, que de alguna manera se las arregla para seguir teniendo un aspecto regio... y arrogante con su uniforme de infantería arrugado.

Hago una mueca cuando el sol naciente arranca un destello a la insignia real de oro que luce bajo la etiqueta de su nombre y me da en un ojo, y me apresuro a bajar la vista hacia el austero negro de mi chamarra de vuelo. Es la primera vez que llevo una confeccionada para el combate, hasta ahora solo eran chamarras de entrenamiento. No hay etiqueta con mi nombre, ni parches, ni nada, aparte de mi cabello, que revele quién podría ser si caigo tras las líneas enemigas, tan solo dos estrellas de cuatro puntas que indican mi rango: cadete de segundo año.

—¡Muchacho! —Tecarus sonríe a Drake y después nos mira al resto. Sus ojos se detienen en Halden—: Alteza. —Inclina la cabeza—. No esperábamos a un invitado de tan alta alcurnia.

—Apreciamos tu hospitalidad, vizconde. —Halden hace ese gesto condescendiente a modo de asentimiento que siempre me ha sacado de quicio. Supongo que sigue sacándome de quicio. Me pone una mano en la parte baja de la espalda y me tenso—. Confiábamos en poder descansar el resto del día, tal vez dos jornadas, dependiendo de cómo se encuentren los grifos, antes de continuar el viaje a Deverelli.

Las sombras me suben por la cara posterior del muslo y me rodean la cadera. Me acerco a Xaden, zafándome de la mano de Halden en el proceso.

—*¿Sigue todo bien por ahí?*

—*Sería de ayuda que tu maldito ex se metiera las manos donde le quepan* —silba, y las sombras me aprietan la cadera.

—¿Deverelli? —inquiere Tecarus, y sus cejas casi le llegan al nacimiento del pelo. Después me mira—. Tienes el ornamento.

Me dispongo a responder, pero...

—Lo tenemos. —Halden contesta por mí.

Dioses, siempre odié que hiciera eso.

Dain me dirige una mirada con la que casi pone los ojos en blanco, lo que me recuerda que nunca ha sido muy fan de Halden.

—Sin duda —dice Tecarus despacio, y su atención se centra en las sombras que tengo en la cadera—. Bien, en ese caso les mostraré sus habitaciones. —Se gira hacia el palacio en un derroche de brocados, y los hombros se me caen de agotamiento mientras lo seguimos al comedor—. Disculpen la seguridad adicional. Somos una de las pocas ciudades de importancia que siguen en pie al sur —nos informa mientras damos la vuelta a la enorme mesa y franqueamos la puerta para entrar en el vasto palacio.

Casi se me había olvidado lo impresionante que es este sitio. Está construido para que el aire circule por él. Para dar cabida a la belleza, el arte y la luz. Incluso los suelos de mármol blanco brillan tenuemente, reflejando el amanecer al igual que las serpenteantes piscinas que fluyen por el espacio que se abre más allá de la ancha escalinata central. El palacio no aguantará un asalto si los venin se aventuran tan al sur.

Seguro que quien lo construyó lo sabía.

Mira se detiene en el descansillo de la escalera blanca y observa la columna negra que apenas resulta visible en el nivel inferior a través del hueco. Al igual que la última vez, hay bastante gente pululando por él.

—Por supuesto, con la cantidad de pilotos que residen aquí, el número de habitaciones es limitado —se disculpa Tecarus, que se aprieta el cinturón de la bata con profusión de brocados cuando empieza a subir la escalinata—. ¿Les importaría compartir? Tenemos un puñado de estancias disponibles en la última planta. —Mira el descansillo volteando la cabeza—. Usted no, alteza. Naturalmente, dispondrá de sus propias dependencias.

«Mierda». No creo que consiga subir dos tramos de escalera más cuando este ya me está matando. Mi rodilla se queja con cada paso que doy, y maldigo la humedad mientras sigo subiendo, aun cuando tengo la sensación de que el suelo se mueve bajo mis botas.

—Naturalmente. —El tono de Halden frisa en lo cortante. Se le nota la fatiga, y si no ha cambiado en los años que hace que no nos vemos, esto solo hará que salte antes.

—Tu habitación sigue desocupada, Riorson. ¿O debería decir «excelencia»? —añade Tecarus cuando llegamos a la planta en la que nos quedamos la última vez—. No puedo evitar percatarme de que no luces la insignia que corresponde a tu graduación. —Se detiene en el amplio corredor, haciendo que el grupo entero se pare.

Casi me dan ganas de llorar cuando me doy cuenta de que estamos justo delante de la habitación que ocupamos Mira y yo durante la anterior visita, y un poco más allá veo la puerta de doble hoja tras la cual sé que se encuentra la de Xaden. ¿Cómo demonios voy a llegar a la última planta?

—*¿Renegarás de mí si tengo que subir la escalera a rastras?* —le pregunto a Tairn.

—*No irás a rastras* —me contesta Xaden.

Me he equivocado de canal mental. Dioses, ahora sí que me he metido en un lío.

—Todo lo que brilla nos convierte en un blanco fácil —le responde Xaden a Tecarus desde mi izquierda cuando Halden se sitúa a mi derecha—. Y nunca he sido de los que confunden un título con poder.

«Oye, no me jodas». ¿De verdad va a empezar a molestar a Halden ahora? Estoy a punto de poner los ojos en blanco, pero en lugar de eso parpadeo. ¿Por esto es por lo que pasó Xaden cuando apareció Cat tras la caída?

Ridoc se mofa detrás de mí, y oigo un claro manotazo contra cuero: sin duda la mano de Dain contra el hombro de mi compañero de pelotón. Me alegra no poder verle la cara a Mira. Amari sabe lo exasperada que debe de estar.

—Pero ¿cómo voy a saber en calidad de qué me visitas? —Tecarus voltea hacia nosotros con un gesto triunfal, dejando a la vista sus blanquísimos dientes en una diplomática sonrisa—. ¿De teniente? ¿Simple jinete? ¿Profesor? ¿Duque de Tyrrendor? —Une las yemas de los dedos y tamborilea con ellos—. ¿O tal vez de amado del mirlo blanco al que al parecer no soy capaz de convencer de que se una a mi corte? —Me mira como si necesitase que me recordara su propuesta de sumarme a su colección como su perro guardián de turno, a cambio del privilegio de envejecer con Xaden y nuestros dragones en la paz de la propiedad que tiene en una de las islas—. La oferta sigue en pie.

—Al igual que mi respuesta. —Me tambaleo ligeramente y respiro hondo para dejar de ver borroso. Necesito descansar y lo necesito ahora mismo. Esta vez las sombras que me rodean la cadera son de apoyo, más que de territorialidad, y cuando bajo la vista son tan finas que se funden con mi ropa de cuero; casi resulta imposible verlas—. *Gracias.*

—¿En calidad de qué vengo? Preguntemos a nuestro príncipe. ¿Usted qué dice, alteza? —Le lanza una mirada que podría marchitar un puto árbol.

El miedo me hace cosquillas en la nuca.

—No sé si entiendo la pregunta. —La mandíbula de Halden se tensa y sus manos se cierran en puños.

—Su mal genio podría desatar tu poder —le advierto a Xaden mientras Tecarus esboza una sonrisa de pura dicha al ver la evidente disensión que ha creado.

—*Con ese mal genio precisamente es con lo que estoy contando.* —Xaden mira la insignia real—. La entiende a la perfección: ¿estoy aquí en calidad de profesor, de duque o...?

—Es evidente que eres un puto duque —espeta Halden—. Lewellen se aseguró de ello, ¿no? El segundo título más poderoso del maldito reino va a parar a un Riorson, como si no hubiera más linajes.

—No seas imbécil... —empiezo, pero las sombras jalan de mí con delicadeza para que me calle, así que eso hago.

—Por lo tanto no estoy aquí en calidad de profesor —repite Xaden, que hace caso omiso magistralmente del descarado insulto de Halden.

—Aquí no tienes ninguna autoridad. —Halden hierve de ira, que le tiñe las mejillas mientras avanza hacia Xaden, sus botas casi acercándose a las mías—. Yo soy el oficial de mayor rango.

—*Xaden, va a estallar. Se va a ir a los golpes.* —Paredes, espejos, mesas, objetos delicados. Cualquier cosa que tenga a su alcance, en realidad. Hay un motivo por el que nadie se ofrecía nunca como voluntario para formar parte de la guardia de Halden. El mismo motivo por el que Alic era un abusón y Cam (o sea, Aaric) los evitaba todo lo posible a los dos.

—Así que no vengo en calidad de profesor. —Xaden entorna los ojos y todo mi cuerpo intenta tambalearse, sujeto por sus sombras.

—¡No! —El grito de Halden resuena en el corredor—. ¡No eres un maldito profesor...!

—Solo quería dejarlo claro —lo interrumpe Xaden, y acto seguido me toma en brazos—. Los veremos cuando hayamos descansado. —Pasa por delante de Tecarus y enfila el pasillo dando zancadas.

—¿Se puede saber qué estás haciendo? —siseo.

—Compartir, como nos han ordenado —me contesta Xaden

al tiempo que abre de golpe la puerta de su habitación y la cierra de un puntapié cuando estamos dentro.

—No me puedo creer que hayas hecho eso. —Me deslizo por su cuerpo y paso por alto cómo se enciende el mío cuando me sujeta por las caderas, me voltea y me inmoviliza contra la puerta, que noto perfectamente sólida tras mi espalda.

—¿En serio? —Baja la cabeza hasta tocar la mía—. De todas las cosas que he hecho, ¿eso es lo que no te puedes creer? —Su voz se suaviza y sus dedos palpan un lado de mi cuello—. Lo que pensaba: tienes el pulso acelerado. He contado al menos dos veces en que has estado a punto de desplomarte ahí fuera. —Su cabeza continúa contra la mía—. ¿De verdad querías subir la escalera a rastras?

—No —admito.

—Bien, porque ya no tendrás que hacerlo. —Me besa la frente—. Acabas de volar durante dos días seguidos descansando solo doce horas. Sabía que necesitabas reposar y acostarte, y podría haberte cedido mi habitación sin más, pero egoístamente...

Lo miro.

—Estoy harto de dormir en una cama en la que no estás tú. —Su pulgar me acaricia el cuello.

La esperanza prende en mi pecho. Si está dispuesto a dormir de nuevo en la misma cama, puede que exista una posibilidad de que acabe fiándose de sí mismo lo bastante para tocarme, y no solo porque esté celoso de Halden.

—Me parece estupendo.

Me recompensa con un amago de sonrisa y me pega contra su pecho; el ritmo de su corazón es un tambor perfecto en mi oído. Me siento fatal. Xaden está perdiendo pedazos de sí mismo poco a poco y nos encontramos a mil quinientos kilómetros de Basgiath; sin embargo, ese latir acompasado hace que todo sea más o menos llevadero.

Me hace sentir tan bien estar entre sus brazos...

—Porque así es como debe ser —me dice estrechándome con más fuerza.

Parpadeo y me separo para mirarlo.

—Eso no lo he dicho en voz alta.

Frunce el ceño.

—Pues lo habrás pensado a través de nuestro vínculo, porque no estaba leyéndote las intenciones.

El corazón se me acelera por un motivo distinto.

«No. Pero... quizá sí».

—O tu sello está aumentando.

Pone los ojos como platos.

Alguien llama a la puerta.

—Mierda —farfulla Xaden, y le empujo el pecho—. No seas...

—Bájame. —Veré a quienquiera que esté al otro lado de esa puerta con los pies apoyados en el suelo.

—... testaruda. —Me baja y me pasa el antebrazo por las costillas para sostenerme cuando me coloco frente a la puerta—. ¿Estás lista?

Asiento y gira el brazo a lo largo de mi costado izquierdo. La puerta con el pomo de oro se abre, y ante nosotros aparecen Tecarus y los dos miembros de la guardia a una distancia considerable detrás de él.

Su mirada astuta descansa en uno y el otro, pero el vizconde no se molesta en hacer ningún comentario.

—Sé breve —ordena Xaden sin dar ninguna explicación.

—El príncipe no puede llegar en un cesto —observa Tecarus, que une las manos por delante de él y arruga la nariz en señal de desagrado—. No es propio de la realeza, y en una cultura que valora los objetos extraordinarios, los intercambios inteligentes y el lujo, jamás lo recibirán en audiencia si lo ven como el objeto de entrega.

—¿Qué sugieres? —pregunto acallando las palpitaciones de mi corazón y el mareo que siento.

—Es una travesía de dos días en el más veloz de mis barcos —contesta Tecarus, que frunce el ceño mientras me mira—. Que sería ¿qué? ¿Un vuelo de doce horas rumbo al sur?

—Calculamos dieciséis con los grifos y con la información que nos han proporcionado sus libros sobre vientos dominantes a lo largo de la historia —contesto mientras parpadeo para ahuyentar la oscuridad. Hacía mucho que no me exigía tanto y lo estoy pagando, carajo.

—Partiré dentro de una hora con el príncipe —se ofrece Tecarus—. Da la impresión de que necesitas descansar...

—Violet está bien —lo corta Xaden—. Soy yo el que necesita algunos cuidados.

Reprimo una sonrisa.

—Bien. —Tecarus entrelaza los dedos—. Sugiero que aterricen en mi propiedad de la costa septentrional unas doce horas después de que lleguemos nosotros. Está a unos quince kilómetros al este de la capital, aunque allí la distancia se mide en...

—Leguas —lo interrumpo—. He leído todo lo que nos enviaste. —Y todo lo que escribió mi padre.

—Excelente. El resto de la costa está bastante..., cómo decirlo..., defendido, y necesitaré preparar al rey para la llegada de los dragones o volveremos a casa con un número más reducido de ellos.

Se me encoge el estómago.

—Créeme, nuestra manada volverá intacta. —Hay un dejo de advertencia en la voz de Xaden, cuyo antebrazo se tensa.

—Ya me preocupa un aristócrata exaltado —lo reprende Tecarus—. ¿Debería añadir otro a la lista?

—Como ataquen a nuestros dragones, no será con el aristócrata con quien estarán tratando. —La voz de Xaden se tiñe de esa calma letal que es ligeramente más terrorífica que un grito.

—Dime que ayudarás a controlarlo. —Tecarus me mira.

Levanto la barbilla.

—¿Qué les hace pensar que es él quien debe preocuparles?

Tecarus deja escapar un suspiro.

—Me ocuparé de que les proporcionen un mapa. —Se lleva los dedos entrelazados al mentón—. ¿Están listos para perder sus destrezas cuando crucen el océano?

—Lo estamos —afirma Xaden—. *Y también estamos más que preparados para tener un segundo de tranquilidad.*

—Será fascinante ver si sus poderes resurgen cuando estemos en tierra. ¿Y han traído el ornamento que se les pidió para que les concedieran la audiencia? —inquiere Tecarus.

—Halden es su portador. Será él quien acuda a la audiencia —respondo. Esta vez el enorme ego de Halden juega a nuestro favor. Su insistencia en ser el único navarro que se reúna con el rey liberará a Xaden y nos dará tiempo para buscar a la mercader que mencionó mi padre.

—Excelente. —Tecarus hace un gesto afirmativo—. Un consejo... —Nos mira a uno y al otro—. Es posible que yo coleccione rarezas, pero el rey Courtlyn sale corriendo con ellas. No se separen, no reveles la joya extraordinaria que eres y, por encima de todo: no hagan un trato que no puedan cumplir.

Casi veinticuatro horas más tarde, mi acceso a la magia se diluye hasta convertirse en un hilillo cuando nos aproximamos al litoral mientras sobrevolamos los colores del amanecer, cambiando el poder por la luz del sol. La pérdida es pasmosa, inconmensurable de un modo que, durante un instante, hace que me compadezca de Jack Barlowe.

Por primera vez desde la noche en que Tairn y Andarna me canalizaron su magia me siento... pequeña, desnuda incluso, desprovista del poder que a lo largo del último año ha llegado no solo a envalentonarme, sino también a definirme.

Un escalofrío me recorre la piel con la siguiente ráfaga de viento, y Andarna chilla en las alturas. Levanto la cabeza para mirarla cuando el sonido se repite entre los que nos rodean.

Tairn desciende de forma inesperada, su batir de alas flaquea, y yo me desplazo hacia delante. Mis manos buscan los borrenes de la silla y se estrellan contra ellos, causándome dolor en las muñecas, pero retienen el peso de mi cuerpo justo antes de que me golpee el estómago cuando Tairn se nivela sobre el océano.

—*¿Estás bien?* —Escudriño el cielo en busca de Andarna.

—*Solo ha sido un sobresalto. La magia nos proporciona fuerza* —explica Tairn—. *No me había dado cuenta de lo mucho que dependemos de ella...*

Andarna cae rápidamente a nuestra derecha, bate las alas a un ritmo furioso pero inútil.

—*Engánchate* —le ordena Tairn.

—*Soy. Perfectamente. Capaz.* —Pierde altura con cada segundo que pasa, se precipita hacia las aguas rizadas.

—*No me apetece oler escamas saladas. Como te mojes, vas por tu cuenta* —le advierte, y acto seguido alza la cabeza y la sacude a un lado y a otro como un reptil.

—*¿Qué pasa?* —pregunto.

Se lanza en picada hacia Andarna sin previo aviso, y al suspiro de resignación que exhala esta se añade una suerte de gruñido cuando los hombros de Tairn se tensan. Oigo el clic metálico del arnés al acoplarse. El peso añadido de Andarna hace que Tairn descienda durante un segundo, pero acto seguido sus enormes alas se mueven con más brío y nos elevan hacia la manada.

Andarna está sospechosamente callada.

—*¿Tairn?* —inquiero, y la inquietud me agria el estómago.

—*No puedo hablar con Sgaeyl.* —Las palabras le salen entrecortadas—. *Ya no podemos comunicarnos.*

Intento establecer contacto con el reluciente vínculo de ónix, pero aunque Tairn está ahí, Xaden no.

Estamos desconectados.

VEINTIDÓS

Entre los estudiosos circulaba el rumor de que Cordyn había proporcionado soldados y armas para la segunda revuelta krovlana, pero mis estudios me han llevado a través del océano Arctile hasta Deverelli, que nuestro reino conoce como la traicionera isla de mercaderes, los cuales, para mi sorpresa, tal vez no fueran quienes proporcionaron las armas, sino los intermediarios.

—*Aplastada: la segunda revuelta del pueblo krovlano*,
por el teniente coronel Asher Sorrengail

Carajo, qué calor hace en este sitio, y eso que, según mis cálculos, deben de ser solo las nueve de la mañana cuando nos aproximamos a una sucesión infinita de playas blancas ante las cuales las aguas alternan entre el color turquesa y el aguamarina.

Colinas de un verde claro se elevan directamente detrás de la playa, salpicadas de estructuras de piedra. El desconcertante color me recuerda el último lote de lana cuando el tinte ha perdido su fuerza: apagado, casi descolorido, y el contraste con el agua hace que esa ausencia de color sea evidente. Cuanto más nos acercamos, tanto más hacia delante me echo en la silla, total y absolutamente fascinada. Las colinas no están salpicadas de nada.

—*Esa es la ciudad, ¿no? ¿Oculta entre los árboles?* —Mis dedos rodean con entusiasmo los borrenes de la silla. La zona es un puerto próspero, con cuatro muelles centrales y varios más pequeños.

—*Eso parece.* —Estamos a punto de acercarnos lo suficiente para poder distinguir a las personas cuando Tairn vira a la izquierda y nos dirigimos hacia el este.

—*Suéltame de esta baratija antes de que alguien lo vea* —exige Andarna.

—*No hasta que estemos fuera del alcance de esas ballestas.* —Tairn mira intencionadamente hacia un largo muro de piedra, a una cuarta parte de la primera colina, armado con una docena de las ballestas más grandes que he visto en mi vida, todas ellas cargadas con brillantes puntas metálicas.

Matadragones.

Por una vez Andarna no discute.

—*Para ser una isla consagrada a la paz, los veo muy preparados para la guerra.* —El estómago se me encoge. Hace siglos que ningún navarro pisa esta isla, y como hayamos sobrestimado la influencia de que goza el vizconde con el rey, es muy probable que esas ballestas salgan disparadas hacia nosotros.

Volamos entre la playa y una isla barrera en la que el agua es de un azul arrebatador que no había visto nunca, y no puedo evitar quedarme mirándola para intentar grabarla en la memoria mientras descendemos despacio a treinta, luego a quince metros sobre el suelo. Haber leído cosas sobre este sitio no me ha preparado de verdad para verlo.

Pese al agotamiento, no quiero ni pestañear por miedo de perderme algo. Aunque después de volar toda la noche, estoy más que preparada para modificar todavía más esta silla para poder dormir en ella cuando regresemos a Basgiath.

—*Según el mapa que te han dado, la propiedad que tenemos*

delante pertenece a Tecarus —afirma Tairn mientras sobrevolamos un grupo de elegantes mansiones en tierra firme, cada una con su propio embarcadero y con un barco que anuncia el estatus y la riqueza de su propietario. Tairn desplaza los hombros y el clic del arnés se oye un segundo antes de que Andarna aparezca a su derecha, batiendo las alas el doble de deprisa para seguirle el ritmo.

Bajo nosotros, un grupo de criaturas se desliza a gran velocidad en el agua, elevándose en el aire con una serie de elegantes saltos que casi compensan la oleada de gente que grita y corre a refugiarse a su casa al vernos en el cielo.

—*Me pregunto a qué sabrán...* —empieza Andarna.

—*No.* —Mi objeción me toma por sorpresa—. *Son dolfinos, demasiado bonitos para que sean tu aperitivo.* —Más bonitos incluso que los dibujos que he visto.

—*Te estás ablandando* —se mofa Andarna.

Aterrizamos en la arena delante de una amplia mansión de dos plantas que me recuerda a una versión reducida del palacio de Tecarus en Cordyn. Las altas columnas blancas dejan una parte de la estructura abierta a la brisa del océano, pero los gruesos muros de piedra que rodean el resto me dicen que la casa también ha resistido temporales. Unas palmeras —ejemplares altos y etéreos coronados con hojas anchas del mismo verde claro, apagado— festonean un camino que conduce hasta la casa, y miro para asegurarme de que es el estandarte de Cordyn el que ondea en un barco amarrado antes de desmontar. Agarro la mochila extra que hasta ahora se ha quedado con Tairn.

La arena es tan fina que no puedo evitar agacharme y pasar los dedos por ella con una sonrisa. No se parece nada a las pedregosas riberas del río en Basgiath o a la playa granulosa y áspera de Cordyn, y me entran ganas de quitarme las botas y caminar descalza.

Andarna alza una garra y la sacude a mi lado, levantando una nube de granos de arena mientras el resto toma tierra a nuestro alrededor con frenesí.

—*Se me meterá entre las escamas.*

—*Ahora ya sabes por qué no te he dejado que te comieras esa tortuga* —masculla Tairn, que no para de mover la cabeza para escudriñar el entorno—. *Tendremos que salir a cazar antes de que volemos de vuelta. Y ya no estamos solos.*

Un hombre de mediana edad está en el umbral de la mansión de Tecarus; la túnica blanca de manga corta con cinturón y los pantalones a juego contrastan con su piel morena. Los brazos le tiemblan y mira boquiabierto a Tairn y a Andarna.

—*Averiguaré dónde pueden hacer eso sin que desencadenen una guerra.* —Me yergo cuando llega Ridoc y doy un respingo al oír el rugido de Aotrom.

El deverelí grita y se mete deprisa en la casa.

—Una gran primera impresión —farfullo al tiempo que me sacudo la arena de la mano.

Andarna resopla y va hacia el agua dando saltos, con las alas bien pegadas al cuerpo.

—*¡Métete solo hasta las garras!* —sermonea Tairn, cuya cola casi derriba un árbol cuando gira sobre sí mismo para ver como se aleja Andarna—. *Te juro que como el agua te cubra la cabeza, dejo que te ahogues.*

Aotrom ruge de nuevo, llamando la atención de todos, incluido Tairn.

—¡No sé lo que estás diciendo! —Ridoc voltea hacia su dragón.

El Café Cola de Espada abre la boca y ruge con más fuerza aún, echando hacia atrás el cabello castaño oscuro de Ridoc y cubriendo a mi amigo de una capa de viscosa saliva.

«Qué asco».

Ridoc levanta las manos despacio y se quita la baba de la cara.

—Gritarme no sirve de nada. Es como vociferar en una lengua que no hablo.

Un presentimiento me aprisiona el pecho, y miro a Tairn y después hasta donde Sgaeyl y Teine inspeccionan con inquietud los alrededores. Mira echa a andar hacia nosotros frotándose la nuca, pero Xaden permanece a la orilla del agua, de espaldas a la mansión.

—*Creo que somos los únicos* —le digo a Tairn al tiempo que voy girando lentamente para observarlo todo.

—*Los únicos ¿qué?* —pregunta.

Kira araña la arena con las garras y Cat está de rodillas a su lado, sosteniendo su cara entre las manos, cuando Drake se arrodilla a su lado. Sova, su grifo, sacude la plateada cabeza como si intentara despejarse. Cath vigila el punto occidental de la propiedad moviendo la cola deprisa, con nerviosismo, y Dain camina hacia nosotros cabizbajo.

Algo le pasa a todo el mundo.

—*Creo que solo ustedes dos y yo podemos comunicarnos entre nosotros.* —Los pies se me hunden en la arena cuando voy al encuentro de Mira, y me desabrocho la chamarra tan pronto como el calor empieza a cocerme dentro del cuero—. ¿Puedes hablar con Teine?

Mi hermana niega con la cabeza.

—Hemos perdido la conexión en cuanto hemos dejado el continente.

—Yo... —Trago saliva y bajo la voz—. Yo aún puedo hablar con Tairn y Andarna.

Mira pone cara de sorpresa y echa una ojeada al grupo.

—A juzgar por cómo están los demás, yo diría que eres la única. —Arruga la frente—. ¿Crees que el motivo es que estás vinculada a dos? ¿O es por Andarna?

Niego con la cabeza y mis ojos vagan hasta la espalda de Xaden.

—No lo sé.

—En cualquier caso, me alegro de que todavía puedas comunicarte. —Me aprieta los hombros con suavidad—. No tener acceso a la magia...

—Desorienta. —Hago una mueca.

—Sí. —Hace un gesto afirmativo—. Pero ¿perder el vínculo? —Frunce los labios un segundo antes de disimular la emoción—. Aunque supongo que sabes lo que se siente, después del suero que te obligaron a tragar.

—No solo estará todo el mundo con los nervios de punta, sino que además coordinar cualquier cosa será una mierda, teniendo en cuenta que ellos están incomunicados entre sí —comento mientras miro a Tairn, que ha retrocedido un tanto para situarse en un punto en el que se encuentra a la misma distancia de Sgaeyl, de Andarna y de mí.

—Creo que se nos presentará más de una ocasión para poner a prueba estas. —Mira se baja la mochila del hombro, saca varios saquitos de cuero y, tras elegir el que está marcado con una runa de protección circular que no reconozco, vuelve a guardar el resto—. Trissa los envió para que probemos a ver si las runas sirven de algo en este sitio. —Desabrocha el botón y me da un disco del tamaño de la palma de mi mano de lo que parece ser un cuarzo de color lila, templado con la misma runa que se distingue en el saquito—. Se supone que esta te protege del sol. Hazme un favor y llévala encima mientras estemos aquí, ¿quieres? —Arquea las cejas—. Discretamente, claro.

Asiento y me la meto en el bolsillo. Tener alguna forma —la que sea— de poder aquí haría que nos sintiéramos más cómodos, pero abriría la puerta a un mercadeo que no estoy segura de que queramos contemplar.

—¡Ya están aquí! —exclama Tecarus con alegría desde el umbral, abriendo los brazos para darnos una ostentosa bienvenida mientras camina hacia nosotros con una túnica fucsia recamada en oro—. El príncipe Halden todavía no se ha despertado, pero ayer por la noche, cuando llegamos, conseguí concertar una reunión de emergencia con un consejero del rey, y les entusiasmará saber que a sus criaturas les está permitido cazar en el valle que se extiende a tres leguas al sur de aquí, donde abundan los animales salvajes. Es imperativo que los humanos no formen parte del menú.

—Entendido —le digo, y me giro inmediatamente hacia Tairn—. *Prefiero que te vayas ahora para que recuperes por completo las fuerzas a correr el riesgo de que algo se tuerza...*

—*Estoy de acuerdo.* —Arquea el cuello y deja escapar un rugido corto que hace que enarque las cejas, pero logra captar la atención de todo el mundo—. *No mueras mientras yo no estoy.*

—*Lo intentaré.*

Se inclina un poco más de lo habitual debido a la arena y a continuación sale disparado hacia el cielo, sus alas creando una ráfaga de viento que convierte en un arma la arena que nos rodea. Levanto el antebrazo para protegerme el rostro y aguanto los segundos que los demás tardan en seguir a Tairn.

Cuando abro los ojos, en la playa solo estamos nosotros, los humanos: jinetes vestidos de negro, pilotos con ropa de cuero café, deverelíes boquiabiertos a ambos lados de lo que parece la línea que demarca la propiedad de Tecarus y un vizconde bastante pomposo.

—Su majestad recibirá en audiencia al príncipe esta tarde, así que me figuro que querrán descansar antes de que... —Tecarus ladea la cabeza—. De que hagan nada, supongo, dado que el rey Courtlyn solo hablará con la aristocracia. —Mira a Ridoc arrugando la nariz—. Necesitan un baño.

—Necesitamos caballos. —Ridoc se saca del oído un dedo lleno de baba y lo sacude para librarse de ella.

—¿Disculpa? —Tecarus se aparta de la trayectoria de la baba.

—Violet quiere visitar el mercado. Para comprar libros, ha dicho —contesta Dain cuando nos da alcance. Se sitúa a la derecha de Ridoc.

Tecarus asiente.

—Desde luego. ¿Se conducirán con discreción?

—La máxima posible —convengo.

Nos dice dónde se encuentran las habitaciones que se nos han asignado y, después de darle las gracias, yo echo a andar hacia el agua. Las botas se me hunden en la arena hasta que llego a la zona en la que se vuelve más firme, a escasa distancia de donde llega el agua.

Xaden está con los pies separados, las espadas colgadas a la espalda y los brazos cruzados, pero cuando le rozo el codo con mi hombro y levanto la cabeza, veo que su rostro está total y absolutamente relajado.

Cierro los ojos con fuerza y los abro para asegurarme de que no son imaginaciones mías. No, contempla el agua como si estuviéramos en el valle que señorea la Casa Riorson y no en territorio enemigo, aislados por completo de la magia.

—Eh —saludo en voz queda.

—Eh. —Baja la cabeza hacia la mía y me dedica una sonrisa contenida, pero genuina.

Estoy a punto de preguntarle cómo está, puesto que no puede hablar con Sgaeyl y nuestro vínculo también está bloqueado, pero me parece una estupidez después de ver esa sonrisa.

—Todo el mundo está subiendo a echarse una siesta antes de que vayamos en busca de esa mercader. Halden se reunirá con el rey a las tres, así que podemos dormir cuatro horitas largas, si quieres.

—Me quedaré aquí un rato. Ve tú. —Voltea hacia mí y me pone una mano en la nuca—. Necesitas descansar y decididamente necesitas apartarte un rato del sol. La nariz se te está poniendo rosa.

—Tecarus nos ha asignado la misma habitación...

—Porque valora su vida. —Me mete detrás de las orejas los mechones de pelo que se me han soltado de la trenza—. Duerme un poco, te irá bien. Subo dentro de nada.

—¿Quieres que me quede contigo?

Su sonrisa se ensancha.

—¿Cuando es más que evidente que necesitas descansar? No, mi amor, aunque agradezco el ofrecimiento. Es difícil de explicar, pero me tomaré un poco de tiempo para empaparme de estas vistas. —Me agarra la mano y se la lleva al pecho, donde el corazón le late a un ritmo regular, que parece un poco más relajado de lo que estaba en Cordyn, en realidad de lo que ha estado en semanas—. ¿Lo notas?

—Late más despacio —musito.

—Aquí no hay magia. —Me estrecha contra él—. Ni poder, ni tentación, ni nada que me provoque y me recuerde que puedo salvar a todo el mundo si extiendo la mano y tomo lo que se me ofrece. Aquí solo hay... paz.

Por primera vez desde que fuimos en busca de la luminaria, me planteo seriamente la oferta de Tecarus.

VEINTITRÉS

La revuelta fracasó repentinamente durante la noche del 13 de diciembre del año 433 DU, en lo que se acabó denominando la Masacre de Medianoche. Los soldados foráneos desaparecieron y el ejército poromielense mató a los rebeldes mientras dormían. No es su desaparición lo que resulta especialmente cruel a este estudioso, sino su evidente traición. Según un dicho deverelí: la palabra es la sangre. Cuando mercadean o ejercen de intermediarios en algún acuerdo, esa palabra es ley. No puedo evitar preguntarme qué parte del trato no cumplieron los rebeldes krovlanos.

—*Aplastada: la segunda revuelta del pueblo krovlano*, por el teniente coronel Asher Sorrengail

—Vaya forma ridícula de viajar —comenta Ridoc por duodécima vez, y se endereza en la silla tras haberse escurrido de nuevo mientras nuestros caballos recorren las desiguales calles de piedra de Matyas, la capital de Deverelli.

Reprimo una risotada, pero, dos filas más atrás, con Mira, Cat no le muestra esa deferencia mientras avanzamos por las arboladas callejas. Todos cabalgamos de dos en dos salvo Drake, que va a la cabeza en solitario delante de Xaden y de mí.

La ciudad es más impresionante incluso de lo que imaginaba desde el aire. Construida bajo el dosel de enormes árboles, solo las estructuras más altas resultan visibles cuando se sobrevuela. El resto parece un tesoro escondido, y ni siquiera hemos subido aún la colina en la que se alza el palacio (y donde ahora está Halden). Hasta ahora los caminos eran fundamentalmente residenciales, con estructuras alejadas entre sí y situadas a intervalos regulares, que se vuelven más próximas cuanto más nos acercamos a los puertos y al centro, y a lo largo del último kilómetro y medio todas y cada una de ellas son de piedra.

—Perdona, pero me cuesta pensar que un jinete de dragones no pueda con un caballo —observa Cat con otra risotada cuando pasamos por lo que parece una tetería, a juzgar por el letrero pintado que se ve en la puerta.

—Oye, que los caballos muerden —aduce Ridoc girando la cabeza, y una mujer se aparta de un salto al vernos, llevándose una mano al cuello de su túnica blanca bordada.

—¿Y qué hacen exactamente los dragones? —plantea Drake.

—Nunca lo sabrás, puesto que jamás podrás montarte en uno —espeta Mira con tono de aburrimiento antes de volver a su habitual barrido perimetral de lado a lado. Está alerta desde que hemos salido de la mansión, aunque le he asegurado que Tairn no anda lejos y puede prenderle fuego a este sitio en cuestión de minutos si lo llamo.

Lo que de verdad necesitamos es una maldita runa de comunicación para el resto, si es que existe algo así.

Drake mira entornando los ojos a mi hermana y después a Xaden, cuya boca se ha curvado en una sonrisilla.

—Me sorprende que no te pelearas conmigo por ir delante, Riorson.

Xaden se mofa y la sonrisilla se agranda mientras pasamos por un tramo de luz moteada. Lo miro como si volviera a ser primer año. Lleva la parte de arriba del uniforme de manga corta, como el resto de nosotros, dejando a la vista esos brazos maravillosamente tonificados, pero es lo relajado de su postura, su sonrisa fácil, lo que me tienen del todo embelesada y, lo admito..., un poco confusa. Xaden Riorson es muchas cosas, pero «alegre» no suele ser una de ellas.

—Por mí perfecto si tú mueres primero, Cordella. Yo estoy exactamente donde quiero estar. —A continuación el tipo me guiña un puto ojo, y casi me caigo del maldito caballo.

Aprieto los muslos instintivamente para no resbalar de la silla, y la yegua azabache cabriolea para recordarme que debo relajarme. La sensación de mareo siempre empeora con el calor, y desde luego hoy no me está haciendo ningún favor.

—¿Lo ven? Violet también prefiere los dragones —apunta Ridoc.

—Estoy bien. —Hago rotar los hombros para mantener en su sitio la mochila y su preciado contenido.

—Siempre ha sido una buena jinete —dice Dain en mi favor.

—¿Montaban a menudo cuando eran pequeños? —pregunta Xaden mientras pasamos por delante de una taberna, y cuando la gente que está en las mesas de fuera nos ve, más de una jarra de cerveza se derrama sobre sus túnicas blancas.

Me quedo boquiabierta y lo escudriño.

El cuero cruje y, tan pronto como muevo la cabeza, en efecto, mi hermana está echándose hacia delante en la silla.

—¿Qué? —Xaden me mira, arquea las cejas y voltea para observar al resto. Cat clava la vista en él como si le hubiera crecido otra cabeza; Dain tiene el ceño fruncido, como si no supiera muy bien si es una pregunta trampa, y Ridoc sonríe como si le hubieran tocado dos entradas de primera fila para un espectáculo. Los ojos de Xaden se posan en los míos un segundo antes de mirar al frente cuando en la bifurcación giramos a la derecha, hacia el mercado y el puerto, según el más que singular letrero embutido entre el adoquinado y un árbol de gran tamaño—. ¿Es que no puedo interesarme por tu infancia?

—¡Sí! —exclamo—. Por supuesto que sí.

—Es solo que normalmente actúas como si no hubiera crecido con ella —contesta Dain con naturalidad—. Como si no fuéramos amigos íntimos.

—Yo estoy animado por ir subido en este caballo —comenta Ridoc al tiempo que agarra las riendas con más firmeza.

Le dirijo una mirada que confío en que le diga que me estoy replanteando la decisión de haberlo elegido para que forme parte de este pelotón.

—Pero, contestando a tu pregunta —continúa Dain, igual de cómodo en su montura que Xaden—, sí, montábamos siempre que los destinos de nuestros padres lo permitían. Menos los años que estuvieron en Luceras, claro.

—Carajo, qué frío hacía ahí arriba —afirma Mira.

—Terrible —confirmo, y hago una mueca al recordarlo—. Montar me costaba cuando estaba oxidada, y caerme siempre era una mierda, pero también hizo que fuera consciente de mi cuerpo. ¿Y tú? —pregunto a Xaden cuando entramos en una calle bulliciosa.

—Creo que montaba a caballo antes de andar. —Me dedica una sonrisa rápida—. De hecho, probablemente sea una de las cosas que más he echado de menos desde que crucé el Parapeto. Los caballos van adonde tú quieres que vayan, casi siempre. Sgaeyl... —Alza la vista a los árboles como si pudiera verla en el cielo, con una expresión de anhelo en el rostro—. En realidad a ella le importa una mierda adónde quiero ir yo. Yo solo soy su acompañante.

—Así es —masculla Dain, y me río.

—Anímense —pide Drake, y el humor del pelotón cambia en el acto a medida que en la calle cada vez hay más caballos, carros y transeúntes que llevan cestos en los brazos y a la espalda. Las únicas armas que veo son las que portamos nosotros.

Tiendas de piedra se alinean a ambos lados de la congestionada calle, que es el doble de ancha. Sus puertas están abiertas a la brisa, sus géneros y comestibles dispuestos en carros delante bajo vibrantes toldos de tela a lo largo de lo que parece un kilómetro y medio en línea recta, y por lo que he leído, sé que esta zona se ramifica hacia el sur en un mercado de oro y especias y colina arriba, donde el sector financiero preside como un gobernante supremo.

Estamos a casi un kilómetro de la playa, pero el aire huele a sal y pescado, y entiendo por qué se lleva a cabo el mercadeo bajo el dosel que ofrecen los árboles. No quiero imaginarme cómo será el olor o lo deprisa que se echará a perder todo bajo el sol con este clima.

Mire adonde mire hay alguien regateando por algo, una fruta que nunca había probado, una flor que no había olido, un pájaro cuyo canto jamás había oído. Es un festín para los sentidos, y lo consumo con la voracidad del hambriento.

—¿Alguien más tiene la sensación de que nuestro hogar es un agujero deprimente? —pregunta Ridoc cuando el gentío hace que nos detengamos ante un mercader de telas. Me sorprendo contemplando un rollo de brillante seda negra tan vaporosa que casi es plateada.

No duraría ni un día contra la armadura de escamas de dragón que me recubre el torso.

—Habla por ti —contesta Xaden al tiempo que pasa una pierna por encima del caballo y desmonta a mi lado—. Aretia es la segunda cosa más bella que he visto en mi vida. —Me da las riendas de su montura y al mirarme convierte esos preciosos ojos ónix salpicados de dorado en armas capaces de derretir la ropa interior que llevo—. Y la primera es mi hogar.

«Mmm». Sí, me deshago en una décima de segundo.

—Mira que eres exagerado, Riorson. —Pero aun así sonrío cuando tomo las riendas.

—Voy a preguntar por nuestra mercader. No te vayas sin mí. —Mira a Dain—. Andando. Te toca hablar en krovliano. —Tras dedicarme otra increíble sonrisa, desaparece en la tienda seguido deprisa por Dain.

—¿Es el mismo tipo? —le pregunta Drake a Cat girándose en la silla—. No es posible que sea el mismo tipo.

Procuro no mirar, pero no lo consigo, y cuando giro la cabeza la veo encogerse de hombros y desviar la mirada enseguida.

—Puede que esta sea la persona que pudo haber sido si su padre no hubiera capitaneado una rebelión y no lo hubiera jodido vivo cuando lo ejecutaron y él se vio obligado a entrar en el cuadrante y responsabilizarse de todos los marcados a los, ¿qué?, ¿diecisiete años? —reflexiona Ridoc.

—Sí —coincido, con la vista clavada en la puerta—. Será. —Y, sin embargo..., si todo eso no hubiera ocurrido, ¿seríamos los que somos ahora? ¿O acaso el milagro de nuestra relación es el resultado de una combinación precisa de tragedias que nos destrozaron hasta tal punto que cuando colisionamos nos convertimos en algo nuevo por completo?

—O podría ser simplemente que quiere a Violet y con ella no es un imbécil —aventura Mira, que observa a un deverelí ceñudo que se escabulle en la tienda de un modisto nada más vernos, arrastrando a una mujer con él—. Creo que se nos ve más de lo que pensábamos.

—Somos los únicos que vestimos de negro —apunto.

—¡Incendiarios! —nos acusa el hombre en la lengua común antes de cerrar de un portazo, haciendo tintinear el cristal.

—Qué grosero. —Ridoc se recoloca en la silla.

—Y qué equivocado está —farfulla Cat—. Algunos de nosotros solo queremos jugar con sus putas emociones, no reducir a ceniza sus casas.

Suelto una risilla, pero Ridoc se ríe a carcajadas.

Xaden sale de la tienda del mercader de telas con Dain y se mete un saquito de terciopelo negro en el bolsillo delantero izquierdo del uniforme mientras baja los tres escalones de piedra.

—Tiene una librería de libros raros, dos calles colina arriba.

Sorprendida, le devuelvo las riendas y Xaden monta deprisa.

—No es posible que vaya a ser tan fácil.

—Lo es —asegura él al tiempo que se da unos golpecitos en el bolsillo—. No tenemos la misma moneda, pero por lo visto las gemas hablan todas las lenguas. —Mira atrás—. Buen trabajo, Aetos.

—¿Me ha hecho un cumplido? ¿Se puede saber qué demonios está pasando? —pregunta Dain buscándome con la mirada—. ¿Le has dado algo?

Niego con la cabeza y Drake reanuda la marcha.

Nos insultan llamándonos incendiarios en más de una ocasión mientras bajamos por las hileras de tiendas y subimos las dos calles que han indicado a Xaden y Dain. La incesante actividad disminuye al dejar atrás la premura propia de donde se comercia con géneros y comestibles para dar lugar a establecimientos más variados y especializados cuando llegamos a la segunda calle. Delante de Libros y leyendas, donde nos detenemos, hay espacio más que de sobra junto al tronco de un enorme árbol para que los caballos esperen.

La tienda en sí tiene dos pisos, está construida en piedra gris de distintos tonos y, a diferencia de las calles de abajo, ninguno de sus lados toca las construcciones que la rodean. Por fuera parece del mismo tamaño que la librería que visité en Calldyr con mi padre, un poco más grande que la biblioteca del Cuadrante de Jinetes, pero ni siquiera es una octava parte de los Archivos.

—Te toca —dice Xaden, que ya ha desmontado, mientras me ayuda a bajar.

Paso la pierna por encima de la yegua azabache y desmonto en sus brazos. Me doy cuenta de que se toma su tiempo deslizándome por su cuerpo de la forma más excitante.

Me mira a los ojos, y el calor que veo en ellos, la necesidad que despierta cuando le paso la mano por el pecho, hacen que se me corte la respiración. Intento utilizar nuestro vínculo por puro acto reflejo para decirle lo mucho que deseo tenerlo de nuevo en mi cama, y mis manos se cierran en la tela de su uniforme cuando recuerdo que aquí está bloqueado.

—Echo de menos nuestro vínculo —susurro a falta de algo mejor que decir.

—Y yo. Pero no necesito que me digas lo que piensas para que lo sepa —musita, y sus manos bajan de mi cintura a la cadera—. Lo leo en cada línea de tu cuerpo. Y tus ojos también te delatan. —Debajo de mis puños el corazón se le acelera—. Siempre te han delatado. No tienes ni idea de la cantidad de veces que estuve a punto de cagarla en la colchoneta cuando te sorprendía mirándome.

¿Y lo dice ahora? ¿Cuando no puedo meterlo en la primera habitación que encuentre y cerrar la puerta? De pronto estas últimas seis semanas parecen una eternidad.

—Juro por Amari que como se acerquen un centímetro más les echo una cubetada de agua encima —me advierte Mira rompiendo el encantamiento.

Me dejo caer hacia delante, apoyando la frente en el pecho de Xaden justo entre mis puños, y siento el retumbar de su risa mientras me abraza.

—¿A los jinetes les ponen motes cuando se ganan las alas? —le pregunta Drake a Mira—. Porque estoy seguro de que el tuyo sería «Aguafiestas».

—¿Vamos a hacer esto o no? —inquiere Mira sin hacerle el menor caso.

Asiento y dejo escapar un suspiro de resignación mientras me separo de Xaden.

—Ridoc, Drake, Cat, quédense con los caballos, por favor, y estén preparados para salir corriendo si esto sale mal. Mira, Dain y Xaden, vengan conmigo. Confío en que no tardemos en salir.

Ridoc se sacude el polvo del uniforme de verano y agarra las riendas.

—Estaré cerca.

—Lo sé —contesto. Y la seguridad con la que lo ha dicho me hace fruncir el ceño.

—¿Qué? —me dice Mira al verme la cara.

—Me preguntaba si hemos hecho bien dejando que Halden haya ido solo a ver al rey. —El estómago se me revuelve al sopesar todas las cosas que podrían torcerse.

—Tampoco es que tuviéramos elección —nos recuerda Ridoc—. Courtlyn solo permite la entrada a aristócratas.

—Y aunque fuera de otro modo, no podemos estar en dos sitios a la vez. —Mira señala con la cabeza la librería.

Cierto.

Nadie saca ningún arma, pero tenemos las manos libres y relajadas mientras enfilamos el corto camino adoquinado que lleva a la escalera de la entrada, hacia la mitad del lado sur de la tienda. Mira entra la primera, principalmente porque al parecer nadie quiere discutir con ella, y Xaden el último, detrás de mí, sobre todo porque no creo que llegue a confiar nunca en nadie que no tenga una reliquia de la Rebelión para que le cubra la espalda.

Un olor a polvo y pergamino inunda el denso aire en cuanto nuestras botas pisan el suelo de madera noble, y de inmediato entiendo por qué no hay ninguna otra tienda al lado. Las ventanas se extienden de suelo a techo, permitiendo que la luz natural entre a raudales por las hileras de estanterías, mucho más altas que yo, que sobresalen en sentido longitudinal desde la pared de mi derecha y que se corresponden con otras de un metro de longitud a nuestra izquierda, dejando un pasillo largo y despejado que lleva hasta un único mostrador. Los títulos están amontonados a capricho, pero ninguno toca la trasera de las estanterías, lo que permite que el aire circule. Es bonita..., pero hace un calor de mil demonios.

Si pensaba que el calor que hace fuera de la tienda era sofocante, la temperatura de dentro —donde no corre ninguna brisa— es directamente opresiva. Rompo a sudar en el acto bajo la armadura y por un lateral del cuello.

Hay algunos clientes echando un vistazo cerca de la angosta escalera del fondo y, tras el mostrador, una mujer que tendrá unos sesenta años, con una nariz respingona y un chongo ajustado de cabello; se humedece los dedos cafés oscuros cada pocos segundos al pasar las hojas de un libro mayor, pero no veo a nadie en las estanterías de la derecha, así que señalo con la cabeza el mostrador cuando mi hermana me mira.

Avanzamos por el pasillo, que se abre a un pequeño grupo de asientos, y Dain vigila a los clientes de la parte de atrás, un par de hombres que sin duda se han fijado en nosotros. Giro la cabeza cuando nos aproximamos al mostrador y veo que Xaden se ha escabullido detrás de la última estantería de la izquierda y está apoyado en la pared, con su habitual expresión de apatía y aburrimiento.

Qué raro, ha encontrado lo que parece ser una de las únicas áreas con sombras del lugar para esperar mientras yo me encargo de averiguar para qué quería mi padre que viniera a este sitio.

Dain se sitúa en un extremo del mostrador, entre Mira y los clientes, captando la atención de la librera, a la vez que Mira retrocede hasta el final de los asientos, estableciendo un perímetro.

En una librería.

Me cuesta no poner los ojos en blanco.

La librera mira a Dain y a mi hermana y después a mí antes de cerrar el libro mayor y guardarlo debajo del mostrador.

—Dain, ¿podrías preguntarle...? —Apoyo una mano en el mostrador para mantener el equilibro.

—Hablo la lengua común —me interrumpe la mujer—. Los deverelíes somos personas instruidas.

Pongo cara de sorpresa.

—Ya. Bueno, solo me preguntaba si por casualidad conoce a alguien llamado Narelle.

Abre mucho los ojos, y el estómago se me sube a la garganta cuando mira más allá de mi hombro derecho.

«Mi hermana».

—¡Incendiarios! —exclama alguien.

Saco dos dagas en la décima de segundo que me lleva girarme en redondo hacia Mira.

Dos atacantes se abalanzan desde las estanterías del fondo —en las que antes, tonta de mí, he pensado que no había nadie—, y Mira suspira cuando uno de ellos, una mujer que parece de mi edad, la amenaza con una daga serrada.

—Si no tenemos más remedio —dice Mira, que desenvaina mientras el hombre, de mayor edad y una complexión y una edad similares a las de Brennan, con el pelo negro de punta y lo que parece la túnica blanca y dorada de rigor, sale corriendo por el pasillo. Con una mirada rebosante de ira, el individuo viene hacia mí apuntándome con dos hojas más largas, asimismo serradas.

Agarro una de mis dagas por la punta y me preparo para lanzarla al tiempo que me coloco de forma que no pierda de vista a la librera.

El tipo estará aquí dentro de cuatro segundos.

Tres.

Dos.

Xaden da un único paso y, de una patada, planta un sillón de gran tamaño en la trayectoria del hombre. Le da de lleno en el estómago y se queda sin respiración, pero se recupera deprisa y fulmina con la mirada a Xaden con las armas en ristre.

—No creo que quieras hacer eso. —Este niega con la cabeza.

El tipo lanza un grito de guerra, echa atrás el brazo derecho y yo muevo la muñeca. La daga se le clava en el hombro, y el hombre chilla cuando la sangre le tiñe de rojo la túnica blanca y el arma se le cae al suelo.

—Te lo he advertido —dice Xaden. El hombre cae de rodillas—. Tu error ha sido cambiar de opinión y querer atacarme a mí pensando que era la amenaza, y dejar de mirarla a ella. —Se acerca al otro con parsimonia mientras Mira le da un puñetazo en la cara a su atacante, dejándola inconsciente. Después Xaden le quita las armas al hombre como si fueran juguetes—. Sabía que algunos de ustedes portaban armas. No hay ninguna sociedad en el mundo que no tenga algún arma blanca, y al final..., en fin, la utilizamos, ¿no?

Dain chasca la lengua y, cuando volteo hacia él, veo que ha desenvainado la daga y la espada, y apunta con la hoja más corta a la librera y con la más larga a los clientes.

—Yo no me acercaría —aconseja a los hombres, que han sacado sus dagas serradas—. De hecho, si hay una puerta trasera, la encontraría y me marcharía.

Corren a hacerlo.

El hombre herido cae hacia delante y para la caída con la mano buena antes de desplomarse sobre el estómago. Xaden se inclina sobre él.

—Esto te dolerá —le avisa antes de extraerle mi daga del hombro. En su defensa hay que decir que no grita ni se queja cuando Xaden limpia la hoja en la parte de atrás de su túnica blanca—. No deberías levantar un arma si no estás preparado para que te ataquen.

Mira se envaina la daga y se acerca a la mujer inconsciente.

—Vaya, esto no me ha hecho ninguna gracia. ¿Proteges algo? ¿O es solo que odias a los jinetes? —le pregunta a la librera, que se ha metido en el rincón todo lo humanamente posible.

—Solo a los incendiarios que entran en esta tienda buscando a Narelle —responde.

«Conque protege algo». Entendido.

La escalera cruje y el ángulo de la espada de Dain cambia al tiempo que nuestras cabezas giran a la vez.

El hombre gime, y con el rabillo del ojo veo que intenta levantarse.

—No, no. Quédate donde estás, será mejor para todos —le advierte Xaden—. Ella solo te ha herido, pero yo te mataré si das otro paso en su dirección, y resulta que eso no es bueno para las relaciones internacionales. —Lo miro de soslayo cuando alguien baja por la escalera y él arquea la ceja que luce la cicatriz—. Voy a probar con la diplomacia, aunque no estoy muy seguro de que sea para mí.

El hombre se queda sin fuerzas.

Dain vacila cuando un bulto encorvado rodea el extremo de la escalera.

La librera grita algo en krovliano y yo pongo cara de sorpresa.

—¿Acaba de llamarla...?

—Mamá —confirma Dain afirmando con la cabeza—. Ha dicho: «No, mamá. Sálvate».

—No hemos venido a matar a nadie —le digo a la librera cuando su madre camina hacia la luz, apoyándose pesadamente en un bastón. Su cabello es plateado y el tiempo ha marcado las líneas de su rostro, pero tiene la misma nariz respingona que su hija, los mismos ojos de un café oscuro y la misma cara redonda—. Usted es Narelle —aventuro.

Dain baja la espada en cuanto la anciana se acerca y la envaina cuando lo evita por completo y trata de entender lo que está pasando en la que supongo que es su librería.

Escudriña a Xaden a través de sus lentes de fondo de botella y después a Dain, a Mira y por último a mí. Su mirada se detiene en mi pelo antes de asentir.

—Y tú debes de ser la hija de Asher Sorrengail y has venido a recoger los libros que escribió para ti.

El corazón se me para.

VEINTICUATRO

Ella no entenderá por qué no se lo has contado. Te fuiste demasiado pronto, dejaste inconclusos demasiados planes. Ahora solo podemos confiar en que el lazo que une a nuestras hijas sea lo bastante fuerte para soportar los caminos que ellas han elegido. Se necesitarán la una a la otra para sobrevivir.

—Correspondencia recuperada y no enviada de la general Lilith Sorrengail

—¿Libros? —repito, y mis dedos se amoldan a la empuñadura de la daga que, como me doy cuenta, aún tengo en la mano izquierda.

Narelle ladea la cabeza.

—Eso he dicho, sí. —Señala intencionadamente el sillón—. Pónganlo donde estaba.

Xaden enarca una ceja, pero hace lo que pide la anciana y después cruza la pequeña sección de la tienda y me envaina la daga en la cadera.

—Gracias —musito.

Me besa con suavidad en la sien y ocupa el espacio vacío que queda a mi derecha.

—Levanta de ahí, Urson: lo estás manchando todo de sangre.

Lleva a la trastienda a tu hermana y despiértala. ¿Acaso no te dije que no estabas preparado para llevar un arma? —lo sermonea Narelle mientras evita pisar la sangre derramada—. Por favor, perdonen a mis nietos. Se tomaron el cometido de proteger los libros de cualquier jinete que no fueran... ustedes un poco demasiado en serio. —Se deja caer en el asiento—. Gracias, joven —dice a Xaden, y lo mira de nuevo antes de centrarse en Dain—. Caramba, el continente tiene hombres bien plantados.

Una comisura de la boca de Xaden se curva hacia arriba, y no puedo evitar estar de acuerdo con la anciana.

—Mamá. —La librera corre a su lado; sin duda todavía le preocupa que vayamos a atacar a su madre. Urson hace lo que le pide Narelle: ayuda a levantarse del suelo a su hermana, que empieza a volver en sí de mala gana del puñetazo que le ha asestado Mira. Ambos desaparecen en la trastienda, y casi lo siento por ellos, hasta que recuerdo que nos han atacado.

—Tengo noventa y tres años, Leona. No estoy muerta. —Se zafa de su hija con un gesto—. O ¿qué es lo que dicen los amaralis? Todavía no me he reunido con Malek. Es su dios de la muerte, ¿no?

Frunzo el ceño al oír ese término desconocido: *amaralis.*

—¿No es el dios de la muerte de todo el mundo? —pregunta Mira al tiempo que se apoya en la fila de estanterías que tiene más cerca.

Niego con la cabeza.

—Deverelli no adora a ningún dios.

—Por eso se nos considera la más neutral de las islas. Perfecta para el comercio. —Narelle se encoge de hombros—. A lo que ustedes llaman dioses nosotros llamamos ciencia. A lo que llaman destino, nosotros, coincidencia. A lo que llaman la divina intervención del amor, nosotros... —hace un gesto teatral con la mano— alquimia. Dos sustancias combinadas para crear algo completamente nuevo, no muy distinto de lo que hay entre ustedes dos. —Nos mira de soslayo a Xaden y a mí y se lleva una mano al pecho.

El corazón se me oprime. Si supiera lo mucho que se ha acercado a lo que he pensado yo antes...

Menea un dedo en dirección a Xaden.

—Te he oído decir que matarías a mi nieto si daba otro paso hacia tu amada, joven. Qué absurdo y tóxicamente romántico de tu parte. Debo admitir que esa clase de seguridad y de violencia no es lo que me imaginaba cuando Asher me habló de ti, pero ¿el cabello castaño, esos..., me figuro que son ojos castaños y lo que predijo de que se amarían con locura? En fin, te describió casi a la perfección, Dain Aetos.

«Carajo, que alguien me mate».

La boca se me abre y después se me cierra.

Xaden enarca ambas cejas y retrae los labios.

Dain se frota la nuca.

Mira suelta una risotada, se tapa la boca con la mano y luego se parte de risa.

—Lo siento —logra disculparse, y se yergue antes de que su rostro se vuelva inexpresivo al instante y se aclare la garganta, pero no puede evitar volver a reírse con ganas, los hombros subiendo y bajando—. No puedo. Es que no puedo. Necesito un segundo. —Va detrás de la hilera de estanterías, con suerte para recuperar la compostura.

Me noto la cara como si me hubieran lanzado fuego de dragón.

—¿Cómo quieres gestionar esto? —me pregunta Dain mientras Narelle nos mira a los tres por turnos, frunciendo las plateadas cejas.

—Como lo hemos hecho los últimos dieciocho meses —responde Xaden, y en él ya no hay ni rastro de la deferencia que le ha mostrado hace una hora—. Todo el mundo da por sentado que acabará contigo, pero es mi apellido el que termina luciendo en la chamarra de vuelo cuando estamos en formación.

—¿En serio? —Me quedo completamente atónita, no me puedo creer que haya ido por ahí. Fue una vez, una. Bueno, dos, si contamos el viaje de regreso de Samara después de que volviéramos a estar juntos.

—Me alegra ver que vuelves a ser el mismo de siempre. —Dain se apoya en el mostrador—. Pero en la chamarra de vuelo no consta nuestro apellido.

—Y, sin embargo, captas el puto mensaje. —La mandíbula de Xaden se tensa.

Narelle entorna los ojos y mira a Xaden a través de los gruesos cristales de sus gafas.

—Tú no eres Dain.

Xaden niega con la cabeza.

—Yo soy Dain. —Este levanta un instante la mano.

—¿Y él? —me pregunta la anciana.

—Xaden Riorson. —Alzo el mentón como si respondiera ante mi padre de mi elección—. Y es mío, incluso cuando se porta como un imbécil posesivo.

—El hijo de Fen Riorson. —Narelle tamborilea con los deformes dedos sobre el brazo del sillón—. Desde luego, Asher no predijo esto.

—Lo habría hecho si lo hubiera conocido. —Le tomo la mano a Xaden y entrelazo nuestros dedos.

—Nuestra madre lo sabía —asevera Mira, que ocupa de nuevo su sitio en el extremo de la estantería—. No es que le entusiasmara, pero sabía lo que era amor cuando lo veía. Lo que desde luego no nos dijo fue que nuestro padre venía aquí.

—Conque no, ¿eh? —Narelle se mueve en su asiento—. ¿Cuándo murió su padre?

—Hace poco menos de tres años —contesto con un hilo de voz—. El corazón le falló.

A Narelle se le demuda el gesto durante unos tristes instantes, pero asiente como si conversara consigo misma y levanta la cabeza.

—Tu padre arriesgó la vida de todos ustedes para ocultar la obra de su vida con el único propósito de que tú la encontraras, Violet. Me dejó lo último hace casi cuatro años, con instrucciones explícitas de que te lo diera solo si habías adquirido la inteligencia y los conocimientos que necesitarías para entenderlo.

Me tenso.

—Eso es... —Dain niega con la cabeza.

—Eso es propio de nuestro padre —dice Mira despacio.

—Puedes con esto. —Xaden me aprieta la mano.

Pugno por tragar el repentino nudo que se me ha formado en la seca garganta.

—Me indicó que le trajera lo más excepcional que poseo. —Me sale una risa irónica—. Y pensé... —Niego con la cabeza al ser consciente de que todo cuanto hemos hecho para acarrear la mochila hasta aquí ha sido en vano.

—Pensaste que esto es Deverelli, así que, naturalmente, comerciamos con bienes, tesoros. —Narelle une las manos en el regazo.

—Se refería a mi cabeza. —Miro de reojo a mi hermana, pero tiene la vista clavada en el suelo—. Por eso dijo que no enviara a otro en mi lugar.

—Los libros son solo para ti —confirma Narelle, y Leona se acomoda en el brazo del asiento de su madre—. Tengo tres preguntas sencillas, y si eres capaz de contestarlas, los libros son tuyos.

—Es muy arrogante pensar que tiene usted algún derecho a

quedarse con algo que nuestro padre escribió para Violet basándose en su criterio. —El tono de Mira no podría ser más áspero.

—No pasa nada —le aseguro, negándome a flaquear pese al calor que hace—. Pregunte.

Narelle lanza una mirada fulminante a mi hermana y centra la atención en mí.

—Te dejó un manuscrito. ¿Cómo se titula?

—*Aplastada: la segunda revuelta del pueblo krovlano*, por el teniente coronel Asher Sorrengail —contesto—. Pero usted ya sabe que lo sé. De lo contrario, ¿cómo estaría aquí?

La anciana da unos golpecitos con el dedo índice en señal de impaciencia.

—En el capítulo catorce tu padre apunta que la revuelta krovlana fracasó por culpa de Deverelli, pero no entra en detalles. Cualquier escriba que se precie —su mirada recorre mi uniforme negro— no se habría sentido satisfecho con esta conjetura. Así que, dime, ¿cuál es tu hipótesis?

De todo lo que hay en el libro, ¿esto es lo que pregunta?

—Es sencilla. Krovla no cumplió su parte del trato que hizo con Deverelli, fuera el que fuera. Antes que perder su reputación, Deverelli abandonó su papel de mediador, de ahí la retirada de los soldados de la otra isla, y después contó al rey regente de Poromiel dónde podía encontrar a los rebeldes. Fin de la rebelión. —Me encojo de hombros.

—No es lo bastante buena. —Narelle niega con la cabeza y el estómago se me encoge—. ¿Por qué fracasó? ¿Cuál era la moneda de cambio?

—No es justo... —empieza Dain.

La anciana levanta una mano, exigiendo que se calle.

—Conoce la respuesta.

Dejo escapar un suspiro.

—Tengo... una idea. Es solo que no quiero equivocarme. —O, en este caso, no quiero estar en lo cierto.

—Estás entre amigos. —Su sonrisa da a entender lo contrario.

De acuerdo. El sudor me corre por la nuca, pero reúno el valor necesario para poner cara de tonta.

—Creo que prometieron dragones y no pudieron cumplir la promesa.

—¡Que ¿qué?! —chilla Mira.

Xaden se tensa y Dain gira en redondo para mirarme, sus ojos abiertos al máximo de su capacidad, pero la lenta sonrisa que asoma a los labios de Narelle me dice que o bien me he equivocado de medio a medio o... tengo razón, por trágico que eso sea.

—Pruébalo —pide en un tono que me recuerda inquietantemente a Markham—. Convence a ese. —Señala a Dain.

Aprieto la mano de Xaden y su pulgar me acaricia el mío.

—El Aviso público 433.323 recoge un intento frustrado de cruce sin autorización de la frontera por parte del ejército krovlano cerca del puesto de Athebyne el once de diciembre del año 433 DU, dos días antes de que se produjera la Masacre de Medianoche. Aparte de este aviso, la única constancia que existe de dicho suceso se encuentra en el diario del coronel Hashbeigh, el comandante en jefe del puesto, que supervisó los interrogatorios. —Miro a Dain—. Papá me lo inculcó mientras trabajaba en el manuscrito, y en su día yo no entendí el porqué, pero evidentemente ahora sí. Creo que fue el año que tú estabas obsesionado con las tácticas para derrotar la piratería en el mar Emerald o algo por el estilo.

Dain se tensa.

—Fue un problema serio en el siglo v.

Hago un esfuerzo para no poner los ojos en blanco.

—No te desvíes del tema. Estábamos en el sofá. Papá caminaba arriba y abajo delante del fuego y a ti te parecía ridículo que los soldados hubieran entrado en Navarre para adquirir *plumas de cola*, ¿te acuerdas?

Dain hace una mueca.

—Es verdad, sí. Y tu padre me dijo que, si alguna vez se me pasaba por la cabeza hacer el examen de ingreso del Cuadrante de Escribas, era un caso perdido si no podía acordarme de aplicar mis conocimientos lingüísticos superiores a todas las áreas de análisis de datos históricos importantes. No es que yo quisiera ser escriba, pero a pesar de todo... Eran buenos tiempos. Gracias por recordármelo.

—¿Esto va a alguna parte o estamos disfrutando de un momento nostálgico? —espeta Xaden.

—Aplica tus conocimientos lingüísticos superiores, Dain —lo insto—. El interrogatorio se transcribió en la lengua común...

Dain abre los ojos como platos.

—Pero los invasores hablaban krovliano y los descriptores utilizan nombres en krovliano. Iban en busca de Cola de Plumas. De dragones.

Asiento.

—Creo que Deverelli ejerció de mediador en un acuerdo con Krovla y una isla cuyo nombre no se menciona, en virtud del cual la isla proporcionaría el ejército y Krovla proporcionaría dragones. Cuando no fueron capaces de hacerlo, el acuerdo se rompió, se perpetró la Masacre de Medianoche y Krovla siguió siendo parte de Poromiel.

Dain se cruza de brazos.

—Estaban mercadeando con dragones. —Mira a Narelle—. La creo. Es solo que me llevará un minuto asimilarlo. No se... mercadea sin más con dragones, y aún menos se lleva a crías a unas islas en las que no hay magia. No cuando uno se arriesga a desatar la ira del Empíreo.

—Oh, espera hasta que caigas en cuenta de que tu padre sabe que el libro de mi padre tiene algo que ver con los Cola de Plumas, lo que significa que en un momento dado papá supo que tenía que dejar de confiar en él —añado.

Dain me mira y su expresión afligida hace que desee poder retirar lo que he dicho.

—Tercera pregunta —continúa Narelle, y me resulta especialmente cruel, teniendo en cuenta por lo que acaba de hacerme pasar.

—Pregunte. —Mi tono deja bastante que desear.

—¿Por qué dejaste al príncipe? —Ladea la cabeza y sus ojos se iluminan como si nos hubiéramos reunido para tomar el té y chismorrear.

—¿Perdone? —Me inclino hacia delante, como si fuera posible que haya oído mal.

—El príncipe. —Une las manos—. Tu padre sabía que lo suyo no duraría, pero me gustaría saber cuál fue la gota que colmó el vaso.

—Por casualidad no te apetecerá pasarte por aquí y prenderle fuego a esta librería, ¿no? —le pregunto a Tairn.

—Como dijo el Oscuro, no es bueno para las relaciones internacionales —contesta.

—Yo lo haría —se ofrece Andarna—. *Pero te quedarías sin los libros que quieres.*

—Lo... —El peso de todas las miradas de la habitación me enciende la piel de tal modo que siento que estoy al borde de la sobrecarga sin que haya una pizca de magia—. Lo dejé porque lo encontré en una situación delicada con una profesora suya.

Narelle se echa hacia delante y enarca las cejas.

—¿Estaba teniendo sexo con una profesora?

—¡Mamá! —la reprende Leona.

—Maldito imbécil —masculla Dain—. ¿Por qué no me lo contaste?

—¿Qué ibas a hacer? ¿Pegarle un puñetazo al príncipe de Navarre? —replico.

Dain frunce el ceño.

—Pues sí —contesta Xaden—. Todavía podría hacerlo.

—Así que, rabiosa y celosa, lo dejaste pese a que tenías la corona de Navarre en tus manos, ¿no? —me provoca Narelle—. ¿Te suplicó que lo perdonaras? ¿Lo perdonaste?

Entiendo perfectamente por qué tiene una librería y cuál podría ser su género preferido.

—Nunca he querido una corona y, además, no es propio de Halden suplicar perdón. Cerré la puerta y no me molesté en volver a hablar con él hasta hace unas semanas. No me amaba, no como merezco ser amada, y no hay ningún poder por el que valga la pena estar con alguien que no te ama.

—Sabes valorarte —observa Narelle con suavidad mientras afirma con la cabeza—. Tu padre estaría orgulloso. Dale los libros.

Leona se levanta y nos deja esperando en los asientos mientras desaparece en la parte de atrás. Yo me desinflo, aliviada, dejándome caer contra Xaden.

Mira se quita la vacía mochila y la deja en el sillón desocupado que hay junto a Narelle.

—Los llevaré yo por Violet, a no ser, naturalmente, que crea usted que a mi padre no le haría gracia. Prometo no leerlos ni nada. —Su tono cortante hace que un escalofrío de culpa me recorra la espalda. ¿Por qué insistió tanto mi padre en que viniera a buscarlos en persona?

Narelle se limita a sonreír y cruza los tobillos.

—Y justo por eso no te los dejó a ti, querida. Todos tenemos un papel que desempeñar en lo que se avecina; este, sencillamente, es el suyo. Mientras él estaba ocupado educando a Violet para esta misión en concreto, tu madre te estaba educando a ti. Me pregunto cuál será el legado que has heredado.

Mira entrecierra los ojos.

Diez minutos después dejamos la librería con seis volúmenes escritos por mi padre. Y todos y cada uno de ellos están protegidos por una contraseña.

Luego, esa misma tarde, apoyo la cabeza en el reborde de la bañera de madera tallada del baño que hay en la misma estancia que nos han asignado a Xaden y a mí, y oigo aves que no soy capaz de identificar al otro lado de la ventana que tengo enfrente. Soy demasiado baja para disfrutar de las espectaculares vistas del agua, pero el cielo tampoco está mal. Empieza a suavizarse con los colores del inminente ocaso.

¿Qué hora será? Me pregunto si Halden habrá regresado. Si habrá conseguido asegurarse el permiso para que podamos utilizar Deverelli como base desde la cual visitar las otras islas o si habrá abordado el tema de la séptima estirpe. Intento lanzar mis preguntas a Xaden a través del canal mental que nos conecta, pero suspiro de frustración al recordar en el acto que aquí no funciona.

La brisa atrapa las cortinas blancas y las hincha hacia mí mientras el agua se enfría y alcanza una temperatura que posiblemente me haría echar mano del agua caliente en Basgiath, pero que aquí, en Deverelli, no puede ser más bienvenida.

Aunque los dedos de los pies se me están arrugando, lo cual me dice que es hora de que salga.

—¿Vi? —Xaden llama a la puerta.

—Pasa. —A mi rostro asoma una sonrisa lenta.

Que se me borra por completo cuando abre la puerta y se acerca con tan solo una toalla enrollada a la cadera. Dioses, es perfecto. Tiene el pelo mojado, un poco desaliñado aún. Gotas de agua se aferran a sus músculos. Abdominales durante días y días y más días.

—Solo quería que supieras que he vuelto... —No termina la frase cuando repara en mis hombros desnudos, que estoy prácticamente segura de que es todo cuanto puede ver dado lo alta que es esta bañera. Bueno, mis hombros y mi muy mojado y muy suelto cabello—. Carajo. Es que..., carajo.

—Te he dicho que te quedaras y te dieras un baño en nuestra habitación. Aquí hay mucho sitio. No hacía falta que fueras al de Ridoc. —Doy unos golpecitos con el pie en la tubería de cobre que hay en el otro extremo de la bañera—. La cañería es lo máximo.

—Sí. —Sus ojos se oscurecen y su mano se tensa en el pomo de la puerta—. Suponía que lo correcto era darte tiempo para que pusieras a remojo los músculos y pudieras recuperarte después de tanto cabalgar.

—¿Lo correcto? Qué amable por tu parte. —Me recojo el pelo con una mano y me lo echo por el hombro izquierdo para poder escurrírmelo. A continuación acciono con el pie la palanca para que la bañera empiece a vaciarse mientras procuro mirar a cualquier sitio menos a él y ese cuerpazo con el que insiste en pasearse.

—¿Notas que te has recuperado? —Pregunta bajando la voz.

—Me siento algo expuesta después de pasar por el interrogatorio sobre mi inteligencia y mi vida amorosa, pero por lo demás bien. —Alargo un brazo hacia la derecha y agarro la suave toalla blanca que he dejado en el banquito mientras el agua va bajando con un gorgoteo. Me pongo de espaldas a Xaden, me levanto y me envuelvo deprisa en la toalla.

—Estás bien —repite—. Ni mareada, ni dolorida. ¿Ni cansada? Porque ayer estuvimos volando toda la noche.

—No estoy segura de que quiera subir el Guantelete ni nada por el estilo —me inclino hacia la izquierda para escurrirme el pelo en la bañera—, pero sí, no puedo sentirme mejor. —Limpia, alimentada y preparada para acurrucarme con el hombre al que amo.

—Bien —dice contra mi oído, y profiero un grito de sorpresa cuando me sujeta por la cintura y me voltea hacia él—. Porque me he hartado de hacer lo correcto.

Estampa su boca en la mía.

VEINTICINCO

> La palabra más inútil en el lenguaje de la aristocracia siempre ha sido y siempre será *amor*. El matrimonio es un mal necesario para asegurar la descendencia. Nada más. Reserva el amor para tus hijos.
>
> —CORRESPONDENCIA CONFISCADA DE FEN RIORSON A UN DESTINATARIO DELIBERADAMENTE DESCONOCIDO

Abandono la toalla y el sentido común y le echo los brazos al cuello mientras pongo toda mi alma en ese beso. ¿A quién le importa que estemos en una casa llena de sirvientes y con un vizconde del que no me fío? ¿Que Xaden haya impuesto límites sexuales entre nosotros estas últimas seis semanas? Me besa como si yo fuera el único aire que puede respirar, y eso es todo lo que importa, todo lo que me permito que importe.

Mis pies mojados resbalan en las baldosas y después no hay nada bajo ellos cuando Xaden me levanta contra su pecho. La sensación de mis pechos desnudos contra su piel húmeda hace que profiera un grito ahogado alrededor de su lengua.

Él gime y me sujeta con una mano bajo el trasero mientras enrosco mis piernas a su cintura. Suelto su toalla con los pies para que caiga al suelo antes de cruzar los tobillos, dejándonos piel con piel a la vez que me besa hasta hacer que pierda la razón, anulando toda lógica y sustituyéndola por deseo puro y duro.

Nuestras bocas chocan una y otra vez sin delicadeza ni seducción. Aquí no hay jugueteo ni coquetería que valgan. No, es todo hambre y exigencia brutal e indisimulada. Es perfecto, carajo, desenfrenado y absolutamente voraz.

La habitación se mueve, o puede que seamos nosotros. Sea como fuere, la luz cambia y me sorprendo encaramada al borde de la mesita del desayuno, cerca de la ventana del dormitorio.

Separo mi boca de la suya para echar una ojeada al lugar, pero Xaden me toma del mentón y me devuelve adonde estaba.

—Nadie puede ver nada en este ángulo. Lo he comprobado —promete, y me besa de nuevo, borrando cualquier protesta de mi cabeza con la indulgente caricia de su lengua.

Un momento. Lo ha comprobado. Luego ha pensado en esto.

«Oh, dioses, así que es posible que esto vaya a pasar».

El calor y la necesidad me recorren, devolviendo cada nervio ruidosamente a la vida. No tengo la sensación de que solo hace seis semanas desde la última vez que estuvo encima de mí, debajo de mí, dentro de mí, no: parece que fue hace años.

Enreda mi pelo mojado en su mano y tira de mi cabeza hacia atrás con suavidad, interrumpiendo el beso y posando los labios en mi garganta. Cada roce de su boca hace que un «sí» me baje por la columna, y los síes no tardan en formar un doloroso nudo de «por favor» entre mis muslos.

Le paso las uñas por el pelo y me arqueo pidiendo más, gimiendo con suavidad cuando me lo da, jugando hábilmente conmigo. Saca el máximo partido de su firme boca, su suave lengua y su áspera barba de tres días, hasta que estoy casi segura de que podría hacer que me viniera con solo besarme el cuello.

—Me encanta tu piel —afirma mientras va bajando por mi clavícula—. Carajo, eres tan suave...

El pulso se me dispara y mis manos recorren sus poderosos hombros, tocando cada centímetro al que llego de su cálida piel. Quiero acostarlo en esa cama y lamerle cada línea que me ha negado estas últimas seis semanas, pero no tengo la menor intención de arriesgarme a que pare para que cambiemos de postura.

Me suelta el pelo y me cubre los pechos con las dos manos. Tomo aire deprisa cuando baja los labios a uno de mis pezones, y a continuación se sirve de la lengua y los dientes para recrearse con él. Dioses, no podría sentirme mejor. Mi cuerpo está hambriento de sus caricias, y me cuesta dioses y ayuda reprimir un gemido cuando pasa al otro.

—Chsss —musita con una sonrisa juguetona—. No creo que quieras que alguien nos oiga.

Es su sonrisa lo que acaba conmigo, un miedo que roza la locura atraviesa la bruma del placer que me está regalando.

—No puedes provocarme. —Niego con la cabeza.

Sus manos bajan a mis caderas y se yergue cuan alto es; el ceño se le frunce cuando la confusión inunda esos ojos preciosos que me miran.

—O sea, sí puedes —corrijo deprisa, y mis manos caen a la mesa—. Es solo que te deseo, te necesito y estoy intentando con todas mis fuerzas respetar la parte de no tener sexo de las normas que hemos sentado, y si me provocas...

Xaden esboza una puta sonrisa de suficiencia y me planteo volver a la fase de nuestra relación en la que le lanzaba dagas a la cabeza.

—Aquí no hay magia.

—Sí, lo sé. —Me cruzo de brazos y voy a cerrar los muslos, pero él está en medio.

—Aquí no hay magia —repite mientras baja la cabeza y me roza la boca con los labios—. Puedo cogerte todas las veces que queramos, todas las veces que puedas, y no perderé el control.

—Oh. —El cuerpo entero se me tensa más que la cuerda de un arco, y lanzo un grito ahogado.

—Oh. —Xaden sube con los pulgares por la cara interna de mis muslos y clava sus ojos en los míos—. ¿Con eso quieres decirme que estarías interesada?

Me paso la lengua por el labio inferior y sus manos se tensan.

—Solo si tú lo estás; tengo la sensación de que... —Trago saliva—. Es solo que no quiero presionarte para que hagas algo que no te sientas cómodo haciendo.

Me toma una mano y la lleva hasta su erección.

—¿A ti te parece que no me siento cómodo?

Aprieto por acto reflejo y él suelta un gemido grave, gutural; los ojos se le cierran. Mi abdomen se tensa al ver lo bueno y lo erecto que está, lo perfecto que es.

—Mierda, Violet. Como vuelvas a hacer eso, esto habrá acabado en cuestión de minutos. —Hay cierta desesperación en sus ojos cuando los abre, y expulsa el aire cerrando los dientes mientras me separa la mano de su cuerpo—. Que me haya mantenido apartado de ti ha sido estrictamente por tu bien, no por el mío, créeme. Te deseo desde que me despierto hasta que me quedo dormido. Sueño contigo.

Mi boca se entreabre y el calor se extiende por mi pecho.

—Te amo.

—Te amo. —Me agarra las rodillas—. Y aquí no tengo mis putos poderes. No me malinterpretes, hay una parte de eso con la que no puedo estar más encantado...

El estómago me da un vuelco. La parte venin.

—Pero ¿estar sin las sombras —continúa—, sin poder leer las intenciones de nadie ni conjurar magia menor? Ni siquiera puedo levantar un escudo de sonido para que nadie en esta casa oiga los ruiditos que haces cuando te vienes, y eso es... —La mandíbula se le tensa.

—Lo sé —musito mientras el dorso de mi mano se desliza por su barba. No tener ese flujo constante de poder bullendo bajo mi piel me hace sentir... menos que completa.

—Y no puedo hablar con Sgaeyl —añade—. Ni siquiera puedo notar tu presencia, y eso me está matando. Pero a cambio de toda esta mierda... —La ceja de la cicatriz se alza—. Puedo hacer lo que más me gusta en el mundo, que casualmente es cogerte. Vamos, que tengo unas seis semanas que compensar y, mi amor, estamos malgastando el tiempo.

Apoyo las manos a los lados y sonrío cuando sus ojos se oscurecen al contemplar mi cuerpo.

—Bueno, si insistes...

Una sonrisa lenta curva su boca en el momento en que me separa más los muslos.

—Insisto.

Mi risa se torna en el acto un gemido cuando se arrodilla y me besa entre las piernas.

Oh. «Mierda».

No me provoca ni juega, no: hace girar la lengua inmediatamente alrededor de mi clítoris y me introduce dos dedos.

—Carajo, echaba de menos tu sabor.

—¡Xaden! —El placer me sacude el cuerpo como si fuera poder, bullendo en mis venas y alcanzándome el bajo vientre. Me tapo la boca con la mano para acallar el siguiente gemido cuando él empieza a mover esos más que prodigiosos dedos, mientras su lengua sigue el ritmo para tocarme el cuerpo como si se tratase de un instrumento creado solo para él.

La tensión se acumula y se enrosca, y tengo que hacer un esfuerzo supremo para permanecer recta, manteniendo el equilibrio con una mano y ahogando mis gemidos con la otra. Me balanceo, mi cuerpo se mece y Xaden busca mi boca.

Me llevo su mano a los labios y lo beso con fuerza en la palma al tiempo que mis caderas comienzan a moverse contra su cara y su otra mano, buscando el clímax, que noto más cerca con cada embestida de sus dedos, con cada lamida.

Pero quiero más. Lo quiero dentro de mí, con sus brazos alrededor de mi cuerpo, su voz en mi cabeza... Podemos tenerlo todo salvo lo último, y me basta y me sobra.

Es bueno. Carajo, es genial. La respiración se me entrecorta y los muslos se me tensan.

Xaden curva los dedos y arremete con la lengua contra mi clítoris hasta que no puedo más. El orgasmo llega con fuerza, deprisa, y grito contra su mano mientras un placer candente hace que me desborde en vivas oleadas que me arrollan una y otra vez, privándome de la respiración cuando me envuelven.

Me provoca múltiples orgasmos implacablemente, tocando mi cuerpo hasta que los últimos temblores cesan.

—No tengo palabras para el caos que puede desatar esa boca. Ven aquí. —Le beso la muñeca y se levanta, pasándose el pulgar por el labio inferior. Mi temperatura sube otro grado, y la respiración se me corta cuando lo miro.

Mío. Es la única palabra que se me ocurre mientras me lo como con los ojos.

—Como sigas mirándome así... —me advierte pegándoseme. Desliza las manos bajo mis muslos y me sienta más atrás en la mesa.

—¿Qué harás? —Me acuesto y apoyo los talones en la superficie mientras él se me sube encima, con el peso en las manos.

—Buena pregunta. —Baja su boca hasta la mía y los brazos le tiemblan—. Te necesito.

—Aquí me tienes. —Levanto las piernas para entrelazarlas

en sus caderas e introduzco una mano entre nuestros cuerpos para llevar la cabeza de su sexo al mío. Los dos respiramos hondo al sentir el contacto, y los ojos se le iluminan.

—¿Estás segura? Ya sabes lo que soy —dice despacio, y algo parecido al miedo le cruza el rostro.

—Sé quién eres. —Le sujeto las mejillas entre mis manos—. Y ahora, Xaden, tienes seis semanas que compensar, ¿recuerdas?

Asiente y, sin dejar de mirarme, mueve una mano hasta mi cadera y me embiste lentamente, tomándome centímetro a centímetro hasta que él es todo cuanto puedo sentir. La presión, la extensión, la sensación son tan perfectas que mis estúpidos ojos se humedecen por lo mucho que he echado de menos esta conexión.

—¿Estás bien? —Me mira con los ojos muy abiertos y sus caderas retroceden.

—Estoy genial. —Lo rodeo con las piernas—. Es solo que echaba de menos esto.

—Yo también. —Pega su frente a la mía y mueve las caderas, penetrándome.

Los dos gemimos.

—Echo de menos estar en tu cabeza. —Retrocede y arremete de nuevo, y muero del gusto. El placer me llega a los huesos cuando inicia ese ritmo profundo, lento, del que nunca me canso—. Me encanta tener cada parte de ti cuando estamos así.

—Lo mismo digo. —Le echo los brazos al cuello y me aferro a él, arqueándome para acoger cada una de sus exquisitas acometidas mientras el sudor no tarda en bañarnos el cuerpo—. Me encanta cuando me hablas... —Mis dedos se deslizan por su boca—. Aunque tu boca esté ocupada con otra cosa.

Sonríe, pero la sonrisa se desvanece cuando roto la cadera y él gime.

—Carajo, estar así contigo me hace sentir tan bien... Nunca

renunciaré a ti. Lo sabes, ¿no? Tuviste tu oportunidad para salir corriendo. Deberías haber salido corriendo, Vi. —Puntúa cada afirmación con una embestida más fuerte, más profunda, que hace que me cueste respirar, pensar de manera racional cualquier otra cosa que no sea *más* y *sí* cuando la madera cruje bajo nuestros cuerpos.

Pego mi boca a la suya y respiro a través del intenso placer que está acumulándose en mi interior de nuevo, más hondo y excitante que antes.

—Nunca saldré corriendo. Somos tú y yo pase lo que pase.

—Tú y yo —repite, y el sudor le perla la frente mientras sus caderas me hunden en la mesa, que cruje y empieza a bambolearse.

—No pares. —Porque estoy segura de que si lo hace, podría morirme. Me agarro fuertemente con los brazos, las piernas, aferrándome a él con todo mi ser, y él cambia el peso a los antebrazos, me mete una mano bajo la cabeza para amortiguar los golpes y me embiste, acercándome más y más al orgasmo.

La madera se parte un segundo antes de que la gravedad se imponga, y el estómago se me encoge mientras caemos.

Mi piel solo toca la suya cuando chocamos.

Me sujeta contra su pecho con un brazo, en cambio el otro y las rodillas se llevan la peor parte del percance.

—¿Estás bien? —pregunto con el rostro enterrado en su cuello.

—Sí. Es una caída de un metro, no de mil. —Se ríe y me hace rodar hacia un lado para pasar al suelo de madera, poniendo mucho cuidado en no aplastarme los tobillos. Y sigue justo donde lo ha dejado, salvo que esta vez estoy lo bastante cerca del borde de la cama para apoyarme y recibir sus embestidas—. Espera. —Alarga un brazo por encima de mi cabeza, agarra una almohada y me la coloca bajo la cadera. El siguiente impulso llega a un punto tan exquisito que lo saboreo.

Acalla con la boca el grito que lanzo mientras me arqueo una y otra y otra vez hacia él, deleitándome con cada respiración a través de sus dientes apretados, cada línea en tensión de su increíble cuerpo, cada beso embriagador al mismo tiempo que el placer nos arrolla a los dos con más y más fuerza.

Y, los dioses me ayuden, aguanto todo lo humanamente posible. No quiero que esto termine, no quiero volver a ese deseo incesante. Dejo escapar un gemido mientras lucho contra la presión, la ola que se acerca y sé que no podré evitar, no cuando cada movimiento de sus caderas me empuja hacia ella.

—Deja de resistirte, hazlo por mí, amor. —Xaden me mordisquea el labio inferior.

—No pienso... —Jadeo, mi cuerpo se retuerce bajo el suyo. Mierda, esto es demasiado bueno.

—Sí. —Su mano me baja por el estómago—. No me hace falta estar en tu cabeza para saber que te estás resistiendo. Esta no será la única vez, Vi. Tenemos toda la noche. Vente, por mí.

«Toda la noche» suena mejor que cualquier paraíso que se me ocurra.

Hundo los dedos en su pelo cuando me acaricia el hipersensible clítoris con la presión exacta que sabe que me gusta, y me rompo en pedazos. Estallo en el momento en que el orgasmo me sobreviene a un ritmo sinuoso. Xaden engulle mis gemidos con un beso al tiempo que las olas rompen una y otra vez, y después él me recompone con suaves caricias de sus manos mientras vuelvo en mí.

—Eres preciosa —musita contra mi boca, y solo en el instante en que me desplomo en el suelo, temblorosa, feliz y satisfecha, me besa como si estuviera buscando su alma y halla su propio placer con unas últimas arremetidas y un gruñido grave.

Lo abrazo con fuerza en cuanto hace que rodemos de lado,

de manera que su espalda queda contra los añicos de la mesa, y me protege la cabeza con su bíceps.

Trazo la línea de la cicatriz que le cruza la ceja mientras mi corazón se aquieta, y memorizo de nuevo los rasgos de su cara cuando me observa con una expresión velada, dulce. Es mucho lo que falta de nosotros aquí para que seamos plenamente nosotros, pero es una versión a la que quiero aferrarme, en la que no lo acosa la amenaza de regresar, en la que no me dice que tengo que aprender a matarlo.

—Podríamos quedarnos aquí —susurro.

Arquea una ceja y me aparta el cabello del rostro.

—¿Aquí en esta habitación?

—Aquí en Deverelli. —Le paso los dedos por la mandíbula—. Podría aceptar la oferta de Tecarus... si Tairn y Andarna acceden. Estoy segura de que lo harían si ello significa que tú detienes tu avance hasta que encuentre una cura. Sgaeyl y tú podrían quedarse aquí mientras yo me encargo de indagar...

Desliza el pulgar por mis labios.

—Sgaeyl está sufriendo.

Parpadeo.

¿Cómo es posible que se me haya pasado por alto? El sentimiento de culpa me oprime los hombros.

—Creo que todos los dragones están sufriendo, aunque dudo que vayan a admitirlo, pero no creo que puedan sobrevivir (o al menos desarrollarse como lo hacen en casa) lejos de la magia. No podría causarle dolor a Sgaeyl. —Su callosa mano baja por un lado de mi cuello y por mis costillas, y se detiene en la curva de mi cintura—. Y no podría permitir que abandones a todas las personas a las que amas.

Un enorme nudo se me aloja en la garganta.

Llaman a la puerta.

—Hola..., eh... —dice Ridoc al otro lado.

Me pongo roja y me tapo la boca con la mano.

—Estamos bien —asegura Xaden con una sonrisa pícara mientras me acaricia la cadera.

—Ya, bueno..., me alegro —contesta Ridoc—. No, no estoy... —No termina la frase.

—A ver, tenemos un problema —espeta Cat.

—Gritar a través de la puerta no servirá de nada —tercia Dain.

—Quítense de en medio —ordena Mira, y Xaden y yo nos levantamos—. Violet, abre la puerta.

¿Cuántas personas hay en el pasillo?

Xaden llega al baño antes que yo y me lanza la toalla por la puerta. Se asegura de que la agarre antes de ponerse la suya a la cadera y salir.

—No puedes abrir así —le silbo al tiempo que me tapo, y me quejo de lo que tardaré en vestirme.

—Ni tú tampoco, y ten por seguro que no pienso dejar que Aetos te vea con una puta toalla después de oír que tu padre básicamente planeó tu boda con ese imbécil —suelta Xaden, asimismo en voz baja, con la mano en el pomo de la puerta.

Acepto la derrota y me acerco a la pared, sin que me vean, en cuanto Xaden abre.

—¿A qué debemos el honor de su numerosa visita? —pregunta—. Pensaba que dos de ustedes iban a volar hacia el sur para confirmar que no hay íridos escondidos ahí.

Por toda respuesta obtiene silencio.

Me inclino hacia la izquierda lo suficiente para ver que Xaden gira la cabeza.

—Sí, la mesa se ha roto. A ver, ¿qué necesitan?

—La han roto, ¿no? —inquiere Ridoc, al borde de la carcajada—. Como ese armario que no querían que nadie los viera sacar de la habitación de Vi en primer año, ¿no?

—¿El qué? —Mira levanta la voz y yo me pego a la pared, dejando caer hacia atrás la cabeza de la humillación.

—¿Qué es tan importante para que intenten fastidiarme la puta tarde? —inquiere Xaden.

—Ha llegado un mensajero —contesta Dain—. El rey Courtlyn ha decidido retener a Halden.

El estómago se me revuelve.

—Lo siento por el maldito Halden. —Xaden se encoge de hombros.

—¡Xaden! —Lo miro con las cejas levantadas y su boca se tensa.

—Nos disponíamos a partir, según lo planeado, pero Tecarus te necesita —continúa Dain—. Eres el único aristócrata, el único al que dejarán entrar.

—Tienes que ir —musito.

Xaden me mira, y más emociones de las que puedo contar afloran a su bello rostro: deseo, desesperación, súplica, frustración, ira, resignación.

—Carajo. Está bien. —Les cierra la puerta en las narices—. *Tenemos* que ir.

VEINTISÉIS

Durante las primeras veinticuatro horas que transcurrieron desde que se vio apartado de la magia de la fuente, el sujeto —una asim— se mostró tranquilo. Sin embargo, la privación de la misma no tardó en revelar la verdadera naturaleza del sujeto, tras lo cual fue preciso pasar de inmediato a dicho sujeto a la fase dos del estudio.

Los resultados pueden consultarse en el grupo treinta y tres B, bajo la categoría: MUERTE POR FUEGO, y, ulteriormente, en el grupo cuarenta y seis C, bajo la categoría: MUERTE POR VENENO.

—*Anatomía del enemigo, un estudio*, por el capitán Dominic Prishel

Deverelli es preciosa al atardecer, o al menos lo sería si pudiera concentrarme en tomarme el tiempo necesario para apreciar de verdad la isla.

En lugar de eso, estoy volcada en averiguar cuánto exactamente cree Tairn que puede acercarse a las copas de los árboles sin estrellarse contra ninguna mientras subimos la ladera a toda velocidad por delante de Sgaeyl.

Para gran disgusto de Andarna, Tairn le ha ordenado que se quede atrás por su propia seguridad.

—*¿Seguro que estamos fuera del alcance de esas ballestas?* —le pregunto. Voy pegada a los borrenes de la silla, con la mochila aplastándome, como si mi escasa estatura pudiera afectar a su aerodinámica.

—*No pueden girar hacia este lado, han sido diseñadas para proteger el litoral. Subestiman, y mucho, nuestra inteligencia.*

Aun así, la presencia de ballestas implica que la isla quiere hacernos daño. Y es posible que ya lo esté haciendo.

—*¿Tú sientes dolor? ¿Y Andarna?* —le pregunto cuando diviso cuatro enormes columnas grises que sustentan los restos de un acueducto y siguen la curva de la ladera señalando el camino que conduce al palacio.

—*¿Por qué lo preguntas?* —Su tono áspero contesta por él tan pronto como atraviesa un espacio abierto que parece encontrarse en el barrio de las artes, según recuerdo haber leído, y se oye un coro de gritos que se desvanece en cuanto pasamos. «Perdón, pero si secuestran a nuestra realeza, nosotros hacemos que se caguen de miedo con nuestros dragones». A mí me parece bastante justo.

—*¿Por qué no me lo has dicho?* —El sentimiento de culpa por tan siquiera sugerirle a Xaden que nos quedáramos, por no darme cuenta, me oprime.

—*Tú convives con el dolor. ¿Acaso sientes la necesidad de avisarme cada vez que notas un dolor agudo en las rodillas o te haces un esguince?* —Incluso su batir de alas cambia, se vuelve más un *staccato*—. *Ha habido varios momentos, incluso aquí, en que los latidos de tu corazón se han acelerado y has rozado la inconsciencia, y, sin embargo, no has hecho especial mención a ello.*

Me amoldo al movimiento de su cuerpo cuando vira a la izquierda, siguiendo el centenario acueducto.

—*Eso para mí es el día a día. Para ti esto no es normal.*

—*Andarna no parece que tenga ningún problema. Yo estoy*

molesto, irritado y separado de la fuente de la que extraigo mi poder y mi fuerza y de los pensamientos de mi pareja, pero sigo siendo Tairneanach, hijo de Murtcuideam y Fiaclanfuil, descendientes de...

—*Sí, bueno, entiendo. Eres superior en todos los sentidos* —lo corto antes de que me recite todo su pomposo linaje como si a estas alturas no me lo supiera de memoria.

Nos nivelamos, siguiendo la topografía, y me grabo en la memoria todo lo que puedo del trazado antes de que estemos a demasiada altura. El tamaño de Tairn supone una clara ventaja en el combate, pero es una idiotez cuando intento ver lo que hay más abajo.

El palacio no se parece a nada que haya visto nunca. No solo la estructura de cuatro plantas está esculpida en la ladera: también lo está la pradera de cien metros que se extiende delante. Es verdaderamente espectacular, una hazaña de la ingeniería cuando se llevó a cabo, hace mil años, y dice mucho de sus tradiciones que siga siendo la sede del poder y no haya acabado en ruinas como tantos de los vetustos castillos de reinos pretéritos en el continente.

Una tenue luz azul en orbes ilumina un camino central del claro, alumbrando nuestra ruta mientras el sol se pone tras las colinas y descendemos hacia la hierba, de un verde apagado. El espacio es lo bastante amplio para dar cabida a dos dragones con las alas extendidas por completo, probablemente a cuatro si las tuvieran replegadas.

—*¿Sabes adónde vas?* —me pregunta Tairn cuando nos aproximamos; sus alas se hinchan para ralentizar el descenso.

—*Casi todos sus espacios formales están fuera, según lo que he leído, al igual que los aposentos del rey, al otro lado de la primera hilera de árboles; así que, en teoría... sí.* —Me preparo para aterrizar cuando Tairn sobrevuela una sección de guardias despavoridos que empuñan lo que parecen ser lanzas con la punta plateada y me deposita a la izquierda de la fila de orbes azules incandescentes—. *Aunque no es que vayan a dejarme entrar.*

Sgaeyl y Xaden aterrizan a la derecha.

Se oyen gritos cuando me suelto la hebilla y avanzo hacia el hombro de Tairn.

—*¿No hay ningún cambio de planes?* —inquiero, y me armo de valor para lo que por fuerza será un enfrentamiento polémico.

Quiero mi puto poder y lo quiero ahora.

—*Ninguno. Estaré contigo todo el tiempo, Plateada.*

Su promesa me tranquiliza. Desmonto y, debido al peso de la mochila, la espalda se me resiente con el impacto. Me la quito y voy hacia Xaden, que ya está esperándome en el centro del camino entre las filas de orbes azules. Lleva las espadas sujetas a la espalda, pero tiene las dagas a su alcance y carga con la misma mochila descomunal de la que no se despega desde que salimos de Navarre, de la que me dijo que era «por si acaso».

Supongo que un reino insular que secuestra a tu príncipe justifica ese «por si acaso».

No puedo evitar mirar dos veces uno de los orbes que dejo atrás para entrar en el camino. El resplandor azul no procede de una única fuente de luz, sino de docenas de enormes insectos bioluminiscentes con alas traslúcidas, todos los cuales se alimentan de... Una sonrisa asoma a mi rostro.

—Son polillas falorinia.

—¿Qué? —Las botas de Xaden hacen crujir las piedrecillas del camino cuando viene a mi encuentro.

—Polillas falorinia. —Toco el bonito orbe de cristal—. No las tenemos en el continente, solo a sus especies hermanas. Dan luz cuando se alimentan de panal. Leí acerca de ellas en la *Guía de la fauna deverelí de sir Zimly*, pero no sabía que las utilizaban para iluminar. Es brillante. Malévolo pero brillante.

—Cómo es que no me extraña que lo hayas leído —contesta Xaden—. Pero creo que deberíamos concentrarnos en la docena de guardias enojados que vienen hacia nosotros.

—Cierto. —Me echo la trenza por el hombro, maldiciéndome por no haber tenido tiempo de recogérmela como de costumbre, y me giro para hacer frente a la horda de deverelíes furiosos vestidos de blanco. Me figuro que disponemos de menos de diez segundos, y las puntas de esas lanzas parecen muy hostiles. Mis manos cuelgan cerca de las vainas de mis costados, pero Xaden está con los pies separados y los brazos cruzados como si no le preocupara demasiado.

Sin embargo, sus ojos escudriñan al grupo metódicamente, sin lugar a dudas clasificándolos en grados de amenaza. Me centro en la mujer con rasgos zorrunos de la derecha, cuyas fosas nasales se dilatan sin cesar y que no para de salirse del camino como si no me diera cuenta, y en el hombre de la izquierda, que hace lo que puede por sumirse en las sombras, sin ser consciente de que está en presencia de un maestro.

—Vaya, más hojas —señala Xaden—. Y yo que pensaba que eran una sociedad sin armas.

El que ocupa el centro, con un fajín azul, se adelanta y empieza a dar gritos. Solo entiendo unas cuantas palabras, dos de las cuales son *parar* y *matar*.

—Dain no nos vendría nada mal ahora mismo —musito.

—Podría pasar el resto de mi vida sin volver a oírte decir eso —replica Xaden.

El vínculo tampoco nos iría nada mal.

—¿Alguno de ustedes por casualidad habla la lengua común? —inquiero cuando las argénteas hojas serradas de las lanzas en ristre se encuentran a un metro y medio de nuestro pecho.

Ellos se detienen y yo dirijo una mirada de advertencia a la de las fosas nasales hinchadas de mi derecha.

—Se les prohíbe entrar en el palacio del rey Courtlyn IV —anuncia Fajín Azul, que blande su hoja hacia nosotros, pero no lo bastante cerca para que merezca que reaccionemos—, soberano de Deverelli, maestro del comercio, cumplidor de juramentos, juez del tribunal y heredero de las antigüedades.

Cuando termina, me cuesta no arquear las cejas.

—Parece humilde —observa Xaden—. Estoy impaciente por conocerlo.

—No lo conocerán. —Fajín Azul da un paso más amenazándonos con el arma.

Mis manos se cierran cerca de las vainas cuando la mujer de mi derecha mueve su arma a un lado y a otro entre Tairn, que avanza lenta pero inexorablemente, y yo. Tairn mantiene la cabeza baja, casi a ras del suelo, y las alas bien replegadas para protegerse. Si no fuera suya, lo más probable sería que estuviera cagándome encima.

—Desde luego que sí —objeta Xaden, que deja escapar un suspiro como de aburrimiento—. Y estoy intentando con todas mis fuerzas ser diplomático, puesto que ese es el papel que me han asignado, pero deja que lo diga de forma que lo entiendas: tu rey ha secuestrado al imbécil de nuestro príncipe, y hay una parte importante de mí a la que no le importaría que se quedara aquí y los fastidie durante el resto de su miserable vida, pero eso le complicaría las cosas en casa a alguien a quien debo una... complicada lealtad, así que necesitaré que me devuelvan al príncipe.

«Aaric».

Fajín Azul frunce el ceño, pero no baja el arma.

—Y ahora —ordena Xaden—, tengo cosas mucho más importantes de las que ocuparme esta noche.

A mi derecha, Fosas Nasales apunta con la lanza a Tairn y echa atrás el brazo, lista para atacar mientras profiere un sonoro grito de guerra.

Saco una daga en el mismo instante en que Tairn abre la boca y ruge; el sonido rompe todos los orbes de cristal en un radio de tres metros y medio y hace que me piten los oídos.

—*¿De verdad era necesario?* —No oiré nada por el oído derecho durante un mes.

—*No, pero me ha parecido divertido.*

La mujer deja caer la lanza y se queda donde está, temblando como una hoja durante unos segundos antes de girarse despacio hacia nosotros, los ojos cafés más abiertos de lo que debería ser físicamente posible, la tez bronceada de pronto pálida.

La miro ladeando la cabeza.

—No les gusta que hagan eso.

Consigue mirarme a los ojos, trémula, y cae al suelo.

Es evidente que a Fajín Azul le tiemblan los brazos, pero he de reconocer que no ha soltado el arma.

—No. Pueden. Entrar.

—Soy Xaden Riorson, duque de Tyrrendor. —Xaden inclina la cabeza—. Probablemente esté esperándome.

Fajín Azul pone cara de sorpresa y me mira a mí.

—¿Y tú eres...?

«Mierda». Abro la boca...

—Mi consorte —afirma Xaden con absoluta naturalidad—. Violet Sorrengail.

«Pero ¿qué demonios...?» Cierro la boca con tanta fuerza que me entrechocan los dientes. Quiero volver a tener nuestro vínculo y lo quiero ahora mismo. No puede anunciar esa clase de cosas sin al menos haberlo hablado antes.

—*¿Qué debo darte, la enhorabuena o el pésame?* —Tairn levanta la cabeza.

—*Cierra el pico.* —Me enfundo la daga para no lanzársela al hombre al que amo.

—En ese caso... —Fajín Azul pone la lanza en vertical y los demás siguen su ejemplo—. Dejen aquí sus armas, los acompañaremos a la mesa.

—De eso nada. —Niego con la cabeza. Este sitio me ha privado de mis rayos y de mi vínculo. El mismísimo Malek tendría que sacarme las dagas de las vainas antes que entregarlas.

—Ya la has oído —conviene Xaden.

Fajín Azul se jacta:

—No creemos en las armas...

—A menos que las lleven ustedes —digo despacio—. ¿Han visto el tamaño de sus dientes? —Señalo a Tairn y Sgaeyl—. Por no hablar del fuego. Nuestras hojas son la menor de sus preocupaciones.

Tairn lanza una bocanada de vapor con olor a azufre y Fajín Azul levanta el mentón y ordena al resto que se quede donde está. Después nos invita a Xaden y a mí a bajar por el camino.

Sgaeyl y Tairn nos siguen hasta que llegamos a la primera barricada del claro, dos gruesas hileras de palmeras que señalan la entrada formal al palacio exterior.

—Sus criaturas se quedan aquí —exige Fajín Azul.

—Les transmitiremos tu petición —contesta Xaden.

—*Vemos por encima de los árboles* —observa Tairn.

—*No olvides que la diplomacia es el plan A.* —Le tomo la mano a Xaden y me acerco a él mientras caminamos por la senda iluminada por orbes, pasando por delante de lo que parece un salón de recepciones al aire libre, a la izquierda, con distintos grupos de asientos, y una sala de música a la derecha con instrumentos que esperan a sus músicos.

—No hay paredes —indica Xaden—. Ni techos. ¿Qué hacen cuando llueve?

—Tienden toldos. —Señalo los largos rieles de madera que discurren a lo largo de la estancia, listos para cobijar a sus ocupantes con tela—. ¿Y «consorte»? —musito—. No estamos casados.

Esboza una sonrisilla.

—Me he dado cuenta. Pero a *novia* le falta ese tono permanente. Si hace que te sientas más cómoda, entre los círculos aristocráticos de Navarre, *consorte* se utiliza de manera bastante laxa. Estoy seguro de que el duque de Calldyr ha tenido cuatro consortes distintas en los últimos cuatro años. El nombre te proporciona la invitación para entrar en este sitio y, además, te otorga la protección y los privilegios de mi título...

—No necesito la protección y los privilegios... —Niego con la cabeza mientras dejamos atrás otra hilera de palmeras.

—¡Oye! —Se lleva una mano al pecho—. Jamás pensé que me rechazarías.

Pongo los ojos en blanco.

—No es momento para esto. —Las bromas han de esperar.

—¿Cuándo lo sería? —La siguiente mirada que me dedica es completamente seria.

Casi trastabillo, al igual que mi corazón. La sola idea de que de verdad pueda estar con él para siempre hace que sienta una punzada de anhelo en el pecho que no tiene cabida en un posible campo de batalla.

—Cuando no corramos el riesgo de morir...

—Siempre corremos el riesgo de morir. —Me acaricia el pulgar con el suyo.

—Cierto —admito mientras pasamos a un suelo pavimentado y entramos en el comedor del palacio.

La estancia está dispuesta en dos hileras de ocho mesas circulares, a cada una de las cuales se sientan, en sillas sin respaldo, diez deverelíes elegantemente vestidos en un derroche de túnicas y vestidos ligeros en colores pastel. Los manteles están bordados, la mesa está puesta de forma extravagante, con copas de oro y cálices de cristal, y las joyas resplandecen bajo la suave luz azul que irradia desde el centro de cada mesa y de los orbes que discurren a lo largo de la sala, los cuales iluminan las filas de guardias... y sus armas.

Al fondo del comedor al aire libre hay una tribuna con una mesa en forma de U para cinco comensales. El hombre que doy por sentado que es el rey de Deverelli ocupa el centro. Hace girar una daga enjoyada en las manos y mira fijamente a Halden, en el extremo derecho de la mesa, como si no hubiera decidido si va a lanzarle la daga o no.

No hay ni rastro de la capitana Winshire, pero da la impresión de que Tecarus preferiría estar en cualquier sitio excepto entre Courtlyn y Halden.

—Mierda —musita Xaden.

—Es... más joven de lo que pensaba. —Me refiero al rey. Unas cuatro décadas aproximadamente. Courtlyn solo parece unos años mayor que Xaden y que yo. Es atractivo, con una piel de un dorado oscuro, unos pómulos altos y una mandíbula marcada, ojos castaños astutos y un cabello negro que le llega por los hombros, pero la velocidad a la que nos localiza a Xaden y a mí y nos escudriña me deja un poco revuelta.

La mano de Xaden aprieta la mía y su cabeza baja para rozarme la oreja con los labios.

—Las sombras que hay aquí no son mías. Sé lo diestra que eres con una daga. Y no es que subestime tu capacidad para protegerte, pero, por mi salud mental, mientras intento sacar a Halden del lío en que se haya metido, ¿te importaría permanecer a mi lado?

Asiento. ¿Cómo no iba a hacerlo? No está pidiéndome que me esconda detrás de él ni tampoco me ha dejado con Tairn para que esté a salvo. Solo está pidiéndome que no me separe de él.

Y, la verdad, no querría estar en ningún otro lugar.

Me aprieta la mano de nuevo y me suelta, liberándonos a ambos por si tenemos que luchar. Avanzamos como nos indica Fajín Azul, claramente exasperado por lo que estamos tardando.

El rey Courtlyn echa con un movimiento de la mano a la pareja que tiene a la izquierda cuando nos aproximamos y escucha lo que sea que Tecarus le dice al oído. Los criados corren a cambiar los platos y las copas en cuanto la pareja se marcha.

—No estrechan la mano —cuento en voz baja a Xaden mientras enfilamos el pasillo—. No miden ni malgastan las palabras. Hablan con doble sentido solo cuando les conviene. Valoran el estatus, la riqueza, el conocimiento y los secretos: cualquier cosa con la que se pueda comerciar. Si no cumples tu palabra una vez, jamás vuelven a confiar en ti.

—Decir lo que piense, no mentir, comportarme como si fuera un imbécil rico y con privilegios. Entendido. —Hace un gesto afirmativo.

La ira aflora a los ojos de Halden al encontrarse con los míos cuando llegamos a las últimas mesas, y su mano se cierra en torno a su tenedor de oro.

Le envío una súplica silente, sutil, para que se controle, y deja el tenedor en la mesa y aprieta la mandíbula.

—El duque de Tyrrendor —anuncia Fajín Azul alzando la voz, al tiempo que señala los cuatro escalones de la izquierda, por los que se sube a la tribuna—, y su consorte, Violet Sorrensail.

Casi.

Xaden sube primero; barre con los ojos el suelo, las sillas, la mesa e incluso la cubertería y la vajilla antes de tenderme la mano. Es innecesario, pero tierno, así que se la tomo y subo tras él.

—Es «Sorrengail» —corrige a Fajín Azul.

Tomo el asiento del extremo y Xaden el de la derecha de Courtlyn.

—¿Qué has hecho? —pregunto a Halden a través del espacio que nos separa.

—Al grano —comenta Courtlyn, que sigue dándole vueltas a la daga con joyas incrustadas—. Me gusta.

—¿Qué te hace pensar que he hecho algo? —replica Halden inclinándose sobre su plato.

—Tu historial.

Los criados se sitúan detrás de los otros tres ocupantes y les retiran el plato.

—Lamento decir que se han perdido la parte de la cena de la velada —informa Courtlyn—. Pero no tardarán en servir el postre.

—¿Qué has hecho, Halden? —repite Xaden.

—Exactamente aquello para lo que me enviaron aquí. —El color le tiñe las mejillas y estampa las manos en la mesa—. Restablecer las relaciones diplomáticas con Deverelli y solicitar su permiso para utilizar la mansión de Tecarus como base desde la que lanzar una misión de búsqueda con una manada de dragones a cambio del ornamento que pidió, y cuando eso no le ha parecido suficiente, he ofrecido...

—¡Algo que no podías dar porque no era tuyo! —Courtlyn se abalanza por delante de Tecarus y le clava la daga en la mano a Halden.

Maldita sea. El estómago se me revuelve.

—¡Alteza! —exclama Tecarus quedándose sin sangre en el rostro.

Yo apoyo la mano en la rodilla de Xaden y la aprieto para no gritar como hace Halden mientras mira la daga conmocionado.

Xaden se tensa, pero luce su máscara de indiferencia y aburrimiento como un profesional.

—Deja de lloriquear como un niño. —Courtlyn se retrepa en su silla y bebe un sorbo de vino tinto de su cáliz de cristal.

Halden respira entrecortadamente mientras se mira la mano, pero los gritos cesan.

—Saca la daga y véndate la mano. Que se la cosa después un curandero y estará bien dentro de quince días —indica Courtlyn—. El arma ha entrado entre los huesos, en la parte carnosa. No ha cortado ningún tendón. Tengo muy buena puntería. —Levanta su copa hacia Halden—. Tienes suerte de que respete a Tecarus, porque lo que has hecho es imperdonable.

—Podía darle la daga porque es mía —escupe Halden, que mira la rica arma. Parece antigua, con la empuñadura de plata adornada con esmeraldas del tamaño de mis uñas.

—No lo es. —Courtlyn niega con la cabeza.

—Es mía —afirma Xaden, y tengo que hacer un esfuerzo supremo para mantener a raya la expresión de mi rostro—. O, mejor dicho, debería haberlo sido. Es la Daga de Aretia, de la que Reginald se apropió durante la Unificación para engrosar el depósito real.

—¡Exacto! —Courtlyn dirige su cáliz hacia Xaden mientras tres criados suben los escalones y se colocan cada uno en un lado—. Resulta fascinante que escogiera este... regalo en particular, a sabiendas de que los provocaría. Normalmente, en lo que respecta a estas reliquias de familia consideraríamos que su posesión equivale a pertenencia, pero en este caso su alteza ya había faltado a su palabra, de aquí que no pudiera cerrar el trato. Ardo en deseos de saber cuánto vale el rescate de su alteza en el mercado, o quizá contemple la posibilidad del clásico chantaje. Seguro que el rey Tauri estaría dispuesto a desprenderse de alguna que otra cosa si su hijo permaneciera aquí.

—No puede retenerlo sin más —arguye Tecarus.

—¿Por qué no? ¿Acaso no me estabas contando que tú querías quedarte con esa de ahí? —Courtlyn me señala.

—¡No he faltado a mi palabra! —brama Halden, que agarra

el puño de la daga cuando los sirvientes dejan un plato cubierto en el centro de cada lado de la mesa. Al parecer, vamos a compartir el postre.

—Confío en que no les importe aguardar un momento —observa Courtlyn, y los criados esperan con una mano suspendida sobre las tapas de cobre semicirculares—. Mis pequeñas han llegado.

Señala el pasillo y de mi boca escapa un grito ahogado.

Tairn gruñe y Andarna se espabila al percatarse a través del vínculo, su energía dorada intensificándose, de que tres panteras blancas por completo avanzan hacia nosotros. Solo he visto a estos animales en ilustraciones de libros, y nunca eran blancos. Son gráciles y elegantes y absolutamente preciosos, y cuanto más se acercan... más me gustaría que se quedaran en los libros. Sus garras son enormes.

El viento agita los árboles detrás de mí y un escalofrío me recorre la espalda.

El palacio entero está al aire libre, y las panteras lo tienen todo para ellas.

No tengo ningún deseo de ser su cena.

—¿No son magníficas? —pregunta Courtlyn, su tono como el de un padre orgulloso—. Shira, Shena y Shora. Yo mismo las he criado desde que eran cachorras. Las tres son cazadoras. Las tres, feroces. Las tres, expertas en oler a un ladrón. —Mira deliberadamente hacia Halden.

El estómago se me encoge y el corazón empieza a latirme con fuerza.

—Sácate la daga y véndate la mano ahora mismo —le digo.

Xaden se mueve para retirarse de la mesa...

Courtlyn levanta la mano.

—Si se la vendan, se pueden ir despidiendo de cualquier posibilidad de que hagamos un trato. —Deja en la mesa el cáliz—. Necesito saber que son capaces de cumplir su parte de un trato aunque no resulte agradable hacerlo, como su padre.

Xaden asiente una vez, su rostro es una máscara impenetrable, pero su pierna se tensa bajo mi mano.

Supongo que mi padre no era el único que guardaba secretos.

—¡Ya, Halden! —No tengo ningún problema en gritarle al heredero. Las panteras ya están a medio camino.

Halden extrae la daga de un tirón, furibundo, se la envaina como si fuera suya y se venda deprisa la herida con la servilleta, de forma provisional, como buenamente puede.

—Ahora que eso está zanjado —Courtlyn voltea hacia Xaden—, me figuro que querrán mantener el trato que deseaba hacer él, ¿me equivoco?

Mi mano aprieta la rodilla de Xaden.

—No puedo decir que sí, puesto que no sé qué trato quería hacer Halden —responde Xaden—. Pero nos gustaría reabrir la vía de la diplomacia y que nos conceda permiso para servirnos de la mansión del vizconde Tecarus como base para una manada de no más de ocho dragones y una bandada con el mismo número de grifos, con el objeto de organizar una partida de búsqueda. Ello conllevaría garantizar los derechos de caza de animales salvajes para dichas criaturas y la promesa de que todas las partes gocen de seguridad.

Courtlyn hace rodar el pie de su cáliz entre el pulgar y el índice.

—¿A quién debe lealtad, excelencia? Su padre era un rebelde. Por lo que he oído, están cortados por el mismo patrón, y, sin embargo, se le ha devuelto el título; de modo que ¿a quién jura vasallaje?

Meto la mano en el bolsillo lateral derecho de la mochila

para tocar el conducto por pura costumbre cuando las panteras se aproximan a la tribuna y se separan para rodearnos. Sentir el familiar peso del orbe me reconforta, y juro que noto un zumbido, un rápido aumento del calor que sé que solo está en mi cabeza, pero aun así me resulta tranquilizador.

—¿Navarre? —continúa Courtlyn—. ¿O Tyrrendor? Si miente, estas conversaciones habrán terminado. Nos ha ido bastante bien sin el continente.

Xaden ladea la cabeza, estudiando al rey.

—Violet.

El corazón pasa a latirme al doble de su velocidad normal.

—Mi lealtad es para Violet por encima de todo y de todos —responde Xaden—. Después Tyrrendor. Y, en tercer lugar, Navarre cuando vale la pena, por lo general cuando allí está Violet.

Es una respuesta temeraria, teniendo en cuenta lo que hay en juego, y aunque no cabe la menor duda de que ahora no es el momento, hace que lo ame más todavía.

—Interesante. —El rey deja de darle vueltas a la copa.

—Doy por sentado que con nuestro trato el comercio se reanudaría —añade Xaden—, lo cual sería mutuamente beneficioso, puesto que estoy seguro de que habrá oído que estamos en guerra con los venin. Si decide ser nuestro aliado...

—Oh, nosotros nunca nos las hemos tenido que ver con los venin. —Courtlyn niega con la cabeza—. La guerra arrasa islas, bloquea economías. Abastecer a quienes la libran, en cambio..., ahí es donde está el dinero. Seguimos siendo neutrales en todos los aspectos, siempre hemos sido neutrales. Así es como mantenemos el mercadeo, el comercio, el crecimiento y los conocimientos del mundo con independencia del dios al que adoren o la magia a la que puedan acceder.

—Pero han estado aquí, ¿me equivoco? —Entorno los ojos

ligeramente, percatándome de que ahora tengo una pantera justo detrás. Me inclino hacia delante para ver por detrás del criado, que todavía no ha retirado la tapa que cubre nuestro plato—. ¿Los derrotaron? ¿Los curaron?

Courtlyn me dedica una mirada asesina.

—Dar a entender que nuestra isla es débil, conquistable, es una línea que no creo que quieras cruzar. Semejante conjetura es desastrosa para una economía que se basa en el comercio seguro y estable. La gente no invierte en islas inestables. —Chasca los dedos.

Las panteras suben a la tribuna con una facilidad que apunta a que se trata de una rutina nocturna.

—*No toleraré que te devore un gato doméstico* —gruñe Tairn.

—*¡Quédate donde estás y mantén contigo a Sgaeyl!* —grito por nuestro canal mental, y aprieto con fuerza el conducto cuando la pantera se abre paso entre Xaden y yo, su suave pelaje rozándome el brazo.

—Shora es un amor, ¿no opinan lo mismo? —dice Courtlyn a Xaden, y una sonrisa benévola le curva la boca. A continuación se dirige a Halden sin esperar a que Xaden le conteste—. Confío en que no les importe, pero están acostumbradas a comer conmigo. Alteza, le ruego que no olvide que Shira se ha ganado la cena especial que recibirá hoy. —Levanta las manos con la palma hacia arriba y curva los dedos.

Los criados retiran las tapas de cobre y dejan la tribuna bajando la cabeza.

Dioses, es un enorme pedazo de carne roja que debe de haber salido de la vaca más grande de esta isla.

La pantera —Shira— profiere un sonido gutural de satisfacción y mueve la cola, y no puedo evitar preguntarme si así es como se sintieron los cadetes de infantería aquel día en el campo cuando Baide dio con nosotros.

La mano de Xaden cubre la mía y me la aprieta, y cuando giro la cabeza, veo que mira la mesa con rostro inexpresivo. Sigo sus ojos...

La cabeza de la capitana Anna Winshire descansa en el plato que hay entre Halden y Tecarus, sus rizos cortos, rubios rojizos, son inconfundibles.

Me quedo boquiabierta. Oh, Malek, Courtlyn ha asesinado a la capitana de la guardia personal de Halden... y se la está sirviendo a su pantera.

Voy a vomitar.

La bilis me sube por la garganta, y trago saliva deprisa mientras tomo aire por la nariz y lo suelto por la boca, pero solo me huele a carne y a sangre.

—No mires —musita Xaden, y desvío la mirada.

—Coman —ordena Courtlyn, y las panteras se abalanzan sobre la comida.

Unas garras se apoyan en la mesa entre nosotros y unas fauces enormes se abren, recogen la carne del plato y se la llevan, dejando un reguero de sangre en el mantel blanco en el momento en que la fiera arrastra la carne hasta la tribuna y después por el suelo.

Las otras siguen su ejemplo.

Cuando miro, veo que Halden tiene la vista clavada en el plato vacío y está completamente desolado.

—¿No son unas criaturas bellas? —pregunta Courtlyn.

Parpadeo para sacudirme la conmoción y pongo el conducto en la mesa. La muerte y yo somos viejas amigas, y tampoco es que conociera mucho a Anna, pero ciertamente la osadía no tiene parangón.

—Ha asesinado a un miembro de mi guardia personal —dice Halden despacio.

—Han sorprendido a su ladrona en mi cámara del tesoro

—replica Courtlyn— con seis tesoros robados encima y una lista de su puño y letra con otros cinco de los que debía apoderarse también.

El estómago me da un vuelco y mis ojos buscan los de Halden.

—Dime que no es verdad.

—¡Todas ellas son cosas que nos pertenecen! —Se da un golpe en el pecho y se levanta, la silla cae hacia atrás en la tribuna—. Recuperar lo que es nuestro por derecho no es robar. —Una vena del cuello se le abulta.

Algunos guardias avanzan hacia la tribuna, formando un perímetro alrededor de las panteras, y deslizo la mano bajo la de Xaden y la acerco a las vainas que llevo en los muslos, por debajo del mantel.

—*Esto está a punto de irse a la mierda* —aviso a Tairn—. *Comunícaselo a Sgaeyl como puedas.*

Emite un ruido sordo por toda confirmación, y las palmeras se mecen a lo lejos.

—¿Por derecho? —lo desafía Courtlyn, y su voz se eleva con una melodía siniestra.

—¿Cuál es la pena que se aplica aquí por robar? —inquiere Xaden.

—¿De una casa real? —Me concentro—. Decreto veintidós... —Me estremezco—. No, veintitrés, es la muerte. —He estudiado, pero no cabe duda de que no soy ninguna experta en la materia.

—Según sus leyes, ¿Halden es cómplice?

—Su sistema no es como el nuestro. Sus decretos pueden contradecirse y Courtlyn preside el tribunal, así que... —Las palabras se me atropellan—. No lo sé. Es posible.

Tal vez quiera estrangular a Halden con mis propias manos, pero no puedo permitir que lo ejecuten aquí por robar.

—¡Esos tesoros son míos, se obtuvieron como bienes intercambiados por servicios a lo largo del siglo pasado, como bien saben! —grita Courtlyn, y los comensales guardan silencio en sus mesas, con lo que solo se oye a las panteras devorando su cena.

Un momento. ¿El siglo pasado? Los hombros se me hunden y la cabeza me da vueltas al recordar lo que dijo Aaric el año anterior cuando le pregunté qué haría Halden en lo que respectaba a lo que estaba sucediendo más allá de nuestras fronteras: «Me tienes a mí, ¿no?». Aaric dio a entender que Halden no actuaría.

Pero esto es muchísimo peor.

No es solo que Halden lo sabía, sino que además ha estado desempeñando un papel protagonista.

—Se aprovecharon de nuestra desesperación —lo acusa Halden—. Aceptaron ornamentos mágicos que no tienen precio exigiendo condiciones injustas, ¿y ahora ejecutan a un miembro de mi guardia personal cuando tratamos de subsanar su descarado robo con un acuerdo genuino? ¡A la mierda todo! No queremos nada de ustedes ni de su engaño, ni tampoco de esta isla dejada de la mano de los dioses. —Halden se echa hacia delante, desplazando su sección de la mesa, que cae al vacío del centro.

«Carajo».

La mirada de Courtlyn se vuelve glacial y yo tengo la sensación de que las costillas se me están cerrando hacia dentro mientras veo que todo aquello por lo que hemos trabajado se desmorona en cuestión de segundos. Tecarus pega un salto hacia atrás y baja deprisa los escalones, y lo cierto es que no lo culpo.

Halden nos ha jodido. El sabor agrio de la traición me llena la boca, pero una riada amarga de ira metálica se lo lleva acto seguido.

—¡Ya basta, Halden! —Xaden se pone de pie y yo hago otro tanto despacio, sin perder de vista a los guardias que nos rodean, a las panteras que tenemos detrás y a aquellos de entre la multitud que meten la mano bajo el mantel en busca de lo que podrían ser armas ocultas.

—¡Es un ladrón y cuestiona mi honor delante de toda mi corte! —grita Courtlyn a Xaden, si bien su dedo señala a Halden.

—Él ya no habla por nosotros. —Xaden se quita la mochila del hombro y la deja en la mesa ruidosamente—. Si no acepta el trato con Navarre, acéptelo con Tyrrendor, y le garantizo que las únicas manadas y bandadas que verá en sus costas tendrán a sus lomos a jinetes aretianos y sus compañeros pilotos, que acatarán sus leyes y respetarán sus costumbres, y, a cambio, para expresarle mi más profunda gratitud por su confianza... —Desabrocha la solapa superior de la mochila y la retira despacio, dejando a la vista dos centímetros de una empuñadura adornada de esmeraldas que me corta la respiración. Se parece demasiado a la daga para que sea una coincidencia.

El corazón me da un vuelco. No es posible. No puede hacerlo. No permitiré que lo haga.

—No. —Le agarro la mano para impedir que enseñe el resto—. Si es lo que creo que es, no, de ninguna manera.

—Vi... —Niega con la cabeza, escudriñando mis ojos, y sé que no soy la única que ansía el vínculo que normalmente hace que estos momentos sean fáciles para nosotros—. Puede que sea la única manera de forjar una alianza y salvar a ese idiota.

—Ya has sacrificado bastante. Yo tengo esto. —Me quito la pesada mochila que llevo y la dejo junto a la suya.

—¡De ninguna manera! —exclama Halden.

Xaden le lanza una mirada que dice con claridad lo harto que está de esta mierda.

—¡Yo soy el único con autoridad para hablar por Navarre!

—exclama Halden furibundo, mientras da dos amenazadores pasos hacia el rey—. No hará ningún trato con provincias, y menos con el hijo de un traidor que obtuvo su título sirviéndose del chantaje. ¡Yo soy la única voz de nuestro reino! —Sus manos se cierran en sendos puños y la venda que envuelve su mano derecha se tiñe de carmesí.

Courtlyn deja escapar un suspiro y acto seguido echa mano de su cáliz y bebe un sorbo de vino.

—Ya he oído bastante, y esto empieza a ser tedioso. Dejen con vida a Tecarus. Maten al resto.

VEINTISIETE

A veces la diplomacia se sirve mejor a punta de espada.

—Diario de la capitana
Lilith Sorrengail

Los soldados avanzan y todo se va a la mierda inmediatamente.

Xaden desenvaina sus dos espadas y me sorprende a más no poder cuando le lanza una a través del espacio central a Halden, que la sujeta con la mano izquierda en el preciso instante en que yo empuño dos de mis dagas.

No vamos a morir esta noche.

—Intenta no matar a nadie —aconseja Xaden, incluso cuando el primero de los guardias sube deprisa los escalones entre las panteras—. Por lo de las relaciones internacionales y demás.

—Eso díselo a ella. —Miro a la pantera, que por suerte sigue entretenida—. *No te pases* —le advierto a Tairn, confiando en que no sea lo último que le pido—. *Seguimos necesitando este acuerdo.*

—Me ofende que insinúes que tiendo a ser melodramático —contesta, pero a mi izquierda se oye un rugido claro, que hace tintinear los platos y chillar a más de unos pocos invitados, mientras Xaden mide la espada con el guardia y acto seguido lo tira de los escalones de un patadón en el pecho.

Giro en redondo hacia la izquierda cuando una guardia se sube al extremo de la tribuna en el que no hay escalera, y efectúo un movimiento que copio del propio Courtlyn: le atravieso la mano con una daga y la retiro. La mujer pega un grito y cae hacia atrás, y en cuanto me yergo descubro que dos guardias más han conseguido hacer la misma maniobra tras nosotros, ocupando el espacio que nos separa a Xaden y a mí.

Se oye un crujir de huesos y un cuerpo sale volando entre los guardias, pero hay fácilmente media docena más que esperan tras las panteras.

El que está más cerca me saca por lo menos treinta centímetros y veinte kilos y, a juzgar por las cicatrices que tiene en los brazos, está acostumbrado a luchar. Sin embargo, no es Xaden.

Arremeto contra él antes de que pueda ponerse en guardia, y dejo que la memoria muscular se encargue: mi primer corte le hace un tajo profundo en la cara exterior del muslo, y acto seguido me acerco agachada para evitar el giro de su larga lanza. Esas armas no están hechas para el combate cuerpo a cuerpo; yo sí.

Falla y clava la lanza en la mesa, haciendo añicos algo de cristal y dándome el tiempo necesario para que, con gran pesar, le raje los tendones de la corva. Se trata de una herida duradera para un guerrero, pero que al menos no lo matará.

Pega un alarido, se desploma de lado y cae de la tribuna, pero antes de que pueda enderezarme siento un dolor agudo en la cabeza y que tiran de mí hacia arriba..., de la maldita trenza.

Un brazo que más bien es un ariete me pega el pecho al plato ensangrentado que hay entre nuestras mochilas y por poco no se me clava un cristal en el rostro: la lanza me ha destrozado el conducto.

—¿Sus dragones gritan antes de morir, incendiaria? —me

dice al oído la guardia cuando se inclina sobre mí—. ¿Tardan minutos en perecer cuando lo hacen ustedes? ¿O es instantáneo?

La ira me corre por las venas, calentándome la piel desde el cuero cabelludo en un aluvión de furia al rojo vivo.

—Tu ignorancia es apabullante.

Doy gracias a los dioses por mi flexibilidad. Echo atrás el brazo izquierdo y le hundo la daga en el brazo.

La mujer grita y se yergue, y yo aprovecho para apoyar la base de la mano en la mesa y poner toda mi energía en empujar hacia atrás, dándole un cabezazo en la cara. Oigo un crujir de huesos y dejo de sentir su peso.

Volteo y recibo un codazo en el pómulo. La piel se me abre, los oídos me pitan y caigo de espaldas en la mesa. Parpadeo para librarme del aturdimiento, pero entonces una mano me agarra la garganta y aprieta.

—¡Violet! —exclama Xaden, y mi daga raja el brazo agresor y lanzo la rodilla en un movimiento del que incluso Mira se sentiría orgullosa. El hombre cae, y toso al respirar mientras la tribuna se estremece.

Levanto la hoja hacia el gigante que tengo a mi derecha, pero el pomo de una espada le llega antes a la sien. El hombre se desploma y Xaden lo tira de la plataforma con la bota.

—*Ya basta* —anuncia Tairn.

—*Puede defenderse sola* —arguye Andarna—. *Uy. Tal vez ahora sean demasiados.*

—Dejen de jugar y pongan fin a esto. ¡Es la única manera de matar a sus monturas! —exclama Courtlyn detrás de nosotros.

Con la mano que no empuña la espada, Xaden me agarra del mentón y me gira hacia la luz azul al tiempo que una docena más de guardias llegan por detrás de Courtlyn. Me tomo un valioso segundo para asegurarme de que Halden sigue vivo. Está en el suelo, su pecho sube y baja, y tiene los ojos cerrados: creo que tal vez esté inconsciente, pero no veo sangre.

—Xaden, a nuestras espaldas —le prevengo mientras él me escudriña la herida, que ha empezado a palpitar. Al ver que no contesta, lo miro y la respiración me flaquea.

Lo he visto en combate antes, he visto la ira gélida que lo acomete, la calma mortal. He presenciado su transformación de hombre en arma, he sido testigo de cómo la estrategia se imponía a la compasión, precisamente aquello para lo que nos han entrenado.

Pero esto..., lo que sea que gira en esos ojos ónix es una tempestad que no he contemplado nunca. Un paso más allá de la furia, como si la mismísima Dunne se hubiera metido en sus ojos y ahora me mirase. Es Xaden, pero... no lo es.

—¿Xaden? —musito—. No es nada, de verdad. Me he llevado peores golpes en la colchoneta de entrenamiento.

—Están todos muertos. —Su promesa me eriza el vello de la nuca, y los guardias se abalanzan hacia la mesa, a la vez y con las armas en ristre; a todas luces han aprendido del último ataque fallido.

Dos contra... doce. «Mierda».

Me sobresalto y retrocedo para luchar, pero Xaden me pasa un brazo por la cintura y me pega a su pecho. Su espada golpea la mesa y, para la más absoluta de mis sorpresas, me besa con delicadeza en la frente en el momento en que un hacha...

El metal se estrella contra el suelo.

A nuestro alrededor se oyen gritos, y cuando miro hacia la izquierda veo que la mano extendida de Xaden describe medio giro, a lo que sigue el sonido inconfundible de huesos rotos. Y todos los guardias que nos rodean se desploman con la cabeza torcida en ángulos antinaturales.

Unos zarcillos de discretas sombras se desvanecen y la cinta que rodea mi cintura se retira con una caricia familiar.

No, no, NO.

Se instala un silencio más denso que el empalagoso y húmedo aire, y mi corazón lanza un grito que exige alguna otra respuesta que no sea la que mi cabeza ya sabe, porque solo hay una explicación lógica para lo que acaba de suceder; pero ni siquiera eso puede ser posible, porque aquí no hay magia.

Tairn se enfurece a través del vínculo y Andarna se estremece. Los siento a los dos, más cerca de lo que deberían estar, pero sigo sin percibir el canal mental que me une a Xaden.

—T-t-tú... —balbucea Courtlyn—. ¿Qué has hecho?

Mis ojos siguen el muro de palmeras susurrantes a la izquierda, los guardias muertos diseminados de Deverelli y las panteras que los estudian alegremente; después miro más allá del pecho de Xaden, y al otro lado de la mesa encuentro lo mismo.

Ha matado a los doce.

Envaino mis dagas por pura memoria muscular.

Algo se le cae de la mano y golpea con un tintineo la espada que ha abandonado. Agarro el pequeño objeto obedeciendo a un impulso y cierro los dedos alrededor de la aleación del tamaño de un guijarro del conducto. La agonía me parte el alma en dos, como si pudiera dar a Xaden parte de lo que acaba de perder al percibir el frío de la aleación, su absoluta falta de energía, antes de metérmela en el bolsillo delantero.

—Te han hecho daño —musita, sin disculparse—. Iban a matarte.

El porqué no importa. No en este momento. No cuando estamos rodeados en una isla enemiga, acompañados por jinetes que no saben en qué se ha convertido Xaden y enfrentados a un miembro de la realeza navarra al que le encantaría verlo muerto.

Del porqué nos ocuparemos más adelante.

—Violet. —La súplica que noto en su susurro hace que recupere la compostura más deprisa de lo que podría conseguirlo cualquier otra cosa, y levanto la cabeza de golpe. Xaden aprieta con fuerza los ojos mientras se frota el caballete de la nariz.

—Ven aquí —digo en voz baja, y me pongo de puntillas y mis manos envuelven su cara y suben hasta sus sienes para que nadie lo vea. La silla de Courtlyn chirría en la tribuna—. Mírame.

Xaden abre los ojos. El rojo bordea sus iris y consume ese dorado que tanto me gusta, pero detrás de esos ojos sigue siendo él. Obligo a mi cuerpo a no reaccionar y le bajo la cabeza para que pegue su frente a la mía.

—Te amo, y necesitamos sacarte de este sitio, así que tienes que confiar en mí. No te muevas hasta que yo te lo diga.

Hace un gesto afirmativo.

—Siéntate. Sujétate la cabeza entre las manos y quédate aquí. —Lo suelto y hace exactamente lo que le pido, mantener la cabeza baja como si se avergonzara de lo que ha hecho.

—*Necesito ayuda* —les digo a Tairn y Andarna.

—*Estamos listos* —contesta Tairn. Doy gracias a los dioses por que siempre estén en mi cabeza.

—*Andarna, cuando llegue el momento, sé delicada.* —Por una vez, ni siquiera quiero sermonearla por no haberse quedado en casa cuando se le dice, aunque más le vale que tenga el arnés puesto si esto no sale según mis planes.

—*¿Son delicados tus rayos? ¿Critico yo lo que haces?* —Resopla.

Courtlyn sigue detrás de la mesa, con una de las panteras a su lado, el pánico grabado en cada línea de su rostro mientras la corte farfulla y deja escapar sonidos apagados de histeria tras nosotros.

—*Necesito que acerques todo lo posible a Sgaeyl* —le pido a

Tairn, y acto seguido dedico a Courtlyn lo que confío en que sea una sonrisa contrita—. Nuestras más sinceras disculpas, pero en Navarre los jinetes están entrenados para matar cuando nos atacan, y nuestro control tiene un límite. Como puede ver, el duque se arrepiente, pero usted acaba de intentar matar a dos de los nobles de nuestro reino. —Hago una mueca de dolor—. Esto no pinta bien para las negociaciones. ¿Le parece que pasemos a la segunda ronda? Esta vez estaré yo al frente.

—Nosotros no tenemos magia. —Courtlyn abre los ojos como platos y escudriña la estancia como si estuviera decidiendo si llamar o no a más guardias.

—*Mide tus palabras* —me advierte Tairn—. *Sgaeyl está aquí. Detrás de esos árboles empieza a haber poco espacio.*

—Y, sin embargo, mire lo que ha pasado. ¿Sabía que manipulo el rayo? —Ladeo la cabeza.

Courtlyn traga saliva.

—Tecarus mencionó algo al respecto.

—¿Qué ha ocurrido? —Halden se incorpora en el momento perfecto, frotándose un chichón que tiene en la cabeza.

El pecho de Courtlyn sube y baja más deprisa con cada segundo que pasa, y veo que el pánico que se está acumulando en su interior es como un dique que empieza a fracturarse y está a punto de desmoronarse. Bajo la mano derecha a mis vainas y espero a que explote.

—¡Shira! —brama saltando antes de lo que esperaba.

—¡Violet! —exclama Halden, y la espalda de Xaden se vuelve pétrea bajo mi mano, pero él cumple su palabra y no mueve un solo músculo.

Ni yo tampoco.

—¡No! —grita Courtlyn mientras mira horrorizado algo detrás de mí. La boca se le abre y el grupo de deverelíes profiere alaridos en una miríada de tonos que dejan traslucir su angustia.

—Si no se mueve, ella vivirá —le advierto mientras la gente corre para salvar la vida, dejando el comedor desierto.

—Carajo —dice Halden con las cejas enarcadas, tambaleándose cuando se levanta.

Miro hacia atrás y una sonrisa lenta y rebosante de orgullo asoma a mi boca. Andarna está con las garras delanteras apoyadas en el cuerpo sin vida de los guardias, las alas pegadas al cuerpo y sacudiendo la cola a un lado y a otro mientras sostiene con delicadeza a Shira entre los cuatro dientes frontales; las garras del rugidor felino cuelgan de forma segura para que la fiera no pueda causar ningún daño. Andarna incluso tiene el hocico fruncido para no empapar de saliva de dragón al animalito. Qué considerada.

—¡Shira...! —exclama Courtlyn.

—Verá, esa es mi pequeña. —Volteo hacia Courtlyn con una sonrisa, arrugando la nariz—. La criamos desde que era una bebé; en realidad lo hicieron Tairn y Sgaeyl, pero ya me entiende. La cuestión es que Andarna no se come a nuestros aliados (es algo que sus mayores están tratando de inculcarle), pero ya sabe cómo son los adolescentes. Uno nunca sabe a ciencia cierta si quieren obedecer un día en concreto. —Me encojo de hombros—. Así que podemos negociar, y le daré el tesoro más extraordinario que hay en este mundo y Shira se marchará solo necesitando un buen baño, o puedo llamar a Tairn y Sgaeyl para que vengan y que los tres se coman de aperitivo a sus panteras antes de que volvamos al continente. Usted decide. Pero, sea cual sea su decisión, es preciso que sepa que los dragones sobreviven a sus jinetes, así que si hubiera logrado matarnos, lo único que habría conseguido sería enfurecerlos antes de que calcinaran todo cuanto encontraran a su paso y volaran a su hogar para contar al resto del Empíreo lo que pasó. Estoy dispuesta a permitir que el duque de Tyrrendor se marche en un gesto de buena fe, dando por sentado que no intentará atacarnos de nuevo, si está listo para empezar.

A Courtlyn se le demuda el gesto y, por primera vez desde que hemos llegado, aparenta la edad que tiene cuando mira de soslayo a Xaden.

—De acuerdo.

—¡Majestad! —exclama alguien por detrás de mí.

—No pasa nada, Burcet —responde Courtlyn—. Mi ministro de Comercio estará presente en las negociaciones, además del de Finanzas y —mira hacia ellos— el de Relaciones Exteriores.

—Como debe ser. —Afirmo con la cabeza y extiendo la mano hacia Halden—. Dame sus dos armas.

Halden echa la cabeza atrás, ofendido.

—Ahora —añado, por si cree que bromeo.

—Mi enhorabuena por perjudicar las negociaciones, Riorson. —Las arroja con una mirada furibunda.

El acero aterriza en la mesa con estrépito y envaino sin pérdida de tiempo las espadas de Xaden a su espalda. Después meto en la mochila la daga junto con la Espada de Tyrrendor.

—Listo. —Doy unas palmaditas en la espalda a Xaden, que se levanta sin mirar a Courtlyn y a Halden antes de echarse la mochila al hombro.

Mantiene la cabeza gacha, pero abre los ojos para mirarme.

—No lo siento, pero lo siento.

—Te amo. —Mis manos rodean su rostro, y escojo las palabras con cuidado—. Sgaeyl está justo detrás de los árboles. Lleva las reliquias a Aretia y ocúpate de los asuntos que requiera la provincia. —Siento una opresión en la garganta cuando le sostengo la mirada, reprimiendo el instinto físico de luchar o huir al ver ese rojo. Levanto la cabeza y lo beso rápida e intensamente en la boca—. Te veré en Basgiath dentro de una semana.

—Una semana —promete, y después se va con la cabeza

gacha mientras baja de la tribuna, y la alza cuando pasa por delante de Andarna y atraviesa los árboles dando zancadas como el imbécil arrogante que es.

Giro en redondo hacia Courtlyn y me percato de que sus tres ministros avanzan hacia nosotros.

El rey entorna los ojos y me lanza una mirada de odio y gratitud a partes iguales.

—¿Estás nerviosa ahora que tu temerario consorte se ha ido?

Carraspeo y el suelo se estremece cuando Tairn surge por encima de los árboles, bajando la cabeza de tal manera que el mantel se mueve con su respiración.

—No, no especialmente. Todo el mundo sabe que los dragones tienen mal genio, y es probable que a Andarna se le esté cansando un poco la mandíbula, así que será mejor que agilicemos esto, ¿no le parece?

Courtlyn asiente.

—Las mismas condiciones que ha estipulado el duque cuando estaba a mi lado momentos antes, y añadiré que Xaden Riorson será perdonado de cualquier delito del que pudiera acusarlo en lo tocante a lo acaecido durante la velada, habida cuenta de que ha sido provocado y atacado por sus guardias, y le será permitido regresar a Deverelli como integrante de nuestra manada en todo momento. —Sonrío.

Courtlyn se muestra indignado y sus ministros protestan mientras se aproximan a la tribuna.

—O podemos irnos a casa y yo misma le preguntaré al rey Tauri qué opina de lo que ha sucedido hoy, y continuaremos a partir de ahí. —Me encojo de hombros.

—Acepto —escupe Courtlyn.

—Excelente. Y ahora confío en que acepte el citrino en pago de la alianza, pero convengo con usted en que debería recibir alguna compensación por los delitos cometidos por el príncipe.

—Abro la parte superior de mi mochila y retiro los fragmentos de cáscara duros, metálicos, con los que llevo cargando desde el continente. Los pedazos más pequeños cubren la palma de mi mano y en la sección de mayor tamaño cabría fácilmente un perro mediano. Dejo la base en la mesa y los fragmentos dentro, y admiro cómo cambia el color del ónix más oscuro en la parte inferior a los plateados más vivos en la superior, cada anillo de escamas endurecidas ensamblado en el siguiente, pero sin separarse en ningún momento, creando una capa exterior lisa, sin rugosidades, que solo se resquebraja cuando el cascarón está listo para romperse.

—Un cascarón de dragón —dice Courtlyn arrastrando las palabras, en absoluto impresionado—. Por increíbles que sean sus bestias, visto un cascarón, vistos todos.

—Este no. —Una comisura de mi boca se eleva y paso un dedo por el borde interior mientras imagino a Andarna esperando el momento adecuado durante cientos de años, escuchando, aguardando. Una descarga de energía me recorre el brazo y la sensación me hace arquear las cejas—. Este es el único de su especie. Pertenece al único írido que tenemos en el continente. La séptima raza de dragón. Lo que buscamos es a los miembros de la especie de Andarna.

—Esperas que crea... —empieza Courtlyn, y a continuación se pone de pie, completamente anonadado mientras contempla a Andarna.

Volteo la cabeza y veo que ha decidido fundirse con la vegetación, de modo que parece que Shira está en el aire, suspendida por algo desconocido que la atenaza.

—Sí.

—Y este es su cascarón. —Courtlyn se inclina más.

—En efecto. Me ha dado permiso para que se lo regale. —Deslizo hacia él la pesada estructura.

—*Estoy empezando a babear* —me avisa.

—*Aguanta un poco más. Lo estás haciendo genial.*

Courtlyn asiente mientras inspecciona el cascarón.

—Sí, sí. —Levanta la cabeza—. Tengo una condición. Que él —apunta con un dedo a Halden— no vuelva a pisar mi isla jamás. De lo contrario, perderá la vida.

—De acuerdo.

—¡Violet! —objeta Halden.

—De acuerdo —repito a Courtlyn.

—Siendo así, tenemos un trato. —Courtlyn inclina la cabeza.

—Tenemos un trato. —Yo inclino la mía y Andarna escupe a Shira. La pantera sale disparada y pasa por delante de nosotros llevándose a sus hermanas con ella.

—Comenzarán por Unnbriel, ¿no es así? Después de todo es la isla principal más cercana. —Courtlyn espera hasta que asiento, y a continuación mira el cascarón de Andarna antes de rodear la mesa y venir hacia mí—. Si estás dispuesta, hay otro trato en el que quizá pueda mediar para ustedes.

—Soy toda oídos.

VEINTIOCHO

En ocasiones contemplo el Parapeto, la ceremonia en sí de la Trilla, y me maravilla que los dragones no hayan estado en Unnbriel. Lo que nosotros llamamos traicionero es su idea de escuela primaria.

—*Unnbriel: la isla de Dunne*,
por el alférez Asher Daxton

—Estás bromeando —me susurra Rhi tres días después en Informe de Batalla mientras la profesora Devera pregunta a los de primer año por la caída de Vallia, una ciudad de tamaño medio a unos trescientos kilómetros al oeste de la bahía de Malek.

No solo los venin están entrando de nuevo en Krovla, sino que, además, durante los ocho días que hemos estado fuera han llegado cadetes de piloto de Cygnisen. Informe de Batalla ahora ha rebasado con creces su capacidad; incluso la escalera sirve de asiento.

—No es broma —responde Ridoc, al otro lado de Rhi. Y deja escapar un enorme bostezo que hace que le cruja la mandíbula y que me contagia en el acto. Intento que no se me abra la boca, pero no lo consigo ni poniéndome la mano delante.

Por los dioses, qué cansada estoy. Me duelen todos los músculos del cuerpo, mi estómago no es capaz de decidir si quiere comérselo todo o echarlo todo, y estoy empezando a ver doble cuando intento centrarme en el mapa. Hemos vuelto esta mañana de Athebyne y nuestra recompensa por pasarnos de la raya ha sido que nos han enviado directamente a Informe de Batalla por orden del general Aetos. Al menos antes he podido poner a buen recaudo en mi habitación los libros de mi padre y he sabido por Imogen que había mantenido con vida a mi prisionero.

—¿El rey quería cambiar tus servicios y los de Xaden... por armas? —pregunta Sawyer, que se echa hacia delante a la derecha de Ridoc y se ajusta la parte superior de la prótesis—. Pensaba que Deverelli era neutral. Si ni siquiera tienen ejército.

«Xaden». Aprieto la pluma mientras anoto la fecha, casi mediados de febrero, en mis apuntes. ¿Cuántas veces más podrá descontrolarse antes de que los anillos que rodean sus iris sean permanentes y las venas de las sienes se le tornen rojas? Durante un segundo en aquella habitación creí haber encontrado una respuesta provisional para frenar su avance, pero ni siquiera estuvo a salvo en una isla en la que no había magia.

—*O puede que la isla no estuviera a salvo de él* —apunta Tairn.

Paso por alto el sarcasmo.

—¿Pueden bajar la voz? —Un piloto de pelo castaño con un parche de Cygnisen en el hombro y el rango de los de tercero se da la vuelta y mira con mala leche a Sawyer, y aunque odio la mirada ceñuda que nos echa, debo admitir que los lentes le sientan muy bien.

—Date la vuelta... —empieza Ridoc, y acto seguido se para a contemplar al piloto—. Vaya, hola, cygniano. ¿Ya te han dado la bienvenida a Basgiath como los dioses mandan? —Le regala una sonrisa que he visto las veces suficientes para saber que mañana por la mañana saldrá de la habitación de otra persona.

El piloto se burla.

—No me interesan los cadetes de segundo.

—Tienes suerte: cojo como los de tercero —replica, risueño, Ridoc—. Además, formo parte del pelotón de búsqueda, lo que me dota de un plus de atractivo.

Con el comentario se gana una segunda mirada y un atisbo de interés antes de que el piloto se gire en su asiento.

—¿De dónde sacas esa seguridad, Gamlyn? —le pregunta Maren desde mi izquierda.

Ridoc resopla.

—De haber sobrevivido al Guantelete. Después de eso eres perfectamente consciente de que un rechazo no te matará. —Se inclina hacia el piloto—. Por cierto, los de tercero suelen sentarse arriba, pero si quieres estar cerca de mí, me vale.

El piloto ladea la cabeza y tamborilea con la pluma sobre la mesa.

Reprimo una risa y Sawyer hace un gesto negativo.

—Cuéntale a Sawyer lo del ejército deverelí —me recuerda Ridoc, que se retrepa en su asiento mientras un cadete de primer año titubea cuando le formulan una pregunta sencilla sobre estrategia en terreno alto.

—Ah, sí. —Bostezo otra vez y abro la puerta de los Archivos para permitir que salga un chisporroteo de poder con la esperanza de que impida que me quede dormida. Debo admitir que es agradable volver a ser yo—. Tienen ejército, solo que a sus integrantes los llaman guardias. Así que sí, tienen armas con las que mercadear, aunque no lo anuncian a los cuatro vientos.

—Que te quieran a ti como arma es raro. No tienen magia —comenta Cat, a la izquierda de Maren—. Das miedo con los rayos, Sorrengail, pero sin ellos... —Todos la miramos, pero ella se limita a encogerse de hombros—. ¿Qué? Todos lo estaban pensando, yo solo he sido la que lo ha dicho.

—¿Hay algo más importante que los movimientos de tropas

enemigas por ahí arriba, cadetes de segundo del Pelotón de Hierro? —inquiere Devera, y el auditorio enmudece.

El calor me sube por el cuello y me hundo en el asiento.

—A ver... —Ridoc se rasca la cabeza por un lado—. Ahora Sorrengail es la responsable de salvar el continente entero, así que es posible...

Rhi le tapa la boca con la mano.

—Por supuesto que no. Perdónenos, comandante.

Devera enarca una ceja con expresión sardónica y se apoya en la mesa.

—Di, cadete, ¿cómo fue tu viaje a Deverelli? ¿Nos has salvado a todos?

Por todas partes se oye el crujido de chamarras de cuero cuando las cabezas voltean hacia mí.

Me aclaro la garganta.

—Creo que el príncipe está informando a los líderes, pero hemos llegado a un acuerdo que nos permitirá el acceso diplomático a la isla como base para posteriores búsquedas. —Y personalmente me aseguré el silencio de Courtlyn con respecto a lo que hizo Xaden, con la promesa del mío a modo de sacrificio, añadiendo el pequeño comentario de que no querría que nuestro nuevo aliado pareciera débil.

—¿Es todo cuanto deberíamos debatir? —pregunta, con una expresión incómodamente parecida a la de mi madre, y hago un gesto afirmativo.

—De todas las tiendas que había en esa isla de mercaderes, nos obligó a ir a la librería —agrega Cat, suspirando de exasperación mientras da golpecitos con la pluma en el cuaderno, y yo respiro un poco al ver que la atención pasa a centrarse en ella.

—Parece muy propio de nuestra Violet. —Devera sonríe—. Puesto que hoy estás tan locuaz, Sorrengail, ¿por qué no nos dices qué es lo preocupante de la ofensiva de Vallia? —Señala el mapa que tiene detrás.

Carajo, debería haber estado atendiendo. Estudio el mapa dos segundos y me percato de que algunas banderas que antes eran rojas ahora son grises, y que el rojo ha retrocedido del norte de Braevick y en su conjunto se mueve repugnantemente hacia el suroeste.

—Indica un movimiento hacia el sur —contesto—. Cuando levantamos las protecciones en Aretia, los venin cambiaron de rumbo y dejaron territorio conquistado, como Pavis, para concentrarse en la frontera de Poromiel con Navarre, en lo que ahora sabemos que era una ofensiva cuyo objeto era atacar los terrenos de cría de Basgiath. El movimiento al suroeste demuestra un cambio de estrategia. —Están a menos de un día de vuelo de Cordyn en guiverno, pero hay mucho terreno sin drenar por cubrir si alimentarse es su único objetivo. Pero, si ese fuera el caso, el mapa no tendría un aspecto tan premeditado.

—¿Qué opinas de esa estrategia?

El estómago me da un vuelco.

—Que, de alguna manera, saben lo de las protecciones de Aretia y están ocupando posiciones ante la inevitabilidad de que fallen.

Un murmullo recorre la sala.

Devera asiente.

—Eso mismo pienso yo.

La sangre se me hiela. Pero ¿cómo?

La siguiente semana pasa en un suspiro. Nunca he tenido que trabajar más... ni preocuparme tanto por Xaden.

Ya debería haber vuelto. El Senario espera que volemos dentro de una semana a Unnbriel, y empiezo a ponerme nerviosa.

Ocho días deberían bastar para que los círculos de sus ojos se desvanezcan, ¿o acaso no sería suficiente?

«A menos que haya seguido avanzando y ahora sea asim». Aparto esa idea lo más lejos posible.

Cuando no estoy en clase, rozando el riesgo de sobrecargarme en la montaña, congelándome el trasero de frío en maniobras de vuelo, practicando con la pequeña ballesta que me regaló Maren, trabajando todos mis músculos hasta el límite con Imogen o escuchando como Andarna se queja con todo lujo de detalles de por qué Tairn es el Peor. Mentor. Del. Mundo, estoy leyendo los libros de mi padre con cualquier miembro de mi pelotón que tenga tiempo. Dain y yo tardamos dos tardes en descifrar las pistas que dejó mi padre para abrir los libros, protegidos por contraseña, y cuando lo conseguimos ni siquiera puedo contárselo a mi hermana, puesto que ha solicitado una licencia por asuntos propios por primera vez en toda su carrera.

¿Y cuando no estoy haciendo nada de eso? Estoy en el foso de lucha con mi pelotón, ya sea para recibir instrucción o para sumarnos al resto del cuadrante en lo que no ha tardado en convertirse en nuestra actividad preferida: ver como el personal se da de golpes con la esperanza de aprender algo.

Esta tarde todos los de segundo y tercero de nuestro pelotón están sentados en las filas inferiores de la izquierda del anfiteatro con un libro de Jesinia en el regazo mientras otros dos pelotones del Ala Dos y el Ala Cuatro practican ante nosotros bajo la supervisión del profesor Carr, al que toca impartir la clase hoy. Garrick y Bodhi miran justo por debajo de nosotros, apoyados en la pared, ambos negando con la cabeza de tanto en tanto cuando la levantan del libro.

Uno de segundo año sale volando con una llamarada, y todos y cada uno de nosotros mira en cuanto el tipo cae de sentón, con llamas aún subiéndole por el pelo.

—Te toca —dice Bodhi a Garrick, que sube corriendo a la colchoneta. Mueve la muñeca y, al verse privadas de oxígeno, las llamas se apagan.

—Está dejando que vayan demasiado lejos, ¿no le parece? —pregunta Garrick al profesor Carr.

—Uy, esto va a ponerse interesante. —Ridoc deja en el regazo el volumen sobre las belicosas costumbres de Unnbriel, el más censurado del continente, y a su lado Sawyer sigue su ejemplo. Sawyer no se ha unido a nosotros en las maniobras de vuelo, pero me alegra que le apetezca acudir a las clases. Es una señal de que podría volver, si está listo y cuando esté listo, o aunque solo sea cuando se sienta preparado para hablar de ello.

—Le echa huevos —coincide Rhi desde mi otro lado, y utiliza el pulgar para marcar por dónde va en un libro sobre patrones meteorológicos en las islas.

El profesor Carr mira a Garrick entornando los ojos y se cruza de brazos.

—Una quemadura le recordaría que manipule un poco más rápido la próxima vez. Tampoco es que haya muerto.

—Las llamas no deberían haberlo tocado —arguye Garrick.

—Es evidente que no has dado clase lo suficiente para saber cuál es la mejor metodología —espeta Carr—. Tener amigos poderosos no te convierte en un buen instructor.

Con la mandíbula tensa, Garrick sale de la colchoneta con el humeante cadete de segundo año, que vuelve junto a su pelotón.

—Es un imbécil —apunta Bodhi, que se apoya en la pared y se pone a leer de nuevo la antología de fábulas antiguas de Braevick que le han asignado. Busca relatos de seres oscuros a los que curó el amor, o las buenas obras, o bailar desnudos a la luz de la luna llena tras beber el veneno de una serpiente poco común que se encuentra únicamente en la isla más lejana durante un eclipse lunar, o... algo.

Cualquier cosa.

Coloco bien la funda de cuero que oculta un libro de mi padre, y releo el pasaje que habla del duelo ritual para los distintos niveles de acceso a la corte de Unnbriel, a la vez que hago rotar el dolorido hombro izquierdo. Presionarme el tenso trapecio tampoco ayuda a aliviar la quejumbrosa articulación.

—Ayer te pasaste con ella —riñe Garrick a Imogen al tiempo que recupera su libro, que le había dejado a Bodhi.

Pese a todo, estamos leyendo. No me imagino lo que tendrá Jesinia en su mesa.

—Vete a la mierda —farfulla Imogen detrás de mí mientras pasa una página con agresividad.

—Estoy bien. —Los miro de reojo a ambos y continúo leyendo. Las observaciones que efectúa mi padre sobre la combativa isla son agudas, casi impersonales, pero carecen de su habitual perspicacia. Hay una clara diferencia entre este libro, escrito cuando tenía veintitrés años y acababa de graduarse en el Cuadrante de Escribas, y el manuscrito que me dejó en su despacho.

Pero ¿cuándo visitó las islas? ¿Cuándo tuvo tiempo para transcribir los rudimentarios diccionarios que no han tardado en convertirse en la cruz de Dain?

—Ha hecho rotar cada una de sus articulaciones por lo menos tres veces en la última hora. —El tono de Garrick se torna más severo—. Yo diría que eso significa que tienes que aflojar...

—De eso nada. —Imogen pasa otra página—. No pienso permitir que descargues en mí la frustración que te genera Carr. Si Violet cree que nos estamos pasando, será ella quien me lo diga.

Volteo la cabeza y veo que está dibujando un círculo con el dedo índice para sugerir a Garrick que mire hacia delante. Por su parte, Quinn se apoya en su hombro mientras lee un volumen que envió la reina Maraya sobre los venin y sus usos medicinales.

Dado lo difícil que ha sido hacernos con estos libros, resulta demencial pensar que Garrick probablemente pudiera caminar desde aquí hasta donde sea que la reina tiene su biblioteca.

Parpadeo, me echo hacia delante y me acodo en la pared que Bodhi tiene detrás.

—Eh, Bodhi. —Bajo la voz para que nadie pueda oírnos.

—Eh, Violet —me contesta, y alza la vista.

—¿Cuál es tu segundo sello? —Bajo la voz todavía más.

Él enarca las cejas y mira de soslayo a Garrick.

—No tengo.

—¿Quieres decir que no tienes uno del que necesite estar al tanto pero que acabaré viéndote manipular, o que realmente no tienes?

Una comisura de la boca se le eleva en una sonrisa burlona que me recuerda a la de su primo.

—Que realmente no tengo. Como Xaden. ¿Por qué?

—Qué curioso —admito—. Confiaba de forma egoísta en que pudieras hacer algo genial, como impedir que Halden hable. —Solo los dioses saben lo que hará en las otras islas después de la que armó en Deverelli.

—Si pudiera hacer eso, ¿significaría que los acompañaré en la siguiente expedición? —Los ojos se le iluminan.

—Atención —nos avisa Garrick, y los dos miramos cuando uno de primer año con una reliquia de la Rebelión entra en el foso con Timin Kagiso, al que acaban de ascender a líder de ala del Ala Dos—. Vamos a intentar que nadie más salga ardiendo.

Qué raro que otro manipulador del fuego fuera el oficial ejecutivo del Ala Dos cuando Aura murió.

—Yo me ocupo. —Bodhi deja el libro en la pared y da un paso más hacia la colchoneta cerca del extremo del pelotón.

—Todavía me cuesta creer que hayan nombrado a Stirling líder de ala mayor —masculla Sawyer, que mira de soslayo hacia las filas superiores, donde Panchek observa con otros líderes.

—Mejor que a Iris Drue —apunta Cat mientras le masajea los hombros a Trager para quitarle una contractura—. Estoy segura de que, si pudiera, mataría a todos los pilotos cuando estuvieran durmiendo.

—Cierto —conviene Sawyer, y centra la atención en la escalera—. Pensaba que tenían clase de Física ahora.

Rhi y yo seguimos su mirada y vemos que Lynx, Baylor, Avalynn, Sloane, Aaric y Kai bajan por la escalera de la derecha. Han llegado los de primero.

—Hemos salido hace diez minutos —contesta Sloane, quien acto seguido nos mira; o, mejor dicho, mira nuestros libros—. Hemos venido a ayudar.

—Genial. —Rhi se presiona los hombros con el pulgar—. Hay una fila libre detrás de los de tercero. Siéntense a mirar.

—No me refería a eso. —Sloane se cruza de brazos y levanta la barbilla de un modo que me recuerda a su hermano mayor—. Ahora estás al mando de tu misión, ¿no?

—Sí. —El estómago se me encoge.

—Queremos ayudar. —Señala los libros.

Ridoc niega con la cabeza.

—Primero ya es bastante duro sin que agreguen esto.

Estoy con él.

—Les falta un dragón para ser pares —menciona Avalynn, sin hacer el menor caso a Ridoc—. Ya saben, si por algún motivo tienen que dividirse.

Rhi ladea la cabeza.

—Que seamos impares no me preocupa... —empiezo.

—Lo que Sorrengail no dice porque es demasiado linda es que no irá nadie de primer año —aclara Imogen.

—Ni a ayudar —añade Garrick moviendo la cabeza.

—A ti nadie te ha preguntado —lo desafía Baylor, y lo fulmina con la mirada—. Que yo sepa, ahora el Pelotón de Hierro somos nosotros y tú un profesor sustituto.

—Yo no me metería en ese charco. —Miro a Baylor arqueando las cejas.

—A menos que quieras que te machaque —precisa, risueño, Garrick.

—Siéntense o muévanse —ordena Dain, que está bajando por la escalera. Frunzo el ceño al verle las ojeras. Entre descifrar las pistas de mi padre, estudiar para sus propias clases y sus obligaciones como líder de ala, está abarcando demasiado, y gran parte de la culpa la tengo yo.

—Estamos intentando ayudar —aduce Sloane, y se ruboriza un segundo antes de dejar de mirar a Dain.

—Pueden ayudar permaneciendo vivos —aconseja Dain, que se acomoda en el extremo, junto a Rhi, y saca de la mochila el diccionario de la lengua unnbriana, que mi padre encuadernó aparte—. Carr me ha dicho que estás negándote a entrenar tu sello.

—Que ¿qué? —Cierro el libro.

—¿De verdad vas a llorar la pérdida de otro Mairi? —escupe Sloane a Dain.

—Su muerte siempre me pesará en la conciencia; la tuya, no. —El tono de Dain se endurece—. Ya no consiento a los de primero, así que entrena tu puto sello.

—Imbécil —susurra ella, y sus mejillas se ponen más rojas.

Levanto las cejas al ver cómo lo mira, principalmente porque no sé si quiere apuñalarlo en el asiento o...

—Mierda —masculla Garrick, y todas nuestras cabezas se giran hacia el foso cuando Kagiso, el líder de ala, lanza una llamarada al de primer año.

Bodhi se planta en la colchoneta en tres pasos, gira la mano y el fuego se extingue. Acto seguido se enzarza en una pelea con Carr, pero en lugar de seguirla, me centro en Sloane.

—¿Por qué no quieres entrenar? —le pregunto.

—¿Lo harías tú si lo único que hicieras fuera destruir cosas? —Mira hacia el foso—. ¿Matar a personas?

El poder me corre por los huesos, caliente y apremiante.

—No lo sé —digo en voz queda—. ¿Lo haría?

Mira de reojo a Rhi.

—A mí no me mires, estoy de acuerdo con ella. —Rhi niega con la cabeza y pasa a la sección de mapas de su libro.

Sloane deja caer los hombros.

—Solo quiero ayudar de un modo que no le chupe la magia a algo. Y dudo mucho que ustedes se hubieran conformado con permanecer al margen el año pasado mientras los de segundo se marchaban para salvar el continente.

No se me ocurre nada que decir, y Aaric arquea una ceja tras ella, tomando nota de que me he quedado sin palabras.

—Tiene razón —afirma Sawyer despacio cuando otro de primer año entra en el foso para enfrentarse a Kagiso.

—Liam... —empiezo.

—Tomó sus propias decisiones —me recuerda Sloane—. Nosotros tomamos las nuestras. —Se cruza de brazos—. Y él querría que me asegurase de que estás todo lo preparada que puedas estarlo, aunque eso signifique que ninguno de nosotros vayamos contigo.

Rhi y yo nos miramos y ella asiente.

—Está bien. —Me giro en mi asiento, agarro la pesada mochila que descansa a los pies de Imogen y me pongo a buscar los textos que parecen más inofensivos—. Aquí tienes. —Le doy el montón a Sloane—. Léanlos y hagan un informe de una página de cada uno de ellos...

—No me jodas... —gruñe Kai dos pasos más atrás.

—Nada de quejas. Han dicho que querían ayudar —lo corta Rhi mientras Bodhi vuelve a la pared.

—Y devuélvanmelos lo antes posible —termino.

—Gracias. —Sloane los reparte entre los demás y nos mira de reojo a Rhi, a Dain y a mí antes de subir por la escalera con el resto de su pelotón.

Aaric espera. Sostiene en las manos un volumen de mitología.

—Los escribas todavía no han dado a conocer el informe de su misión. ¿Tan mal fue?

Ridoc se mofa.

—Tu arrogante hermano...

—Danos un segundo —lo interrumpo enseguida; dejo el libro en mi asiento y paso por delante de Rhi y Dain para ir a la escalera.

—Halden fue Halden —le cuento a Aaric bajando la voz—. Hizo las cosas que hace Halden, que tuvieron las repercusiones típicas de Halden, pero tú no tienes la culpa de nada.

Un músculo se contrae en la mandíbula de Aaric, que aprieta con fuerza el libro.

—¿Murió alguien por su causa?

Asiento.

—Un miembro de su guardia personal, la capitana Winshire.

Mira hacia el foso.

—¿Puso en peligro su misión?

—No. Halden logró que le prohibieran volver a pisar Deverelli, pero conseguí lo que necesitaba. —Solo le costó a Xaden... Dioses, ni siquiera sé cuánto le ha costado esta vez.

Aaric hace un gesto afirmativo y me mira con unos ojos que son idénticos a los de su hermano y una mirada que no podría ser más distinta.

—¿Estás sobrepasada con esto, Violet? —pregunta en voz baja.

—No. —Trago saliva.

Él entorna los ojos y afirma con la cabeza antes de seguir a sus compañeros por la escalera.

Cuando volteo, descubro a los de segundo y tercero enzarzados en un acalorado debate, todos agrupados de tal forma alrededor de Rhi que apenas la veo en el centro.

—Creo que vuelas desde Deverelli hasta Unnbriel y luego... —empieza Trager.

—¿De vuelta a Deverelli, luego a Athebyne y después aquí? —lo interrumpe Cat—. No tienes ni puta idea de lo largo que es ese vuelo. ¿Y luego el doble hasta Hedotis, Zehyllna, Loysam y las islas menores? No. —Hace un gesto de negación—. No. Aunque utilicemos Deverelli de base, es malgastar tiempo de vuelo.

Me inclino por detrás de Dain.

—Odio que tengas razón —farfulla este.

Rhi pasa un dedo por el mapa.

—Tienen vientos dominantes del oeste hasta esta latitud. —Señala la costa septentrional deverelí—. Y aquí cambian, así que cada vez que regresen para informar, tendrán el viento de cara.

—Los dragones pueden con ello —observa Maren en voz queda.

—Pero los grifos no. —Bodhi termina la frase y mira por encima de la pared con Garrick.

—Así que básicamente estamos jodidos —resume Ridoc—. Nos llevará mucho más de cinco meses peinar todas las islas.

Empiezo a hacer cálculos. Las islas principales no son el problema. El problema lo constituye la docena de islas menores de los confines del mar Cerlian. Este último viaje nos llevó ocho días, y solo fuimos a Deverelli.

—¿Un libro interesante?

Me giro al oír esa voz. Mi corazón pega una sacudida al ver a Xaden en el último escalón y se asienta cuando respiro hondo por primera vez desde que se fue, hace más de una semana.

—Hola —musito, y absorbo cada detalle de su rostro antes de mirarlo a los ojos. El blanco sigue blanco, pero hay algo en el color...

—Hola —contesta, y me mira igual que acabo de mirarlo yo a él.

—Tienes buen aspecto. —Paso a nuestro canal mental y mi alivio no puede ser mayor cuando noto que baja sus escudos para que pueda entrar. El brillante ónix me envuelve la cabeza con una ola familiar y bajo mis barreras—. *Y también te noto bien.*

—He dormido —aduce—. *Y por extraño que parezca, me siento... bien.* —Carraspea—. *Qué curioso, lo de esa habitación.*

—*¿En Aretia?* —Apoyo la mano en el tosco borde de la pared para no agarrarlo de la chamarra de vuelo y jalar de ella pegándolo a mí.

Su mirada descansa en mi boca y se acalora.

—*Antes me encantaba y ahora no la aguanto cuando no estás tú en ella.*

—*Echaba de menos esto.* —Me inclino hacia el vínculo, como si de alguna manera pudiera meterme en él si me esfuerzo lo suficiente, zambullirme en nosotros. En cuanto a intimidad, esto es mejor incluso...

—*Que el sexo.* —Xaden termina la frase por mí, y me sorprendo asintiendo en lugar de sermonearlo por leerme las intenciones, pero eso no ha sido...

Me quedo con los ojos muy abiertos. ¿Ha estado puliendo su sello igual que Ridoc?

—¿Alguna novedad en casa? —pregunta Bodhi detrás de nosotros, y doy un respingo.

—No, a menos que quieras oír que hay que reparar el tejado de la Casa Riorson o que el mayor de los Sorrengail ha enviado la bolsa de medicinas más grande que he visto en mi vida para que la llevemos durante la próxima expedición. —Xaden salta de su primo a Garrick—. Tengo que hablar con el profesor Tavis. —Doy un paso adelante, pero él retrocede y se aleja de mí mientras niega con la cabeza—. Estamos en Basgiath.

«Cierto». Vuelta a las normas.

—*¿Más tarde?* —Me aparto para dejar pasar a Garrick, y el sol arranca destellos de color ámbar a los ojos de Xaden cuando asiente antes de alejarse.

«Ámbar».

La fuerza de voluntad es lo único que me impide ir detrás de él. Sigo prestando atención al debate que continúa alrededor de Rhi.

—Pues sáltense Deverelli y vuelen directos aquí. —Bodhi señala la isla de Unnbriel.

—¡Los grifos no podrán! —exclama Cat.

Miro las distintas islas. Diez días aquí, veinte allá. Un mes ida y vuelta cuando nos dirijamos hacia los confines de Loysam y las islas menores. Una sensación desagradable se apodera de mi estómago, que empieza a revolverse despacio. El problema es regresar para informar al Senario entre viaje y viaje. A Xaden no le queda tanto tiempo, y a las protecciones de Aretia tampoco.

—*El Empíreo apoyará la decisión que tú tomes* —me promete Andarna, pero Tairn está callado, sin duda ocupado hablando con Sgaeyl ahora que por fin puede, después del periodo de silencio forzoso.

Tenemos que irnos y tenemos que irnos ya.

—¡A la mierda las normas! —Alzo la voz y todo el mundo se calla.

Cat deposita un disco de práctica en el mapa y reconozco la runa del escudo de sonido que ha templado en él.

La miro de soslayo para darle las gracias y me centro en el resto.

—Nos aprovisionamos y nos marchamos. Salimos rumbo a Unnbriel según lo planeado, pero después... desobedecemos órdenes directas. No regresamos entre isla e isla. No informamos ni volvemos hasta que hayamos dado con los miembros de la especie de Andarna.

Rhi enarca las cejas a una altura imposible.

—Para hacer eso podría hacer falta un mes.

—O más, dependiendo del tiempo —opina Maren.

—Les formarán consejo de guerra —nos recuerda Sawyer—. Probablemente sea el mejor plan, pero contravenir órdenes directas... —Ladea la cabeza—. Claro que será difícil formarle consejo de guerra al pelotón que vuelve con la séptima estirpe.

—Muy buen punto —aplaude Ridoc—. ¿Tenemos que llevarnos al príncipe Pomposo?

—Sí. —Dain se inclina hacia delante y apoya los antebrazos en las rodillas—. Algunas de las islas no hablarán con nosotros si no está él. La primera que se me ocurre es Hedotis.

—Esto es... —Bodhi me mira entornando los ojos—. Ven aquí abajo. —La magia se ondula cuando atravieso el escudo de sonido y piso los anillos exteriores adoquinados del foso—. ¿Qué está pasando, Sorrengail? Porque soy muy fan de saltarme las putas normas, desobedecer órdenes y pasar del protocolo, pero estas prisas...

—Sus ojos. —Cierro las manos y mi voz es tan baja que ni siquiera es un susurro—. Desde que agarró la aleación en Deverelli... las salpicaduras de los ojos de Xaden no han recuperado el dorado. Siguen siendo color ámbar. —Tenemos que encontrar una cura antes de que la gente empiece a darse cuenta o de que él empeore.

Los rasgos de Bodhi se distienden.

—Mierda —contesta en voz queda. La esperanza se borra de su expresión, pero me niego a que me arrebate la mía—. De acuerdo, tengo lo que me pediste. —Se mete la mano en el bolsillo y me da dos viales marcados con una S y una A—. Puedo hacerme con más, si quieres.

Suero y antídoto.

—Gracias. —Me los guardo deprisa, antes de que alguien los vea—. No tengo pensado utilizarlos con...

—Me alegra que admitas que tal vez tengas que hacerlo —me interrumpe.

—Encontraremos una cura —prometo con mucha más seguridad de la que siento.

La boca de Bodhi se crispa.

—Mataría por ir contigo, pero tienes que llevarte a Garrick.

Ninguno de los dos mencionamos lo que quiere decir con eso.

«Llévate a Garrick por si tú no eres capaz».

Alguien grita en la colchoneta y los dos miramos.

Kagiso lanza otra llamarada y hace que una chillona de segundo retroceda, pero Carr no interviene cuando las llamas se acercan cada vez más a la aterrorizada morena.

—Ayúdala —musito.

—Me han ordenado que no haga nada. —Bodhi se tensa cuando la cadete grita más aún y cae al suelo a gatas.

La siguiente llamarada se detiene a escasos centímetros de ella.

—¡Manipula! —exclama Carr—. ¡Defiéndete!

La de segundo año de la Sección Garra apoya la mano abierta en la colchoneta y gruñe. El color desaparece en un círculo a su alrededor, dejando la colchoneta gris.

«Carajo». Tengo el estómago en un puño mientras miro estupefacta.

Está convirtiéndose en venin delante de nosotros. ¿O ha sido uno de ellos durante todo este tiempo? Xaden habría notado su presencia, ¿no? Estaba aquí hace nada. ¿O habría sentido ella su presencia? Empuño una daga.

En las filas de detrás de nosotros se oyen gritos ahogados y alaridos.

—¡Carr! —ordena Panchek.

Nunca había visto al profesor moverse tan deprisa. Blande una daga con empuñadura de aleación que le atraviesa la espalda a la cadete y va directa al corazón.

Así, sin más. Ha muerto. Ejecutada. Sin preguntas ni posibilidad de curarla, sin nada.

Bodhi se estremece.

—Llévate. A. Garrick.

VEINTINUEVE

> En una cultura que idolatra a la diosa de la guerra exclusivamente, la sangre es el sacrificio preferido y la cobardía el mayor de los pecados.
>
> —*Unnbriel: la isla de Dunne*,
> por el alférez Asher Daxton

Tardamos diez días en poner en marcha los planes y organizarlo todo, y el tiempo hace mella en mí, como la gota constante de agua en la cámara de interrogatorios, crispando cada uno de mis nervios. Aguanto todas las clases como me han ordenado y practico la manipulación hasta que los brazos se me caen del agotamiento, pero no puedo dejar de observar los ojos de Xaden por si las motas recuperan su color dorado siempre que lo veo en Entrenamiento de Sellos.

No lo recuperan.

Para cuando la mayoría de nosotros nos hemos reunido en el campo de vuelo en las horas neblinosas que preceden al alba del primer sábado de marzo, mi nerviosismo por salir se asemeja a tener insectos bajo la piel. Odio que hayamos mentido a Halden y le hayamos dicho que este es solo el viaje a Unnbriel, pero hay una parte cada vez mayor de mí a la que le da lo mismo.

El príncipe es un puto lastre.

Tras un debate sorprendentemente fácil con Cat, nuestro pelotón ha crecido y ahora incluye a Trager y Maren, en parte por la formación de curandero de Trager, pero más para que podamos dividirnos si fuera necesario. A juzgar por la cara que pone cuando los de nuestro pelotón se aproximan a las filas de grifos y dragones que esperan, a Mira no le hace mucha gracia la novedad. Supongo que se me olvidó mencionar esa parte en mi misiva.

—¿Dónde has estado? —le pregunto mientras me separo del grupo con la esperanza de tener un poco de privacidad. Mis compañeros desaparecen deprisa en la densa niebla.

—De permiso —contesta—. Mientras tú estabas aquí desarrollando planes para desobedecer órdenes directas del Senario, aunque, naturalmente, estás en tu derecho, puesto que eres la comandante de la misión. —Mira de soslayo la enorme mochila que está machacándome la espalda y la que tengo a mis pies—. Las misivas fueron inteligentes. Sutiles, incluso. ¿Las mochilas? No tanto.

—Que estabas «de permiso» fue lo único que me dijo Panchek cuando le pregunté cómo podía hacerte llegar una carta. Desapareciste. —Entrecierro los ojos y exhalo una bocanada de vaho al gélido aire—. En cuanto al tamaño de las bolsas, es inevitable, teniendo en cuenta que hemos de llevar...

—¿Te preocupa no poder aprovisionarte en condiciones en Deverelli? —pregunta Halden detrás de mí.

Mira enarca una ceja y consigue decir un «te lo dije» sin necesidad de mover la boca.

—Le preocupa más que vayas a cagarla otra vez —contesta Xaden, y cuando giro en redondo veo que sale de la niebla y viene hacia nosotros con Garrick.

Halden se tensa.

—Tú a mí no me hablas así, Riorson.

—Qué bien. Me preguntaba cuándo empezarían a pelearse. —Mi hermana se cruza de brazos.

—¿O qué? ¿Harás que te echen de otra isla? ¿Te quedarás frente a la playa en el barco de Tecarus? Ya eres un peso muerto, *alteza*. ¿De verdad vas a ser también un peligro? —Xaden se detiene a mi lado, pero no me toca, como ha hecho desde que volvimos—. *¿Estamos todos?*

—*Dain viene hacia aquí.*

—No pienso disculparme por haberme ocupado de asuntos navarros mientras estábamos en Deverelli... —empieza Halden.

—¿Qué te parece si te disculpas por ocultar una información que era esencial para la misión a los que éramos responsables de la puta misión? —espeta Xaden, al mismo tiempo que invade el espacio de Halden y las sombras se arremolinan a sus pies—. De no ser por nosotros, estarías muerto.

«Mierda».

Miro de reojo a Garrick, que me mira a su vez como si se supusiera que soy yo la que debe hacer algo.

—*Deja que mate al príncipe* —sugiere Andarna, y oigo el tintineo de su arnés a unos seis metros detrás de mí—. *No nos representa bien.*

—*El príncipe no será un problema* —afirma Tairn.

Ojalá me sintiera yo la mitad de segura que él.

—Bueno, pues parece que este va a ser un gran comienzo —comenta Drake, que pasa por delante para ir a la fila de grifos, donde los demás pilotos esperan en medio de la densa niebla. Apenas los distingo desde donde estoy.

—Fuera de mi vista —ordena Halden.

—Seguro que te fastidia no poder ordenarme que lo haga. —Una comisura de la boca de Xaden se eleva—. ¿Por qué no te metes en el cestito?

—Vete a la mierda. —Halden se pone rojo, pero da un paso atrás.

—La verdad es que a mí me importa un carajo que lo mates —le digo a Xaden a través del vínculo—, *pero a ti sí te importará. ¿No fue eso lo que me dijiste tú cuando casi le arranco la cabeza a Cat en Aretia?*

—Conseguirá que te maten —aduce Xaden—. *Esto no saldrá bien.*

—No moriré por culpa de Halden.

Ridoc sale de la niebla a mi izquierda, mira a Halden y a Xaden y viene directo hacia mí.

—Esto es un poco como la Trilla, ¿no? Emocionante, aterrador. Sabemos que tenemos que ir, pero hay muchas posibilidades de que nos manden a la mierda.

—No me hizo gracia volar directamente a Athebyne —anuncia Halden en la niebla—. Hoy recorreremos solo la mitad del camino...

La niebla se arremolina con el batir de otro par de alas y el suelo tiembla cuando un dragón aterriza a la izquierda, justo detrás de Ridoc.

Halden se queda boquiabierto y se tambalea hacia atrás.

La niebla lo oculta todo salvo la silueta de unas garras, hasta que el dragón baja el hocico azul al nivel del suelo y le lanza una bocanada de aire a Halden.

¿Qué demonios hace Molvic...?

El estómago me da un vuelco.

—Ya te dije que el primogénito no sería un problema —me recuerda Tairn.

—¿Molvic? —Ridoc se inclina ligeramente hacia delante, como si la cicatriz que atraviesa el hocico del Azul Cola de Maza no fuera inconfundible.

—¡No! —Echo atrás los hombros, me quito la mochila y

paso por delante de Xaden y Halden para adentrarme en la niebla—. ¡No hagas esto! —No consigo avanzar ni diez metros cuando lo veo venir hacia nosotros junto a Dain.

—No pienso quedarme cruzado de brazos viendo como los matan a todos por culpa de Halden —asegura Aaric al tiempo que jala de la correa de su mochila para apretarla. Por el amor de Dunne, pero si ni siquiera tiene una chamarra de vuelo preparada para el combate.

—Esto no es lo que quieres —le recuerdo—. No dejes que los actos de tu hermano te obliguen a hacer esto. —Y, apuntándolo con un dedo, le digo a Dain—: Y tú no permitas que lo haga.

Dain levanta las dos manos con la palma hacia fuera a la altura del pecho.

—Por el amor de los dioses, ¿quieres decirme qué culpa tengo yo de esto?

Busco una respuesta.

—Es de primer año y tú eres el líder de ala.

Dain se frota el caballete de la nariz y a continuación se pasa los dedos hacia fuera por las marcadas ojeras.

—Vi, yo diría que me supera en rango.

—¿Seguro que quieres hacer esto? —pregunta Xaden, tan cerca que de pronto noto su calor en mi espalda.

—¿Querer? No. —Aaric niega con la cabeza—. Pero necesito hacerlo. Y aunque no me importa una mierda que Halden te amargue la puta vida, sí que me importa, y mucho, que condene al continente a morir a manos de los seres oscuros porque no es capaz de respirar hondo y contar hasta tres cuando se enoja.

—Por mí, perfecto. —La mano de Xaden me roza la parte baja de la espalda—. ¿A ti te parece bien? —Me mira.

Veo la disposición de la barbilla de Aaric y la determinación en sus ojos verdes y asiento derrotada.

—Tenemos derecho a tomar nuestras propias decisiones, y si esta es la tuya, la respetaré.

Aaric asiente y Xaden y yo echamos a andar junto a Dain y él hacia nuestros dragones... y Halden.

—Por lo visto al final no te hará falta el cesto —observa Xaden cuando llegamos hasta donde Mira espera con Ridoc, Garrick y Halden—. Nos hemos buscado a otro príncipe.

Halden se queda boquiabierto mientras mira con grandes ojos a su hermano pequeño.

—No pongas esa cara de sorpresa —dice Aaric a modo de saludo.

—Que no ponga... —Halden niega con la cabeza despacio—. ¿Has dejado que peinemos el reino, buscándote en burdeles y en casas de juego, y durante todo este tiempo estabas aquí?

—Empezaste mal si me buscaste en tus sitios preferidos —replica Aaric.

—¿Eres jinete? —exclama Halden.

—Como sugiere el dragón. —Ridoc señala a Molvic.

—Podría haber dejado que pensaras que había muerto —masculla Mira.

—Lo estará cuando nuestro padre se entere... —empieza Halden.

—Vete a la mierda y díselo. —Aaric se encoge de hombros—. O no se lo digas. La verdad es que me da lo mismo. Atravesé el Parapeto porque estaba harto de quedarme cruzado de brazos sabiendo que papá y tú no iban a hacer una mierda con los seres oscuros, y ahora no pienso quedarme cruzado de brazos viendo como perjudicas nuestra única esperanza. Iré yo como representante de la casa real.

Halden se tensa.

—De eso nada, Cam.

—Es Aaric, y si quiere ir, irá —aseguro, y me gano una amenazadora mirada de mi ex que ni siquiera me desconcierta—. Tienes prohibida la entrada en Deverelli y el genio de un niño de dos años en un día bueno, Halden. Aaric es jinete. Nos seguirá el ritmo en el aire y en tierra, y puesto que ha estado en este pelotón durante los últimos dieciocho meses, puedo prometerte que sabe controlarse cuando las cosas van mal.

Ahora Halden fulmina con la mirada a Aaric.

—Fuiste tú el que entró sin permiso en el depósito real.

—Sí —admite Aaric.

—Nuestro padre me echó la culpa a mí. —Halden da un paso adelante y me reconcome una pequeña punzada de culpa, ya que lo que tuvimos probablemente fuera el motivo por el que cargara con el muerto—. ¿Te quedaste en Basgiath o te fuiste con los rebeldes?

—Ya sabes cuál es la respuesta —contesta Aaric.

Halden se pone tan rojo como Sliseag.

—Vuelve al cuadrante, yo seré el único miembro de la realeza...

—Bueno, pues suerte en tu búsqueda de un grifo que quiera cargar con tu cesto de nuevo —dice Aaric, y echa a andar hacia Molvic sin decir nada más.

—Pues aunque ha sido de lo más incómodo... —Ridoc levanta las cejas.

—Seguro que sabes salir del campo de vuelo —dice Xaden a Halden, pero este tiene la vista clavada en las garras del dragón azul.

—Violet. —Halden baja la voz y me mira despacio. La súplica que veo reflejada en sus ojos me llega al alma.

—No permitiré que le pase nada —le prometo.

Halden asiente una vez.

—Te tomo la palabra. —Nos mira a todos uno por uno y la promesa se torna amenaza—. A todos ustedes.

Pasamos un día en Athebyne y otro en Cordyn para que los grifos descansen entre las distintas etapas del viaje. Van mucho menos ahogados sin tener que cargar con los cestos, pero sin magia que potencie su resistencia necesitamos tomarnos dos días de descanso en Deverelli antes de continuar.

El segundo día convence a Mira de lo que ya sospechaba en nuestro primer viaje: algunas runas surten efecto fuera del continente. Ahora falta por determinar cuáles y averiguar por qué. A cada uno de nosotros se nos proporciona un puñado de discos de cuarzo de distintos colores para que hagamos pruebas. Agradezco que el sol no me queme la piel —aunque no sé si es por el disco de amatista o por la misma runa que hay en una de las dagas que Xaden me dio el año pasado—, pero me molesta que las runas sean lo único de lo que Mira está dispuesta a hablar conmigo.

El litoral suroeste de Deverelli se desvanece durante las primeras horas del octavo día del viaje, y el color pasa del aguamarina al azul oscuro a medida que vamos hacia mar abierto.

Y eso es todo cuanto veo en el horizonte: agua.

De no ser por los barcos que emprenden sus propias travesías bajo nosotros, estaría más que un poco inquieta de volar hacia la nada.

—Reserva los nervios para cuando lleguemos a Unnbriel dentro de nueve horas —me aconseja Tairn—. *Y tú los tuyos para cuando el viento cambie de dirección* —indica a Andarna, que va sujeta al arnés.

Dioses, espero que los mapas que incluyó mi padre sean precisos. Los dragones no son exactamente barcos. No pueden flotar sin más si se cansan, y nueve horas a partir de ahora hará que el tiempo total de vuelo sea de doce.

A los grifos no les hace ninguna gracia nada que pase de las ocho horas.

La corriente de aire cambia alrededor de mediodía, proporcionándonos viento de cola mientras el cielo se despeja, y Andarna disfruta de su libertad al soltarse de Tairn y volar a su lado. Su batir de alas es enérgico, pero la diferencia en el ala izquierda resulta mucho más visible sin la fuerza que le proporciona la magia. Cada movimiento lleva al límite los tendones para lograr la máxima extensión, y Andarna no tarda mucho en descender ligeramente.

La preocupación me rodea la garganta con sus hormigueantes dedos cuando Andarna baja con una ráfaga de viento, pero no digo nada al ver que vuelve a la formación.

—*No pierdas altitud* —le advierte Tairn—. *A saber con qué armas cuentan los navíos mercantes de ahí abajo.*

—*¿No te cansas nunca de oírte?* —le pregunta ella al tiempo que se acerca un poco más a Sgaeyl.

—*Nunca* —le asegura Tairn.

Con nada que hacer durante las próximas ocho horas salvo aguantar, escucho a Tairn, que relata la leyenda de su estirpe desde el primero de su linaje hasta Thareux, el primer dragón negro que consiguió vincularse a un jinete, durante la Gran Guerra, y lo deja ahí.

Al parecer no vale la pena contar la historia cuando entran en escena los humanos.

La posición del sol indica que es por la tarde cuando Tairn divisa tierra.

—*¡Treinta minutos!* —nos anuncia a Andarna y a mí, y a continuación deja escapar un rugido para avisar al resto que hace que me castañeteen los dientes.

Me giro en la silla para echar un vistazo a nuestra formación. Todo el mundo está donde debe, salvo Kiralair, que ha perdido la protegida posición que ocupaba en el centro y se acerca al hocico de Aotrom.

—*Y justo a tiempo, porque Kiralair está debilitándose.*

—*Tenías que traer a los grifos, ¿no?* —masculla Tairn en el momento en que volteo hacia delante y veo el ondulado litoral.

El mar pasa de un azul oscuro a un verde azulado coronado de crestas blancas que rompe en playas de color crema a lo largo de lo que parece una ciudad portuaria a unos kilómetros por delante.

—*Esa debe de ser Soneram.* —No cabe duda de que hemos encontrado la isla de Dunne. Distingo las murallas defensivas escalonadas (y las ballestas) desde aquí, y no han cambiado mucho con respecto a lo que mi padre detalló en sus dibujos—. *Evitemos que nos atraviesen con una flecha, ¿quieres?* —le digo a Tairn.

Este resopla y sale disparado hacia delante, vira a la derecha y dirige a nuestra formación a lo largo de la costa noreste, evitando la ciudad portuaria.

Me protejo del sol de la tarde haciendo visera con una mano en la frente y escudriño la costa, percatándome de dónde terminan las murallas de la ciudad.

—*Hay otra población dentro de unos tres o cuatro kilómetros y después nada durante al menos sesenta.*

Siempre que no hayan crecido durante los treinta y tantos años que hace que mi padre escribió su libro.

Dejamos atrás la población y sus formidables fortificaciones y, después de seguir otros diez minutos sin que veamos ningún asentamiento, Tairn gira hacia el interior, rompiendo la formación y volando a la cabeza.

—*Quédate con Sgaeyl* —ordena a Andarna.

Esta expresa su fastidio con un bufido.

—*Cíñete al plan* —le recuerdo yo.

—*Odio el plan* —replica.

Aquí las playas son más pedregosas, la estrecha franja de arena está salpicada de rocas antes de dar paso a colinas de densa vegetación que se extienden hasta donde alcanza la vista.

Todo es del mismo verde apagado que en Deverelli.

—*Ese de ahí* —decide Tairn al localizar un claro lo suficientemente grande hacia la mitad de una ladera, a unos kilómetros en el interior desde la costa. Y tras dar una barrida sobre el perímetro, aterrizamos en el centro mismo de la pradera.

Las aves alzan el vuelo desde los árboles en un derroche de color y huyen veloces.

Tairn emite un retumbar grave, no lo bastante poderoso para que sea un gruñido, pero sin duda lo bastante ruidoso para lanzar una advertencia a cualquier cosa que pudiera plantearse convertirnos en su cena, mientras gira en redondo con parsimonia, escudriñando el límite de los árboles y arrastrando la cola por una hierba que me llegará por la cintura.

—*Nos basta* —declara tras terminar la vuelta.

Momentos después el resto aparece en el cielo, con Sgaeyl encabezando la formación. Sus alas sumen el claro en la sombra durante un instante y se hinchan para ralentizar el descenso antes de aterrizar a nuestro alrededor.

El suelo tiembla cuando entran en contacto con él. Andarna a la derecha y Sgaeyl a nuestra izquierda. Teine, Aotrom, Cath, Chradh y Molvic se sitúan detrás de nosotros, y los grifos llenan los espacios cuando formamos un círculo amplio.

Todos los dientes y todas las garras apuntan hacia los árboles.

—*¿Has oído eso?* —Tairn baja la cabeza y permanece al acecho.

En la jungla que nos rodea hay un silencio antinatural.

—Los animales los reconocen como predadores, de eso no cabe la menor duda.

—Bien. —Inclina el hombro y comienzo el proceso de desmontar. Lo dejo todo, salvo lo imprescindible, detrás del asiento de mi silla.

Todo el mundo se queda en camiseta —o, en mi caso, en armadura— para adaptarse a un sofocante calor y una humedad que rivalizan con los de Deverelli, y acto seguido aseguramos el emplazamiento con diligencia y localizamos un arroyo cercano para tener agua dulce. Después Cat y Trager se adentran en el bosque para cazar mientras la mitad de la manada hace otro tanto.

—Estamos solos por ahora, pero esto no durará mucho —opina Mira al tiempo que Teine alza el vuelo detrás de Tairn y Aotrom—. Alguien los verá.

—Bien. Después de que Aaric se reúna con su reina podremos seguir camino. —Paso una mano por la hierba verde claro de la pradera, y agarro una piedra de un tamaño considerable para rodear el lugar donde haremos la fogata—. Las posibilidades de forjar aquí una alianza son escasas. Teniendo en cuenta lo doloroso que le resulta a la manada estar separada de la magia, dudo que los de la especie de Andarna se asentasen aquí.

—¿Y si aprendieron a vivir sin magia? —plantea Mira, que le da vueltas en la muñeca a una pulsera de lo que parecen turmalinas negras y observa a Ridoc y Garrick, que están ocupándose de encender el fuego mientras Dain construye una suerte de parrilla con Maren y Aaric.

—No sé si pueden —admito en voz queda, y le miro la pulsera. Algo en los nudos que sujetan las cuentas metálicas despierta en mi cabeza alguna cosa que no sé qué es, y juraría que percibo un olor a pergamino durante unos segundos antes de desviar la mirada—. Tampoco es que Tairn me dé detalles sobre cómo afecta a su longevidad.

—¿Están viviendo algún drama de pareja Sgaeyl y él? —Mira toma también una piedra.

—No que yo sepa. ¿Por qué? —pregunto, y empezamos a volver hacia el centro del claro.

—No han cazado juntos durante el viaje. —Se mete la piedra bajo el brazo y agarra otra.

Miro el otro lado del prado, donde Xaden patrulla a pie con Drake cerca de Sgaeyl y Andarna.

—Creen que uno de ellos debería estar con el grupo en todo momento. —Es lo más cercano a la verdad que estoy dispuesta a contarle.

Mi hermana me mira de soslayo, como si se diera cuenta de que es una verdad a medias.

«Tengo que cambiar de tema».

—¿Adónde fuiste cuando estabas de permiso? —le pregunto.

Frunce los labios, como si estuviera sopesando qué contestar.

—Fui a visitar a la abuela.

—¿Volaste a Deaconshire? —A ver, que es libre de hacerlo, supongo.

—¿Crees que solicité una licencia por asuntos propios para ir a un cementerio? —Me mira con el rabillo del ojo.

Mis cejas hacen lo imposible por tocar el nacimiento del pelo.

—¿Fuiste a ver a la abuela Niara? —Termino la frase en un susurro.

Mira pone los ojos en blanco.

—No hace falta que susurres, nuestros padres no pueden oírte.

Me siento tentada de mirar a nuestro alrededor para asegurarme.

—Dejó de hablar con mamá y papá... —Niego con la cabeza—. Debió de ser antes de que yo naciera, porque ni siquiera me acuerdo de ella. Tiene algo que ver con que papá se casara con mamá, ¿no?

Mira hace un gesto de negación.

—Eras muy pequeña —corrige—. Tendrías más o menos la edad en la que empezaste a tener bastante pelo para recogértelo en una coletita. —Sonríe al recordarlo, pero la sonrisa se le borra enseguida—. Y no fue la abuela Niara la que les retiró la palabra. Resulta que fue al revés.

—Tú sabes lo que pasó, ¿no? —Siento una rápida y profunda punzada de envidia. Nuestros padres casi nunca hablaban de la familia de mi padre. ¿De ahí es de donde ha sacado la pulsera?

—Deberías ir a Luceras. —Me mira con una mezcla de preocupación y miedo de lo más extraña, su boca se vuelve una línea fina—. A hablar con ella.

—Claro, con todos los permisos que me dan antes de la graduación.

—Buen argumento. —Escudriña el prado en busca de otra piedra.

Pero no lo suficientemente bueno para que me lo cuente. De acuerdo. Si este último año me ha enseñado algo es que todos tenemos derecho a guardar nuestros secretos. «Pero también es mi familia».

—He traído los libros de papá, por si quieres leerlos. —Cambio de tema otra vez y me pongo a buscar piedras de nuevo. El suelo es firme bajo nuestros pies, así que al menos no dormiremos en barro.

Mira frunce el ceño.

—Sobre todo se centran en las costumbres —aclaro—. Pero dedica un capítulo entero en cada libro a la flora y la fauna autóctonas de cada isla. Es muy concienzudo. —Yo también arrugo la frente. Esto es puro parloteo, pero no puedo evitar intentar dar con algo que salve la distancia cada vez mayor que noto entre nosotras—. ¿Te contó la abuela Niara cómo sacó papá tiempo para estudiar cosas como los patrones migratorios de charranes y errones? ¿O las polillas falorinia? Papá se pasa tres páginas hablando de la asociación de cultivos, como raíz bresona y hierba kellen, después escribe sobre las bayas de zakia y explica que si las aves migran a Hedotis demasiado tarde, las bayas maduran más de la cuenta y las bandadas caen muertas, con el pequeño pico amarillo manchado de azul.

—Gracias, pero no. Parece horrible. —Se tensa y se acomoda las dos piedras bajo el brazo.

Yo aprieto la mía.

—¿Sabía la abuela Niara que papá estudió las islas?

Mi hermana abre la boca, pero mira hacia otro lado.

—Lo sabía. Y papá te dejó los libros solo a ti, ¿recuerdas? A mí no me hace ninguna falta saber nada de migraciones de pájaros ni de polillas.

—Mira... —Mierda.

Mi hermana aprieta el paso y me deja atrás. Suelto un lento suspiro.

—Escuchar eso ha sido muy violento. ¿Podías hacerlo todavía más incómodo? —me regaña Andarna.

—Vete a cazar algo.

Montamos el campamento sin perder de vista el bosque en ningún momento, cocinamos los conejos que traen Trager y Cat, disponemos petates alrededor del fuego y asignamos turnos de guardias antes de irnos a dormir, rodeados siempre por dos dragones y el mismo número de grifos mientras los demás acompañan a sus jinetes y pilotos durante la guardia.

Asumo la primera con Maren y Drake, del que aprendo que tiene un sentido del humor sarcástico que rivaliza con el de Ridoc.

Xaden hace la segunda con Mira y Garrick.

Las estrellas brillan cuando Xaden se mete en el petate, completamente vestido, incluidas las botas, igual que yo. Me rodea la cintura con un brazo y me pega la espalda a su pecho. Sonrío, medio dormida, y me acurruco más. Oigo un crujir de madera y abro los ojos cuando Dain echa otro tronco al moribundo fuego y lo aviva.

—¿Alguna novedad? —susurro.

—Todavía no —me contesta Xaden al oído, haciendo la cucharita, y el frío que haya podido agarrar mientras hacía su ronda se le pasa deprisa—. Es preciso que ellos se vayan.

Asiento e intento impedir que el miedo anide en mi estómago. Ser cebo es como si se me asentara en él leche agria.

Xaden me besa detrás de la oreja y su respiración adquiere un ritmo regular detrás de mí.

—*Espera a que haya amanecido* —le digo a Tairn mientras el sueño me invade—. *Xaden necesita todo el descanso que podamos darle.* —Unnbriel es conocida por sus duelos rituales, y él es el mejor de todos nosotros.

Tairn consiente y me lo hace saber con un gruñido.

—*¡Despierta!* —grita Tairn lo que parece un segundo después, y cuando mis ojos se abren de golpe veo una línea rosa y anaranjada adornando el horizonte.

Profiero un grito ahogado de sorpresa y Xaden me pone una mano en la cadera para que no me mueva. La hierba susurra acompasadamente detrás de nosotros y el corazón empieza a latirme con furia. Este sería un gran momento para acceder al vínculo que compartimos. Mi mano derecha agarra las mantas que nos tapan, y la de Xaden se mueve hasta la vaina que tengo en la parte superior del muslo.

—Venir aquí ha sido un error —dice un hombre en la lengua común, con voz grave, mientras se inclina sobre nosotros—. Su magia no les ayudará aquí, incendiarios.

Retiro de golpe las mantas y Xaden desenvaina mi daga y se la pone en la garganta al hombre en un único movimiento fluido.

Los ojos oscuros del soldado se abren como platos cuando empuño mi otra daga, recorro su armadura de cuero y veo las débiles juntas en los codos y debajo de los brazos. Está teñida del mismo verde claro que las hojas de los árboles, y en el peto lleva estampado un emblema de dos espadas cruzadas sobre una herradura de caballo.

—Eso no es un problema. —Xaden se incorpora despacio, manteniendo la punta de la daga en la base de la garganta del soldado mientras retrocede—. Hemos traído armas.

TREINTA

No es sensato servir a un dios en detrimento de otro. Es mejor evitarlos a todos que mostrar favoritismo en un panteón vasto y envidioso.

—*Guía para complacer a los dioses*, por el comandante Rorilee (segunda edición)

Con una daga en cada mano, me coloco al lado de Xaden mientras el soldado recula para sumarse a lo que parece al menos un par de docenas más de compañeros a caballo, todos los cuales llevan una espada al costado izquierdo y dagas envainadas a lo largo del brazo derecho.

Cinco más retroceden del mismo modo de las camas de nuestros compañeros de pelotón, y todo al que no le toca la tercera guardia se levanta con armas en las manos. Da la impresión de que han enviado a una sección entera para darnos la bienvenida, y todos los soldados esbozan distintos grados de la misma sonrisa sanguinaria.

—*Dos compañías de caballería al completo acechan en las colinas* —me cuenta Tairn, y, tras arriesgarme a echar una ojeada por la pradera, distingo varios pares de ojos dorados bajos entre los altos árboles.

—*Me gustaría probar un caballo unnbriano* —opina Andarna.

—*No* —contestamos al unísono Tairn y yo.

Andarna deja escapar un suspiro a través del vínculo.

—*Un día de estos pienso dejar de preguntar educadamente.*

—Reúnan a sus lanzallamas y abandonen nuestra isla —nos advierte el soldado al tiempo que los demás se alinean delante de la caballería montada.

—Hay dos compañías en las colinas —informo en voz baja a Xaden, procurando mover la boca lo menos posible.

—Pronto —le responde Xaden al soldado, y el dorso de su mano roza el de la mía.

Son todos tan... parecidos. Cada uno de los que tenemos delante, con independencia de su sexo, es más o menos de la misma altura —un metro ochenta— y tiene el mismo cuerpo musculoso y el pelo muy corto. Todos lucen un emblema exacto en el cuero, aunque imagino que las diferentes insignias que se distinguen en la base del cuello definen el rango.

—¿Hablas la lengua común? —Dain llega con Mira y se sitúa a mi derecha. Nuestro pelotón se halla frente a su sección, manteniendo unos civilizados tres metros de distancia entre nuestras fuerzas.

—Mi conocimiento de su lengua es la razón de que me eligieran para capitanear esta misión —contesta su líder sin apartar los ojos de Xaden.

—Me encanta perder el tiempo —musita Dain, y acto seguido se guarda en el bolsillo del pecho de la chamarra de vuelo el cuadernillo que reconozco como el compendio de la lengua de Unnbriel.

El soldado rubio y de mandíbula definida que está justo delante de mí me mira de arriba abajo y se fija en las dagas que tengo en las manos y en las que descansan en mis muslos.

—Solicitamos oficialmente que su reina nos conceda una

audiencia. —Xaden se adelanta, su mano aún empuñando mi daga.

—Solicitud denegada —responde inmediatamente el capitán—. Nuestra reina no recibe a quienes no son dignos de su presencia, y teniendo en cuenta lo fácil que ha sido sorprenderlos en su campamento, la posibilidad de que sean dignos —su mirada nos recorre y se burla al ver mi estatura— es mínima.

«Vaya idiota».

Las ramas se mueven cuando los dragones y los grifos salen de los árboles de nuestro alrededor, rodeando desordenadamente a la sección.

—Se lo hemos puesto fácil nosotros, capitán. —Ladeo la cabeza y hago girar la daga para agarrarla por la punta justo cuando Tairn gruñe detrás de mí, un sonido grave y bestial. «Como a mí me gusta»—. Pero tengan por seguro que también podemos ponérselo difícil.

En su defensa hay que decir que la sección no sale corriendo y pegando gritos, pero una mancha oscura se extiende por el pantalón de cuero verde del soldado rubio que mira con los ojos muy abiertos lo que tengo a mi espalda. Sin duda habría sido un desertor después del Parapeto.

—No te preocupes —le digo sonriendo enseguida—. Es una reacción habitual. —Sin embargo, hace que se me caiga un poco el alma a los pies—. *Esta gente nunca ha visto dragones.*

—Mi familia no está en esta isla —apunta Andarna, y su frustración se desliza por el vínculo y se me clava como si fueran mil alfilerazos.

Hago rotar los hombros para intentar sacudirme la sensación. Lo último que necesitamos es un soldado muerto y una alianza echada a perder.

—Y, por favor, ten cuidado con tus emociones. Aquí no puedo levantar mis escudos.

El soldado me mira de nuevo y entrecierra los ojos al tiempo que dice algo que no entiendo del todo, pero sí entiendo *débil* y *más baja*. Le doy otra vuelta en el aire a la daga y la agarro por la empuñadura.

—No cree que seas... —Dain niega con la cabeza—. ¿Sabes qué? Olvídalo. —Le pinta el dedo al soldado.

—Quemarnos no hará que nuestra reina los reciba en audiencia. —El capitán levanta el mentón.

—No, pero derrotar en combate al mejor de los suyos nos hará merecedores de entrar en la corte con el rango del rival vencido —afirma Xaden, que ladea la cabeza al mismo tiempo que una sonrisa asoma a su boca.

La sonrisa se borra del rostro del capitán.

—Conocen nuestras leyes.

—Ella las conoce. —Xaden me señala—. Y yo estoy con ella. Y ya que te he puesto mi hoja en la garganta, supongo que eso significa que deberíamos buscar a alguien más avezado.

El capitán se voltea despacio, mirando por encima de nuestras cabezas, y Tairn ruge.

—Los lanzallamas se quedan.

Sgaeyl se abalanza desde la izquierda y cierra los dientes lo bastante cerca de una soldado para que la mujer profiera un grito ahogado y el pelo se le vaya hacia un lado con la vaharada que arroja.

—Ha dicho «que se vayan a la mierda» —traduce Xaden al capitán.

Este mira a Sgaeyl de soslayo, evitando sus ojos.

—Que venga solo la mitad. Escojan bien. Es mi última oferta.

Xaden asiente, voltea hacia nosotros y le entrega su espada a Garrick.

—¿A quiénes quieres llevar? —me pregunta.

—¿Yo? —Pongo cara de sorpresa.

—Es tu misión —aduce.

Carajo. Respiro hondo y salto a Dain para mirar a mi hermana.

—Xaden para el reto, Aaric para que hable por Navarre, Cat por Poromiel... —Se me forma un nudo en la garganta al ser consciente de que solo me quedan dos.

Mira asiente.

—Buenas elecciones. Deja de perder el tiempo.

—Dain y yo. —Con lo que dejo atrás a nuestro segundo mejor luchador y a mi hermana.

—¿Aetos? —cuestiona Garrick.

—No pongas en duda las órdenes —le advierte Xaden en un tono que hace que Garrick se enderece.

—El capitán ha dicho que lo seleccionaron para esta misión porque habla nuestra lengua, así que me figuro que no es de uso corriente —explico—. Yo entiendo alguna que otra palabra, pero me pasé el tiempo aprendiendo hedótico y Dain se ocupó del resto.

A Garrick se le tensa la mandíbula, pero asiente una vez.

—A ver si lo adivino: yo me quedo aquí —se queja Andarna.

—Aprendes deprisa —contesta Tairn.

Miro a mi hermana y no veo que me censure.

—Si no hemos vuelto antes de que caiga la noche, reduce este sitio a cenizas.

Eistol, la capital de Unnbriel, está en el interior, a menos de veinte minutos volando, pero la caballería tarda dos horas en abrirse paso por el escarpado terreno y recorrer la cresta hasta llegar a la profusamente fortificada ciudad.

La ciudad en sí hace que me cuestione haber traído a Tairn. Eistol descuella entre la campiña, y corona la colina más alta en kilómetros a la redonda. Está construida en una serie de círculos en terrazas de piedra de distintos tonos, pero los tejados de las estructuras son de un uniforme azul claro. Cada terraza está rodeada de un muro lo bastante grueso para sustentar el peso de Tairn, y en la inferior se asienta una docena de ballestas de las que se encargan los correspondientes ballesteros. Las ocho que hay por encima alojan un número inferior, pero proporcional, de armas, y a diferencia de las de Deverelli, giran en múltiples direcciones.

Este sitio se ha erigido para luchar contra dragones, tanto si estos han estado aquí como si no.

—*No me gusta que estés tan cerca de esas ballestas* —digo a través de nuestro canal mental mientras me fijo en la sección de caballería, que va franqueando en fila india la puerta de metal elevada de cada anillo. Una orden y sería imposible entrar en la ciudad a pie... o escapar.

—*A mí no me gustan tus parejas, pero qué le vamos a hacer* —contesta Tairn. Nos aproximamos a la ciudad desde cientos de metros de altura, encabezando la formación a la vez que una tormenta se avecina por el oeste.

—*Tercer anillo* —le recuerdo cuando sobrevolamos el quinto.

—*Estaba presente, me acuerdo* —me indica al tiempo que repliega las alas y desciende hacia el tercer anillo más alto de la ciudad.

En la bajada el cinturón de la silla se me clava en los muslos, y espero la apertura de alas que sé que vendrá..., pero no viene.

—*¿Tairn?* —La gente corre por las calles y se mete en las estructuras que alinean unos muros que se aproximan deprisa. Si no frena pronto, nos llevaremos por delante la pared—. *¡Tairn!*

Tras proferir un suspiro, abre las alas y las bate una vez, sacudiéndome con el súbito e inesperado cambio de velocidad antes de aterrizar en sentido longitudinal en el muro del tercer anillo. La piedra se desmorona con sus garras y él baja la cabeza hacia el puesto de ballestas que hay a menos de cuatro metros.

Dos de los soldados del puesto retroceden, pero el tercero aguanta valientemente, oculto en parte en el interior de la base de madera del arma, con una mano suspendida sobre el mecanismo de disparo mientras la otra acciona despacio la rueda de madera que hace que el arma gire hacia nosotros.

Me suelto el cinturón de la silla y me levanto deprisa para buscar una posición mejor, con la daga ya en la mano.

Una sombra nos cubre un segundo antes de que Sgaeyl aterrice en el otro lado de la ballesta. El soldado gira la cabeza enseguida hacia la dragona cuando lanza un rugido grave, gutural, dilatando las fosas nasales.

El soldado levanta las dos manos del arma.

Lo dejo todo afianzado a la silla de Tairn salvo las armas que llevo, y avanzo hacia su hombro. Solo me detengo para asegurarme de que Cath, Kira y Molvic han aterrizado detrás de mí.

—*Mira a ver dónde desmontas o nos pondrás en ridículo a los dos* —me avisa Tairn, y el estómago me da un vuelco al mirar abajo. Con que me acerque un solo metro a la derecha, me despeñaré por el muro de quince metros de altura.

—*Tomo nota.* —Apunto hacia dentro, me deslizo y aterrizo en el muro entre la primera y la segunda garra de Tairn.

Para cuando Xaden y yo llegamos a ellos, los tres soldados ya se han refugiado en la torreta de la ballesta. Abro la boca para asegurarles que no les haremos ningún daño a menos que ellos nos lo hagan a nosotros, pero una puerta de madera en el suelo de piedra se abre a la izquierda de Xaden y por ella asoma la cabeza del capitán de caballería.

Sermonea a los soldados, pero la única palabra que entiendo es *audiencia*. Después nos invita con un movimiento de mano a que vayamos a la oscuridad.

—Síganme.

Xaden va primero y yo desciendo tras él por la escalera de piedra. La luz natural ilumina nuestro camino a través de pequeñas aspilleras en el muro, y dejamos atrás dos puertas mientras bajamos.

—*También están dentro de los muros* —informo a Tairn. Mi padre o bien omitió esa parte o no llegó a ver el interior de las defensas. Yo apuesto a que es lo segundo.

—*Inteligente* —admite él.

El oficial abre la puerta que hay en la base de la escalera, y Xaden y yo entramos en un callejón umbrío entre edificios de piedra que tal vez mida treinta centímetros más que los hombros de Xaden. Los pomos de sus espadas no raspan la roca por poco.

—*Podríamos aprender algunas cosas de esta construcción. Un solo soldado sería capaz de contener a docenas.*

Llegamos al extremo del callejón y salimos a la calle abierta adoquinada. Tendrá unos nueve metros de ancho y, si las anotaciones de mi padre son correctas, forma parte del barrio residencial, pero no hay nada hogareño en los soldados vestidos de cuero que se alinean en la calle; tan solo un puñado de ellos visten el de color verde claro. Otros con uniformes azul claro llevan grebas de metal en las piernas, pero los ataviados de cuero de color plata guardan la siguiente puerta, con la espada desenfundada. La luz de la mañana se refleja en el metal de los petos de la armadura.

Por lo menos no han bajado el rastrillo.

—Esperen aquí. —El capitán nos conduce hasta el centro y se aleja cuando uno de los soldados de azul grita algo desde la izquierda.

Xaden y yo nos colocamos espalda contra espalda.

—Ellos son dos docenas y nosotros solo dos —musito mientras voy mirando uno por uno a los soldados, y me percato de que hay dos apostados delante de cada puerta.

Sgaeyl gruñe desde arriba.

—Cuatro —me recuerda Xaden en voz baja, y me roza el meñique con el suyo—. Y ahora mismo no sabes cuánto echo de menos nuestro vínculo.

—Yo también. —Mantengo las manos cerca de mis armas, pero sin dar a los soldados motivo para que ataquen, y procuro reprimir el miedo que amenaza con ralentizar mi cerebro mientras los nubarrones oscurecen el cielo.

Los soldados de mi derecha se apartan y el capitán pasa por el medio, seguido de Aaric, Dain y Cat.

—Vaya bienvenida —comenta Cat cuando se une a nosotros.

—Por aquí —ordena el capitán, que acto seguido echa a andar hacia los soldados de uniforme plateado apostados ante la siguiente puerta.

—No te separes y evita que te maten —le advierte Xaden a Aaric mientras vamos detrás del oficial de caballería. Los soldados que nos flanquean nos vigilan y miran hacia arriba alternativamente, como si Tairn y Sgaeyl pudieran decidir que están hartos de seguir en el muro.

Los soldados empiezan a discutir a medida que nos acercamos a la puerta, pero solo entiendo *peligro* y *sagrado*.

—Quieren que el reto se libre en este... puesto —interpreta Dain detrás de mí mientras Sgaeyl y Tairn caminan a nuestro ritmo sobre el muro—. No quieren que nos acerquemos a su templo más importante.

—No es su templo lo que nos interesa —masculla Cat a su lado.

Deduzco que el capitán gana la discusión, porque los soldados se apartan para dejarnos pasar. Miro de soslayo el peto y veo grabadas dos espadas cruzadas sujetas en el centro por una garra: el emblema de Dunne.

—*Es parecido al nuestro* —le cuento a Tairn mientras atravesamos la gruesa puerta—. *Tienen una garra en su emblema, lo que sugiere un origen común.*

—*Ahora céntrate, deja el análisis para más tarde* —exige cuando entramos en la siguiente sección.

Aquí no hay residencias, solo dos sectores de asientos en gradas embutidos en las paredes a ambos lados, dejando una plaza abierta en el centro, delante del templo más grande que he visto en mi vida. Tendrá la altura de Tairn fácilmente. El tejado alargado y de gablete es del mismo azul claro que el resto de la ciudad, y las seis anchas columnas que sustentan el frontispicio son todas de granito gris. La pulida piedra brilla con la luz, haciendo que parezcan casi de plata, y en cada una de ellas hay tallado un símbolo distinto: Espada. Escudo. Fuego. Agua. Garra. Mis cejas se enarcan cuando llego a la última columna de la derecha: Libro.

Todos ellos armas de guerra.

Junto a esa columna distingo un tributo a la diosa, una estatua suya de un gris resplandeciente que llega hasta la línea inferior del tejado. En la mano izquierda sostiene una espada que apunta hacia nosotros y en la otra un escudo que protege la esquina derecha de su templo. El cabello largo, trenzado, le cae por un lado del torso, y viste una túnica larga con peto, ceñida con un cinturón.

—Vaya —musita Cat mientras los soldados uniformados entran detrás de nosotros y toman posiciones alrededor de la plaza; al mismo tiempo nosotros vamos hacia las piedras de color más oscuro entre las gradas de asientos.

De pie en los escalones del templo hay acólitos con túnicas azules. Las rodillas me flaquean.

Todos y cada uno de ellos tienen el pelo plateado.

Ni gris.

Ni blanco.

Plateado.

TREINTA Y UNO

> Por el presente aviso, se prohíbe que los tutores consagren a niños al servicio de su deidad preferida. La decisión de servir a los dioses de por vida ha de tomarse una vez alcanzada la mayoría de edad y por propia voluntad.
>
> —Aviso público 200.417,
> transcrito por Racel Lightstone

—¿Estás mareada? —me pregunta Xaden en voz baja.

—No. —Recorro con la mirada a los acólitos mientras avanzamos hacia ellos. Son de estatura, complexión, sexo y tono de piel distintos, pero su color de pelo es tan uniforme como su túnica azul.

Uno de los acólitos del último escalón, una mujer, da unas palmadas, y un grupo de niños ataviados con túnicas azules claras salen corriendo de detrás de la estatua de Dunne y suben los peldaños hacia ella. Me fijo en el último, una niña morena que no tendrá más de diez años. La trenza con la punta plateada se mueve contra su espalda cuando la pequeña toma en brazos a un niño de menor edad y la hacen pasar.

Me quedo sin aliento al verla desaparecer.

—Violet —musita Xaden—. Su pelo...

—Lo sé. —Me tambaleo y él me estabiliza poniéndome una mano en los riñones.

Nunca en mis veintiún años de vida he visto a nadie con el pelo como el mío. ¿La punta del suyo siempre es plateada por mucho que se lo corte? ¿Le fallan las articulaciones? ¿Se le rompen los huesos? Necesito saberlo. Tengo que saberlo.

El capitán de caballería grita en dirección a los muros al mismo tiempo que Tairn acecha sobre nosotros, y todos los acólitos sacan una espada que llevan afianzada al cinturón, arrancándome de mis descontrolados pensamientos.

—Ha dicho: «Los he traído» —traduce Dain a la izquierda de Xaden mientras nos colocamos en hilera en la línea divisoria de lo que parece el escenario de un teatro. O la palestra de Informe de Batalla.

—*Las armas son adorables* —comenta Tairn.

—*El pelo* —contesto—. *El pelo de esa niña era igual que el mío.*

—*Sobrevive primero para saciar tu curiosidad después. Céntrate.*

Se oye un chirriar metálico y una puerta se eleva por encima de la fila más alta a nuestra izquierda. Un instante más tarde del túnel salen dos personas.

—*¿El rival de Xaden?* —le pregunto a Tairn.

—*No, a menos que vaya a enfrentarse a un general entrado en años y a una suma sacerdotisa.*

A la izquierda el hombre, de mediana edad, con el pelo canoso y la piel de un café oscuro, luce el mismo uniforme que los soldados que visten de plateado, y la mujer que está a su lado, de más edad y tez clara, lleva no solo la túnica azul clara larga de los acólitos del templo, sino también una espada envainada en la cadera.

Nos mira entornando los ojos y se detiene en mí mientras el hombre dice algo en unnbriano a su izquierda.

—Dice que es el comandante de la guardia y pregunta si de

verdad deseamos que su reina nos reciba en audiencia —traduce Dain.

—Dile que sí, y que nos someteremos a sus costumbres para que nos la conceda —contesto al tiempo que lanzo una plegaria a Dunne para que Xaden esté preparado para esto.

Dain traduce despacio, y la pareja empieza a bajar por la escalera mientras el capitán de caballería sube a su encuentro. El capitán los informa y el comandante tuerce el gesto antes de sacar su daga y cortar las correas de los hombros de la armadura de cuero del soldado.

El cuero verde cae en los escalones y el capitán baja la cabeza.

—Creo que eso significa que lo ha degradado —susurra Cat a Aaric, a su derecha.

—En todas las lenguas —conviene él.

La voz del comandante resuena en la plaza y retumba en la piedra a medida que desciende. Dain traduce lo más deprisa que puede.

—Moriremos en el intento, pero si... —Se detiene—. Carajo, creo que ha dicho que les ofrezcamos a nuestros guerreros más fuertes y ellos pondrán a prueba si somos dignos de hablar con su reina.

Xaden hace un gesto afirmativo.

—Dile que estoy listo.

Dain repite el mensaje y el comandante da dos palmadas. Tres soldados con los brazos desprotegidos salen del túnel, y el pecho se me oprime. La mujer del centro tendrá la misma estatura que Sawyer, si no la de Dain, y los corpulentos hombres que la flanquean le sacan los mismos centímetros que Xaden a mí. Creo que son gemelos.

El escalofrío que me recorre la espalda no tiene nada que ver ni con el viento racheado que sopla ni con que el sol haya desaparecido tras los nubarrones.

—Quizá debamos repensar nuestra estrategia —musita Cat.

Sí, por una vez estoy con ella.

—A lo que tú llamas estrategia, ellos lo llaman ley —objeta Xaden.

El corazón me late más deprisa con cada paso que dan los guerreros tras su comandante y la suma sacerdotisa del templo. Cuando llegan a la plaza, un colibrí podría sincronizar sus alas con mi pulso.

—¡Costa! —exclaman los soldados a lo largo de los muros, y el guerrero de la derecha levanta los musculosos brazos.

—¡Marlis! —gritan el resto de los soldados, y la mujer alza el mentón.

—¡Palta! —Se oye otro coro y el gemelo de la izquierda hace crujir su cuello.

El comandante levanta una mano y los soldados guardan silencio para que hable.

—Pregunta si este es nuestro campeón o nuestro líder —traduce Dain.

—Casi, pero no. Ha preguntado si Xaden es nuestro campeón o nuestro príncipe. No te sientas mal, Aetos, ambas palabras son muy parecidas. —Aaric se adelanta y contesta al comandante en lo que parece un unnbriano perfecto.

Me quedo boquiabierta, pero habla demasiado deprisa para entender nada salvo *Navarre*.

Sea lo que fuere lo que dice, hace que el comandante y la sacerdotisa se detengan antes de que ella conteste; su mirada se centra de nuevo en mí.

—Tienes que estar bromeando —suelta Dain—. ¿Por qué no nos dijiste que hablas la lengua con fluidez?

—No me lo preguntaron. —Aaric apoya la mano en el pomo de la espada cuando voltea hacia nosotros—. Les he dicho que seré yo el que combata.

—Que ¿qué? —Mi voz se eleva junto con mi pánico.

—Soy yo el que necesita esa audiencia —aduce—. No soy mi hermano ni mi padre, y no me esconderé mientras otro... —Saca los primeros centímetros de la afilada hoja.

—¡No! —Voy hacia él, pero Xaden llega primero y pone su mano sobre la de él.

—Príncipe o no, eres un puto cadete de primero y los dos sabemos que puedo tumbarte. Tus preceptores no pueden competir con la experiencia en la vida real. —Empuja la espada en la vaina—. Y no, tú no eres tu padre ni tu hermano, y precisamente por eso no vas a luchar. Te necesitamos vivo. Tu reino te necesita vivo. —Xaden agarra a Aaric por el cuello del uniforme y gira en redondo, obligándolo a volver a la línea a mi lado—. Diles que estoy listo.

«Mierda». No quiero a ninguno de los dos en ese cuadrilátero.

—*Todos los caminos posibles* —me recuerda Andarna—. *Aunque los miembros de mi especie no estén aquí, tal vez ellos los hayan visto. O sepan de ellos.*

—*Olvídate del Oscuro* —me reprende Tairn—. *Navarre necesita a los soldados de esta alianza para defender las fronteras, de ese modo los jinetes se liberarán para pasar a la ofensiva.*

De un modo u otro, alguien luchará.

—Eso mismo podría decirse de ti. —El color le sube por el cuello a Aaric, que niega con la cabeza mirando a Xaden.

—Si yo cayera, Tyrrendor estaría a salvo en manos de Bodhi. —Xaden baja la voz y el estómago se me agria solo de pensarlo—. Aquí lo importante no es el honor. Considéralo tu venganza. Recuerda lo que le hice a tu hermano y explícaselo a ellos.

Me quedo completamente blanca. Xaden no está hablando de Halden.

Aaric dice algo en unnbriano sin dejar de lanzar miradas asesinas a Xaden durante todo el tiempo.

Xaden lo suelta y pregunta a Dain.

—Ha dicho que tú eres el más fuerte —admite Dain, que traduce de nuevo cuando el comandante comienza a hablar—. Y han elegido a Costa como tu rival.

Uno de los gemelos. Dejo de mirar a Xaden y veo que el guerrero ya está en el centro de la plaza junto a la sacerdotisa. Resulta más aterrador de cerca de lo que parecía cuando bajaba la escalera. Cuello grueso, brazos enormes, sonrisa alegremente amenazadora. Es un arsenal andante, lleva ceñidas toda clase de armas, y las cicatrices que le recorren los morenos brazos me dicen que está familiarizado con el dolor. La suposición se confirma en el momento en que la sacerdotisa le hace un corte en la parte posterior del antebrazo con una daga y él casi ni se inmuta.

De la herida gotea sangre que salpica las oscuras piedras del suelo cuando la primera gota de lluvia me da en el rostro, y los soldados que tenemos detrás prorrumpen en vítores.

—Esto no estaba en el libro de mi padre. —El estómago se me revuelve cuando intuyo cómo han adquirido esas piedras el tono que tienen, y me invade el creciente miedo de que Xaden haya encontrado la horma de su zapato.

—Aquí viene —anuncia Dain, y Xaden voltea de cara a la sacerdotisa, que se aproxima y deja atrás a Marlis y Palta.

El tatuaje del emblema de Dunne que luce en la frente se arruga cuando enarca las plateadas cejas para mirar a Xaden y extiende una mano.

—La diosa de la guerra exige su pago antes de que puedas demostrar tu valía —dice en la lengua común.

Debe de tener al menos setenta y cinco años. ¿Cuánto tardaría ese tatuaje en perder el color hasta llegar a ser irreconocible? El estómago se me sube a la garganta. No es posible...

—*Céntrate* —espeta Tairn, como un profesor frustrado.

Xaden se descuelga las dos espadas, se quita la parte de arriba del uniforme, quedándose en una camiseta de manga corta, y le ofrece el antebrazo izquierdo. La suma sacerdotisa le pasa la hoja por la piel y me muerdo el labio inferior cuando la sangre mana y cae en las piedras junto a sus botas. Esto no es justo. Cada célula de mi cuerpo se rebela al pensar que Xaden saldrá ahí solo. No puede leerle las intenciones a Costa, no tiene la ventaja que le proporciona su segundo sello. El cuello del uniforme me parece demasiado apretado, el cuero se me pega demasiado con la creciente humedad, el calor es demasiado sofocante. Me desabrocho el primer botón y me remango las mangas cuando el trueno restalla a lo lejos, burlándose de mi incapacidad de manipularlo.

Quiero recuperar mi puto poder ahora. Con ellos Xaden no es el más mortífero en esta plaza. Yo lo soy. Si está donde está es solo por mí, y debería ser yo la que luchara.

Xaden me mira y me entrega la parte de arriba del uniforme.

—Ese tipo es enorme —musito mirándonos a los ojos mientras agarro la caliente prenda y la abrazo contra mi pecho.

—Lo sé. —Mete los brazos por la vaina doble y se la ciñe en el pecho—. A Garrick le molestará haberse perdido esto. —Esboza una sonrisilla y después me pone una mano en la nuca y me da un beso en la boca largo y delicado—. Vuelvo ahora mismo.

Pero ¿y si no lo hace? Incluso los mejores luchadores mueren en combate.

Es arrogante porque es el mejor. Al menos eso es lo que me digo para apaciguar los latidos de mi corazón cuando echa a andar hacia Costa. El calor de la rabia sustituye deprisa al miedo en cuanto la sacerdotisa se coloca a mi lado. Sé lo que es superar pruebas —llevaba toda mi vida preparándome para realizar el examen de ingreso al Cuadrante de Escribas—, pero esto me parece igual de cruel que cruzar el Parapeto el Día del Reclutamiento.

—Desapruebas los métodos de Dunne —aventura la sacerdotisa, cuya voz se quiebra debido a su edad mientras me mira con las pupilas dilatadas. Vaya, genial. Solo Dunne sabe lo que estarán tomando detrás de esas columnas.

—Me parece una mediocre prueba de carácter —respondo.

—Y, sin embargo, el carácter siempre sale a la luz cuando hay derramamiento de sangre, ¿no te parece? —La sacerdotisa me mira y pasa por delante de Aaric, al que dirige una mirada crítica, y después de Cat antes de centrar la atención en Dain—. Ahora negociarán las armas que utilizarán.

—Él luchará sin su mejor arma. —Observo la espalda de Xaden, que se aproxima a Costa y al comandante.

—Creo que es posible que tengas razón a ese respecto. —La sacerdotisa alza la vista hacia Sgaeyl, que monta guardia desde el muro—. Y por ese motivo he decidido que no luchará solo. —Antes de que pueda cuestionar su decisión, le pasa la daga por el brazo a Dain, atravesándole el uniforme.

«Mierda».

Él lanza un gruñido debido a la sorpresa y, acto seguido, se lleva una mano a la herida. La sangre le mana entre los dedos y cae en la piedra.

—¡No! —exclamo, e intento agarrar a Dain.

—Dioses —musita Cat.

—No pasa nada. —Dain hace un gesto afirmativo.

Xaden voltea hacia nosotros y en su ceño se dibujan dos arrugas verticales. Yo intento comunicarme con él a través del vínculo por pura costumbre, pero por desgracia una vez más es imposible.

—Lo prohíbo. —Aaric se acerca más a mí y saca la espada—. Lucharé yo en su lugar.

—No puedes. —Niego con la cabeza. ¿A qué viene tanta puta gana de morir en este sitio?

La sacerdotisa sonríe con suavidad y las comisuras de los ojos se le llenan de arruguitas.

—¿Lo ves? El carácter sale a relucir cuando se derrama sangre. —Mira a Cat—. Tú eres forastera, no vistes como el resto, y, sin embargo, tu presencia implica que te aprecian. —Su mirada pasa a Aaric y la mujer ladea la cabeza—. Tú eres el príncipe de tu pueblo, es honorable por tu parte, aunque estúpido, pensar que podrías sobrevivir enfrentándote a nuestro mejor guerrero. ¿Acaso no sabes lo que podría pasarles a esos bonitos ojos verdes si pisaras este campo de batalla? Aunque tú aceptases morir, Dunne no te ha elegido para que demuestres tu destreza hoy.

A Aaric se le tensa la mandíbula.

—Tú eres la más pequeña —dice de mí con desdén, y a continuación se centra en Dain—. Con lo que quedas tú para luchar junto a su campeón.

—Dain... —Me faltan las palabras. Si llegara a pasarle algo por las decisiones que he tomado...

—*Esto acaba de ponerse interesante* —observa Tairn.

—*No es interesante. Es aterrador* —espeto.

—Puedo con esto. —Dain se quita la parte superior del uniforme y me la da—. Sabía en lo que me metía cuando accedí a acompañarte.

Siento una opresión en las costillas, pero asiento.

—Ten cuidado. —Añado la prenda a la que ya tengo y él echa a andar hacia Xaden, que ya va a su encuentro.

—¡Palta! —exclama la sacerdotisa, y su voz resuena en la piedra. Los soldados lanzan gritos en señal de aprobación cuando el segundo gemelo se adelanta; la sangre ya le gotea de la punta de los dedos.

Miro a la guerrera que queda, Marlis, pero por suerte no tiene ningún corte en los doblados brazos.

—Dime, ¿escogiste tú misma este camino? —me pregunta la sacerdotisa clavando en mí su avejentada mirada.

—Mi madre... —empiezo, pero entonces recuerdo todas las veces que Dain intentó que dejara el cuadrante, y miro al frente cuando él y Xaden se aproximan a sus rivales para negociar las armas—. Fui yo quien escogió esta vida.

—Ah, en ese caso menos mal que no completamos tu consagración.

—Mi ¿qué? —¿Qué clase de drogas proporcionan en los templos de este sitio?

—Pero ¿no añoras el templo? Normalmente el contacto despierta tal deseo que no puedes evitar regresar. O quizá ahora sirvas a otro dios. —Mira a Tairn, pasando por alto mi arrebato, y después a Xaden—. Todavía nos veo entre tus posibles caminos, por si decidieras seguirlo. Dunne te aceptará. No es demasiado tarde para elegirla.

Miro a la mujer arqueando las cejas.

—Lo elijo a él. —Tanto si se refiere a Xaden como a Tairn, mi respuesta es la misma.

—Ah. —Le da la vuelta a la daga en su nudosa mano mientras la lluvia sigue cayendo—. Allá tú. Nuestra diosa nos enseña que, si bien las batallas pueden ganarlas los guerreros más fuertes, también pueden perderlas los más débiles. Hoy pondremos a prueba a ambos.

Siento dolor en el antebrazo y, un segundo después, la sacerdotisa levanta la daga cuando la sangre le corre por el afilado borde.

Mi sangre. Por lo visto voy a tener que luchar, después de todo.

TREINTA Y DOS

> Con una vegetación tan desvaída, no es ninguna sorpresa que para teñir incluso la más simple de las prendas se requiera cuatro veces la misma cantidad de índigo. No puedo evitar preguntarme si los colores de nuestro continente son la excepción o si lo son las islas.
>
> —*Unnbriel: la isla de Dunne*, por el alférez Asher Daxton

La sangre me corre por la parte superior del antebrazo izquierdo y me gotea desde la punta de los dedos. Tendré una cicatriz a juego con la que me hizo Tynan durante la Trilla. Aprieto los dientes para soportar la quemazón y levanto la vista.

—¡Ella se enfrentará a Marlis! —exclama la sacerdotisa, y los soldados de detrás vitorean.

Xaden voltea hacia mí con una mirada que se parece demasiado al terror para que resulte reconfortante antes de centrarse de nuevo en la negociación de las armas.

Marlis entra en la plaza y descruza los musculosos brazos. La sangre le baja por la mano y salpica las piedras. Se mueve como si estuviera acostumbrada al peso de una armadura más pesada, y se mete detrás de las orejas los cortos mechones de su pelo rubio, que tiñe de rojo.

Tres combatientes. Ese era el plan desde el principio.

—*¡Es injusto!* —Una ira dorada recorre el vínculo y se me mete en las venas, calentándome la piel.

—*Tu ira no la ayudará. ¡Contrólate!* —exige Tairn.

—¡No! —Aaric me agarra y le doy las prendas de Dain y Xaden.

—Sí. —Me quito deprisa la mía para liberar los brazos, y la añado al montón de Aaric. Me quedo en armadura y camiseta, lo cual casi supone un alivio con el pegajoso calor que hace—. No dejes que se mueva —le digo a Cat, que hace una mueca pero asiente. Las cuatro gotas de lluvia que caen me refrescan la piel mientras voy hacia el centro de la plaza y el que sea que está a punto de ser mi camino.

Sin embargo, la ira de Andarna no se desvanece. Se funde con la mía, aumenta con cada paso que doy. No soy débil.

Marlis me estudia cuando me acerco y suelta una risotada mientras hace rotar los hombros.

—He vencido a otros más grandes que tú —le informo, y me coloco entre Dain y Xaden.

Ella arquea una ceja, y me pregunto si habla la lengua común.

Dain mueve la boca, pero no traduce.

—El arma será la misma para los tres —dice a Xaden el comandante de uniforme plateado, que me mira con cara de pena.

—En ese caso, elegimos dagas —decide Xaden.

Mi cabeza gira bruscamente hacia él.

—Las espadas son tu mejor...

—Dagas —repite, y ello le granjea una sonrisa de nuestro trío de rivales.

—Estoy de acuerdo —coincide Dain.

Podría imponerme a ellos. Esta es mi misión. Pero, si bien elegir las dagas me da ventaja, tampoco es que ellos no sean letales con esa arma.

—Está bien.

—Dagas, pues —confirma el comandante, y los otros tres empiezan a desarmarse y entregar sus armas a los acólitos del templo, que se apresuran a acercarse—. El mejor de tres.

Xaden y Dain entregan la espada a un acólito.

Echo una ojeada a las túnicas azules, pero no veo a la niña que tiene el pelo como el mío. Un movimiento llama mi atención a la derecha y, cuando alzo la vista hacia la estatua de Dunne, casi juraría que percibo una luz dorada en sus ojos, que me miran un instante.

Aunque solo fuera una vez, estaría bien que Andarna se quedara donde le digo.

—Aprovecha tu velocidad —me indica Xaden mientras se despoja de todas las armas salvo las cuatro dagas que lleva envainadas en ambos costados—. Apunta...

—Basta. —Le pongo una mano en el pecho y lo miro ceñuda al ver lo deprisa que le late el corazón. Una gota de lluvia me cae en el antebrazo—. Esto no es más que un reto sin la colchoneta. Dain ganará su combate, tú el tuyo y yo el mío.

La mandíbula se le tensa.

—Hagas lo que hagas, no me mires. No puedes permitirte la distracción. —Le doy unos golpecitos en el pecho—. Y no mueras. —Doy tres pasos atrás y me alejo de él. A continuación desenvaino dos de mis dagas.

Y me pongo de cara a Marlis. Mis cálculos eran bastante certeros: me saca más de veinte centímetros y tiene más de veinte kilos de músculo más que yo. Alcance y fuerza también son suyos, así que agilidad y velocidad tendrán que ser mías.

Dain y Xaden giran hacia sus rivales, separándose de mí lo suficiente a ambos lados para que tenga espacio para moverme.

—Empiecen —ordena el comandante, y todos los demás salen de la plaza.

Centro toda la atención en Marlis y en la sonrisilla petulante que le curva la ancha boca cuando empuña solo una de sus dos dagas y empieza a moverse en círculo a mi alrededor.

Esto no es más que un reto. Xaden y Dain están en las otras colchonetas.

Vamos a ello.

Hago girar la daga izquierda para tomarla por la punta, y le doy la vuelta a la otra de forma que la hoja esté paralela a mi brazo mientras Marlis finge arremeter contra mí dos veces, intentando desequilibrarme.

Si estuviera un poco más asustada y un poco menos enojada quizá le hubiera funcionado. En lugar de entrar de manera impulsiva y resbalar en la mojada piedra, le lanzo la daga al hombro con un movimiento de la muñeca izquierda.

La esquiva, tal como era de esperar, y la hoja sale volando. Aprovecho la oportunidad y me abalanzo sobre ella extendiendo el brazo derecho hacia su torso para hacerle un corte en el pecho: nada de apuñalar en este sitio.

No quiero que muera, tan solo que se rinda.

Alguien pega un grito a mi lado, pero no aparto la vista de Marlis. Dain puede defenderse. Tiene que poder.

Marlis retrocede danzando con una sonrisa de desconcierto, evitando cada uno de mis pases. «Más deprisa». Vuelco mi energía en la velocidad y ataco, consigo acertarle por fin en un lado de las costillas, la única parte que no le protege el peto. La sangre le mancha el uniforme plateado mientras yo me retiro, pero no retrocedo lo bastante deprisa. Ella silba en el mismo instante en que se abalanza con su daga, que me clava en el costado con tanta fuerza que oigo como me cruje una costilla.

La hoja rebota en mi armadura de escamas de dragón y me tambaleo de lado del golpe. Hago respiraciones controladas, profundas, para intentar bloquear las náuseas y el dolor que siento bajo el brazo izquierdo. Ningún truco mental de mi arsenal es capaz de contener las oleadas de viva agonía, pero consigo reprimir el grito que me sube por la garganta y pugna por liberarse mientras detrás de mí oigo un entrechocar de acero. No distraeré a Xaden. Una descarga de adrenalina me recorre las venas como si fuera poder.

Marlis mira de reojo la daga, perpleja, y después a mí. Percibo una fascinación macabra y un leve atisbo de lo que creo que podría ser aprecio.

—Me quito la armadura si tú te la quitas —propone en la lengua común, y ello me da unos segundos preciosos y necesarios para calmar la peor parte del dolor mediante la respiración.

—Paso. —Es demasiado alta para intentar derribarla agarrándole una de las piernas, y demasiado fuerte para que me exponga más de lo necesario. Solo tengo una ventaja, y necesito acercarme para desestabilizarla. Le pinto un dedo con la mano izquierda cuando la lluvia empieza a arreciar.

Me lanza una mirada asesina y echa atrás la muñeca.

Yo ya estoy tirándome al suelo cuando arroja la daga.

La hoja me pasa rozando la cabeza tan cerca que oigo el silbido y después rítmicas pisadas de botas en la piedra mojada. Poniendo buen cuidado en no perder el control de mi arma, me impulso hacia arriba con toda la fuerza de mis brazos y recojo los pies un segundo antes de que llegue.

Intenta rajarme la garganta y doy un salto atrás, pero entonces oigo a Xaden proferir un sonido sibilante de dolor.

Reprimo el instinto de ver cómo está y levanto el antebrazo derecho para bloquear la siguiente acometida de Marlis, que me ataca con una fuerza que hace que los huesos me crujan y me hiere en el antebrazo.

«Ahora».

Bajo la daga y utilizo cada segundo de que dispongo antes de que el dolor se deje sentir para seguir su movimiento descendente con el brazo ensangrentado y sujetarle la muñeca. La lluvia vuelve su piel resbaladiza, pero se la agarro y aplico todo mi peso con el hombro, obligándola a bajar la mano y arrastrando el resto de su cuerpo con su propio impulso.

Marlis da un traspié y aprovecho la oportunidad: yergo el torso y le agarro la rodilla. La pego contra mi pecho, entrelazando los dedos, y le hundo deprisa el hombro entre la parte superior del muslo y la cadera.

—*¡Más deprisa! ¡Aetos ya está inconsciente!* —me advierte Andarna cuando Marlis describe un movimiento circular con un brazo y acerca su hoja a mi cara.

«Carajo».

Le sujeto con fuerza la pierna y echo todo mi peso hacia abajo en su articulación, desequilibrándola por completo y forzándola a retroceder.

Su daga se estrella contra el suelo estrepitosamente y ella cae como una estatua derribada, de espaldas contra la piedra. Pega un grito, pero no le suelto la pierna, y solo cuando intenta retorcerse para zafarse de mí y se pone boca abajo la dejo y le agarro las manos.

Le llevo ambas muñecas a la espalda en cuanto el metal del peto araña la piedra, me siento encima y le bloqueo los brazos con los muslos. Un rayo ilumina el cielo, y la lluvia cae formando cortinas.

—¡No! —exclama, y se arquea para librarse de mí.

—Sí. —Extraigo una daga y le coloco la punta en el cuello cuando se oye el retumbar del trueno—. Ahora, ríndete. —Una ojeada a mi izquierda me confirma lo que ha dicho Andarna: Dain está inconsciente en el suelo, hay un charco de sangre alrededor de lo que le veo del hombro, y Palta le pisa el cuello con la bota.

—¡Jamás! —Marlis se tensa bajo mi cuerpo.

—Te tengo. —La sangre me corre por el brazo con la lluvia, tiñendo su túnica de manchas rosadas.

—Es posible —admite, y gira la cara a la derecha y apoya la mejilla en el suelo—. Pero Costa lo tiene a él.

Sin retirar la daga del cuello, me arriesgo a mirar a la derecha y tengo que mirar de nuevo.

Xaden está tendido de espaldas, Costa lo tiene inmovilizado y su daga se encuentra a escasos centímetros de su rostro.

Xaden está luchando, agarra con las dos ensangrentadas manos las muñecas de Costa para que no le clave la daga, pero el peso de este hace que la hoja baje poco a poco.

«NO».

—¿Qué? ¿Me retienes a mí o lo ayudas a él? —pregunta Marlis—. Decisiones, decisiones.

A Xaden le faltan segundos para que la hoja se le hunda en el rostro, y solo los dioses saben si Dain aún respira bajo esa bota.

La rabia me devora, me desciende desde el cuero cabelludo y circula por mis venas en una oleada de calor que hace que el agua chisporrotee en mi piel. Le quito la daga del cuello a Marlis, la hago girar y la lanzo con un movimiento fluido.

Se clava en la parte carnosa del hombro de Costa, que profiere un alarido, y cuyo torso se afloja el instante que Xaden necesita para golpear a su rival de forma que suelte la daga, que se desliza por la piedra. Desvío la mirada en el acto y reemplazo la daga con otra que me saco del muslo y cuya punta acerco al cuello de Marlis en menos de un segundo.

—¡Ríndete! —exijo; la ira me quema de tal forma que me llega hasta los huesos. Con el rabillo del ojo veo que Xaden descarga un puñetazo contra la cara de Costa, le saca mi daga del hombro y se la lleva a la garganta.

—¡No! —grita Marlis, y el aire se carga de un modo que me resulta más que familiar.

Corremos peligro.

—¡Que te rindas, carajo! —El calor que siento sale al exterior con un chasquido y se quiebra con mi voz.

Un rayo cae a derecha e izquierda. La piedra se resquebraja. Acto seguido descarga el trueno, haciendo que el suelo vibre y que después se oiga únicamente el repiqueteo de la lluvia y silencio.

Me sobresalto, pero consigo no rebanarle el cuello.

—Me rindo —musita Marlis, con los ojos como platos—. ¡Me rindo! —grita.

Costa nos mira y Xaden le estrella el puño contra la mandíbula. El luchador cae de lado, inconsciente.

—¡Marlis... se rinde! —exclama el comandante, y se aproximan soldados.

Retiro la daga y libero a Marlis de mi peso. Después me levanto tambaleándome mientras a lo lejos se oye relampaguear. Palta se aparta y, para alivio mío, Dain parece que respira cuando Cat y Aaric corren hacia él.

La lluvia me baja por la cara, y en ese instante alzo la vista y descubro a Andarna entre Sgaeyl y Tairn en el muro, sus escamas ondulándose a una velocidad alarmante en distintos tonos de negro.

—*¿Estás bien?* —le pregunto.

—*Estoy... enfadada* —contesta, y mueve la cabeza como una serpiente al tiempo que sus garras delanteras agrietan los bordes del muro—. *Sus leyes hablan de un enfrentamiento, no de tres.*

—¿Has sido tú? —Xaden llega a mi lado y me pongo a revisar sus heridas. Ahora tiene dos cortes en los brazos, uno de los cuales sin lugar a dudas necesitará puntos, y la mandíbula ya se le está empezando a amoratar—. El rayo. ¿Has sido tú? —repite, tomándome la barbilla entre el pulgar y el índice para levantármela y mirarme a los ojos.

—No. —Niego con la cabeza—. O sea... —El calor, la ira, el chasquido. Es raro—. Tan solo ha sido una coincidencia. —«O Dunne»—. En este sitio no hay magia.

—Cierto. —Frunce el ceño, me mira y repara en mi brazo—. Mierda, tienes un corte.

—No estoy peor que tú —contesto mientras la lluvia afloja—. Pero creo que me ha roto una costilla.

Sus ojos se cierran y su mano descansa en mi nuca. Después me estampa un sentido beso en la frente.

—Gracias. Ese lanzamiento probablemente me haya salvado la vida.

—Menos mal que no he fallado, o no creo que estuvieras diciendo lo mismo. —El brazo me tiembla cuando me envaino la daga, y él retira la mano.

—Tú nunca fallas. —Mira por encima de mi cabeza—. Creo que Aetos va a necesitar unos puntos en ese hombro, pero Aaric lo está haciendo volver en sí.

—¡He dicho que estoy bien! —exclama Marlis detrás de mí.

—Sí, majestad —responde alguien.

Oh, no, no, NO. El estómago me da un vuelco. Por favor, que no le haya puesto una daga en el cuello a la reina de Unnbriel.

Giro despacio para enfrentarme a lo que estoy segura es un pelotón de verdugos de la reina. Una fila de soldados espera guardando una distancia respetuosa detrás de Marlis, que está no muy lejos, con los brazos cruzados sobre la armadura.

—¿Y bien? —pregunta; en la boca tiene un rictus de irritación—. Dos victorias de tres. Te has ganado esa audiencia.

El corazón empieza a latirme al doble de la velocidad normal.

—No sabía quién era.

—Esa era la idea. —Ladea la cabeza—. ¿Vas a hablar o todo esto ha sido inútil?

—Aaric... —Miro de reojo a nuestros amigos.

—Solo hablo con quienes me superan —me interrumpe Marlis—. Y estás haciéndome perder el tiempo, amarali. —Escupe la palabra como si fuera un insulto.

Respiro hondo para reafirmarme y levanto la barbilla.

—Hemos venido por dos motivos. En primer lugar, estamos buscando a la séptima estirpe de dragón.

Marlis entorna los ojos.

—Si tal cosa existe, hace siglos que esta isla no ve lanzallamas. Me temo que han venido en vano. ¿Cuál es el segundo motivo?

No es que sea un golpe demoledor, teniendo en cuenta que ya me lo olía, pero la decepción y la pesadumbre que percibo a través del vínculo me dicen que Andarna no siente lo mismo.

—Aliados —le digo a la reina Marlis—. Estamos librando una guerra que podría cobrarse todas las vidas del continente y necesitamos aliados.

—¿Y crees que lucharemos por ustedes? —Marlis me mira como si me hubiera crecido otra cabeza.

—Confiaba en que lo hicieran con nosotros.

—Mmm. —Mira de soslayo a Xaden y después levanta la vista al muro—. No pueden costearse nuestros servicios.

—Póngame a prueba. —Espero que Aaric me perdone por prometer lo que sea que haya en los cofres.

—¿Cómo lo has hecho? —me pregunta Marlis.

—¿Derrotarlos? —respondo mientras la tormenta pasa de largo y la lluvia se torna llovizna—. He aprovechado mi ventaja, agarrarlos por la articulación para desequilibrarlos...

—Sé lo que es una ventaja —espeta—. Me has derrotado por la sencilla razón de que he subestimado tu capacidad y he permitido que te acercaras lo suficiente para desequilibrarme. ¿Cómo has hecho eso? —Señala algo detrás de mí.

Volteo siguiendo el movimiento y me quedo sin palabras. Las gradas esculpidas en la pared están abiertas por la mitad y la piedra está negra, calcinada, donde ha caído el rayo.

—No he sido yo —afirmo, de nuevo de cara a ella—. Aquí no tienen magia que yo pueda manipular.

Xaden viene a mi lado mientras Aaric ayuda a Dain a levantarse, que se sujeta la cabeza con una mano.

—Y, sin embargo, has destruido algo que llevaba setecientos años en pie antes de que llegaras. —Entrecierra un tanto los ojos—. Puede que ciertamente sea Zihnal quien te bendiga. Buena suerte cuando vayan a esa isla. Tiene una vena mezquina.

—Entonces ¿no lucharán con nosotros? —pregunto, tratando de no desviarme del tema y aferrándome con desesperación a la esperanza. Ningún otro ejército sería tan efectivo.

—Creo que de cara a una alianza, por ahora prefiero adoptar un enfoque deverelí —responde—. Pueden refugiarse en nuestra jungla y tienen mi beneplácito para que tanto ustedes como sus monturas puedan cazar si necesitan descansar en nuestra isla. Pero, en lo que respecta a luchar con ustedes, me temo que el precio es algo que no están dispuestos a pagar. —Da media vuelta para marcharse.

—¿Qué quieres? —le pregunto, y Aaric, Cat y Dain vienen hacia nosotros—. Al menos díganme cuál es el precio.

—Lo mismo que desean todas las islas. —Se detiene y gira la cabeza—. Dragones.

TREINTA Y TRES

> No confundan el vínculo de un dragón con lealtad. Si esperan que un dragón elija a su jinete antes que el bienestar de su propia especie, prepárate para experimentar dos cosas: decepción y muerte.
>
> —*Guía de campo de los dragones*, por el coronel Kaori

En la plaza se instala el silencio, pero al menos no salen llamas de los tres dragones que tengo detrás, dos de los cuales sé que están furiosos.

Xaden se tensa y nuestros compañeros de pelotón se alinean deprisa a mi otro lado.

—No lo dice en serio. —Niego con la cabeza al oír la ridícula sugerencia que acaba de hacer la reina de Unnbriel.

—Queremos dragones —repite con un exasperante gesto afirmativo—. No adultos, por supuesto. Los suyos han permitido que sean demasiado obstinados, demasiado arrogantes.

—*Voy a enseñarle lo que es arrogancia* —amenaza Tairn, y me estremezco con el sobrecogedor sonido que hace al arrastrar las garras por el muro de piedra.

—*No será necesario* —prometo cuando Molvic y Cath aterrizan con fuerza junto a los demás, llevando la pared al límite de su resistencia.

La reina voltea por completo y enarca una ceja, como si Tairn acabase de confirmar la veracidad de su afirmación.

—Tráigannos, pongamos..., doce huevos, dos de cada raza, y llevaré a mi ejército al continente.

¿Huevos? El estómago se me encoge y doy un paso atrás mientras Tairn ruge a modo de advertencia. «La segunda revuelta krovlana». Mi padre estaba en lo cierto. Pero no buscaban Cola de Plumas por sus dones, sino porque creían que eran... ¿dóciles?

Sgaeyl salta del muro y aterriza a escasa distancia a la izquierda de Xaden. Un olor a azufre inunda el aire cuando baja la cabeza y deja a la vista unos dientes que chorrean baba.

Un puñado de los soldados salen disparados hacia la puerta que hay en la parte de arriba de la escalera, pero la mayoría se queda donde está.

Impresionante.

La reina Marlis clava la vista en Sgaeyl, completamente embelesada.

—¿Qué me dices?

—Si quiere ser jinete, el cuadrante acepta a aquellos que cruzan el Parapeto el quince de julio. —El dolor que siento en las costillas empieza a ser lacerante a medida que la adrenalina desaparece—. Y los dragones eligen a sus jinetes, no al revés.

—Seguro que una reina será merecedora de ellos. —Levanta la mano como si quisiera intentar tocar a Sgaeyl.

El gruñido de la dragona cobra intensidad cuando abre las fauces...

—Créame, no le impresionan los títulos. —Xaden mira a Sgaeyl—: Si quiere hacerlo, lo entiendo, pero su muerte supondría un gran inconveniente. ¿Le importaría elegir a un soldado o algo? —La absoluta falta de emoción en su voz me eriza el vello de la nuca.

Los ojos dorados se entornan al mirarlo, pero Sgaeyl cierra despacio la boca.

—El mero hecho de que piense que podríamos aceptar esa oferta hace que no sea merecedora de ellos —le digo a la reina—. No comerciamos con dragones.

—Es lo que pensaba. —Marlis baja la mano—. Aférrate a esa indignación, al menos por ahora. Pero, por favor, no dudes en volver a visitarme cuando te sientas más desesperada. Por lo que he oído contar de estas criaturas, consagran su vida a la protección de los suyos, y quizá una docena de huevos no sea un precio tan malo por salvar al resto de su especie. —Se marcha sin decir nada más, flanqueada por soldados mientras sube por la escalera hacia la puerta de la parte superior.

«Consagran su vida».

Miro en dirección al templo, pero no se ve ninguna túnica azul, y la sección de soldados con uniforme plateado que monta guardia delante de la escalera sirve de clara advertencia de que ya no somos bienvenidos.

Entre recuperar las armas de las que nos hemos desprendido y lo que se tarda en volver a la pradera, ha pasado una hora cuando llegamos al claro. Trager corre hacia Cat antes de que ella lo redirija hacia Dain, al otro lado de donde aterrizan Tairn y Andarna. Desmontar con el dolor palpitante y continuo que siento en el brazo y en las costillas me lleva tanto tiempo que me siento tentada de quedarme a dormir en la maldita silla y no tocar el vendaje provisional que me he hecho en el corte, pero al final consigo llegar al suelo.

Sobre todo porque Tairn no me dejará en paz si no lo hago.

—¿Has manipulado? —Tengo a Mira delante antes de que pueda dar más de unos pasos.

—¿Qué? —Me llevo una mano a las costillas, y veo que los soldados unnbrianos se repliegan en la jungla circundante.

—¿Has manipulado? —repite Mira, que me sujeta por los hombros y me estudia—. Aaric y Cat me han contado lo que ha sucedido.

—Relájate. —Miro a mi aprensiva hermana arqueando las cejas—. Nos ha sorprendido una tormenta. Han caído muchos rayos y, por suerte, uno ha tocado tierra muy cerca y ha hecho que la reina se acobardara. Aquí no hay magia. ¿Por qué tengo que seguir recordándoselo al personal? ¿Tú puedes manipular?

—No, claro que no, pero tú sigues pudiendo hablar con tus dragones. —Suspira y deja caer las manos cuando Xaden se acerca—. Siento que no quieran aliarse con nosotros. Creí que una isla que es leal a Dunne era nuestra mejor oportunidad.

—Yo también. —Frunzo el ceño al recordar a la sacerdotisa—. ¿Cuándo se me volvieron plateadas las puntas del pelo?

—¿Volverse? —La expresión de Mira es un reflejo de la mía—. Te creció así. ¿Te encuentras bien? Creía que Dain era el único que había perdido el conocimiento.

—Estoy bien —le aseguro. Xaden se une a nosotras. Desde luego que mis padres no me «consagraron». Esa práctica se prohibió en el siglo II, e incluso antes en Poromiel—. Es solo que la suma sacerdotisa ha dicho algunas cosas extrañas que me han distraído. —Y, tonta de mí, yo le he permitido hacerlo. Se supone que soy más lista que eso.

—Como estoy segura de que era su intención —intuye Mira—. ¿Qué tiene eso que ver con tu pelo?

—He visto a una niña que lo tenía igual.

—¿De veras? —Mira frunce el ceño—. Qué raro. No tenemos familia de las islas.

—No, ¿no? Nunca pensé que pudiera ser algo hereditario...

—Hago una mueca de dolor cuando, al respirar hondo, las costillas se quejan.

—Tenemos que vendarte eso. —Xaden aprieta los labios—. Puede que no dispongamos de ningún reparador, pero por lo menos podemos ponerte esos huesos en tu sitio para que suelden, y que Trager eche un vistazo por si necesitas puntos.

—Eres tú el que necesita esos puntos —objeto—. Pero sí que me hace falta el vendaje. Asegurémonos de que todo el mundo está listo para partir lo antes posible. No quiero quedarme aquí ni un segundo más de lo necesario.

—Estoy completamente de acuerdo.

Después de dejar que los grifos descansen un día entero a instancias de Drake y de emprender un vuelo de trece horas, aterrizamos por la mañana en la pedregosa playa de Vidirys, la capital de piedra color crema de Hedotis.

He de admitir que esta es la isla que tengo más ganas de explorar. ¿Toda una comunidad cuyas bases son el conocimiento y la paz? Sí, por favor.

Al estar tan al sur hace un poco más de frío, y me quito los guantes cuando voy a desmontar. Mis vendadas costillas se resienten con el impacto, y tardo un segundo en aplacar el dolor por medio de la respiración antes de echar a andar.

—La vegetación es incluso más clara aquí —comento a través del vínculo mientras mis botas aplastan una hierba marina que casi no es verde.

Incluso las matas aisladas son... «Un momento».

Me acuclillo junto a una zarza hirsuta, me fijo en las hojas de nueve puntas y me inclino más.

—Esto parece tarsila, pero la corteza es casi blanca.

—Puede que la magia vaya debilitándose a medida que uno

se aleja del continente —aventura Tairn—. *Aunque no sé cómo puede ser mucho menos que inexistente.*

—*No me gusta este sitio.* —Andarna araña la hierba con una garra, dejando a la vista únicamente arena mojada—. *Los de mi especie no se asentarían aquí. Deberíamos marcharnos.*

—*Tapa eso. Como mínimo tenemos que preguntar. Además, ¿qué mejor sitio para encontrar una cura para Xaden que en la isla de la sabiduría?* —Alzo la vista hacia la ciudad cuando Xaden llega a mi lado—. Es bonita, pero todo es tan... uniforme. —Hay una fila de mercaderes a unos quince metros y después comienzan las construcciones de tres plantas. Son todas del mismo color, con ventanas equidistantes bajo las cuales cuelgan de cestos las mismas flores apagadas—. Derribaron las estructuras originales hace unos ciento cincuenta años y las reconstruyeron con lo que mi padre llamó intención.

—Resulta un poco inquietante —coincide, y gira la cabeza para mirar entre ambos. Los pequeños cortes de la mejilla y la frente han formado costra, pero el moretón de la mandíbula hoy tiene peor aspecto—. Y no hay puerto. Es una ciudad costera sin puerto.

Los barcos mercantes están anclados todos frente a la costa, y cuando nos aproximábamos hemos dejado atrás bastantes botes de remos. En la misma playa hay una hilera de barquitas, que descansan en la arena como si las hubieran abandonado. Para tratarse de la isla de la sabiduría, dista mucho de ser un planteamiento lógico.

—Así que esta es toda tú, ¿no? —pregunta Ridoc mientras se aproxima por la izquierda con Cat y Maren—. ¿Hay que hacer un examen o algo para entrar?

—Uno de nosotros tiene que demostrar sabiduría para reunirse con el triunvirato —contesto.

—No puedo creer que elijan a los que serán sus máximos líderes —musita Cat, que mira a la ciudad ceñuda, como si fuera a morderla—. ¿Concejos municipales? bueno, pero ¿cómo puede confirmarse que alguien posee dotes para el liderazgo si no lo han formado desde que era pequeño?

—Que te formen desde pequeño no te convierte en alguien más cualificado —afirma Aaric desde la derecha, con Trager a su lado—. ¿A alguno de ustedes le entusiasma la perspectiva de ser liderado por Halden?

Cat arruga la nariz.

—Muy buen argumento —señala Trager.

Un momento; ¿soy solo yo o Cat le ha sonreído?

—No eres solo tú —confirma Andarna.

—A ver esos brazos. —Trager se coloca frente a Xaden y a mí y, ajá, Cat sigue el movimiento, vaya que sí.

Saco el brazo izquierdo de la chamarra de vuelo y Xaden el suyo. Hago una mueca de dolor cuando la venda manchada de sangre se pega al corte. Tiro con suavidad para despegarla y sale un poco de sangre del centro del tajo, justo entre los seis puntos que Trager me dio ayer.

—Tiene buen aspecto —asegura este, y baja la cabeza hacia mi brazo. Reprimo una sonrisa al verle un chupetón en un lado del cuello—. No está infectado ni hinchado. —Frunce el ceño al ver el último punto, que hace lo imposible por salirse de mi piel—. Aunque ese no parece querer estarse en su sitio.

—Suele pasar. —Hago rotar el brazo—. Hiciste un buen trabajo con los puntos.

—Gracias. —Sonríe con suavidad y mira a Xaden—. Te toca... Carajo.

—No pasa nada. —Este tiene el brazo rojo e irritado a lo largo del profundo corte, que requirió catorce puntos.

—Sí, sí pasa. —Me acerco a ver la herida—. He traído pomada de lorin en la bolsa de medicinas de Brennan. Te bajará la inflamación y combatirá cualquier infección leve, pero tenemos que aplicártela en las próximas horas. —Soplan ráfagas de viento que hacen que la arena nos acribille las piernas, y me pongo de espaldas al aire para proteger todo lo posible el brazo de Xaden—. Esperaremos hasta que salgamos de la arena.

Él asiente y se venda la herida deprisa.

—Porque no funcionaría —suelta Mira a Drake. Se acercan con Garrick y Dain, que rodea un pájaro muerto.

Puaj.

—Sí que funcionaría —le dice él con una sonrisa que probablemente cautivase a cualquier otra persona, pero que por lo visto enfurece a mi hermana—. En una formación de vuelo Pelson en dos frentes...

—Cualquier guiverno te derribaría el doble de rápido por dividir tus fuerzas en ese entorno. —Mira niega con la cabeza.

Xaden y yo nos ponemos la chamarra.

—Está claro que no entiendes la Pelson. —Drake levanta la mano hacia su prima—. Díselo, Cat. En un entorno cerrado, una maniobra Pelson...

—No pienso decirle una mierda a Mira. —Cat niega con la cabeza—. Es como discutir con Syrena.

—Venga ya. ¿Maren? Necesito que alguien se ponga de mi parte en esto —suplica Drake.

Maren hace una mueca de dolor.

—¿Has visto su gancho derecho?

—Sí —admite Drake.

—Conozco la Pelson —porfía Mira, que cruza a mi izquierda—. He estudiado la Pelson detenidamente, porque durante años mi trabajo consistió en superar sus maniobras. Y no tienes ningún ejemplo del mundo real que demuestre tu teoría. Así que cierra el pico. —Me mira de arriba abajo, como si contara con ver heridas nuevas.

—Estoy bien —le aseguro.

—Drake, estás empezando a fastidiarme —le advierte Xaden mirándolo de reojo—. Deja de hacer eso de una vez. —Su tono es gélido.

Garrick me clava los ojos y la boca se le crispa.

Seguro que algo tan tonto no desencadenaría...

—*Tenemos compañía* —avisa Tairn.

Me obligo a mirar al frente y veo a media docena de personas que caminan por la gruesa pasarela de madera que une la playa con el mercado.

—Xaden.

Levanta la cabeza y se acerca más a mí.

El grupo viste túnicas y vestidos de distintos tonos pastel; la moda de llevar un hombro descubierto es algo que solo había visto en libros de historia o en un escenario. Las telas ondean con la brisa mientras se acercan. Todos ellos contemplan a los dragones con pasmo.

—Son increíbles —dice en la lengua común y con una sonrisa que deja a la vista todos los dientes el hombre de mediana edad que va delante. Su cabello luce dos mechones plateados entre rizos pelirrojos—. Ha valido la pena venir a la playa para darles la bienvenida. —El intrincado bordado metálico de su túnica habla de dinero, al igual que la gema de un rojo refulgente que corona su bastón.

Es el toque de color más vivo que he visto en la isla hasta ahora.

—¿Y usted es...? —pregunta Xaden.

—Disculpen mis modales. —El hombre se lleva una mano al corazón—. Soy Faris, el segundo del triunvirato. Las dos integrantes que faltan son muy ceremoniosas, como cabría esperar, pero yo no veo la necesidad de aguardar para conocerlos y, por lo tanto, aquí estoy. —Hace una ligera reverencia y levanta la vista al erguirse.

Parpadeo y reprimo el deseo de mirarlo fijamente. Tiene los ojos tan azules que en realidad son... púrpura. Y yo que pensaba que mi padre había exagerado en esa parte del volumen.

—Bienvenidos a Hedotis. —Dirige hacia mí su sonrisa—. Tienes unos ojos extraordinarios. No son del todo azules ni verdes ni dorados, sino una amalgama de estos tres colores. Fascinante.

—Lo mismo estaba pensando yo de los suyos —admito.

—Los míos son muy corrientes en nuestra isla —asegura—. He venido con los míos para conocerlos formalmente y acompañarlos por nuestra bonita ciudad. Si aceptan, tenemos espacio de sobra para que descansen en nuestra casa, en el noreste. —Señala playa arriba y a continuación gira la cabeza—. Querida, ¿no vienes a saludar? Disculpen a mi esposa. Al parecer Talia está abrumada con sus magníficos dragones.

—Estoy aquí, amor mío —dice Talia mientras camina por la pasarela tras él, su vestido verde claro y su largo cabello negro moviéndose con la brisa. Se sitúa a su lado y entrelaza los dedos deprisa con los de él antes de alzar la vista. Sus ojos cafés oscuros se clavan de inmediato en Xaden y reflejan una conmoción indisimulada, palpable.

—¿Hay algún problema? —pregunta Faris.

La mujer escudriña a Xaden con una intensidad desesperada, que hace que nos sintamos muy incómodos, y sin duda a Xaden le ocurre lo mismo, puesto que prácticamente se ha quedado de piedra a mi lado.

—Oh, mierda. —Garrick se queda blanco.

—¿Xaden? —musita Talia, que levanta la mano y la deja caer deprisa—. ¿De verdad eres tú?

Las cejas me llegan al maldito nacimiento del pelo.

Xaden alarga un brazo y me pone una mano en la cadera, como si necesitase protección.

—Mamá.

TREINTA Y CUATRO

> Ha sido la experiencia de mi vida pasar estos meses con otros que valoran el conocimiento con el mismo respeto que yo. Pero, aunque su inteligencia y su sabiduría son una fuente de inspiración para mí, su artificio me aterroriza.
>
> —*Hedotis: la isla de Hedeon*, por el capitán Asher Sorrengail

De todas las formas que imaginé que conocería a la madre de Xaden, no dejarla pasar del umbral de un dormitorio de su propia casa mientras su hijo se niega a verla desde luego nunca se me pasó por la cabeza.

—Es muy amable por su parte. —Agarro con una mano la bandeja de aperitivos que acaba de traernos y el pomo dorado de la puerta con la otra—. Me aseguraré de dárselos. Y gracias por enviar nuestras misivas.

Tras haber visto retratos de Fen Riorson, puedo decir sin temor a equivocarme que Xaden se parece a él físicamente, pero también tiene rasgos de Talia. Xaden comparte sus pómulos altos, sus pestañas largas e incluso la forma de las orejas, pero son las motas doradas de los ojos las que hacen que el nexo biológico sea innegable.

Espero que los miembros de la especie de Andarna sepan cómo devolverle el dorado por completo a los de Xaden.

—Fue toda una suerte que un barco que se dirigía a Deverelli se hallara anclado aquí y pudiera llevar su correspondencia. —Talia aprovecha su considerable altura para mirar por encima de mi cabeza en la habitación, con unos ojos tan rebosantes de anhelo que la pena se apodera de mi corazón y lo oprime—. Confiaba en que quisiera hablar conmigo.

Pues no, no quiere.

—Está descansando. —Me obligo a esbozar una sonrisa compasiva y cierro un poco más la puerta, limitando su campo de visión.

—¿Querrían cenar con nosotros? Debería conocer al resto de la familia.

Es una idea espantosa. ¿Xaden lleva casi catatónico desde esta mañana y su madre quiere dar una fiesta con personas a las que no conoce?

—Se lo preguntaré, pero es posible que lo supere...

—Pues un círculo reducido, entonces. —A Talia se le demuda el rostro cuando baja la mirada y frunce los labios. Alrededor se le forman arruguitas de un café dorado—. Yo era tan joven cuando nació... —musita con la vista clavada en el marco de la puerta—. Seguía siendo joven cuando el contrato expiró. Jamás pensé que volvería a verlo, y ahora que está aquí... —Las lágrimas le anegan los ojos mientras me mira despacio—. Tú lo entiendes, ¿no?

Por el amor de Amari, ¿qué se supone que debo contestar a eso? Pues claro que no entiendo cómo alguien podría dejarlo, pero...

—Dile la verdad. Xaden la detesta —sugiere Tairn—. *Y Sgaeyl también. La dadora de vida tiene suerte de que no acabase achicharrada esta mañana, aunque creo firmemente que Sgaeyl aún está barajando sus alternativas.*

Porque eso sería estupendo para las relaciones internacionales, teniendo en cuenta con quién está casada Talia.

—*Es su madre* —arguye Andarna—. *¿Tú qué harías, Violet?*

—*No soy la persona más adecuada a la que preguntar por relaciones maternales* —replico. El dolor me hiere deprisa y hondo, reforzando la pena que amenaza con atenazarme el corazón—. Entiendo que quiera conocerlo —le digo a Talia—. Es espectacular en todos los sentidos...

—Entonces me dejarás... —Da un paso hacia mí.

—La cena —digo, sin moverme del sitio—. Veré si está dispuesto a cenar. Pero, si no lo está, tendrá usted que respetarlo. Si lo presiona, su rechazo será el doble de fuerte.

Talia apoya la mano en el marco de la puerta y mueve los ojos como si estuviera pensando.

—¿Y si te prometo que podrás reunirte con el triunvirato al completo? Es lo que necesitas, ¿no? Tal vez pueda darte algunas de las respuestas que buscarán para evaluar tu perspicacia.

Parpadeo y la pena retrocede un tanto.

—Lo que necesito es que Xaden esté bien. Si eso implica prenderle fuego a esta casa y marcharnos sin que hayamos conseguido ninguna otra cosa en esta isla, yo misma le daré una antorcha. —Mierda, la bandeja empieza a pesarme.

Su postura se suaviza y se aparta; la mano le cae al costado.

—Debes de amarlo si antepones sus sentimientos a tu misión —dice en voz baja, como si fuera una revelación.

—Sí. —Hago un gesto afirmativo—. No es nada en comparación con cómo arriesgó él Aretia por mí.

—Arriesgó Aretia —repite Talia a través de una sonrisa llorosa—. Entonces, él también te ama. Su padre nunca habría... —Niega con la cabeza, y su pelo hace crujir la espalda del vestido al moverse—. Da lo mismo. Cenar con él sería mucho más de lo que he soñado nunca. Les enviaré a alguien dentro de unas horas para ver si está dispuesto a unirse a nosotros.

—Gracias. —Espero hasta que echa a andar por el largo

pasillo color crema, cierro la puerta y, por si acaso, echo la llave.

Después agarro la bandeja con las dos manos y voy en busca de Xaden.

La habitación que nos han dado a todas luces está destinada a invitados distinguidos. Tiene el techo alto y abovedado, muebles con intrincadas tallas, obras de arte sofisticadas y una cama en la que podrían dormir fácilmente cuatro personas. Todo es crema con toques de verde claro y dorado, todo perfecto de un modo que casi es demasiado bonito para tocarlo. Nuestra chamarra de vuelo negra parece fuera de lugar en la silla del delicado escritorio, y nuestra mochila y nuestras botas están tan sucias que he insistido en dejarlas en el baño de la propia estancia.

La alfombra es suave bajo mis pies desnudos cuando cruzo la amplia habitación y abro una de las dos hojas de la puerta de cristal que da a la terraza cubierta. El elevado balcón conecta los otros cuatro dormitorios de la derecha de este lado de la casa, así que no me sorprende encontrarme a Garrick sentado en la balaustrada con Ridoc, de espaldas al océano.

Lo que sí me sorprende es ver que en el esponjado sofá de dos plazas no hay nadie.

Ridoc enarca las cejas al verme y ladea la cabeza a mi izquierda. Sigo el movimiento y paso entre los chicos y la mesa decorativa que hay ante el sofá de dos plazas cuando ellos se bajan de un salto del barandal.

—Buena suerte. —Garrick me da unas palmaditas en los hombros y los dos se alejan por la terraza.

Encuentro a Xaden en el suelo en sombra, entre el sofá y la esquina de la barandilla en la que he atado mi armadura para que se seque con la brisa del océano. Lleva puesto el pantalón de entrenamiento y una camiseta, y está sentado contra la pared, con los desnudos antebrazos apoyados en las rodillas encogidas y la mirada perdida.

—¿Hay sitio para uno más ahí abajo? —le pregunto.

Él pone cara de sorpresa y se obliga a esbozar una sonrisa a medias.

—¿Para ti? Me sentaré en el sofá.

—Ni se te ocurra. —Me estrujo junto a la balaustrada, poniendo buen cuidado en no girar el torso y molestar a mis costillas. Después me siento y dejo la bandeja en el suelo, delante de mí.

—Se te ha caído esto de la mochila. —Abre el puño y deja a la vista los dos viales que me dio Bodhi.

«Mierda».

—Gracias. —Agarro los viales y me los guardo en el bolsillo del pantalón.

—Ese pequeño combo sin duda me ayudaría para poder tocarte en casa, si no pensara que Sgaeyl me achicharraría por bloquear el vínculo de manera voluntaria, aunque sea temporalmente.

Trago saliva.

—Debería haberte dicho que lo tenía...

—No me debes ninguna explicación. —Me mira a los ojos—. Me alegro de que lo tengas. No quiero perder mi conexión con Sgaeyl, no cuando todavía puedo utilizar mi sello para luchar contra los venin, sobre todo desde que tienes a una persiguiéndote obsesivamente. Pero eres libre de obligarme a tragar ese suero si en algún momento no soy... yo. Prefiero no tener poder a llegar a hacerte daño. —Mira la bandeja con el rabillo del ojo—. ¿Mi madre?

Bonito cambio de tema.

—Te ha traído comida, pero en realidad solo quería hablar contigo. —A través de los balaustres veo la franja de arena que se une al océano y aprieto la boca en una línea fina. Mientras Tairn y Andarna ponen las escamas al sol en la playa, Sgaeyl deambula cerca del agua con la cabeza baja y los ojos entrecerrados.

—Da vueltas arriba y abajo por alguna razón —cuenta Xaden cuando Sgaeyl pasa por delante—. Tampoco es que pueda preguntarle. —Suelta una risotada autocrítica—. O que ella fuera a responder.

—Está preocupada. —Le miro la herida, en la que acabamos de untar la pomada. Bien, la hinchazón ya ha bajado un poco.

—Preocuparse no es propio de ella. Le gusta resolver los problemas de inmediato y enfrentarse a las consecuencias después. —Se inclina, toma un higo seco espolvoreado de canela de un tazón de cristal y lo estudia—. Con puta azúcar por encima, por supuesto. Como si acordarse de ese pequeño detalle de cuando yo tenía siete años fuera a compensar los últimos trece.

Se echa hacia delante de nuevo y lo deja caer en el plato vacío. Yo sigo sin decir nada, confiando en que él continúe. En realidad nunca ha hablado de su madre.

—Y durante todo este tiempo yo creía que estaba viviendo en Poromiel. Ni siquiera me contó nunca que era de Hedotis. Ninguno de los dos me lo dijo. —Apoya la cabeza en la pared—. Ahora lo entiendo: por qué nunca la visitaba la familia, por qué estaba tan obsesionada con las cosas coloridas, los cuentos que me contaba antes de dormirme mientras tomaba una infusión de menta de arín, cuando me hablaba de personas con los ojos púrpura que vivían sin estar en guerra.

Las olas rompen abajo, en la playa, y Sgaeyl da la vuelta y empieza a regresar hacia nosotros.

—Deberías ir a ver si saldrá a cazar con los demás —le sugiero a Tairn.

—*Pregúntale, no te avergüences. Yo me quedaré mirando. Asegúrate de estar cerca del agua para poder apagarte cuando te prenda fuego* —contesta.

—Es un mineral llamado viladrita —le explico a Xaden al ver que se sacude el azúcar de los dedos—. Mi padre escribió que predomina tanto en la isla que está en todo cuanto comen y beben. Vuelve púrpura los ojos de color más claro.

—Me encanta que sepas eso. —Deja caer una mano en mi rodilla—. ¿A tu padre le cambió el color de los ojos?

—No, que yo sepa. Siempre fueron avellana, como los míos. —El recuerdo me hace sonreír—. Supongo que no pasó aquí el tiempo suficiente. —Sigo sin saber cuándo tuvo tiempo para estudiar las islas, pero quizá mi abuela lo sepa, si alguna vez reúno el valor suficiente para ir a hablar con ella, como hizo Mira.

—Solo estaremos aquí lo bastante para peinar la isla en busca de los miembros de la especie de Andarna y hablar con el triunvirato. —El moretón de la mandíbula se le arruga cuando aprieta los dientes—. Y mi madre está casada con uno de sus integrantes. La ironía es poética.

Volteo hacia él y me estremezco cuando mis costillas se oponen.

—Quiere que cenes con ella esta noche.

—No hay manera. —Su expresión pasa a la misma máscara impenetrable que solía emplear conmigo el año pasado.

—Xaden. —Le tomo la cara entre las manos y deslizo el pulgar por el borde de la cicatriz—. No me dejes fuera.

Me mira deprisa.

—Nunca. —Pasándome un brazo por detrás, me agarra por la cadera con las dos manos y me sienta en su regazo con delicadeza—. Se me ocurren maneras mucho mejores de pasar la noche que en una cena. —Me mordisquea la oreja y un escalofrío me recorre la espalda—. ¿A ti no?

Profiero un grito ahogado al notar la repentina oleada de calor que me abrasa el bajo vientre cuando me besa el cuello y me lame en el punto con el que sabe que me derrito.

—Aquí no hay magia —me recuerda al tiempo que una mano me acaricia el estómago—. Así que tampoco hay peligro de que pierda el control.

Dejo escapar un gemido cuando sus dedos se introducen por dentro de mi pantalón, sobre todo porque lo que sugiere no puede sonar mejor, pero en parte porque quiero más, lo quiero todo. Echo de menos el subidón intensificado que nos proporcionan nuestros sellos, la forma que toman sus sombras, el restallar de mi rayo, la intimidad que nace de bajar todas nuestras barreras y oír como su voz inunda mi cabeza. Necesito sentir que se desinhibe cuando lo toco. Perder el control es parte de lo que hace que nosotros seamos... nosotros.

—Sin petates apelmazados —continúa mientras su mano se hunde en mis bragas—. Sin compañeros de pelotón a tres metros. Sin cenas incómodas. Solos tú, yo y esa cama.

Gimo y recuerdo en el acto aquello de lo que deberíamos estar hablando.

—Por excitante que suene... —Le clavo los dedos en el muslo cuando su boca juguetea con el lóbulo de mi oreja—. El sexo no arreglará el problema que tenemos.

Él suspira y alza la cabeza.

—Lo sé.

Me bajo de su regazo antes de que me dé tiempo a cambiar de opinión y lo lleve a la cama. El rápido movimiento hace que silbe con la punzada de dolor que siento al levantarme y agarrarme a la balaustrada con ambas manos, de cara al agua.

—Mierda. —Xaden se pone de pie de un salto y me abraza con suavidad—. Lo siento mucho. Me he olvidado de tus costillas. No deberías estar volando, y menos dejar que te meta mano.

—No volar no es viable. —Tomo aire por la nariz y lo echo por la boca mientras pasa lo peor—. Y no te disculpes nunca por tocarme.

Apoya el mentón en mi cabeza.

—No soporto que no puedan repararte.

—En una vida sin magia, la mejor medicina es el tiempo —reflexiono, y una sonrisa me curva la boca al ver a Cat y Trager pasear por la playa tomados de la mano—. Mira eso.

—Me alegro por ellos. Trager lleva años detrás de ella. —Sus manos cubren las mías en el barandal y el calor de su cuerpo se impone al frío de la brisa marina—. ¿Te duele mucho? No quiero pedirte que aguantes la cena si te duele.

No seré yo quien impida que hable con su madre si desea hacerlo, sobre todo cuando sé lo que yo daría por tener esa oportunidad con la mía.

—Es soportable siempre que no me gire. O respire demasiado hondo. O sujete a Andarna. —Eso no ha tenido ninguna gracia.

—Así que puedes aguantar la cena. —El conflicto que percibo en su voz hace que me mueva entre sus brazos.

—Solo si tú quieres. —Lo miro.

—¿Deseas que vaya? —Traga saliva.

—No puedo tomar esa decisión por ti. —Le pongo las manos en el pecho, intentando recordar la última vez que se mostró indeciso con algo, y no lo consigo.

Xaden entrecierra los ojos y retrocede.

—Crees que debería, ¿no?

—Lo que yo crea da lo mismo. —Hago un gesto de negación—. Y probablemente no sea la mejor persona para aconsejarte con esto...

—¿Porque te ha cautivado durante los tres minutos que le ha llevado darte una bandeja? —Pone más espacio entre nosotros, retrocede en la terraza.

—Porque mi madre murió hace nada.

Se queda quieto y una expresión de pesar aflora a su rostro.

—Lo siento, Violet.

—No lo sientas. Lo único que estoy diciendo es que no soy la persona adecuada a la que preguntar si deberías pasar una noche hablando con tu madre, porque yo daría cualquier cosa por hablar diez minutos con la mía. —Me llevo una mano al pecho como si pudiera retener el dolor ahí dentro, en el sitio al que pertenece—. Tengo muchas preguntas y mataría por una sola respuesta. Quizá sea mejor que hables con Garrick, porque cualquier consejo que pueda darte yo estaría envenenado por mi propio dolor. Tienes que hacer lo que consideres que es mejor para ti. Lo que seas capaz de sobrellevar cuando nos marchemos de este sitio. Decidas lo que decidas, en lo que a mí respecta será lo correcto. Tienes todo mi apoyo.

—No sé si hay una decisión correcta. Mi madre no es como la tuya. —Entrelaza las manos en la nuca cuando Sgaeyl pasa por delante de nuevo, siguiendo sus propias huellas—. Entiendo perfectamente que quieras esos diez minutos. Yo querría que los tuvieras. Para bien o para mal, todo cuanto hizo tu madre fue para protegerlos a tus hermanos y a ti. Murió protegiéndolos.

—Lo sé. —Trago el nudo cada vez más grande que tengo en la garganta.

—Mi madre me abandonó. —Sus manos caen a los costados.

—Lo sé —repito en voz queda, y el corazón se me parte por él—. Lo siento mucho.

—¿Por qué esa mujer —indica la puerta— merece diez minutos de mi tiempo cuando me dio pastel de chocolate el día que cumplí diez años y se esfumó esa misma noche? Para ella soy el cumplimiento de un contrato, nada más. Me importa una mierda cómo me mire o las patrañas que sin duda te habrá contado. El único motivo por el que estamos en su casa es porque está casada con un miembro del triunvirato, y no tengo ningún problema en aprovecharme de ello para conseguir lo que necesitamos.

El pecho se me agrieta un poco más con cada una de sus palabras, y al final se abre en canal. Sabía que su madre lo había abandonado, pero no sabía cómo.

—Y no creas que tiene que ver con esto. —Se señala un ojo—. Soy consciente de los momentos en los que no siento ninguna emoción. No hace falta que Garrick y tú intercambien esas miraditas de «oh, no», porque lo noto. Es como deslizarse por un lago helado mientras una parte cada vez más pequeña de mí me grita que se supone que debería estar nadando en esos pedazos que he malvendido, y esos sentimientos están justo debajo de la superficie, pero patinar más rápido es genial y mucho menos desagradable. ¿Esta mierda? —Apunta con un dedo a la casa—. Es desagradable, dolorosa y exasperante, y si pudiera elegir renunciar a esta parte de mí, por Malek que lo haría. Ahora lo entiendo. No es solo el poder lo que es adictivo, sino también la libertad de no sentirme así.

—Xaden —musito, y prácticamente estoy desangrándome cuando termina.

Unas nubes de humo se elevan sobre la terraza y los dos miramos rápidamente hacia la playa, donde Sgaeyl está a una distancia del ancho de Tairn con el labio superior retraído en señal de desaprobación, fulminando con la mirada a Xaden.

—Deja de dar vueltas y come algo —le suplica él—. Sé que tienes hambre y no soporto que sufras de este modo por estar tan lejos de la magia, así que alivia parte del dolor y ve a cazar. Yo estoy bien.

La dragona abre las fauces y lanza un rugido tal que los oídos me pitan en el acto. La puerta de cristal se estremece y la mesita tiembla antes de que cierre la boca. Tres errones alzan el vuelo del árbol que crece a mi izquierda, y dos niños de pelo oscuro salen corriendo de la casa para ver cuál es la causa de la conmoción.

—Sgaeyl —dice Xaden con suavidad mientras se acerca al borde de la terraza.

La dragona da tres pesados pasos atrás y el corazón se me para cuando la garra trasera casi aplasta a uno de los niños antes de levantar el vuelo y sobrevolar la casa. La cola pasa tan cerca que corta las hojas de los árboles, y entonces Sgaeyl desaparece.

Menos mal que los errones se han ido.

—Por lo menos no te ha prendido fuego. —Tairn la sigue deprisa y, tras él, Andarna, que pugna por extender por completo el ala.

No tener poder les pasa factura a los tres.

—Mierda. —Xaden cierra los ojos.

—¡Simeon! ¡Gaius! —Una de las criadas sale corriendo de la casa tres pisos más abajo, recogiéndose la falda mientras esprinta por la arena—. ¿Están bien? —pregunta en hedótico.

—¡Ha sido increíble! —exclama el mayor de los niños en la misma lengua mientras alza los puños al cielo.

—Podemos irnos —le aseguro a Xaden, y salvo la distancia que nos separa y le rodeo la cintura con los brazos—. Ahora mismo.

—Mi madre ha pedido que nos laven el uniforme. —Me mete detrás de las orejas los mechones que se me han soltado de la trenza.

—Pues pasaremos frío. No tienes más que decirlo y nos iremos. —Ladeo la mejilla y pego el oído a su corazón—. Solo me importas tú.

—Y tú a mí. —Baja el mentón a mi cabeza—. No podemos saltarnos una isla entera —refunfuña poniéndome las manos en la espalda—. Hemos desobedecido órdenes directas por estar aquí.

—Claro que podemos. —Escucho el rítmico latir de su corazón y veo que la criada se vuelca nerviosamente en los niños mientras vuelven a la casa—. La manada caza, da una pasada para asegurarse de que los miembros de la especie de Andarna no han elegido llamar hogar a la isla más aburrida del mundo y nos vamos. Hedotis no ha participado en una guerra ni se ha aliado con ningún reino que esté en guerra en toda su historia. No nos ayudarán. —Deslizo una mano arriba y abajo por su espalda—. Y ahora ya sabes dónde está tu madre. Si alguna vez sientes la necesidad, puedes volver. También son tus diez minutos.

—Y no esperarás... —Sus palabras se interrumpen bruscamente cuando Talia sale corriendo de la casa, estrujando la tela del vestido que lleva.

—¡Niños! —exclama en hedótico mientras va hacia el borde del patio de piedra. A continuación abraza a los pequeños—. ¿Están bien? —Se aparta y los mira de arriba abajo como suele hacerme a mí mi hermana después de una batalla.

—¡Estamos genial! —le asegura el mayor con una sonrisa ancha—. ¿No, Gaius?

—Mamá, deberías haber oído el rugido —añade el pequeño al tiempo que sube y baja la cabeza.

«Mamá». El estómago se me revuelve mientras confío en haber oído mal.

Xaden se tensa y noto que el corazón empieza a desbocársele.

—He oído el rugido y con eso he tenido bastante emoción —les dice Talia a los niños al tiempo que les pasa las manos por el pelo y por la cara—. Pero están bien. Están bien —repite con un gesto de asentimiento—. Elda, ¿te importaría asearlos? El triunvirato cenará con nosotros, y a los padres de Faris les gustaría que durmieran en su casa.

—Naturalmente que no —responde la criada, que acto seguido hace entrar en la casa a los niños.

Talia se queda, los hombros le tiemblan mientras recupera el aliento.

—¿Qué ha dicho? —pregunta Xaden.

—Que el triunvirato viene a cenar. —Empiezo por lo más fácil—. Y que los niños...

—Son suyos, ¿no? —inquiere con un tono de gélido desdén.

—Sí —musito abrazándolo con más fuerza. Talia vuelve a entrar sin mirar hacia arriba.

—El mayor qué tendrá, ¿once años? —Deja caer los brazos—. No me extraña que no volviera. No solo se casó, sino que además fundó otra familia. —Lanza una risa que no tiene nada de alegre.

—Lo siento mucho. —Me separo para mirarlo, pero su cara es inexpresiva.

—Tú no has hecho nada malo. —Se aleja de mis brazos y, cuando se zafa, la sensación es terriblemente turbadora—. Cambiaría encantado lo que siento ahora mismo.

«No es solo el poder lo que es adictivo, sino también la libertad de no sentirme así». Sus palabras resuenan en mi cabeza, y un miedo nuevo arraiga en mí y anida insidiosamente en la boca de mi estómago. ¿Sabe que he traído el nuevo conducto? ¿Que llevo una aleación completamente cargada en la mochila?

—No tienes que cargar con todo —le suplico mientras contempla el mar, y las palabras me salen cada vez más deprisa al mismo tiempo que su mirada se endurece y las defensas que tardé un año en franquear resurgen—. El dolor, lo desagradable. Dámelo a mí. Yo me haré cargo. Sé que parece ridículo, pero encontraré la manera. —Entrelazo nuestros dedos—. Me haré cargo de todo lo que no quieras sentir porque amo todas las partes de ti.

—¿Ya tienes mi alma y ahora quieres mi dolor? Eso es avaricia, Violencia. —Se lleva mi mano a los labios y me besa delicadamente los nudillos antes de soltármela—. A la mierda. Cenar con mi madre es genial. Creo que me astearé antes.

Me deja plantada en la terraza; la cabeza me va a más velocidad de lo que Tairn podría volar jamás. El triunvirato viene a cenar. Esta noche nos pondrán a prueba. «Han mandado a los niños a dormir fuera».

¿Acaso creen que somos peligrosos? ¿O lo son ellos?

Necesitamos algo que nos dé ventaja. ¿Qué harían Rhi o Brennan?

Carajo. ¿Qué he traído conmigo? Brennan me envió la bolsa de medicinas...

«Brennan me envió la bolsa de medicinas».

Necesito a Mira.

—*Andarna, cuando los niños salgan de casa, necesito que los sigas de la forma más invisible que puedas* —digo a través del vínculo.

—*¿Estamos maquinando? Porque me encanta maquinar.*

—*Estamos planificando.*

Dos horas después sostengo el preciado vial de cristal en ambas manos cuando Mira y yo bajamos. Este no es momento para torpezas. No tardamos en dar con Talia en el comedor, hablando de la cena con un hombre larguirucho que lleva un delantal verde claro y se frota las uñas con un paño con el borde azul.

—¿Violet? —La esperanza le ilumina los ojos, y despacha al hombre antes de venir hacia nosotras—. ¿Se lo has preguntado? —Lanza una mirada a mi hermana.

Ella se cruza de brazos y escudriña la mesa.

—Ha dicho que cenar le parece genial —respondo a Talia. Que no es que sea del todo mentira. Mis manos hacen girar el cristal, ocultando su contenido—. El resto estará volando, pero podemos asistir seis de nosotros. Y he pensado que esto podría servir de ofrenda de paz entre nosotros y tal vez... —Aprieto los labios en una línea fina y miro el vial.

—Déjate de parloteo y dáselo de una vez —ordena Mira, que suelta un suspiro exasperado—. Mi hermana es demasiado educada para sugerir que quizá ayude a calmar las aguas y hacer que esta noche sea un poco menos incómoda para todos. Que le recuerde a Xaden su casa y tal.

Talia enarca las cejas y le entrego el vial con las hojas de color verde claro deshidratadas. Ella acepta el regalo con una sonrisa de desconcierto.

—¿Es...?

—Menta de arín seca —contesto.

Los dioses bendigan a Brennan.

TREINTA Y CINCO

> El dios de la sabiduría es el más difícil de aplacar. Al parecer Hedeon solo responde a quienes no le rezan.
>
> —*Guía para complacer a los dioses*, por el comandante Rorilee (segunda edición)

El comedor es tan monocromático como el resto de la casa, y las tres personas sentadas alrededor de la mesa redonda se fundirían con la pared verde clara de no ser por la cabeza. Nairi, Roslyn y Faris van vestidos con lo que mi padre describió como una túnica ceremonial sagrada. Se parecen mucho a las túnicas de los escribas en cuanto a comodidad, aunque sean verde pastel y no lleven la capucha puesta.

De las diez personas que hay a la mesa, Talia, sentada junto a Faris, parece la más nerviosa y, en cierto modo, da la impresión de que Xaden está en su elemento a mi lado. Pero ya no hay sonrisas fugaces ni roces tiernos.

El hombre que tengo a mi lado con el uniforme recién lavado se asemeja más al que conocí en el Parapeto el Día del Reclutamiento que al hombre del que me enamoré. Se muestra tan frío que una parte de mí espera que la temperatura descienda en picada a nuestro alrededor.

Hay cinco camareros repartidos entre nosotros, cada uno de

ellos con una mano apoyada en una campana de plata que cubre nuestros platos. El estómago se me revuelve cuando Faris hace girar la muñeca y los camareros responden a esa orden no verbal retirando las campanas que protegen nuestra cena.

—Que no sea una cabeza. Que no sea una cabeza. Que no sea una cabeza —me repito entre dientes, pero a juzgar por la mirada de reojo que me dirige Aaric desde mi derecha, supongo que no estoy diciéndolo tan bajo como pensaba. Por suerte, delante tengo un plato con humeante pollo asado, papas y un relleno de algo mezclado con lo que parece coliflor. No hay ninguna cabeza.

—La cena está servida —anuncia Faris en la lengua común.

—Damos gracias a Hedeon por esta comida —dice Nairi, también en la lengua común—. Por la paz de nuestra isla, la sabiduría que considere oportuno concedernos y la satisfacción de establecer unas relaciones prósperas. Solo a él confesamos los errores del día, que ofrecemos en sacrificio. Que solo nuestra cabeza conozca el hambre.

—Que solo nuestra cabeza conozca el hambre —repiten los hedóticos, y en cierto modo no me sorprende que Aaric se sume a ellos.

—Comamos —propone Faris al tiempo que levanta su cáliz de cristal lleno de menta de arín helada, y me señala con ella—. Gracias por tu regalo. Talia está encantada de poder servirlo.

—Estoy contenta de darle un motivo de alegría —contesto, y acto seguido se instala un silencio incómodo, pues Faris sostiene la copa en alto como si esperase algo.

—De nada. —Xaden bebe un buen sorbo de infusión y deja la copa con más fuerza de lo que es necesario.

Faris sonríe, pero después bebe a su vez. Todos bebemos, sin embargo, ello no hace que la situación sea menos incómoda mientras empezamos a comer.

—¿Qué opinan de nuestra ciudad? —pregunta Roslyn, y en la comisura de los cafés ojos se le forman arruguitas cuando sonríe.

—Es difícil de decir, teniendo en cuenta que no la hemos visto. —Mira toma una rodaja de limón del borde de su plato y la echa en la copa.

—Confío en que podamos cambiar eso mañana —contesta Roslyn, que escudriña a Mira como si hubiera encontrado a una rival digna de ella para jugar una partida de ajedrez.

—¿Después de que pasemos su prueba? —pregunto—. Porque eso es lo que es esto, ¿no? No estamos en un entorno formal como dicta la costumbre ni tampoco hay testigos, pero están poniéndonos a prueba.

Cat deja los cubiertos de plata en el plato y Aaric sigue comiendo su pollo sin inmutarse lo más mínimo.

—Talia servirá como testigo. —Nairi corta un trozo de papa—. Y pensamos que un entorno informal sería mejor dada la... delicada naturaleza de las relaciones.

Los hombros de Talia se hunden.

—No vaya a ser que avergüence a mi madre en público con mi falta de sabiduría, quieren decir, ¿no? —Xaden se retrepa en su silla y pasa el brazo por el respaldo de la mía—. ¿Es lo que temes, mamá?

—No. —Talia mira a Xaden y se pone recta—. Mi reticencia sobre esta velada se debe a que soy yo quien se avergüenza de sí misma, por eso le he pedido esto a Faris como favor personal, para que pudieran sentirse más cómodos durante esta conversación. No me preocupa tu inteligencia, Xaden. Siempre fuiste un chico listo. —La mano le tiembla cuando toma su cáliz.

—Díganme una cosa. Cuando mueren, ¿mueren sus dragones? —pregunta Faris cambiando de tema.

—Depende del dragón —respondo—. Pero, por lo general, no.

—Los grifos sí —añade Cat—. Su vínculo es de por vida.

Faris pone cara de sorpresa.

—Unir la vida a la de otro, en particular a algo tan frágil y fácilmente quebradizo como un humano, me parece algo insensato. —Frunce el ceño—. ¿Respetas a tu grifo por tomar esa decisión?

—La respeto por ser quien es y confío en cualquier decisión que tome —responde Cat—. Los grifos y el sacrificio que hicieron al vincularse a humanos nos permitieron ganar la Gran Guerra y sobrevivir a siglos de guerra después.

—Hablas como un miembro de la realeza. —Nairi mira a Cat entornando los ojos—. Talia dice que estás en la línea de sucesión al trono de Poromiel.

—Si la reina Maraya decide no tener hijos, mi tío gobernará y, a su debido tiempo, mi hermana será una reina excelente. —Agarra el tenedor y el cuchillo de un modo que los desafía a discutir.

La mirada de Nairi pasa de Cat a Xaden y de él a Aaric.

—Cuántos jóvenes miembros de la realeza. Cuántas posibles alianzas. ¿Por qué no los vincula ningún contrato? Parece... absurdo no forjar futuros y proporcionar herederos que puedan unir sus reinos.

El pollo se me seca en la boca, pero mi hermana me lanza una mirada que dice «¿puedes creer cómo es esta gente?» y hace que el corazón se me pare.

—Mi hermano será rey —responde Aaric, que sigue comiendo su pollo como si esta fuera una cena normal y corriente—. Aunque será un rey espantoso. Los herederos y las alianzas no me conciernen. Lucharé en esta guerra, lo más probable es que muera, y pereceré sabiendo que protegí a otros.

—Honor nunca ha equivalido a sabiduría. —Nairi suspira y mira a Xaden—. ¿Y tu excusa? Hace meses recibimos la nueva de que te había sido restituido el título.

Lo que significa que poseen información actual. Sabían lo de la Rebelión. Que habían ejecutado a Fen. Respiro hondo para que ello me ayude a aplacar la instantánea, abrasadora ira que me sube por la garganta, y dirijo a Talia una mirada menos que cordial. Ella lo sabía y abandonó allí a Xaden, ni siquiera volvió.

Xaden pincha un trozo de papa con el tenedor, pero mantiene el brazo en mi silla.

—Bien, como ya saben, soy duque, no príncipe.

—Tyrrendor es la mayor provincia de Navarre —cuenta Talia al triunvirato, saliendo en defensa de su hijo—. Gran parte de su territorio se sitúa fuera de las protecciones, así que su lealtad al reino siempre ha sido... más débil que la de otras. No me sorprendería descubrir que en el curso de esta guerra Tyrrendor recuperará su soberanía, lo cual es el motivo por el que se forjó una alianza de por vida. —Su sonrisa se desvanece y nos mira de soslayo a Xaden y a mí—. Pero ustedes no...

Xaden mastica despacio y traga mientras todo el mundo lo mira.

—No te debo ninguna explicación sobre mi vida amorosa.

Talia se estremece y deja las manos en el regazo, pero centra la atención en Cat.

—Por el amor de los dioses —musita Cat, que deja de nuevo los cubiertos de plata—. Yo dije que sí, él dijo que no. Conoció a Violet y ahora son... ellos. Que casualmente son dos de los jinetes más poderosos del continente, así que, en ese sentido, su alianza con ella quizá sea más sensata. Los dos podrían desintegrar y reconfigurar el continente si quisieran. Y además, ahora yo estoy con otra persona.

El pecho se me constriñe en una muda gratitud, pero ella se limita a poner los ojos en blanco cuando la miro.

—Romper una alianza tan ventajosa es... —Nairi niega con la cabeza mirando a Xaden— insensato.

«Mierda».

La cena se me revuelve en el estómago. No están juzgando nuestra inteligencia, están diseccionando nuestra vida.

—Pero fácil de remediar —apunta Faris, que mira a Nairi y a Roslyn—. Demostraría una gran sabiduría y consagración a sus respectivos títulos que se comprometieran mediante contrato durante tres..., ¿digamos cuatro años?

Roslyn asiente.

—Lo bastante largo para asegurar un heredero para Tyrrendor y añadir a la línea de sucesión el linaje poromielense.

Voy a vomitar.

Garrick suelta una risotada sarcástica.

—Si el linaje equivaliera a una alianza, no estaríamos sentados aquí sometidos a este interrogatorio. —Mira con el rabillo del ojo a Talia, sentada a su derecha—. Él es su hijo, ¿no?

Ella apura su infusión.

—Un matrimonio por contrato sería de lo más sabio —conviene Nairi afirmando con la cabeza y desoyendo las palabras de Garrick—. Podríamos ultimar los aspectos legales mañana por la mañana en el templo, y por la tarde escuchar lo que sin duda será una súplica para que los ayudemos en su guerra mañana.

La madera cruje a mi espalda.

—Redacten los documentos —responde Xaden apretando con fuerza mi silla.

La bilis me sube por la garganta. ¿Qué demonios está haciendo?

Cat voltea la cabeza como movida por un resorte, Mira y Garrick se quedan boquiabiertos y Aaric sigue comiendo.

Quiero el maldito vínculo ahora mismo.

—Ah, así sí. —Faris da dos palmadas—. Una excelente decisión. ¿Probamos con tres o cuatro años?

—Toda la vida. Menos es inaceptable. —Xaden desliza la mano a mi nuca—. Y su nombre completo para los papeles es Violet Sorrengail, con dos erres.

Me debato entre clavarle una daga en el pecho o comérmelo a besos.

Mira reprime una sonrisa.

—Mi apellido va unido al título, pero podríamos tomar el tuyo —ofrece Xaden, y su mirada se suaviza ligeramente al mirarme.

—Podrían unirlos con un guion —sugiere Garrick—. O combinarlo. ¿Riorgail? ¿Sorrenson?

—No se referían a esto —digo en voz baja a Xaden.

—Me importa una mierda a lo que se referían —me contesta alzando la voz, y sus dedos suben y bajan por mi nuca mientras se enfrenta al triunvirato—. Por lo que a mí respecta, pueden cuestionar nuestros conocimientos y poner a prueba nuestro honor o nuestra consagración como jinetes y pilotos. Ponernos acertijos, crear escenarios ficticios, partidas de ajedrez. Pero si creen que voy a dejar a la única mujer a la que he amado nunca para contraer matrimonio con una mujer con la que no me llevo bien, la falta de sabiduría es suya, no mía.

—Solo serán tres años —suplica Talia, el pánico asomando a sus ojos—. Después volverían a estar juntos. Sin duda el potencial de nuestra alianza, de compartir nuestros conocimientos, haría que el sacrificio valiera la pena. Piensa en Tyrrendor.

Xaden se inclina hacia delante y la mano deja mi cuello.

—No tienes ni idea de las cosas que he sacrificado por Tyrrendor. Perdí a mi padre, mi libertad, incluso mi... —Se interrumpe y yo miro al suelo, en parte esperando ver sombras arremolinándose a sus pies—. Violet es lo único que he decidido por mí mismo. No la sacrificaré por tres años. Ni por un solo día. Lo sabrías si no me hubieras abandonado, si me conocieras mínimamente.

—¡No quería abandonarte! —Niega con la cabeza, y Faris frunce el ceño en señal de desaprobación—. Tu padre no dejó que te llevara conmigo...

—No hables de mi padre. Yo soy quien lo vio morir. —Xaden se señala la reliquia que le sube por el cuello—. Abandonaste a un niño para que se enfrentara a una guerra que sabías que se avecinaba, en un continente que sabías que estaba infestado de seres oscuros.

—No podía llevarte conmigo —repite—. Eres el heredero de Tyrrendor.

—Podrías haberte quedado —espeta él, y el corazón me duele al percibir la frialdad de su tono, que sé que enmascara su verdadero dolor—. Podrías haber sido mi madre.

Le pongo una mano en la rodilla, deseando que fuera posible hacer mío algo de su dolor.

—Me habrían ejecutado con tu padre, o a escondidas, como hicieron con el esposo de Mairi. Hice lo que consideré mejor —arguye.

—Para ti. —Una comisura de la boca de Xaden se eleva burlona—. Admitiré que te las has arreglado bien. ¿Quién necesita ser la duquesa viuda de Tyrrendor cuando puede ser la esposa de un miembro del triunvirato? ¿Madre de dos hijos? ¿Vivir en una playa apacible, en una ciudad apacible, en una isla que solo se preocupa por su propio bienestar?

—Esta acalorada muestra de emoción durante una entrevista es impropia —musita Nairi, y pincha con el tenedor el último pedazo de pollo.

—Esta entrevista ya ha terminado antes de que empezara

—afirma Mira mientras hace girar el pie de la copa entre sus dedos—. Les da lo mismo que Violet sea la persona más inteligente de esta habitación. O que Xaden hiciera pedazos Basgiath para salvarla y después volviera para luchar por Navarre porque era lo correcto. O que Cat viva en el entorno más hostil para ayudar a su reino. Les da lo mismo que Aaric haya tenido que saltar a una palestra que odia para que nosotros contásemos con un representante de la realeza o que Garrick haya permanecido al lado de Xaden costara lo que costase. Hemos demostrado nuestra falta de sabiduría al venir aquí. Nunca han tenido intención de compartir sus conocimientos o de aliarse con nosotros.

—Es cierto. —Nairi se saca una piedra de jade de la túnica y la deja delante de su plato—. Y la primera perla de sabiduría que se ha pronunciado aquí, lo cual despierta mi interés. Díganme, ¿qué opinan de nuestra ciudad?

Mi hermana me mira de reojo y entiendo el mensaje: me toca.

—Desde el aire su trazado parece perfecto. —Me siento derecha—. Es una colección de barrios de proporciones exquisitas, todos con espacios de reunión centrales para celebrar mercados y acontecimientos.

—Es perfecta —conviene Roslyn mientras se pasa su propio jade por los nudillos.

—Y cruel. —Lo digo con un tono inexpresivo del que Xaden debería sentirse orgulloso. Apoya su mano en la mía y entrelaza nuestros dedos.

Roslyn percibe el tono y deja su mano en el regazo.

—Por favor, continúa. —Es más una amenaza que una petición.

—Derruyeron una ciudad que ya existía para erigir la de ahora, ¿no es cierto?

—Mejoramos nuestra capital, sí. —Roslyn entorna los ojos—.

Si todo va según lo previsto, la renovación de las poblaciones más pequeñas debería haber concluido antes de que finalice esta década.

—Y al hacer tal cosa asolaron la base histórica de la ciudad, los hogares en los que sus ciudadanos habían vivido durante generaciones. Sí, es bonita y eficiente, pero también demuestra que no toleran las cosas que no lo son. —Trago saliva con fuerza—. También me resulta desconcertante que, al parecer, no tengan puerto.

—No es sabio aventurarse mar adentro cuando no sabemos prácticamente nada de lo que acecha en sus profundidades... —musita Faris.

¿Tienen... miedo al agua?

Roslyn levanta la mano.

—¿Se supone que aceptamos críticas de un grupo que al parecer no sabe cómo se llama su propio continente?

Respiro hondo, haciendo que me duelan las costillas, y Xaden me aprieta la mano.

«Amaralis». Es lo que nos llamaron en las otras dos islas. Claro. Cada una de las demás islas adora a una deidad del panteón, y aunque nosotros las veneramos a todas, preferimos a una por encima del resto: Amari.

—Es Amaralys, según antiguas crónicas de la casa real, aunque creo que los documentos poromielenses lo llamaban Amelekis. Lo único en lo que nuestros reinos lograron ponerse de acuerdo fue en denominarlo el continente después de la Gran Guerra —dice Aaric, y deja de una vez los cubiertos de plata tras rebañar el plato—. Es bastante arrogante por nuestra parte referirnos a él simplemente como el continente, como si no hubiera otros más allá del mar, pero la guerra lleva tanto tiempo desgarrándonos que a todo el mundo le resulta difícil pensar que seamos... algo.

Carajo, ¿qué más cosas se guarda Aaric?

—Eres bastante callado para ser alguien que por lo visto sabe tanto —comenta Nairi.

—Prefiero mantener la boca cerrada hasta que entiendo las reglas del juego que sea que me apunta a la garganta. Me ayuda a evaluar el carácter y la perspicacia de mi rival. —Los recorre con la mirada uno por uno—. Sinceramente, los encuentro faltos de ambas cosas y no estoy seguro de que los quiera como aliados. No tienen ejército y racanean con aquello que debería estar a disposición de todo el mundo: el conocimiento.

—Y, sin embargo, buscan nuestro favor, ¿verdad? —Nairi arquea las cejas y parpadea deprisa.

—¿Yo? —Aaric niega con la cabeza—. No. Yo solo estoy aquí porque Halden no es capaz de controlar su genio y Violet no se vinculó únicamente a uno de nuestros dragones de batalla más terroríficos, sino también a un írido: la séptima estirpe. Los seres oscuros están extendiéndose. Hay gente muriendo mientras nosotros permanecemos aquí sentados. Cada día que estamos fuera podría cambiar el mapa de batallas de formas que ni siquiera somos capaces de empezar a predecir. Y mi reino está lleno de imbéciles que se niegan a aceptar a refugiados por orden del rey, así que localizar a los íridos es nuestra mejor esperanza no solo de engrosar nuestras filas, sino quizá también de averiguar cómo derrotamos a los venin hace seiscientos años.

»Si se consideran parte de esa solución, con toda su sabiduría, estupendo. Si no, parece que todo cuanto estamos consiguiendo aquí es sacar a relucir resentimiento familiar y crítica, y de eso ya tenemos bastante en casa. Si de mí dependiera, les daría las gracias por la cena y nos iríamos de aquí antes de que descubramos lo que les hacen a quienes no pasan su prueba.

—Eres el miembro de más alcurnia de tu grupo —observa

Roslyn, que se remueve en su asiento con una mueca—. ¿No depende de ti?

—La aristocracia no está por encima del rango, al menos a mi juicio. —Aaric me mira de soslayo—. Andarna eligió a Violet, y aunque hay cuatro oficiales de mayor graduación entre nosotros, esta misión es de Violet. Ella está al mando. Y con la excepción de su más que cuestionable gusto en materia de hombres, he confiado en la sabiduría de Violet desde que éramos niños.

Nuestras miradas se encuentran y le dedico una pequeña sonrisa.

La puerta se abre y entran criados. El comedor se sume en el silencio mientras retiran nuestros platos y desaparecen en lo que supongo que será la cocina.

—¿De verdad te has vinculado a un dragón de la séptima estirpe? —me pregunta Roslyn.

—Sí. —Levanto la barbilla—. La dejaron atrás cuando los miembros de su especie abandonaron el cont... Amaralys, y estamos buscándolos. Y ahora, ¿están interesados en hablar con nosotros de una posible alianza?

—Siento curiosidad. —Roslyn deja su piedra delante del plato.

—Dos de tres. Lo están haciendo bien. —Faris sonríe—. Por desgracia, la decisión ha de ser unánime, y yo soy un poco más... cauto con mi enfoque. Díganme, si de verdad persiguen el conocimiento, ¿por qué no adoran a Hedeon? ¿Por qué no se establecen aquí como otros que persiguen el conocimiento en lugar de una alianza? Nuestras bibliotecas no tienen parangón, nuestras escuelas son centros de aprendizaje y cultura, no de muerte.

—Me enseñaron que la sabiduría no es algo que se pide, sino que hay que ganarse, y aunque ciertamente me deleitaría en su biblioteca, no me interesa a menos que contenga información sobre los venin. —Me encojo de hombros—. No tengo intención de esconderme en una isla mientras aquellos a los que quiero están condenados a morir por desecación.

La puerta se abre de nuevo detrás de Faris y un camarero se inclina hacia él.

—Señor, ¿podemos servir el postre?

—Sí —contesta Faris, y el hombre vuelve a la cocina.

—Por favor, dime que han hecho algo con todo ese chocolate que Talia lleva acumulando durante semanas. Juro que ha comprado todos los cargamentos que han llegado, y ya saben lo insólito que es —bromea Nairi, pero un instante después frunce los labios y se remueve en la silla—. Aunque no estoy segura de que esta noche quiera comer dulce.

—Yo tampoco quiero —conviene Roslyn llevándose una mano al estómago.

—¿Información de qué índole? —me pregunta Faris, y su sonrisa se ensancha—. ¿Un arma para acabar con ellos, tal vez?

—Ella ya es un arma —asegura Xaden cuando la puerta se abre y Faris me mira entrecerrando ligeramente los ojos.

Los camareros entran y nos colocan un plato delante a cada uno.

Oh..., mierda. Un tenedor de plata descansa junto a una porción perfecta de pastel de chocolate.

La mano de Xaden se afloja sobre la mía.

—¿Sigue siendo tu preferida? —El nerviosismo hace que a Talia se le aflaute la voz—. Sé que tu cumpleaños no es hasta finales de mes, pero ahora estás aquí.

Xaden mira el pastel igual que Halden miró la cabeza de Anna.

—Phyllis —llama Faris a uno de los sirvientes, que regresan a la cocina—. Creo que a cuatro de nosotros nos falta el tenedor.

—Disculpe. Iré ahora mismo por ellos —responde la mujer antes de que la puerta se cierre.

—Por favor, no esperen por nosotros. —Faris hace un gesto con la mano—. El chocolate es un lujo poco habitual tan lejos de Deverelli.

Y Talia lleva semanas haciendo acopio. Empiezo a devanarme los sesos.

«Semanas». Ella sabía que íbamos a venir.

«De cara a una alianza prefiero adoptar un enfoque deverelí». Eso fue lo que dijo la reina Marlis.

Courtlyn debe de haber informado a las demás islas.

Talia sabía que Xaden iba a venir.

—Si ya no te gusta, no pasa nada. —La sonrisa de Talia es trémula—. He estado separada de ti más de lo que estuve contigo, y sé que los gustos pueden cambiar. Ahora eres adulto, después de todo. Pero, si no ha cambiado, probamos cuatro recetas, y creo que esta es la más parecida a la que teníamos en Aretia. Solías colarte en la cocina cuando los cocineros estaban preparándola...

—Lo recuerdo. —Xaden hace un esfuerzo y mira a su madre—. Y sigue siendo mi preferida.

La escena en la playa, en la que se hizo la sorprendida, era... puro teatro. El estómago se me agria. Esto huele mal. Algo huele mal. He pasado por alto un detalle que no debería haber pasado por alto.

Talia esboza una sonrisa radiante y Faris le pasa un brazo por los hombros.

—Lo has hecho bien, amor mío. —La besa en la mejilla.

Miro a mi hermana, que frunce el ceño. Retira la mano en la mesa y el corazón empieza a latirme con fuerza. Nos han engañado. Talia sabía que Xaden iba a venir, lo que significa que Faris lo sabía..., y es más cauto en su enfoque a la hora de ponernos a prueba.

Y qué oportuno que ninguno de ellos cuatro tenga tenedor.

«En ese pastel hay algo raro».

Xaden agarra del tenedor y mis dedos se clavan en su rodilla. Me mira y arruga el entrecejo.

Niego con la cabeza. Volteo hacia la derecha y le quito el tenedor a Aaric.

Cat deja el cubierto en el plato con un tintineo.

—Sabe igual que la de casa —asegura Garrick al tiempo que se lleva un poco más a la boca.

Ay, Amari, ya se ha comido una tercera parte.

—¡Para! —Los latidos de mi corazón se atropellan.

Garrick se detiene y deja el tenedor en el plato.

—Dijo que podíamos empezar... —Parpadea una vez y acto seguido se tambalea—. Me noto... Me noto... —Da la impresión de que el tiempo se ralentiza cuando sus ojos se cierran y él cae de bruces sobre la mesa.

—¡Garrick! —exclama Xaden, y se separa de la mesa mientras Aaric se echa hacia delante y le sujeta la cabeza a Garrick antes de que toque la superficie.

Aaric voltea deprisa hacia Xaden.

—¡No respira!

TREINTA Y SEIS

La prueba de ciudadanía para quienes desean residir en Hedotis me recuerda al examen de ingreso del Cuadrante de Escribas, pero nuestra prueba ha sido diseñada para evaluar cuánto ha aprendido un aspirante a cadete, y la de ellos parece que tiene por objeto demostrar cuánto no ha aprendido uno.

—*Hedotis: la isla de Hedeon*,
por el capitán Asher Sorrengail

Las sillas chirrían contra el suelo cuando Mira, Cat y yo nos levantamos.

—*¡Vuelvan aquí!* —vocifero a través del vínculo, y el pánico me rodea el corazón con sus manos de uñas afiladas y me lo estruja.

—*¡Estamos de camino!* —responde Tairn.

—*¿Chradh está...?*

—*Furioso, pero no sufriendo la pérdida de su jinete, que yo sepa.*

—*Acaba de prenderle fuego a una parte del bosque* —añade Andarna.

—Riorson, no... —empieza a repetir Aaric.

—Te he oído la primera vez. —Xaden mete los brazos por las

axilas de Garrick y lo levanta de la silla, después lo tiende en el suelo y se arrodilla a su lado.

—¿Qué han echado en el pastel? —le pregunto a Faris mientras rodeo la mesa.

Su sonrisa deja de ser juguetona para tornarse cruel, pero no contesta.

—¡Vayan a buscar a Trager! —ordena Mira, y oigo que una puerta se abre y se cierra detrás de mí.

Xaden pega el oído al pecho de Garrick.

—Late flojo, pero late.

—Necesitamos hacer que respire... —comienza Aaric—. Carajo, se está poniendo azul.

—Ya lo veo. —Xaden le pellizca la nariz a Garrick, aplica su boca a la de su amigo y exhala.

El pecho de Garrick se eleva.

Giro sobre mis talones y, al erguirme, veo que Talia mira a Garrick con cara de pánico.

—¿Qué había en el pastel? —le pregunto.

Ella se sobresalta.

—Nada. —Frunce el ceño mientras mira la porción de Garrick y toma la suya—. No es más que...

—No es para ti, querida. —Faris le quita el plato y hace una mueca mientras ladea la cabeza y se pasa una mano por el estómago.

—¿Qué has hecho? —Talia se aparta tan deprisa que la silla da contra la pared de detrás, dejando una marca en la inmaculada superficie.

—Ponerlos a prueba, como me pediste —le contesta con una sonrisa cariñosa—. Aquí, en la intimidad de nuestro hogar, donde se sentirían a gusto.

Nairi y Roslyn apartan sus respectivos platos, intercambiando una mirada molesta, mientras Mira se cierne sobre todos ellos, preparada para atacar.

—¡¿Has envenenado a mi hijo?! —grita Talia.

—Tu hijo ha sido lo bastante sabio para no comer nada —replica Faris—. Nuestra isla puede ser implacable. Deberías estar orgullosa, no enojada.

Agarro lo que queda de la porción de Garrick y me lo acerco a la nariz. Huele a chocolate, azúcar y quizá un toque de vainilla, pero... Hay algo más. Aspiro con fuerza y percibo algo empalagoso. Como fruta que se ha dejado demasiado tiempo al sol.

—Cada vez es más débil —observa Aaric, y cuando volteo la cabeza lo veo con el oído pegado al pecho de Garrick mientras Xaden toma aire de nuevo para insuflárselo a su mejor amigo.

Le doy vueltas a la cabeza, me la rompo. Podría ser cualquier cosa. Triturada y añadida a la harina, licuada y mezclada con los huevos o incorporada al glaseado. Podría ser autóctona o importada. Lo único que tengo es la guía de campo de mi padre. Estamos tan sumamente perdidos que ni siquiera sé si Brennan podría ayudarnos.

—Violet —suplica Xaden cuando nuestras miradas coinciden. El pánico en esas profundidades ónix me afecta como ninguna otra cosa es capaz de hacerlo.

Respiro hondo y estabilizo el ritmo de mi corazón para poder pensar más despacio.

—Daré con ello —le prometo—. No permitiré que muera.

Xaden asiente y le insufla aire de nuevo a Garrick.

Huelo el pastel por última vez y, cuando dejo el plato en la mesa, veo que Faris está contemplándonos con curiosidad, embelesado. Talia retrocede despacio contra la curva pared, abrazándose el cuerpo mientras observa a Xaden.

—¿Es ahora cuando sacas un arma? —me pregunta Faris moviéndose en su asiento—. ¿Me amenazas con matarme si no te digo qué ha ingerido tu impaciente amigo?

—No. —Pego la cadera a la mesa donde debería estar sentada Talia—. Ahora es cuando le digo que ya los he matado.

A Faris se le borra la sonrisa.

—Y, sin embargo, yo respiro y tu amigo no. —Pero su cuerpo se contrae como si intentara reprimir un eructo. Se tapa la boca.

—Ah, respirar no será el problema. —Miro de soslayo a los otros tres—. Para ninguno. Lo que los matará será que vomitarán hasta que la bilis se convierta en sangre. Debería empezar dentro de unos diez minutos. No se preocupen, solo durará una hora. Es una forma de morir algo cutre, pero he utilizado lo que tenía.

Nairi se levanta de un bote y cae de rodillas, acometida por violentas arcadas.

—Mierda, no he calculado bien —le digo a Mira.

—Esa ha tomado dos copas. —Mira arruga la nariz y da un paso atrás cuando Nairi vacía el contenido del estómago.

—Ustedes han bebido y comido lo mismo que nosotros —asegura Faris sorprendido; está completamente blanco—. He estado observando.

—No antes de cenar. —Tamborileo con los dedos sobre la mesa—. Antes de la cena solo estábamos nosotros seis. ¿No siente curiosidad por saber qué aperitivo le he dado a todo el mundo cuando hemos bajado la escalera?

Me lanza una mirada asesina.

—Mientes.

—Qué más quisiera. —Miro con el rabillo del ojo a Talia, que se desliza por la pared y se lleva un puño a la boca para ahogar un grito—. Ha llegado el momento de someterle a prueba. ¿Sabe por qué es ilegal exportar la menta de arín? ¿Por qué contraviene la ley sacarla de Aretia?

—La puta infusión —silba Faris, que fulmina con la mirada a Talia.

Levanto su cáliz, vacío, y lo pongo boca abajo.

—Y usted se lo ha bebido todo. —Chasco la lengua y dejo la copa en la mesa—. Así que le propondré un trato. Lo estaba reservando para el improbable caso de que no superásemos su prueba y necesitara algo que me proporcionase ventaja, pero si me da su antídoto, yo le daré el mío.

—No podrás vencerme. —Niega con la cabeza.

La ira me recorre la piel con un hormigueo.

—Y usted no conseguirá envenenar a mi amigo con impunidad. —Ladeo la cabeza, negándome a que el pánico que me atenaza el estómago se vea reflejado en mi rostro.

—Tu amigo estará muerto dentro de veinte minutos, y yo aún dispondré de cuarenta para ver cómo los matan mis soldados. ¿Acaso crees que no encontraremos el antídoto en tu habitación? —dice alzando la voz.

La casa se estremece, y un rugido atronador hace que los tenedores tintineen contra los platos.

—Le deseo mucha suerte. —Me las arreglo para que mi voz parezca serena—. Cuenta con unos soldados mediocres, y yo con diez jinetes y pilotos formados para ser mortíferos, cuatro grifos y siete dragones enfurecidos. Tengo las de ganar.

Faris palidece.

—¿Cómo sé que no es una mentira? ¿Que lo que nos has dado es mortal?

—No lo sabe. —Me encojo de hombros—. Pero en cuanto usted o su esposa empiecen a vomitar sangre, me temo que el antídoto no servirá de nada. El tiempo apremia.

La puerta se abre de golpe, impactando contra la pared.

—Carajo. —Drake se hace a un lado en el acto y Trager entra como una exhalación, con los demás detrás.

—¿Qué le han dado? —pregunta el piloto al tiempo que se arrodilla al otro lado de Xaden.

—Estoy trabajando en ello —le respondo. «Sin mucho éxito».

Faris no está respondiendo a la amenaza que pone en peligro su propia vida o incluso la de su mujer. Va en contra de mi instinto más básico. Yo habría soltado el antídoto en cuanto me hubiera dado cuenta de que Xaden tenía problemas.

—*Deja de pensar como tú* —me ordena Tairn—. *Piensa como él.*

—*Preferiría morir a perder.* —Cada palabra rezuma miedo—. *No me lo dirá.*

—*Entonces deja de preguntarle.*

—¡Violet! —exclama Xaden.

—Tenemos que lograr que el corazón le lata con más fuerza. —Trager apoya una mano sobre la otra en el esternón de Garrick, y empuja aplicando todo su peso—. Sigue ayudándolo a respirar.

La puerta se abre detrás de Faris y una criada profiere un grito ahogado, cierra y chilla.

Miro enseguida a mi hermana.

—Necesito que te ocupes de cualquier otra cosa en esta casa que pueda matarnos. —Después miro hacia la puerta y veo a Dain detrás de Cat y Ridoc—. Ve por el libro de Hedotis de mi padre. Está en mi mochila, en el lado derecho de la cama.

Dain asiente y se va corriendo.

—Sellaremos la casa ahora —ordena Mira—. Hay tres puertas en esta planta. Cordella, encárgate de la principal. Cat y Maren, la trasera por el patio. Yo cubro la lateral. Ridoc y Aaric, quédense con Violet. —Saca sus dagas y pasa a toda velocidad por delante de las dos mujeres enfermas, y va a la cocina por la entrada de la servidumbre.

«El cocinero».

—¡Ridoc, ven conmigo! —pido volteando la cabeza, y entro en la cocina por la puerta que ha dejado abierta Mira.

Cinco criados rodean una mesa grande y atestada de cosas. Tienen las manos levantadas a la altura de los hombros, con las palmas hacia fuera. Hay dos más junto a los fogones, uno en el fregadero y dos al lado de un horno de piedra.

—¿Dónde está el cocinero?

Todos me miran fijamente.

—¿Dónde está el cocinero? —repito, ahora en hedótico.

La criada que nos ha visto hace escasos instantes tiembla mientras apunta a una puerta a su derecha. Saco dos armas y confío en Ridoc para que me cuide las espaldas. Paso por delante de los criados y entro en... Es una despensa.

Anaqueles con tarros y cestas con fruta alinean las paredes.

El hombre larguirucho se sobresalta y casi deja caer lo que parece un tarro con huevos encurtidos.

—¿Qué has puesto en el pastel? —le pregunto en hedótico.

—Lo que me han pedido. —Deja el tarro en el estante y baja una mano para agarrar un cuchillo del bloque.

—No hagas eso. —Levanto mis dagas—. Dime qué está matando a mi amigo y vivirás.

El cocinero arremete contra mí y lanzo las dagas en una sucesión rápida, clavándoselas profundamente en los antebrazos. La sangre le corre por los codos y el hombre deja caer el cuchillo, lanza un alarido y se mira los brazos mientras las manos le tiemblan.

—Te he dicho que no hicieras eso. —Doy tres pasos, extraigo de un tirón las dos dagas y le pego un patadón en el estómago.

El hombre se tambalea hacia atrás y se estrella contra los anaqueles.

Un dolor debilitador me estalla en el costado y respiro superficialmente, tensando cada músculo como si así pudiera rebobinar de alguna manera los últimos treinta segundos y ahorrarme la tortura de la costilla rota. «Mierda». No he pensado mucho.

El cocinero une las temblorosas manos en un gesto de súplica, dejando a la vista un color azul bajo las uñas.

—Por favor, no. Tengo mujer y dos hijos.

«Azul».

No estaba utilizando un paño con el borde azul, se estaba limpiando el azul de las manos.

Salgo de la despensa retrocediendo despacio y veo a Ridoc vigilando la puerta. Tiene la chamarra de vuelo desabrochada y la espada en ristre.

—Buscamos algo azul.

—¿Me estás diciendo que hay algo de color en esta isla? —Ambos miramos las cacerolas y los platos que cubren la ahora desatendida mesa de trabajo y vamos hacia ella. Ridoc envaina la espada, toma una cazuela, comprueba su contenido de color crema y la deja donde estaba—. Hasta las malditas aves son blancas...

Errones.

Uñas azules. El olor a fruta pasada.

«Lo tengo».

—Sé lo que...

El cocinero sale gritando de la despensa, y tanto Ridoc como yo giramos en redondo.

El corazón se me encoge al ver el cuchillo del cocinero en pleno vuelo. Me inclino a la derecha y me abalanzo hacia el hombre, bloqueando el dolor que siento como si fuera de otro, y efectúo un movimiento que he copiado de Courtlyn: lanzo la daga con un giro de muñeca y le clavo la ensangrentada mano al puto marco de la puerta.

El cocinero tiene el descaro de chillar como si no se lo mereciera.

—Ni se te ocurra moverte —le ordeno en hedótico, y me doy la vuelta hacia Ridoc.

Mis pulmones se quedan sin aire cuando Ridoc se mira.

Tiene el cuchillo del cocinero hundido en un costado.

TREINTA Y SIETE

Ojalá Sawyer y tú estuvieran con nosotros, pero agradezco la presencia de Ridoc, aunque su sarcasmo esté sacando de quicio a Mira.

—Correspondencia recuperada de la cadete Violet Sorrengail a la cadete Rhiannon Matthias

—¡Ridoc! —El miedo me arrolla, más frío que una borrasca de nieve en enero, cuando avanzo tambaleándome.

«No. No. No». Las palabras componen un canto de negación absoluta en mi cabeza.

—Qué... mala suerte —dice Ridoc en voz queda mientras se mira el cuchillo que le asoma del costado.

Ridoc no. Nadie, pero sobre todo Ridoc no.

Esto no está ocurriendo. No otra vez. No cuando estamos a miles de kilómetros de casa y no se ha graduado ni se ha enamorado ni ha vivido aún.

—No pasa nada —musito—. Déjalo ahí e iré por Trager...

Ridoc se lleva la mano al mango del cuchillo.

—¡No! —Me abalanzo hacia él para sujetársela, pero él ya se ha sacado el cuchillo. Le pongo ambas manos en el costado para restañar la hemorragia..., pero no hay. Tampoco tiene un agujero en la camiseta, tan solo hay dos cortes en la chamarra de vuelo y uno en la encimera.

La hoja le ha atravesado la chamarra de vuelo..., no a él.

Ridoc corre hacia el cocinero y mis manos se deslizan por su estómago.

—¡Imbécil! —grita Ridoc, y cuando giro sobre mis talones veo que le asesta un puñetazo en la cara—. Tengo cuatro uniformes, pero solo una puta chamarra de vuelo, ¡y yo —puñetazo— odio —puñetazo— coser! —Ridoc recupera la daga que le inmoviliza la mano al cocinero y el hombre se escurre por el marco de la puerta, los ojos cerrándosele—. Maldita sea, se supone que son la isla civilizada. —Limpia mi hoja en la túnica del cocinero, da media vuelta y viene conmigo—. ¿Qué sabiduría puede tener un cocinero que ataca a dos asesinos profesionales? —El rostro se le demuda—. Vi, ¿estás bien?

Tomo aire y asiento.

—Sí. Es solo que durante un instante he pensado... Pero estoy bien. Y tú estás bien. Y todo está... bien, salvo Garrick, así que deberíamos...

Al darse cuenta de lo que me está sucediendo, su mirada se suaviza y me pasa un brazo por los hombros para darme un abrazo rápido pero delicado.

—Sí, yo también te quiero.

Hago un gesto afirmativo y nos separamos.

—Ya sé qué han echado en el pastel.

—Bien. —Ridoc señala la puerta y ambos corremos al comedor—. Y quiero un parche por esta mierda, Violet. Un parche del pelotón de búsqueda. ¿Entendido?

—Perfectamente. —Entro delante en el comedor y me encuentro a las dos mujeres del triunvirato con arcadas, a Trager pendiente de Garrick mientras Talia solloza, a Aaric, que espera sentado en el borde de la mesa con una daga en la mano, y a Faris doblado sobre sí mismo, con las manos en el estómago.

—Respira por sí solo, pero la respiración es superficial —cuenta Xaden—. Dime que tienes buenas noticias.

—Casi. —Intento sonreír.

—El libro. —Dain me desliza por la mesa la guía de campo de mi padre. Aaric la agarra y me la pasa.

—Dentro de diez minutos habrá muerto —farfulla Faris.

—De eso nada. —Me pongo a pasar páginas hasta llegar al capítulo que necesito, y bajo con el dedo por la ilustración de la flora que dibujó mi padre hasta que doy con las bayas de zakia.

VENENOSAS SI SE DEJAN FERMENTAR. TRATAR CON HIGO O LIMA EN LA PARTE POSTERIOR DE LA GARGANTA EN EL PLAZO DE UNA HORA.

«Gracias, papá».

—¡Lo tengo! —le digo a Xaden, cierro el libro y miro a Dain—. Arriba, en la terraza, junto a nuestra habitación, hay una bandeja de plata. ¡Trae los higos!

Dain asiente y sale corriendo.

Hago un gesto a Aaric, que se baja de la mesa.

—Necesito cinco vasitos de agua. Dulce, no salada. Uno es para Dain.

Va a la cocina y Ridoc lo sigue.

—Encárgate de asegurarte de que traga —le digo a Xaden, y me apoyo en la mesa, haciendo una mueca debido al dolor que siento en las costillas cuando me inclino hacia Faris—. Estamos librando una guerra por el futuro de nuestro mundo. Esto no debería ser una competición. La lógica y la sabiduría dictan que nos ayuden para que no acaben como nosotros.

—Es su guerra —escupe.

Dain entra de nuevo a la carrera.

—Machácalos, córtalos en daditos, haz lo que tengas que hacer para que puedas mezclarlos con bastante agua para hacérselos tragar —pido a Dain.

—¡Voy! —Se sube a una silla, pasa por la mesa y se baja de un salto más allá de la cabeza de Garrick. Después también él desaparece en la cocina.

—Será nuestra guerra. —Me inclino más cuando Faris se estremece—. ¿Acaso piensa que no vendrán aquí en cuanto hayan drenado toda la magia de nuestro hogar?

—Nosotros estamos a salvo. —Me dirige una mirada furibunda—. Aquí no hay magia.

—Cómo se puede ser tan estúpido. —Niego con la cabeza—. Lo drenarán. A usted.

Abre mucho los ojos un segundo antes de gemir de dolor.

Xaden y Trager tienen a Garrick tendido de lado cuando Dain vuelve con el agua con trozos de higo y una cuchara. Aaric y Ridoc lo siguen, cada uno de ellos lleva dos vasitos de agua.

Los agarro uno por uno y los dejo detrás de mí, fuera del alcance de Faris. Después me clavo las uñas en la palma de la mano para que el pánico no se apodere de mí mientras los chicos se ocupan de obligar a Garrick a tragar la solución.

Tiene una hora, según mi padre, y ya han pasado...

Garrick espurrea y escupe un poco del líquido, pero los ojos se le abren de golpe.

El alivio hace que se me hundan los hombros mientras Xaden le grita que despierte de una puta vez y beba lo que le dan. Necesita dar cuatro tragos largos para apurar el vaso. Después la cabeza se le cae hacia atrás, en el regazo de Trager.

La mirada de preocupación de Xaden se encuentra con la mía.

—Dale tiempo —le pido con suavidad—. Todavía no ha pasado una hora. Se pondrá bien.

Un músculo de la mandíbula se le contrae, haciendo que el moretón forme una onda, pero Xaden asiente.

—Ahora es cuando usted reza para que Garrick despierte en los próximos minutos —susurro a Faris mientras Roslyn llora con suavidad en el suelo—. Rece a Hedeon o a quienquiera que lo escuche por no haber sido tan listo como se pensaba que era, porque es lo único que hará que le perdone la vida.

Faris me mira entornando los ojos púrpura.

—¿Por qué iba a rezar para que despierte y me mate?

—Garrick no. —Niego con la cabeza—. Xaden. Todo el mundo sabe que Sgaeyl es uno de los dragones más despiadados de Navarre, y si eligió a Xaden fue por algo.

El miedo asoma a la mirada de Faris.

Me siento a esperar.

Tres minutos después Garrick gime y abre los ojos.

—Esta es la isla que menos me gusta.

Me río de alivio y Xaden echa atrás la cabeza como si estuviera dándole las gracias a Zihnal, o tal vez a Malek, por no reclamar a su mejor amigo.

—No han ganado —espeta Faris.

—Está muriéndose, creo que eso lo convierte a usted en el perdedor. —Me bajo de la mesa.

Xaden se pone de pie, pasa por delante de mí hecho una furia y levanta de la silla a Faris y lo estampa contra la pared.

«Mierda». Y yo que pensaba que estaba diciendo una mentira. Noto un vacío en el estómago cuando Xaden le da un gancho de derecha. Se oye un crujir de huesos.

—Usted lo ha envenenado. —Lo estrella de nuevo contra la pared—. Ha intentado envenenarla a ella. —Se saca una daga del muslo y se la pone en el cuello a Faris.

—Eh, eh. —Ridoc se acerca a ellos—. No podemos matar a posibles aliados, aunque sean una mierda.

Xaden lanza una mirada a Ridoc que me hiela la sangre en las venas. Ese no es él.

—No. —Me muevo sin pensar. Me interpongo entre ellos y aparto a Ridoc poniéndole una mano en el pecho—. No.

Ridoc enarca las cejas, pero retrocede, y Dain entrecierra los ojos cuando me volteo hacia Xaden.

—Mírame. —Le agarro el antebrazo, pero no baja el arma de la garganta de Faris. Un hilo de sangre aparece en la hoja—. Mírame.

Xaden me mira y el estómago me da un vuelco. Es como si delante tuviera a un desconocido vestido como el hombre al que amo.

—Relájate —susurro—. Ponte las pilas y vuelve conmigo, porque te necesito. No esto. A ti.

Sus ojos me dicen que me ha entendido. Un segundo después se separa de Faris, baja la daga y pasa por delante de mí y de Ridoc, Aaric y Dain, por delante de su madre, de Garrick y de Trager, para apoyarse en la pared junto a la puerta, donde envaina el arma, se cruza de brazos y clava la vista en el plato que hay delante de mi silla.

—¿Tienes un plan? —pregunta Dain, que nos mira alternativamente a Xaden y a mí—. ¿O vamos a improvisar?

—Tengo un plan. —Más o menos. El plan está viniéndose abajo deprisa, sobre todo porque Faris está tardando en ceder. Matando al triunvirato no forjaremos la alianza que necesitamos y, naturalmente, Faris lo sabe—. ¿Puedes encargarte de que todo el mundo esté listo para volar?

Dain afirma con la cabeza.

—Aaric, ayuda a Trager con Garrick y llévenlo con Chradh. Ridoc, que todos recojan sus cosas.

Todos se mueven y nos dejan a Xaden y a mí con el triunvirato y la madre de Xaden.

—Siéntese —ordeno a Faris señalándole su silla, y para gran sorpresa mía, obedece—. ¿Qué debería cobrarle por el antídoto?

—Reúnete con Malek —espeta.

—Es una pena que no sepa más cosas de Tyrrendor, teniendo en cuenta que su esposa vivió allí diez años. —Me acerco al borde de la mesa—. Menta de arín, quién lo iba a decir. Resulta irónico que esta noche hayamos descubierto su ignorancia y no la mía.

—No saldrán de aquí con vida —jura.

—Ya lo creo que sí. —Pongo los cuatro vasos delante de mí y a continuación me saco cuatro viales del bolsillo delantero izquierdo—. La única cuestión es si nos marcharemos con una alianza, un acuerdo o con un triunvirato nuevo.

Gruñe, pero sus ojos siguen mis movimientos mientras vierto los viales en el agua, uno en cada vaso. El líquido transparente enseguida se vuelve negro y espeso.

—¿Cuál de las dos cosas va a ser? —le pregunto a Faris.

—Mis criados saben lo que ha pasado aquí. Los soldados de la ciudad abatirán a sus dragones —me amenaza.

—Lo dudo mucho. —Agarro el tenedor que no ha utilizado Aaric y remuevo el agua—. Porque dentro de un minuto mi hermana traerá aquí a uno de sus soldados y usted le dirá que nos deje marchar, puesto que acabamos de forjar una alianza... —miro de reojo a Talia, que se ha llevado las rodillas al pecho mientras se retuerce de dolor— que hunde sus raíces en el linaje. Supongo que un matrimonio por contrato ha surtido el efecto deseado, porque el hijo de su esposa es el duque de Tyrrendor. Como es natural, a usted le gustaría cultivar esa relación.

—Nunca podrías confiar en mí. Me volveré contra ti en cuanto se marchen.

—No hará tal cosa. —Hago un gesto de negación—. Porque, como usted mismo ha dicho, sus criados saben lo que ha pasado aquí. Podrá impedir que ellos hablen, desde luego, pero no podrá impedir que hablemos nosotros. ¿De verdad cree que su isla lo respaldaría la siguiente vez que quiera ostentar el poder si supiera que lo han aventajado en su propia casa?

Faris cierra las manos cuando le sube una arcada, pero no vomita.

—¿Cómo lo has hecho?

Vaya, esto es un avance.

—La menta de arín se parece a la menta común, por eso su exportación está prohibida. Sola, remojada en leche o en una infusión con limón o un poco de manzanilla obra maravillas para dormir y curar. Pero si se combina con otras hierbas bastante comunes, como por ejemplo corteza desmenuzada de la zarza tarsila, se convierte en un veneno letal, y la tarsila crece en sus playas. —Me inclino, poniendo cuidado en no hacerme daño en las costillas, para situarme a la altura de sus ojos—. Pregúnteme por qué nos marcharemos de aquí sin que usted diga ni mu.

—¿Por qué? —acierta a decir.

—Porque quiere a sus hijos. —Sonrío—. Por eso los ha mandado a dormir fuera esta noche.

El miedo asoma a sus ojos.

—Pregunte por qué fuera solo hay seis dragones. —Arqueo las cejas y espero, pero su respiración cada vez es más superficial—. Si va a ponerse dramático, le daré yo la respuesta. Es porque ahora mismo el séptimo está junto a la ventana de la casa de sus padres, donde duermen sus hijos. Y allí se quedará hasta que sepa que estamos fuera del alcance de cualesquiera armas que pueda estar ocultando.

A través del vínculo me llega la aprobación de mis dragones, e imagino que Tairn estará henchido de orgullo.

—Eso es imposible. —Faris niega con la cabeza—. Alguien lo habría visto.

—No si el dragón es un írido.

El sudor le perla la frente y se le acumula en las cejas.

—No te atreverías. Son niños.

—¿De verdad quiere correr el riesgo? —Me levanto y le acerco el primer vaso—. ¿O prefiere beber y vivir?

—¡Faris! —exclama Talia—. ¡Por favor!

—No me han aventajado. Nada de esto ha sucedido. —Echa mano del vaso.

—No le he aventajado yo sola —admito—. Me ha ayudado mi padre.

Toma el antídoto.

—Los ojos. Tendría que haber reconocido esos ojos. Eres la hija de Asher Daxton.

—Una de ellas, sí. —Una sonrisa se extiende lentamente en mi rostro—. Y ahora mismo la otra se ha hecho con el control de su casa. Usted decide.

Faris bebe.

Xaden no se digna a mirar a su madre cuando nos vamos.

Aguardamos planeando fuera del alcance de las ballestas hasta que Andarna se reúne con nosotros y volamos toda la noche, rumbo al noroeste por las rutas de comercio. Solo nos quedan dos islas principales en las que buscar a los íridos, y por más que me guste que Theophanie no me persiga, no podremos permanecer aquí lo suficiente para peinar a conciencia las más pequeñas. Cada día que volamos incrementamos el tiempo que tardaremos en regresar a casa, donde la menor de nuestras preocupaciones será el consejo de guerra que nos espera si no vamos acompañados de la ayuda que hemos venido a buscar y por cuya causa hemos desobedecido órdenes.

Por la mañana seguimos sin avistar tierra.

Siento que algo me constriñe el pecho permanentemente. Dioses, si me equivoco, no solo habré conseguido que Garrick haya estado a punto de morir, sino también seré quien acabe con todos nosotros.

Me duermo de vez en cuando en la silla, el agotamiento que me invade es lo único capaz de superar el dolor que siento en las costillas. Por suerte para mí, el poder de la runa que me protege del sol se mantiene, y no tengo ninguna quemadura cuando la temperatura aumenta. El sol está justo encima de nosotros en el momento en que llegamos a la punta sureste del archipiélago que conduce a Zehyllna.

—*Creo que nos llevará otra hora llegar a tierra* —calcula Tairn mientras sobrevolamos la primera isla, que parece lo bastante pequeña para que la tormenta más leve la engulla.

—*¿Podrá llegar tan lejos el resto?* —Andarna ya va sujeta a su pecho.

—*No es que pueda preguntarles, pero nadie ha intentado morderme las alas, lo cual considero que es una buena señal.*

O están demasiado cansados para hacerlo.

Volteo todo lo que me permiten las costillas y veo que casi todos los grifos se mantienen en el centro de la formación.

—*Kiralair va algo rezagada.*

—*¿Ella?* —Tairn no gira la cabeza—. *¿O Silaraine?*

Hago visera con la mano para que el sol no me ciegue, y entrecierro los ojos centrándome en la segunda fila de grifos.

—*Tienes razón. Parece que se ha quedado atrás para ir al ritmo de Silaraine.*

Sin embargo, Cath y Molvic les cubren las espaldas en la fila de detrás.

—*Lo sé.* —Pasamos por la siguiente isla y el mar aguamarina que la rodea—. *Por lo visto Catriona ha encontrado a alguien por quien merece la pena rezagarse.*

La idea me hace sonreír mientras me pongo cómoda para cubrir la última parte del vuelo.

Tairn no falla en sus cálculos y, después de una hora más o menos, sobrevolamos las playas de arena blanca, las palmeras que se mecen... y los humanos que nos saludan con la mano.

—*Eso es... extraño.* —Nadie grita ni corre ni se dirige al muro de ballestas a medida que pasamos por la ciudad costera. Tan solo... nos saludan.

—*Es desconcertante* —conviene Tairn.

—*No es malo caer bien.* —Andarna se desengancha del arnés y vuela a la derecha de Tairn, bajando un ala en el momento en que un grupo de niños corre por un campo con los brazos abiertos.

Suspiro de alivio cuando volamos sobre árboles de hojas verdes. Tal vez los colores no sean tan vivos como en el continente, pero sin duda es una escena bienvenida tras el patrón monocromático de Hedotis.

Un río centelleante nos guía hacia las colinas, y dejamos atrás una cascada bañada por el sol antes de llegar a una meseta. Continuamos en dirección al oeste siguiendo el serpenteante cauce.

Después de tres cascadas y elevaciones más, Xortrys, la capital, aparece ante nuestros ojos y me deja sin aliento.

Está situada en la base de una enorme cascada curva y el río se bifurca alrededor de la ciudad, con lo que parece una isla en sí misma. Da la impresión de que las murallas se elevan desde el agua, y las estructuras que se yerguen al otro lado desafían toda lógica arquitectónica, como si unas incorporaciones verticales hubieran ido erigiéndose sobre edificios ya existentes a medida que las hubieran necesitado, de manera que la ciudad crece hacia el cielo.

—*El puente sur es la entrada principal* —le recuerdo a Tairn, que gira a la izquierda siguiendo el ramal meridional del río y se dirige hacia la enorme estructura que hay tendida sobre el agua.

—*¿Es una puerta? ¿O un anfiteatro?* —pregunta él cuando al final del puente surge un enorme claro.

—*Eh..., ¿ambas cosas?* —A lo largo de la línea de árboles del oeste hay hileras y más hileras de asientos en terrazas, los suficientes para dar cabida a cientos de personas, puede que a miles.

Y la mitad están llenos.

—*¿Crees que esto es normal o...?* —La otra opción hace que me maree ligeramente.

—*Están esperándonos* —responde Andarna entusiasmada mientras desciende hacia el campo antes que Tairn. El ala izquierda le tiembla cuando extiende ambas y aterriza un segundo antes que nosotros, justo en el centro del campo.

La multitud se levanta y prorrumpe en ruidosos vítores cuando Tairn repliega las alas y avanza para situarse junto a Andarna. Algunas personas abandonan las gradas y echan a correr hacia el puente, demasiado risueñas para estar huyendo como si temieran por su vida.

—*Están haciendo correr la voz.* —Tairn gira la cabeza despacio e imito su movimiento. Me levanto los goggles de vuelo para intentar entender lo que es, con facilidad, la llegada más singular y más peligrosa en potencia a la que nos hemos enfrentado hasta ahora. Nos superan en número con creces, aunque no parece que nadie blanda ningún arma contra nosotros. Tampoco se aproxima nadie; solo miran.

Las gradas se elevan más de seis metros por encima de la cabeza de Tairn, y las personas que las ocupan vitorean con más vehemencia cuando nuestro pelotón forma una única y larga fila. La tierra se estremece con la llegada de cada dragón, pero los grifos se incorporan a la formación con elegancia. El entusiasmo que se respira en el aire es algo vivo, palpable, que ruge en mis oídos con más fuerza que la catarata que se oye a lo lejos; se aferra a mi piel con más tenacidad que el sofocante calor y la humedad, y me recorre las venas con un zumbido, como si su fervor fuera contagioso.

—*Esto es raro.* —Miro con el rabillo del ojo hacia la derecha y veo que Andarna está escarbando con una garra la cuidada hierba—. *Quédate cerca.*

—*Como me acerque más, me meteré debajo de él* —replica, y sus garras se tensan en el suelo.

—*Deja de estropear la hierba antes de que...* —Tairn baja la cabeza hasta el suelo y toma aire tan hondo que las fosas nasales se le dilatan mientras sus pulmones se ensanchan—. *¿Lo notas?*

—*Notar ¿qué?* —El alboroto del gentío alcanza su punto culminante, y una oleada de energía me recorre el cuerpo, erizándome el vello de la nuca con una sensación que me recuerda a... Profiero un grito ahogado.

La magia.

TREINTA Y OCHO

Para vivir entre los zihlnios, debes prepararte para aceptar la suerte como guía y el caos como norma.

—*Zehyllna: Isla de Zihnal*,
por el mayor Asher Sorrengail

No me sorprende que las hojas sean casi verdes del todo. En Zehyllna hay magia. No la suficiente para canalizar ni para levantar los escudos en condiciones, ni muchísimo menos para manipular nuestros sellos, pero es innegable que hay dos hebras de poder atravesando los vínculos de Tairn y Andarna.

Me guardo la ropa de vuelo en la mochila para no morirme de sudor y desmonto lo más rápido que puedo. Tairn se agacha más de lo normal en deferencia al dolor de mis costillas, y yo le doy unos golpecitos en las escamas que hay sobre la garra para agradecérselo antes de echar a andar hacia el campo.

A mi derecha, Andarna gira la cabeza a izquierda y derecha sin cesar, como si no pudiera concentrarse en una cosa antes de que otra le llame la atención, y a mi izquierda Ridoc contempla a Aotrom y le dice algo que no consigo oír por culpa del ruido de la muchedumbre. Justo delante de él Trager se ríe y echa la cabeza hacia atrás, y entonces le rasca la barbilla de plumas plateadas a Silaraine. La grifo ladea la cabeza para facilitarle el gesto y cierra los ojos. No puedo evitar pensar cuánto rato llevará picándole, porque es un sitio al que no se llega.

—*¿Pueden hablar?*

Me muevo hacia delante lo justo para observar la fila de nuestro pelotón y veo la misma escena repitiéndose entre los jinetes y los pilotos. Incluso Xaden se ha detenido frente a Sgaeyl, aunque parece que la conversación que están manteniendo no le gusta.

—*Como todos* —responde Tairn con un sonido que casi describiría como un suspiro de satisfacción.

Me concedo un segundo para sonreír, para deleitarme con la felicidad de mis amigos a los que se les han negado sus relaciones más cercanas durante las últimas semanas. Luego alzo la vista hacia la multitud que va sosegándose y ocupando sus asientos, y reviso las filas hasta abajo sin distinguir ni una sola arma fuera de su funda. La muchedumbre es un mar de colores, pero las personas que ocupan la primera fila están todas vestidas con unas túnicas sin mangas idénticas de color albaricoque.

A pesar de la emoción que demuestran, nadie se adelanta a recibirnos. De hecho, la gente que va entrando en el campo sube a sus asientos por el extremo derecho, para no taparle la vista a la multitud ni un instante.

Una sombra sutilísima me roza la mente, y mi sonrisa se ensancha.

—*Hola* —me dice Xaden de camino hacia mí, con los labios curvándose en una sonrisa. Él también se ha quitado la ropa de vuelo, y se ha arremangado el uniforme hasta los codos.

—*Hola.* —Sonrío, sin saber cómo he podido encontrar un hogar a miles de kilómetros del continente—. *¿Todo bien con Sgaeyl?*

—*Me está gritando, pero no lo cambiaría jamás por el silen-*

cio. —Se le tensa un músculo de la mandíbula cuando llega a mi lado, y entonces voltea hacia la multitud—. *Estoy bastante seguro de que se ha pasado la última semana catalogando todas y cada una de mis meteduras de pata, teniendo en cuenta lo rápido que me las ha enumerado.*

—*Lo siento.* —Le acaricio el dorso de la mano con el mío.

—*Tiene todo el derecho a estar resentida.* —Me entrelaza los dedos y me aprieta con fuerza mientras estudia lo que hay a nuestro alrededor—. *Necesito que me prometas otra cosa, Violet.*

—*Parece serio.* —Le sonrío a Ridoc, que se dirige a nosotros con pasos alegres. Los otros le van a la zaga.

—*Mírame.* —Xaden suaviza esa orden seca acariciándome el pulgar con el suyo. Yo volteo hacia él y pierdo la sonrisa al ver la intensidad de su mirada.

—*¿Qué quieres que te prometa?*

—*Que no volverás a hacerlo jamás.*

Pestañeo.

—*Como no especifiques un poco...*

—*Te has interpuesto entre Ridoc y yo...*

—*Porque me parecía que ibas a pegarle a un amigo.* —Arqueo las cejas—. *Y no eras precisamente tú.*

—*A eso me refiero.* —Una sombra de miedo le recorre el rostro antes de que pueda ocultarla—. *No sé lo que podría haberte hecho. No he pensado en otra cosa.*

—¿Me lo parece a mí o somos el equivalente del circo que llega a la ciudad? —pregunta Ridoc.

—*No me harías daño* —le insisto por enésima vez—. *El año pasado no me tocaste ni un pelo, y eso que querías matarme. Incluso cuando pierdes toda emoción sigues siendo... tú.*

—Uy, somos el espectáculo, eso ni lo dudes —le responde Cat a Ridoc.

—Puede que esta sea mi isla favorita. —Trager toma a Cat de la mano—. ¿A ti qué te parece, Violet?

—*Lo soy, pero sin ningún tipo de control ni razón.* —Xaden baja las cejas.

—*¿Y si me dejas decidir a mí cuándo te considero demasiado peligroso para acercarme a ti?*

—*Creo que yo sé cuándo soy demasiado peligroso para que te me acerques.* —Se inclina hacia mí.

—Ni caso —dice Ridoc con tono cantarín—. Están otra vez haciendo... lo que sea que hagan cuando se aíslan de su entorno y fingen que son las únicas personas que existen.

—*¿Y esto me lo dice el mismo hombre que cree que necesito saber cómo matarlo?* —Levanto la barbilla—. *Dime, Xaden: ¿soy demasiado valiosa como para acercarme a ti, o soy la que necesita saber qué sombra es tuya?*

Me lanza una mirada de la que hasta Sgaeyl se enorgullecería, y yo se la sostengo.

—*No me lo perdonaría si te hiciera daño.*

El sol se refleja en las motas ámbar de sus ojos, y casi cedo al tono de súplica de su voz.

—*Y yo no me lo perdonaría si me hubiera quedado plantada viendo cómo le haces daño a Ridoc.* —Le aprieto la mano—. *Asumo toda la responsabilidad por mi bienestar. Xaden, ahora mismo eres como un estandarte de guerra gigante ondeando con el viento adecuado, pero eres mi estandarte de guerra, y tú harías lo mismo en mi lugar.*

—Oye, me sabe fatal interrumpir este momento que están compartiendo —dice Ridoc—, pero ya estamos todos y el emisario viene de camino.

—*Se acabó la discusión* —sentencia Xaden, y centramos la atención en el campo.

—*Estaré encantada de volver a ganarla más tarde.* —Le

aprieto otra vez la mano y se la suelto mientras una mujer con túnica naranja y una vaina a juego camina hacia nosotros, cargando con un objeto en forma de cono que mide la mitad que yo—. *Te amo.*

—*Carajo, mira que eres obstinada.* —Suspira—. *Yo sí que te amo.*

En la fila los dragones agachan la cabeza en señal de advertencia. La mujer ni se inmuta, pero la muchedumbre guarda silencio.

Respiro hondo y rezo al mismísimo Zihnal para que este encuentro vaya mejor que el anterior.

—¡Les doy la bienvenida a Zehyllna! —exclama la mujer en lengua común, y esboza una sonrisa de dientes blancos que contrastan con sus mejillas café oscuro. Es una mujer hermosa de ojos castaños y alegres, un halo de pelo negro ensortijado y gruesas curvas—. Me llamo Calixta, y me encargo de las festividades de este día.

«¿Festividades?» Frunzo el ceño al oír la palabra, y Ridoc se balancea sobre los talones. Xaden ladea la cabeza.

Calixta se detiene a unos pocos metros de mis botas, y entonces repasa a nuestro pelotón antes de comenzar a hablar en zehiliano.

La miro perpleja. Lo que he estudiado me resulta absolutamente inútil. Ningún escrito podría haberme preparado para oír la lengua hablada. Es un idioma rítmico y fluido en que una palabra parece fundirse con la siguiente.

Dain responde despacio a mi derecha, pronunciando cada palabra como si doliera. Aaric suspira junto a Xaden, y procede a hablar como si hubiera nacido aquí. Dain parece estar a punto de matarlo.

—¡Excelente! —responde Calixta en lengua común—. Hablaré con gusto su lengua si eso les complace. —Voltea hacia mí—. Su traductor dice que eres la líder de este glorioso grupo.

Cada vez detesto más esa palabra.

—Me llamo Violet Sorrengail. Venimos con la esperanza de...

—¡Forjar una alianza! —exclama ella con una sonrisa radiante—. ¡Sí! Hace unas semanas que nos llegaron noticias de sus viajes, y hemos estado esperándolos desde entonces.

—¿Aquí? —pregunta Ridoc—. ¿Han estado esperando todos aquí fuera?

—Claro que no. —Se ríe—. La gente acude a los terrenos del festival cuando tienen tiempo, con la esperanza de ser los primeros en ver a los dragones. Y Zihnal está sin duda del lado de los que han decidido estar hoy aquí. —Arrastra la mirada por la manada—. ¿Cuál es el írido?

Retrocedo un paso.

—*¿Courtlyn?*

—*Courtlyn* —me confirma Xaden.

Andarna levanta la cabeza y Tairn envía un gruñido a través del vínculo.

—*No disimules tanto.* —La miro con los ojos entornados.

—Yo lo veo... negro —señala Calixta.

Andarna pestañea y sus escamas cambian de color hasta fundirse con el fondo.

—Negra, en todo caso —corrijo a Calixta—. Se llama Andarna y es la única dragona írida del conti... —Tuerzo el gesto—. De Amaralys. Estamos buscando a los demás de su especie y a aliados para que, con suerte, luchen a nuestro lado en una guerra contra aquellos que manipulan la magia oscura.

—Es una maravilla. —Calixta hace una reverencia afectada, hasta casi tocar el suelo.

Andarna resplandece de nuevo y sus escamas recuperan el

tono negro, y entonces agacha la cabeza cuando Tairn le escupe un resoplido.

—A nuestra majestad le complace que nos hayan buscado y está dispuesta a acudir en su ayuda. Siempre hemos venerado a los dracónidos. —Inclina la cabeza hacia Silaraine—. Y a los grifos, claro.

Ni de broma puede ser tan fácil. Mi padre escribió sobre los juegos que eligen al azar para poder entrar.

—¿Podemos hablar con su reina? —pregunto—. Hemos traído a un príncipe de Navarre para que hable en nombre de nuestro reino.

—¡Por supuesto! —responde Calixta—. Pero antes...

—Vamos allá —masculla Ridoc para sus adentros.

Eso mismo pienso yo.

—... debemos descubrir qué regalos ha escogido Zihnal para ustedes —termina—. Si están dispuestos a jugar y aceptar los dones que el dios de la fortuna les presente —levanta un dedo— sin queja alguna, se les concederá la entrada a nuestra ciudad, donde aguarda nuestra reina.

—Esperaba un juego de dados o de tablero, no regalos —le confieso a Xaden.

—Aquí hay gato encerrado —me advierte él—. *Pero no hay bastante poder para leerla.*

—¿Y si... nos quejamos? —le pregunto.

Todo rastro de simpatía desaparece de su rostro.

—Si no aceptan que la suerte determine su sino, que Zihnal tanto puede obsequiarles una gran fortuna o arrebatársela, no podremos aliarnos con ustedes. No admitimos a aquellos que no son capaces de ajustar las velas en mitad de una tormenta.

Parece que el juego no es tan aleatorio, al fin y al cabo. Quieren ver como afrontamos la decepción.

—Nada de lloriqueos —apunta Xaden—. *Lo respeto.*

Miro a izquierda y derecha y me encuentro con la mirada de todas las personas de nuestro pelotón, empezando por Trager. Todos asienten uno a uno, hasta llegar a Mira a mi derecha, que pone los ojos en blanco justo después.

—Estamos dispuestos —le digo a Calixta.

—¡Fabuloso! —Voltea hacia la multitud y se coloca el extremo puntiagudo del cono vacío en la boca antes de gritar algo a través de él.

El público ruge.

—Dice que jugaremos —me traduce Aaric, inclinándose hacia delante para ver más allá de Xaden.

—¿Dónde estaban estas habilidades lingüísticas cuando traducíamos diarios el año pasado? —le pregunto.

Aaric me mira como si tuviera monos en la cara.

—Me educaron para ser diplomático. Los diplomáticos no hablan con los muertos.

—¿No crees que deberíamos haber sabido que hablas todos los idiomas con fluidez? —Arqueo una ceja.

—¿E invalidar las razones de Aetos para unirse al...? ¿Cómo nos llamó Ridoc? ¿Pelotón de búsqueda?

Aaric niega con la cabeza.

—¡Veamos el obsequio que Zihnal ha preparado para ustedes! —exclama Calixta por encima del hombro, y se dirige hacia la muchedumbre.

Cinco personas aparecen por el lado derecho de la escalera, cuatro cargando con una mesa, y el último con una silla y un saco de arpillera.

—Supongo que habrá que seguirla —les digo a los demás.

Cruzamos el campo en fila, y yo reprimo un bostezo. Cuanto antes acabemos, antes podremos acostarnos. No recuerdo la última noche que dormí de un jalón, sin tener que hacer guardias. ¿En Deverelli, quizá?

—Me da igual si les pone en las manos un montón humeante de mierda de cabra —le espeta Mira a la fila—. No quiero oír ni una queja. ¿Entendido? Sonrían y denle las gracias. Esta es nuestra última oportunidad de conseguir un ejército.

—¿Y si es mierda de vaca? —pregunta Ridoc—. Pesaría bastante más.

—Nada de quejas —le dice Drake a su izquierda.

—Carajo, es como viajar con mis padres —murmura Ridoc.

—*¿En qué piensas?* —le pregunto a Xaden mientras colocan la mesa en el campo, a poco más de cinco metros de la multitud.

—*En que más les vale que el ejército merezca la pena si vamos a tener que tocar mierda de vaca.* —Mueve los ojos sin cesar por toda la zona—. *Y no me hace ni pizca de gracia que sean dos mil contra once, ni siquiera con los dragones cubriéndonos las espaldas.*

—*Ni a mí. Vamos a quitárnoslo de encima.*

—*Una idea excelente. Me gustaría ir a comer algo* —dice Tairn.

Tres de los portadores de muebles se marchan, y Calixta se sienta en la silla detrás de la mesa con los otros dos hombres a su derecha. El que está más cerca sostiene el cono.

—Deténganse —nos ordena Calixta levantando la mano cuando estamos a unos cinco metros de la mesa, y obedecemos.

Me espanto un insecto de la cara y echo la vista al cielo, confiando en que se acerque alguna nube que nos resguarde de este calor, pero el cielo está limpio. Supongo que Zihnal ha decidido que nos cozamos en nuestra ropa de vuelo mientras esperamos.

Calixta mete la mano en el saco y extrae un fajo de cartas gruesas como el ancho de mi antebrazo. Tienen el tamaño de mi cara y un dibujo naranja intenso en el dorso.

—Cada carta representa un regalo —explica barajándolas con una habilidad que deja patente su práctica.

El hombre que tenemos más cerca se lo traduce a la multitud con la voz amplificada por el cono, y el alto a su derecha lo signa.

Calixta reparte las cartas boca abajo en un amplio arco a lo largo de la mesa.

—Levantarán la carta que Zihnal les inspire a elegir y recibirán su regalo.

Los hombres traducen, y un murmullo de expectación se extiende entre el público.

—Es imposible que se hayan reunido dos mil personas para vernos abrir unos regalos.

El estómago se me revuelve al distinguir una fascinación extasiada en los rostros de la gente.

—No elijas la carta de la mierda —responde Xaden.

—Da un paso al frente y escoge. —Calixta señala a Mira.

Se me tensan todos los músculos del cuerpo y un mareo me hace separar los pies para no perder el equilibrio.

«Ahora no», le suplico a mi cuerpo.

Mira se acerca al borde de la mesa y elige una carta sin pensárselo dos veces. Calixta la levanta y sonríe.

—¡Zihnal te obsequia con vino! —Nos muestra una botella de vino pintada, y luego la gira hacia la multitud mientras los hombres lo traducen.

El aplauso es inmediato, y una mujer de mediana edad de pelo rizado castaño sale corriendo de la parte izquierda de la primera fila con una botella de vino.

—Gracias —le dice Mira a la mujer cuando se la entrega, y Calixta lo traduce.

La mujer agacha la cabeza y Mira imita el gesto antes de voltear hacia mí.

—Qué falta me hacía esto, carajo —suelta con una sonrisa fingida, y regresa a la fila al tiempo que la mujer se escabulle hacia su asiento.

Calixta nos llama uno por uno, avanzando por la fila.

Maren recibe dos túnicas naranja de un hombrecillo risueño con una calva reluciente.

La carta de Dain muestra una mano, y cuando le extiende la suya a la mujer que se le acerca, esta le suelta una bofetada que le gira la cabeza hacia nosotros.

Trago saliva para contener un grito ahogado y me obligo a mantener un gesto impasible tan pronto como veo que Calixta se voltea hacia mí. Mensaje recibido: tampoco puedo quejarme de los regalos de los demás. Dain se queda atónito, y entonces le da las gracias a la mujer e inclina la cabeza.

Ridoc apenas consigue reprimir una risita, pero recupera la compostura en cuanto lo miro de reojo.

—*No te rías* —le advierto a Xaden reprimiendo otra oleada de malestar.

—*Me preocupan más las implicaciones de ese golpe* —responde sin perder su profesional expresión de aburrimiento—. *Y estoy algo celoso de la mujer que se lo ha dado.*

Garrick recibe un cubo de acero oxidado.

A Aaric le toca un espejo de mano roto con el que se corta el pulgar en cuanto el hombre se lo entrega.

El corazón me late como si estuviera en la colchoneta cuando Xaden elige su carta. Le dan una caja de cristal vacía, del tamaño de su pie, con bisagras y bordes de peltre.

—*Mejor que el bofetón.*

Una sonrisa me curva los labios, pero no consigue calmarme el pulso acelerado cuando doy un paso al frente. Elijo la carta del extremo izquierdo del arco, y contengo el aliento al tendérsela a Calixta.

—¡La brújula! —anuncia, y los hombres traducen.

Un hombre alto de piel bronceada y pelo negro corto avanza desde la derecha, y me giro hacia él. Sus ojos oscuros me estudian durante un instante que no tarda en volverse incómodo.

Levanto la barbilla y su boca se curva en una sonrisilla mientras asiente con la cabeza, como si mi reacción lo hubiera satisfecho. Extiende la mano en silencio y me ofrece una brújula negra en una cadena oscura. Bajo la vista y veo que la aguja no apunta ni de lejos al norte. Está rota.

«Ahora entiendo la sonrisilla».

—Gracias —le digo, y agacho la cabeza.

—Úsala con inteligencia —responde riéndose descaradamente de mí con los ojos al inclinarse.

—*Una brújula rota* —le digo a Xaden al volver a la fila.

—*Puedes guardarla en mi cajita de nada* —contesta—. *La pondremos en la mesita de noche.*

—*No pienso llevarme esto a casa.* —Aunque, de momento, me cuelgo la cadena del cuello.

—*Da mala suerte tirar un regalo de Zihnal* —me regaña Xaden mientras Ridoc se dirige a la mesa.

Este saca una carta con unos labios pintados, y entonces la multitud lo vitorea. Por cómo han ido las cosas hasta ahora, preveo que el chico rubio desgarbado que camina hacia Ridoc le entregará una lata de carmín de labios, o tal vez los labios arrancados de una vaca muerta. Pero en lugar de eso, el tipo le sostiene la cara a Ridoc y le da dos sonoros besos, uno en cada mejilla.

—Gracias —dice Ridoc, y los dos se hacen una reverencia antes de marcharse. Me mira y arquea las cejas al ir a ocupar su sitio en la fila.

Cat recibe un collar de oro con un rubí del tamaño de mi pulgar.

Drake es el siguiente.

—¡La garra! —anuncia Calixta alzando el símbolo en alto, y la multitud prorrumpe en vítores cuando los hombres se lo traducen.

El corazón me da un vuelco en cuanto veo a un hombre del tamaño de un oso caminar hacia él con unos puños enormes cerrados con fuerza a cada lado.

Drake ni se inmuta.

Me preparo para el puñetazo que inevitablemente se avecina y me pregunto si le habrán afilado las uñas al hombre fornido. Se detiene frente a Drake y entonces se mete la mano en el bolsillo delantero de la túnica, del que saca una gatita que maúlla.

Drake recibe la gata anaranjada con ambas manos, y a continuación le da las gracias y se inclina.

—¿Qué demonios vamos a hacer con eso durante el resto del viaje? —pregunta Xaden.

—Impedir que Andarna se lo coma. —Una gota de sudor me cae por el lado de la cara y me estremezco cuando la cabeza empieza a darme vueltas, pero me mantengo erguida.

—¿Estás mareada? —me pregunta Xaden, dando un paso al lado para que apoye el hombro sobre su brazo.

—Me iría bien dormir un poco, como a los demás —respondo, pero acepto su ayuda.

Trager elige una carta del centro y se la entrega a Calixta.

—¡La flecha! —La sostiene en alto y muestra una flecha pintada, que luego gira hacia el público. Los hombres lo traducen y la multitud se sume en el silencio.

Trager se tambalea hacia atrás. El tiempo parece detenerse cuando voltea en nuestra dirección dando tres pasos torpes. Desvía la mirada hacia Cat, y acto seguido cae de rodillas y se balancea.

Una flecha le ha atravesado el corazón.

Está muerto antes de que Ridoc y yo podamos sostenerlo.

TREINTA Y NUEVE

Hay veces en que el mejor regalo que puede hacerte el dios de la fortuna es su ausencia.

—*Zehyllna: Isla de Zihnal*,
por el mayor Asher Sorrengail

No. No. NO.

Contemplo los ojos vidriosos de Trager cuando Ridoc y yo lo colocamos de espaldas, y oigo un sonido ahogado a mi izquierda. El pecho de Ridoc se agita y los dedos le tiemblan mientras le presiona el lateral de la garganta a Trager. Me mira y niega con la cabeza para informarme de lo que yo ya sabía.

«¡No!», grito, pero no me sale nada de la garganta.

—*¡No reacciones!* —La voz de líder de ala de Xaden atraviesa el rugido de mi cabeza, y me agarra de los hombros.

Ridoc cierra los ojos y agacha la cabeza mientras me ponen de pie.

Trager está muerto. Es mi misión. Mi responsabilidad. Mi culpa.

—*Concéntrate en mí* —me ordena Xaden dándome la vuelta entre sus brazos—. *Si reaccionas, habrá muerto en vano.*

La cabeza me da vueltas y el mundo de nuevo va a cámara

lenta. El martilleo de mi corazón ahoga todo pensamiento; me aporrea las costillas y los oídos cuando miro a la derecha.

A Drake se le abultan los brazos al retener a Cat, que se tapa la boca con la mano.

El sonido ahogado son sus gritos.

Drake tuerce el gesto un instante cuando le susurra algo al oído. Cat deja de patalear y se desploma sobre su pecho.

Garrick arrastra de nuevo hacia la formación a Ridoc, que sigue con la mirada clavada en el suelo. No, en el suelo no: en el cuerpo de Trager. Garrick lo sostiene por los hombros para calmarlo antes de dejarlo solo delante de la multitud que espera en silencio.

—*Violencia* —insiste Xaden.

Desvío la atención hacia él, pero me detengo al mirar más allá de Ridoc, al otro lado del campo. Todos los dragones han agachado la cabeza en nuestra dirección, pero los grifos miran al frente, hacia Silaraine.

Sila se tambalea con el cuello arqueado y las plumas plateadas reluciendo bajo el sol. Tres pasos. Cuatro. Cinco.

Kiralair la sigue y se coloca junto a ella, cargando con parte del peso del grifo. Sila se esfuerza por dar un paso más, como si pudiera alcanzar a Trager a base de pura fuerza de voluntad. Sin embargo, las patas le ceden, seguidas de los hombros, y se desploma deslizando el pico por el costado de Kira antes de que la cabeza le golpee en el suelo.

Me escuecen los ojos y me hundo las uñas en las palmas sudadas en el momento en que los grifos voltean despacio hacia la multitud, entornando los ojos a la vez que los dragones.

Andarna ruge a través del vínculo con una oleada de tristeza y furia que hace que me retumbe el alma.

—*Se ha ido* —dice Tairn, y Kira extiende un ala sobre el cuerpo de Sila.

Noto algo húmedo en el lado izquierdo de la cara.

—¡VIOLET! —grita Xaden, y su voz atraviesa la confusión—. *No puedo sacarte de esto. Ojalá pudiera, pero saben que eres tú quien está al mando.*

Al mando. Nunca había odiado más esas palabras.

Respiro hondo una vez, y otra, y el mundo recupera su velocidad normal. La cólera me tensa la espalda y aíslo a la parte de mí que llora por Trager y Sila, quedándome solo con el arma que Basgiath forjó conmigo. Pero esta situación no requiere mi espada.

Luchar sería demasiado fácil. Matarlos a todos por lo que han hecho sería un castigo adecuado.

El sol de justicia me cae a plomo sobre la ropa de vuelo cuando me aparto de Xaden y giro poco a poco hacia la multitud. Miro más allá de Aaric y sus puños ensangrentados, y de Garrick, que regresa a la formación cerca del cubo, y veo que Mira está mirándome. Sus ojos dicen algo que su boca no puede articular.

«Ocúpate de esto». Incluso con el brazo por encima de Maren, con el que sostiene en pie a la piloto, nunca me había recordado tanto a nuestra madre. La madre que murió para que tuviéramos una oportunidad de ganar esta guerra. Si fracasamos aquí, perderemos el ejército que nos ofrecen. Si fracaso, habremos perdido para nada a otro compañero de pelotón, a otro compañero de nuestro año.

Cuadro los hombros con un gesto de la cabeza, y al voltear hacia Calixta veo que el arquero está a su lado. Doy dos pasos hacia el cadáver de Trager y le sostengo la mirada al hombre curtido que les ha quitado la vida a Trager y a Sila. El peso de las miradas silenciosas de la multitud no hace sino reforzar mi determinación cuando levanto la barbilla antes de agachar la cabeza.

Y de perder otra parte de humanidad.

—Gracias.

Que se vayan a la mierda.

Ocho horas más tarde, Mira, Xaden, Aaric y yo regresamos al campo iluminado por la luna donde el resto de nuestro pelotón espera con los cuerpos de Trager y Sila. Un grupo de mirones rezagados sigue sentado en las gradas, bebiendo y celebrando.

Tairn abre un ojo dorado cuando me acerco y luego vuelve a cerrarlo, sumiéndose de nuevo en el sueño con la cabeza de Sgaeyl apoyada en la espalda. Andarna está inconsciente, lo bastante cerca para sentirse segura, pero a un ala de distancia más que cuando era pequeña.

Todos los grifos y dragones están dormidos, salvo Cath, que agita la cola de espada roja como si quisiera recordarles a los mirones que acechan en las gradas que está vigilando. No puedo culparlos por el cansancio. Básicamente han volado desde Unnbriel sin cesar, y han estado recorriendo hoy esta isla, buscando a los miembros de la especie de Andarna mientras nosotros negociábamos.

Y los íridos no están aquí. No están en ningún sitio. Me hierve la sangre, y por primera vez me permito pensar qué pasará si no los encontramos. A Andarna le partiría el corazón. Melgren perdería los papeles. Aetos nos metería a todos en una celda por dejación de nuestro deber.

Podríamos perder la guerra contra los seres oscuros.

Me niego a permitir que pase eso.

—*Al menos ya tenemos al enemigo entre nuestras filas* —gruñe Tairn.

—*Sigue durmiendo.*

Xaden no es el enemigo; lo han infectado.

Encontramos a Cat sentada sobre el costado de Kira, la cabeza apoyada en el hombro de Maren, y a los demás deambulando por allí. Todas las miradas se giran hacia nosotros cuando aparecemos.

—¿Han acabado? —pregunta Drake.

—Hemos acabado —responde Mira—. Aaric ha aceptado los términos, que, por extraño que parezca, nos favorecían. Mandarán a una avanzadilla en los próximos meses, y el resto de sus tropas cuando estemos listos para recibir a cuarenta mil soldados.

Drake asiente y mira a Cat.

—Podremos armar a miles con ballestas, derribar a los guivernos para que se enfrenten a la infantería que los espera, aumentar las patrullas...

—Entiendo —lo interrumpe Cat sin levantar la mirada.

Pues es mejor que yo, porque yo no lo entiendo.

—¿Han comido todos? —quiere saber Ridoc.

Él asiente.

—Nos han traído comida y nos han ofrecido camas en la ciudad, pero... —Desvía la mirada hacia la izquierda, donde reposan Sila y Trager.

—Buena decisión —dice Xaden apoyándome una mano en las lumbares.

—Tenemos que enterrarlo —dice Maren, y la mandíbula le tiembla un instante—. Y a ella quemarla. Los grifos... prefieren que los incineren.

—A él también deberíamos incinerarlo. —Cat habla con voz inexpresiva y los ojos vacíos—. Querría estar con ella. —Pestañea y luego alza la vista—. Pero aquí no. Me niego a que alguna parte de ellos permanezca aquí.

—De acuerdo. —Asiento, y las costillas amenazan con arrancarme el aire de los pulmones. Le debo todo lo que quiera. Y a

Maren también. Y a Neve, Bragen, Kai y... Se me hace un nudo en la garganta del tamaño de una piedra. Tendré que contarle a Rhi que he perdido a Trager, con lo que se ha esforzado por mantenernos a todos vivos.

—¿Les parece que los llevemos al sur, a Loysam, por la mañana? —pregunta Dain cruzado de brazos junto a Garrick—. La bandada no conseguirá superar la costa si no descansa esta noche.

—Allí tampoco. No podemos confiarnos de que a alguien no le dé por desenterrar lo que quede de sus huesos por puro morbo. —Cat niega con la cabeza—. Hay decenas de islas menores deshabitadas a un día de vuelo hacia el norte. Elijan una.

—Cat, eso nos desviará de la ruta... —empieza Drake.

—Que elijan una, demonios —le espeta Cat—. Ya volveremos a disfrutar de todo lo bueno que esto —señala a su alrededor— nos está dando cuando los quememos. Creo que vale la pena perder unos días del calendario.

Sova levanta la cabeza a la derecha y chasca el pico. Drake mira hacia ella, y asiente.

—Me parece bien.

—¿Nos afectará mucho? —me pregunta Maren en voz baja, como si no tuviera a Cat justo al lado.

—No. Podemos dividirnos cuando los entreguemos a Malek y explorar las islas menores el triple de rápido. Con la mayoría bastará con sobrevolarlas. —Miro a Cat a los ojos—. Y cuando estés lista, partiremos para Loysam.

Esta asiente.

—Al fin y al cabo, es nuestra última oportunidad, ¿no? Estamos quedándonos sin islas.

Ignoro el insidioso grano de verdad que sus palabras me tiran a la cara y enderezo la espalda.

—Eso significa que debemos de estar cerca. Las islas menores y Loysam se encuentran en los límites de todos los mapas de que disponemos.

No soy capaz de digerir la idea del fracaso más absoluto cuando el costo es tan alto.

El grupo de las gradas comienza a cantar como si estuvieran en una maldita taberna, como si las «festividades» de hoy fueran motivo de celebración.

—Genial. Luego volveremos a casa..., si es que sigue ahí. —Cat se acerca las rodillas al pecho y fulmina a los de las gradas con la mirada—. Esta noche dormiremos aquí.

Todos coincidimos.

—Cat, lo siento muchísimo... —empiezo.

—No lo sientas. —Apoya la cabeza en el hombro de Maren—. Fui yo la que le pidió que viniera.

Media hora más tarde extendemos los camastros a pocos metros los unos de los otros dentro del círculo que forman los dragones, y asignamos las guardias. No recuerdo haber estado nunca tan exhausta. El cansancio de los huesos va mucho más allá de la fatiga, y mi cuerpo se resiente. Los mareos, los dolores en las articulaciones y las costillas, la necesidad de arrancarme los puntos y las contracturas por intentar mantenerme firme empeoran día tras día.

Pero es la mente la que me presenta más obstáculos cuando contemplo las estrellas tumbada de espaldas, y recuerdo todo lo que hay en juego y los fracasos que voy acumulando. Mira dijo que esto era una misión inútil, y quizá tuviera razón.

Xaden nos cubre con una manta ligera y se acuesta a mi lado, y entonces me pasa un brazo por encima del vientre.

—Tenemos seis horas hasta la tercera guardia. Intenta descansar.

Me apoyo sobre el hombro derecho, protegiéndome las costillas, y descanso la cabeza en sus bíceps antes de mirarlo.

—*Hoy me he quedado paralizada* —le confieso mentalmente con un susurro.

Él frunce el ceño y me rodea la cadera con la mano.

—*Era de tu promoción. No te has quedado paralizada; estabas en shock. Es comprensible y por eso viajamos en pelotón.*

—*No seas amable solo porque me quieres.* —Apoyo una mano en la tela fina de su camisola, justo encima de su corazón. Salvo por las botas, seguimos vestidos y listos para volar en cualquier momento, si fuera necesario—. *Es mi misión. Trager y Sila están muertos. Cat está desconsolada. Y yo me he quedado paralizada.*

—*Todo líder pierde a alguien bajo su mando.* —Me sube inconscientemente la mano por la cintura—. *Tú has mantenido la compostura y completado la misión.*

—*A costa de sus vidas.* —Noto una opresión en el pecho que trata de contener la confesión que solo puedo hacerle a él—. *No estoy hecha para liderar. Mira debería estar al mando, o incluso Drake. Y si no, al menos tú.*

—*Como si pudiéramos fiarnos ahora mismo de mi juicio.* —Suspira con ironía—. *Los mejores líderes son aquellos que no desean serlo. Esta misión es tuya porque Andarna te eligió. Tairn te eligió.* —Me acerca una mano a la cara—. *Lo que nunca nos dicen en el cuadrante es que los rangos están bien, pero tú y yo sabemos que en cuanto volamos por el campo de batalla, no son los humanos quienes dan las órdenes. Siento mucho decírtelo, pero te escogió un general de los dragones. Puedes decidir aceptar el liderazgo o dejar que te obligue él. Sea como sea, acabarás al frente.*

El corazón se me acelera cuando sus palabras atraviesan el escudo de negación bajo el cual ni siquiera sabía que me escondía, y expone una verdad tan evidente que me siento una idiota por no haberme dado cuenta antes. Tairn siempre será el líder, y yo seré siempre su jinete.

Codagh habla a través de Melgren, y no al revés.

—*Pues entonces Tairn se equivocó.* —El nudo que tengo en la garganta se me hace más grande, y me debato entre el patético instinto de regodearme en esta autocompasión o entregarme a la necesidad creciente de canalizar un poder aún mayor que el de Tairn: la ira.

—*Eso díselo a él cuando se despierte, a ver cómo reacciona.* —Xaden me acaricia la mejilla con los nudillos—. *He visto los momentos en que no solo estás a la altura de las circunstancias, sino que las superas con creces. Deverelli. Unnbriel. Dioses, envenenaste al triunvirato de Hedotis entero. Imagínate quién podrías llegar a ser cuando no solo aprendieras a valorar esa confianza, sino que además vivieras con ella.*

—*¿Tú?* —Me fuerzo a sonreír.

—*Serías mejor que yo.* —Me roza el labio inferior con el pulgar—. *No tienes alternativa. Me prometiste que me ayudarías a proteger Tyrrendor, ¿te acuerdas?*

—*Me acuerdo* —asiento—. *Y lo dije en serio. Estaré a tu lado.* —El cansancio me ralentiza la respiración y hace que me pesen los párpados—. *Y entre los miembros de la especie de Andarna y la investigación que estamos recopilando sobre los seres oscuros, te curaremos.* —Los ojos ceden y se me cierran.

—*No hay cura posible para mí.* —Me da un beso en la frente—. *Por eso debes ser mejor que yo. Porque eres la única que puede salvarnos.*

CUARENTA

Por la presente, las tasas de reclutamiento se doblarán en cada provincia hasta nuevo aviso.

—Aviso público 634.23,
transcrito por Percival Fitzgibbons

Volamos hacia el noroeste al rayar el alba.

Aotrom sujeta el cuerpo de Trager entre sus zarpas delanteras. Tairn carga con Sila.

El océano adquiere el tono de azul más oscuro que he visto en mi vida cuando sobrevolamos aguas profundas, dejando atrás la seguridad de las rutas comerciales y las islas mayores con la esperanza de que el mapa esté bien trazado.

Cuando cae la noche y en el océano no se ve más que el reflejo de la luna, el miedo me revuelve el estómago. Si hemos errado, los dragones podrán dar media vuelta y regresar a Zehyllna, pero los grifos no. Es muy posible que al haber decidido enterrar a Trager y Sila en una isla menor, tengamos que enterrar también a los demás a menos que acepten que carguemos con ellos.

A medianoche estoy a punto de tirar la toalla y ordenar que regresemos cuando Tairn otea tierra.

«Gracias, Amari».

No tengo claro si volveré a rezarle a Zihnal alguna vez.

Barrer el perímetro entero de la diminuta isla, con su única cumbre hueca, nos lleva aproximadamente diez minutos, y tras asegurarnos de que está deshabitada, aterrizamos en una playa al norte casi tan ancha como la distancia entre los extremos de las alas de Tairn.

Podría ser un truco de la luz de la luna, pero estoy bastante segura de que la arena es negra.

Noto una descarga de energía que me crepita sobre la piel con la mitad de intensidad que en Navarre. Hemos encontrado magia, y más de la que hay en Zehyllna.

El grupo busca agua fresca en un arroyo cercano que fluye a través de la playa, procura que la manada esté bien hidratada y recogen madera rápido de los bordes de la selva.

El sudor me cae por la nuca mientras cargamos fardos y más fardos hasta el punto más alto de la ancha playa, a mitad de camino entre el límite de la marea y el bosque que se extiende detrás de nosotros. Una vez construida la pira nos colocamos en fila, de espaldas a la selva, y Aotrom agacha la cabeza y prende la madera. Las llamas iluminan la noche y el calor me embiste la cara.

A Maren le tiemblan los hombros y Cat agarra del brazo a su mejor amiga sin apartar la vista de las llamas. Se me hace un nudo en la garganta al ver el dolor en sus rostros, y Xaden entrelaza mis dedos con los suyos.

—Silaraine y Trager Karis —anuncia Drake desde la izquierda con una voz potente que se oye por encima del rugido del fuego y el romper de las olas—. Encomendamos sus almas a Malek con honor, amor y gratitud.

Ya está hecho.

Acampamos cerca del arroyo y los pilotos se turnan para vigilar el fuego a lo largo de la noche. Por la mañana las llamas apenas se alzan unos pocos centímetros.

Lleno los odres de agua en el arroyo con Ridoc, y al volver al campamento vemos que los demás están enfrascados en una discusión seria.

—Creo que nos hemos desviado —dice Drake, esforzándose por sostener el mapa con una mano y la gatita revoltosa con la otra. El papel se ha doblado tantas veces que en los bordes se han hecho agujeros.

—Dame eso. —Para mi sorpresa, Mira agarra la gatita, no el mapa, y la acuna sobre su pecho con una mano.

—Se llama Brócoli, no «eso» —masculla él.

Ella lo mira como si le hubieran salido bigotes.

—¿Le has puesto Brócoli a un gato?

—A nadie le gusta el brócoli, pero es bueno para la salud; me ha parecido que le queda. —Se encoge de hombros—. Vamos a ver: eso son claramente los restos de un viejo volcán —señala el pico que se cierne sobre nosotros—, y el primer indicador de estas formaciones está aquí. —Pasa el dedo por encima del detallado dibujo hasta llegar a un pequeño archipiélago en el lado noreste de las islas menores.

Empiezo a comparar los puntos de referencia.

—No hemos volado tanto —apunta Xaden cruzándose de brazos y estudiando el mapa.

—¿Y por qué no Zanahorias? —pregunta Mira mientras le rasca la barbilla a la gatita—. Es naranja.

—Solo para fastidiarte, Sorrengail —responde Drake alzando la vista del mapa.

Ella resopla.

—Yo diría que estamos por aquí. —Mira le da golpecitos a una zona de mar abierto, lejos hacia el sur—. Pero el mapa no lo muestra. Tampoco es que hayamos mandado tan lejos a los cartógrafos.

—Veo otra isla desde la orilla. —Aaric señala la playa con la cabeza—. Y Molvic divisa otras dos más allá.

—*¿Tairn?* —pregunto por nuestro vínculo individual para no molestar a Andarna. Está muerta de cansancio, y las alas le temblaban más de la cuenta durante el vuelo hasta aquí.

—*Estamos en el extremo sur de una cadena de islas de formación volcánica* —responde desde los cielos—. *No coincide con nada que aparezca en el mapa, pero hay otra masa de tierra a una hora de vuelo hacia el oeste, con lo que parecen ser acantilados de un tamaño considerable.*

Me aprieto junto a Mira y examino el mapa hasta localizar la isla que coincide con la descripción de Tairn, fijándome en el símbolo que el cartógrafo utilizó para los acantilados. Luego sigo hacia el este con el dedo y no encuentro más que mar abierto.

—Es bastante probable que nos hallemos aquí, por lo que está viendo Tairn. —Levanto la cabeza y miro por encima del hombro de Maren hacia el mar—. Deduzco que habrá centenares de islas en esa dirección, no solo el par de decenas que registraron los cartógrafos.

—¿Y crees que deberíamos inspeccionarlas todas? —pregunta Drake con la frente arrugada por la incredulidad.

Volteo hacia Mira, pero ella se encoge de hombros.

—La decisión no es mía.

Xaden me observa igual que el año pasado, como si él supiera la respuesta pero quisiera que yo la encontrara por mi cuenta.

—Todas las que podamos hoy. —Enderezo los hombros y su boca se curva hacia arriba—. Nos dividiremos en cinco grupos. Maren y Cat se ocuparán de las islas no registradas del norte. Drake y Dain, de las de este cuadrante. —Señalo las islas más cercanas a nuestro oeste, teniendo en cuenta el cansancio de los grifos—. Aaric y Mira, ustedes irán aquí; Xaden y Garrick, a estas; y Ridoc y yo nos encargaremos de este sector. —Arrastro el dedo hasta una cadena oriental a unas dos horas de viaje. Cuando alzo la vista, todos me miran fijamente—. ¿Qué pasa? Dejo a los grifos cerca y he juntado dragones con fuerzas de vuelo similares... —Mi mirada se encuentra con la de Xaden; no le hacen ninguna gracia los grupos que he hecho—. Salvo los nuestros. Tairn y Sgaeyl son los que tienen más posibilidades de seguir en contacto cuando se separan si el resto de las islas tienen los mismos niveles de magia. Es mejor para el grupo si hoy se separan.

Xaden se limita a arquear la ceja de la cicatriz.

—Hoy estaremos tú y yo solos, osito de peluche. —Garrick le pasa un brazo por encima a Xaden—. No sufras —le susurra tras acercarse a él—. Te cuidaré muy bien. —Esboza una sonrisa que le resalta el hoyuelo.

—El sol debería ponerse poco después de las seis, con lo cual disponemos de nueve horas. —Asiento, bastante satisfecha con todo esto—. Nos reuniremos aquí antes de que caiga la noche. Si no encontramos nada, mañana volaremos juntos hacia las islas del sureste, y de ahí a Loysam.

Donde tendremos que reabastecernos.

—Es un buen plan —dice Mira.

—No podemos irnos hasta que el fuego se extinga —apunta Maren—. Nadie deja desatendida una ofrenda a Malek.

Cat se remueve en su sitio inquieta; da la impresión de que tendría que estar en cualquier otro lugar menos aquí.

—Ridoc y yo nos quedaremos hasta que se apague. —Miro de reojo a Andarna. Respira hondo y con regularidad, dormida en la linde de la selva, con las escamas más negras que la arena—. Así podrá descansar al menos una hora más. ¿Alguna pregunta? ¿Comentarios? ¿Inquietudes?

—Para mí está bien. —Drake pliega el mapa y el grupo se divide para preparar sus mochilas.

Xaden me mira fijamente.

—Me voy... a otra parte —dice Ridoc al comprender la situación, y se marcha hacia la hoguera que agoniza.

—No puedes decirme que lidere y luego enojarte por lo que decido. —Me encojo de hombros.

Él recorta la distancia que nos separa, se inclina y me da un beso intenso y rápido.

—Nos vemos aquí esta noche, amor mío.

Lo agarro de la muñeca y lo retengo un segundo más mientras le escudriño los ojos. Las motas siguen siendo ámbar.

—¿Estás bien? —le susurro—. Aquí hay magia, pero no protecciones.

—Es... —Tuerce el gesto—. Es tentador, y ni siquiera lo necesito. Pero siento el poder bajo los pies, y aunque puedo manipularlo lo bastante para hacer esto... —Una frágil sombra negra se me enrosca en la pierna, me cruza el rostro y me acaricia la cara—. No es fácil saber que podría disponer de todo el poder que quisiera si solo... —Traga saliva, y yo le aprieto la muñeca—. Pero no lo haré.

—A menos que algo te provoque. —La sombra se retira y me deja tras de sí una profunda sensación de inquietud y la piel de gallina—. Ese es el otro motivo por el que te he puesto con Garrick.

Xaden se tensa.

—¿Por si canalizo?

Niego con la cabeza.

—Para que no canalices. La última vez que lo hiciste fue por mi culpa. Yo te provoco.

Él se estremece.

—Tú no me provocas. Tú eres lo único que no puedo ni imaginarme perder. Manipular el poder para protegerte ha sido siempre algo instintivo, pero ahora es... incontrolable.

—Ya lo sé. —Examino el corte de su brazo, que ya está sanando, y luego le levanto la mano y le doy un beso en la palma—. Por eso irás con Garrick. Él también lleva suero encima.

—Bien. —Me toma de la cintura—. Iba en serio lo que te dije de que eras la propietaria de mi alma. Eres el único lugar en el que todavía siento que soy completamente yo. No me provocas —repite, y entonces me roba otro beso y se marcha—. Te veo esta noche.

—¡Hasta la noche! —grito—. *Te amo.*

El vínculo se llena de calidez como respuesta.

Los equipos alzan el vuelo y Tairn avanza a paso firme por la playa hacia mí con los ojos entrecerrados.

—*No te enfades conmigo.* —Niego con la cabeza cuando Aotrom pasa corriendo junto a Tairn con las alas recogidas hasta donde el agua le cubre las patas—. *Esta noche volverán a reunirse.*

—*Te diré lo mismo cuando te pases semanas sin poder comunicarte con quien te apareas y luego te priven de ello a conciencia* —gruñe adentrándose en el bosque. Los árboles se mecen a su paso.

—¡Los humanos no se aparean! —exclamo.

—*Otro signo de inferioridad.* —El bosque cruje en la lejanía.

—Cascarrabias —murmuro caminando hacia Ridoc, que está de pie en el borde del agua, donde las olas no le llegan a las botas.

—*Te he oído.*

Aotrom se detiene a varios metros de Ridoc, hunde el hocico en el agua y crea una ola que asciende por la playa y le cubre las pantorrillas a este.

—¿Por qué eres tan idiota? —Ridoc sacude los brazos—. Solo he traído un par de botas...

Me detengo delante de Andarna, que duerme en la linde del bosque. Ni de broma me acercaré al agua. Xaden ya me ha vendado hoy las costillas.

Aotrom levanta la cabeza y pulveriza agua entre los dientes hasta empapar por completo a Ridoc, desde las puntas del pelo hasta las botas.

«Puaj». Cruzo las piernas, me siento y apoyo la espalda en el hombro de Andarna.

—¡Eso no es justo! —Ridoc se seca las gotas de los ojos mientras Aotrom cruza la playa y desaparece entre los árboles—. Sigo ganando yo. ¡Eso no cuenta! —le grita a su dragón. Tras una pausa, añade—: ¡Porque estamos en una misión!

Niega con la cabeza y se arrastra hasta mí, acompañado del chapoteo de sus botas.

—Quiero saber lo que se traen entre manos.

—Se está vengando de mí porque le gané la última ronda. —Esboza una sonrisa—. Hace unas semanas compré polvo picapica hasta llenar un cubo y se lo tiré entre las escamas de la parte trasera del cuello justo después de unas maniobras de vuelo. Tuvo que sumergir el cuerpo entero en el río para que en el valle no supieran que lo había machacado.

—Mira que son raros.

De repente me alegro y mucho de haberme vinculado a un viejo gruñón, aunque no sé cómo será Andarna dentro de veinte años.

—¿Tú crees? —Ridoc se tira de los cordones de las botas—. ¿No serán ustedes los raros? —Se encoge de hombros antes de quitarse las botas y dejarlas en la arena, delante de Andarna—. Con suerte se secarán un poco antes de que nos vayamos. Voy a ponerme ropa limpia. —Se dirige hacia el campamento, agarra su mochila y echa a andar en dirección al bosque.

—No te hagas ideas —le susurro a mi dragona durmiente, apoyando la cabeza sobre sus escamas calentadas por el sol y cerrando los ojos.

El suelo tiembla.

—Tairn, juro por Amari que como me mojes con agua...

El suelo vuelve a estremecerse y abro los ojos de golpe. Hay arena y agua por los aires, y huellas recientes de dragón. Pero ni Tairn ni Aotrom están a la vista.

Un escalofrío me recorre la columna y me pongo en pie despacio, protegiéndome las costillas. Desenvaino una daga con la mano izquierda y giro la palma derecha hacia el cielo para abrirme al poder de Tairn. Me inunda las venas y me zumba en la piel mientras rodeo el hombro de Andarna para colocarme frente a su cuello, donde es más vulnerable.

Noto una ráfaga de calor en la cara y un olor a azufre llena el aire.

—*¿Tairn?*

Examino con detenimiento la playa, pero no veo más que el brillo del sol de la mañana sobre las olas.

—*Estoy ocupado con mis cosas de cascarrabias.*

Unos metros más allá, la arena se mueve y forma una serie de surcos, como si la playa se estuviera abriendo.

Como si unas garras se estuvieran doblando.

—*¡TAIRN!* —El corazón se me acelera cuando el aire frente a mí resplandece y acto seguido se solidifica hasta convertirse en unas relucientes escamas azul cielo entre dos enormes fosas nasales.

—*¡Aguanta!* —brama Tairn—. *¡Voy para allá!*

El dragón que tengo delante toma aire y retrocede, ofreciéndome una imagen completa de sus afiladísimos dientes, y entonces ladea la cabeza y entorna sus ojos dorados. Andarna se despierta con cautela, y percibo movimientos con el rabillo del ojo que me hacen mirar en ambas direcciones. Y me quedo boquiabierta.

Seis dragones con las escamas de distintas tonalidades ocupan la playa, y todos rivalizan en tamaño con Sgaeyl. Sus descomunales garras se hunden en la arena cuando agachan la cabeza uno por uno.

Contengo el aliento.

No hemos encontrado a los íridos; nos han encontrado ellos a nosotros.

Lo hemos conseguido. Están aquí.

Noto el vapor en la cara y se me encoge el corazón. Están aquí y están muy cerca, y tienen los dientes enormes.

El que hay justo frente a nosotros ensancha las fosas nasales, y un sonido parecido al de un silbato con émbolo me ocupa la cabeza, pasando de un tono grave a uno insoportablemente agudo en un suspiro.

—*Hola, humana.*

CUARENTA Y UNO

> Lo que sabemos sobre los dracónidos no es nada comparado con lo que ignoramos.
>
> —*Guía de campo de los dragones*, por el coronel Kaori

¿Qué demonios está pasando aquí? Retrocedo y, con el cuchillo flojo en la mano, contemplo al írido.

Los dragones no hablan con los humanos a los que no están vinculados, y aun así esa voz grave y áspera no es ni mucho menos la de Tairn.

—¿A qué ha venido...? —empieza a decir Ridoc detrás de mí—. Ay, mierda.

La mitad de los dragones giran la cabeza hacia él cuando echa a correr en mi dirección, mientras que la otra mitad mantienen la vista y sus descomunales mandíbulas clavadas en mí.

—¿Estamos contentos? —quiere saber Ridoc cuando se planta a mi lado con los pies descalzos—. ¿Estamos asustados?

Asiento.

—*¿Por qué no respondes?* —me pregunta el dragón.

—*Quizá la hembra humana carezca de inteligencia* —añade una voz aguda, y la dragona de la derecha alza la cabeza.

Me quedo boquiabierta. Supongo que la arrogancia es un rasgo universal de todos los dragones.

—*Lo que pasa es que está sorprendida.* —Andarna se levanta, pero mantiene la cabeza al mismo nivel que los otros—. *Y te tiene delante de las narices.*

Ante mi total estupefacción, los seis dragones dan un paso atrás.

—*Gracias* —dice Andarna.

—¿Hablan nuestro idioma? —les pregunto a los íridos.

—*Somos magia* —responde el macho, como si fuera el motivo más lógico del mundo.

—¿Acaban de respetar tu espacio personal? —susurra Ridoc, y entonces se tapa las orejas con las manos y se estremece—. ¿Qué ha sido eso?

—*Es de mala educación hablar como si no pudiéramos oírte* —indica la hembra de la derecha, y Ridoc abre los ojos como platos.

—*Lo que sí es ofensivo es que nos apunten con una espada.* —La voz cortante de maestro de escuela viene de la izquierda, creo.

—No los conozco, y no pienso permitir que le hagan daño. —Atravieso con la mirada al dragón cuyas escamas adquieren un tono verdoso.

—*Y crees que te bastará con una daga.* —Ensancha las fosas nasales—. *Me parece que tienes razón, Dasyn. La hembra humana carece de inteligencia.*

Será antipático... Pero tiene razón sobre lo de la daga, así que la envaino.

—*Eres írida.* —El macho que tenemos delante cambia de tema y ladea su enorme cabeza mientras estudia a Andarna.

Las escamas de esta cambian de negro a verde selvático, y luego a un azul que imita el cielo, igual que el macho.

—*Soy írida.*

—Carajo —masculla Ridoc—. ¿Esa era Andarna?

—Creo que, cuando producen esa especie de silbido, te conecta con los íridos —le susurro.

—*¿Y aun así has elegido el negro como color de reposo?* —le pregunta a Andarna la hembra de la derecha.

—*Es aceptable en mi ho...* —Deja escapar un resoplido—. *En Navarre.*

La criatura que está a mi izquierda, en diagonal, alza la cabeza.

—*Ella es el criterio.*

Los otros cinco se estremecen y retroceden.

—¿Eso es bueno? —me signa Ridoc.

—No tengo ni idea —le signo de vuelta, y el pulso se me acompasa un poco al ver que nos dan algo más de espacio.

El aire se llena con el estruendo de unas alas, y los íridos levantan la cabeza hacia el cielo cuando una oscura sombra se cierne sobre nosotros. Tairn aterriza con violencia, sacudiendo el suelo como un trueno, y hunde las garras traseras en la arena a la izquierda de Ridoc y a la derecha de Andarna.

El corazón se me acelera; no sé si verlo me alivia o me aterroriza, ante la posibilidad de perderlos a los dos si los íridos deciden atacar.

Los dragones no son precisamente predecibles, y no sé nada de los que hay frente a nosotros.

—*Es mi humana* —les advierte Tairn agitando la cola. Los árboles crujen y se sacuden cuando chasca los colmillos en dirección a los íridos. O al menos es lo que creo que está pasando, porque no veo más que su vientre y las patas de los íridos.

—*¡No!* —Andarna se escabulle por debajo de Tairn y se gira como si pretendiera intimidarlo—. *No le harán daño. Son mi familia.* —Da media vuelta—. *Y ella también es mi humana.*

Se me revuelve el estómago. Puede que sean su familia, pero no los conoce de nada, y es muy probable que acaben matándonos a todos. Hemos estado tan ocupados intentando encontrarlos que no hemos pensado qué haríamos luego.

—*¿Tan escasos son los humanos en Navarre que tienen que compartirlos?* —nos escupe la hembra de la izquierda.

—*¿No tienes a otro metido ahí debajo?* —pregunta una voz distinta.

Algo gotea a mi izquierda y miro más allá de Ridoc, que está sonriendo. Aotrom emerge de entre los árboles con las fauces abiertas y salivando, y se desliza hasta colocarse junto a Tairn. Emite un gruñido grave, una advertencia que no necesito que me traduzcan.

«Es mío».

—*No tenemos ningún interés en los humanos* —anuncia el macho—. *Ni ninguna disputa con ustedes. Solo venimos a hablar con la írida.*

—*Andarna* —lo corrige Tairn.

—*Andarna* —dice la hembra de la derecha con delicadeza.

Tairn retrocede un paso con cuidado hasta que Ridoc y yo quedamos entre sus garras delanteras, y las traseras ocupan el espacio que acaba de dejar libre su cola.

—Al menos ahora podremos ver algo antes de morir —me signa Ridoc, y se encoge de hombros.

—No vamos a morir —signo. Mis deseos de que Rhi y Sawyer estuvieran aquí para ver esto son tan grandes como mi gratitud por que no corran peligro.

La cabeza de Tairn flota sobre nosotros, a la altura de la de Aotrom. Salta a la vista que comparte la opinión de Ridoc.

Andarna da una vuelta y nos mira con los ojos llenos de emoción.

—*¿Lo ves? No les harán daño.*

—*Lo veo.* —No quiero destrozarle el momento.

—*¿Qué has hecho con tu cola?* —El de la izquierda da un respingo.

Andarna tuerce el cuello para mirarse la cola de escorpión.

—*No le ocurre nada.*

Paso la mirada entre los íridos y se me forma un nudo en la garganta al contar de uno a seis. Todos tienen cola de plumas.

—*Dinos qué te han hecho* —le exige el macho que tenemos delante.

—*¿A mí? Nada. Esta cola la elegí yo.* —Andarna se pone a la defensiva—. *Es mi derecho al pasar de la infancia a la adolescencia.*

Los íridos se quedan callados, pero no parece una buena señal. El macho del centro se acuesta y enrosca la cola en torno al pecho.

—*Dinos por qué la elegiste.*

Andarna levanta la cabeza hasta su altura máxima mientras los íridos se van tumbando uno a uno.

—¿En serio es momento de ponerse a contar historias? —signa Ridoc.

—Sé tanto como tú —le contesto.

Ridoc esboza una media sonrisa mientras mueve las manos.

—Siempre hay una primera vez para todo.

La madera cruje cuando Tairn y Aotrom adoptan la misma posición, y nos quedamos entre las garras extendidas de Tairn.

Andarna se sienta frente a nosotros, a la derecha, moviendo la cola por la arena.

—*Durante mis años dentro del cascarón, perdía y recuperaba el conocimiento...*

—Uf, esto se va a alargar —signa Ridoc antes de sentarse en la arena.

Me dejo caer con cuidado para imitarlo mientras Andarna le cuenta su historia a un público cautivado. Los íridos no empiezan a hacerle preguntas hasta que describe su Presentación.

—*¿Por qué te presentarías a un humano?*

—*No, se nos presentan ellos.* —Andarna agita la cola—. *Y así podemos decidir si permitimos que continúen con la Trilla o los convertimos en hollín.*

Los íridos profieren una exclamación, y Ridoc y yo nos miramos confusos. Supongo que ellos no se vinculan a humanos.

—*Como soy la mayor de mi guarida en Navarre, no había nadie que pudiera objetar a mi Derecho a la Caridad* —continúa, con un entusiasmo y un orgullo tan evidentes que me roban una sonrisa—. *Y entonces comenzó la Trilla.*

Es fascinante oírlo todo desde su punto de vista.

—*¿Por qué participarías en una cosecha?* —pregunta la hembra de la izquierda.

—*La Trilla es el nombre que le damos al proceso de seleccionar a los humanos a los que nos vinculamos* —explica Andarna—. *Así que entré en el bosque...*

—*¡¿Te vinculaste siendo una cría?!* —grita el macho de la derecha.

Tairn tuerce el cuello hacia delante y gruñe.

—*No volverás a levantarle la voz.*

Andarna gira la cabeza y mira a Tairn con los ojos entrecerrados.

—*No me estropees el momento.*

Siento una punzada de dolor a través del vínculo y Tairn retrocede la cabeza hasta cubrirnos de nuevo a Ridoc y a mí. Ay. Me da lástima, pero no sé qué decirle ni cómo evitar que me oigan los demás.

Andarna continúa con nuestra historia. Les habla de Jack y de Oren, de cómo la defendí de Xaden y de la Rebelión.

—*Así que, naturalmente, ralenticé el tiempo* —les cuenta al recordar el ataque en mi habitación.

—*¿Utilizaste tu don de cría por una humana?* —pregunta la hembra de la izquierda.

—No me cae bien —signa Ridoc.

—Ni a mí —respondo yo.

—*Por mi humana.* —Andarna inclina la cabeza—. *Forma parte de mí, igual que yo formo parte de ella. Menosprecias nuestra conexión.* —La última frase huele a sarcasmo adolescente.

—*Mis disculpas* —dice la hembra.

—Demonios, esta raza pide disculpas —signa Ridoc arqueando las cejas—. A lo mejor deberíamos habernos esperado.

Pongo los ojos en blanco.

—*¿Ustedes no se vinculan a ningún humano?* —pregunta Andarna, y me inclino hacia delante hasta apoyar los antebrazos sobre las rodillas.

—*No vivimos con humanos* —responde ella.

—*¿Son solo seis?* —Andarna mueve la cabeza para mirarlos a todos.

—*Somos cientos* —contesta el macho de la izquierda, que habla por primera vez—. *Prosigue, por favor.*

El patrón en espiral de sus cuernos me recuerda a los de Andarna. Tal vez sean de la misma guarida.

Pasa más de una hora en la que no se deja ni un solo detalle, como si olvidarse de un aspecto concreto pudiera modificar lo que ocurrirá a continuación. Cuando comienza a hablarles de los Juegos de Guerra, y luego de Resson, se me tensan los músculos y lucho por reprimir los recuerdos que se abren paso, la congoja inevitable que me embarga en cuanto menciona a Liam y a Deigh.

—¡*Y volé hacia la batalla!* —Se pone en pie sobre las cuatro patas, observada por varios pares de ojos dorados entrecerrados—. *Y Violet canalizó mi poder...*

Dos de los dragones inspiran agitadamente, y el estómago se me cierra.

—Me parece que esto no está yendo tan bien como ella cree —le signo a Ridoc.

—¿Por qué? Es increíble —me asegura él—. Valiente. Fiera. Despiadada. Todo lo que el Empíreo respeta.

La expresión de los íridos no dice lo mismo.

—¡*Y ralentizamos el tiempo para que ella pudiera atacar!* —Andarna cuenta la historia con un entusiasmo más propio de un escenario—. *Pero era demasiada magia que canalizar, y yo aún era pequeña. Mi cuerpo me exigía el Sueño sin Sueños...*

Varias horas más tarde, al llegar al momento presente (sin mencionar que estamos tratando de curar a Xaden), todos han dejado de hacerle preguntas. De hecho, se sumen en un silencio incómodo cuando termina.

—*Por eso hemos venido* —concluye—. *Para pedirles que nos acompañen a casa y combatan con nosotros. Y para saber si aún se conserva la información sobre cómo se derrotó a los venin en la Gran Guerra, o si saben cómo curarlos.* —Menea la cola expectante—. *Y me gustaría conocer a mi familia.*

El macho del centro me atraviesa con la mirada.

—*¿Permitiste que canalizara su poder siendo una cría? ¿La arrastraste a una guerra?*

Abro la boca, pero vuelvo a cerrarla bajo el peso de la culpa. No está diciendo nada que no me haya cuestionado yo antes.

—¡*Fue decisión mía!* —grita Andarna.

La hembra de la derecha suspira y hace volar arena de la playa.

—*Muéstranos el ala.*

Andarna se tensa un instante, como si lo sopesara, y entonces extiende las alas. La de la izquierda se le resiste, y ella se obliga a extenderla, pero la delgada membrana tiembla por el esfuerzo.

—*No suele temblarme, pero estoy cansada de volar.*

La hembra aparta la mirada y el sol se refleja en sus cuernos curvos.

—*Ya hemos visto suficiente.*

—*¡Puedo volar!* —Andarna recoge las alas—. *Solo me falta un segundo grupo de músculos y no puedo cargar con Violet. Los ancianos dicen que tiene algo que ver con el delicado equilibrio de la resistencia al aire y la tensión de mi ala y su peso sobre los discos vertebrales que tengo debajo de la silla. Pero no pasa nada, porque contamos con Tairn y él trabaja conmigo todos los días, y los ancianos también. Y cuando me canso, él me lleva, pero solo en los viajes largos.* —Baja la vista al arnés y cambia el peso del cuerpo con nerviosismo.

—*Disculpen la afrenta, pero necesitamos un momento para hablar a solas* —anuncia el macho del centro.

Son tan descaradamente... educados.

Andarna se sienta y las voces de los íridos desaparecen de mi cabeza. Los seis se adentran en el agua y sus escamas adoptan un tono un tanto más oscuro que el azul del océano.

—Creo que nos han bloqueado —signa Ridoc.

—Sí, eso parece —contesto.

Andarna voltea hacia nosotros y le ofrezco una sonrisa reconfortante, o espero que la interprete así. Un instante más tarde, tres de los íridos se alzan desde el agua y desaparecen en el cielo.

—Esto no me gusta —signo.

—A lo mejor van a buscar a los demás —signa Ridoc despacio.

Los tres que se han quedado atrás son el macho callado de los cuernos parecidos a los de Andarna, el del centro y la hembra de la derecha. Caminan hacia nosotros mientras sus escamas adquieren de nuevo un tono azul pálido cuando emergen del agua.

Noto una opresión en el pecho. Podrían tener la respuesta a todo... o estar tan perdidos sobre nuestra historia como nosotros.

—*¿He pasado la prueba?* —pregunta Andarna.

El silbato de émbolo vuelve a sonar con un chirrido tan agudo que tuerzo el gesto, convencida de que me sangrarán los oídos.

—*¿Qué prueba?* —pregunta el macho del centro, contemplando a Andarna desde las alturas.

—*Estaban poniéndome a prueba, ¿no? Para comprobar si soy digna de visitar nuestra guarida. ¿Dónde está, por cierto?*

La esperanza en su voz me haría perder la fuerza de las rodillas si estuviera de pie.

—*En ningún momento estábamos poniéndote a prueba a ti.* —La hembra suspira antes de girarse hacia mí. Los pelos de la nuca se me erizan—. *Sino a ella.*

Echo atrás la cabeza y se me cae el alma a los pies.

—¿Perdón?

—*Deberías pedir perdón, sí.* —La hembra estira las garras sobre la arena—. *Has fallado.*

Tairn gruñe, y esta vez Andarna no se lo impide.

—*Violet no me ha fallado nunca* —le replica esta golpeando el suelo con la cola.

Me levanto poco a poco.

—No lo entiendo.

El trío me ignora con descaro.

—*Que defiendas sus acciones es la prueba más fehaciente de su fracaso como sociedad* —le dice el macho a Andarna.

Ridoc se pone de pie y se cruza de brazos.

—*¡Violet me quiere!* —grita Andarna moviendo la cabeza entre los tres.

—*Te utiliza.* —Los ojos de la hembra están cargados de tristeza, y las escamas de su frente se contraen—. *Se aprovechó de una cría vulnerable. Utilizó tu poder como instrumento de guerra, forzó tu crecimiento prematuro, y mira en lo que te has convertido.*

Intento tragar saliva para deshacer el nudo que se me ha puesto en la garganta.

—*Creen que estoy rota* —sisea Andarna.

—*Creemos que eres un arma* —responde el macho.

Separo los labios y oigo como le sube un rugido a Tairn por el pecho.

—*Gracias.* —Las escamas de Andarna adoptan el tono de los otros íridos.

—*No era un cumplido* —le espeta con dureza—. *Nuestra especie nace para la paz, no para la violencia, como otras.* —Le lanza una mirada de soslayo a Tairn antes de volver a centrarse en Andarna—. *Se te dejó atrás para que fueras el criterio, la medida de su crecimiento, de su capacidad para elegir la tranquilidad y la armonía con todos los seres vivos. Esperábamos que, al regresar, nos dijeras que los humanos habían evolucionado, que habían madurado bajo el resguardo de las protecciones y ya no usaban la magia como arma, pero nos has demostrado justo lo contrario.*

Me rodeo la cintura con los brazos mientras el dragón mete el dedo en la llaga.

—*Y los dracónidos tampoco han aprendido la lección. Mientras que tú* —el macho del centro se voltea hacia Aotrom— *concediste a tu humano el don del hielo* —acto seguido se atreve a mirar fijamente a Tairn—, *tú armaste a la tuya con el poder del rayo.*

—No es así como funcionan los sellos —le discute Ridoc.

—*Y tú...* —El macho baja la vista hasta mirar a Andarna—. *Nuestra esperanza misma, le has entregado a esta humana algo mucho más poderoso, ¿verdad?*

CUARENTA Y DOS

A pesar de que el avance del enemigo por la provincia de Krovla hace que sea imposible apostar una manada entera en Suniva, les ofrecemos cuatro dragones y a sus respectivos jinetes. En honor de nuestra alianza, esperen un envío de nuestro recurso más valioso, las armas, para usarlo a su discreción.

—Correspondencia oficial del general Augustine Melgren a la reina Maraya

¿Que me ha entregado qué? Me quedo perpleja.

Ridoc me mira de reojo y yo niego con la cabeza, encogiéndome de hombros. No he manifestado un segundo sello a través de Andarna.

—Has transformado tu magia en arma, e incluso tu cola —continúa el írido más alto—. *Te has convertido en lo que aborrecemos, en el horror del que huimos.*

¿Cómo? La cólera arrastra mi poder a la superficie.

—¡No es ningún horror! —Doy un paso al frente mientras las escamas de Andarna adoptan un color negro; me niego a seguir escuchando estas idioteces.

—En efecto; el horror eres tú. —El macho tuerce la cabeza en mi dirección—. *Ella no es más que lo que tú la has obligado a ser.*

Me hundo las uñas en las palmas con un nudo en la garganta.

—*No lo entiendo...* —Andarna desliza la cola sobre la arena, frente a mí, y yo retrocedo para respetar el límite—. *¿No volverán con nosotros?* —pregunta—. *¿No nos ayudarán a alcanzar la paz que tanto ansían?*

—*De ningún modo.* —El macho alza la cabeza, y sigo su línea de visión. Chradh y Sgaeyl han vuelto justo a tiempo de presenciar nuestro fracaso más absoluto—. *Hemos observado parte de su viaje, y tenemos la sensación de que lo que buscan no es la paz, sino la victoria.*

El macho de los cuernos en espiral observa a Andarna en silencio.

El corazón se me acelera. Por todos los dioses, no me puedo creer que nuestra última esperanza se desmorone ante mis ojos. Lo hemos arriesgado todo, y no nos ayudarán.

—*Necesitamos la piedra protectora de Aretia, ¡y no podemos prenderla sin ustedes!* —gruñe Andarna.

—*No veo que sea un problema compartido* —responde la hembra.

—*¿No les importa que mueran personas?* —Andarna enrosca la cola por encima de su espalda.

—*Tal vez deberían morir.* —El macho más alto pestañea—. *Tal vez los corruptos deban consumir la tierra por completo. Solo cuando afronten la hambruna serán conscientes de la maldad que albergan. O bien morirán y la tierra se regenerará, o se enfrentarán a las abominaciones en que se han convertido y mutarán.*

«Mutarán». El corazón me da un vuelco.

—*¿Y cómo lo harán?* —pregunta Andarna, y cierto recelo inunda el vínculo con Tairn cuando el batir de unas alas llena el aire. Xaden y Garrick están a punto de llegar.

—*Tal vez sus retoños puedan evolucionar* —musita la hembra viendo cómo Sgaeyl y Chradh aterrizan cerca del arroyo, a unos veinte metros—. *Llegan otros dragones. Deberíamos marcharnos.*

No, me niego. El pánico me atenaza. No podemos fracasar. Esto no puede terminar aquí.

Xaden y Garrick desmontan en la playa de arena negra, por encima de la línea de la marea, y Tairn gira la cabeza hacia Sgaeyl. Lo que se hayan comunicado hace que los dragones se queden donde están, pero no sus jinetes.

—*¿Esa es la cura de los seres oscuros?* —pregunta Andarna trazando círculos serpentinos con la cabeza—. *¿Evolucionar?*

El aliento se me hiela en el pecho. La hembra entorna casi por completo los ojos dorados.

—*No existe cura alguna.*

¿No hay cura? Sus palabras me arrollan como algo casi físico, y las rodillas amenazan con fallarme.

—*Si han intercambiado su alma, seguro que pueden recuperarla* —replica Andarna.

—*No es un intercambio* —explica la hembra—. *El alma no permanece en la tierra cuando los seres oscuros roban su magia. El intercambio de poder mata el alma poco a poco, y no hay cura para la muerte.*

Xaden y Garrick no pierden de vista a los íridos mientras caminan hacia nosotros con sus chamarras de vuelo y las espadas colgadas a la espalda; la viva imagen de dos personas preparadas para la guerra.

Su alma no está muerta.

—*¿Nos explicarán al menos cómo derrotaron a los seres oscuros en la Gran Guerra?* —pregunta Andarna a un ritmo más acelerado, como si supiera que le queda poco tiempo.

—*Si necesitan preguntarlo, tal vez es porque no los derrotaron* —responde la hembra.

El macho de los cuernos en espiral observa a Xaden y Garrick cuando cruzan con cautela por detrás de Ridoc y se colocan a mi derecha.

—*Nuestra especie debió de ayudar* —insiste Andarna—. *Puedo quemar a los seres oscuros. ¿Somos la clave para derrotarlos?*

—*No tiene remedio.* —El macho más alto se adentra en el agua—. *Leothan, ya he oído suficiente.*

El otro macho ensancha las fosas nasales.

—*Yo no.*

—Nos oyen a través del vínculo —le signo deprisa a Xaden—. La cosa no va bien.

Él asiente.

—¿Nos ponen al día? —signa Garrick examinando las descomunales cabezas gachas que nos observan.

—Creen que Andarna es un arma, y eso les parece mal —explica Ridoc por el lenguaje de signos—. No nos ayudarán, y básicamente opinan que todos merecemos morir por no haber resuelto el problema más antiguo de la humanidad, que es dejar de matarnos entre nosotros.

—Bien —signa Xaden.

—Y no hay cura para los venin —continúa Ridoc sin perder un instante, y por poco no le sujeto las manos para que no diga nada más—. Sus almas mueren, así que adiós a la idea de salvarlos para derrotarlos.

Mierda.

Xaden mira al frente y Andarna tensa las garras en la arena.

—*Eres magia* —dice la hembra con una nota de tristeza en la voz—. *Y aun así pretendes utilizarla para la violencia.*

—*Predican la paz cuando solo han conocido sus privilegios* —replica Andarna—. *Son una decepción.*

—*El sentimiento es mutuo* —dice el macho más alto.

Vaya imbécil.

Tairn gruñe y la arena tiembla y los árboles vibran, y las escamas de Andarna adoptan un negro impenetrable cuando retrocede hasta su pata anterior derecha.

—*Tenemos un largo vuelo por delante y no vamos a sacar nada de provecho de esta situación* —prosigue el macho, retrocediendo otro paso hacia el agua—. *El mundo no estaba preparado para ti, y aunque no sea culpa tuya, no podemos aceptarte.*

Suelto un grito ahogado y le tomo la mano a Xaden.

—¿Qué está pasando? —signa Garrick.

Tal vez lo mejor sea que no oigan esto.

—*Es posible que Leothan no opine lo mismo* —el macho más alto mira de reojo al otro—, *pero la mayoría ha decidido que solo eres írida por las escamas y el nombre, Andarna. No se te permitirá entrar en nuestra isla ni recibir instrucción sobre nuestras costumbres. Aquí nos despedimos, y te deseamos paz.*

¿Paz? Le aprieto la mano a Xaden.

—*Ojalá no los hubiera conocido jamás* —gruñe Andarna.

El macho más alto se agazapa en el agua antes de lanzarse hacia el aire; sus escamas brillan un instante y luego se funden con el mismo cielo.

—¿Qué acaba de pasar? —pregunta Xaden.

—Creo que hemos perdido —susurra Ridoc.

Andarna agacha el hocico y un dolor desgarrador atraviesa el vínculo, pero lo que hace que me escuezan los ojos es la vergüenza que llega con la segunda oleada.

—Andarna, no —musito—. Eres fiera, inteligente, valiente y leal. Nada de esto es culpa tuya. Eres perfecta.

—*No es... verdad* —rezonga ella girando la cabeza hacia mí.

—*¿No sabías que era una cría cuando te vinculaste a ella?* —me pregunta Leothan, estudiándonos a los cuatro humanos con sus ojos dorados.

—No tenía ni idea —respondo en voz alta—. Debería haberlo sabido, pero los huevos y las crías están ocultos en la seguridad del valle hasta después del Sueño sin Sueños. Hacía siglos que nadie veía una, y desconocíamos que todos son Dorados Cola de Plumas hasta la adolescencia.

—¿Qué está pasando a...? —Garrick tuerce el gesto—. ¡Mierda, cómo duele!

Xaden hace una mueca y agacha la cabeza con los ojos cerrados. Supongo que acaban de descubrir el silbato con émbolo.

—La uniformidad asegura que a todas las crías las cuidarán sin deferencia por la especie y la guarida...

Leothan se estremece cuando Xaden levanta la vista. La hembra retrocede y muestra los colmillos.

—¿Cómo han podido aliarse con esto?

Es una forma extraña de describir el vínculo, pero allá ellos.

—Insisto en que no sabía que era una cría —replico—. ¡Cúlpenme a mí, no a ella!

—Abominación —escupe la hembra entornando los ojos... en dirección a Xaden.

Giro la cabeza hacia él y suelto una exclamación. Los bordes de sus iris brillan con un tono rojo intenso.

—Su especie no tiene salvación.

La hembra atraviesa con la mirada a Sgaeyl antes de desaparecer. Leothan estudia a Xaden un momento antes de desaparecer a su vez, dejando que las olas vuelvan a fluir con normalidad. Noto en la cara las ráfagas de viento provocadas por alas invisibles, y cierro los ojos cuando la arena nos salpica y su presencia se esfuma de mi mente, como antes. Cuando los abro, los iris de Xaden han vuelto a la normalidad.

O más bien a su nueva normalidad. Sigue habiendo manchas ámbar en las profundidades ónix.

—Carajo. —Su tono podría atravesar las escamas mientras sus dedos se deslizan entre los míos.

—No eres una abomi...

Levanta los escudos y me expulsa.

A nuestra derecha oigo unos sonidos dolorosamente parecidos a un gimoteo, y por encima de Garrick veo a Andarna retirándose hacia la selva, con las escamas adquiriendo un color dorado.

—Andarna. —Echo a andar hacia ella, pero también me bloquea.

—Yo me encargo. —Tairn se alza sobre nosotros y arranca un árbol con la cola cuando se adentra en el bosque para seguirla—. *Teine y Molvic se acercan.*

—Puedo...

—Solo uno de nosotros es ignífugo —me recuerda, y desaparece entre la vegetación.

Aprieto los puños hasta hacerme daño. Nunca me había sentido tan impotente.

—Supongo que por eso estabas tan obcecada en encontrar una cura.

La acusación de Ridoc me cae como un jarro de agua fría, y me volteo hacia él.

Carajo, no puede ser.

—Sí. —Asiente—. Le he visto los ojos rojos.

—Ridoc... —empieza Xaden.

—No quiero oír ni una palabra tuya, ser oscuro —espeta él entre dientes, con la mirada clavada en mí—. Vi, te doy una oportunidad para que te sinceres y me digas qué demonios está pasando.

CUARENTA Y TRES

Si es posible, conviene dar caza al enemigo de día. Es tan fácil ocultar sus marcas al abrigo de la noche que no me sorprendería descubrir que caminan entre nosotros.

—*Compendio sobre los venin*,
por el capitán Drake Corella,
bandada de las alas nocturnales

Ridoc atiende a la versión más breve posible de la historia antes de que los demás aterricen, y le prometo que se lo contaré todo si espera a que tengamos un momento de privacidad en el instante en que Mira desmonta.

—Debemos contarles primero lo de los íridos —termino con un tono de súplica apresurada.

Su boca se tensa y entorna los ojos castaños en dirección a Xaden.

—¿Han vuelto ya los otros cuatro? —pregunta Mira de regreso al campamento junto a Aaric, con la mochila colgada de un hombro.

—Aún no —responde Garrick a mi espalda—. Pero aún tenemos un par de horas antes de que anochezca.

—Por favor —le susurro a Ridoc cuando Mira suelta sus cosas cerca de su saco de dormir.

—¿Va todo bien? —Mi hermana frunce el ceño al ver que no responde nadie, y nos mira a los cuatro antes de pararse en mí con un repaso intenso de arriba abajo que culmina escudriñándome los ojos—. ¿Violet?

Se me cierra la garganta. No sé qué hará si descubre la verdad.

—Los íridos son una manada de imbéciles que han rechazado a Andarna —dice Ridoc—. Así que el día como tal ha sido más bien una mierda. —Se lanza a contarles la historia, y yo recupero el pulso normal poco a poco.

—¿Cómo está Andarna? —quiere saber Mira.

—Destrozada. —Miro hacia la playa, pero ella y Tairn todavía no han regresado—. Sé que veníamos con la esperanza de que los íridos nos ayudaran, o al menos de que activaran la piedra protectora, pero en el fondo ella solo quería conocer a su familia.

Garrick aprieta la mandíbula y Xaden se cruza de brazos.

—Los demás deberían volver pronto —dice Ridoc—. ¿Qué hacemos? ¿Volamos hacia Loysam mañana?

—No tiene sentido. —Miro a Xaden, pero él guarda silencio—. Loysam cuenta con guardias, pero no dispone de ejército. Podemos establecer relaciones diplomáticas, pero no nos ayudarán a ganar una guerra.

—¿Y qué quieres que hagamos? —pregunta Xaden, con la brisa marina revolviéndole el pelo cuando voltea hacia mí.

Por los dioses, es una absoluta belleza, y no solo por fuera. Todo en él me cautiva: su lealtad, su inteligencia, esa parte tierna que solo me enseña a mí..., incluso su crudeza natural. Y las partes que le falten, las partes que están «muertas», según los íridos... Viviremos sin ellas.

Para mí, sigue estando completo. Mientras impidamos que canalice poder de la tierra y encontremos la forma de que controle esa ansia, todo irá bien. No tenemos otra opción.

—Deberíamos volver a casa. —Pronunciar esas palabras me provoca una sensación de fracaso irreversible que me parte el corazón—. Quién sabe lo que habrá pasado en nuestra ausencia.

Por lo que sabemos, podrían haber caído las líneas y Theophanie podría estar esperándome en mi habitación.

—Cortes marciales para todos —señala Mira con sarcasmo.

Garrick asiente y observa el agua.

—Técnicamente, sobre el mapa, si volásemos hacia el noreste durante dos días, llegaríamos a los riscos de Dralor.

—Los grifos se llevarían una alegría —bromea Ridoc—. ¿No viste a Kiralair acurrucadita en la garra de Molvic?

—Solo los dragones más grandes pueden volar durante dos días sin descanso —dice Xaden—. Tairn, Sgaeyl. Y Molvic, quizá.

—Cruzaremos las islas —decido—. Es la ruta más segura para que todo el mundo llegue a casa, siempre que acampemos en una costa desierta al llegar a Hedotis. Es bastante probable que ahora mismo sea persona non grata allí.

Cuando llegan los demás y les explicamos nuestra situación, Ridoc me lanza una mirada que me informa de que se ha hartado de esperar a que charlemos.

A Xaden y Garrick no les hace ni pizca de gracia cuando Ridoc y yo nos marchamos hacia el bosque con la excusa de que vamos a cazar algo para la cena. Con la ayuda de la runa de escudo sonoro de ágata que Ridoc lleva, caminamos unos cinco minutos por la selva sin alejarnos lo bastante como para perdernos, pero sí lo suficiente como para asegurarnos de que no nos ve nadie, gracias a la escolta de Aotrom. El Café Cola de Espada no solo es curioso; está enojado.

Me asquea contarle a Ridoc toda la historia sobre Xaden, sin dejar de recordar que Ridoc fue el que más tardó en perdonarme mis secretos a principios de año. Cuando termino, la luz se ha convertido en tenues parches de color y él camina en círculos delante de mí, mirando en todas direcciones menos en la mía.

—Pensábamos que habíamos acordado que nos diríamos la verdad. —Se frota las manos.

—Este secreto no era mío. —Me apoyo en un árbol y observo las breves vueltas que da Ridoc frente a mí—. Sé que es una excusa de mierda, pero no me disculparé por haber protegido a Xaden.

—Eso no es una disculpa, Vi. —Se detiene frente a mí, con un millón de emociones distintas cruzándole el rostro, a demasiada velocidad como para poder nombrarlas.

Y tiene razón.

—Siento no habértelo dicho, pero si alguien se hubiera enterado, lo habrían encerrado como a Barlowe, y en el peor de los casos lo habrían matado. —Me cruzo de brazos.

Él arquea las cejas y adelanta el cuello.

—¿Y no hay una parte de ti, por minúscula que sea, que crea que quizá sea lo mejor?

—No, porque no es malvado. —Levanto la barbilla.

—Y tampoco es él mismo —replica—. Por eso te interpusiste entre nosotros en Hedotis. A veces pierde el control, y lo sabes.

—¿Y quién no pierde el control de vez en cuando?

—No vayas por ahí. —Me señala con el dedo—. Conmigo no.

—No es como Barlowe, ni muchísimo menos. Nunca me ha hecho daño. Solo ha canalizado para salvar a otras personas, primero en Basgiath, luego en la batalla de la frontera y, más tarde, cuando Courtlyn intentó matarnos en Deverelli. —Me reservo lo de la ligera pérdida de color de la cabecera de mi cama. Es un límite que no pienso cruzar con Ridoc.

—Me cago en los dioses, ¿ha canalizado tres veces? —Ridoc abre mucho los ojos—. ¿Y se las arregló para canalizar en una isla sin magia?

—Llevo un fragmento de aleación en mi conducto.

—Ah, bueno, me alegra saber que podrías alimentarlo como a Barlowe si fuera necesario... —Resopla—. Por eso has mantenido a Barlowe con vida. Carajo, Violet, ¿es que no respetas tu propia vida? ¿O ahora mismo solo nos preocupa la de Riorson?

—Jamás me ha hecho daño —repito—. Y sigue siendo un iniciado, no necesita alimentarse. —Noto las palabras como ceniza en la boca—. Mientras no vuelva a hacerlo, continuará como hasta ahora.

—Un ser oscuro, como la del pelo plateado que te persigue. —Ridoc empieza a deambular de nuevo.

Echo atrás la cabeza.

—No se parece en nada a ella.

—Y encima está vinculado a uno de los dragones más despiadados del continente —continúa, ignorando mi defensa—. De lujo, vamos.

—Él no controla a Sgaeyl. —Veo a Ridoc dar media vuelta y reemprender otra vez la marcha—. De hecho, ella ahora apenas le dirige la palabra.

—Pues no la culpo —dice Ridoc tras hacer una pausa, coincidiendo con Aotrom—. Y se lo ha ocultado al Empíreo... —Se detiene a mi derecha y se gira despacio hacia mí—. ¿Quién más lo sabe?

—¿Aparte de Xaden y yo? Garrick, Bodhi e Imogen.

Ridoc me mira perplejo.

—¿Ya está? ¿Solo ustedes cinco?

—Y ahora tú.

—Bueno, al menos es un club exclusivo —dice con sarcasmo, y se hunde las manos en el pelo—. Y todos son leales a él.

—Pues... sí. —Cambio el peso del cuerpo de pie—. Es a él a quien intentamos salvar.

Mi amigo pone los ojos en blanco hacia las copas de los árboles.

—No me jodas. ¿Cómo hemos vuelto otra vez a los secretitos? —Levanta un dedo—. Mira, no contestes, que ya lo sé: Riorson. Otra vez. Veo un patrón.

—Basgiath habría caído si no hubiera matado al Sabio de los seres oscuros —le recuerdo—. Lo que nos dio, lo que le dio a mi madre, fue tiempo para imbuir la piedra protectora. Todos habríamos muerto si no hubiera canalizado más poder. El continente habría caído de no ser por él.

—Solo para convertirse en lo que estamos combatiendo. —Niega con la cabeza—. Es que no podría ser más paradójico, sobre todo teniendo en cuenta que ahora es el puto duque de Tyrrendor. —Deja caer los brazos—. Podría destruir nuestro reino, nuestra provincia, desde dentro. Podría entregarnos a los venin en bandeja de plata. Barlowe era un mediocre. Ahora tenemos a un ser oscuro sentado en el Senario.

¿Solo lo ve así? ¿Como un ser oscuro más?

—Está de nuestra parte. Luchando en nuestras batallas. —Me impulso contra el árbol—. Ha matado a más venin después de la batalla que cualquier otro jinete, ¿te acuerdas?

—¿Cómo estás tan segura de que no te está utilizando? —Frunce el ceño.

—¡Porque lo conozco!

—Bien, bien. —Ridoc asiente de forma exagerada—. Te seguiré el juego. Digamos que sigue siendo un ochenta por ciento Xaden.

—Un noventa —le replico.

—Bueno. —Se encoge de hombros—. Hay cuatro rangos de seres oscuros, y tu amorcito ya ha canalizado tres veces. Creo que un ochenta por ciento es matemáticamente generoso, pero, bueno, viviremos en tu fantasía a fin de lanzar algunas hipótesis. ¿Cuánto tiempo tenemos hasta que se convierta en asim? ¿Hasta que sea físicamente incapaz de resistirse a la llamada de un Sabio?

—Si no canaliza...

—¡Siempre canalizan! —Se le forman cristales de hielo en las puntas de los dedos—. Que me guste hacer bromas no significa que no me lea con atención las mismas mierdas que tú. No hay registros de iniciados que le hayan dado la espalda al poder.

—Por eso debemos encontrar una cura. —Se me rompe la voz.

—Acaban de decirnos que no existe —señala agitando los brazos en dirección a la playa.

—Y apenas he tenido cinco minutos para procesar esa información. —La ira y el miedo luchan por adueñarse de mis emociones, y ambos arrastran el poder a la superficie, que me enciende la piel—. Todo lo que he hecho los últimos meses, desde cerrar el trato con Tecarus por los libros hasta buscar a los miembros de la especie de Andarna, ha sido para proteger el continente, pero también para encontrarle una cura, y la fuente más fiable acaba de decirme que no existe. —Niego con la cabeza cuando noto una oleada de calor que crece al mismo ritmo que mi pánico—. Todavía no sé cómo afrontarlo. No tengo todas las respuestas, Ridoc. Solo sé que debo hallarlas, tanto si están en un libro olvidado como en la cabeza de un ser oscuro, porque esta guerra me ha arrebatado a Liam, a mi madre y ahora a Trager, ¡y no pienso renunciar al hombre al que quiero!

El poder da chasquidos en mi interior y sale hacia fuera. Un rayo golpea el árbol que hay detrás de Ridoc y el trueno que lo acompaña me sacude los huesos.

—¡Carajo! —grita Ridoc tapándose las orejas y volteando hacia el árbol.

El corazón me da un vuelco cuando el tronco se parte por el medio y las mitades oscilan antes de derrumbarse. Levanto los dedos para convocar una magia menor que suavice la caída, pero el árbol pesa mucho para mis habilidades en este campo. Las dos mitades van a parar al suelo formando una línea frente a nosotros, y entonces empiezan a arder en llamas.

—Carajo. —Ridoc extiende las manos y una fina capa de hielo recorre la madera en ambas direcciones. Las llamas silban y se extinguen—. Ahora Riorson sí que me matará —masculla, pero la broma cae en saco roto. Se gira hacia mí.

—Gracias. —Señalo los rescoldos y suspiro—. Y perdóname.

—¿Por qué?

—Por todo —admito con un tono algo más elevado que un susurro.

Él asiente.

—Voy a salvarlo. —Se me hace un nudo en la garganta—. Y no solo porque no me imagine una vida sin él. Sé que soy algo egoísta en esto de quererlo, y últimamente a lo mejor un poquitín autodestructiva...

—¿Tú crees? —Señala el árbol.

—... pero si no lo salvo... —Bajo la voz—. Si no lo curo y él... —No soy capaz de verbalizarlo—. Guardo suero para emergencias, pero, Ridoc, como no siga de nuestro lado, habremos perdido esta guerra. No hay jinete vivo capaz de detenerlo ahora mismo estando a pleno poder, y menos si llegara a convertirse de verdad. Y no digas que yo podría, porque no es verdad. Incluso si puliera mi sello hasta su nivel, algo que me exigiría los años que él ya ha tenido, no podría hacerle daño, y él a mí tampoco. Lo significa... todo para mí.

Ridoc hunde los hombros.

—¿Y dónde está el límite? ¿En qué momento se habrá pasado lo suficiente de la raya para que dejes de defenderlo?

Abro la boca, pero vuelvo a cerrarla.

—No hay límite, o ninguno que él sea capaz de cruzar.

—¿En serio? —Enarca las cejas—. ¿Y si le hace daño a alguien a quien quieres? ¿Te haría cambiar de idea?

—No le haría daño a nadie. —Niego con la cabeza de nuevo—. No ha pasado nada en todos estos meses. No lo hará.

Me agarra de los hombros.

—No me convence. Dame un límite real y lógico que deba traspasar para que te alejes de él y guardaré el secreto. Te ayudaré a revisar cada puto libro que encuentres. Estoy dispuesto a comprarte el mantra de «voy a salvar a mi hombre a toda costa», y estaré a tu lado en esta situación terroríficamente peligrosa siempre que reconozcas que habrá un punto de no retorno. Puedes depositar en él toda tu confianza si al menos te reservas un poquitín de lógica para ti.

—No... no me imagino dejando de quererlo. —Levanto las manos y las apoyo en sus antebrazos.

—No he dicho en ningún momento que no pudieras quererlo. —Me aprieta los hombros con delicadeza—. Puedes seguir queriendo a una persona incluso después de dejarla ir. Pero debes decirme que existe un límite que te haría dejarlo marchar. Porque si ese límite no existe, no solo lo perderemos a él, Vi.

Se me encoge el corazón.

—Yo jamás...

—¿Canalizarías para salvarlo? ¿O ese es el límite?

Trago saliva haciendo ruido, al recordar ese brevísimo instante en la cámara de la piedra protectora en que mi poder no bastó para imbuir la piedra.

—Si te resulta más fácil, elige un límite a partir del que yo

pueda delatarlo —susurra Ridoc—. Dímelo ahora, cuando crees que no hay posibilidad alguna de que ocurra, y si en algún momento él llega a cruzarlo, la decisión no recaerá sobre ti.

Tenso todos los músculos del cuerpo.

—¿Y si les hace daño a Tairn o a Andarna? —propone Ridoc—. Tienes que echarme una mano, Vi, o me iré directo a la persona que sé que pondría tu vida por encima de todas las demás de esa playa.

Mi hermana, Mira.

Intento valorar la situación desde la perspectiva de Ridoc, y es de todo menos agradable.

—Está bien. Hipotéticamente tendría que matar a otro jinete sin razón o hacerle daño a un civil. O a mis amigos, a mis dragones. A... mí —termino en un murmullo—. Si me hiciera daño a mí, sabría que ya no queda nada de Xaden en él.

Ridoc asiente y apoya su frente en la mía.

—Entendido. Queda dicho.

—Queda dicho —repito.

Él deja caer las manos y echamos a andar de vuelta al campamento.

—Deja de callarte las cosas —me recrimina—. No quiero que volvamos a pelearnos. Los cuatro somos más fuertes juntos que separados. No arruines eso, ni siquiera por Riorson. Si te preocupa contarnos a Rhi, a Sawyer o a mí algo que estés haciendo porque sabes que perderemos los estribos, o bien no deberías estar haciéndolo o a lo mejor te mereces que los perdamos.

—Tomo nota. —Suspiro—. Los echo de menos.

—Yo también. —Me pasa un brazo por encima de los hombros—. A Rhi se le da mejor lo de echar broncas.

—Pues la tuya no ha estado nada mal.

Una sonrisa me curva los labios cuando rodeamos un árbol

del diámetro de la pierna de Tairn... y encontramos a Xaden en el otro lado, esperando con un tobillo sobre el otro y de brazos cruzados, apoyado contra el tronco.

Ridoc tensa la mano sobre mi hombro, pero no la mueve cuando nos paramos en seco. Xaden enarca la ceja de la cicatriz al darse cuenta.

—Vaya, qué dilema —dice Ridoc—. Verás: si bajo la mano, parecerá que nos has descubierto haciendo algo que no deberíamos. Y no hemos hecho nada. Pero si la dejo ahí, no tengo claro si no perderás la cabeza en un acceso de ira y... —Se frota el cuello con la mano izquierda.

—No ayudas —le digo.

—Y tampoco quiero que pienses que me das miedo solo porque des miedo —añade Ridoc—. Porque no me das miedo.

—Sí que te lo doy. ¿Qué has decidido? —pregunta Xaden con una expresión de puro aburrimiento.

—¿No vas a amenazarme de muerte? —contesta Ridoc.

—No amenazo en vano.

Intento comunicarme con él mentalmente, pero sigue con los escudos alzados.

Ridoc ladea la cabeza.

—O sea, ¿no me amenazarías antes de matarme? ¿O es que no serías capaz de matarme?

Xaden hace un gesto de indiferencia.

—Tú eliges.

—Paren ya.

Miro a los ojos a Xaden y él voltea con una expresión menos dura.

—Debe contárselo a Rhiannon y a Sawyer —exige Ridoc, y luego hace una pausa, sopesándolo—. Y a Jesinia.

El corazón prácticamente se me detiene.

—¿Has enloquecido?

—¿Solo eso? —pregunta Xaden, y no sé si además de idiota está siendo sarcástico o si habla en serio.

—Preferiría incluir también a Mira y a Brennan, pero podemos empezar con esos tres —responde Ridoc mirando a Xaden—. Todas las personas que lo saben valoran tu vida por encima de la de ella...

—Eso no es verdad —le discuto.

—Todo el mundo que lo sabe le ha dicho a Violet que huya lo más lejos que pueda —dice Xaden—. Yo incluido.

—Me alegro. —Ridoc se encoge de hombros—. Rhi. Sawyer. Jesinia. Es mi única condición para guardarte el secreto.

—Eso no es lo que habíamos hablado —siseo.

—Nosotros hemos hablado de nuestros términos —responde Ridoc, y se gira hacia Xaden—. Esto es entre nosotros. Jesinia debe saber todos los detalles de lo que está investigando, por si encuentra la forma de ralentizar el proceso. Sawyer, Rhi y yo somos los únicos que pueden estar con Violet en todas las clases, y nuestros dormitorios están pegados al suyo. Es más que capaz de protegerse a sí misma, pero nunca están de más otros pares de ojos, teniendo en cuenta lo que se le viene encima.

Xaden se tensa.

—Sí, sabes perfectamente a qué me refiero. —Ridoc asiente.

—Pues yo no —digo arrugando la frente.

—Si esto avanza y se convierte del todo... —empieza Ridoc.

—Cuando me convierta del todo —lo corrige Xaden—. La negación y yo no somos muy amigos.

Ridoc levanta las cejas.

—Estamos de acuerdo, entonces. Cuando se convierta del todo, o cuando alguien del rango que no toca se dé cuenta de en lo que se ha convertido, tendrán que matarlo por las mismas razones que me has comentado, Vi.

—¿Qué tiene eso que ver con...? —Contengo el aliento al seguir su proceso mental hasta la conclusión lógica, y me invade una cólera descontrolada. Miro a Xaden—. Matarme a mí es la forma más fácil de matarte a ti. —Como en mi primer año.

—No permitiré que eso ocurra. —Xaden aprieta la mandíbula.

—Nosotros no permitiremos que eso ocurra —le asegura Ridoc—. Tú andarás por ahí haciendo maldades donde sea que se requieran.

Separo los labios.

—Rhi. Sawyer. Jesinia —repite Ridoc.

—¿Aetos no? —pregunta Xaden—. Me refiero a Dain.

—Ni hablar —intervengo—. Te mataría.

—Que lo intente —dice Xaden—. Pero el conato enturbiaría un poco nuestra relación.

—Aquí estoy con Violet —declara Ridoc—. Aunque me enorgullezca lo lejos que ha llegado Aetos en lo de saltarse las normas, todavía no está listo para graduarse en este nivel en concreto. Rhi. Sawyer. Jesinia.

—Hecho —contesta Xaden—. Pero que quede clara una cosa: me importa un comino a quién se lo cuente Violet si es por su seguridad.

—Me parece bien —conviene Ridoc, y entonces se balancea sobre los talones y respira hondo—. Y ahora que hemos hecho las paces, lo del rayo de antes no ha sido... —Hace un gesto entre él y yo—. Ya me entiendes, que no estábamos haciendo nada. —Frunce el ceño—. O sea, sí estábamos haciendo algo porque la he enfurecido, pero que no era nada... serio, no sé si me explico.

Me contengo para no poner los ojos en blanco.

—Soy muy consciente de ello —responde Xaden—. Primero porque confío en Violet, y segundo porque el rayo no ha sido lo bastante grande.

«¿En serio?» Me río entre dientes.

—Bueno. —Ridoc ladea la cabeza, como si sopesara algo, y entonces hace un gesto negativo—. No, me niego. Tú y yo ya no podemos volver a las bromas de vergas. Que tampoco es que fuera algo habitual. Pero sigo enojado.

—Y deberías. —Xaden se aparta del árbol y camina con nosotros—. Y me estoy asegurando de que Violet sea capaz de matarme cuando llegue el momento. Si tengo que elegir entre ella y yo, me quedo con ella. Que mate al ser en el que me convierta.

Entorno los ojos ante el deslumbrante idiota al que tan insensatamente he entregado mi corazón.

—No llegará la sangre al río.

—Maldita sea. ¿Es una idea noble? ¿Es una locura? No me decido. —Ridoc me da unas palmaditas en el hombro, y luego echa a andar hacia el campamento—. Nunca me he alegrado tanto de estar soltero. Ustedes dos tienen problemas gordos.

—¡Garrick se ha encargado de la caza que se suponía que te habíamos asignado a ti! —le grita Xaden cuando salimos de entre los árboles.

Ridoc le levanta el pulgar antes de descender por la colina. Xaden me estudia el rostro y me observa como si tuviera que memorizar cada detalle en este preciso momento. Doy un paso hacia él, pero retrocede, negando con la cabeza.

Se me cae el alma a los pies.

—Vas a poner tierra entre nosotros por el comentario de la abominación, ¿verdad?

Xaden se estremece, y esa es toda la confirmación que necesito.

—No eres una... —empiezo.

—Los otros dos íridos se han quedado porque aún no se habían decidido —me interrumpe—. Y creo que te los habías ganado porque no sabías lo joven que era Andarna en la Trilla.

—La mandíbula le cruje y vuelve a ponerse esa máscara de aburrimiento e indiferencia que tanto le gusta—. Pero entonces me han visto. Carajo, estoy casi seguro de que esta misión, por la que lo hemos arriesgado todo, ha fracasado por lo que soy. Por estar aquí contigo.

—Eso no es justo —susurro.

—Pero es cierto. —Las sombras se extienden por los bordes de sus botas, y mira hacia la playa—. Apenas he aguantado un mes sin canalizar magia que no fuera de Sgaeyl. —Niega con la cabeza—. Si en esa playa solo hubiesen estado Ridoc y tú, o Dain, o tú y... cualquier otra persona que no fuera yo, es muy probable que estuvieran ya de camino a la isla de la que se hayan adueñado, Andarna tendría una posibilidad de conocer a los de su especie y habrían accedido a prender la piedra protectora de Aretia y salvar mi ciudad, mi provincia entera. —Vuelve a dirigir los ojos hacia mí—. De modo que sí: creo que lo de la abominación, y lo que representa, nos exige que dediquemos un momento a valorar el hecho incuestionable de que soy el principal peligro para la misión, para mi provincia y para ti.

El corazón me sangra por él, por lo culpable que se siente por algo que no puede controlar.

—Bien. —Me cruzo de brazos y sopeso si enfrentarme a él o consolarlo, pero entonces opto por una ruta distinta—. Ya he valorado los hechos. No necesito un momento. Habrías participado en esta misión independientemente de tu estado, por Tairn y Sgaeyl. Es ridículo que te hayan juzgado sin ni siquiera haberte oído hablar, pero eso dice más de su carácter que del tuyo. Y si necesitas espacio para reflexionar sobre ello, allá tú. —Ladeo la cabeza hacia él—. Pero nada cambiará lo más mínimo lo mucho que te quiero.

Xaden tensa las manos. Le doy la espalda y me encamino hacia el campamento.

—Avísame cuando se te haya pasado la melancolía y comprobaremos lo grande que es mi próximo rayo. Hasta entonces, mañana volamos de vuelta a casa.

Los grifos están exhaustos y tardamos diez días en llegar a Deverelli, donde pasamos un día más arreglando el arnés de Andarna después de que se le salte una pieza de metal.

Xaden guarda las distancias conmigo durante todo el trayecto.

Andarna apenas me dirige la palabra.

Cat está tan callada que se me parte el corazón, hasta el punto de que incluso desearía que me soltara alguna indirecta.

Y yo estoy a punto de romperme bajo el peso del fracaso.

Aprovechamos el día para trazar la ruta hasta Poromiel, escogiendo una que nos acerque a la costa entre Cordyn y Draithus para minimizar las posibilidades de toparnos con seres oscuros. Cuando nos lanzamos hacia el continente, Mira me ha preguntado ya una decena de veces si estoy bien, y aunque Dain tiene la manía de calcular continuamente lo lejos que nos sentamos Xaden y yo antes de mirarme, tiene la sensatez de mantener la boca cerrada.

Examino sin descanso el entorno durante el vuelo en busca de venin; me da demasiado miedo dormirme en la silla. El corazón me da un vuelco con cada reflejo del sol en un lago, y cada tormenta lejana hace que me agarre con fuerza al pomo. Lógicamente, sé que es imposible que Theophanie esté al tanto de que nos hallamos fuera de las protecciones, disponibles para que nos ejecute como le plazca, pero tampoco debería haber sabido que estaba en Anca. O nuestro plan de vuelo ha funcionado o Theophanie ha decidido no atacarnos, y aunque volemos por zonas de tierra yerma, alcanzamos las protecciones sin encontrarnos con una sola patrulla de guivernos. Esta tranquilidad solo consigue que me ponga todavía más nerviosa.

Pasamos la noche bajo las estrellas, dentro de las protecciones, para evitar el arresto y la corte marcial que sabemos que nos espera, y entramos en Basgiath tres semanas y media después del día que nos marchamos.

No hay sensación alguna de victoria cuando descargo las bolsas de la silla de Tairn en el campo de vuelo, ni siquiera tras habernos asegurado la ayuda de un ejército. El sobrecogedor fracaso de haber perdido a los íridos hace que note la lengua pastosa, que se agrie todo lo que como y bebo, infecta mis palabras y hasta el aire mismo de mis pulmones. La decepción se encona y se extiende hasta que me siento del todo rancia cuando desmonto en el campo embarrado.

Andarna se marcha volando directa al valle. No habla ni siquiera cuando desaparece por encima de la cresta. Su tristeza es lo que más me duele.

—¡Violet!

Volteo y acabo devorada al instante por el abrazo de Rhiannon. Me aprieta con fuerza, y yo suelto la mochila para devolvérselo. Quizá sean los gritos que Kaori les profiere a los cadetes al otro lado del campo, o el aroma del pelo de Rhi, o el mero hecho de que hayamos regresado, aunque no sea nuestro hogar, pero la enormidad de lo que acabamos de perder me humedece los ojos y me forma un nudo en la garganta.

—Te he echado muchísimo de menos. ¿Cómo sabías que estábamos aquí?

—Feirge me ha dicho que estaban llegando y hemos salido corriendo del comedor. Me alegro tanto de verte... —Rhi se retira con una sonrisa llorosa—. ¿Están todos bien?

Abro y cierro la boca, sin saber cómo responder a la pregunta.

—¡Rhi! —Ridoc nos salta encima desde un lado y nos rodea a ambas con los brazos; la barba de dos semanas me rasca la mejilla—. Carajo, qué falta nos has hecho en el viaje. Violet estaba fuera de control. Le dio un sermón a una reina y envenenó a la madre de Xaden y a los tres cabezas de Estado de Hedotis, pero nos ha conseguido un ejército.

Rhi se ríe entre dientes mientras él nos balancea a un lado y a otro.

—¿Y tú qué has hecho?

—Poco, la verdad. He apagado un par de fuegos y le di un puñetazo a un cocinero. —Me suelta y entonces añade a Sawyer al abrazo cuando se nos acerca, apoyándose ligeramente en un bastón—. Así, sí. Esto es lo mejor.

—Me alegro de que hayan vuelto —dice Sawyer con la cara aplastada contra la mía gracias a Ridoc.

—Yo también. —Me relajo dentro del abrazo.

—¡Míralas! ¡Vengan aquí ahora mismo! —grita Ridoc sin romper el abrazo.

Maren se ríe y corre hacia mi otro lado, abriéndose paso como puede, pero Cat suspira sin hacer ademán de unirse.

—Sin excepciones —añade Ridoc, y entonces arrastra a Cat al círculo entre él y Sawyer—. Los más lindos de segundo, juntos otra vez. —Nos suelta, pero mantenemos el círculo.

Rhi va pasando la mirada entre los presentes, como si estuviera contando, y de pronto deja de sonreír.

—Hemos perdido a Trager —le explico con voz queda.

—¿Qué? —Rhi retrocede con el gesto descompuesto.

—¿Cómo? —Sawyer hunde los hombros.

—Zehyllna —responde Cat, antes de carraspear—. Una flecha en el corazón. Pero gracias a eso conseguimos un ejército, así que... —La voz se le rompe, y vuelve a aclararse la garganta.

—Lo siento muchísimo —dice Rhi mirando a Maren y a Cat.

—Nosotras también —susurra Maren.

—Y hemos fracasado —confieso por primera vez en voz alta, mirando a Sawyer y a Rhi a los ojos—. Encontramos a los íridos, pero no vendrán. Hemos fallado.

—Mierda. —Rhi pone la cara larga.

—Pues con este clima político, es una verdadera decepción.

Nos separamos y volteamos hacia el general Aetos, que nos observa a una distancia respetable de Tairn, atravesándonos con la mirada. Ni siquiera le presta atención a Dain cuando llegan los demás.

Xaden se detiene entre Garrick y Drake y nuestras miradas se encuentran un instante antes de centrarnos en el general Aetos. «Corte marcial en tres, dos...»

—Discutiremos su castigo por desobedecer órdenes directas más tarde. —El general gira hacia Drake—. Qué lástima que hayas nacido en la rama incorrecta de la familia. —Su mirada se posa en Cat—. La buena noticia es que estás un paso más cerca del trono.

Cat se queda lívida.

—¿Syrena?

Se me cae el alma a los pies, y veo a Mira agarrando con fuerza su morral.

—¿Es tu hermana? —pregunta Aetos metiéndose la mano en el bolsillo del uniforme y caminando hacia nosotros.

—Sí —responde Maren para ahorrarle el mal trago a Cat.

—Ah, ya. La infame piloto. —Aetos se extrae una carta y me la entrega sin responder del todo a Cat ni a Maren—. Hará una hora que te ha llegado esta desconcertante epístola. Ya la comentaremos durante el interrogatorio.

Agarro el pergamino y me fijo en que el sello está roto.

—¿Syrena Cordella está viva?

Hay que ser muy cruel para alargarlo tanto.

—Hasta donde sé, está perfectamente. —Aetos le lanza una mirada intensa al papel.

«Gracias a Amari».

Cat se tambalea y respira hondo, y yo despliego la carta abierta.

—¿Qué ha pasado? —pregunta.

La sangre se me hiela y me pongo pálida al distinguir su caligrafía.

Violet:

Espero de corazón que te lo hayas pasado en grande en tu viaje, aunque la manada no tenía buen aspecto cuando sobrevolaban Pavis. Me pregunto por qué se han esforzado tanto cuando yo tengo en mis manos lo que más ansían. Disfruta de tus amigos hasta nuestro próximo encuentro. No sufras, me estoy encargando de todos los preparativos.

—T

Arrugo el pergamino por inercia y volteo hacia Xaden.

—*¿Qué es?* —Él inclina la cabeza.

—*Theophanie.* —Me cuesta respirar con normalidad—. *Sabe que nos habíamos ido. Nos vio sobrevolar Pavis y, de algún modo, ha enviado esto aquí antes de que llegáramos.*

Xaden aprieta los labios.

—*Aquí no puede hacerte nada.*

—*Pero ha logrado entrar.* —Me guardo el papel en el bolsillo y me doy cuenta de que el general Aetos me observa como un halcón.

—¿Está bien mi tío? —Cat levanta la voz—. Díganoslo ya. Tecarus. Ay, no.

—Durante las tres semanas que han estado haciendo los dioses saben qué por las islas —dice Aetos con una mirada dura—, Suniva cayó a manos de los seres oscuros.

Maren suelta un grito ahogado, y el silencio momentáneo se llena de temor.

—La reina Maraya ha muerto.

CUARENTA Y CUATRO

Majestad, por desgracia no encuentro ley que prevalezca sobre los pergaminos de la Unificación. El Compromiso Provincial firmado durante el reinado de Alondra la Arrojada (207.1), en que se consolidaban los ejércitos de las provincias bajo el estándar de la reina durante el conflicto con Poromiel, terminó con el segundo Acuerdo de Aretia, y el control de todas las fuerzas ~~debería~~ debe regresar a las provincias de las que provienen. Recomiendo ~~exigir~~ pedir un nuevo Compromiso Provincial que incluya el conflicto actual. ~~Las provincias jamás accederán después del aumento de las tasas de reclutamiento. Mi consejo: no moleste al duque de Tyrrendor, que ahora lidera el grueso de nuestro ejército. A la mierda. Odio mi trabajo.~~

—Borrador no enviado de la correspondencia de la coronel Agatha Mayfair, archivista real

Los líderes nos separan del todo tras dejar nuestras cosas en las habitaciones y luego nos interrogan uno a uno durante doce horas, acompañados de los escribas. Cuando Aetos insinúa lo molesto que está por que el rey Tauri se alegre tanto del regreso de Aaric que ha prohibido cualquier tipo de castigo, el alivio emocional me provoca una sensación inmediata de agotamiento aplastante, pero no pido hacer un descanso durante el interminable interrogatorio. Yo tomé las decisiones, y si esta larga sesión es la única repercusión oficial, la asumiré sin queja, sobre todo sabiendo que los otros miembros del pelotón están a salvo.

Repasamos los detalles del viaje tantas veces y durante tantas horas que empiezo a preocuparme de que estén buscando fisuras en nuestras historias o que sospechen que contamos con algo más que textos singulares como guía. Es tedioso y agotador, pero al menos tengo la oportunidad de verle la cara de celos a Markham al otro lado de la sala, en los pocos momentos en que decide asistir a mis sesiones.

He visto cosas que él jamás verá y tocado partes de la historia que él ni siquiera sabía que existían.

Como mi padre.

A Mira y Garrick los mandan de vuelta al frente el 28 de marzo, el último día del interrogatorio. Drake parte a Cordyn. Brennan llega de Aretia para repararme las costillas. A Xaden lo arrastran a las reuniones del Senario y vuelve a su puesto de profesor.

Y el resto empezamos de nuevo con las clases.

Para habernos saltado más de tres semanas, solo estoy del todo perdida en Física y algo confundida en Historia, dado que en mis estudios previos al viaje no había nada de cuando Braevick absorbió Cygnisen bajo el reinado de Porom I. De no ser por los apuntes de Rhi, los tres habríamos naufragado académicamente hablando, y seguro que Aaric piensa lo mismo de Sloane.

Pero es en Informe de Batalla cuando descubrimos el daño que puede llegar a provocarse en tres semanas. Suniva no es ni mucho menos la única ciudad que ha caído. De hecho, desde un punto de vista geográfico, es una excepción.

—Es imposible —susurro contemplando el mapa desde mi

silla. ¿Cuántos seres oscuros habrán hecho falta para cubrir tanto territorio en tan poco tiempo? Rhi y yo nos hemos pasado las primeras horas de la mañana dando parte, pero este tema no ha salido.

—Avanzan rápido. —Rhiannon saca la pluma y papel.

—Si por *rápido* te refieres a que han pintado la mitad de la provincia de Krovla mientras estábamos fuera, sí, creo que *rápido* es un término bastante acertado —comenta Ridoc a la derecha de Rhi.

—¿No han visto nada de camino a aquí? —pregunta Sawyer.

—No. —Agarro con fuerza la pluma—. Hemos sobrevolado las ruinas de Pavis. —Hay tantísimas zonas pintadas de rojo que se funden en una. Solo se han salvado el extremo meridional y el occidente de Krovla. Cordyn sigue en pie, pero ¿cuánto aguantará?—. ¿Bajas civiles?

Rhi aprieta los labios.

—Desconocidas, y las fronteras están sumidas en el caos. La gente huye en todas direcciones. Draithus se enfrenta a una escasez de suministros grave. Demasiada gente en muy poco tiempo.

Se me forma un nudo en el estómago. Mira y Garrick han partido hacia Draithus.

—Porque su rey no deja entrar a nadie —masculla Cat.

Varias cabezas se giran hacia ella antes de desviar deprisa la mirada. Llevamos así todo el día, con los cadetes susurrando y mirándonos de soslayo.

—¿Cómo? —Me inclino hacia delante para mirar al otro lado de Maren mientras los rezagados ocupan sus asientos—. ¿Seguimos sin acoger a civiles?

—Supongo que eso se lo han callado en el interrogatorio —responde.

O solo me han interrogado navarros.

—¡Demos la bienvenida a nuestros viajeros! —exclama la profesora Devera al ocupar su posición al frente del aula, junto con la profesora Kiandra—. Hasta donde sé, nos han conseguido un ejército de cuarenta mil soldados, gracias a la alianza con Zehyllna. —Me hace un sutil gesto de cabeza, y yo me obligo a sonreír—. Esto puede ayudar a cambiar el curso de esta guerra.

Pero no hemos logrado nuestro objetivo principal. Y hemos perdido a un compañero de pelotón. Tendré que volver al gimnasio con Imogen para lidiar con esta puta culpa.

—Yo me conformaría con un punto muerto —dice Maren a mi izquierda.

—Y demos también la bienvenida a nuestros nuevos invitados. —Devera voltea hacia los dos capitanes con el uniforme negro de jinete que nos observan desde el extremo de la fila de Aaric—. Por favor, pónganse lo más incómodos que puedan.

Aaric fulmina con la mirada a Sloane y a Baylor, y entonces vuelve a dirigir la vista al frente.

—Pasemos a estrategia de batalla —anuncia entonces Devera—. ¿Dónde deberíamos colocar a nuestros cuarenta mil soldados? —pregunta al aula, y entonces grita el nombre de un alumno de primero del Ala Dos.

—Deberíamos estacionarlos aquí para que velen por la piedra protectora —contesta el chico de pelo rizado.

—Claro, porque ahí es adonde parecen dirigirse los venin —se mofa Imogen por encima de nosotros.

—Siguiente —ordena Devera.

—Deberíamos mandarlos al sur, a defender el frente, para que Cordyn no caiga —dice Cat sin que se lo pidan.

—Sería sin duda un uso excelente de las tropas —coincide

Devera—, aunque me pregunto si en tu caso no es una decisión sesgada, teniendo en cuenta de que ahora es la sede del poder de tu tío.

«El rey Tecarus».

—¿Qué opinan el resto de los viajeros? —pregunta Devera posando los ojos en nosotros.

Contemplo el frente occidental que acecha a Tyrrendor, y me reservo mi opinión para que no me acusen también de tenerla sesgada.

—Deberíamos dividirlos —responde Dain sobre nosotros—. La mitad al sur, a defender al nuevo rey y lo que quede del territorio, y el resto al frente occidental.

—¿Desplegarías a todas las tropas dentro de Poromiel? —pregunta sentándose en su sitio favorito de la mesa.

—Es donde los necesitamos —contesta él con una seguridad que envidio—. Y antes de que los jinetes se pongan a la defensiva, recuerden que si protegemos el frente occidental de Krovla, mantenemos a los seres oscuros fuera de Tyrrendor y Elsum; y debemos proteger al rey Tecarus, según dicta la alianza.

—Y ha sido un piloto quien ha pagado el precio de ese ejército —añade Cat.

—Son argumentos de peso —admite Devera—. Personalmente, yo dividiría las tropas en tres, y colocaría a la mayoría entre los frentes que ha sugerido Aetos y el resto de nuestros puestos avanzados.

Frunzo el ceño. ¿Para qué necesitan más tropas los puestos avanzados dentro de las protecciones?

—Si empezamos a perder protecciones, no habrá ningún lugar seguro en el continente —termina Devera.

—¿Seguro para quién, exactamente? —musita Maren.

—Es difícil que los puestos caigan o pierdan protecciones cuando ya están protegidos —dice Sawyer.

A menos que piensen que los arsenales corren peligro. Bastaría una disrupción en el suministro de energía para que las protecciones cayeran.

—Veremos lo que deciden los líderes. —Devera hace una pausa y las manos le resbalan por el borde de la mesa—. Soy consciente de que el tema de hoy es delicado, sé que muchos tenían familia allí, pero es capital que hablemos de la caída de Suniva ahora que empiezan a llegar los informes de la inteligencia.

Se oye un zumbido inmediato de tensión en el aula, como si la mitad de los ocupantes no pudieran hacer otra cosa que canalizar.

—¿Cuántos de ustedes saben lo que ocurrió? —Devera pasa la mirada por el aula.

Una piloto de segundo del Ala Tres levanta la mano, y Devera asiente.

—Creo que nadie tiene todos los detalles, pero sabemos que los tomaron por sorpresa. He oído que veinte venin...

—Yo he oído que eran más bien treinta —replica alguien a mi derecha.

—Por eso estamos celebrando esta sesión. —Devera enarca las cejas—. No nos hace ningún bien entrenar con informaciones falsas y rumores. —Le lanza una mirada a la piloto.

—Cayeron del cielo, con lo que las murallas de quince metros de Suniva fueron superadas —continúa la piloto—, y luego provocaron un... incendio. ¿Es verdad que la mayoría de las personas murieron quemadas?

Se me encoge el corazón. No se me ocurre una muerte más terrible.

—Por desgracia, sí —confirma Devera—. El fuego comenzó en el famoso distrito textil y, con la ayuda de lo que suponemos que era un venin que manipulaba el viento, devoró en poco tiempo la mayor parte de la ciudad, a pesar de los esfuerzos de las cuatro bandadas apostadas allí, de las que no ha sobrevivido nadie. Teníamos una manada de cuatro estacionada allí para proteger a la reina. Un jinete y dos dragones sobrevivieron, y solo por eso disponemos de hechos en lugar de rumores con los que trabajar. Las bajas estimadas se sitúan en unas veinticinco mil vidas.

Carajo.

Una piloto dos filas más abajo agacha la cabeza y le tiemblan los hombros.

—El fuego hizo casi todo el trabajo —continúa Devera—, y eso permitió que la horda de aproximadamente doce guivernos se dividiera en tres unidades coordinadas.

—¡Es imposible que doce guivernos acabaran con Suniva! —grita un piloto a mi derecha.

—Doce guivernos y doce venin —responde Devera sin pestañear—. Cuatro que vigilaron el perímetro, cuatro que fueron directamente a palacio y cuatro que se concentraron en los barracones y la armería. Esos doce acabaron con veinticinco mil personas. Dejando a un lado los sentimientos —añade alzando la barbilla—, háganse las preguntas que, desde un punto de vista hipotético, les habrían permitido cambiar el resultado de esta pérdida.

La sala se sume en el silencio, y no se levanta ni una sola mano.

Veinticinco mil personas. Es la primera vez que estudiamos una batalla moderna con tantas bajas. Por Amano, ¿en serio vamos a diseccionar una en la que no solo han muerto familias enteras de algunos de nuestros compañeros, sino que además se ha saldado con la vida de su reina? No ha pasado ni una semana.

Devera mira a su derecha y la profesora Kiandra camina

desde el extremo del aula hasta el escritorio del centro de la tarima.

—Si no descomponemos esta táctica —insiste Kiandra—, volverán a utilizarla y la próxima ciudad en caer será la suya. Suniva era la capital del reino, pero era la cuarta ciudad más poblada. Honren a los caídos asegurándose de que ningún otro lugar caerá de la misma forma. Debemos aprender la lección. Sé que es difícil, pero en cuestión de meses los de tercero estarán en el frente, y eso significa que defenderán Diasyn. —Señala a alguien por encima de nosotros—. O ustedes —mueve el dedo hacia la izquierda— estarán defendiendo Cordyn.

—Hagan preguntas —nos ordena Devera—. Empiecen a pensar o estamos todos muertos.

—¿Qué había en la armería? —La voz de Xaden resuena por el aula.

Miro hacia atrás y lo veo en la puerta junto a Bodhi, de brazos cruzados y con la mandíbula tensa. El corazón se me acelera. No nos hemos visto desde hace tres días. Se ha afeitado la barba que le creció durante el viaje a casa y en su uniforme vuelve a leerse su nombre. Intento contactar con él a través del vínculo, pero tiene los escudos alzados.

Desvía la mirada hacia mí y se le suaviza el gesto durante el milisegundo que me la sostiene, antes de que los dos volvamos a centrar la atención en la parte delantera de la sala.

—Tiene que pensar por sí mismo, profesor Riorson. —Devera arquea una ceja.

—¿Qué había en la armería? —repite él.

Kiandra asiente.

—Seis cajas de dagas con empuñadura de aleación, recién entregadas, y sí, los venin se las llevaron todas.

Aquello capta el interés de todo el mundo, y yo hago un

esfuerzo consciente para no quedarme boquiabierta. Debe de haber como mucho dos cajas en cada puesto avanzado.

—¿Por qué las fuerzas de Poromiel no usaron las malditas dagas? —pregunta Ridoc.

—Porque las «malditas» dagas habían llegado apenas unas horas antes —responde Devera—. Y la armería fue el primer objetivo. Suponemos que simplemente no tuvieron tiempo de distribuirlas.

—¿Por qué mandaron allí seis cajas? —quiere saber Caroline Ashton.

—En teoría, Suniva debía ser solo un punto de distribución. El plan era que las bandadas se repartieran las cajas entre las ciudades por la mañana —contesta Kiandra.

Mierda. Los venin sabían lo del envío, es la única explicación lógica.

—¿Cuántas personas conocían el calendario de distribución? —pregunto.

—Muy bien. —Devera me señala—. La respuesta es: demasiadas. Hay traidores entre nuestras filas.

El pulso se me acelera. ¿Cuántos Barlowe habrá ocultos entre nosotros, esperando su oportunidad? La cadete que se convirtió en el foso de Entrenamiento de Sellos nos demostró que hay quien está dispuesto a transformarse en las circunstancias adecuadas. Quizá incluso en esta sala.

—¿Cómo entraron en Suniva sin que los detectaran? —pregunta Rhiannon—. La zona circundante de la ciudad estaba limpia en varios centenares de kilómetros a la redonda. Debía de haber pilotos y nuestra bandada patrullando.

—¿Qué es habitual en Suniva en marzo? —pregunta Kiandra como respuesta.

Carajo, y yo qué sé. Ni que eso hubiera formado parte de nuestra educación hasta ahora.

—Tormentas —responde Kai, a la derecha de Aaric—. Desde marzo hasta junio, más o menos, arrecian sobre las cinco y amainan a medianoche.

Kiandra asiente.

—Volaron con la tormenta.

—¿Por encima, quiere decir? —indica uno de primer año.

—No, burro —le replica otro de primero del Ala Uno—. No sobreviven a tanta altura.

—Hay tormentas lo bastante bajas para sobrevolarlas —lo corrige Devera—, y por eso deberías prestar más atención en clase, Payson. En este caso, volaron dentro del nubarrón.

¿Dentro de la nube? Para eso sería necesario... No, es imposible.

«No sin años de entrenamiento».

—¡Eso no tiene ningún sentido! —exclama uno de tercero por encima de nosotros—. Volar en esas condiciones es un riesgo inaceptable, salvo que sea absolutamente necesario, por la frecuencia de los rayos. Se nos enseña en el primer mes de maniobras de vuelo.

La mayor parte de la sala masculla su aprobación.

—Por eso las patrullas estaban en tierra. —Devera me mira como si supiera lo que estoy pensando.

—A lo mejor les importa una mierda cuántos guivernos mueran —replica Imogen.

El corazón se me acelera y me remuevo en mi silla.

—¿Qué pasa? —susurra Rhiannon.

—Sé cómo lo hicieron —respondo en voz baja agarrando con fuerza la pluma.

—Pues di algo —me insiste Rhi, como si volviéramos a estar en primero.

—No quiero tener razón —digo.

—Qué raro —dice Cat.

Devera ladea la cabeza, reprendiéndome sin decir una sola palabra. Se me revuelve el estómago. Dioses, no me quedará otra que decirlo.

—Les importarán una mierda los guivernos si van montados encima —le repone el de tercero a Imogen—. Puede que no tengan alma, pero valoran su vida, y ningún jinete con dos dedos de frente se adentraría en una tormenta eléctrica.

—Yo sí. —Carajo, al final lo he dicho.

Todas las cabezas voltean hacia mí, y Devera asiente.

—Puedo dirigir mis rayos dentro de una nube, como ya hice en la batalla de diciembre —continúo—. Lo que significa que, en teoría, podría controlar los rayos naturales y transportar una manada dentro de una tormenta eléctrica con relativa seguridad... tras unos veinte años de práctica. —Dejo la pluma sobre el cuaderno. «Theophanie»—. Su manipuladora del rayo iba con ellos. Supongo que así fue como comenzó el incendio del distrito textil, y probablemente fuera lo que acabó con los otros dragones.

—Eso es lo que indica el informe —responde Devera.

Mierda, mierda, mierda.

—Para hacer todo eso después de haber transportado a una horda a través de una tormenta... —Niego con la cabeza—. Tiene que ser una Maven.

Y yo soy una inútil de segundo que se ha pasado tres semanas persiguiendo un espejismo de esperanza en islas sin magia en lugar de estar entrenando.

—Es lo más probable —coincide Devera, con la misma expresión que Mira en Zehyllna: expectación. Luego desvía la mirada—. Ahora hablemos de cómo derrotar este asalto en concreto. ¿Qué sellos podrían haber cambiado estas situaciones? No hay nada fuera de la mesa. ¿A quién enviarían a proteger a sus objetivos más valiosos ante este tipo de amenaza?

—Los manipuladores del agua podrían haber echado una mano con el fuego —apunta alguien.

—Mandaría a Riorson —dice Caroline Ashton—. Es el jinete más poderoso que tenemos, y ha contenido a más de una decena de guivernos. Con Riorson allí, esto no habría pasado.

Cierto, pero ¿a qué precio? ¿Habría canalizado de la tierra para evitarlo? Echo un vistazo por encima del hombro, pero Xaden ya se ha ido.

—¿No tenemos a un manipulador del fuego lo bastante poderoso para haber controlado las llamas? —pregunta Baylor—. Es un mayor estacionado en el Ala Sur.

—El mayor Edorta está destinado en Athebyne —confirma Devera.

Rhiannon me mira de soslayo, y luego aparta la vista.

—Te has dado la vuelta para decir algo —musito—. Vamos, no te detengas.

—Ni hablar. Ni siquiera en el terreno de lo hipotético. —Sawyer niega con la cabeza en dirección a Rhi mientras la gente va gritando sellos a nuestro alrededor—. No puedes enviar a un cadete contra...

—Yo mandaría a Sorrengail —anuncia Rhiannon.

—... una Maven —termina Sawyer en un murmullo—. Y eso es justo lo que se te ha ocurrido. Maldita sea.

Cat y Maren miran boquiabiertas a Rhi, y Sawyer se hunde en su asiento.

—Ha dicho que no había nada fuera de la mesa —añade Rhi, con la vista al frente—. Sorrengail podría haber eliminado a una parte de los guivernos lanzando un rayo a la misma nube, incluida su manipuladora del rayo, siempre que no supieran que Violet está ahí.

—¿Y si lo supieran? —pregunta Devera—. Recuerden que alguien los informó sobre el traslado de las dagas.

Rhi traga saliva y empieza a respirar con agitación.

—Vamos, cumple con tu deber —le susurro, antes de recordarle—: Es todo hipotético.

Ella se endereza.

—Pues entonces Sorrengail tendría que ser la mejor de las dos.

Y no lo soy. Me paso el resto de la hora distraída, pensando en las diferentes tácticas que podría usar para igualar las condiciones entre Theophanie y yo, pero no se me ocurre nada, salvo un hecho incontestable: me quiere viva.

Informe de Batalla termina y tenemos dos preciosas horas antes de la clase siguiente, que Ridoc aprovecha para convencernos a Sawyer, a Rhi y a mí de que bajemos a los Archivos. Aunque Sawyer no necesita que se lo repitan dos veces.

—¿No podríamos haber esperado un par de días? —le susurro a Ridoc al atravesar el túnel y pasar por la escalera que conduce a la cámara de interrogatorios.

Rhi y Sawyer están demasiado enfrascados en su discusión sobre lo de mandarme al frente como para prestarnos atención.

—No —contesta Ridoc—. No podríamos. Un día, en Informe de Batalla se hablará de cómo un manipulador de sombras arrasó con Cordyn, pero tú no estarás sentada en tu silla porque te habrán matado para detenerlo.

—Pues vaya Informe de Batalla si ya conoces la respuesta. —Le lanzo una sonrisa.

—Basgiath fue un caso único —le discute Sawyer a Rhi a mi izquierda—. Estábamos defendiendo la escuela, y mantuvimos al margen a los de primero por la misma razón por la que no puedes ordenarle a Violet que entre en batalla. No estaban preparados.

—Basta —le digo—. Su deber como líder de pelotón es verme como una herramienta, no solo como una amiga.

—Pues yo sigo creyendo que es una idiotez —masculla Sawyer cuando pasamos por delante del escriba que vigila la puerta del Archivo.

—Estamos en guerra —le recuerda Rhiannon en cuanto llegamos al mostrador—. Y yo creo que es una idiotez que todavía no se te haya pasado por la cabeza volar.

Ridoc y yo intercambiamos una mirada que dice «agárrate, que vienen curvas».

—No puedo —le espeta dándose golpecitos en la prótesis con el bastón—. Con esta cosa no. No estoy preparado todavía.

No nos hace falta preguntar por Jesinia. La clase de escribas sentados en sus escritorios perfectamente alineados mandan a alguien a la parte trasera en cuanto nos ven.

—Podrías pedirle a Sliseag que... —empieza Rhiannon.

—Sliseag no es Tairn —le escupe Sawyer—. Y no pienso pedirle que haga excepciones conmigo, no cuando ya se arriesgó a vincularse a un repetidor para empezar.

Unos cuantos escribas levantan la cabeza, pero desvían pronto la mirada.

—¿Prefieres pasarte el día charlando con los jubilados? —replica Rhi—. Sigues siendo jinete, Sawyer.

—A lo mejor deberíamos bajar un poco el tono —sugiere Ridoc.

Sawyer se ruboriza.

—Con todo el respeto, pero no tienes ni idea de lo que es esto, Rhi.

Me acerco a Rhi lo justo para llamarle la atención, y luego niego con la cabeza sutilmente.

—Cambia de tema —le susurro.

Ella aprieta la boca y suspira.

—¿Qué pasa entre Riorson y tú? —me pregunta, hablando

en voz tan baja como yo—. Apenas has sonreído cuando lo has visto en Informe de Batalla.

—Está de mal humor. —Me encojo de hombros.

—Es una forma de describirlo —dice Ridoc apretándose una esquina del parche de manipulador del hielo que se le ha descosido.

Jesinia sale de la parte trasera de los Archivos con un paquetito de papel atado con un cordel. Se nos acerca enseguida y le ofrece a Sawyer una sonrisa mientras deja el paquete, del tamaño de un libro, sobre la mesa, y lo empuja hacia mí.

—Hola —signa él, y mentiría si dijera que su sonrisa no hace que se me curven las comisuras de la boca.

—Hola —signa ella, y luego se gira hacia nosotros—. Me he divertido leyendo sus informes, pero me alegro de tenerlos de vuelta para que me cuenten en persona cómo ha ido el viaje. —Nuestras miradas se encuentran—. Esto te lo ha dejado esta mañana el mensajero; lo he interceptado antes de que Aetos pudiera abrirlo, como hace con todas tus cartas.

—Gracias —respondo, y entonces recojo el paquete. Noto que es demasiado blando y maleable para ser un libro, y la etiqueta con mi nombre y el cuadrante procede de una costurera de Chantara.

Qué extraño.

—Necesitamos hablar en privado —signa Ridoc.

Rhi frunce el ceño.

—¿Qué está pasando? —signa ella.

—Por favor —le signa Ridoc a Jesinia, que asiente y nos conduce hasta una de las salas de estudio privadas y sin ventanas que ocupan el muro principal de los Archivos, y nos invita a entrar.

Yo entro primero con Sawyer, y los demás nos siguen.

—Sé que Sliseag no es Tairn —le susurro mientras rodeamos la mesa—. Y también sé que a veces es difícil hacer las cosas de forma distinta, sobre todo en un entorno que nos exige perfección y uniformidad.

—Un entorno que produce perfección y uniformidad. —Sawyer se tensa al mirar desde el otro extremo de la mesa a Rhi, que ha vuelto a preguntarle a Ridoc qué hacemos aquí.

Ah. Ahora lo entiendo.

—Para mí, volar de forma... diferente merece la pena —digo en voz baja cuando nos sentamos—. Pero tú eres el único que puede responder a la pregunta de si pedirle ayuda a Sliseag o no.

—Creo que sería capaz de aguantarme en la silla —admite con voz queda—. Al final, los muslos hacen casi todo el trabajo. Lo que me intimida es montar.

—¿Puedo ayudarte de alguna manera?

Jesinia asoma la cabeza para comprobar que no nos hayan seguido y entonces cierra la puerta.

Sawyer niega con la cabeza.

—He estado trabajando en la carrera y ajustando la prótesis para trepar bien. Solo necesito pulirla y asegurarme de que funciona antes de darme el placer de tener esperanzas. —Desvía la mirada hacia Rhi.

—Nunca la decepcionarías —me apresuro a decir cuando Jesinia voltea hacia nosotros.

—¿A nuestra amiga? Jamás. ¿A la líder de pelotón? —Pone una mueca.

—No deberían estar aquí —signa Jesinia—, así que dense prisa antes de que venga alguien y los eche.

Ridoc se recuesta en su silla y me mira fijamente.

—¿Qué ha pasado? —signa Rhi mirándonos a los dos.

—Díselo —signa Ridoc—. O lo haré yo.

Suspiro. No tiene sentido estar nerviosa. O confío en mis amigos o no.

—Xaden está convirtiéndose poco a poco en venin —digo y signo.

Rhi abre mucho los ojos, y se apoya en la mesa.

—Habla.

CUARENTA Y CINCO

Creo que empezaste a gustarme aquella noche en el árbol, cuando te vi con los marcados, pero comencé a enamorarme de ti el día en que me diste la silla de Tairn. Recurrirías a alguna excusa barata, pero lo cierto es que eres más bondadoso de lo que la gente piensa. Quizá incluso más de lo que tú mismo crees.

—Correspondencia recuperada entre su excelencia el teniente Xaden Riorson, decimosexto duque de Tyrrendor, y la cadete Violet Sorrengail

Estoy suspendida en el aire por una mano invisible que me rodea la garganta mientras un rayo cae en la distancia. El miedo me palpita en las venas, pero cuanto más me resisto, más me oprime la tráquea y más me cuesta respirar.

—No te resistas —me ordena el Sabio—. No te me resistas.

«Estás muerta. Esto no es real». Me repito mentalmente al ver que mis labios se niegan a articular las palabras. Esto no es más que una pesadilla.

Una pesadilla aterradora y visceral.

Pierdo todas las fuerzas y caigo de rodillas frente a él, inspirando un aire ardiente.

Andarna aúlla de rabia y de dolor, y giro la cabeza hacia la cresta..., hacia la tormenta. Una lengua de fuego azul asciende por la colina y alcanza las murallas de Draithus, devorando a los civiles que huyen y que encuentra de camino.

—Cuánta emoción. —El Sabio me chista, arrodillándose delante de mí—. No sufras. Con el tiempo, irá desapareciendo.

—Vete a la mierda. —Me precipito hacia delante, pero una fuerza invisible vuelve a ponerme de rodillas.

—Esta vez te dejaré que la ayudes —me promete el Sabio subiéndose las mangas de la túnica por los brazos bronceados—. Solo tienes que rendirte. Ven a mí. Acepta cuál es tu lugar y encontrarás una libertad como no hay otra.

—¿Y si no quiero? —pregunto siguiéndole el juego al sueño.

—Descubrirás que conozco formas de subyugarte.

El Sabio extrae una espada de la túnica y el siguiente destello del rayo se refleja en las esmeraldas que adornan la empuñadura. Percibo de reojo unos cabellos plateados movidos por la brisa, y la Espada de Tyrrendor se aproxima a mi pecho.

«¡DESPIERTA!», grito, pero la boca no me responde...

Abro los ojos y levanto los brazos. Las extremidades sudorosas se me enredan en las sábanas cuando un rayo estalla fuera.

Con el corazón desbocado, me aparto las sábanas y me paso los dedos por el esternón.

—Claro que no tienes ningún corte, idiota —mascullo. Solo ha sido un sueño. Visceral, sí, pero un sueño a fin de cuentas.

Cuelgo los pies por el borde de la cama, me rodeo el vientre con los brazos al levantarme y camino hacia la ventana. La lluvia repiquetea contra el cristal, creando cortinas de agua que oscurecen las vistas sobre el barranco y el campus principal.

Tairn y Andarna están dormidos, pero percibo un susurro en el vínculo que comparto con Xaden. Ha bajado los escudos, pero nos separa la barrera imprecisa del sueño.

Respiro por la nariz y saco el aire por la boca, contando hasta veinte hasta calmar las pulsaciones. El Sabio está muerto, pero ella no.

Theophanie es muy real, y si puede llegar hasta mí aquí, en Basgiath, también podría acercarse a mis amigos, los amigos que se han llevado una decepción lógica por haberles ocultado otro secreto. Gracias a los dioses que han entendido que Xaden no es el enemigo, que sigue luchando a nuestro lado.

¿Cuánto tardará Theophanie en ir por Xaden?

Se me forma un nudo en la garganta, pero esta vez es mi propio miedo el que me oprime la tráquea. ¿Cómo demonios voy a combatir contra un ser oscuro que ha tenido décadas para perfeccionar un sello que yo apenas controlo con la ayuda de un conducto?

Estamos a finales de marzo. No llevo ni un año con mis poderes.

«El último día de marzo».

Bajo la vista al paquete que Jesinia me entregó anteayer. Está justo donde lo dejé, sobre la repisa, con un extremo abierto. Por el agujero del envoltorio sobresalen los bordes de un delicado salto de cama de seda deverelí, acompañado de una nota manuscrita.

Para las noches en que no puedo dormir a tu lado.

—X

El corazón se me encoge, igual que el día en que lo abrí. No sé cómo me vio observando las telas en Deverelli, las compró y luego pidió que lo confeccionaran antes de que nos marcháramos a inspeccionar las otras islas.

—*Te amo* —susurro a través del vínculo, y me inclino y apoyo la frente sobre el frío cristal, aprovechando la sensación para solidificar la certeza de que la pesadilla ha terminado—. *Te necesito. Deja de estar de mal humor.*

A lo mejor ha llegado el momento de que pruebe con alguna de sus técnicas.

Agarro pluma y papel.

—El propósito de esta maniobra, como recordarán, es pasar el menor tiempo posible en el suelo —nos explica Kaori esa mañana, de pie junto a Xaden, amplificando su voz a lo largo del campo de vuelo mientras los jinetes de toda nuestra sección esperan montados como si estuviéramos en formación..., o casi.

Sawyer se ha colocado entre las garras de Sliseag, dos filas atrás, y Tairn espera junto a Feirge, con las alas recogidas por la proximidad, en lugar de aguardar detrás de ella, donde nos corresponde.

—*Estoy justo donde me corresponde* —replica.

—*Ojalá fueras un grifo y hubiéramos podido evitarnos esto.*

—*Ojalá hubiera evitado la Trilla hace dos años* —responde.

Esbozo una media sonrisa.

—*¿Segura que no te animas a venir?* —le pregunto a Andarna.

—*Si no puedo llevarte, no tiene sentido.* —Cierra el vínculo.

Fantástico. El corazón se me rompe en varios pedazos más. He vuelto a forzarla demasiado. O quizá demasiado poco.

Tairn suspira como un anciano.

—En este tipo de contiendas —prosigue Kaori— es más importante que nunca que pasemos menos tiempo en el suelo, pero habrá momentos en que no podrán cumplir con la misión montados en sus dragones. Deben estar preparados para desmontar con un aterrizaje en carrera, manipular para derrotar a sus oponentes y luego estar listos para elevarse hacia los cielos en lo que llamamos montadura de combate, por si no lo consiguen o... los superan en número. Cada segundo que pasen en tierra no solo pone en peligro su vida, sino también la de su dragón, si es que permanece en el campo de batalla. —Kaori levanta una mano y conjura una proyección de una silueta encapuchada en el extremo derecho del campo—. ¿Profesor Riorson?

Mierda. No he dominado todavía los aterrizajes en carrera como el resto de mis compañeros, y mucho menos lo que implique esa «montadura de combate».

—Para este primer ejercicio —dice Xaden con una voz de trueno que atraviesa el campo—, desconocen el sello de su oponente y están solos. Cuando hayan demostrado que pueden completar la maniobra, trabajaremos por equipos. A los de primero solo les pedimos que se aprendan la táctica para practicarla durante su próxima rotación en Aretia. No se preocupen por manipular su sello; sé que no todos pueden. —Xaden examina nuestra fila, y no puedo evitar fijarme en sus ojeras. Tal vez esté durmiendo por la noche, pero no está descansando, y no soporto no ser capaz de ayudarlo—. Esté será hoy su foso de combate. —Su mirada se encuentra con la mía—. Intenten no incinerarlo.

—Ja. Qué gracioso.

—Contigo uno nunca sabe qué esperar —me responde, para mi sorpresa.

Bodhi es el primero, y realiza el aterrizaje en carrera como si formara parte de su entrenamiento diario; luego aprovecha el impulso para avanzar hacia la proyección, torcer la mano izquierda y blandir la espada con la otra mano para decapitar al pelele.

Cuir se inclina con brusquedad para volver con Bodhi, pero hay demasiada pendiente y su cola de espada verde arranca una pequeña sección de pedruscos en medio de la colina mientras gira.

Bodhi echa a correr desde la proyección, y Cuir regresa extendiendo la pata delantera izquierda al tiempo que reduce la velocidad. Los dos corren en paralelo el tiempo justo para que Bodhi salte a una de la garras de Cuir, y el dragón ya está acelerando y ganando altura mientras Bodhi escala hasta su silla.

Estamos... jodidos.

—*Yo no puedo hacer eso.* —No es falta de autoestima, es un hecho.

—*Lo harás* —sentencia Tairn—. *Pero no será tan llamativo.*

Claro. Porque el impacto me matará y acabaré tirada boca abajo en el barro del campo de vuelo.

—*A veces me olvido de lo casi perfecto que es Bodhi en todo* —le digo a Xaden. Nadie pensó en él ayer durante la sesión de Informe de Batalla, y debería haber sido el primer nombre que nos viniera a la cabeza. Tal vez los sellos de contraataque no sean las mejores herramientas ofensivas, pero como defensa son geniales.

—*Es mi primo* —responde Xaden clavando los ojos en mí—. *¿Cómo no iba a ser excepcional?*

—*Mmm. Es como tú pero sin la arrogancia.* —Ladeo la cabeza—. *A lo mejor me enamoré del incorrecto...*

—*Sería una lástima tener que matar a mi último familiar vivo.* —Xaden ladea la cabeza, imitándome, y luego se endereza, y pienso que hoy no es el día en que debería recordarle que tiene dos hermanastros—. ¡Y así es como se hace! —exclama—. En este contexto, los dragones más pequeños tienen ventaja. La maniobrabilidad es fundamental, así que háganse el favor de acordar los movimientos de antemano antes de intentarlo. Solo tenemos un reparador en el campus.

Y preferiría volar hasta Aretia antes de que Nolon me tocara.

—*Quizá deberíamos esperar un mes y probarlo cuando nos toque la rotación en Aretia* —le sugiero a Tairn.

—*O simplemente podrías no romperte nada* —me contesta él, siempre tan servicial.

Empieza el Primer Pelotón. Las dos primeras maniobras van como la seda. La siguiente cadete se rompe la pierna del impacto.

—Uf —dice Rhi entre dientes, y voltea hacia mí—. ¿Ya te parece bien hacer esto? —me pregunta mientras la de primero se tira al suelo, sujetándose la extremidad.

—Nunca me parece bien —declaro—, pero lo haré de todas formas.

—Bueno, está bien. —Asiente, y luego entrecierra los ojos al ver algo en el campo.

Sigo su línea de visión hasta Xaden y niego con la cabeza.

—Déjalo.

No puedo decir nada más en público, pero Rhi sabe perfectamente a qué me refiero.

—Es difícil —admite sin disculparse—. Pero lo intento.

—Ya lo sé. Gracias.

Me ajusto la correa nueva de la silla y rezo por que los puntos que le he dado esta mañana aguanten. En vez de sujetarme los muslos al asiento como hacía la original, que he dejado atada frente a mí, esta me rodea la cintura como un cinturón y se cierra con tres muescas distintas que puedo aflojar o apretar según la maniobrabilidad que necesite.

Un alumno de segundo ejecuta a la perfección el aterrizaje en carrera, pero no salta a tiempo sobre la garra de su Rojo Cola de Maza y se precipita sobre el barro.

Tuerzo el gesto. Percibo un movimiento con el rabillo del

ojo y levanto la vista hacia la colina que hay detrás de Xaden, hasta divisar a Andarna apostada en un saliente a unos quince metros de altura, con las escamas del mismo color que las de Tairn.

—*¿Has cambiado de idea?* —le pregunto con un tono adecuado de ánimo, o eso espero.

—*No.*

Agita la cola un instante antes de saltar del saliente con un movimiento firme de las alas, hasta sobrevolar la cresta del cañón.

Carajo. Dejo escapar un suspiro frustrado. No digo ni hago nada que la ayude.

—*Está adaptándose* —dice Tairn.

Dirijo la vista hacia el otro lado del campo y veo que Xaden me está mirando.

—*Va de maravilla.*

El Primer Pelotón termina con cinco maniobras correctas y cuatro aterrizajes y dos montaduras fallidos. Resultado: tres huesos rotos y una nariz ensangrentada.

—Esto no nos augura nada bueno en la batalla —dice Rhi.

—Esperemos contar con el tiempo suficiente para perfeccionarlo. —Es el comentario más reconfortante que se me ocurre—. Eres la líder de pelotón, así que no te queda otra que dar ejemplo. Buena suerte. No te mueras. —Le lanzo una sonrisa.

—Gracias. —Intenta reprimir la sonrisa que me ofrece, y luego infla el pecho con sorna—. Honraré este parche.

—Más te vale. —Veo a Feirge dar un paso al frente y alzar el vuelo cuando Tairn se aparta.

Xaden voltea hacia mí y, durante un instante, se le cae la máscara y vislumbro una expresión de anhelo que me oprime el pecho.

—*¿Te está costando dormir?* —pregunto.

—*Duermo mejor cuando te tengo al lado* —admite.

—*Ya sabes dónde está mi cama. Aunque seas profesor, estoy bastante segura de que hallarías la forma de colarte.* —Me paso la mano por encima del bolsillo de la chamarra de vuelo para comprobar que el paquetito está a salvo—. *A menos que sigas de mal humor.*

—*Ahora mismo es un trabajo a tiempo completo.*

—*¿Y no tendrías un momentito para mí después de clase?*

Xaden asiente.

Feirge se aproxima y Rhiannon se dirige hacia su garra delantera hasta descender y ejecutar un aterrizaje en carrera perfecto. Levanta la mano y aparece una daga. La proyección se estremece cuando la atraviesa, y luego echa a correr hacia Feirge, que ya regresa.

No puedo evitar sonreír. Rhi no falla el salto. Carajo, qué buena es.

Tairn espera a que Imogen y Quinn acaben y entonces me lanza una serie de órdenes mientras Ridoc aterriza con un mortal especialmente ostentoso. De sus manos brotan carámbanos de hielo que atraviesan la proyección, y voltea hacia los pelotones con una reverencia más propia de un espectáculo antes de correr hacia Aotrom. Por un momento temo que no lo consiga, pero se balancea sobre la garra de Aotrom y los dos alzan el vuelo.

—*¿En serio crees que funcionará?* —le pregunto a Tairn, poniéndome los goggles de vuelo mientras se arrodilla.

—*Creo que es la única forma de cumplir la misión sin que te partas el cuello.* —Se eleva hacia el cielo con poderosos movimientos de las alas, y el suelo se aleja de nosotros—. *Espera hasta el último segundo para no dejarnos en ridículo.*

—*Tú siempre tan optimista* —bromeo. Tairn asciende y ajusto mi peso cuando gira con brusquedad hacia la izquierda en la cima del cañón. El corazón me martillea contra el pecho en el momento en que se lanza en picada hacia el objetivo, y sujeto el conducto con una mano y la hebilla de la silla con la otra.

—*¡Aún no!* —me espeta.

—*Me estoy preparando.*

Abro las puertas de los Archivos y dejo que su poder me inunde, procurando concentrar la energía en el centro de mi pecho mientras los muros del cañón se alzan deprisa a nuestro alrededor.

—*Desabróchate* —me ordena Tairn cuando ya no veo más que un borrón a cada lado, pero mantengo la vista clavada en el objetivo y me suelto la correa que me sujeta a la silla—. *Muévete.*

Agarrándome al cinturón de la silla con la mano derecha, me pongo de pie y me tambaleo ante la resistencia del viento mientras él desciende directo hacia el objetivo, sin llegar a nivelarse como los demás.

—*¿Se puede saber qué haces?* —gruñe Xaden.

—*Ahora mismo estoy ocupada, amor mío.*

Levanto los escudos y el corazón amenaza con parárseme cuando el suelo se aproxima a una velocidad de vértigo.

—*¡Ahora!* —brama Tairn.

Suelto el cinturón, corro hacia su hombro y entonces salto.

Durante un instante confuso me veo flotando en el aire, con los sonidos del mundo ahogados por las ráfagas de viento, el martilleo de mi pecho y los golpes secos de las alas. Me precipito hacia el campo con el estómago revuelto y subiéndome hasta el paladar. El poder que se acumula en mi interior no sirve de nada para ralentizar la caída, pero extiendo los brazos de todas formas y tenso todos los músculos del cuerpo.

Unas garras me sujetan por los hombros y me aprietan para

que no me mueva. Sopla el viento y el impulso cambia cuando Tairn detiene mi caída a pocos metros del suelo, y entonces me suelta. Bate las alas una vez, y yo apenas tengo tiempo de doblar las rodillas antes de tocar el suelo con los pies. Noto una descarga de dolor desde los dedos de los pies que me sube por la columna y me resuena en la cabeza como una campana justo en el momento en que aterrizo a dos metros del objetivo.

Carajo, no estoy muerta.

—*¡Más rápido!* —grita Tairn batiendo las alas de nuevo.

Me concentro en la proyección, levanto la mano derecha y suelto un restallido de poder, y entonces bajo los dedos y extraigo energía del cielo. Cae un rayo tan brillante que me ciega unos instantes, y un trueno que retumba en las paredes del cañón.

Cuando la luz desaparece, una marca calcinada humea desde la base de la proyección.

«¡Toma!»

Levanto los brazos y unas garras me envuelven el torso. Tairn me sujeta con la garra trasera derecha y sigue ascendiendo.

El corazón me da un vuelco en cuanto veo de cerca la ladera, y unos segundos más tarde emergemos, sin nada más que aire a nuestro alrededor. Tairn sube otro centenar de metros para darnos espacio, y yo recibo con los brazos abiertos la adrenalina que me invade el sistema, porque todavía no hemos acabado.

—*Ahora.*

Coloca el cuerpo en posición vertical y me arroja.

Es como en primero, pero esta vez nuestra intención es conseguirlo. Yo me elevo mientras él desciende, y me cuesta horrores no mirar abajo. Allí me espera la muerte. Ahora la confianza es lo único que importa.

Me acerco a su hombro y él abre las alas. Mis pies tocan sus escamas y me agarro a la base del pincho más cercano, con cuidado de esquivar la punta afilada cuando se precipita hacia delante.

—*Confío en que sabrás encontrar la silla* —dice con una nota de orgullo, y vuelve a colocarse en paralelo al campo.

—*Sin problema.* —Regreso a la silla y agarro los dos extremos aleteantes del cinturón antes de abrocharme. Lo hemos conseguido.

El corazón sigue latiéndome con fuerza en el momento en que aterrizamos y ocupamos nuestro lugar en la formación.

—Eso ha sido... poco ortodoxo —dice Kaori.

A Tairn le retumba el pecho con un gruñido grave.

—¡Y ha funcionado! —replico gritando hasta el otro lado del campo.

—En efecto —dice Xaden esbozando una sonrisa—. *Carajo, cómo te amo.*

—*Vaya, y con razón.* —No me molesto en contener una sonrisa.

Él resopla.

Kaori me mira como si quisiera protestar, pero entonces hace un gesto para que avance el resto del grupo.

Baylor se desuella la rodilla al aterrizar.

Avalyn se fractura la clavícula.

Sloane completa el ejercicio entero con una gracia que me recuerda a Liam, pero ni siquiera intenta manipular su poder.

Lynx acaba con la cara llena de barro y la nariz rota.

Aaric aterriza a unos diez metros de la proyección sin despeinarse, pero en lugar de correr hacia el objetivo, voltea hacia Xaden y Kaori y les arroja un hacha del tamaño de una mano.

Contengo el aliento mientras vuela de un extremo al otro, pero Xaden ni se inmuta cuando aterriza a pocos centímetros frente a Kaori y la hoja se hunde en el barro. La proyección desaparece.

—Creo que hemos ganado —dice Rhi.

Xaden asiente una sola vez y Aaric retrocede, y acto seguido echa a correr para montarse en Molvic.

—Yo diría que sí, la verdad —coincido.

Tras acabar con las maniobras del día, los dragones alzan el vuelo y yo me quedo rezagada para reunirme con Xaden a solas, aunque con eso me gane varias miradas de reproche por parte de mis compañeros.

Kaori se adelanta, como si quisiera decir algo, pero le llama la atención un Rojo Cola de Espada que aterriza en un extremo del campo. Él se limita a levantar la barbilla y caminar hacia el dragón, y nos deja a Xaden y a mí solos en el otro extremo del campo.

—Dioses, ha sido un espectáculo aterrador. —Xaden me mira fijamente—. Y magnífico.

—Eso mismo pienso yo de ti todos los días. —Sonríe y me meto la mano en el bolsillo de la chamarra de vuelo para sacar un paquetito envuelto en pergamino y una carta—. Te he traído algo. El regalo puedes abrirlo ahora; la carta es para más tarde.

—No hacía falta que te molestaras. —Frunce el ceño, pero acepta las dos cosas y se guarda la carta en el bolsillo.

—Ábrelo. —Estoy nerviosa. Espero haber tomado la decisión correcta, puesto que todavía es sin duda demasiado pronto para traerle algo que se parezca a un pastel.

Él despliega el pergamino y contempla la pulsera de metal negro.

—Es ónix —le explico mientras estudia el cierre y la piedra rectangular y plana encastrada en la pulsera—. Y eso es un pedazo de la torre que hay sobre la Casa Riorson.

Alza la vista y cierra la mano en torno a la pulsera.

—Comentaste que necesitaba reformas, y le pedí a Brennan que te hiciera esto a partir de uno de los fragmentos. Cuando las cosas se... compliquen, espero que puedas mirarla y nos imagines sentados allí, juntos, una vez que todo esto termine. Esa es la imagen a la que pienso agarrarme como a un clavo ardiendo: tú y yo, tomados de la mano, contemplando la ciudad. —Recorto la distancia que nos separa, le quito la pulsera de la mano y se la coloco alrededor de la muñeca antes de girar el cierre metálico—. Gracias a los dioses que te va bien. Tuve que deducir...

Me sostiene la cara entre las manos y me besa con suavidad, con dulzura. Es perfecto.

—Gracias —dice.

—Feliz cumpleaños —le susurro sobre los labios.

—Te amo. —Levanta la cabeza y desliza las manos por mis mejillas, como una caricia—. Pero solo puedo empeorar. Deberías huir, y lo digo en serio.

Sigue de mal humor. Mensaje recibido.

—Ven a buscarme cuando estés listo para aceptar que no pienso moverme de tu lado. —Retrocedo despacio—. Y que nunca me iré.

—Cuarenta y siete días. —Me busca los ojos y suspira—. *Ese es el tiempo que ha pasado desde que canalicé la aleación en Deverelli.*

—*Eso es más tiempo que el mes que te pasaste lamentándote antes de que volviéramos a casa.*

—*No lo suficiente.* —Sus ojos brillan con determinación, y una sensación de esperanza me arde en el pecho.

—¿Tienes alguna cifra en mente antes de que sientas... que tienes el control?

Aprieta la mandíbula.

—Controlarlo posiblemente no sea más que prolongar lo inevitable, pero tengo un objetivo que podría indicar cierta... estabilidad.

—¿Te importaría compartirlo conmigo?

Niega con la cabeza.

—Me disgusta interrumpir lo que estén haciendo, pero... —Una voz de trueno resuena por la zona, y los dos nos volteamos hacia Felix, que camina en nuestra dirección con una mochila llena a la espalda. Kaori abandona ya el campo.

Parpadeo varias veces para asegurarme de que no son imaginaciones mías.

—¿No me dijiste que no te irías de Aretia?

—Y odio Basgiath con todas mis fuerzas. —Se rasca la nube plateada que tiene por barba—. Pero no tanto como morir. —Se saca un fajo de cartas del bolsillo de la chamarra de vuelo y se las entrega a Xaden—. Estas son para usted, excelencia.

—¿Noticias de Aretia? —Xaden las acepta.

—Cuestiones provinciales. —Felix asiente—. Y dos guivernos que atravesaron ayer las protecciones.

Me quedo de piedra.

—¿Cuánto se adentraron? —pregunta Xaden, y me giro hacia él.

No es la primera vez.

—Aproximadamente una hora antes de chocar contra la ladera de una montaña. —Felix enarca las cejas plateadas—. Unos diez minutos más...

—Que la semana pasada —termina Xaden por él, y empiezo a entender sus ojeras.

—Las protecciones se están debilitando. —Afirmo lo más obvio.

—Están fallando —me corrige Felix, volteándose hacia mí con un gesto que hace que me duelan los brazos—. Y como me han informado de que no permites que Carr te entrene, supongo que lo mejor es que nos pongamos manos a la obra lo antes posible.

—Me tocará estar en Aretia dentro de un mes. No hacía falta que vinieras hasta aquí. —La culpa me carcome por dentro.

—Y si yo hubiera estado seguro de que teníamos un mes, habría esperado. —Entorna los ojos.

«Ah».

CUARENTA Y SEIS

Cuando esto termine, deberíamos tomarnos todo el tiempo libre que nos permitan y pasarlo en Aretia. Podemos descubrir cómo es la vida sin sentir la muerte acechándonos todos los días. Puedes gobernar la provincia que tanto amas durante el día y meterte en la cama conmigo de noche. O puedo unirme a ti en la sala de la Asamblea. En ese trono has hecho algunos de tus mejores trabajos.

—Correspondencia recuperada entre su excelencia el teniente Xaden Riorson, decimosexto duque de Tyrrendor, y la cadete Violet Sorrengail

Tres semanas más tarde, apenas puedo levantar los brazos cuando nuestro pelotón regresa de Entrenamiento de Sellos. Carajo, qué poco me gusta cuando le toca enseñar a Carr. Me duelen más músculos de los que puedo contar, y tengo una contractura permanente entre las escápulas gracias a lo que me obliga a hacer Felix. Cada segundo que no estoy en clase, comiendo o entrenando con Imogen, Felix me ha hecho subir a la cima de la montaña a manipular mi poder. Pero a medida que mi puntería y mis rayos aumentan, el resto del mundo parece estar yéndose a la mierda.

Xaden y yo hablamos casi todas las noches a través del vínculo, pero sigue taciturno, negándose a pasar tiempo a solas conmigo.

El frente occidental retrocede y los seres oscuros avanzan hacia Draithus a un ritmo que me tiene sin aliento durante las listas diarias de los fallecidos. A este ritmo llegarán a los muros de la ciudad en pocas semanas. O también podrían cambiar de táctica y volar directamente hacia la ciudad.

El cuadrante entero sabe que tenemos problemas cuando convocan a Xaden a Tyrrendor, y la preocupación no hace sino crecer con cada día que está fuera. Ahora que han pasado más de diez días, tengo un montón de cartas para él y es imposible estar cerca de Tairn.

Y Andarna simplemente... no está.

¿Cuánto tiempo tengo que darle antes de subir al valle y exigirle que al menos hablemos de lo que ocurrió?

—Hoy lo has hecho bien —dice Imogen, atravesando mi espiral de pensamientos destructivos mientras Aaric y Lynx entran en el campus principal provenientes del Cuadrante de Infantería. Los detestables guardias de Aaric nos siguen de cerca, como de costumbre—. Aunque no sabía si Ridoc te tumbaría en esa última ronda.

—¡Por fin cumplo con los estándares de Imogen! —exclama Ridoc, quedándose atrás para que quepamos por la puerta.

Quinn se ríe.

—Que no se te suba a la cabeza —le replica Imogen por encima del hombro.

—Uy, ya se le ha subido —dice Rhi a mi derecha con una sonrisa que no se le refleja en los ojos. Ahora parece ser su expresión habitual, desde que ninguno de nosotros, ni siquiera Jesinia, hemos podido encontrar nada para ayudar a Xaden. No soporto que tengan que cargar con la verdad.

Entre el estado de Xaden, el retroceso del frente occidental hacia Draithus y los rencores crecientes entre los jinetes aretianos y navarros sobre si abrir o no nuestras fronteras, Basgiath parece un arco demasiado tensado que espera la orden de dispararse. Y nosotros somos las flechas.

—Qué rollo que hoy le haya tocado a Carr —comenta Sawyer, caminando detrás con Ridoc. Lleva un par de semanas sin usar el bastón, pero nadie lo fuerza a manipular su sello.

—¿Tienes a Tavis encerrado en tu habitación o algo, Cardulo? —bromea Ridoc.

Imogen se tensa, y calcula con los ojos qué consecuencias tendría que matara a alguien.

—No le hagas caso. —Niego con la cabeza y miro de reojo a Ridoc—. Sigue en Draithus.

—Vaya. —Su tono cambia por completo—. ¿Cuándo vuelven para allá Quinn y tú?

Está convirtiéndose en algo muy frecuente que los de tercero ocupen puestos de las zonas intermedias, tanto que prácticamente es una asignatura.

El murmullo de voces va cobrando fuerza a medida que nos acercamos al gran salón.

—Nos toca estar contigo en la rotación de Aretia —responde Quinn—. Vas a tener que aguantarnos unas cuantas semanas más —dice con sorna.

Imogen voltea hacia mí.

—Nada de reducir tus entrenamientos. Quiero verte en el gimnasio esta noche.

—Ay, qué bien, ya me preguntaba cuándo volvería a morirme de dolor —replico—. ¿Sigue en pie lo de marcharse a Aretia pasado mañana? —le pregunto a Rhi.

—El traslado es a las cinco de la mañana —asiente, y se gira hacia Sawyer—. ¿Te has decidido ya?

—Estoy en ello —responde él apretando la mandíbula.

—Muy bien. —Rhi vuelve a dirigirse a mí—. Y creo que Kaori, Felix y Panchek nos acompañarán como líderes —añade con suavidad.

—¿Solo esos tres?

¿Y Xaden no? Enarco las cejas. Lo de Felix es comprensible, y Kaori es uno de mis profesores favoritos, pero sospecho que ha decidido escoltar a nuestro grupo con la esperanza de ver a Andarna, y ella no está de humor para que nadie la vea. ¿Quizá Xaden ya esté allí? Al menos por el bien de Sgaeyl y Tairn.

—Lo siento, sé que esperabas que... —empieza Rhi.

—¡Acatarás la orden que se ha dado! —grita un hombre desde el gran salón.

Aaric inclina la cabeza y se detiene frente a la puerta, obligando a todo el pelotón a pararse en seco.

—¿Se puede saber qué...? —comienza a decir Lynx.

Aaric sujeta a Lynx por el pecho, y tira hacia atrás de él y choca con Sawyer un instante antes de que la puerta se abra de golpe y el duque de Calldyr salga disparado.

Aterriza de nalgas en medio de la alfombra, enredado en su abrigo enjoyado.

Carajo. Abro los ojos como platos.

—Repite eso —le exige Lewellen, que atraviesa la puerta en ese momento.

¿Qué hace aquí?

Todos los guardias de infantería se separan de la pared, pero el duque de Calldyr les hace un gesto con la mano para que no se muevan, se pone de pie y se pasa una mano por la cara y por la barba rubia.

—¡El deseo de una sola provincia no está por encima del bien de todo un reino!

Ah, Lewellen debe de estar representando a Xaden en el Senario..., pero suelen reunirse en Calldyr. ¿Habrán venido para asistir a un consejo de guerra?

—¡Me niego a servir a un reino que permite que mueran civiles! —gruñe Lewellen.

—Si los dejan entrar, no habrá ningún reino al que servir. —El duque de Calldyr arruga la nariz—. Ya hemos debilitado los puestos avanzados al arrebatarles prácticamente toda la aleación, y mira lo que hemos conseguido en Suniva. Hemos enviado jinetes. Hemos perdido jinetes. ¿Qué más quieres que hagamos? ¿Morirnos de hambre cuando no podamos alimentar al doble de nuestra población actual?

—No eres más que un niño mimado y pretencioso que no ha conocido el sufrimiento ni un solo día de su pu...

—Basta. —Xaden cruza la puerta y el corazón se me detiene. Su mirada se clava en mí como una brújula atraída por el norte.

Está aquí. Me alimento de su imagen, y trago saliva. El ámbar de sus ojos parece más intenso, pero no más claro. Siento una opresión nueva en el pecho. ¿Habrá vuelto a canalizar de la tierra? ¿O estamos en el día sesenta y seis?

—La discusión ha terminado —anuncia Xaden apartando los ojos de mí antes de pasar junto a Lewellen, en dirección al duque de Calldyr—. Se te ha informado por pura cortesía. Me importa más bien poco que se lo comuniques o no al Senario.

—No puedes. —El duque retrocede hasta que su espalda choca contra un escudo colgado de la pared.

—Y, sin embargo, es justo lo que voy a hacer. —Xaden se detiene casi a un metro del duque de Calldyr, pero las sombras se le arremolinan bajo los pies y se extienden por el pasillo.

Él se percata y observa de reojo uno de los escudos, como si pudieran servirle de algo.

—¿Deberíamos preocuparnos? —pregunta Rhi en voz baja.

Examino la furia en los ojos de Xaden y niego con la cabeza.

Está furioso, pero sigue siendo él. De todas formas, no pierdo de vista las sombras, por si acaso, hasta que identifico la más oscura de todas.

—Te lo prohíbo. —Halden sale al pasillo seguido de dos guardias.

¿Él también está aquí? Uf, qué mal pinta esto.

—Me importa una mierda. —Xaden se gira para poder ver a los dos hombres.

—Y..., tarán, comienza el espectáculo —susurra Ridoc.

—Yo apuesto por Riorson —añade Sawyer.

Halden se gira hacia mí y después hacia Aaric, y se tensa cuando ve al resto del pelotón.

—Esta discusión es mejor mantenerla en privado.

—Esta discusión ha terminado —replica Xaden.

—Uy, ha recurrido a su voz de líder de ala —masculla Ridoc.

—¡No abrirás las fronteras! —Halden se pone rojo de furia.

¿Tyrrendor va a acoger a civiles? El pecho se me oprime y el corazón se me calienta al mismo tiempo.

—Te amo.

—Haré lo que me plazca con mi provincia. —Xaden entorna los ojos y atraviesa con la mirada a Halden—. *¿Aunque esté a punto de iniciar otra revolución?*

—Sobre todo por eso.

—¿Cómo que tu provincia? —Halden se cuadra—. ¡Es mi reino!

—Sí, eres el primero en la línea de sucesión para gobernar una gran porción de territorio —coincide Xaden—. Pero ahora mismo el mío lo gobierno yo. A Draithus le quedan semanas antes de que lo ataquen, y Tyrrendor abrirá las fronteras. Acogeremos a cualquier civil poromielense dispuesto a cruzar el paso de Medaro. ¿De verdad condenarías a morir a treinta mil personas?

¿A Draithus le quedan semanas? ¿Qué nueva información les habrá llegado?

«Mira». Me tambaleo, y Rhiannon me agarra del codo para estabilizarme.

—¿Antepones su gente a la nuestra? —Halden aprieta los puños.

—No ponen en riesgo a nuestra gente —le discute Lewellen—. No estamos ante una situación en que debamos elegir entre ellos o nosotros. No ponen en riesgo las protecciones, ni tampoco están asaltando...

—No tienes por qué defender mi decisión —lo interrumpe Xaden, y a continuación se centra por completo en Halden—. Vamos a abrir las fronteras.

—¿Seguirás tan decidido cuando lleve a mis tropas a Tyrrendor? —lo amenaza Halden.

No será capaz, el muy cabrón...

Todos los cadetes a mi alrededor se enderezan, incluso Aaric.

Las sombras se oscurecen, y los ojos de Xaden pierden toda emoción, dejando un brillo cruel, frío y calculador mientras da un solo paso hacia Halden.

—Eres príncipe, pero no eres el único. Trae tus tropas a Tyrrendor y al instante Aaric será el primero en la línea de sucesión al trono.

Carajo.

Los guardias desenvainan las espadas.

—*¡Baja el tono!* —grito a través del vínculo, notando cómo me arde el poder en las venas.

—No me parece muy sensato amenazar a un príncipe. ¿Y Cam? —Halden se gira hacia nosotros—. ¿Qué tiene que decir mi hermanito acerca de esto?

—Aaric —lo corrige él—. Y estoy de su lado. —Señala a Xaden—. Soy aretiano, ¿te acuerdas? Y a menos que Riorson firme otro compromiso provincial, creo que ahora estoy bajo su cadena de mando, igual que probablemente un tercio de tus tropas.

Halden aprieta la mandíbula una, dos veces, y entonces asesina a Xaden con la mirada.

—Ya te he avisado.

—Y yo ya te he informado —responde Xaden en un tono que me hace temer por la existencia del príncipe.

Halden gira sobre los talones y pasa a nuestro lado hecho una furia, con sus guardias y el duque de Calldyr siguiéndolo de cerca.

—Estoy orgulloso de ti. —Lewellen le da un puñetazo en el hombro a Xaden y echa a andar hacia el salón—. Voy a contárselo a los demás.

—¿Vamos a acoger a civiles? —Paso junto a Lynx para llegar hasta Xaden—. *Regresa conmigo.*

Sus ojos gélidos voltean hacia mí y me hielan la sangre, y entonces me mira con detenimiento.

—Sí, así es —confirma, y entonces la voz se le suaviza. Pestañea con fuerza varias veces, como si estuviera librando una batalla consigo mismo, y en ese momento las sombras se disipan y el hielo de su mirada se quiebra. Ha vuelto—. Aunque tampoco les servirá de mucho. Ayer un guiverno se quedó a medio camino de Aretia antes de desplomarse del cielo. Y una docena más lo intentó... —Hace una pausa—. No deberían tener mayores problemas en su rotación, pero no nos queda mucho tiempo. Un mes, a lo sumo.

Eso es muchísimo antes de lo que Mira calculó.

—La manada puede quedarse en Aretia... —empiezo.

—Nos quedaremos todos —coincide Rhi.

—No. —Xaden niega con la cabeza—. Una cosa era mandar cadetes a Aretia cuando estábamos a una distancia relativamente segura del combate, y otra muy distinta mantenerlos allí si nos convertimos en el frente.

—Pero... —Me detengo en el instante en que unos zarcillos de sombra se extienden detrás de mí en formas que no me resultan familiares.

Maren suelta un grito ahogado.

—¿Qué demonios pasa? —susurra Ridoc.

Xaden echa un vistazo detrás de mí y abre mucho los ojos.

—Es imposible —dice Imogen.

Me giro, con la mano en la daga, y me quedo de piedra.

Lynx está en mitad del pasillo, temblando de pies a cabeza, al tiempo que contempla la oscuridad que le envuelve las manos.

—No pasa nada. —Rhiannon corre hacia él—. Respira. Solo estás...

—Manifestando tu sello —dice Xaden colocándose frente a Lynx—. No tengas miedo. Están defendiéndote. Miedo. Ira. Sea lo que sea, controla tus emociones y retrocederán.

¿Está manifestando su sello? ¿Sombras?

—No puedo... —Lynx niega con la cabeza y las sombras le reptan por los brazos.

—Sí que puedes —le asegura Xaden—. Cierra los ojos y piensa en el lugar donde te sientas más seguro. Vamos.

Lynx cierra con fuerza los ojos.

—Así, muy bien. Ahora respira hondo e imagínate allí. Relajado. Feliz. A salvo. —Xaden observa cómo retroceden las sombras.

La respiración de Lynx se acompasa y sus manos vuelven a aparecer.

—Llévenlo ahora mismo con Carr —le ordena Xaden a Rhiannon, y esta asiente.

El pelotón acompaña a Lynx pasillo abajo, pero yo me quedo rezagada, porque el desconcierto me ha pegado los pies a la alfombra.

—No lo entiendo. Tú eres el único manipulador de sombras de nuestra generación.

—*Ya no, y la magia lo sabe.* —Xaden hunde los hombros al tiempo que voltea despacio hacia mí, y arruga la frente como disculpa antes de recuperar la compostura—. *Él es el equilibrio.*

Un escalofrío me recorre la columna.

—Debería... irme. —Tiene la voz como si la hubiera pasado por carbones al rojo vivo—. Aetos me ha pedido que renuncie a mi plaza de profesor debido a mi prolongada ausencia por cuestiones provinciales, y por una vez estoy de acuerdo con él, sobre todo después de haber visto eso. No debería estar aquí.

No se refiere a este pasillo, sino a marcharse del todo.

El pánico me dispara las pulsaciones.

—Quédate. —Hago ademán de tocarlo, pero él niega con la cabeza y da un paso atrás—. Por favor —le susurro, más que consciente de los guardias que hay apostados pasillo abajo—. *Quédate conmigo, por favor. Lucha por el futuro que hay después de todo esto. Sesenta y seis días, ¿no?*

No puede irse ahora, así no. Y menos cuando sus ojos han perdido todo rastro de esperanza.

—Me necesitan en Lewellen. Melgren ha exigido que doblemos la producción de taladio para la aleación y los mineros están al límite, y existe cierto descontento después del aviso de reclutamiento. Tyrrendor no termina en Aretia. —Mira a la izquierda, hacia la ventana más cercana—. *Ya te dije que controlarlo no hace más que prolongar lo inevitable. Y quizá buscar la estabilidad sea también una esperanza vana.*

Lewellen está fuera de las protecciones, a menos que hayamos movido dos cajas de dagas y no se me haya informado. Si abandona las protecciones en este estado...

—Para eso tienes una asamblea entera. —Me muevo para interponerme en su línea de visión—. *No puedes rendirte. Me da igual que Lynx haya manifestado sombras. Debes luchar. Si no luchas por ti, lucha por mí.*

Voltea hacia mí.

—*¿Qué me pasará si te conviertes?* —Aprieto con fuerza los puños—. *¿Qué les pasará a Tairn y Sgaeyl si tiras la toalla?*

Xaden tensa la mandíbula.

—*¿A los venin se les puede visitar una vez por semana?* —Doy un paso hacia él y levanto la barbilla—. *¿Su vínculo sobrevive si te conviertes? ¿Y el nuestro? Tú y yo estamos unidos de por vida, Xaden Riorson. ¿Esperas que me convierta contigo? ¿Es esa la única manera de que nuestros dragones vivan si te rindes?*

Mil emociones le cruzan el rostro... y desaparecen.

Está sobre la cuerda floja.

El estómago se me revuelve.

—Quédate —le exijo—. O nos veremos en Aretia. El hombre al que quiero no huye. Lucha.

—¿Riorson? —dice Lewellen desde la puerta del gran salón—. Luceras desea hablar contigo sobre la producción minera.

—Debes aceptar lo que yo ya he asumido —me dice Xaden—. El hombre al que quieres ya no tiene control sobre sí mismo. —Deja atrás a Lewellen y entra en el gran salón, llevándose mi corazón consigo.

He combatido con todas las armas de mi arsenal, y no ha sido suficiente. Dejo caer los hombros derrotada y me apoyo en la pared.

—No tengo del todo claro lo que ha pasado, pero he visto lo difícil que puede llegar a ser amar a alguien con poder. —Lewellen sonríe empático—. Cargar con un título como el suyo a veces es como estar sobre la cuerda floja, con el corazón siempre dividido entre lo que quieres y lo que la gente necesita de ti.

—¿Y qué pasa con lo que necesita él? —pregunto.

Lewellen hace una pausa, como si estuviera escogiendo con cuidado sus palabras.

—Necesita que lo alejes de esa cuerda floja, y eso a veces significará que dejes a un lado lo que tú quieras o necesites por el bien de la provincia. Es increíblemente injusto pedirle algo así a cualquiera, y mucho más a la primera manipuladora del rayo en un siglo. —Lewellen suaviza la voz—. Siento un respeto absoluto por ti, cadete Sorrengail, pero estamos viviendo un momento crucial que determinará el rumbo de la provincia durante los próximos mil años. Tu propósito es tan elevado como el suyo, por muy distintos que sean, y si ese propósito imposibilita que seas lo que Tyrrendor necesita...

—¿Tyrrendor, no Xaden?

Estoy luchando por los dos, pero Lewellen no lo sabe. Por lo que él ha oído, se ha topado con una discusión en la que yo me limitaba a pedirle a Xaden que se quedara conmigo en lugar de atender los asuntos de Tyrrendor.

Un guardia se mueve, recordándonos que no estamos solos.

—En estos momentos son lo mismo. —Lo dice con tanta delicadeza que es difícil enojarse con él—. Son jovencísimos y cuentan con unos sellos formidables. Si decides no adaptarte a los cambios que implican su título... —Se detiene, y entonces suspira—. Solo espero que consigas encontrar el equilibrio en todo esto.

Ni de broma pienso renunciar a él, aunque nada de lo que ha expuesto me parece que sea justo o «equilibrado».

—Por *equilibrio* te refieres a que la prioridad es Tyrrendor, luego viene Xaden, nuestra relación se esfuerza por mantener el tercer puesto y mis necesidades personales son simplemente una cuestión de conveniencia.

Decirlo en voz alta es más duro de lo que creía.

—Algo así. —La tristeza le curva las comisuras de la boca.

—Para mí, Xaden es lo primero. —Es un comentario tan abnegado que casi espero que aparezca mi madre y me dé un coscorrón—. Lo digo para que no haya dudas. Pero jamás dejaré de ser la mujer de la que se enamoró para convertirme en esa especie de tapete que tú crees que necesita. Ya hemos encontrado el equilibrio, porque los dos estamos siendo fuertes por nosotros mismos y por el otro. Xaden necesita que sea yo misma, y te recuerdo que prometí proteger Tyrrendor, pero no a su costa.

—Él dirá lo mismo de ti. Por eso su relación es tan peligrosa. —Suspira—. Como he dicho, es difícil amar a alguien con poder, y me refiero a los dos. —Vuelve a entrar en el salón y cierra la puerta.

El problema es que Xaden no es una persona con poder. Él es poder.

Y se le está escapando entre las manos.

—*Avísame si se marcha* —le digo a Tairn, y me voy a clase.

Xaden sale volando dos horas más tarde.

CUARENTA Y SIETE

> Es el dragón quien decide cuál será su último vuelo y el de su jinete.
>
> —Artículo uno, sección dos del Código de Jinetes de Dragones

—¿Seguro que solo me quieres a mí aquí la primera vez que pruebas esto? —le pregunto a Sawyer dos días más tarde en medio del campo de vuelo, acompañados de Tairn, Andarna y Sliseag a las cuatro de la mañana—. No soy precisamente la mejor para recogerte si la cosa se tuerce.

Él aprieta la correa de la mochila.

—No, pero eres la única que quiero que me vea si me caigo de sentón.

—¿O que vaya a pedir ayuda si te rompes una pierna?

Una sonrisilla se le insinúa en los labios.

—Crucemos los dedos para que eso no pase.

—¿Quieres que hablemos de esto? —Señalo a Sliseag.

—Gracias, pero he estado hablando con Jesinia. Estoy listo. Te necesito para la parte más... práctica. —Apunta con la cabeza a su dragón y luego se pone en cuclillas y tira de una palanca dentro de su prótesis. Una pieza metálica de unos cinco centímetros de ancho sale disparada de la punta de su bota—. Y no es la primera vez. Quiero una segunda opinión, porque ayer las cosas no salieron como esperaba.

—¿Eso lo has hecho tú? —Es increíble.

—Sí. —Se pone de pie y observa la pata delantera izquierda de Sliseag. El Rojo Cola de Espada es más pequeño que Sgaeyl, pero tiene unas garras igual de enormes para lo que Sawyer está a punto de intentar—. El patrón de las escamas de esa fila no se superpone. —Señala hacia arriba—. Y, en teoría, el gancho debería apoyarse en la parte superior de las escamas mientras escalo, pero no soy capaz de llegar hasta allí sin caerme...

Sliseag levanta la cabeza y nos lanza una nube de vapor que me empaña los goggles. Puaj. Es demasiado pronto para estar pegajosa.

—No hablaba de ti —lo reprende Sawyer—. Ni que fuera la primera vez que hablamos del patrón de las escamas, y no tienes por qué...

Sliseag vuelve a escupirnos vapor y noto cómo me quema en la cara. Si se calienta más, acabará escaldándomela.

Tairn da un paso al frente y ladea la cabeza en dirección a Sliseag con un gesto que espero que nunca me dirija a mí, y Andarna hace lo propio poco después.

—¡Porque no quiero que tengas que hacerlo! —le grita Sawyer a Sliseag, que entorna los ojos.

Esta sería una de las formas más patéticas de morir.

—*No se atrevería* —me advierte Tairn.

—Déjame intentarlo —insiste Sawyer.

Sliseag muestra los dientes, y Sawyer responde de la misma forma.

—*Nunca entenderé las relaciones que los otros jinetes tienen con sus dragones* —digo a través del vínculo. Apenas entiendo la mía, pero haberle dado espacio a Andarna parece haber funcionado, porque al final ha venido. En realidad tampoco podía quedarse atrás durante lo que durase la rotación, pero aun así lo considero una victoria.

—*Esa es la idea* —dice Tairn.

—Vamos allá. —Sawyer estira los hombros y corre hacia la garra de Sliseag.

Solo consigue dar un par de pasos antes de que la punta de la bota se le hunda en el barro y caiga hacia delante.

«Mierda». Me precipito hacia su mochila y la sujeto con ambas manos, y entonces tiro de Sawyer hacia arriba antes de que se manche la ropa de vuelo. Los dos hombros me dan chasquidos, pero las articulaciones tienen la decencia de no salirse de su sitio.

—Gracias —musita Sawyer, examinando la bota—. ¿Lo ves?

—Sí. —Me arrodillo para observar el dispositivo—. ¿No puedes darle a la palanca en movimiento?

—En teoría sí —responde—. Pero creo que es demasiado pequeña, y ya no tengo tiempo de hacerle ninguna modificación antes del traslado.

—Bueno, probémosla como está. Ya la modificarás en Aretia. Nadie quiere que te quedes atrás. —El barro chapotea bajo mis pies—. Puedes correr, ¿verdad?

Sawyer asiente.

—Si no, no estaría probando esto. No ando bien porque no consigo flexionarla del todo, y ya no soy tan ágil como antes para recorrer toda su pata.

—Ya lo practicaremos. ¿Y si corres como si quisieras montar igual que antes, y justo cuando notes un cambio en el movimiento, como si estuvieras a punto de caerte hacia atrás, activas la palanca? Se te debería enganchar el pie tal como lo has diseñado, y luego ya escalas el resto de la pata.

Sawyer me mira fijamente.

—Así fue como superaste el Guantelete, ¿no?

—Más o menos. Esperé hasta que el peso del cuerpo se me fue hacia atrás y luego hundí una daga en la madera para auparme. Pero dudo que Sliseag esté conforme con esa táctica. —Esbozo una media sonrisa.

El Rojo Cola de Espada suelta otro resoplido, esta vez sin vapor, como si me diera la razón.

—Voy a intentarlo. —Sawyer recoge la palanca y asiente para sí mismo—. Vamos allá.

Mi amigo echa a correr y Sliseag flexiona las patas para allanar las garras. Tiene las piernas tan largas que recorre el primer par de metros de la subida de un salto, y contengo el aliento cuando su avance se detiene.

Le da un golpe a la palanca y se aferra hacia la mitad de la pierna. El pie le resbala por las escamas buscando un lugar donde asirse durante un vertiginoso instante antes de engancharse.

—¡Ya lo tienes! —grito—. ¡Escala!

La bota izquierda aguanta con firmeza, tal como está diseñada, pero la derecha le resbala y deja un rastro de barro por las escamas rojas de Sliseag.

Contengo el aliento cuando vuelve a intentarlo una y otra vez, siempre con el mismo resultado.

—¡Carajo! —exclama, y apoya la frente sobre la pierna del dragón.

—Puedo auparlo con la parte plana de mi cola —se ofrece Andarna, tras haberse acercado sigilosamente.

Ahora el corazón se me encoge por una razón del todo distinta; es el primer comentario positivo que hace desde que regresamos.

—Es un detalle que te honra —le digo, y luego se lo repito a Sawyer.

—¡No! —grita él—. Gracias, pero no.

Sliseag gruñe, y yo los observo impotente, consciente de que no puedo hacer nada para ayudarlo.

—Porque no es lo mismo —replica Sawyer con tono de frustración, y sé que no habla conmigo—. Eres tú el que se arriesgó conmigo, y no pienso pedirte que deshonres... —Se queda callado.

—*¿Es eso lo que sientes cuando agachas el hombro por mí?* —le pregunto a Tairn—. *¿Deshonra?*

—*Soy el segundo dragón más grande del continente y un guerrero respetado. Mis hazañas son legendarias. Mi pareja no tiene parangón. Mis logros son inigualables. Mi...*

—*Responde a la pregunta* —lo interrumpo, antes de que empiece a enumerar todos sus logros.

—*Hace falta mucho más que un cambio de postura para deshonrarme* —contesta.

—*Pero nunca habías tenido que agacharte antes, ¿verdad? Ni por Naolin ni...*

—*No hablamos de los que hubo antes.* —Un dolor insoportable inunda el vínculo, y me arrepiento al instante de mis palabras.

Andarna levanta la cabeza y me mira con los ojos dorados entornados, acusadora.

—*Ya lo sé.* —Levanto las manos en el gesto universal de rendición.

—Ya sabes que no es eso lo que pienso —dice Sawyer cuando los brazos comienzan a temblarle—. ¡Ya lo hemos hablado! Cualquier jinete habría hecho lo mismo en mi situación. —Niega con la cabeza y busca con la mano la siguiente escama, antes de auparse y recortar varios centímetros a base de puro esfuerzo—. ¡Claro que no te culpo! Eso no es... —Gira la cabeza a un lado, hacia Sliseag—. No, no estoy castigándote por... Por el amor de Amari, ¿quieres dejarme hablar?

Por el silencio que se sucede, parece que Sliseag no está de acuerdo.

La mochila cada vez me pesa más y cambio el peso del cuerpo de pie; mis lumbares dejan de quejarse y empiezan a chillar.

—¡Porque valió y sigue valiendo la pena haber perdido la pierna a cambio de tu vida! —le espeta Sawyer cuando no es capaz de alcanzar la unión de la siguiente escama—. Claro que puedes sentir lo mismo que... —La mano le resbala hasta el agarre anterior—. Ay.

Sliseag resopla, extiende la pata izquierda y desliza la garra por el barro. Despacio, la baja hasta un grado de inclinación que permite caminar por encima.

Se me hace un nudo en la garganta cuando Sawyer se suelta y se levanta poco a poco. Extiende los brazos hacia fuera, como un cadete en el Parapeto, y va escalando paso a paso; de pronto percibo un movimiento con el rabillo del ojo.

—*Se acercan tus compañeros de curso* —anuncia Tairn.

Mantengo la vista clavada en Sawyer hasta que alcanza la parte superior del hombro de Sliseag y baja los brazos. Su siguiente movimiento parece algo rutinario, como si lo hubiera ejecutado miles de veces, y llega a la silla en unos pocos pasos rápidos.

El Rojo Cola de Espada se levanta hasta su máxima altura mientras Sawyer se acomoda, y yo retrocedo para verlos mejor.

—¡Parece que has estado ahí arriba un par de veces! —le grito cuando veo que se ha relajado en la silla.

—Es como si no me hubiera bajado nunca —me responde con una sonrisa—. Puedo montar.

—Puedes montar —repito con una sonrisa instantánea, ancha—. ¿De verdad importa tanto cómo hayas llegado hasta ahí, o solo importa que Sliseag te eligiera a ti?

—Ya conoces la respuesta. —Su sonrisa se suaviza.

—Pues sí —asiento, y me vuelvo hacia Andarna, reduciendo el canal mental solo a ella—. *Mírame.*

Me observa de soslayo.

—*Puedes llorar.* —Si mis palabras no sirven, quizá las suyas surtan algún efecto.

Sus ojos dorados se clavan en mí.

—*Puedes llorar* —insisto—. *Y cuando estés preparada para hablar del tema, si es que llegas a estarlo, me tendrás aquí.*

—*Tú no hablas de tu pena* —replica—. *Y él tampoco.* —Agita la cola en dirección a Tairn.

No le falta razón.

—*Estoy en ello* —digo despacio—. *Y él tampoco es perfecto.*

Andarna ensancha las fosas nasales y sus escamas relucen hasta adoptar el tono negro púrpura que suele preferir.

Asiento y lo dejo en paz, pero es innegable que algo hemos progresado.

—Gracias a Amari —susurra Rhi al llegar a mi lado, sonriéndole a Sawyer.

—¡Sawyer, mírate! —Ridoc corre hacia él con los brazos en alto en un gesto de victoria.

Sliseag balancea la cabeza y cierra los dientes con un chasquido a pocos metros de Ridoc.

—¡Mírate de lejos! —Ridoc retrocede, con los brazos aún en alto. Cuando choca con Maren, voltea y le da un abrazo mientras ella se ríe.

—No he podido ayudarlo —murmura Rhi en el momento en que Sawyer se centra en acostumbrarse de nuevo a la silla—. ¿Le he fallado?

—No. Has estado justo donde te necesitaba. —Entrelazo nuestros brazos. Carajo, cómo pesa esta mochila—. Eres nuestra amiga, pero también la líder de pelotón. No quiere caerse delante de ti; ni él ni ninguno de nosotros. Queremos que te sientas orgullosa. Y sé que estás acostumbrada a ser la responsable, y es algo que se te da de maravilla, eres excepcional...

Ridoc suelta a Maren y se lanza hacia Cat, que acepta el abrazo con los brazos tensos y un gesto de fastidio.

—¿Pero...? —Rhi me mira de reojo.

—Pero no estaba en tus manos acelerar el proceso. —Caminamos hacia los demás—. Ni en las tuyas, ni en las mías, ni en las de Ridoc o Jesinia. Siempre ha sido algo que dependía exclusivamente de ellos dos, y eran ellos quienes debían establecer los tiempos.

Ridoc se gira hacia Neve, y la piloto de tercero lo mira como si tuviera monos en la cara cuando esquiva su abrazo y choca con Bragen. En ese momento se gira hacia Imogen, que camina en su dirección con Quinn, y esta levanta una mano.

—Ni se te ocurra, Gamlyn —le advierte.

—¡Eres como un osito de peluche! —le dice Quinn rodeándola con el brazo.

—Solo contigo. —Alza la vista hacia Sawyer—. ¡Me alegro de verte donde te corresponde, Henrick!

Ridoc se da la vuelta y se lanza con los brazos abiertos hacia Dain, que arquea las cejas y levanta despacio una mano con la que le da unas palmaditas a Ridoc en la espalda, en un intercambio más bien tenso.

—¡Te veo bien, Sawyer! —exclama Dain, y sigue andando hacia Cath.

—Buen trabajo, Matthias —le dice Bodhi a Rhi al pasar por su lado—. Has conseguido que tu cadete vuelva a sentarse en la silla.

—Yo no... —empieza ella, y le aprieto el brazo con el mío—. Lo ha conseguido él solito, pero estamos muy orgullosos de él. Gracias, líder de sección.

Bodhi asiente con una sonrisa que se parece tanto a la de

Xaden que la caja torácica entera se me contrae. Ni Bodhi ni Dain tuvieron la oportunidad de asistir al curso de runas debido a sus deberes y al fracaso de nuestra misión, así que se vienen con nosotros a la rotación.

—¡Mírenlo! —Ridoc corre hacia nosotras y nos da un abrazo—. ¡El mundo vuelve a estar en orden! —Deja caer los brazos y retrocede con una expresión de puro arrepentimiento—. Menos por lo que le está pasando a Riorson, claro.

—Te he entendido. —Me cambio la mochila de hombro y me fuerzo a sonreír—. Y, con suerte, eso también se arreglará.

La esperanza se cuela como un pasajero resistente al viento cuando echamos a volar hacia Aretia, y de algún modo consigue sobrevivir a la noche cuando acampamos justo dentro de las fronteras de Tyrrendor. Debo admitir que es liberador volar sin preocuparse de que en cualquier momento nos detecte una patrulla de guivernos o Theophanie nos dé caza. Hasta que no nos aseguramos de que los grifos pueden soportar la altitud tras haber estado meses fuera, no emprendemos el tramo final del viaje, y entramos en el abrigo que ofrecen las protecciones únicas de Aretia.

Aterrizar en el valle sobre Aretia esa noche es como volver a casa, pero Xaden no está aquí. O quizá la que no está es Sgaeyl, pero para el caso es lo mismo.

—*Qué mierda* —le digo a Tairn con un hondo suspiro.

Él me responde con un gruñido.

Andarna le chasca los dientes a Kaori cuando este se le acerca demasiado, entre los gritos de protesta de Panchek, y luego se marcha por un rebaño de ovejas mientras yo desmonto de Tairn.

—Lo siento —dice el profesor frunciendo las cejas negras y afiladas—. No era mi intención...

—Sí que lo era —lo interrumpo—. Y entiendo por qué ha venido, pero no dejará que la examine, ni siquiera aquí.

—Lo comprendo. —Kaori dirige la vista hacia el alto valle colgante, con su follaje verde y sus cimas nevadas—. Desde un punto de vista egoísta, además quería ver cómo funcionaba ese tal Empíreo. Sospecho que es por eso por lo que Panchek también se ha apuntado.

Esboza una sonrisa.

—Buena suerte si se lo pregunta.

—¿Estás lista? —quiere saber Rhiannon al acercarse a mí dando unos pasos que casi parecen saltitos.

—Sí. —Sonrío sin ocultarlo ante la alegría de mi amiga—. Vamos abajo a ver a tu familia.

—Preferiría que mantuviéramos la formación... —empieza Dain tras colocarse a mi derecha.

Rhiannon y yo lo atravesamos con la mirada.

—... mañana a primera hora —se corrige deprisa—. La familia siempre es lo primero.

—La familia es lo primero —coincide Rhiannon con una sonrisa fácil, y él pasa por su lado en dirección al camino de piedra que baja hasta la casa—. Entiendo que él tenía que preocuparse por el entrenamiento de las runas, pero ¿por qué nuestro pelotón? —susurra Rhi.

—Pues por lo mismo por lo que yo estoy aquí. —Bodhi aparece a nuestra izquierda y levanta la vista hacia el sol, como si saludara a un viejo amigo—. Este es el mejor pelotón.

—Siempre me olvido del puto calor que hace aquí —dice Ridoc desabrochándose la chamarra de vuelo.

—Es un terreno de cría —le recuerda Rhiannon con una sonrisa de oreja a oreja—. Con la cantidad de dragones que hay aquí ahora mismo, seguro que la temperatura es prácticamente igual que la del valle.

—Hemos superado la tormenta, pero creo que mañana bajarán las temperaturas. —Me desabrocho los botones de la chamarra, consciente de que me helaré de frío en cuanto crucemos la barrera mágica que define este territorio como los terrenos de cría.

Tal como esperaba, al llegar a la Casa Riorson hace un frío glacial.

Por los dioses, solo verla ya hace que lo eche de menos.

El pelotón pasa junto a los guardias y cruza las puertas que dan al enorme vestíbulo con vistas a los cinco pisos ubicados en la montaña como escalones colosales. Se respira tranquilidad para ser la hora que es, o quizá parezca vacío porque los pasillos ya no están llenos de cadetes.

Kaori se da la vuelta con una expresión de incredulidad. Felix le da una palmadita en la espalda y le dice algo a Rhiannon antes de llevarse a Kaori.

—¡Mírenme todos! —La voz de Rhiannon resuena por el lugar y atrae la atención de los presentes—. Busquen los catres que se les asignaron. La noche es suya para hacer lo que les plazca, pero mañana formaremos a las siete de la mañana, así que yo me lo pensaría dos veces antes de pisar una taberna.

Nos separamos y subimos el primer tramo de escalera.

—Vámonos de aquí lo antes posible —le dice Rhi a Maren delante de mí.

—No veo el momento de ver a mis hermanos. —Maren da palmadas de emoción, y la luz le ilumina la larga cicatriz plateada que tiene en el dorso de la mano. Estoy bastante segura de que no hay nadie en el grupo que haya sobrevivido a los últimos años sin alguna marca—. Cat, ¿te apuntas?

—No me importaría ver a esos diablillos —contesta con un gesto afirmativo de cabeza cuando llegamos al descansillo.

—¿Vi? —me pregunta Rhi por encima del hombro.

—Claro —respondo—. Adoro a tu familia.

—Sawyer y yo también nos apuntamos. —Ridoc se dirige hacia la tercera planta.

—¡Genial! —exclama Rhi por la escalera, sin dejar de subir—. Quien quiera venir a mi casa, que se reúna con nosotros en el vestíbulo dentro de cuarenta minutos, así tienen tiempo de bañarse y cambiarse. Mi madre los echará a patadas si entran oliendo a azufre, y no lo digo en broma.

Me detengo en el descansillo y paso la mirada de los escalones que tengo delante al pasillo de la izquierda.

—Por favor, no me digas que te has perdido —me dice Bodhi, que va el último.

—Claro que no. —Niego despacio con la cabeza—. Pero no dispongo de habitación aquí, y no tengo claro dónde debería dormir.

Él se ríe y señala el pasillo.

—Tu habitación está ahí, no se ha movido.

—Esa habitación es de él —lo corrijo en voz baja—. Y está de mal humor.

—Estamos en casa, Vi. Que se note. —Sonríe y me da la espalda para dirigirse hacia el pasillo de la derecha—. Duerme en tu cama. Si no, solo conseguirás que esté aún más enojado.

Suspiro cuando se mete en su habitación, y giro a la izquierda de camino a la mía..., a la nuestra.

El pomo no se mueve, así que hago un gesto con la muñeca y recurro a la magia menor para conseguirlo: me imagino el mecanismo abriéndose.

Entrar aquí me resulta casi surrealista. La magia me vibra en la piel cuando atravieso las protecciones. Está tal como la dejamos en diciembre, salvo que ahora casi todas nuestras cosas se hallan en Basgiath. Después de cerrar la puerta, me quito la mochila de la espalda y la dejo en la silla en la que Xaden me veló durante todos aquellos días en que dormía cuando me apuñalaron en Resson.

Las sábanas son del mismo azul oscuro, las cortinas junto a

los ventanales están descorridas y dejan entrar la luz de la noche, y todos los libros de su colección están exactamente en el lugar que les corresponde en las estanterías empotradas a mi derecha.

Hay unos intentos patéticos de runas templadas sobre el escritorio, que dejé durante mi última lección, junto con un cuaderno olvidado en el primer cajón. Echo un vistazo en el armario y encuentro uno de mis suéteres, un uniforme para cada uno y la manta que le tejió su madre metida en el rincón derecho.

Y, por los dioses, cómo huele a él. El corazón amenaza con partírseme en dos ante la punzada repentina y aguda de pura añoranza. Yo también he dejado aquí mi marca. El baño huele al jabón que me pongo en el pelo, y encuentro la pastilla justo donde la dejé. Dedico unos minutos a asearme y luego me pongo un uniforme limpio, con una parte de mí esperando que Xaden entre en cualquier momento y me pregunte cómo ha ido mi día.

Es casi como si esta habitación estuviera fuera del tiempo, un rinconcito del mundo en el que, de forma simultánea, vivimos juntos y estamos separados. Lo único que delata los meses que han transcurrido es la caja de cristal de Zehyllna sobre su mesilla de noche, y la Daga de Aretia con su empuñadura de esmeraldas que descansa en el interior. Le falta una gema cerca de la parte superior, pero apenas han pasado los años por ella después de estar en posesión navarra durante seis siglos.

Alguien llama a la puerta, y miro el reloj. ¿Ya han pasado cuarenta minutos? La abro y veo a Brennan al otro lado. Tiene la mirada cansada, pero esboza una sonrisa radiante cuando me da el repaso típico de hermano mayor.

No puedo evitarlo: yo también lo reviso de arriba abajo y me tranquilizo al ver que no tiene ninguna cicatriz nueva.

—Méteme. —Me ofrece una mano—. No sé qué mierda hizo Xaden con las protecciones la última vez que estuvo aquí.

—Pues lo que tenía que hacer. —Le tomo la mano a mi hermano y tiro de él. Me rodea con los brazos al instante.

Me entrego a este momento inusual de paz hasta que él retrocede, habiendo perdido la sonrisa en algún punto de los últimos diez segundos.

—¿Necesitas que te repare algo?

—No. —Niego con la cabeza.

—¿Segura? Porque siempre que apareces aquí estás a un paso de la muerte. —Me examina como si pensara que estoy engañándolo.

—Segurísima.

—Está bien. —Cierra la puerta de una patada—. El escudo sonoro solo funciona con la puerta cerrada, ¿verdad?

—Verdad. —Doy unos pasos atrás, asustada—. ¿Qué ha pasado?

A Brennan se le demuda el rostro y clava la vista en el suelo.

—No puedo arreglarlo.

—No tengo ni idea de a quién te refieres. —Levanto las cejas desconcertada—. Estamos todos bien, no se ha hecho daño nadie de camino aquí.

Alza la vista y la tristeza que veo en sus ojos me hace tambalearme hacia atrás.

—A Xaden. No puedo repararlo, Vi. Lo intenté todos los días que estuvo aquí durante la semana pasada.

Me fuerzo a respirar con normalidad.

—Lo sabes.

—Lo sé. —Asiente una vez—. Debe de estar en una fase más avanzada que Jack cuando Nolon empezó a trabajar con él. Lo siento muchísimo.

La comparación es insoportable.

—Yo también.

—Hemos presentado ofrendas silenciosas en todos los templos de la zona, hemos intentado devolver la magia a la tierra, incluso nos hemos sentado con los huevos en los terrenos de cría. Hemos probado con todo lo que se nos ha ocurrido, aunque la carta que mandó ayer desde Lewellen me pareció extraña, porque... —Me mira como si estuviera loca—. ¿Estás... sonriendo?

—¿Ayer? —Ni siquiera trato de ocultar esta pequeña curva de esperanza.

Brennan asiente.

—Quiere intentar reparar «el sitio» de Basgiath.

—Buena idea. —Ahora ya no contengo mi sonrisa en absoluto.

Puede que esté taciturno, pero no se ha rendido.

CUARENTA Y OCHO

Año 472 Después de la Unificación, Voluntas, Braevick: A excepción de una casa, el pueblo ha sido desecado durante la noche por un único venin, que se cree que podría ser una Sabia. El único adulto de los tres supervivientes la describió como «por mucho que sorprenda, no había envejecido. El pelo igual de negro que el día que nos casamos, pero en lugar de las líneas de expresión que esperaba encontrarle, tenía unas venas escarlata protuberantes que se extendían desde unos ojos cuyo iris estaba rodeado por un círculo rojo».

—*El mal resurge*, cronología,
por Pierson Haliwell

Un trueno hace retumbar las ventanas de mi habitación a la noche siguiente, cuando hojeo el último libro que nos ha enviado Tecarus mientras espero a que se me seque el pelo.

No se ha olvidado de nuestro trato, ni siquiera ahora que es rey, y no pienso renunciar a Xaden, y menos ahora, cuando es evidente que él tampoco ha renunciado a sí mismo. La respuesta está en alguna parte, y la encontraremos. El hecho de que Brennan lo sepa me da esperanzas. Tal vez no pueda reparar a Xaden, pero a mi hermano nunca se le ha presentado un problema que no pudiera resolver.

Echo un vistazo al desastre de runas de práctica sobre mi escritorio, y valoro por un instante la posibilidad de seguir trabajando en la runa de activación retardada que Trissa ha estado metiéndonos en la cabeza durante la mayor parte de la tarde. Su propósito es «activar» una runa latente, ya creada, al templarle más magia. ¿Su uso real? Ninguno, porque no consigo que funcione este artefacto del demonio.

Cat lo ha logrado a la primera.

Imogen lo ha conseguido poco después.

Kai se ha quemado las puntas de su pelo negro erizado.

Dain, Bodhi, Rhi, Ridoc... Al final todos se las han arreglado para dominarla menos yo. Incluso Aaric, quien ni siquiera ha manifestado su sello, comprende los entresijos de la magia menor.

Bueno, qué más da. Estaremos aquí dos semanas. Al final lo conseguiré, y si no soy capaz, por algo trabajamos en pelotones. No se me tiene que dar todo bien.

Me tiro de la cinta del camisón de seda deverelí, que no deja de resbalarme por el hombro, y paso una página del libro de Tecarus. Levanto las cejas ante el siguiente pasaje que leo, y lo repaso para asegurarme de que he descubierto un patrón. «Y ya van tres».

Vuelve a restallar un trueno y noto que el poder crece en mí, como si un amigo lo hubiera llamado para ir a jugar. Contemplo la lluvia que parece provenir del este, y entonces agarro el conducto de mi mesilla de noche y lo dejo fluir.

Felix ajustó la aleación del centro para que fuera del mismo tamaño que la que alimenta las dagas, y ya que estoy puedo aprovechar el rato y hacer sus deberes mientras leo. Sabe Dunne que estará esperando que imbuya al menos otras tres antes de subirme a las montañas mañana para seguir practicando. Está entrenándome como si fuera el único obstáculo entre los venin y Aretia, y teniendo en cuenta que las protecciones se debilitan día tras día, no lo culpo. Con Xaden ocupado con asuntos provinciales en Lewellen, soy la mejor opción que tenemos contra Theophanie..., al menos desde un punto de vista ofensivo.

Alguien llama a la puerta. Cierro el libro y lo guardo en la mesilla de noche junto con el conducto, y entonces me levanto de la cama para abrir. Son más de las diez, lo cual significa que o bien Rhi quiere charlar, igual que anoche, o Brennan busca compañía para asaltar las cocinas. Sea como sea, este vestido es prácticamente transparente, así que agarro una bata del armario de camino a la puerta.

Un ónix reluciente golpea mis escudos a un suspiro de la puerta, y suelto el lazo de la bata para abrirla. El corazón se me acelera y luego se me dispara.

Xaden espera en el umbral con su ropa de vuelo, calado hasta los huesos y el pelo chorreándole agua. Percibo conflicto en sus ojos, como si este fuera, al mismo tiempo, el último y el único sitio donde quisiera estar.

—Hola. —Tenso la mano sobre el pomo—. *¿Por qué no me has avisado de que había llegado?* —le pregunto a Tairn.

—Me pediste que te avisara de su partida, no de su llegada.

Maldita semántica.

—Si quieres que me vaya, solo tienes que decírmelo —suelta Xaden con voz ronca, como si la hubiera pasado por carbón al rojo vivo—. Solo han transcurrido setenta y tres días.

—Ven aquí. —Suelto el pomo y doy un paso atrás para dejarle espacio—. Estarás hela...

Hace un instante estaba en el pasillo, y ahora tengo sus manos en el pelo y su boca sobre la mía.

Carajo, sí. Tiene los labios fríos, pero noto su lengua deliciosamente caliente cuando acaricia la mía. El beso despierta todas las terminaciones nerviosas de mi cuerpo y me recuerda el tiempo que ha pasado desde lo de Deverelli. Entre los viajes, la convivencia con otros jinetes y su miedo a perder el control, han transcurrido demasiadas semanas desde que sentí por última vez su piel sobre la mía.

Me basta un beso suyo para que el poder me zumbe por la piel, para que el deseo haga desaparecer cualquier pensamiento que no sea «más» y «más cerca». Con Xaden, son las únicas palabras que existen.

La puerta se cierra de fondo y oigo el clic de una cerradura, el golpe seco de su mochila cayendo al suelo, la fricción del cuero mojado cuando se desabrocha la vaina de la espalda y se la pasa por los hombros, sin romper el beso en ningún momento. Se apodera de mi boca como la primera vez, sin freno, por completo, como si se hubiera dado permiso para ser un irresponsable y pretendiera aprovecharlo al máximo.

Aprisiona mi lengua en su boca, y gimo ante los movimientos frenéticos que me la recorren y lo mucho que he echado de menos el contacto físico entre los dos. Llevo las manos a su pecho y el frío de su chamarra me produce un escalofrío en la espalda. ¿Cuánto tiempo habrá estado volando en mitad de esa tormenta? Le doy un empujoncito.

—Espera.

Se detiene de inmediato y levanta la cabeza lo justo para mirarme a los ojos.

—No debería estar aquí, ya lo sé. Al menos no todavía.

—No es eso. —Deslizo los dedos entre los botones de su chamarra de vuelo y me agarro al tejido como si pudiera resolver todos los problemas del mundo si lo retuviera en esta habitación, conmigo—. Claro que deberías estar aquí, pero es que creía que estabas en Lewellen.

—Y así era. —Baja los ojos hasta mis labios y se le encienden a tal velocidad que casi me arrepiento de haberlo parado—.

Pero entonces me marché hacia Tirvainne y he acabado en nuestro hogar. —Habla despacio, como si le estuvieran arrancando las palabras—. Y lo será cuando te gradúes y nos asignen aquí.

—Ya es mi hogar. —Se me acelera el pulso. No recuerdo la última vez que habló del futuro con algo que no fuera miedo—. Te has pasado nueve horas volando en la dirección que no tocaba —bromeo desabrochándole el primer botón de la chamarra, y luego el siguiente.

—Carajo, no me había dado cuenta —susurra con la sombra de una sonrisa—. En Lewellen estaba furioso y haciendo equilibrios en esa cuerda floja mental, pero me mantuve firme en vez de partirles la cara a los dos hombres que me criaron cuando mi padre murió. —Me escudriña los ojos, como si pudiera condenarlo por lo que acaba de admitir, pero yo sigo desabrochándole la chamarra y escuchando—. Estábamos fuera de las protecciones, pero no busqué ningún tipo de poder, porque incluso en ese estado sabía que podía devolverme de golpe al primer día, y eso implicaba no tenerte a ti. Volví en mí y me marché.

—Has podido controlarte. —El orgullo me pone una sonrisa en los labios mientras le desabrocho el último botón.

Él asiente.

—No ignoro mi destino. Sé que llegará un momento en que seré más esa otra cosa que yo mismo. —Traga saliva—. Pero por peligrosa que sea la esperanza, tienes razón: debo luchar por esto. Creo que de momento estoy estable, y sé que solo es el día setenta...

—¿Cuál es ese número mágico que barajas? —Que los dioses me asistan si hablamos de un número de tres cifras.

Él me pasa los mechones de pelo detrás de las orejas.

—Setenta y seis. Es el doble de lo que tardó Barlowe en volver a canalizar después de su primer acto significativo, el incidente del acantilado. No quería darte esperanzas, pero supongo que llegar a los setenta y seis días indicará que puedo ralentizar la progresión.

Lo miro perpleja.

—¿Tres días? —No es que me haya dado esperanzas, sino que me las ha devuelto todas.

—Me dije que esperaría hasta el día setenta y seis para presentarme en tu puerta, pero Sgaeyl cambió el rumbo en cuanto me di cuenta de que si podía controlarme fuera de las protecciones... —Se inclina hacia mí hasta situarse a pocos centímetros de mi boca.

—¿Podrías controlarte también conmigo? —Acabo sin pudor su frase con lo que quiero oír. Contengo el aliento cuando me cae una gota de agua helada en la clavícula, pero no consigue bajarme la temperatura del cuerpo al estar tan cerca del suyo.

—En las circunstancias adecuadas. —Retrocede un paso y se quita la chamarra de vuelo mojada, y yo hago lo propio con mi bata para que las prendas caigan al suelo al mismo tiempo—. Puede que no nos veamos en otra mejor, y quiero que cada segundo contigo... —Se detiene a mitad de la frase al repasarme de arriba abajo con una lujuria descarada, palpable, que me calienta cada centímetro de piel que toca—. Maldita sea —gruñe.

—¿Y cuáles serían esas circunstancias? —El corazón me martillea contra el pecho. Me da igual lo que quiera o necesite, porque ya es suyo. Yo soy suya.

—¿Te has puesto...? —Levanta una mano hacia mí y entonces retrocede, apretando el puño con fuerza.

—¿El camisón que me encargaste? Sí. No te distraigas. ¿Cuáles son las circunstancias? —repito, y entonces me paso la lengua por el labio inferior hinchado. El beso no ha sido suficiente, ni de lejos. Tengo hambre de él, y si él está dispuesto, con mucho gusto me daré un festín.

—No estoy distraído. Estoy obsesionado. Estás... —La mirada se le ensombrece al estudiarme las curvas, como si fuera la primera vez que las ve—. Quizá deberíamos esperar al día setenta y seis. —Da un paso atrás y hace ademán de agarrar el pomo de la puerta.

Ni de broma.

—Como abras esa puerta te clavo los pantalones a la madera y te dejo ahí tirado durante los próximos tres días. —Miro de reojo las dagas del armario—. Podemos acurrucarnos en nuestra cama y limitarnos a dormir juntos si eso es lo que quieres, pero, por favor, deja de huir de mí.

—Lo último que quiero es dormir. —Se aleja de la puerta y el pulso se me dispara cuando recorta la distancia que nos separa—. Y soy del todo incapaz de huir de ti. —Sus dedos se hunden en mi pelo desde la nuca, y me atrae hacia él—. Incluso cuando no soy del todo... yo, lo poco que sigo siendo aún te anhela, te necesita, eres lo único que desea.

Esa sensación me suena de algo.

—Yo también te amo.

Apoyo las manos en su pecho y le rozo la tela húmeda del cuello con las puntas de los dedos antes de ponerme de puntillas y besarlo. La necesidad que me latía dentro regresa con el doble de intensidad, y lo que ha empezado como algo dulce y delicado se convierte en pura pasión desenfrenada en cuestión de segundos. Nuestras lenguas se entrelazan, las manos buscan, y todo lo que hay fuera de la habitación desaparece, superado por lo único que importa en el fondo: nosotros.

Me pasa una mano por detrás del muslo y me levanta. El mundo me da vueltas y noto la pared en la espalda cuando él alza la vista.

—Si te quisiera como te mereces, ignoraría que eres el único remanso de paz que he conocido jamás y pondría mil kilómetros entre nosotros, porque estar estable no significa que sea del todo yo mismo. —Su mirada baja hasta mi boca—. Y en vez de eso aquí me tienes, pensando cómo mitigar la amenaza que supongo para ti y poder así arrancar este camisón de seda extremadamente traslúcida de tu espectacular cuerpo, y enterrarme dentro de ti.

—*Sí, por favor.* —Empujo el pensamiento por el vínculo, le rodeo la cintura con las piernas y suelto una exclamación al notar el frío en los muslos.

—*Violet.* —Su gemido me llena la mente mientras me contempla con la mandíbula apretada.

—Yo decido lo que merezco. —Ahora mismo no me cabe la menor duda de que mi cuerpo sabe que lo merece a él. Cruzo los tobillos y acepto el frío con un ligero temblor. Ya conseguiré que me caliente—. Y los riesgos que estoy dispuesta a asumir. E insisto: ¿qué circunstancias, Xaden?

—Te estoy dando frío. —Arruga la frente un instante antes de levantar las manos y quitarse la camiseta.

Mío. Es todo mío.

—*Y aun así, por alguna razón, creías que podrías hacerme daño.* —Le paso los brazos alrededor del cuello cuando la camiseta toca el suelo, y el cuerpo entero se me tensa al verle el pecho desnudo y la cicatriz que tiene encima del corazón. Quiero lamer cada línea de su torso—. Dime lo que necesitas para que pueda tenerte.

Me sujeta de la cintura, agacha la cabeza y acerca su boca a mi cuello.

—Carajo, qué bien hueles.

—Es jabón, sin más.

En ese momento el cerebro se me derrite y dejo caer la cabeza contra la piedra. Cada roce de sus labios es una descarga eléctrica que me inunda el flujo sanguíneo, se mezcla con mi poder y se me acumula entre los muslos.

—Eres tú, sin más. —Me besa un lado del cuello y luego la mandíbula hasta posarse sobre mis labios—. Necesito que me des precisamente lo que más te gusta hacerme perder.

Me obligo a centrarme entre la confusión de placer que está provocándome.

—El control.

—El control —repite él.

—Hecho. —Le chupo el labio inferior y se lo araño con los dientes antes de soltarlo—. De todas formas, no tenías que pedírmelo. —En cuanto me pone las manos encima, soy tan maleable como la arcilla.

—Ay, si tú supieras. —Niega con la cabeza y desliza los dedos por encima de mis costillas hasta envolverme un pecho. Contengo el aliento mientras me roza el pezón sensible con la seda, una vez tras otra—. El control que pueda tener contigo es una ilusión. Tú eres el templo al que rindo culto. Vivo por la tensión de tus muslos, por tus grititos susurrados, por sentir que te vienes alrededor de mi pene y, por encima de todo, por el sonido de mis dos palabras favoritas saliendo de tu boca. —Me pasa el pulgar por los labios y entonces me sujeta por la nuca y me mira a los ojos—. Alejar mis manos de ti ha sido la hazaña de mi vida, y tú tienes el poder de destrozar mi disciplina con una sola caricia.

Me derrito y arqueo la cabeza sobre su mano. Menos mal que me tiene empotrada contra la pared, porque sé que las rodillas me habrían fallado en medio de esa confesión, por no hablar de lo que está haciendo con los dedos.

—Bueno, dejaré de tocarte. Lo entiendo.

—¿Tú crees? —Las sombras le reptan desde los hombros

hasta envolverme las muñecas, y un instante más tarde tengo las manos clavadas a la pared sobre mi cabeza—. ¿Crees que podrías soportar esto si lo necesitara?

Las sombras se me deslizan por las manos y los dedos en una caricia constante que me deja sin aliento.

—Sí. —Trago saliva sonoramente—. De hecho, es preocupante lo mucho que me excita.

Una comisura de la boca se le curva en una sonrisa parsimoniosa, y las sombras me frotan las piernas como si fueran manos y me suben los bajos del vestido por los muslos.

—Lo tendré en cuenta.

Doblo la espalda cuando las sombras se deslizan hacia el interior de mis muslos. No ha levantado ni un dedo para manipularlas. Lo está haciendo todo con la mente. Esta muestra indiferente de poder es todavía más sexy.

—¿Y qué más? Porque como no empieces a tocarme pronto, tendré que hacerlo yo y obligarte a mirar.

—Deberíamos haber hecho esto hace meses. —La mirada se le enciende y me pellizca el pezón entre el pulgar y el índice.

—Carajo, cómo me gusta. —Mezo las caderas contra su cuerpo. La tiene dura y está justo ahí, a unas pocas capas de tela de donde lo necesito con tanta desesperación.

Me cubre el pezón con la boca y utiliza la seda vaporosa y los dientes para hacerme gemir.

—Xaden —le suplico abiertamente, apretándole la cintura con los muslos.

Sus ojos pierden cualquier rastro de provocación cuando levanta la cabeza.

—¿Tienes suero?

—En la mochila. ¿Lo quieres? —Ahora sí estamos avanzando.

Niega con la cabeza.

—Sgaeyl me despellejaría. Pero quiero que me lo metas en la boca si... —Tuerce el gesto—. Mira, a la mierda. ¿Cuántas dagas tienes ahí?

—Dos. —No necesito preguntarle a cuáles se refiere.

—Pues que sean cuatro. —Se desenvaina la que lleva en el muslo y la deja sobre el librero a mi derecha, y luego usa magia menor para hacer flotar la otra hasta mi mesilla de noche—. ¿Y ahora qué? ¿Tienes miedo?

Sonrío al recordar las palabras que pronunció meses atrás.

—Por favor. —Le doy un beso en los labios, sabiendo que no tendré que utilizar esas armas—. No sería la primera vez que te apunto con una espada.

Él me contempla sin dar crédito, y entonces esboza una sonrisa.

—No sé en qué lugar nos deja eso.

¿Es tóxico? Posiblemente. ¿Nos representa a la perfección? La duda ofende.

—¿Que nos hayamos debatido entre matarnos o no varias veces y siempre hayamos cambiado de opinión? —Le doy un beso y le paso la lengua por los labios, porque es mío y porque puedo—. Diría que nos augura un gran futuro. Me preocuparía si alguna vez hubiéramos intentado hacernos sangrar.

—Me lanzaste dagas a la cabeza.

Me agarra los muslos con las manos y arrastra la boca por mi cuello, deteniéndose justo en el lugar en que se me une con los hombros.

Por los dioses, que no pare nunca.

Resuello cuando mi temperatura corporal aumenta al menos un grado. Acabará fundiéndome incluso antes de empezar.

—Te lancé dagas al lado de la cabeza. No es lo mismo. —Muevo las caderas y le arranco un gruñido—. Por si te tranquiliza, si alguna vez creo que vas a matarme de verdad, te apuñalaré,

¿de acuerdo? Y ahora ponme el conducto en la mano y tócame de una puta vez.

Carajo, ¿en serio acabo de decirle eso? Y ni me he inmutado.

—Sin conducto. —Flexiona las manos y me aprieta contra su miembro erecto, sin dejar de besar cada centímetro de piel desnuda que tiene a su alcance.

Voy a combustionar aquí mismo, peligrosamente cerca de los libros, pero al menos la lluvia sigue tamborileando contra el cristal.

—A ver, es tu casa. Si deseas prenderle... —El corazón se me encoge—. Me quieres a plena potencia.

—No pienso arriesgarme contigo. —Afloja las sombras de mis muñecas y se me caen las manos sobre sus hombros mientras su boca me susurra algo a lo largo de la clavícula que me produce un escalofrío de placer por la columna—. ¿Quieres sujetar la daga también? ¿O te parece que la tienes lo bastante a mano?

—No la necesito, porque el arma soy yo.

Recurro a las palabras que pronunció en el foso de lucha y le hundo los dedos en el pelo, en un intento desesperado por mantener una de las conversaciones más importantes de mi vida mientras él me desarma sin pudor.

—Ya lo sé. —Sus labios se ciernen sobre los míos, pero retrocede cuando me inclino hacia él en busca de algo más—. Y por eso he llamado a tu puerta. ¿Prefieres pensarlo mejor? —Me estudia los ojos como si hubiera alguna posibilidad de que le negara lo que tanto ansiamos los dos... del otro.

—Nuestra puerta —lo corrijo—. Te he elegido. Y elijo cualquier riesgo que esto comporte. Veo cada parte de ti, Xaden, lo bueno, lo malo y lo imperdonable. Eso fue lo que me prometiste, y eso es lo que quiero: todo. Sé cuidarme sola, incluso de ti, si hiciera falta.

Su mirada se oscurece.

—No quiero hacerte daño.

—Pues no me hagas daño. —Paso las puntas de los dedos por encima de su reliquia, deleitándome con la sensación de tenerlo aquí mientras él me lo permita.

—Si me descontrolo... —Niega con la cabeza—. Carajo, Violet.

Esa forma de decir mi nombre, entre el gemido y la plegaria, me destroza.

—No te pasará nada. Día setenta y tres, ¿recuerdas? —Le deslizo un pulgar por la mandíbula—. Pero podemos esperar al setenta y seis si te quedas más tranquilo.

Su mandíbula se tensa contra mis dedos.

—Se acabó esperar.

CUARENTA Y NUEVE

A pesar de que la mayoría de las deidades permiten que sus adoradores elijan el tiempo que quieren prestar servicio en sus templos, solo dos exigen una vida dedicada enteramente a ellos: Dunne y Loial. Pues tanto la guerra como el amor marcan el alma de forma irrevocable.

—*Guía para complacer a los dioses*,
por el comandante Rorilee (segunda edición)

Nuestros labios chocan y los dos ardemos. Se acabaron las provocaciones. Se acabaron las dudas. Su lengua me atraviesa con arrogancia, como si fuera mi dueño, y yo profiero un gemido y lo agarro del pelo para retenerlo ahí. Él se entrega a mí con besos intensos y profundos que me hacen arquearme en busca de más, y le muerdo el labio inferior cuando considero que está tardando demasiado.

La piedra me araña la espalda en el momento en que él mueve las caderas, pero yo no siento más que un placer ardiente en cuanto encuentra el punto exacto.

—*Otra vez* —le exijo, y gimo en sus labios cuando me da lo que quiero.

La fiebre que me ha provocado amenaza con devorarme entera y siguen separándonos demasiadas capas de ropa.

Me coloca una mano por debajo del muslo y el dobladillo arrugado del camisón, y entonces pasa dos dedos entre mis piernas, justo por encima de la tela de mi ropa interior.

—*Pero si estás empapada* —gruñe.

El sutil roce de sus dedos me genera una oleada de poder que no hace sino empeorar el calor crepitante que se me acumula en el bajo vientre.

—*Carajo, no me había dado cuenta.* —Sonrío, frotándome contra esos dedos, y lo beso como si pudiera perderlo al alejarme de su lengua—. *¿Tú te has visto?*

Resopla sobre mis labios y entonces empezamos a movernos. Espero notar la cama en la espalda en cualquier momento, pero me sorprende al soltarme los tobillos y ponerme de pie en el suelo, entre el sillón de respaldo alto y nuestra cama.

Luego su boca vuelve a estar sobre la mía, alimentando el fuego que ya ruge con tanta virulencia que no sé cuánto más podré aguantarlo. La ropa vuela.

Le busco el botón de la cintura.

Él rompe el beso el tiempo suficiente para quitarme el camisón.

Tiro de sus pantalones de cuero empapados.

Él me arranca la ropa interior.

Si desvestirnos fuera una carrera, la habría ganado yo, pero es increíble la velocidad a la que se quita las botas. Me basta un vistazo para recordar lo mucho que he ganado.

—Mío —susurro recorriendo con los dedos los bordes esculpidos de sus abdominales—. Sigo esperando a que se me pase —mascullo cuando él me pone una mano en las lumbares y tira de mí.

—¿El qué? —pregunta, antes de acomodarse en el sillón y sentarme sobre su regazo.

Apoyo las rodillas en sus musculosas caderas y el corazón se me desboca.

—La absoluta fascinación que siento cuando recuerdo que eres mío. —Le acaricio los hombros y el pecho con las manos—. Que, por alguna clase de milagro, soy yo quien tiene la oportunidad de tocarte.

—A mí tampoco se me ha pasado todavía. Y no creo que se me pase nunca. —Arrastra la mirada por mi pelo suelto y por mi cuerpo con un hambre tan voraz que podría atravesar una escama de dragón—. *No pensaba en otra cosa la última vez que estuve aquí contigo.*

Sí, por favor. Empiezo a bajar, más que dispuesta a sentir cada centímetro de él en mi interior. Xaden resopla entre dientes cuando la punta de su miembro se desliza entre mis muslos, y yo hago lo mismo cuando me roza el clítoris; siento chispas extendiéndose entre todas las células de mi cuerpo.

—Aún no —dice apretando los dientes.

Le clavo los dedos en los hombros.

—Creo que puedo llegar a morirme si me haces esperar...

—Yo no he dicho que tengas que esperar. —Me levanta una rodilla hasta colocarla sobre uno de los brazos acolchados del sillón, y luego la otra, y me contempla con una sonrisilla pícara mientras baja las manos hasta mi trasero.

—Agárrate, amor mío.

Antes de que tenga ocasión de preguntarle dónde, las sombras me retienen las manos en la parte superior del respaldo.

—¿Se puede saber qué haces?

—Venerarte. —Me levanta el trasero y acerca mis caderas directamente a su boca.

Suelto un grito ante la primera lamida de su lengua perfecta; de no ser por sus manos y las sombras, me desplomaría. Un anhelo ardiente me recorre como un rayo, y el poder alcanza una frecuencia que me resuena por toda la piel cuando repite el movimiento una y otra vez.

—*Jamás me cansaré de ti.* —Xaden me lame y me acaricia y me chupa como si no tuviera más planes esta noche, llevándome al borde del desmayo, inmovilizándome mientras muevo las caderas y le pido más.

—Xaden —jadeo. El placer y el poder se descontrolan, ardientes, urgentes, retorciéndose en mi interior hasta que los músculos se me bloquean y empiezan a temblarme los muslos—. No pares.

Me lleva al límite.

Un relámpago restalla e ilumina la habitación, seguido de inmediato por un trueno, mientras yo me rompo en incontables fragmentos con cada oleada de placer que me arrolla. En vez de dejarlo ahí, Xaden me introduce dos dedos y los mueve al ritmo de la lengua, y el orgasmo que debería haber terminado se convierte en otro igual de apasionado, si no más intenso.

—*Estás tan lubricada que entraré con una sola embestida* —dice cuando empiezo a bajar, cayendo inerte sobre el respaldo del sillón y con los brazos temblándome—. No te muevas de ahí. —Me da un beso en el vientre y luego se escabulle por debajo de mí.

Jalo los lazos de sombras, pero no ceden ni un milímetro. Me muero por tocarlo, por besarlo, por entregarme a su cuerpo igual que ha hecho él con el mío. Pero si esto es lo que necesita...

—Eres todas las fantasías que tengo. —Me roza el lóbulo de la oreja con los labios y me estremezco—. Última oportunidad para que cambies de opinión.

—Espera sentado. —Lo miro a los ojos—. Cógeme. Hazme el amor. Tómame. Me da igual cómo lo llames mientras te metas dentro de mí ahora mismo.

Necesidad es una palabra demasiado suave para lo que siento, para lo desesperada que estoy por recibirlo por completo.

—Tienes la daga del librero a mano, por si... —empieza, pero lo acallo con un beso. Él gruñe, me agarra de las caderas y me jala hacia abajo, preparándome para un movimiento prolongado y gradual que va adueñándose deliciosamente de mí centímetro a centímetro—. *Carajo, estar contigo es estar en casa.*

Los dos gritamos cuando nos fundimos en uno por completo. La presión, la tensión, la profundidad que alcanza en este ángulo son del todo perfectas. Dejo de jalar las sombras que me sujetan las muñecas y me agarro al respaldo para recibir su siguiente acometida.

Se entrega a un ritmo firme e intenso tan implacable como exquisito, y cada vez que regresa es mejor que la anterior. Gracias a los dioses que esta habitación está protegida por un escudo sonoro, porque si no se nos oiría hasta en la sala de la Asamblea. Nada es suficiente, los besos no son demasiado profundos, no estamos lo bastante cerca, y nuestros esfuerzos solo sirven para perlarnos la piel de sudor. Dejo escapar gritos lastimeros cuando nos mueve hacia delante, resollando sobre mis labios, con una mano en mi pelo enmarañado y la otra tirando de mí hacia cada golpe seco de sus caderas.

La tensión creciente es más intensa ahora, alimenta mi poder, entrelaza el placer y la electricidad hasta que el aire que nos rodea cambia.

—Xaden —susurro—. Necesito... Necesito...

Ni siquiera lo sé.

—Yo me encargo —me promete con voz ronca—. *Mi poder, mi cuerpo, mi alma, todo es tuyo.* —Me baja una mano por el vientre y me acaricia con delicadeza el clítoris sensible—. *Utilízalo como te plazca.*

A él. Él es lo único que necesito, y tengo en mis manos cada parte imaginable de su ser.

Me rompo, y las caderas se me sacuden cuando el orgasmo me embarga y transporta mi cuerpo hacia el reino que existe más allá de este, y entonces me entierra en aludes de placer. Los rayos caen sin control y percibo el olor a humo antes de que Xaden maldiga para sus adentros y unas sombras salgan volando.

Mierda.

—Es el escritorio. No te preocupes —dice, y estoy completamente inerte cuando me levanta y vuelve a sentarme con las piernas abiertas sobre él.

Me hundo en su cuerpo, viendo como cierra los ojos, y le rodeo el cuello con los brazos.

—Las manos...

—Ahora mismo lo que me preocupa no son tus manos.

Aprieta los dientes y extiende la mano para aferrarse al borde del armario. Ahora entiendo el cambio de postura. Y no solo se está aferrando al mueble. El sudor le cubre la frente, el pulso le martillea en la garganta y tiene los abdominales tan rígido sobre mi vientre que casi parecen de piedra.

—Suéltate —le ordeno levantándome de rodillas y hundiéndome de nuevo, cabalgándolo a un ritmo que sé que lo enloquece.

—Carajo. —Echa hacia atrás la cabeza y tensa los músculos del cuello—. Violet. Amor mío. No puedo...

—Claro que puedes. —Muevo las manos hasta los lados de su cuello y apoyo mi frente en la suya—. Mi cuerpo. Mi alma. Mi poder. Lo tienes todo aquí. Me quieres. Jamás me harías daño. Suéltate, Xaden.

Convoco el poder necesario para que me zumbe sobre la piel, lo bastante para recordarle que ahora mismo no estoy indefensa, y luego, sin pudor alguno, envío todo lo que estoy sintiendo, todo el placer, a través del vínculo.

—Oh, mierda. —Estira los brazos y sacude las caderas una,

dos veces, y a la tercera la habitación se llena de sombras que nos sumen en la oscuridad, y se oye un ruido metálico contra el suelo. Él deja caer la cabeza sobre mi hombro y me gruñe en el cuello cuando alcanza su orgasmo—. *Te amo.*

Me desplomo sobre su pecho, felizmente exhausta, y la oscuridad desaparece y deja a la vista la habitación y la tormenta que arreciaba en el exterior.

—La madera... —empieza, levantando las manos.

Alzo la cabeza a regañadientes para que la preocupación no nos mate antes de tiempo y echo un vistazo por encima del respaldo de la butaca.

—Ni una marca a la vista —le digo con el corazón lleno.

—¿Ni una huella de los dedos? —Se tensa debajo de mí.

—Ni una sola. —Lo miro a los ojos y sonrío—. Estás estable.

—De momento —susurra, pero le brillan los ojos—. Y lo aprovecharé al máximo. —Me sujeta en brazos, se pone de pie y rodeamos la cama.

—¿Vamos a alguna parte? —Me sujeto a él aunque sepa que es más que capaz de cargar conmigo.

—A la bañera —responde con una sonrisa maliciosa—. Luego al armario. Y después a la cama.

Ignoro del todo los deberes que aún no he terminado.

—Me parece un plan excelente.

CINCUENTA

> Majestad: por la presente, Tyrrendor rechaza su solicitud de Compromiso Provincial de tropas para el conflicto actual. Tras haber dimitido como profesor en el Colegio de Guerra Basgiath, ahora estoy al mando de todos los ciudadanos tyrrish en edad de prestar servicio militar, tal como me corresponde por derecho.
>
> —Correspondencia oficial de su excelencia el teniente Xaden Riorson, decimosexto duque de Tyrrendor, a su majestad el rey Tauri el Sabio

La hierba del prado, verde de primavera, se dobla bajo mis botas cuando caen las primeras gotas de lluvia. No debería estar aquí. Sé lo que ocurre. Y, sin embargo, me veo atraída una y otra vez.

Este es el precio por salvarle la vida.

Un rayo parte el cielo e ilumina los altos muros de Draithus, con su torre en espiral en la lejanía, y la silueta de decenas de alas. Si me muevo lo bastante rápido, esta vez llegaré a tiempo.

Pero las piernas no me obedecen y me tambaleo, como siempre.

Él sale de la nada y se interpone en mi camino, y el corazón se me acelera, como si eso pudiera evitar que se me hundiera en el pecho.

—Se me agota la paciencia. —El Sabio se baja la capucha de la túnica y deja al descubierto unos ojos bordeados de rojo y unas venas escarlata que se extienden desde sus sienes como raíces.

—No te pertenezco.

Giro las manos y convoco el poder que ya me define, pero lo único que aumenta es mi propio pánico. Antes de poder echar mano de las dagas, me levantan del suelo. Unos dedos gélidos me aprietan el cuello, demasiado vaporosos como para resistirme, pero lo bastante sustanciales como para casi cortarme la respiración. Siento un dolor intenso en el cuello.

Idiota.

Aquí mi magia no funciona nunca, pero la suya sí.

—Nos perteneces. —El Sabio entorna los ojos con malicia—. Me traerás lo que quiero... —Me aprieta cada vez más fuerte, hasta dejar que me entre en los pulmones apenas un hilo de aire—. O ella morirá. Estoy harto de esperar, y no permitiré que se lleve un premio de ese calibre.

Rastreo el cielo en busca de algún par de alas que me resulte familiar cuando la oigo gritar, pero no distingo nada entre la lluvia que arrecia.

Es un engaño.

—Tú. —Me obligo a escupir las palabras—. No. La. Tienes.

Deja los brazos inertes y yo caigo de rodillas sobre la hierba, resollando para recuperar el aire que me ha negado.

—Pero eso se solucionará pronto —dice—. Porque tú me la traerás.

«Ni de puta broma». La ira atraviesa el miedo y planto la mano izquierda en el suelo. La lluvia me cae por la chamarra de vuelo y los bordes de mi reliquia en riachuelos cuando tenso los dedos sobre la hierba mojada antes de extenderlos.

La mano... no parecía mía...

Ya está. El poder fluye por la tierra bajo mis pies, preparado y deseoso de aniquilar sus fuerzas si tengo el coraje de desprenderme de todos los sueños imposibles a los que me he aferrado y acepto el sino que Zihnal ha dispuesto para mí.

Solo tengo que canalizarlo y estarán a salvo. Ella estará a salvo.

No, algo va mal.

Esto es un sueño. Nada más que un sueño. Y, a pesar de todo, él me retiene aquí noche tras noche. Lucho contra el peso de la pesadilla y arranco la mano del suelo.

—*¡Despierta!* —grito, pero no me sale sonido alguno.

—La ciudad caerá. La suya será la siguiente —me promete el Sabio.

—*¡Despierta!*

Levanto la cabeza y me encuentro con la Espada de Tyrrendor en la garganta. El Sabio echa hacia atrás el brazo...

Me estremezco y abro los ojos. No hay campo, ni Sabio, ni tampoco espada. Solo las delicadas gotas de lluvia que tamborilean contra la ventana, la calidez de las sábanas entrelazadas con mis piernas y el peso del brazo de Xaden sobre mi cintura. Lo peor de la tormenta ya ha pasado.

Al llenarme los pulmones al máximo de su capacidad, convenzo a los martilleos de mi corazón de que se relajen, pero la respiración que noto en la oreja se acelera y se entrecorta con cada segundo que pasa.

—¿Xaden?

Me giro hacia él y le toco la cara. Tiene la piel mojada de

sudor, el ceño fruncido y la mandíbula tan apretada que oigo como le rechinan los dientes. No soy la única que ha tenido pesadillas esta noche.

—Xaden. —Me incorporo y le doy unos golpecitos en el hombro desnudo—. Despierta.

Se pone de espaldas y empieza a sacudir la cabeza.

—Xaden. —Noto una opresión en el pecho ante el evidente dolor de su rostro, y me lanzo hacia el vínculo—. *¡Xaden!*

Él abre los ojos y se levanta de repente con un grito ahogado, y entonces pone las manos junto a sus caderas sobre el colchón.

—No pasa nada —le digo con suavidad, y él voltea hacia mí con una mirada frenética, atormentada—. Has tenido una pesadilla.

Pestañea varias veces para quitarse el sueño de los ojos y luego gira la cabeza con nerviosismo por todo el lugar.

—Estamos en nuestra habitación.

—Estamos en nuestra habitación —repito, y al pasarle los dedos por los hombros, relaja los músculos.

—Y estás aquí. —Deja caer los hombros al girarse de nuevo hacia mí.

—Y estoy aquí. —Le tomo la mano izquierda y me la llevo a la mejilla.

—Estás pegajosa. —Frunce el ceño—. ¿Estás bien?

Qué raro que pregunte al momento por mí.

—Yo también he tenido una pesadilla. —Me encojo de hombros—. Será la tormenta.

—Será. —Dirige la vista hacia la ventana—. Ven aquí. —Me atrae hacia sí y nos acostamos frente a frente. Un instante más tarde, nos tapa con la sábana pero no con la manta, y me pone una mano en la cadera—. Cuéntame la tuya.

Pongo un brazo encima de las sábanas y el otro debajo de la almohada.

—Desde Resson siempre tengo la misma.

—¿La misma? —Me aparta el pelo de los hombros—. Me contaste que habías tenido pesadillas, pero no que se repitieran.

—Es un sueño recurrente, sin más. —Un trueno resuena en la distancia y él guarda silencio para que yo continúe—. Suelo estar en un campo, y hay una batalla en la lejanía. Oigo a Andarna gritar, pero no puedo comunicarme con ella. —Se me forma un nudo en la garganta y le pongo una mano sobre el pecho—. Tengo delante al Sabio, y siempre me hace levitar como si no pesara más que un reloj de bolsillo. Y no puedo patalear, ni gritar, ni moverme. Me quedo inmóvil mientras me amenaza.

Xaden se tensa.

—¿Segura que es el Sabio?

Asiento.

—Me ha acercado la Espada de Tyrrendor a la garganta después de exigirme que le llevara algo. Es como si mi subconsciente intentara alertarme de que van a usarte contra mí.

—¿Y qué más? —Noto como su pulso se acelera entre mis dedos.

Parpadeo varias veces, tratando de hacer memoria.

—No sé explicarte por qué, porque solo lo he visto de lejos, pero las últimas veces estábamos cerca de Draithus.

—¿Estás segura? —Abre los ojos como platos—. ¿Qué aspecto tenía?

—Suele estar bastante oscuro, pero distingo los muros altos de una ciudad sobre un altiplano, y una torre central en espiral.

—Eso es Draithus. —La respiración se le acelera de nuevo.

—¿Qué te pasa? —Le deslizo la mano hasta el cuello.

—¿Qué más? —Él me acaricia la cadera.

Es extraño que se esté alterando tanto, pero si así se anima a hablar de lo que lo preocupaba cuando dormía, le seguiré el juego.

—Lo de hoy ha sido... raro. Diferente.

—¿Por qué?

—Cuando me ha soltado, he estado a punto de canalizar de la tierra, y al bajar la vista... —Dirijo la mirada hacia su reliquia—. Tenía una reliquia en la muñeca izquierda, justo donde empieza la tuya. Y mi mano no parecía mía. Ahora que lo pienso, se parecía... a la tuya. A saber. ¿De qué iba el tuyo?

Xaden me mira fijamente en silencio, y noto que un escalofrío me recorre la columna.

—¿Por qué me miras así?

—Porque es mi mano.

Dejo caer los dedos de su cuello.

—Sí, acabo de decírtelo.

Xaden se incorpora y yo hago lo mismo, cubriéndome el pecho con las sábanas.

—Es mi mano —repite—. Estabas en mi sueño.

Es imposible, ¿verdad?

Dos horas más tarde, le he contado todos los sueños que recuerdo con el Sabio, y Xaden también los ha tenido todos, sin excepción.

Debemos encontrar una explicación razonable.

—¿Crees que compartimos el mismo sueño? —le pregunto despacio, sentada en mitad de la cama con la manta sobre los hombros, viendo como recorre el reducido espacio de nuestra habitación con los pantalones de dormir.

El movimiento me recuerda al de Sgaeyl en Hedotis.

¿Es posible compartir sueños? ¿Será un efecto de nuestro vínculo?

—No. Los sueños son míos. —Se frota la piel debajo del labio inferior—. Los he tenido como mínimo una vez por semana desde lo de Resson, y con más frecuencia desde Basgiath, y casi nunca soy consciente de que son pesadillas cuando estoy dentro. Cuando tomo conciencia, me despierto con la sensación de que alguien ha estado ahí conmigo, observándome. —Voltea hacia mí y se detiene—. Como esta noche.

—Eso no tiene ningún sentido. —Me tapo aún más con la manta—. He tenido ese sueño en noches en que no estabas conmigo. Noches en que estabas a horas de distancia de mí.

—Tal vez sea por el vínculo. —Se apoya en el armario—. Pero son mis sueños, sin duda. Tú nunca has estado en Draithus, y ese contexto... Es exactamente lo que ocurrió en el borde del río cuando luché contra él en Basgiath.

Lo miro perpleja. Ese tema es tabú.

—El ser oscuro que Andarna calcinó detrás de la escuela hizo lo mismo. —Ladeo la cabeza—. Pero aquel ser oscuro no era el mismo. ¿Tú entiendes el sueño? ¿Qué quiere que le lleves? Porque a mí me resulta confuso, como si entrara a mitad de la conversación...

Las palabras mueren en mi boca cuando empiezo a valorar la posibilidad de que tenga razón, por absurdo que me parezca.

—Porque es justo eso lo que ocurre. —Xaden arquea las cejas—. Y lo que quiere es que te entregue a ellos.

—Pero si ya tienen a una manipuladora del rayo —le discuto, como si pudiera razonar con el subconsciente de Xaden.

—Pero la pesadilla es mía, y para mí tú eres la única —replica—. Cada vez me cuesta más no irme directo a Draithus para demostrarme que no es más que mi cabeza jugándome una mala pasada. —Abre mucho los ojos, y luego los entrecierra—. Pero a ti no debería sucederte lo mismo. ¿Te ha ocurrido con alguien más?

—¿Cómo voy a saberlo? —Niego con la cabeza—. Creo que no, pero no me acuerdo de todos mis sueños. —Aun así..., me acuerdo de la pesadilla que tuve en Samara, la que no me quito de la cabeza. Es tan visceral como un recuerdo, tanto como estas pesadillas—. ¿Qué sabes de la caída de Riscara?

Xaden se agarra al borde del armario.

—¿Has soñado con Riscara?

—Cuando estaba en Samara —le confirmo—. En el sueño, me encontraba en mi habitación, o eso creía yo, y se acercaba el fuego, pero no quería marcharme sin un retrato de mi familia y...

La familia del retrato. Los ojos color miel. La quemadura de mi mano.

—¿Y qué? —Se acerca poco a poco a mí, estudiándome como si no conociera ya íntimamente cada centímetro de mi cuerpo.

—Pues... —El corazón se me acelera y me entran náuseas—. Le decía a Cat que debía vivir porque era la futura reina de Tyrrendor, y Cat me miraba de una forma que... —Me trago la bilis que me ha provocado el miedo en la boca—. Era como si fuera alguien muy querido para ella. ¿Y si...? —Contengo las ganas de vomitar—. ¿Y si era Maren?

Xaden se sienta a los pies de la cama y los músculos de la espalda se le contraen cuando se tensa.

—Estuviste en el sueño de Maren. —Voltea hacia mí y percibo algo cercano al terror en sus ojos antes de que pueda ocultarlo.

—Eso es imposible. —Me cubro el vientre con los brazos—. Tal vez contigo sí, por el vínculo, pero no hay forma de entrar en los sueños de otra persona.

—Si caminas por los sueños, si eres una onironauta, entonces sí. —Asiente pensativo, y me inquieta pensar en lo que está a punto de decir—. Debe de ser tu segundo sello, el que te otorga el vínculo con Andarna. Tendría sentido. Su especie es pacífica, y esa capacidad en sí misma sería algo pasivo, incluso un don en una cultura como la suya.

¿Una qué? Enderezo la espalda.

—Eso de caminar por los sueños no existe, y los íridos le dijeron que me había entregado algo más peligroso que el rayo. Fue una de las razones de que se enojaran tanto con ella.

—Sí que existe. —Xaden baja la voz—. Y es indiscutiblemente más peligroso que el rayo. Es una variante de ser inntinncista —termina con un susurro.

—Yo no leo mentes. No puede ser. —Niego con la cabeza.

—No las lees; te adentras en ellas cuando están inconscientes.

Me quedo boquiabierta, y contacto con Andarna.

—*¿Eso es verdad?*

Tairn se remueve, pero guarda silencio.

—*No lo elegí, igual que Tairn tampoco eligió el rayo* —responde ella a la defensiva—. *Pero se sabe que tienes tendencia a vagar cuando sueñas. Es inofensivo. Sobre todo te sientes atraída hacia él.*

La manta se me escapa entre los dedos.

—*¿Y no dijiste nada?* —gruñe Tairn.

—*¡Tú tampoco la informaste la primera vez que manipuló el rayo!* —replica Andarna—. *Debía descubrirlo por su cuenta.*

—Por los dioses. —Empiezo a temblar.

—Mierda. —Xaden me cubre con la manta y me acurruco en su regazo—. Todo va a salir bien.

—No tiene ningún sentido. Los sellos se basan en nuestro vínculo y poder únicos del dragón. —Mis pensamientos se agolpan los unos contra los otros mientras balbuceo—. Y en lo que más necesitamos, por eso es lógico que tú necesitaras conocer las intenciones de la gente cuando lo manifestaste. Debías proteger a los marcados. Pero no hay ninguna parte de mí que quiera o necesite saber lo que sueñan los demás... —Dejo de temblar cuando todo me hace clic y lo comprendo—. Menos cuando me hizo falta. Se me aisló de ella durante los meses que pasó durmiendo.

—Andarna. —Asiente—. Tiene sentido. Mi sello no funciona con los dragones, y supongo que el tuyo tampoco, por eso lo desarrollaste sin saberlo en un humano.

—En ti. —Le escudriño el rostro en busca de algún signo de enfado, pero no veo nada—. Lo siento muchísimo.

—No tienes nada por lo que disculparte. —Me acaricia el pelo y me sostiene la mirada—. No lo sabías. No lo has hecho a propósito...

—Claro que no. —Jamás violaría adrede su intimidad de esa forma, ni la de Maren.

—Por eso eres especialmente peligrosa. —Aprieta la mandíbula dos veces—. Yo solo puedo leer a la gente cuando está despierta, y me limita su capacidad con los escudos. Pero nadie puede protegerse mientras duerme. Podrías meterte de lleno en los sueños de Melgren y sería incapaz de impedírtelo. Probablemente ni siquiera lo sabría. —El rostro se le descompone un instante, pero lo disimula al momento—. Violet: te matarán si se enteran. Da igual que seas la mejor arma de que dispongan contra los venin, contra mí. Te partirán el cuello y alegarán defensa propia.

Bueno, pues, qué... aterrador.

—Eso solo si es verdad. —Me levanto de su regazo y me dispongo a ponerme el uniforme de entrenamiento, dejando mi armadura sobre el respaldo de la silla—. No son más que sueños, ¿no? Si es que son sueños. Es como colarse en los miedos de una persona, no en sus pensamientos reales.

—Sí, pero en este caso creo que intervienes, porque yo quería canalizar de la tierra en aquel campo, y en vez de eso me vi levantando la mano... ¿Se puede saber qué haces?

«¿Cómo que intervengo?»

—Solo se me ocurre una forma de confirmarlo, y no te preocupes, me andaré con cuidado. —Me abrocho los pantalones y observo como se levanta y saca una muda seca de la mochila—. ¿Y se puede saber qué haces tú?

—Pues acompañarte, obviamente.

No tiene sentido discutírselo, así que los dos nos vestimos. Unos minutos más tarde y varios escalones después, llamo a la puerta de Maren. Tarda un minuto en responder, y abre con los ojos entrecerrados por el sueño.

—¿Violet? ¿Riorson? —pregunta con un bostezo que le desencaja la mandíbula—. ¿Qué pasa?

—Perdón por despertarte, pero tengo que preguntarte algo muy... extraño. —Me froto el caballete de la nariz—. No hay otra forma de describirlo, pero necesito que no me pidas explicaciones.

—*Con cuidado* —me advierte Xaden.

—Como quieras. —Maren se cruza de brazos sobre el camisón.

—¿Tenías por ahí un retrato de tu familia? —le pregunto.

—Sí, aún lo conservo —responde ella frunciendo el ceño—. ¿Les ha pasado algo a mis hermanos? Los he visto hace apenas unas horas.

—No. —Niego con vehemencia—. Ni mucho menos.

Puede que nos equivoquemos y todo esto no sea más que un efecto inusual del vínculo. Si Maren conserva el retrato, significa que no se quemó. Y, por tanto, Xaden se equivoca: no me metí en su sueño.

—Mira, se los enseño —nos ofrece Maren, y entra en su habitación. Vuelve a los pocos segundos con un retrato en las manos.

Lo reconozco al instante, es como si me cayera una losa encima.

—*Lo he visto antes.* —Las medias sonrisas, los ojos miel. Por los dioses, con razón me resultaban tan familiares los chicos. Simplemente sentía demasiado dolor como para entender por qué la primera vez—. Es precioso. —Me obligo a tragar saliva.

—Gracias. —Retira la mano—. Lo llevo siempre encima, vaya adonde vaya.

—¿No te preocupa perderlo?

—Pues, de hecho, esa era mi peor pesadilla —dice contemplando la miniatura—. Hasta que estuve a punto de perderlos a ellos.

«Su peor pesadilla». Me esfuerzo al máximo por mantener una expresión neutra.

—Te entiendo a la perfección. Gracias por compartirlo conmigo...

—*¡Plateada!* —aúlla Tairn.

Xaden ladea la cabeza y Maren se endereza.

—*Estoy aquí...*

—*¡Se aproxima una horda por el este!* —grita.

Se oye el tañido de campanas, sobre todo el de las que tenemos justo encima de nuestras cabezas.

Nos atacan.

CINCUENTA Y UNO

Para sacarles el máximo potencial, convendría destinar a los jinetes lo más cerca de su hogar como sea posible. No hay motivación más eficiente que ver tu hogar en llamas.

—*Tacticismo, una autobiografía*,
por el teniente Lyron Panchek

—*¿Cuántos son?* —le pregunto a Tairn mientras bajamos atropelladamente por la escalera.

Se abren puertas en todos los pisos por los que pasamos y la gente va emergiendo de sus habitaciones, algunos aún poniéndose los uniformes. Solo un pequeño porcentaje va de negro.

—*Unas decenas. Es difícil saberlo con este tiempo. Llegarán en veinte minutos, quizá menos. Voy de camino.*

—*Andarna...* —empiezo mientras Xaden entra en nuestra habitación.

—*¡No me digas que me quede al margen!* —vocifera—. *Puedo achicharrar a los seres oscuros.*

Prefiero mil veces que me grite a que esté en silencio.

—*Defiende la piedra protectora.* —Rodeo a Xaden, que está metiendo un brazo en la chamarra de vuelo, y saco la mía del armario. Carajo, voy con el equipo de entrenamiento y sin armadura, pero tendré que conformarme con esto. Al menos llevo las botas puestas.

En pocos minutos los dos estamos armados y bajamos hacia el salón, donde la multitud va creciendo.

—¡¿Cuántas personas hay patrullando?! —le grita Xaden a Brennan cuando llegamos al vestíbulo.

—Seis —responde Brennan abrochándose la chamarra de vuelo—. La horda ha dejado atrás a los dos que patrullaban la ruta de Dralor, y los otros cuatro están a veinte minutos de aquí, hacia el oeste.

Bueno, pues esa es precisamente la dirección que menos nos conviene para lo que necesitamos.

—Si han dado esquinazo a dos dragones, deben de ser guivernos fuegoverde —digo observando a la estampida de jinetes, infantería y mis compañeros de pelotón que corren en dirección a nosotros.

—Entendido. ¿Jinetes residentes? —pregunta Xaden, volviendo la mirada hacia la escalera mientras yo me recojo el pelo en una trenza simple de tres mechones para que no me moleste.

—Quince jubilados, diez en activo, contigo once —responde mi hermano—. Ocupar todos los puestos avanzados de Tyrrendor que antes estaban en manos de jinetes navarros nos ha dejado con pocos efectivos.

—¿Suri? —Xaden examina el vestíbulo.

—En Tirvainne. —Brennan tuerce el gesto—. Y Ulices...

—En Lewellen —termina Xaden—. Así que no hay ninguno de los generales de mi ejército presentes.

—Correcto —le confirma Brennan.

«Su ejército». Los dedos se me quedan inmóviles en el pelo cuando caigo en la cuenta de que Xaden no es el oficial de mayor rango aquí, pero está al mando. El peso de esa responsabilidad haría que me fallaran las rodillas, pero él se limita a asentir ante las noticias catastróficas de mi hermano.

—Qué fastidio. —Xaden mira hacia la escalera—. Pues nada, trabajaremos con lo que tengamos. Felix, protege a los de primero y vigila a ese. —Señala a Aaric con el dedo—. Infantería, vayan a sus puestos y acaben con cualquier guiverno que toque el suelo. Jinetes, corran más rápido. —Voltea hacia Brennan mientras los demás se marchan para cumplir sus órdenes—. ¿Alguna idea?

—Las protecciones siguen en pie, porque si no lo notaríamos. —Este ladea la cabeza.

Me sujeto el extremo de la trenza.

—Teniendo en cuenta que la piedra está en el jardín trasero, tampoco tiene mucho mérito —responde Xaden.

—No se ha visto a ningún venin entre la patrulla —añade Brennan cuando Rhi se coloca a mi lado, seguida de cerca por Imogen—. Pero es enorme, así que supongo que prevén superar las murallas. Parece que se dirigen al oeste.

Aaric se detiene en el descansillo y frunce el ceño antes de que Felix prácticamente lo arrastre pasillo abajo.

—Si yo fuera ellos, volaría en pequeñas oleadas para poner a prueba la barrera de las protecciones —continúa Brennan—. Mi recomendación sería colocar a los oficiales entre tres y ocho kilómetros hacia el este, el pelotón de jinetes... mayores en las puertas de la ciudad y asignar a los cadetes a la piedra protectora como última línea de defensa.

Carajo, cómo me suena todo esto, y no es que la última vez me entusiasmara cómo terminaron las cosas.

Xaden aprieta la mandíbula y mira a su alrededor un instante mientras valora la situación.

—Me iré con los oficiales —le dice a Brennan, y el corazón me da un vuelco—. Puede que los jinetes mayores tengan experiencia, pero la mitad no vuela...

—Soy su mejor arma —intervengo—. Si no me ponen en primera línea de combate, al menos mándenme a las puertas.

—¡Ni hablar! —me espeta Brennan mirándome con horror.

—Tiene razón. —Xaden hace una mueca, y entonces recupera la compostura—. Dividamos a los jinetes jubilados. La mitad a la piedra y la otra mitad repartida por la ciudad, por si algún civil necesita huir a las cuevas. Tú a las murallas, cadete Sorrengail.

—Envíennos a todos allí —añade Rhi—. Ni que los de segundo y tercero no hubiéramos visto ya batallas. Si al final todo se reduce a luchar y morir o no luchar y morir, preferimos luchar.

Xaden asiente.

—Solo aquellos que estén dispuestos.

—Estamos dispuestos —responde Dain junto a Bodhi.

Todos los de segundo y tercero que se han reunido cerca asienten.

—Está bien. Aetos, tu ala, tu responsabilidad —dice Xaden, y Brennan se va para seguir dando órdenes. Una ráfaga de viento entra por la puerta principal cuando la gente sale a ocupar sus puestos.

—Los de tercero, estarán conmigo en la puerta este de la ciudad. Los de segundo, con Matthias en la norte. Trabajen por parejas —nos ordena Dain.

—*Ya estoy aquí* —me anuncia Tairn—. *El enemigo está a diez minutos.*

Dioses. Es lo más cerca que ha estado un guiverno de Aretia.

—Voy contigo. —Bodhi salta los dos últimos escalones y aterriza junto a Xaden.

—Tú te quedas con los de primero —le replica Xaden al instante.

¿Cómo? Enarco las cejas.

—Ya parece. —La cólera absoluta en el rostro de Bodhi me hace retroceder un paso—. No me moveré de tu lado y...

—Estarás en lo más profundo posible de esta casa —le dice Xaden a la cara.

—¿Porque no soy un arma como tú? —le discute Bodhi—. Cuir y yo somos igual de letales en el aire.

—¡Porque eres el primero en la línea de sucesión! —Xaden sujeta a su primo por la nuca—. Ni tú ni yo tenemos herederos. Después de nosotros, se acabó. No tengo tiempo para discutir, y obedecerás mis órdenes. Nuestra familia acaba de recuperar Tyrrendor, y no la perderemos por culpa de tu orgullo. ¿Entendido?

Bodhi entorna los ojos.

—La perderemos por el tuyo. Entendido.

Da media vuelta y desaparece entre la multitud.

—Podría haber ido mejor —mascullo.

—Carajo —maldice Xaden entre dientes, antes de girarse hacia mí y acercarse—. Te amo más que a esta ciudad. No mueras defendiéndola. —Estampa sus labios contra los míos y me da un beso rápido y fiero.

Tyrrendor. Xaden. Nuestra relación. Yo. «Es difícil amar a alguien con poder».

Doy un paso atrás.

—Como charla motivadora, no ha sido la mejor. —Le estudio la cara para memorizar cada línea—. Te amo. Evita las nubes y la cuerda, y vuelve conmigo entero.

Asiente con un brillo en los ojos al haber comprendido a qué me refiero, y se marcha. No hay tiempo para pensar si ese ha sido nuestro último beso.

—No sufras por él —me ordena Tairn—. *Independientemente del resultado de la batalla, él sale ganando.*

—*No seas imbécil.* —Sigo a Rhi y a Cat hacia la puerta principal.

—¡Sorrengail! —grita Aaric, y por encima del hombro lo veo bajar la escalera—. ¡Espera!

—No es que me sobre el tiempo —respondo dejando pasar a los otros de segundo.

—Tienes que proteger el templo de Dunne. —Aaric cruza el vestíbulo corriendo, seguido por dos guardias exasperados.

—Tengo que proteger una ciudad entera.

—El templo está fuera de las murallas. —Mira de reojo la puerta abierta.

—Si ahí es adonde nos llevan nuestras órdenes...

—No. —Niega con la cabeza, y parece que le cuesta encontrar las palabras—. Debes proteger el templo.

Está bromeando, ¿no?

—¿Has forjado alguna alianza de la que no tengo constancia? —pregunto apartándome de él.

Podría llegar a entender que priorizáramos el templo de Zihnal en aras de una alianza, pero ¿Dunne?

Que Malek me asista si otro aristócrata navarro ha estado haciendo tratos a mis espaldas, porque no sé de lo que sería capaz.

—No es... —empieza a decir cuando un grupo de soldados pasa corriendo a nuestro lado.

—¡Violet! —grita Rhiannon—. ¡Toca volar!

—¡Voy! —le respondo por encima del hombro antes de dirigirme a Aaric—. Los acólitos del templo de Dunne saben protegerse solitos.

—Es la única forma de salvar Tyrrendor —susurra Aaric.

—¿Favoreciendo a Dunne? —Niego con la cabeza—. Hace cinco minutos que ha terminado el momento de valorar estrategias. Vete con tus compañeros de curso.

Me voy sin esperar a que me responda y me reúno con mis compañeros, que ya salen por las puertas.

—¿Órdenes? —pregunta Sawyer haciéndose crujir los nudillos.

—Pilotos en la base… —Rhi pestañea y nos echa un vistazo mientras caminamos entre los vestigios tempestuosos del temporal que ya remite. La lluvia ha amainado, pero lo que le falta de intensidad lo compensa un frío que hiela los huesos. El patio está atestado de dragones y grifos. Esperan sobre las murallas, en el suelo y en la calle que hay al otro lado de la puerta—. No. Los pilotos en la parte superior de la muralla, para que tengan una mejor maniobrabilidad —ordena con un gesto de cabeza—. Nos dividiremos según nuestros fuertes, así que Sorrengail y yo sobrevolaremos la zona a unos treinta metros. ¡Todo lo que hay encima es nuestro! ¡Henrick y Gamlyn cubrirán desde el suelo hasta nuestro sector! —grita por encima del viento—. La mayoría tenemos familia aquí, así que ¡luchen como si les importara!

Todos asentimos al unísono y nos separamos para montar. Me bajo los goggles de vuelo y encuentro a Tairn en el centro, en primera fila.

—¿No podías esperar a un lado, como los demás?

—No. —Hunde el hombro y monto deprisa; las botas se agarran bien a pesar del agua que cubre las escamas—. *Debes prepararte más rápido para reaccionar a este tipo de ataques.*

—No puedo decirles a los líderes que se decidan más rápido.

Me acomodo en la silla húmeda y me abrocho la correa empapada de agua con manos veloces y agarrotadas.

—Entonces tal vez deberíamos empezar a tomar nuestras propias decisiones —refunfuña Tairn, y se lanza al cielo sin preámbulos ni avisos.

Me aplasto contra el asiento cuando se catapulta hacia arriba en una trayectoria vertical, tan cerca de la Casa Riorson que me estremezco, esperando oír el roce de las garras sobre la piedra.

—*No soy un novato* —me recuerda Tairn cuando coronamos la casa, y luego gira a la derecha para unirse a los otros de camino a los cielos.

La maniobra ha hecho que se me salga el corazón por la boca, pero les ha dado tiempo y espacio a Feirge, Aotrom y Sliseag para que vuelen hacia el norte, lejos del patio.

Ignoro el instinto de mirar hacia el este para ver otra vez a Xaden, o incluso las alas de Sgaeyl, pero me necesitan aquí y ahora. Xaden es más que capaz de cuidarse solito..., siempre que no canalice una magia que no le pertenece.

La ciudad avanza a gran velocidad bajo nuestros pies mientras la sobrevolamos de camino a la puerta norte. La infantería corre por calles iluminadas por magia hasta sus posiciones. Los civiles corren de una casa a otra. Los acólitos de los templos se refugian en sus santuarios, salvo los que sirven a Zihnal. Cuando pasamos por encima, están en los escalones del santuario, empinando el codo. Hasta que no compruebo que la familia de Rhiannon tiene luz en las ventanas de su casa, no escudriño el cielo tapado que se extiende más allá de la muralla norte.

—*Qué poquito me gusta luchar a oscuras* —mascullo limpiándome los goggles con la manga.

—*Me han dicho que tienes una buena solución para ese problema* —contesta Tairn.

Lleva toda la razón. Agarro el conducto del bolsillo izquierdo, me sujeto la correa a la muñeca y sostengo el orbe de cristal en la mano. Luego abro las puertas de mis Archivos.

El poder de Tairn me invade y me calienta la piel y las manos, frías por la lluvia. La energía me zumba en las venas y se me condensa en el pecho, y cuando crepita dentro del conducto, levanto la mano derecha hacia el cielo y manipulo el poder, extendiendo los dedos en el momento en que lo dirijo hacia arriba y emerge de mí.

Un rayo atraviesa la nube que tenemos sobre la cabeza y se fragmenta en múltiples direcciones e ilumina el campo durante dos latidos.

Parejas de guivernos de alas grises vuelan hacia nosotros en decenas de rutas de vuelo distintas y a decenas de altitudes diferentes, y desaparecen en la oscuridad cuando la luz muere y retumba el trueno. Brennan tenía razón sobre que los guivernos volarían en pequeños grupos para poner a prueba las protecciones. Lo que no había previsto era que lo harían en un arco tan ancho, y el coste será alto.

—*No avanzan en formación como en Basgiath* —le comento a Tairn cuando alcanzamos la puerta norte y ascendemos para sobrevolar la zona con Feirge. La piel me escupe vapor, pero mantengo la puerta de los Archivos abierta y acumulo poder para no tener que convocarlo otra vez más tarde.

—*O bien han renunciado a la seguridad de la formación con la esperanza de que consigan atravesar las protecciones en grupos más pequeños* —dice Tairn—, *o saben que estás aquí y las formaciones son un objetivo más grande.*

—*Para eso haría falta que alguno de los seres oscuros hubiera huido de Basgiath.*

Bajo la vista y distingo a Sliseag y Aotrom aterrizando junto a las puertas, con una hilera de grifos ocupando las murallas por encima de ellos.

—*En efecto* —coincide Tairn, y entonces le retumba el pecho—. *Los oficiales han entrado en contacto con el enemigo.*

Xaden. La congoja lucha con uñas y dientes por oprimirme el pecho.

—*Me avisarás si ocurre...*

—*Lo sabrás* —responde contundente Tairn, y gira la cabeza hacia Feirge—. *Tu líder de pelotón solicita luz.*

Sé que Rhi no se refiere al resplandor del orbe, así que doblo la mano hacia arriba y vuelvo a manipular mi poder. Una oleada de calor me recorre el cuerpo y un rayo restalla sobre nuestras cabezas, extendiéndose por la nube. Mantengo los dedos abiertos y envío otra descarga de energía hacia arriba, prolongando el rayo de una forma que hasta ahora me había resultado imposible.

La lluvia silba cuando me cae en las mejillas, y me apresuro a contar cuatro parejas de guivernos que vuelan en nuestra dirección sin nada que se lo impida. Me arden las puntas de los dedos, así que dejo caer la mano y corto el rayo.

Se oye rugir un trueno más potente que cualquier dragón con el que me haya cruzado.

—*Impresionante* —dice Tairn.

—*Sí, y una insensatez.* —Tuerzo el gesto, y sostengo el conducto sobre la mano derecha. Tengo dos ampollas en el índice—. *¿Qué órdenes hemos recibido?*

—*La líder de pelotón nos ordena erróneamente que no nos alejemos de las murallas, pero se equivoca* —gruñe él—. *No deberías manipular tu poder tan cerca de los civiles.*

—*Al menos hasta que se me dé muchísimo mejor controlarlo* —coincido—. *Transmítele eso.*

—*Tiene dudas.* —Tairn vuelve la cabeza hacia Feirge—. *Y eso es algo que no podemos permitirnos.*

Mierda. Lo último que quiero hacer es llevarle la contraria a Rhi o abandonar a mi pelotón, y ahora soy yo la que está dudando porque Tairn tiene razón.

—*Vamos.* —Respiro hondo—. *Diles que se queden atrás como nos han ordenado, pero tú y yo tenemos que irnos.*

—*Estoy de acuerdo.* —Se precipita hacia delante—. *Han con-*

vocado a un manipulador del viento para que haga aparecer la luz de la luna. Ahora, prepárate. Disponemos de dos minutos antes de que se nos echen encima.

El corazón se me desboca.

—*¿Ha caído la línea de oficiales?*

—*La han rodeado.* —Vuelve a ladear la cabeza—. *Nos ocuparemos de la pareja de arriba a la izquierda. Feirge nos acompañará.*

—*A la carga.*

Combatir por parejas tiene mucho sentido, pero Rhi jamás ha abandonado el pelotón. Tairn bate las alas en tres movimientos poderosos y nos impulsamos hacia delante y ganamos altitud de inmediato, con Feirge pisándonos los talones.

—*Está demasiado oscuro ahí delante. No veo nada* —le advierto a Tairn.

Diviso una densa franja negra a mi izquierda donde sé que están las montañas, pero cuanto más nos alejamos de las luces de la ciudad, menos formas distingo en el cielo que hay frente a nosotros. En la oscuridad, todo se difumina.

Y varios kilómetros hacia el este brotan llamas en lenguas naranjas... y verdes.

—*Nosotros somos la oscuridad. Suelta el conducto* —me ordena.

—*Así no podré...* —El corazón se me encoge al percibir una ondulación mágica. Hemos dejado atrás las protecciones.

—*¡Suéltalo!*

Abro los dedos y el orbe cae hasta el extremo de su cadena, y la luz muere cuando el cristal choca con la parte trasera de mi brazo. No me queda otra que hacerme lo más pequeña posible, así que me agarro a los pomos y me acuesto todo lo que puedo mientras sofoco el poder de Tairn.

—*Dime que has llegado a la piedra protectora* —le pido a Andarna.

—*Está bien protegida* —me promete ella, y sus palabras me erizan los pelos de la nuca.

—*¿Estás en...?* —empiezo.

—*¡Prepárate!* —me ordena Tairn.

Y chocamos contra un maldito muro. O eso es lo que siento al salir despedida hacia delante, cuando al impulso le importa un comino que Tairn se haya parado en el aire. Garras y colmillos impactan contra las escamas y yo salgo disparada hacia atrás y me hundo en la silla.

La gravedad me jala hacia la izquierda y noto como el aire ruge desde abajo mientras lo que tengo en el estómago sube hacia arriba. Lo único que puedo hacer es agarrarme con fuerza y confiar en Tairn.

Un chillido amenaza con perforarme los tímpanos antes de desaparecer abruptamente, seguido del sonido húmedo de la carne desgarrándose y varios golpes secos. Tairn se estabiliza, y dos movimientos de alas más tarde oigo un ruido seco bajo nosotros.

—*Hace demasiado tiempo que no honro así el color de mis escamas* —declara Tairn con una nota de orgullo.

—*Te has fundido con la noche.* —Andarna se ríe—. *Vaya mérito.*

—*¡Te oigo más cerca de lo que debería!* —¿Por qué nunca se queda donde se le ordena?

Tairn gruñe desde lo hondo del pecho, y una llamarada cruza el cielo ante nosotros. El fuego de Feirge recorta la silueta de la pareja del guiverno un instante antes de lanzarse hacia su cuello gris. El cuerpo de la Verde Cola de Daga se balancea hacia delante al tiempo que hunde los colmillos en la garganta del guiverno.

La criatura aúlla y bate las alas frenéticamente para tratar de escapar.

—*Aguanta.* —Tairn acelera y hago justo lo que me ha ordenado, preparada para otro impacto. Mi cuerpo me odiará mañana si sobrevivimos a la noche. Las nubes escampan lo suficiente para que la luna brille mientras Tairn vuela directo hacia el guiverno que forcejea.

Tairn recoge el ala izquierda al pasar junto a las garras de Feirge, tan cerca que intercambio la mirada con Rhi durante un brevísimo instante. Luego vuelvo a clavar la vista al frente y Tairn se lanza hacia la cola con púas del guiverno, abre las fauces y se agarra con los colmillos.

Acto seguido gira sobre sí mismo.

Carajo, qué mareo. Me pego a Tairn y el cielo se convierte en el suelo. Las correas de la silla se me hunden en los muslos mientras seguimos girando, y distingo pequeños puntos de luz borrosa debajo o encima de mí, no sabría decirlo. Desaparecen antes de que pueda procesar la fuerza de la gravedad.

Se oye un crujido de huesos y el cielo reaparece, y Tairn se suelta.

El guiverno se desploma y toca el suelo unos segundos más tarde.

—*Le hemos partido el cuello* —anuncia extendiendo las alas para detener el impulso.

La cabeza me da vueltas y el estómago me amenaza con vaciarse por completo.

—*Que no se vuelva a repetir.*

Compruebo que Rhi esté sana y salva, y ella levanta una mano para confirmármelo.

—*Ha sido una maniobra efectiva* —replica Tairn—. *La fuerza opuesta le ha retorcido la columna a la criatura y...*

—*Sé cómo funciona. Nunca más.*

La luz de la luna permite examinar el campo entero, y se me cae el alma a los pies al distinguir una montaña de alas cerca de la puerta norte. No consigo diferenciarlas en la oscuridad, pero sí veo un hueco enorme en la parte superior de la muralla.

—*Tus compañeros de curso han derribado a dos parejas, pero los cuerpos han causado destrucción* —me explica Tairn—. *Los guivernos no han alcanzado las protecciones. Continuarán enviando oleadas para poner a prueba los límites.*

Mueve la cabeza a un lado y a otro para no perder detalle de la horda del este y de los que se enfrentan a ella.

«Xaden». Mis emociones pueden conmigo y contacto con él a través del vínculo. En vez de la sombra cálida y reluciente de siempre, topo con un muro de hielo ónix tan frío que quema al tacto.

Respiro agitada y levanto un escudo.

—*¿Está Sgaeyl...?*

—*Se las arregla* —me interrumpe Tairn, y mueve la cabeza de golpe hacia la izquierda—. *Mira abajo.*

Se me tensan los músculos del estómago. Cuatro guivernos se deslizan por el suelo a una velocidad de vértigo; vuelan abajo, como si pretendieran pasar desapercibidos. Sigo con la mirada su ruta de vuelo, y encuentro a Andarna esperando frente a una estructura solitaria en un campo más allá de las murallas, al tiempo que agita la cola. El terror me arranca el aire de los pulmones.

—*¡Vamos!*

Tairn recoge las alas y caemos en picada.

El viento me revuelve el pelo y lucho contra la gravedad para sujetar el conducto. Luego me olvido de la caída y me centro solo en los guivernos, mientras mi poder vuelve a salir a la superficie. Lo acumulo, lo condenso, ardo con él, y después sigo convocando más y más hasta que soy luz y calor y energía.

—*¡No te pases!* —me advierte Tairn cuando levanto la mano derecha contra el viento.

Pero ¿cómo no voy a pasarme si yo soy el mismo poder que canalizo?

Mantengo la vista clavada en los guivernos cuando nos acercamos al punto inevitable de intersección, y voy recogiendo el poder como si fuera hilo a medida que el suelo corre para recibirnos. Podemos adelantarlos si nos damos prisa.

Solo necesito cinco segundos. Nos separan quince metros de altitud y la misma distancia.

Cinco. Tairn abre las alas para ralentizar la caída.

Cuatro. Los huesos de la columna me crujen ante el cambio abrupto en la velocidad, pero nos ha acercado lo suficiente para distinguir las puntas de sus alas puntiagudas. Y cada vez los tenemos más cerca.

Tres. El cuerpo me arde cuando me doy la vuelta en la silla y manipulo mi poder, liberando ahora la espiral de energía con un resplandor de la mano y arrastrándola después hacia abajo con dos dedos quemados.

Dos. Tairn bate las alas y nos eleva justo en el momento en que el rayo parte el cielo, y quizá el tiempo mismo. Todo parece moverse más despacio mientras me obligo a separar los dedos y dividir el rayo en dos. El calor me consume el aliento y el dolor se convierte en mi existencia entera cuando dirijo las descargas calcinadoras hacia la ruta de vuelo de los guivernos.

Uno. El rayo acierta a la pareja que va a la cabeza y comienzan a arder, y están a punto de chocar con Tairn al romper la formación en una danza de llamas, dejando a la vista a los otros dos.

Y uno de ellos carga con una persona de pelo plateado.

Cero. El trueno sacude la aleación del conducto y dejo caer

la mano cuando Tairn se abalanza sobre el guiverno más cercano.

La criatura chilla y el mundo me da vueltas en un borrón de alas negras y grises.

Tairn aúlla, y su dolor sustituye el mío.

CINCUENTA Y DOS

> Entregarse a las labores de un templo no es solo una empresa noble. Ser sumo sacerdote o suma sacerdotisa es lo más cerca que la mayoría de nosotros estaremos de tocar el poder de los dioses. El resto son jinetes.
>
> —*Guía para complacer a los dioses*, por el comandante Rorilee (segunda edición)

—*¡Tairn!* —grito, y la boca se me llena con el sabor amargo de un nuevo miedo.

—*¡No!* —aúlla Andarna.

Nos paramos en seco en la pradera y levanto la cabeza a tiempo de ver a Feirge salir tras el guiverno de Theophanie, que ha alzado el vuelo. Por Dunne, no. Por muy fuerte que sea Rhi, ni siquiera las dos juntas somos rival para una Maven. Y no estamos juntas.

—*¡Andarna! ¡Dile a Feirge que no lo persiga!* —Se oye el crujido de un hueso debajo de Tairn y exhalo un aliento de puro fuego—. *¿Estás bien?* —le pregunto, peleándome con la hebilla de mi cinturón para comprobar la gravedad de las heridas. Los pulmones me arden, pero convoco el poder para ser capaz de enfrentarme a Theophanie. Dudo que se vaya de este campo sin lo que ha venido a buscar, que sospecho que soy yo. Volverá.

—*¡Corta el flujo!* —me exige Tairn, y oigo otro chasquido debajo de él—. *¡Te sobrecargarás!*

—*Pero Theophanie...*

Un carámbano de hielo atraviesa mis escudos como si ni siquiera estuvieran ahí.

—*¡Violet!*

No es hielo; es Xaden.

—*Estoy bien. Contrólate y no te distraigas. Theophanie está aquí.*

Cierro la puerta de los Archivos de mi mente y respiro el aire frío de la noche para extinguir las llamas que me envuelven los pulmones. Ha sido demasiado en muy poco tiempo, pero no me he sobrecargado, solo me he quemado un poco.

—*Llévate a Tairn hacia las protecciones lo antes posible.* —El hielo desaparece.

—*Estoy en ello.*

—*Deberías andarte con más cuidado* —gruñe Tairn mientras se aleja del cadáver del guiverno apoyándose en la pata trasera izquierda.

—*¡Dijo el que está herido!* —replico; Feirge ya vuela hacia nosotros—. *¿Es grave?* —Un trueno retumba en el este, y no es mío.

Mierda, la tormenta. Así es como han llegado tan lejos sin que los detectaran.

—*Se le ha partido el espolón del ala y se me ha clavado en la pata. Viviré. Él, no.* —Gira la cabeza hacia Andarna y echa a caminar en dirección a ella con una ligera cojera—. *Tu incapacidad para seguir órdenes sencillas acabará matándola, ¡y no pienso perderla como ya perdí al que vino antes!*

—*¡Estoy bien!* —Mi temperatura corporal se reduce con cada respiración, y empiezo a divisar unas columnas de mármol con tallas intrincadas—. *No me he sobrecargado. Ni siquiera he esta-*

do tan cerca como el día en que... —Las palabras mueren en mi boca cuando Tairn se detiene, agacha la cabeza y me despeja el campo de visión.

Andarna está frente a los escalones del templo de Dunne, flanqueada por media docena de acólitos armados con espadas que nos observan como si no supieran a qué tenerle más miedo, si a la dragona atolondrada que está a su lado, al dragón gigantesco que tienen enfrente o al Verde Cola de Daga enfadado que llega por mi izquierda.

—*¡¿Se puede saber qué demonios estás haciendo aquí?!* —le grito a Andarna desabrochándome por fin la hebilla. Tengo que sacarle ese espolón de la pata a Tairn antes de que Theophanie regrese.

—*¡El príncipe ha dicho que protegiéramos el templo de Dunne!* —me discute, y al agitar la cola derriba una tina con carbones al rojo vivo que silban cuando tocan el mármol húmedo. Los rescoldos se quedan a pocos centímetros de la estatua de seis metros de la diosa, casi idéntica a la de Unnbriel.

—*Eso me lo ha dicho Aaric a mí* —le aclaro avanzando hacia el hombro de Tairn, pero no lo baja—. *No a ti. ¡Y he rechazado su sugerencia!*

—*¿Por qué te enfadas? Los príncipes no hacen sugerencias, y no soy más que una extensión de ti.* —Andarna camina hacia delante con la cabeza agachada, en actitud amenazante—. *¿No soy acaso lo que siempre has querido? ¿No soy tan fiera y valiente como él? ¿No es esto lo que se espera de mí, que afile las garras en las escamas del enemigo?*

El viento se levanta y algo se me parte en el pecho.

—*No es momento de berrinches, Dorada* —gruñe Tairn.

—*No me trates como a una cría.* —Las escamas de Andarna relucen, pero siguen siendo negras.

—*¡Pues no te comportes como tal!* —ruge él.

—¡¿Me explica alguien qué ha pasado?! —grita Rhiannon desde el lomo de Feirge—. ¡Podríamos haberlos capturado!

«Y muerto».

—Aquella era Theophanie —le respondo.

—¿Y qué? —Rhi levanta los brazos.

—Que no podía volar contigo; Tairn está herido —digo. ¿Es que quiere matarse?—. *Déjame bajar para que te quite eso de la pata. Si no, saltaré.* —Tairn hunde el hombro a regañadientes, y desmonto a unos pocos metros de Andarna—. *No necesito que seas más de lo que ya eres.* —Me subo los goggles de vuelo y la miro a los ojos dorados—. *Salta a la vista que tenemos una charla pendiente cuando no estemos en mitad de un campo de batalla. Siempre dices que me elegiste, pero fui yo la que se plantó delante de ti en la Trilla. Y volvería a hacerlo.*

Deja escapar un resoplido y nos dirigimos hacia la pata trasera izquierda de Tairn, sin perder de vista el cielo.

Nunca entenderé cómo funciona el cerebro adolescente.

El estómago se me revuelve al ver la herida. Por los dioses, el espolón puede medir fácilmente la mitad que yo, y lo tiene hundido en el muslo. Es imposible que sea capaz de alzar el vuelo si no se lo sacamos, y de todas formas es probable que la herida le provoque muchísimo dolor. La luz de la luna le ilumina la sangre que le gotea por las escamas. Por Dunne, ¿cómo voy a sacarle eso?

—Lo siento muchísimo.

—Tiene peor pinta de lo que es. Solo se me ha clavado la punta.

—¿Te duele mucho?

—¿Mental o físicamente? —gruñe él.

—No es momento para tus sarcasmos. —Me pongo de puntillas y me yergo todo lo que puedo, pero no consigo ni acercarme al espolón.

—¿Dónde tiene la herida? —pregunta Rhiannon corriendo hacia nosotros. Por suerte, parece ilesa.

—Ahí. —Le señalo la parte alta del muslo, y ella suelta un grito ahogado—. Deberías volver con los demás. Aquí somos vulnerables.

—No pienso irme. No tienes por qué hacerlo siempre todo sola.

Retrocede unos pasos y levanta los brazos.

—A veces sí —contesto.

Ella niega con la cabeza.

—Ya nos encargamos nosotras.

—¿En serio piensas...? —empiezo, y arqueo las cejas al ver que se tensa.

Un instante más tarde Tairn ruge y yo me estremezco: el espolón ha aparecido frente a Rhiannon. Me quedo boquiabierta cuando lo lanza lejos y el pedazo con forma de gancho de la garra cae al suelo.

—¿Cómo has hecho eso?

—Con práctica. —Rhiannon sonríe y se pasa el dorso de la mano por la frente para secarse la fina capa de sudor—. Aunque es lo más grande que he atraído nunca.

—Gracias. —Le doy un abrazo y alzo la vista hacia la herida de Tairn—. *Veo muy poco con tanta oscuridad. Tenemos que volver contigo al valle.*

Él gira la cabeza hacia nosotras y Feirge voltea.

—Ya es demasiado tarde. Solo tenemos unos pocos minutos.

Un ruido de alas llena el aire, e identifico a tres guivernos aproximándose y una mancha en la lejanía.

Rhiannon y yo nos miramos fijamente durante un segundo cómplice, y luego echamos a correr, ella hacia Feirge y yo, después de pasar por debajo de Tairn, hacia su pata delantera.

—¡Vuelve ahora mismo! —le ordeno a Andarna.

—Se quedarán indefensos —protesta ella, y el corazón se me encoge cuando salgo de debajo del pecho de Tairn.

Decenas de acólitos de pelo blanco y su suma sacerdotisa esperan en la parte superior de la escalera junto a Andarna, concentrados en el cielo nocturno.

—¡Métanse! —les grito. Por poco que los proteja, es mejor que nada, ¿no?

—¿Y morir quemados dentro? —pregunta la suma sacerdotisa con una voz inquietantemente calmada a la vez que crece el ruido de alas.

Mierda. No hay tiempo para discusiones, pero no puedo abandonarlos. Andarna tiene razón: si nos lanzamos a los cielos los dejaremos indefensos, y Tairn ya está herido.

Pero no necesito estar montada para manipular mi poder.

—*Dile a Feirge que se marche* —indico a través del vínculo, y subo corriendo los escalones de mármol húmedos en busca de un lugar estratégico más alto, con el conducto en la mano—. *Te pediría que te fueras con ella, pero sé que no serviría de nada.*

—*Y aun así lo has mencionado.* —Tairn se gira despacio para enfrentarse con Andarna a los guivernos que se aproximan y levanta la cola—. *Una advertencia: si Theophanie aparece, antepondré tu vida a la de los acólitos.*

Si Theophanie aparece, estamos todos jodidos. Si algún venin informa a los demás que se han acercado tanto a las puertas de Aretia sin que las protecciones se lo impidan, sobrevolarán el territorio sin drenar de Krovla e irán por nuestro terreno de cría.

No podemos permitirnos que escape ni un solo guiverno.

—¿Puedo pedirles al menos que se cubran? —le digo a la suma sacerdotisa cuando llego al descansillo.

—No nos esconderemos. —Me repasa con la mirada en dos segundos, y se detiene en la mitad plateada de mi trenza—. ¿Tú también utilizas sosa cáustica y jugo de flores manwasa para el pelo?

Levanto las cejas hasta el nacimiento del pelo. ¿No es consciente del peligro que corremos? No creo que este sea el momento de mantener esta conversación.

—Me sale así.

—¿Ah, sí? —Arruga la frente tatuada—. Has viajado lejos para venir a ayudarnos. —La sacerdotisa desenvaina la espada corta que lleva en la cintura—. O Dunne nos protege o nos reuniremos con Malek como sus dignos sirvientes.

—Dunne no va a presentarse aquí armada —le discuto, aunque sepa que es inútil, y volteo para colocarme a su lado. Tairn ha reptado hacia la izquierda para que pueda ver con claridad a los tres guivernos que se acercan, mientras que Feirge espera preparada para volar a la derecha de la escalera.

—Claro que no. —La sacerdotisa se ríe, y el viento arrecia—. Te ha enviado a ti.

—Bueno, nunca se le ha venerado por su buen juicio.

Añado a los acólitos de los templos a la lista creciente de procesos mentales que jamás comprenderé, y abro la puerta de mis Archivos lo justo para hacer una prueba. El poder me inunda las venas como agua caliente vertida sobre una quemadura solar, y respiro despacio y acepto el dolor y mi nuevo punto de referencia.

—*¿Por qué Feirge no se ha ido ya?*

—*La líder de pelotón se niega a abandonarte* —responde Andarna.

Carajo. Levanto la mano derecha y...

—Yo que tú no haría eso —me dice una voz familiar a mi izquierda.

Giro la cabeza y el pavor me clava los pies al suelo del templo. Desenvaino las dos dagas.

«Theophanie».

Tairn gira la cabeza y su gruñido hace temblar lo que queda de los rescoldos caídos, y los acólitos exclaman a nuestro alrededor.

—*Márchense antes de que los drene* —les suplico a Tairn y Andarna, pero, como no podía ser de otra forma, se quedan donde están.

—Levanta una daga o la mano para manipular tu poder y los mataré a todos. Ven conmigo y les perdonaré la vida a los demás —dice Theophanie desde la base de la escalera; la túnica púrpura oscuro le contrasta con la palidez de la piel. Las venas rojas junto a sus ojos palpitan al ritmo de sus pulsaciones cuando me ofrece una sonrisa cansada que me inquieta todavía más por la satisfacción exhausta que transmite—. No nos peleemos, Violet. ¿No te cansas de tanta violencia? Ven conmigo. Te daré lo que más ansías.

—No tienes ni idea de lo que ansío. —El estómago se me revuelve, y la sacerdotisa se coloca a mi lado.

—¡Hereje! No eres bienvenida aquí —le grita con voz áspera.

«¿Hereje?» Miro a las dos mujeres y los pensamientos se me aceleran al ritmo del corazón. El tatuaje difuminado de la frente. Theophanie era sacerdotisa de Dunne. El pelo plateado coincide con el de los acólitos de Unnbriel... y con el mío.

Mis pensamientos se detienen cuando la sacerdotisa de pelo blanco alza la espada hacia Theophanie con un brazo tembloroso.

«Mierda». El poder me llena el cuerpo con una descarga de fuego ardiente. Hay demasiadas personas a mi alrededor para fallar, y si drena tan cerca de nosotros...

—Puede que yo no sea bienvenida —dice Theophanie, con los pies plantados en la hierba—, pero ellos sí.

Dos venin más, hombres vestidos con túnicas rojas, caminan por la hierba detrás de ella, y Andarna salta por encima de la cola de Tairn y escupe una lengua de fuego en dirección a

Theophanie. El aire se llena con un olor a ceniza y azufre, pero cuando Andarna aterriza en la base de la escalera a mi derecha, Theophanie sigue intacta.

—*¡¿Por qué?!* —grita Andarna.

—Maravilloso —dice Theophanie con una sonrisa—. ¿Ya te sientes me...? —De pronto alza la vista al cielo detrás de mí y retrocede con los ojos fuera de las órbitas—. ¡Déjenlos y vámonos! —les grita a los seres oscuros que se acercan, y rompe a correr hacia ellos—. ¡Ahora!

Los tres se toman de las manos y el del centro da un solo paso al frente antes de desvanecerse.

Igual que Garrick.

—*¡Ya vienen!* —ruge Tairn, y desvío la atención hacia el este.

No hay tiempo para pensar en qué diantres ha asustado tanto a Theophanie como para huir. Los cuatro guivernos siguen descendiendo en formación con uno a la cabeza y los demás siguiéndolo de cerca. Y vienen directo hacia nosotros.

Vuelvo a levantar la mano derecha. Al acumular más energía me siento como si estuviera recogiendo con las manos desnudas los carbones que ha tirado Andarna, pero apenas nos quedan treinta segundos.

—*Cuando ordenes, Plateada* —me dice Andarna antes de regresar con Tairn y reptar hacia delante mientras Feirge se agacha, lista para combatir en el aire.

Si la oscuridad me altera la percepción de la profundidad, si vuelan más rápido de lo que he estimado, estamos a punto de morir asados. Apunto al guiverno que va a la cabeza y le rezo a Dunne. Acto seguido manipulo mi poder y libero una descarga de energía antes de trazar una línea descendente con el dedo. Esta vez no lo mantengo; ya he aprendido de mis errores.

La magia me arrolla y me eriza la piel con una sensación familiar, y el rayo acierta al primer guiverno. Se desploma del cielo en una bola de fuego, pero no podemos celebrarlo cuando todavía hay tres que...

¿Qué demonios...?

Ya no vuelan hacia nosotros; se están cayendo. El corazón se me desboca al ver que bajan como proyectiles. El suelo se sacude cuando el de la derecha cae a unos veinte metros y se hunde en el suelo por el impulso.

—*¡Prepárense!* —grita Tairn saltando hacia el de la izquierda. Siento como el dolor recorre el vínculo cuando lo desvía de su ruta, y al aterrizar a la izquierda del templo levanta montones de tierra.

Queda uno del tamaño de Feirge, y también está cayendo. Golpea el suelo a unos cinco metros frente a Andarna, y va hacia nosotros con el ímpetu de un ariete. Y no se detiene.

—*¡Apártate!* —le ordena Tairn, y me quedo lívida cuando veo que Andarna mantiene la posición.

—*¡Es demasiado grande para ti!* —le grito.

Feirge da un paso y le propina un golpe de cabeza a Andarna en el costado, como si fuera una maza, y la aparta del camino del guiverno justo antes de que levante el suelo que ella pisaba unos instantes antes.

El guiverno se abalanza sobre nosotros con la mirada perdida y los dientes expuestos.

—¡Muévete!

Agarro a la sacerdotisa del brazo y tiro de ella para apartarla del medio en el momento en que el cadáver se estampa contra la escalera de mármol. Se oyen gritos entre los acólitos que huyen, y los hombros del guiverno arrancan la parte inferior de la escalera en el mismo momento en que su cabeza choca contra el elaborado pilar central.

No, por favor.

La columna estalla ante el impacto y salen volando fragmentos de mármol. Levanto los brazos y utilizo toda la magia menor que puedo, aunque es imposible detener las rocas del tamaño de una garra que saltan en todas direcciones, incluida la nuestra.

Pero entonces ocurre justamente eso: se detienen.

La que tengo a pocos centímetros de mi cara flota en el aire. Una sola franja de sombras sostiene los bordes grabados con llamas.

«Xaden».

Siento un alivio que me debilita las piernas, y lo que queda del pilar destruido baja al suelo despacio, hasta producir un golpe seco. A nuestro alrededor los acólitos se escabullen mientras los otros fragmentos caen con delicadeza.

Giro la cabeza hacia la derecha, al otro lado de las columnas restantes y de la suma sacerdotisa, siguiendo las sombras que retroceden hasta su manipulador.

Xaden desciende de dos en dos los escalones que siguen intactos, y baja la mano derecha mientras la espada que sostiene en la izquierda gotea sangre. No hay ni rastro de rojo en sus ojos, solo una expresión decidida y un miedo que va desapareciendo a medida que me revisa de arriba abajo, buscando lesiones.

Hago lo mismo con él, y el corazón me da un vuelco al ver la sangre que le cae por un lado de la cara.

—No es mía —dice un instante antes de apretarme contra su pecho. Apoyo la frente y respiro hondo para calmarme, y él me da un beso en la coronilla—. Pero siempre eres tú.

No tiene sentido discutir en estas circunstancias.

—¿Cómo has llegado tan rápido?

—*¿Has permitido que le ocurriera esto?* —me espeta Sgaeyl.

Me escapo de entre los brazos de Xaden y me encuentro con los ojos entrecerrados de Sgaeyl y sus afilados colmillos a una distancia demasiado corta.

—Lo siento...

—No ha sido culpa suya —le discute Tairn. Sgaeyl gira la cabeza hacia él y un grueso muro de escudos bloquea nuestra conexión al momento. Se viene pelea.

—Se ha negado a mantener la posición en cuanto ha notado la herida —responde Xaden examinando el templo—. Y me alegro, porque si no estaríamos los dos muertos. Estábamos a punto de llegar cuando se han activado las protecciones.

¿Las protecciones? Arqueo las cejas. Eso explica la onda de magia, los guivernos cayendo del cielo, el pavor de Theophanie.

—Pero ¿cómo?

Oigo el chirrido de un silbato de émbolo en la cabeza, y tanto Xaden como yo nos damos la vuelta, de espaldas al templo.

A la izquierda del cadáver del guiverno, detrás de Tairn y Sgaeyl, la oscuridad se transforma. Unas escamas del color de la noche adoptan un tono entre el negro y el púrpura hasta formar al dragón cuyos cuernos tienen el mismo patrón en espiral que Andarna.

—Parecía necesario activar su piedra protectora —dice Leothan.

Me quedo sin aire.

Los íridos han acudido.

CINCUENTA Y TRES

Asher ha vuelto hoy. Que los dioses nos asistan si alguien se entera. No sé si llegaré a perdonarlo alguna vez por lo que le ha hecho a ella.

—Diario de la capitana Lilith Sorrengail

Si los íridos han prendido la piedra protectora como la séptima especie, Aretia y la mayor parte de Tyrrendor están a salvo.

Me parece demasiado surrealista, demasiado fácil. Me asaltan emociones desde todas partes, pero el miedo las reemplaza a todas cuando Feirge se gira para enfrentarse a los íridos, agacha la cabeza y enseña los dientes.

—*¡No!* —Andarna aparece junto a Tairn y salta por encima del guiverno para colocarse frente a Feirge—. *¡Es de mi familia!*

La Verde Cola de Daga retrocede un paso, pero mantiene la cabeza cerca del suelo mientras Rhiannon desmonta, saltando directamente a la plataforma del templo.

Xaden se tensa al ver al írido, aunque no hay ni rastro de rojo en sus ojos.

—Encárgate tú de eso y ya veré lo que hay que hacer... aquí.

Teniendo en cuenta lo que pasó la última vez que se encontró con un írido, asiento.

—Dale las gracias —dice Xaden en voz baja.

—Por descontado —contesto, y volteo hacia Rhi, que corre junto a mí.

Ella asiente y luego bajamos la escalera.

—Nada de armas —le digo a Rhi mientras andamos entre Tairn y Sgaeyl—. Son pacifistas.

—Sin problema —afirma siguiéndome el ritmo—. Entonces no debería calcinarnos, ¿verdad? Me niego a darle la razón a Feirge. Se pasaría la vida recordándomelo, aunque estuviera muerta. Y me muero por saber lo que acaba de pasarles a esos seres oscuros.

—Ahora te pongo al día —respondo al acercarnos a Leothan y Andarna—. Tú prepárate para...

Rhi suelta un grito ahogado y se tapa las orejas.

—Eso —termino con una mueca.

Leothan se gira hacia Rhi y luego le da la espalda al cadáver del guiverno con una expresión que solo puede describirse como desdeñosa.

Andarna se coloca a mi izquierda cuando llegamos hasta ellos, inundando el vínculo con una mezcla de aprensión y emoción.

—*Esperaba una bienvenida más cálida por parte de un verde* —le reprende Leothan a Rhi, y entonces dirige su mirada dorada hacia mí.

—Gracias —balbuceo con torpeza, torciendo el cuello para mirarlo—. Has salvado a toda la provincia.

—*No lo he hecho por ti* —dice bajando la vista hacia Andarna.

—Duras declaraciones —susurra Rhi.

—*Te doy las gracias* —responde Andarna con la cabeza bien alta.

—*Tu humana es tan peligrosa como temíamos.* —La estudia con la cabeza ladeada, y se me forma un nudo en el estómago. Lo que haya visto no habrá hecho sino confirmarle las razones por las que rechazaron a Andarna la primera vez.

—*Defiende a su gente* —replica Andarna estirando las garras sobre la hierba mojada. Al menos la tormenta ha dado paso a una llovizna—. *Y a los nuestros.*

—*Igual que tú.* —Leothan suaviza la voz—. *He estado observándote desde que he llegado.*

Y nadie lo sabía. Tairn se inquieta, y a mí me cuesta tragar.

—*¿Y qué has visto?* —Andarna agita la cola por encima de la cabeza—. *¿Cuál es tu veredicto?*

Su tono cáustico no nos ayudará, ni tampoco el gruñido que retumba en la garganta de Sgaeyl.

El írido entorna los ojos.

—*Tu comportamiento es abominable y tus acciones erradas...*

—*Es un orgullo para nuestra manada* —sisea Sgaeyl.

—*Tal como esperábamos.* —Gira la cabeza hacia Sgaeyl, y Tairn adopta una posición de ataque—. *Pero no de la forma que valoramos.*

Rhi se acerca a mí.

—Pero ella no tiene la culpa de nada —intervengo, y Leothan voltea hacia mí—. ¡La condenaron a lo que consideran un fracaso cuando la abandonaron para que creciera según las costumbres del Empíreo!

—¿En serio te parece sensato gritarle a un dragón descomunal al que no conocemos? —me susurra Rhi.

—Pues sí —contesto mirándolo a los ojos—. No le pasa nada malo. Nunca podremos agradecerte bastante lo que has hecho hoy al activar las protecciones, pero si solo has venido a echarle en cara todo de lo que crees que carece, Feirge te dará una bienvenida mucho más cálida que la mía.

Leothan inclina la cabeza y me ignora, y desvía la mirada hacia Andarna.

—*Tus motivos son honorables* —dice—. *Eso era lo que iba a decir antes de que me interrumpiera la azul.*

—*Sgaeyl* —lo corrige Andarna, con un tono algo menos mordaz que antes.

—*Sgaeyl* —repite él, y se centra en Andarna—. *Nos separan muchas generaciones, pero compartimos el mismo linaje. A diferencia de los otros con los que te has encontrado, que son de un linaje más lejano, nosotros somos de la misma guarida, o así sería si hubieras crecido entre los nuestros.*

Son familia. El corazón se me encoge.

—*Tu humana puede quedarse* —le señala a Andarna—. *El resto no debe participar en nuestra conversación.*

Arqueo las cejas.

—*No las dejaré desprotegidas.* —Tairn flexiona las garras junto a Rhi.

—*El mero hecho de que consideres que necesitan protección es la razón por la que mis palabras son solo para ellas.* —Leothan no desvía la atención de Andarna—. *Solo se lo ofreceré una vez.*

Andarna se tensa, y después gira la cabeza hacia Tairn y Sgaeyl.

—*Tengo que escucharlo.*

Sgaeyl da un respingo y Rhi se tapa las orejas con las manos. Tairn gruñe e intento comunicarme con él a través del vínculo, pero hay un escudo más potente que el suyo bloqueándonos: el de Leothan.

Me recuerda extrañamente a los efectos del suero que nos suministraron durante la clase de CSJ. No hay ninguna parte de mí que esté dispuesta a aceptar esa desconexión, pero he de quedarme con Andarna; se lo debo.

—*Empezaremos cuando se hayan marchado* —promete Leothan.

—Nos ha desconectado de ustedes —le digo a Rhi, y entonces miro a Tairn—. No me pasará nada.

Sgaeyl enseña los dientes antes de girarse y dirigirse al templo, hacia Xaden.

—¿Estás segura? —pregunta Rhi frunciendo el ceño.

—Del todo. —Trago saliva para deshacer la piedra que tengo en la garganta—. No seré el obstáculo que impida que Andarna pueda escucharlo.

Rhi parece estar a punto de discutírmelo, pero entonces asiente.

—No nos alejaremos mucho. —Sigue a Sgaeyl, y Tairn le lanza un gruñido de advertencia a Leothan antes de dar media vuelta.

Andarna dobla la cola sobre mi cabeza.

—No me gustó que se te juzgara por los defectos de otros —dice Leothan agachando la cabeza hasta la altura de Andarna—. *Ni siquiera por los del ser oscuro al que pareces tenerle tanto... cariño.*

Noto una chispa de esperanza en el pecho, que borra los insultos que esperaba, y las escamas de Andarna ondean con varios tonos de negro.

—Deberías disponer de la oportunidad de aprender nuestras costumbres —continúa—. *De elegir nuestras costumbres.*

—¿Te quedarás aquí a enseñarme? —le pregunta ella.

—Vendrás a casa conmigo —responde sosteniéndole la mirada—. *Puede que les lleve varios años, pero los demás aceptarán mi decisión. Para entonces habrás aprendido lo suficiente como para saber la verdad.*

¿Años? El estómago se me revuelve y noto un regusto a bilis en la boca.

—No podemos irnos durante años. —La tristeza inunda las palabras de Andarna.

—Tú sí —replica él.

—¿Sola? —Se queda de piedra.

Por los dioses. Enderezo la espalda y un terror que no había conocido hasta ahora me bloquea los músculos. Pretende separarnos.

—*He salvado a la humana a la que aprecias prendiendo las protecciones* —afirma, como si estuviera descartando razones que pudieran impedir su marcha—. *Estará a salvo de todo excepto de los suyos bajo el ala de tu mentor.*

—*¡No puedo abandonarla!* —Andarna echa hacia atrás la cabeza.

El corazón me late a un ritmo peligroso.

—*Debes hacerlo. Este no era tu destino, ni el de ninguno de los de nuestro linaje. Mira lo que ha ocurrido esta noche. Si yo no hubiera intervenido, ya no existirías.* —Sus escamas titilan y adopta un brillo nacarado—. *Aquí no hay nada para ti salvo guerra y sufrimiento.*

Y yo. Y Tairn. Y Sgaeyl. Tengo que reunir toda mi contención para no gritárselo, para no arruinarle el momento a Andarna.

—*Estoy vinculada.* —Andarna baja la cola y la enrosca a mi alrededor—. *Nuestras vidas, nuestras mentes, la misma energía que nos conforma está entrelazada.*

Claro. Eso, por supuesto. Asiento sin ser consciente de ello.

—*Pues ponle fin.* —Él inclina la cabeza y las escamas sobre sus ojos se unen en una sola línea—. *Los vínculos no son más que lazos mágicos. Eres una írida. Eres magia. Manipúlala, dale forma, rómpela a placer.*

Espera. ¿Cómo?

—*No puedo.* —Andarna me rodea aún más con la cola.

Me falta el aire y la cabeza me da vueltas.

—*Y, sin embargo, eso fue precisamente lo que hiciste.* —Leothan baja la vista y me mira—. *¿Con quién te vinculaste primero?*

Esto no puede estar pasando. Quizá esté soñando, o me encuentre en un sueño de Xaden. Aunque es evidente que estamos entrando en una pesadilla.

—Me eligieron el mismo día.

El írido suspira, molesto, y el vapor me asalta el rostro.

—*¿Quién habló contigo primero?*

Desvío la mirada y me remonto a lo que pasó en la Trilla.

«Hazte a un lado, Plateada», retumba la voz de Tairn por el recuerdo.

—Tairn —susurro, y volteo hacia Andarna. La estudio con mucho detenimiento, desde el patrón de sus escamas hasta la curva de su nariz, el ángulo de sus ojos, las espirales de sus cuernos, que coinciden con los de Leothan—. Tú no me hablaste hasta que me dijiste tu nombre en el campo de vuelo.

Andarna pestañea.

—*¿Lo ves?* —Leothan se centra de nuevo en ella—. *Los humanos solo deberían ser capaces de vincularse a un dragón, y, sin embargo, tú forjaste una segunda conexión donde no debería haber existido. Esa es una habilidad única de los íridos. Tus instintos son excelentes, pero precisas instrucción. Rompe la conexión y ven conmigo.*

El corazón me martillea en los oídos como una estampida.

—*Pero Violet...* —El tono de Andarna pasa de la negación a... Que Amari me asista; ¿eso que percibo es preocupación?

Me pongo pálida cuando lo entiendo. Quiere irse. Por supuesto que quiere irse. Es su familia, el único dragón de su especie que está dispuesto a aceptarlo. Soy yo quien la retiene.

—*Su otro vínculo la mantendrá con vida* —afirma Leothan, como si eso fuera lo único que nos une a Andarna y a mí—. *Si decidieras regresar, podrías volver a forjar el vínculo.*

Al ver que no responde, Leothan agacha la cabeza hasta el nivel de mis ojos.

—Está emocionalmente atrapada debido a su edad. ¿Qué querrías tú que hiciera?

Andarna baja la cabeza.

—Yo... —Pierdo todo el calor de la cara, pero mantengo la mirada clavada en ella, memorizando cada detalle como si fuera la última vez que la veo. La posibilidad es insoportable, he desarrollado mi sello precisamente porque la necesito, y aun así siento que nos dirigimos hacia un precipicio—. Te quiero, y deseo que te sientas completa —le digo, y ella gira la cabeza poco a poco hacia mí—. Quiero que seas feliz y que estés a salvo, que crezcas. Quiero que vivas. —La voz se me rompe—. Aunque no sea a mi lado.

—Admirable —dice Leothan—. *Entiendo tu decisión.*

Una sensación de anhelo inunda el vínculo con tanta intensidad que me llega una punzada de dolor al pecho y me arranca el aire de los pulmones. Me fuerzo a asentir, sintiendo todo lo que ella no es capaz de decir.

—No sé cómo... —empieza ella.

Oigo un silbido estridente en la cabeza y luego un silencio absoluto. Intento comunicarme a través del vínculo, pero primero encuentro solo un muro y luego... nada.

Andarna se gira hacia Leothan. El írido alza el vuelo sin previo aviso, saltando muy por encima de mí. Abre las alas y el viento me azota a medida que gana altitud. Las escamas le brillan mientras se tornan del color del cielo nocturno encapotado, y comienza a desaparecer.

Andarna sale detrás de él con la mirada agitada; sus ojos se centran en un punto detrás de mí, luego en mi derecha, y finalmente se posan en mí durante un latido, se le encienden como si quisiera decir algo y yo me arrojo contra el muro donde debería estar nuestro vínculo.

Pero ha desaparecido.

Un instante más tarde, ella también.

Lo único que queda es una ráfaga de viento cuando sus escamas se funden con el cielo.

Un rugido me hace temblar hasta los huesos, y los oídos me pitan mientras los bordes de la visión se me oscurecen. El corazón se me desacompasa y los pulmones dejan de esforzarse por llenarse de aire. Me falta el aliento y no tengo motivos para buscarlo. Era infinita y, sin embargo, estaba anclada, y ahora estoy vacía y vago en aguas demasiado vastas para comprenderlas.

Las rodillas me fallan y caigo al suelo.

—¡Violet! —grita alguien, y distingo los pasos de unas botas antes de que se arrodille delante de mí y con sus ojos cafés busque en los míos respuestas que no puedo darle—. ¿Estás bien?

«No soy nada».

El cielo se oscurece y el suelo tiembla. Alzo la vista hacia el vacío negro y mi visión se estrecha en un círculo que no deja de encogerse. No es el cielo, sino un ala.

Veo aparecer unos ojos dorados severos, exigentes.

—*¡Respirarás!*

Su voz profunda y cavernosa me llena la cabeza, y una fuerza inflexible invade atropelladamente el canal mental que nos conecta.

Tairn.

Existe, y por tanto yo también debo existir, porque estamos vinculados. Nunca estoy sola. Siempre estamos conectados.

Resuello y el aire entra a toda velocidad. El corazón me late a un ritmo errático y doloroso, pero se me despejan los bordes de la visión.

—*Nos ha dejado. Nos ha dejado. Nos ha dejado.* —No puedo pensar en otra cosa.

—*Pero nosotros seguimos aquí* —me ordena Tairn, como si tuviera alguna alternativa.

—¿Qué ha pasado? —Alguien se arrodilla de golpe a mi lado, y al girar la cabeza me encuentro con unos ojos ónix salpicados de ámbar. No, alguien no: es Xaden—. *¿Violet?*

Una mezcla de preocupación y miedo se adentra en el vínculo que nos une, y la conexión le ofrece un punto de apoyo a mi pulso.

Existo por Tairn, pero vivo por Xaden.

—No lo sé —responde Rhiannon, y la veo observándome con una preocupación desgarradora que me hace querer aliviársela de inmediato.

Rhi sigue aquí, igual que Mira, Brennan y Ridoc, y Sawyer, y Dain, y Jesinia e Imogen, y Aaric... Todos menos ella.

—*¿Cómo ha podido hacer algo así?* —escupe Sgaeyl con una furia que le afila las palabras como si fueran dagas.

—Se ha ido —le susurro a Rhi, y me desmorono bajo el peso de una verdad insoportable. Xaden me recoge y me aprieta contra su pecho, y frunce el ceño cuando nuestras miradas se encuentran—. Andarna se ha ido.

CINCUENTA Y CUATRO

Ningún jinete ha sobrevivido a la pérdida de su dragón. Y no me imagino que alguien quisiera experimentarlo.

—*Guía de campo de los dragones*,
por el coronel Kaori

«Andarna se ha ido».

No salgo de la habitación durante los tres días siguientes. De hecho, apenas dejo la cama.

«Andarna se ha ido».

Pero nunca estoy sola.

Brennan lee en una silla junto a mi cama por las mañanas mientras yo cabeceo. Mis compañeros de pelotón me hacen compañía por la tarde, pero sus voces no consiguen atravesar del todo la nebulosa del cansancio. Son un flujo constante de personas que no saben qué decir, y está bien, porque tampoco tengo fuerzas para responderles. Xaden me abraza por la noche con los brazos y la mente.

«Andarna se ha ido».

Tairn deja nuestro vínculo abierto por completo, y me ofrece acceso a él sin ningún tipo de restricciones, algo que no había vivido hasta ahora. Siempre ha estado conmigo, pero ahora soy yo quien está también con él. Oigo su parte de la conversación cuando informa a los ancianos de la marcha de Andarna. Lo oigo discutir con Sgaeyl por lo que él denomina su control excesivo, y me entero del sermón que le da a Xaden para que se asegure de que como algo.

Y eso no es todo lo que oigo. Durante los dos primeros días, cada vez que se abre la puerta me llega un ambiente de celebración, sonidos de voces y risas alegres que desaparecen en cuanto entra alguien.

¿Cómo no van a estar felices? Aretia está a salvo. Hemos logrado lo que hace unos meses ansiábamos con tanta desesperación. No los culpo por celebrarlo; lo único que pasa es que no puedo compartirlo. Para eso tendría que sentir algo, lo que fuera.

Duermo, pero no sueño.

«Andarna se ha ido».

El ambiente cambia el tercer día, pero no pregunto por la tensión que se respira en el silencio de mis compañeros de pelotón, y no porque no me importe, sino porque necesito toda mi energía para lo que en otras circunstancias sería el acto natural de respirar.

Volverá, ¿verdad? Tiene que volver. No está muerta. Leothan se asegurará de que cruce el mar. Y si regresa y me encuentra así, autocompadeciéndome, no mereceré su reliquia. Si esto es un Guantelete emocional, estoy fracasando, pero esta vez no hay cuerda a la que agarrarme para evitar la caída.

En la mañana del cuarto día me despierto al notar que el colchón se hunde a mi lado.

—No me he pasado la noche volando para verte dormir. Despierta.

No hay voz capaz de sacudirme tanto. Volteo y me encuentro a Mira observándome desde el lado de Xaden de la cama, con las piernas estiradas sobre las mantas y los pies con medias cruzados a la altura de los tobillos. Mientras me examina los ojos advierto que se le marcan las ojeras, pero no parece haber sufrido ninguna herida nueva, por suerte.

—No quiero. —Tengo la voz ronca de usarla tan poco.

—Ya lo sé. —Me mira a los ojos con el ceño fruncido y me aparta el pelo de la frente—. Pero debes levantarte. Puedes llorar, gritar o incluso dedicarte a romper cosas si quieres, pero no puedes vivir para siempre en esta cama.

—Estaba entera y ahora ya no. —Los ojos me escuecen, pero no lloro. Hace días que me quedé sin lágrimas—. Se ha ido de verdad.

—Lo siento muchísimo. —La expresión de Mira se llena de empatía—. Pero no lo suficiente para permitir que te pierdas en tu dolor. Empieza levantándote. —Arruga la nariz—. Luego probamos darte un baño.

Alguien llama y desvío la atención a la puerta cerrada de la habitación.

—Oye, ¿cómo has entrado?

—Riorson me ha dejado pasar. —Me quita la mano de la cabeza cuando la puerta se abre. «Cómo no»—. Está despierta —dice Mira por encima del hombro.

Xaden entra con la frente marcada por la preocupación hasta que me ve.

—Mira quién se ha despertado. —Se le curva una comisura de la boca.

—A regañadientes —admito.

Los ojos se le encienden, y caigo en la cuenta de que es la primera vez que le hablo en días.

«Mierda». Tengo que recomponerme.

—¿Cómo has sustituido el poder que perdiste? —me pregunta Mira rápido.

Volteo de nuevo hacia ella.

—No... he sustituido nada. ¿De qué estás hablando?

—¡Si está despierta, déjame entrar! —exclama Brennan desde el pasillo, detrás de Xaden—. ¡Son mis hermanas!

—Puedo matarlo, si lo prefieres —me ofrece Xaden arqueando la ceja de la cicatriz.

—¿Y darle otra oportunidad de fingir su muerte? —Mira resopla.

—Puede pasar. —Me obligo a incorporarme impulsándome con ambas manos. Llevo tanto tiempo con la camiseta de entrenamiento de Xaden y unos pantalones de dormir remangados que prácticamente se me han pegado a la piel.

Xaden jala a Brennan para que cruce el umbral, y mi hermano le lanza de inmediato una mirada de desdén a Mira.

—¿Se puede saber qué haces? —le espeta él al cerrar la puerta.

Xaden se apoya en el librero y me mira fijamente, como si pudiera echar a correr de un momento a otro, o peor: desaparecer bajo las sábanas.

—*Hola.*

—*Hola.* —No tengo fuerzas para sonreír, pero me deleito con su imagen.

Mira entorna los ojos como advertencia a Brennan.

—Me mandaste una carta en la que decías que nuestra hermana estaba a un paso de entrar en estado catatónico, y por eso he venido. ¿A ti qué te parece que estoy haciendo?

—Quería que la sacaras de la cama. —Brennan me señala—. No meterte ahí con ella.

—Llevo aquí menos de media hora y ya he conseguido que hable, así que creo que mi metodología es bastante eficaz. —Lo atraviesa con una mirada que me recuerda a mi madre—. ¿Me explicas qué has estado haciendo tú?

A mi madre le horrorizaría del todo mi inacción.

—Sentarme en esa silla —señala junto a la cama— y pensar en cómo alojar y alimentar a los miles de personas que están cruzando ahora mismo el paso de Medaro, y eso sin dejar de supervisar el aumento de producción de la forja, además de pasarme las tardes reparando a todos los jinetes heridos capaces de volar desde aquí hasta el frente.

—Qué me vas a contar a mí del frente. —Mira se da unos golpecitos en el pecho—. Levantar las protecciones debe de haberlos enfurecido de lo lindo, porque nos están dando una paliza y no nos queda otra que ir retrocediendo. Desde el frente se divisa Draithus.

—*Al final han abierto la frontera.* —Abro mucho los ojos mientras mis hermanos continúan discutiendo de fondo.

Xaden asiente una vez.

—*Es lo que mi padre habría querido.*

Pero Fen no lo hizo. Xaden sí. Y yo he estado demasiado hundida en mi miseria para saberlo, y todavía más para apoyarlo en un acto de traición flagrante. Mudo la expresión.

—*No sé qué estás pensando, pero no vayas por ahí* —me dice Xaden ladeando la cabeza.

—*Te he dejado solo lidiando con todo esto.* —Lewellen estaría profundamente decepcionado conmigo. Yo ya estoy profundamente decepcionada de mí misma.

—*Respiras, y eso me basta.* —El alivio en sus ojos es palpable, y por alguna razón me hace sentir todavía peor.

Se supone que debo ser más fuerte. ¿Qué otras cosas me habré perdido?

—¡Ha perdido un dragón —grita Mira—, no un novio! No es una ruptura. —Desvía la mirada hacia Xaden—. Sin ánimo de ofender.

El vacío amenaza con arrollarme de nuevo, pero Tairn inunda el vínculo con un alud de despecho e indignación.

—*Céntrate en el ahora, o en él, si eso te ayuda.*

Sigo contando con ellos: Tairn y Xaden.

—Nada, nada. —Xaden se cruza de brazos, pero no aparta la vista—. Ya estamos lejos de esa fase.

—La cuestión es —le reprende Mira a Brennan— que el déficit de poder debe de ser demoledor, y no quiero ni imaginarme el impacto emocional de cortar un vínculo.

—Dejen de hablar de mí como si no me tuvieran delante —susurro.

—Tampoco digo que tenga que recuperarse de la noche a la mañana —replica Brennan.

—¡Paren ya! —El grito hace que todos en la habitación se paralicen. Tengo que salir de la cama, aunque solo sea para no oírlos discutir.

Brennan relaja el cuerpo entero.

—Gracias a los dioses que hablas.

—¡Que ya te he dicho que hablaba! —Mira levanta las manos.

—No me sorprende que papá se pasara tanto tiempo en los Archivos —mascullo, y luego me destapo. Primer paso, salir de la cama. Segundo paso, bañarme y limpiarme estos cuatro días de sufrimiento.

—¿Y ahora también haces bromas? —Brennan se queda boquiabierto.

—Yo le caigo mejor que tú. —Mira se limpia una brizna de hierba del uniforme.

—No hay nada gracioso en esto. —Mis pies tocan el suelo—. Ustedes dos tienen que dejar de discutir. Arréglenlo, porque aparte de Niara, somos los últimos que quedamos. —Me levanto poco a poco.

Xaden hace ademán de apartarse del librero, pero yo niego con la cabeza.

—*Necesito un momento.* —Me dirijo al baño, recordándome que debo respirar. La discusión se atenúa cuando cierro la puerta, y desaparece por completo cuando abro el agua después de aliviarme—. *Ya se ha acabado el momento.*

Xaden entra por la puerta unos segundos más tarde y la cierra deprisa, aislándonos de las voces exaltadas de Brennan y Mira.

—¿Siguen discutiendo? —Me siento en el borde de la bañera y meto la mano para comprobar la temperatura del agua.

—Son tus hermanos —responde remangándose el uniforme de camino hacia mí—. Ya me ocupo yo. —Introduce la mano en la bañera y luego ajusta la palanca que hace llegar el agua desde el sistema de acueductos—. ¿Puedo ayudarte con algo?

Asiento.

Me desviste y me meto en la bañera. El agua caliente me cubre cuando me inclino, y empiezo a separarme los mechones de la trenza. Xaden, arrodillado a mi lado, pone un poco de jabón en un pedazo de tela y comienza a lavarme, empezando por los pies.

—Deberías estar haciendo otras cosas —digo con voz queda, mirándolo a los ojos mientras sus manos se mueven con una delicadeza que sorprendería a cualquier otra persona salvo a mí.

—Todo lo demás puede esperar. —Sube hasta las rodillas.

Miente. Si ha abierto la frontera contra el decreto del Senario, lo demás no puede esperar, aunque lo quiero todavía más por decírmelo. No importa lo imposible que me parezca todo; el mundo sigue girando al otro lado de estas puertas. Y tengo que ponerme al día.

Soy una maestra del dolor, y la pérdida de Andarna es el más hondo que he tenido que enmascarar jamás para poder sobrevivir. Pero con Xaden no tengo por qué fingir.

—Me he perdido tres días de clases de runas —susurro cuando ya estoy casi limpia del todo. Mejor empezar por algo sencillo de todo lo que me falta en la vida. Además, es uno de los aspectos de mi vida en los que nunca he dejado que me ayude.

—Siento en el alma decirte esto, amor mío, pero tres días no te habrían solucionado nada con esa cuestión. —Frunce los labios mientras me desliza el trapo por el brazo.

—¿Me ayudarás? —le pregunto; las palabras me salen con mucha más facilidad de lo que creía.

Él levanta la cabeza.

—Pídemelo amablemente.

Sonrío al recordar la última vez que me exigió lo mismo y terminó besándome contra la muralla de los cimientos.

—¿Me ayudarás, por favor?

—Siempre. —Acaba con mi mano—. ¿Puedo lavarte el pelo?

—Por favor. —Hundo la cabeza en el agua mientras Xaden se coloca detrás de mí. Luego me levanto y busco las palabras adecuadas. El placer sencillo de sus manos enjabonándome el pelo me da un ápice de esperanza de que quizá pueda volver a sentir algo positivo alguna vez—. Creo que ahora entiendo por qué los jinetes mueren con sus dragones.

Sus dedos se detienen antes de continuar.

—¿Por qué?

—No es solo el déficit de poder —musito, recogiendo agua con la mano y dejando que fluya entre mis dedos—. En aquel momento no sabía quién era, ni cuál era mi lugar, ni por qué debía molestarme siquiera en respirar. Si Tairn no me hubiera puesto los pies en el suelo, creo que me habría ido con gusto. Sigo sin comprender la enormidad de su ausencia. Y no sé si seré capaz algún día. No veo la salida.

—No hay prisa. —Se mueve hasta mi lado y se sienta sobre el borde de la bañera.

—Sí que la hay, sí. Me suena haber oído decir a mis hermanos que el frente occidental se está viniendo abajo y que tienen a miles de personas huyendo hacia tu provincia. —Inclino la cabeza—. ¿Se me olvida algo?

—Sí —responde sin vacilar—. Pero ningún jinete ha sobrevivido a lo que tú...

—Excepto Jack Barlowe —lo interrumpo.

—Me alegra que tu sentido del humor siga intacto. —Levanta la ceja de la cicatriz—. Nadie espera que te recuperes a corto plazo, ni mucho menos.

—Yo sí.

Entretenerme me ayudará a no volver a quedarme tirada en esa cama. Me apoyo en Tairn y trato de ignorar el vacío abismal que ha dejado Andarna.

—Esa es la cuestión. —Se apoya en el borde de la bañera y me escudriña los ojos—. ¿Necesitas que te cuide o que te dé ánimo? Porque soy capaz y estoy dispuesto a hacer las dos cosas.

—Ya lo sé. —Aprieto mucho los labios. Quiero que me cuide, pero también necesito que me dé ánimo, y lo que necesitamos siempre supera a lo que queremos. Me hundo en el agua para limpiarme el jabón de la cabeza, alargando ese momento de silencio absoluto más de lo necesario. Cuando emerjo, Xaden está inclinado sobre mí, como si por un momento hubiera pensado sacarme del agua. Mi cuerpo se acuerda de respirar por sí solo—. ¿Puedes traerme un uniforme del armario? Tengo que vestirme.

Él asiente y me da un beso en la frente húmeda.

—Ahora vuelvo.

Tan pronto como regresa, estoy secándome el pelo y el cuerpo mientras la bañera se vacía. Percibo una cierta vacilación cuando me acerca la ropa.

—Vuelvo un momento a la habitación para asegurarme de que no se matan. ¿Quién es Niara?

Arqueo las cejas.

—Mi abuela.

—Parece que es un tema delicado. —Pone una mueca y vuelve a la habitación.

Me visto rápido y me dejo el pelo húmedo y suelto antes de salir por la puerta del baño que da a la habitación.

Mira y Brennan parecen estar a un paso de desenvainar las armas, e ignoran por completo mi llegada. Las sombras se arremolinan a los pies de Xaden, que está apoyado en el borde del escritorio con los brazos cruzados, observando a mis hermanos con los ojos entrecerrados.

—Odiaba a nuestra madre. —Brennan niega con la cabeza—. No me puedo creer que fueras a verla.

—Violet tiene los libros de papá. Tú tienes Aretia —dice Mira entre dientes—. Yo fui a ver a la única persona viva de nuestra familia porque lo único que tengo son un montón de diarios de mamá, y les faltan varios meses, Brennan.

—Brennan ha reconocido el brazalete, que era de tu abuela, y desde ahí ha sido como tirarse por una cuesta —me informa Xaden.

—Bien, mamá se olvidó de anotar un par de meses. ¿Qué más da? —Él se encoge de hombros—. ¿Le has preguntado a Violet si...?

—Los meses que faltan están en la mitad del libro —replica ella—. Y son del verano que mamá y papá nos dejaron con la abuela Niara. Mamá paró de escribir adrede.

Un momento. Yo también he leído ese diario.

—Eso no significa que... —empieza Brennan.

—Yo tenía ocho años —lo interrumpe Mira—. Y estábamos solos tú y yo, ¿te acuerdas? Violet era demasiado pequeña para quedarse allí. Cuando volvieron, la abuela dejó de dirigirles la palabra.

—¿Quieres que descubra...? —Xaden me arquea una ceja.

—No. —Le lanzo una mirada de advertencia.

—Eso no significa que se la llevaran al templo de Dunne a consagrarla. —Brennan niega con la cabeza con indignación—. Eso es ilegal desde el siglo III.

«A consagrarla». La gravedad cambia y pierdo el equilibrio, como si la piedra bajo mis pies se hubiera convertido de súbito en arena.

«Menos mal que no completamos tu consagración». Las palabras de la suma sacerdotisa unnbriana me resuenan en la cabeza, igual que el recuerdo de su pelo plateado, igual que el de Theophanie, igual que el mío.

—*¿Violet?*

Una cinta de sombras me envuelve las caderas y me sostiene durante el instante que tarda Xaden en llegar hasta mí y sustituirla con el brazo.

—¡Pues entonces fueron a Poromiel! —grita Mira—. Acabarás creyéndome, Brennan, ¡porque es lo que ocurrió! Por eso se negó a hablar con ellos. La sacerdotisa comenzó con el proceso, pero luego les dijo a mamá y a papá que solo aceptaban a niños cuyos futuros estuvieran escritos, y que Violet aún tenía caminos que elegir...

—¿Desde cuándo crees en alucinaciones inducidas por las drogas y escupidas por oráculos? —Brennan levanta los brazos y deja a la vista la cicatriz con forma de runa de su mano—. ¿O en los desvaríos de la abuela?

«Dime, ¿escogiste tú misma este camino?» Eso fue lo que la sacerdotisa me preguntó.

—... y uno de esos caminos... —Mira lo repasa de arriba abajo, negando con la cabeza—. Se negaron a acogerla. Y llevo meses solicitando registros a los templos, pero es evidente que ninguno recogería a un niño, y mucho menos a una Sorrengail.

En mi mente bullen los pensamientos mientras trato de encajar los fragmentos de una imagen que no tengo ninguna intención de contemplar pero de la cual formo parte de todas formas.

Brennan me mira de reojo y palidece.

—Mira...

—La sacerdotisa fue muy críptica, pero básicamente dijo que si Violet escogía mal su futuro, todavía podía ganarse su tutela, pero se convertiría... —continúa Mira.

—¡Mira! —Brennan me señala.

Mi hermana se vuelve alarmada hacia mí y da un respingo.

—Violet —susurra negando con la cabeza—. No quería que... Lo siento.

—¿En qué me convertiría? —le exijo. Solo me viene a la cabeza una cosa.

Ella mira a Xaden.

—¿Nos das un momento?

—*Quédate.* —Me apoyo en él cuando los pensamientos se me aceleran.

—No —le responde a Mira.

—¿Me convertiría en venin? —sugiero.

Mira aprieta los labios hasta formar una fina línea.

—No encontraron registros en nuestros templos —respondo despacio, con una opresión creciente en el pecho.

—Porque nadie intentó consagrarte —me asegura Brennan fulminando con la mirada a nuestra hermana.

—Sí que lo intentaron, sí. —Asiento con parsimonia—. Pero no fue aquí. Debieron de llevarme a Unnbriel. Por eso piensan que el pelo me salió así, y eso explica las salvajadas que me dijo la sacerdotisa antes de rajarme el brazo.

—No. —Brennan pone los brazos en la cintura—. Papá pensaba que eras perfecta, y decía que los padres, en el pasado, solían consagrar a sus hijos al servicio de una deidad en concreto cuando creían que el contacto con el dios ayudaría al niño a... —Se interrumpe de golpe.

El corazón me da un vuelco.

—¿Intentaron arreglarme entregándome a Dunne?

—Ni hablar. Mamá no les tenía demasiado aprecio a los templos —replica Brennan—. Y tú nunca has necesitado que te arreglen.

«No sé si llegaré a perdonarlo alguna vez por lo que le ha hecho a ella».

Por todos los dioses. No habían visto un solo dragón hasta que llegó nuestro pelotón.

—No fue mamá la que me llevó. —Los ojos me escuecen ante aquella traición inesperada—. Fue papá. —Una risotada de espanto me sube por la garganta—. Por eso te contó aquel detalle histórico, Brennan, por si necesitabas atar cabos. Por eso me envió a mí allí con todos aquellos libros. —Volteo hacia Mira—. Me parece que ninguno de nosotros conocía en realidad a nuestros padres. —Pestañeo—. ¿Por esa razón has estado tan distante conmigo últimamente? ¿Por eso siempre me miras como si tuviera algo en la cara? ¿Porque crees que voy a convertirme en cualquier momento?

—No. Sí. A lo mejor. No lo sé. —Hace ademán de acercarse a mí, pero Brennan le bloquea el paso.

—¿Qué te dijo? —le pregunta Brennan a Mira—. ¿Cuáles fueron las palabras exactas de la sacerdotisa?

Mira le da vueltas a su brazalete y me mira fijamente a los ojos.

—Dijo que el corazón que late por ti, o dentro de ti, haría lo incorrecto por una buena razón, se apropiaría de un poder inefable y se entregaría a la oscuridad.

Separo los labios.

—¿Dentro de ella o por ella? —pregunta Brennan.

—¿No es lo mismo? —se defiende ella—. Violet corre el riesgo de convertirse, y con un poder como el suyo...

—Basta —dice Xaden, y volteo de golpe hacia él—. No es Violet. Soy yo.

—*¡No!* —grito a través del vínculo, atenazada por un miedo tan hondo que la cabeza me da vueltas.

—Mi corazón late por ella —le dice a Mira sin vacilar—. Yo me apropié de un poder inefable y me entregué a la oscuridad. Yo soy el ser oscuro sobre el que les advirtió su padre, no Violet. Dejen de tratarla como si fuera un lastre. Tienen el problema delante de sus narices.

Carajo, no.

Mira lo observa con los ojos entornados, y luego se gira hacia mí.

—No habla en serio.

—Muy en serio —confieso con apenas un hilo de voz—. Gracias a él sobrevivimos a Basgiath.

—¿Desde diciembre? —Los ojos se le salen de las órbitas cuando desenvaina la daga con empuñadura de aleación que lleva colgada del muslo.

—¡No! —Me pongo delante de él—. Está estable.

—¡Es un venin! —Mira levanta la daga.

—No me tomo nada bien que apunten con una daga a Violet. —Xaden me aparta a un lado.

—¡Como si yo fuera aquí la peligrosa! —Le da la vuelta a la daga, lista para lanzarla, y mi poder me embarga—. Brennan, ¿no estás...?

—Para —dice mi hermano en voz baja.

Mira se detiene y se gira ante el tono de su voz, y tuerce el gesto al comprender lo que está ocurriendo.

—¿Lo sabías? —Mira se gira hacia Brennan y Xaden y hacia mí—. Te matará —me dice al fin—. Ese es su objetivo.

—No me matará. —Vierto toda la certeza y confianza de que dispongo en esas palabras.

—No le haré nada —jura Xaden—. Y sí, estoy estable, pero solo podemos ralentizar la progresión.

Mira contiene el aliento y me mira con dureza.

—Me lo has ocultado.

—Tú también me has ocultado cosas. —Me hundo las uñas en las manos—. Cosas sobre mi vida que merecía saber.

—No tiene intención de contarle a nadie lo mío —me dice Xaden.

¿Ha podido atravesar los escudos de Mira?

—Le has enseñado bien. —Le lanza a nuestro hermano una mirada asesina mientras envaina la daga y se da la vuelta—. Buena suerte para mantenerla con vida. —Cierra de un portazo al salir.

CINCUENTA Y CINCO

> Tyrrendor es nuestra provincia más grande y, por tanto, la que ofrece más reclutas a nuestras fuerzas. Sin embargo, la fuerza de Navarre no solo se encuentra en los soldados tyrrish, sino también en el recurso más valioso de la provincia: el taladio. Perderlo condenaría a Navarre.
>
> —*Crónica completa sobre la historia tyrrish*, por el capitán Fitzgibbons (tercera edición)

Pasan dos días y Mira no se lo ha contado a nadie, y empiezo a creer que Xaden tenía razón y que guardará el secreto, aunque no me dirija la palabra.

Navarre está a un paso de declararle la guerra a Tyrrendor por desafiar al Senario. Halden ha apostado tropas en la frontera de Calldyr, esperando a que su padre dé la orden, y eso ha movido a Xaden a cortar el suministro de taladio hasta que el rey Tauri confirme que la alianza sigue en pie sin el Compromiso Provincial y que la manada de Aretia está a salvo en Basgiath, lo cual a efectos prácticos ha paralizado la forja del colegio de guerra. Lo único positivo es que vuelvo a encontrarme con mi pelotón durante el día y en la cama con Xaden por la noche.

Por lo visto, a Panchek le da igual dónde dormimos. Quinn

también se pasa las noches con su novia, dado que a Jax también la han destinado aquí.

La mejor parte de las clases de runas de la profesora Trissa, que duran todo el día, es estar al aire libre en el valle. El hondo vacío que tengo en el pecho me parece algo más pequeño cuando estoy cerca de Tairn. ¿Lo malo? Que cada vez se me dan peor las runas. Tengo más de una docena de discos de práctica descartados en el suelo frente a mí cuando me cruzo de piernas en el círculo que ha formado nuestro pelotón, y esos son solo mis errores desde la comida.

Hace unos meses apenas salía del paso utilizando los delicados hilos de magia del poder de Andarna, pero los de Tairn son rebeldes y difíciles de separar. No me sorprende que mi sello sea casi siempre o todo o nada; Tairn no se anda con medias tintas, y su poder tampoco.

—¿Ese que he visto alzar el vuelo antes del descanso era Teine? —pregunta Rhi, colocando una runa de desbloqueo torpe pero sin duda efectiva frente a ella, mientras la profesora Trissa camina por el lado opuesto del círculo, examinando el trabajo de Neve y Bragen.

Asiento y presiono mi trapezoide asimétrico con sus cuatro nudos a distancias desiguales y óvalo superpuesto, al que he conseguido dar forma de huevo, contra un disco de prácticas, templando así la runa. La madera silba y aparece una forma grabada a fuego en el disco.

—A Mira le dieron solo setenta y dos horas de permiso, y por lo visto ya era más de lo que podían permitirse. —Frunzo el ceño al estudiar la runa. La línea del frente retrocede cada día más y más hacia Draithus, y el ambiente que se respira aquí es como el que precede a una tormenta, cargado de una violencia inevitable.

—Siento que no tengan más tiempo para estar juntas. —Rhi

me ofrece lo que empiezo a definir como una sonrisa cauta. Está a caballo entre la empatía y el ánimo, con un cien por cien de «por favor, no vuelvas a ponerte catatónica».

Se ha convertido en la expresión habitual de nuestro pelotón desde que me presenté en clase anteayer.

—Al menos tú has podido ver a tu hermana —dice Cat desde el extremo este del círculo, sentada junto a Maren, mientras le da forma a una runa irreconocible en el aire con ambas manos—. Yo hace meses que no veo a Syrena. —No se molesta en lanzarme una sonrisa cauta y, por raro que parezca, lo agradezco.

—Lo siento.

Lo digo de corazón. Cordyn está, a efectos prácticos, bloqueado. La única vía de entrada que no atraviesa territorio venin es el mar.

—Te diría que no pasa nada, pero las dos sabemos que es mentira. —Coloca una runa de desbloqueo perfectamente formada delante de ella—. Como sí que pasa con lo que sea que hayas intentado templar, porque eso no desbloqueará... nada.

—No seas tan dura. —Maren mira de reojo a Cat.

—Menos mal que sobresalgo en otras materias. —Esbozo una sonrisa de desdén.

Ridoc se ríe a la izquierda de Rhi, y antes de que pueda decirle que me ha entendido mal, Sawyer le da un codazo en las costillas.

La profesora Trissa avanza por la hilera de los de primero, y me preparo para el inevitable suspiro de decepción que soltará cuando llegue a mí. Ha estado de mal humor desde que ayer se pasó la mayor parte de la tarde con Mira, repasando las runas que habían funcionado y las que no durante nuestra misión fallida. Hasta ahora, el consenso es que hay ciertos materiales que pueden transportar magia más allá de los límites del continente y otros que no.

—Es mejor que la última. —Rhi señala mi runa con la cabeza y esboza la sonrisa cauta.

—No es verdad. —Los ánimos se me levantan cuando unas alas proyectan una sombra en el lado sur del valle, y se me hunden cuando un Naranja Cola de Maza aterriza hacia el oeste, cerca del lugar en el que Tairn está acostado calentándose las escamas—. *En algún momento dejaré de esperarla, ¿verdad?*

—*Tal vez* —responde Tairn.

Tan reconfortante como siempre.

—Oye, déjame que te eche una mano. —Quinn se sienta a mi derecha.

—Ya lo he intentado. No quiere ayuda —comenta Imogen mientras culmina otra runa perfecta.

—A lo mejor lo que pasa es que no quiere que la ayudes tú —dice Quinn con un tono demasiado dulce.

Cierto.

—Qué raro, porque soy una de las mejores en esto —responde Imogen con la misma cantidad de empalago.

Ella, Cat, Quinn y Sloane son las más aptas, seguidas de cerca por Baylor y Maren. Bodhi está ahí con Cat, pero se ha saltado las últimas dos tardes, aunque tampoco estoy yo para juzgar a nadie. Y debo admitir que es divertido ver algo en lo que Dain no es el primero de la clase.

—Y a lo mejor ese es el problema. —Quinn voltea hacia mí—. Es difícil oír los consejos de alguien que lleva haciendo algo tanto tiempo que ya es casi un proceso instintivo.

—Pues sí —contesto. Los marcados llevan años estudiándolo. Para cuando llegan al cuadrante ya conocen los patrones; solo les falta la magia—. Me encantaría saber qué opinas.

Quinn se pasa los rizos rubios por detrás de las orejas y recoge mi disco.

—No recuerdo que antes te costara tanto. ¿Qué ha cambiado?

—Siempre había utilizado el poder de Andarna —admito en voz baja—. El de Tairn es demasiado potente como para extraerle hilos maleables.

—Claro, es comprensible. Tampoco es que Melgren vaya por ahí templando runas con el poder de Codagh. —Deja el disco en el suelo—. Puede que necesites hacerlo a mano. Fuerza los ángulos en vez de doblarlos. No intentes convencerla de que adopte la forma que quieres, prueba con un enfoque más asertivo. Agresivo, incluso. No lo pienses cuando rompas los bordes, y jala con fuerza cuando ates los nudos. —Representa los movimientos con las manos.

—Más fuerte. Más duro. Creo que puedo hacerlo. —Asiento y conecto con mis Archivos para extraer un hilo del poder de Tairn.

—Vaya, durmiendo con quien duermes, seguro que sí —bromea Ridoc.

Pongo los ojos en blanco y hago lo que me ha sugerido Quinn. Fuerzo el poder a adoptar la forma que quiero y ato los nudos con un tirón casi brutal. Cuando templo la runa en el disco, el resultado no es perfecto, pero tampoco es la peor que he hecho.

—Gracias.

—De nada. —Sonríe y vuelve a colocarse con Imogen—. Qué perdidos estarán cuando nos vayamos en julio.

—¿Estarán? —Imogen se ríe.

Cuando la profesora Trissa llega a nuestro lado del círculo, le hace a Imogen un gesto de aprobación con la cabeza, y luego a Quinn, y poco después se detiene sobre mi disco.

—Bueno, en caso de necesidad, serviría.

Es el mayor elogio que me ha hecho durante este viaje.

Una hora más tarde, Felix sube por el campo con la chamarra de vuelo colgada del brazo. El estómago se me revuelve, porque una cosa es utilizar hebras del poder de Tairn, y otra manipularlo.

—Bien, vámonos —me dice señalando el campo—. Trissa, me la quedo durante lo que queda de tarde.

Qué alegría. Me pongo de pie y me limpio la hierba de la parte trasera de las piernas.

—Felix, ¿crees que es el mejor momento para forzarla? —le dice Trissa, lanzando la pregunta que todos se hacen pero que nadie se atreve a formular.

—Creo que ahora es mejor que en el campo de batalla —replica él alejándose ya—. Vamos, Sorrengail —añade—. Puede que hayas perdido a tu pequeña írida, pero aún conservas a Tairn.

—Yo te guardo los discos —me asegura Rhi.

—Gracias. —Recojo la chamarra de vuelo y la mochila, y me apresuro a alcanzar a Felix—. No la he perdido. Se ha ido. —No sé por qué, pero no es lo mismo.

—Más razón para practicar. —Camina a paso ligero hacia su Rojo Cola de Espada—. Si los íridos no vienen a salvarnos, más te vale estar preparada. Bastaría con otro Jack Barlowe para que no solo se aproximaran a Draithus, sino para que además tuviéramos a los venin a las puertas.

Cierto. Las protecciones nos resguardan, pero no son infalibles. Y tengo que dejar de esperar un milagro. Leothan activó la piedra protectora. Ahora lo único que puedo controlar es a mí misma.

—No pienso consentirte como los demás cuando la guerra llame a la puerta. Y este entrenamiento no servirá de nada si no sabes obedecer órdenes —me sermonea—. Tu incapacidad para seguir instrucciones durante el ataque casi nos cuesta vidas civiles cuando los cadáveres de aquellos guivernos atravesaron las murallas. —Frunce el ceño decepcionado—. Ya he hablado con tu líder de pelotón. Hiciste lo correcto al enfrentarte al enemigo lejos de las almenas, pero deberías haber regresado inmediatamente a tu posición e interceptar a los guivernos en lugar de jugarte la vida en el templo.

—Había civiles en riesgo. —Enderezo la espalda.

Él hace una pausa.

—¿Te has planteado que no habrían corrido ningún peligro si tú no hubieras estado allí?

Pestañeo mientras un nudo me oprime la garganta.

—Porque me persigue a mí.

Él asiente y echa a andar hacia nuestros dragones, y corro para seguirle el ritmo.

—Tu pelotón debe entender que existen ciertos límites. Tú no eres una cadete cualquiera, y deben ser conscientes de que no pueden salir detrás de ti cuando cometas errores, tanto si es aquí como en las islas. Entre que tú asumiste riesgos innecesarios y que Riorson abandonó su puesto por ti, habríamos perdido si el írido no hubiera prendido la piedra protectora.

La culpa me revuelve el estómago.

—Lo comprendo.

—Me alegro. ¿Alguna novedad de tus escaramuzas más allá de los muros? —me pregunta Felix.

—Dividí un rayo en dos ramificaciones. —Levanto la barbilla y Tairn se pone de pie frente a nosotros. La herida del muslo se le ha cerrado y se le está curando a un ritmo envidiable—. Y no desde una nube, sino desde el cielo.

Él arquea las cejas plateadas.

—Pero ¿acertaste a tu objetivo?

Asiento.

—A los dos.

—Bien. —Una sonrisa de satisfacción le curva los labios—. Demuéstramelo.

Para cuando regreso a la Casa Riorson esa noche, siento los brazos como si fueran un peso muerto, la mano derecha se me ha llenado de ampollas y tengo el uniforme empapado de sudor.

Pero puedo manipular mi poder.

Y hago lo mismo al día siguiente, y al otro.

—Has pasado directamente de estar postrada en la cama a sobrecargarte —masculla Brennan cuando termina de repararme los músculos del brazo por tercera vez en tres días—. ¿No puedes buscar un punto medio más sensato? —Su voz resuena en la sala de la Asamblea vacía.

Casi todos los oficiales de Aretia están destinados en los puestos avanzados, incluidos los miembros de la Asamblea. Si a Brennan no lo necesitaran para que gobernara cuando Xaden no está, también se habría ido.

—Parece que no. —Levanto el brazo del extremo de la larga mesa de caballete y doblo los dedos—. Gracias.

—Debería dejar que se encargaran de ti los sanadores y ver cuánto aguantas sin que vuelva a repetirse. —Se pellizca el entrecejo y se recuesta en la silla.

—Podrías. —Me bajo la manga del uniforme—. Pero volvería a salir al día siguiente. Ya he perdido demasiado tiempo.

Theophanie no se rendirá solo porque las protecciones de Aretia estén en pie.

—Si pudiera verte aguantándote el dolor, me lo pensaría seriamente. —Deja caer la mano—. ¿Qué harás cuando vuelvas a Basgiath? No puedo hacer un vuelo de dieciocho horas cada vez que la situación se te vaya de las manos.

—Tengo casi una semana para pensármelo. —Arrugo la frente—. ¿Crees que nos marcharemos si Tauri no ha confirmado aún que no quemará el colegio, como dijo hace seis años? —A una parte de mí, cada vez más preponderante, no le importaría quedarse aquí.

Me encanta dormir junto a Xaden por la noche y despertarme con el tacto de su boca en la piel por la mañana. Me encanta lo sencillo que es todo entre nosotros aquí, y pocas cosas me gustan más que no tener al general Aetos acechando en cada rincón, buscando un motivo para jodernos la vida. Pero, sobre todo, lo mejor es que Xaden parezca haber vuelto a ser él mismo estos últimos días. Sigue frío en algunos momentos, pero también transmite un aire de paz y propósito, y por primera vez no solo sueño con nuestro futuro aquí.

Ahora puedo verlo.

—Quedarnos con un pelotón de cadetes de Basgiath complicaría... —empieza a responder Brennan.

—Eres un idiota. —Bodhi irrumpe en la habitación, desabrochándose con violencia la chamarra de vuelo.

—Dime algo que no sepa —replica Xaden, que camina detrás de él, quitándose los goggles de vuelo de la cabeza y atravesando a su primo con una mirada que no le desearía ni a mi peor enemigo. Tiene el pelo revuelto por el viento y las espadas colgadas a la espalda, pero no veo sangre; de todas formas, no se ha girado del todo hacia mí, y está en la otra punta de la habitación—. Y la respuesta es no. Deja de pedírmelo.

Brennan me mira y enarca las cejas, y yo me encojo de hombros. No tengo ni maldita idea de qué están hablando.

—¡Necesitas a todos los jinetes posibles! —exclama Bodhi—. Yo podría estar dirigiendo un puesto avanzado...

—No. —Xaden aprieta la mandíbula.

—... o patrullando Draithus, porque ambos sabemos que está a punto de caer... —Bodhi cierra con fuerza los puños.

—Ni hablar. —Las sombras crecen en torno a las botas de Xaden—. No puedes llevarte a Cuir y dejar el colegio solo porque consideres que ya tienes toda la educación que necesitas. Debes graduarte.

Un momento. ¿Bodhi quiere dejar los estudios?

—¿Y eso quién lo dice? —replica este.

—¿Además del Empíreo y toda regulación registrada? —Las sombras se extienden—. ¡Yo!

Bodhi niega con la cabeza.

—Maldita sea, si tan importante fuera terminar, no estarías sacándome de clase todos los días.

—Necesito que aprendas a asumir el control —le espeta Xaden.

—¿Porque ahora soy el primero en la línea de sucesión? —Hay más que una nota de sarcasmo en la respuesta de su primo.

—¡Sí! —Las sombras corren hacia las paredes.

—*¿Xaden?* —le digo con el corazón en un puño.

Él se gira hacia mí, respira hondo y relaja los hombros.

—La respuesta es no, Bodhi.

—No soy tu plan B. —Bodhi retrocede dos pasos y nos mira por encima de la mesa a Brennan y a mí antes de girarse hacia Xaden con gesto severo—. Tú eres el duque y yo el jinete. Y así es como siempre debería haber sido hasta que nuestros padres consiguieron que los ejecutaran. Estaré siempre a tu lado y seré tu puta mano derecha durante el resto de nuestras vidas, pero si quieres que un miembro de nuestra familia se siente ahí —señala el trono—, ya puedes empezar a controlarte un poco, demonios.

Sale de la sala sin mediar palabra, pero es evidente que su intención era que yo lo oyera todo. Noto un dolor entre las costillas. Por eso Xaden parece estar tan en paz aquí, tan centrado. Está colocando las piezas en su sitio, entrenando a su sustituto. Ha aceptado un futuro distinto al que yo imagino cuando paseo por estos pasillos, y en el que continúo por todos los caminos que conduzcan a una cura.

Xaden rodea la mesa y Brennan mueve la silla, que chirría sobre el suelo de la tribuna.

—Tienes varios documentos esperando tu firma sobre el escritorio del estudio —dice Brennan interceptando a Xaden—. Y te ha llegado esto. —Se saca dos cartas del bolsillo delantero y se las entrega—. Ah, y me encantaría saber por qué el rey de Deverelli se refirió a mi hermana como tu consorte en su última oferta.

—Te diría que es una larga historia, pero sería mentira. —Se le curva una comisura de la boca, y agarra las cartas.

Carajo, cómo adoro esa sonrisilla arrogante, malévola y sexy. ¿Cómo es posible que crea que podré vivir sin verla todos los días?

—Bien. —Brennan niega con la cabeza y se marcha de la sala.

—¿Cómo te ha ido el día, amor mío? —me pregunta Xaden rompiendo el lacre de los dos pergaminos.

—¿Es eso lo que has estado haciendo? —le pregunto yo inclinándome sobre la mesa—. ¿Estás preparándote para tu fin?

—Yo he tenido un día interesante —responde ignorando mi pregunta, y entonces lee la primera carta y frunce el ceño al comprobar la segunda—. Me he acercado volando a los acantilados para ver cómo va la evacuación, y avanza a una marcha más lenta de lo que estimamos. —Nuestras miradas se encuentran cuando se guarda las cartas en el bolsillo y sube los escalones—. Y ahora Melgren me advierte que no volemos hacia la batalla o perderemos... Llega unos días tarde, pero la suma sacerdotisa del templo de Dunne ha escrito para decir que Dunne tiene a Rhiannon y a ti en alta estima, y que está en deuda con ustedes y me debe cualquier favor que se me ocurra. —Aparta la silla de Brennan y se apoya en el borde de la mesa de cara a mí—. Total, ¿cómo ha ido el día?

¿Quiere jugar? Adelante.

—He leído un libro sobre la emergencia de los venin. He estado a punto de dividir un rayo en tres, pero mi puntería era cuestionable. Con dos ya está bien. Y he templado runas que endurecen superficies y al mismo tiempo —arqueo una ceja— las ablandan. ¿Estás preparándote para tu fin?

—Sí. —Se mete las manos en los bolsillos—. Pero no pretendo aceptar la caída, si es lo que estás pensando. No pienso renunciar a un solo día contigo. No sin luchar.

Días. No habla de semanas, meses ni años. Me sobreviene una necesidad urgente de no volver a dormir nunca más, de aprovechar cada minuto que me quede con él.

—¿Quieres sentarte en el tejado?

—Tenía otra idea en mente. —Mira el trono de reojo.

—*Sí, por favor.* —Hago un gesto con la muñeca, cierro la puerta con magia menor y luego la tranco.

Su sonrisa se convierte al instante en un recuerdo fundamental.

CINCUENTA Y SEIS

Si Tyrrendor no restablece de inmediato el flujo de taladio, las consecuencias no solo serán nefastas para la provincia, sino para todo el continente. Esto no es una petición: es una orden directa de tu rey.

—Correspondencia oficial de su majestad el rey Tauri el Sabio a su excelencia el teniente Xaden Riorson, decimosexto duque de Tyrrendor

Estoy en el campo frente a Draithus, rodeada por las cimas de montañas nevadas, y aunque no debería, doy un primer paso hacia la ciudad. Estoy demasiado lejos. Jamás alcanzaré a Tairn, y es mi única oportunidad de encontrarla.

Se libra una batalla en el cielo sobre la torre en espiral, y se vislumbran siluetas de alas entre los nubarrones ominosos que flotan sobre los cañones del sur antes de sumirse de nuevo en la oscuridad. La tormenta me ofrece algo que, en realidad, no puedo permitirme jamás: esperanza. Puede que la lluvia dificulte el vuelo, pero le dará la ventaja que ella necesita.

Estallan llamaradas de fuego a lo largo de los altos muros, llamas azules y verdes que reptan por las torres de guardia como hiedra. Mierda. Tengo que llegar allí de inmediato. Puedo sofocarlo. La sombra siempre vence a la llama.

Tropiezo, y hago una pausa.

¿Sombra?

Yo no manipulo las sombras. Ese es Xaden.

Mi cuerpo se esfuerza por seguir adelante, por correr hacia la ciudad, pero no debería continuar cruzando este campo. Siempre termina de la misma forma, con el Sabio alzándome en el aire...

Este sueño es de Xaden. Al tomar conciencia de ello, se me erizan los pelos de la nuca.

Estoy en el sueño de Xaden.

El descubrimiento me provoca algo que siento como un chasquido en la parte trasera del cráneo. De repente ya no formo parte de él cuando me adelanta, armado para la batalla.

—¡Xaden! —le grito antes de que avance apenas media docena de pasos.

Él se detiene y se gira despacio hacia mí en el campo cubierto de hierba. Abre mucho los ojos al identificarme, y luego los entrecierra al mirar a izquierda y derecha.

—Tú no deberías estar aquí.

—No lo sabes tú bien.

Examino el entorno de un vistazo. El campo está desierto, pero si este sueño se parece a los otros, pronto no estaremos solos.

—No estás a salvo. —Niega con la cabeza y camina hacia mí—. No puedo protegerte.

—Esto no es real. —Le sujeto una mano gélida y doy un respingo. Puedo sentirlo—. ¿Por qué no huyes de aquí? ¿Qué es lo que te retiene?

—Yo —responde el Sabio desde detrás de Xaden.

Xaden se da la vuelta y se lleva la mano al hombro en busca de una espada que desaparece, y yo corro a su lado.

El Sabio se baja la capucha de la túnica granate y deja al descubierto el rostro inquietantemente joven que atormenta mis sueños, o los de Xaden, y al sonreír se le agrieta la piel de sus labios resecos. Las venas de las sienes le palpitan con un tono carmesí cuando cruza las manos retorcidas, como si hubiera alguna posibilidad de que esto fuera un encuentro amistoso.

—Cómo me alegro de que hayas venido a vernos, manipuladora del rayo. —Ladea la cabeza—. ¿O debería llamarte onironauta?

Separo los labios. Da miedo lo oportunas que son siempre las pesadillas de Xaden.

—Deberíamos irnos —le susurro.

—Él no puede. —El Sabio ensancha la sonrisa y levanta una mano huesuda.

Xaden se alza y se agarra la garganta.

—¡Despierta! —le grito a Xaden.

—Acabo de decirte que no puede. Y yo que esperaba que aprendieras rápido. Vaya decepción —me reprende el Sabio antes de mirar a Xaden con los ojos entrecerrados como una serpiente—. Has perdido algo que yo quería, pero nos la traerás a ella —le exige.

—Jamás —se fuerza a escupir Xaden, pataleando en busca del suelo.

—No sufras —responde el Sabio con una sonrisa macabra—. Seré un maestro mucho más misericordioso que Theophanie.

Siento un escalofrío por la columna, y convoco mi poder...

«Basta». Esto es un sueño. No es real. No le falta el aire. Está respirando con normalidad en nuestra cama. Tengo que despertarme, pero siempre ocurre cuando el Sabio ataca.

Su espada cayendo hacia mí...

Dolor. Necesito dolor. Me busco el muslo, pero solo encuentro una suave capa de cuero.

—Estoy harto de esperar —gruñe el Sabio—. Harto de este jueguecito. Puede que hayan levantado las protecciones, pero no se salvarán. Les llevamos ventaja, y si no me la entregas, ella vendrá a nosotros. —Cierra el puño y Xaden jadea—. Es sencillo, onironauta. O vienes o ella muere.

¿Quién es «ella»?

Esto es un sueño, me recuerdo, y si fuera mío iría armada.

Me deslizo la mano por la cadera y palpo la empuñadura de una daga. Antes de pensármelo dos veces, la desenvaino.

El Sabio abre mucho los ojos al ver el mango de madera pulida, pero ya me la estoy acercando al brazo. La daga se me hunde en la piel y...

Me incorporo de súbito en la cama y jadeo, antes de pestañear furiosamente para quitarme de encima la confusión de la pesadilla mientras el día raya por la ventana.

«Xaden».

Tiene la espalda arqueada a mi lado y la cabeza echada hacia atrás con expresión de dolor al tiempo que se esfuerza por tomar el mismo aire que está respirando.

—¡Despierta! —Le pongo ambas manos sobre el pecho y lo sacudo con el cuerpo y la mente—. *¡Xaden, despierta!*

Abre los ojos y cae sobre el colchón. Le noto los latidos del corazón bajo los dedos.

—Solo era un sueño. —Me muevo para arrodillarme a su lado y le aparto el pelo de la frente sudorosa—. Estamos en Aretia. En tu habitación. Estamos solos tú y yo.

Él parpadea varias veces, y deja escapar un suspiro.

—Como sueño, está bastante mejor. —Me posa una mano en la cadera y el pulso se le relaja cuando me mira—. Estabas ahí.

—Sí —asiento, acariciándole la cicatriz sobre el corazón.

—Te he visto sacar la daga. Sabía que estabas ahí. No había pasado nunca nada igual. —Se incorpora y acerca su rostro al mío.

—Es... —¿Cómo se lo explico?—. Sabes que no es la primera vez que lo reconozco como un sueño, pero sí era consciente de que era tuyo, de que no era mío. En cuanto me he dado cuenta, he vuelto en mí, me he separado de ti. —Frunzo el ceño—. Pero no sé cómo.

—Parece que lo has descubierto bastante rápido. —Me escudriña el rostro.

—No debería ser capaz de hacerlo —le susurro—. Andarna no está.

Me acaricia la parte superior de la cadera con el pulgar.

—Tal vez hayas perdido el poder, pero no la habilidad.

—*¿Tairn?* —le pregunto a través del vínculo.

—*Me he encontrado con este fenómeno tantas veces como tú* —me responde con voz ronca y somnolienta.

No me ayuda.

Antes de sumirme todavía más en mis pensamientos, alguien llama a la puerta. Es demasiado pronto para que sean buenas noticias.

—No espero nada bueno.

—Yo tampoco. —Xaden aparta las mantas y se dirige a la puerta vestido solo con los pantalones de dormir, y yo me arrastro hasta el armario—. ¿Garrick? Tienes un aspecto de mierda.

¿Qué querrá Garrick a esta hora? Agarro mi bata y me la

echo por encima del camisón de algodón antes de reunirme con Xaden.

No miente. Garrick tiene un aspecto de mierda. Le gotea sangre del pelo y el ojo izquierdo se le está hinchando debido a lo que parece ser un golpe reciente. En vez de espadas, lleva un escudo gigantesco a la espalda, de un tamaño y peso que a mí me hundirían por completo.

—Estábamos patrullando cuando nos ha encontrado. —Garrick me mira y los ojos se le llenan al momento de una compasión que me revuelve el estómago—. No he sido lo bastante fuerte, o lo bastante rápido. Nos ha derribado del cielo como a un par de pichones en una tormenta.

—¿Quién? —pregunta Xaden sujetando a su amigo por los brazos al ver que se tambalea.

—Su manipuladora del rayo —responde Garrick—. Me ha dejado marchar para que entregara un mensaje.

«Theophanie».

—¿A mí? —pregunta Xaden con la frente fruncida.

—A los dos. —Garrick retrocede un paso y descarga el escudo—. Han alcanzado las murallas de Draithus. Dice que si eso no es amenaza suficiente, tienen cinco horas para llevarle a Bodhi y a Violet si no quieren que ella muera. —Voltea hacia mí.

«O vienes o ella muere». ¿No es eso lo que me ha dicho el Sabio? Pero ¿por qué Bodhi? ¿Y quién será esa que...?

«No». Niego con la cabeza y se me cae el alma a los pies. Es imposible que los íridos hayan permitido que le pongan las manos encima a Andarna, si es que sigue en el continente.

—¿Quién...? —empieza Xaden, y se queda callado al contemplar el escudo de Garrick—. Mierda.

Yo también bajo la vista hacia el escudo, y el corazón se me detiene.

No es un escudo: es una escama verde cuyo color coincide a la perfección con el de mi armadura.

No es de Andarna..., sino de Teine.

Theophanie ha capturado a Mira.

CINCUENTA Y SIETE

> Pero hay algo más complicado que quitar una vida, y es no hacer nada mientras contemplas una extinguiéndose a tu lado. La mirada siempre al frente, Mira.
>
> —Página 71 del libro de Brennan

—Partimos hacia Draithus. Atacarán en cuanto consigan lo que quieren.

—¿Y dejar a Sorrengail a su suerte?

—¿Quién dice que siquiera sigue viva?

Las voces acaloradas de los jinetes armados se mezclan y distorsionan mientras espero entre Xaden y Brennan cerca del centro de la tarima, contemplando el mapa actualizado que hay en la pared de la sala de la Asamblea.

—Hay miles de personas cruzando el paso que se encuentra fuera de la ciudad. Si Draithus cae, están todas muertas.

—Tenemos una manada de seis dragones apostada allí...

—Diez, ahora que el frente ha retrocedido.

—No te olvides de la bandada de alas nocturnales.

—¿Contra un centenar de guivernos?

—Y como mínimo una docena de seres oscuros.

—Quienquiera que se enfrente a algo así, no regresará con vida.

—Pues envíennos a nosotros.

—¡No vamos a mandar a cadetes al combate!

—Han sido nuestros dragones quienes nos han despertado. Fin de la discusión. Nos vamos.

Apenas oigo nada de lo que hablan. Solo puedo pensar en una cosa: Theophanie se ha cansado de esperarme y ha capturado a Mira.

Ha capturado a mi hermana.

Y la última vez que hablamos discutimos.

El miedo amenaza con filtrarse entre la furia que me hierve la sangre, pero me esfuerzo por negarle la entrada. Mira no tiene tiempo para mi miedo. Hay un vuelo de cuatro horas de aquí a Draithus, y si no nos marchamos durante la próxima media hora, llegaremos demasiado tarde, ya no solo por Mira, sino también por los miles de civiles.

¿Cómo ha podido ocurrir algo así? Una cruda línea roja se extiende desde lo que antes había sido el frente oriental directamente hasta Draithus. Han aparecido durante las últimas veinticuatro horas, ignorándolo todo a su paso, concentrados en un solo objetivo mientras otras ciudades comparables y de fácil acceso han quedado intactas.

—No todos los sellos son iguales. Sé que es una Maven, pero ¿es más poderosa que tú? —Brennan se cruza de brazos a mi derecha mientras los demás siguen discutiendo.

—Sí —respondo. No tiene sentido mentirle.

—Nos meteremos de cabeza en una trampa. —Clava la mirada en la bandera que representa Draithus.

—De cabeza y de alas, pero ¿quién dice que tú vayas a venir? —le pregunto. El espacio entre la bandera y los riscos de Dralor es tan pequeño que parece imposible que por ahí puedan huir tantas personas, y el ascenso es un infierno. No sobrevivirán todas.

—También es mi hermana —responde Brennan.

Tiene razón.

Xaden escucha en silencio frente al trono, cruzado de brazos, mientras estudia el campo al norte de Draithus, donde Theophanie ha exigido que nos encontremos.

—Nos faltan jinetes para recuperar a Mira, defender Draithus y proteger el paso.

—No. —Brennan suspira y examina el mapa con detenimiento—. Tendremos que priorizar un objetivo, tal vez dos.

Xaden asiente.

—No podemos dejar morir a la gente —protesto.

Las discusiones entre los cadetes y los oficiales se enardecen, y el agujero que tengo en el estómago se me ensancha. Debería estar con mi pelotón, pero antes muerta que esperar pacientemente a que otros decidan el destino de mi hermana.

—¡¿Qué harían si fueran sus ciudadanos los que están al otro lado de la frontera?! —grita Cat hacia el otro extremo de la sala, donde nuestro pelotón se ha reunido en una formación suelta—. ¿O es que ahora piensan como verdaderos navarros al estar a salvo tras sus protecciones?

Un capitán arrogante le espeta a Cat algo que no consigo oír debido al barullo, y Sloane arremete contra él. Estoy a punto de saltar por encima de la mesa cuando Dain llega primero, le rodea la cintura con el brazo y la levanta mientras ella suelta puñetazos al aire. En cuanto vuelve a dejarla en el suelo, los puños salen disparados contra él y tuerzo el gesto cuando deja que dos hagan contacto antes de sujetarle las muñecas y acercarse a ella. No sé lo que le dice, pero parece funcionar, porque ella hace un breve gesto de cabeza, lanza una mirada asesina y regresa a la formación, donde Rhi la espera con lo que parece ser un buen sermón.

Dain me mira y arquea las cejas, y yo hago un gesto de disculpa antes de que vuelva con Bodhi.

—¿Cuánto tiempo vas a dejar que sigan discutiendo? —le pregunta Brennan a Xaden.

—Hasta que mi estratega me sugiera un plan que no me obligue a elegir entre objetivos —responde Xaden—. El volumen de sus bravatas no hace que sus argumentos sean más válidos.

—No puedo garantizarte dos, y mucho menos tres. —Brennan aprieta los labios.

—Pues a ver si estás a la altura de tu reputación y lo intentas —le ordena Xaden.

Brennan maldice y contempla la sala.

—¡Necesito a Tavis y Kaori! —grita. Los dos hombres se separan enseguida de la multitud y se colocan junto a Brennan en la tribuna—. ¿Has estado en Draithus? —le pregunta a Kaori.

—Una vez —confirma el profesor.

—¿Podrías crearme a escala una proyección aproximada del territorio?

Kaori levanta las manos y sobre la mesa aparece una proyección de Draithus y la zona circundante en tres dimensiones. La sala guarda silencio cuando Brennan se inclina hacia delante y apoya las manos sobre la mesa para estudiar la imagen mientras Garrick señala dónde están nuestras defensas actuales. El corte de la cabeza y el ojo morado han desaparecido, gracias a Brennan.

La ciudad se sitúa en el límite suroeste de una altiplanicie intermontañosa que se extiende a lo largo de varias decenas de kilómetros. Está rodeada de montañas, y solo es accesible a través de una serie de valles serpenteantes, por el río occidental que fluye por el sur hacia el océano Arctile o por el aire, que Theophanie controla gracias a su sello. Y si los informes de Garrick son precisos, el campo oriental también es suyo.

—No sé qué cálculos has hecho, pero que sepas que yo iré con Violet —anuncia Xaden.

—Lo suponía —declara Brennan.

Noto una opresión en el pecho capaz de aplastar a un dragón.

—*Pondrás en peligro tu vida.*

—*Corremos peligro en cuanto abandonamos las protecciones, y los dos sabemos que irás tras Mira. Prefiero estar a tu lado que tener que perseguirte cuando te hayas escapado.* —Aprieta la mandíbula.

—*Theophanie no quiere matarme, porque si no ya lo habría hecho.*

Memorizo la topografía del terreno y alimento a Tairn con la información. Entre los picos escarpados, los bosques y las formaciones de roca verticales que ocupan el borde occidental, es básicamente el foso de lucha propio de la naturaleza.

—*Eso es justo lo que más temo* —responde Xaden cuando entran en la sala Felix y la profesora Trissa—. *Hay destinos peores que la muerte.*

—¿Es buen momento para señalar que Tyrrendor no puede permitirse perder a su duque en lo que prácticamente equivale a un suicidio? —pregunta Felix dirigiéndose al frente de la tribuna con la profesora Trissa.

—No tengo intención de morir —contesta Xaden—. Panchek ya se ha ido para pedir refuerzos.

—Que sabemos que Melgren no enviará. Por lo visto aquella advertencia tardía era en realidad una advertencia temprana sobre esto —replica Trissa sin levantar la voz, mirándome a mí y luego a Brennan—. Siento la pérdida de su hermana, pero Melgren ya ha declarado que esta batalla es una derrota, y nunca se equivoca.

Se me forma un nudo en la garganta del tamaño de mi conducto. Me niego a abandonar a Mira ni a nadie.

—Las decisiones determinan nuestro futuro. Melgren solo

ha visto el resultado de un camino posible. —Miro a Xaden—. Y seguro que no contaba con tres reliquias de la Rebelión.

—Los cadetes deben estar en las formaciones, no planificando batallas —me espeta Trissa.

Enderezo la espalda y me agarro con fuerza al borde de la mesa.

—Está conmigo. —Xaden baja la voz hasta ese tono letal y calmado de líder de ala, y pone una mano cálida sobre la mía—. No te olvides.

El cumplido y la presión que comporta no me pasan desapercibidos.

—Empiezo a entender la carta de la consorte —masculla Brennan, y entonces observa el modelo desde otro ángulo—. Perderemos si solo nos llevamos a los oficiales.

—Nada de cadetes. —Felix niega con la cabeza—. No después de lo que ocurrió la última vez. Aún estamos reparando los muros de cuando esos dos se rebelaron. —Voltea hacia mí.

Xaden mira a mi pelotón, deteniéndose en Imogen, Sloane y Bodhi.

—Si tomas una decisión distinta, el resultado será distinto —dice Garrick—. Tendrán que cargar con la culpa, así que déjalos tomar sus propias decisiones también. Saben los dioses que eso es lo que hicimos nosotros.

—Solo voluntarios. Los de primero se quedan detrás de las protecciones —ordena Xaden.

—¡Ponnos donde nos necesites! —exclama Bodhi, y luego mira a Dain—. Con el permiso del líder de ala, por supuesto.

—Permiso concedido —responde Dain.

Rhi cuenta todas las manos alzadas, que son todas.

—El Segundo Pelotón está listo.

—No me lo puedo creer —repone Trissa.

—Pues créetelo. —El tono de Xaden no da lugar a interpretaciones—. La Asamblea me quiso en esa silla, y ahora no te queda otra que aceptar mis decisiones cuando esté aquí.

—No estás preparada. —Felix lanza el insulto en mi dirección.

—Incluso si Draithus y los civiles que huyen no corrieran un peligro inmediato, es mi hermana. Pienso hacer todo lo posible por rescatarla. —Levanto la barbilla.

—Nuestra hermana —me corrige Brennan mientras me estudia con la cabeza ladeada—. Lo que significa que ese ser oscuro nos conoce mucho más que nosotros a ella.

Xaden echa un vistazo a la última fila de la formación de mi pelotón, donde Bodhi atiende con Dain.

—Garrick, recuérdame exactamente cuál es su exigencia. ¿Por qué quiere a Bodhi?

—No lo sé. —Garrick se rasca la barba incipiente—. Me dijo que llevaras a Violet y a tu hermano, y a cambio dejarían Draithus en pie.

¿En pie o con vida? Porque Anca también seguía en pie donde la dejaron.

Xaden se tensa.

—¿Dijo «hermano»?

Garrick asiente.

—Todo el mundo sabe que crecieron juntos.

—Es sin duda la forma más rápida de erradicar al linaje real de Tyrrendor —apunta Trissa.

—Entiendo.

Xaden frunce el ceño y tensa la boca.

—*¿En qué piensas?* —le pregunto.

—*Los venin no tienen ningún interés por los derechos de sucesión.*

—*Hay otro que te llama por ese apelativo* —interviene Sgaeyl con un tono afilado como sus colmillos.

—*Otro...* —Frunzo el ceño. La única otra persona que habría merecido ese título era Liam. Un momento. El día que la conocí no me mató, pero tampoco logró su objetivo de rescate. El corazón se me encoge—. *Quiere a Jack.*

—*Eso mismo pienso yo.* —Se gira hacia Kaori, que está concentrado en su proyección, y luego hacia Garrick—. ¿Quieres dar una vuelta? —le pregunta en voz baja.

Garrick mira a Kaori y luego asiente.

—Utilízame —le susurro a Brennan para que Xaden no me oiga—. Cuando rescate a Mira, me apostaré entre el paso y Draithus. Puedo manipular en ambas direcciones si un guiverno pasa de largo.

—Se acabó. —Brennan cierra los ojos—. Todo el mundo fuera, salvo nosotros siete. ¡Ahora mismo! —nos ordena con una voz que resuena por toda la sala—. Quédense en el pasillo por si los necesitamos.

—No tenemos tiempo para esto —contesta Felix mientras la multitud se dirige al pasillo.

—Tú eres la variable que me falta, y lo peor es que haces que Riorson sea otra. —Brennan voltea hacia mí al tiempo que la sala de la Asamblea se vacía.

Retrocedo.

—¿Perdón?

—Cuidado con lo que dices —le advierte Xaden.

—Por ejemplo, eso. —Brennan me mira mientras señala a Xaden, y no creo que se refiera solo a esta discusión. Acto seguido hace un gesto hacia el modelo—. Violet, elige un objetivo.

—Morirá gente si solo elegimos uno. —El corazón se me acelera.

—Sí. —Asiente—. Bienvenida a lo que significa ser líder.

—¿Por qué yo? —Contemplo el modelo. Mira es mi prioridad, pero la idea de abandonar a los civiles para que los desequen, o a nuestros propios jinetes y pilotos para que mueran con sus vinculados... Sería insoportable. Perdí a Liam en una batalla. Mamá se sacrificó. Lo de Trager fue... la suerte. Pero ¿ser responsable de miles de muertes?

—Porque no te creo capaz —responde Brennan con delicadeza—. Theophanie sabe que intentarás salvar a todo el mundo, como en Resson o en el templo de Dunne, o en Basgiath antes de que mamá... —Traga saliva—. Por eso fracasaremos. Porque nos antepondrás a todos antes que a ti, y él te antepondrá a ti antes que a todos los demás.

Me quedo lívida.

—Eso no es justo —contesta Xaden bajando la voz.

—Desde que nos conocemos, *justo* es un término que nunca te había oído rebatir. —Brennan levanta un solo dedo—. Demuéstrenme que me equivoco para que podamos ir por nuestra hermana, Violet. La única forma de salir de la trampa que este ser oscuro nos ha tendido es que no vayas. Un objetivo. Un camino. —Arquea las cejas y sus palabras me golpean justo en el estómago.

Tairn elegiría uno sin pestañear.

Andarna los elegiría todos.

«Pero ella no está». ¿Qué objetivo tendría un impacto mayor? Dejando a un lado a Xaden... Draithus solo aguantará mientras lo defendamos. Y lo mismo ocurre con el paso. Y si rescato a Mira, es muy probable que Theophanie...

Aquí la cuestión no es Mira. Theophanie me persigue a mí.

—Theophanie. —Respiro hondo—. Supongo que mataría a Theophanie.

—Me impresionas. Eso no estaba en mi lista. —La mesa cruje cuando Brennan se sienta en el borde—. ¿Y si la cadete Sorrengail cae en manos del enemigo mientras cumple su objetivo?

Los pies de Xaden se envuelven en sombras.

—Bodhi será un duque excelente.

—Al menos uno de ustedes está dispuesto a aprender. —Brennan se rasca la cicatriz de la palma—. ¿Confías en que tu líder de pelotón mantendrá la posición esta vez? —me pregunta a mí.

—Con mi vida —afirmo al instante.

—De acuerdo. —Brennan asiente—. Tengo una idea. —Nos mira a los dos alternativamente—. Abriré la armería. Trissa, necesitamos que nos des acceso a ese alijo de runas que tienes y a las puntas de flecha de maorsita. Xaden, necesitamos que confíes en que Violet sobrevivirá por su cuenta. —No espera a que Xaden responda antes de clavar la mirada en mí—. Y, por encima de todo, necesitamos que entiendas que no puedes salvar a todo el mundo ni desobedecer tus órdenes.

Haré lo que haga falta para salvar a Mira.

—Hecho.

CINCUENTA Y OCHO

> La mayoría de los cadetes creen que su capacidad para recitar datos históricos los conducirá hacia el sendero del adepto, pero en realidad es la capacidad de observar y narrar lo que distingue a los bibliotecarios de los escribas.
>
> —*Guía para alcanzar la excelencia en el Cuadrante de Escribas*, por el coronel Daxton

Tairn puede volar hasta el extremo más cercano de los riscos de Dralor en dos horas, pero no nos conviene dejar atrás a Sgaeyl, Cuir y Marbh, de modo que para cuando llegamos al acantilado de más de tres mil metros de altura, estamos cerca de la fecha límite impuesta por Theophanie.

Por los dioses, si no llegamos a tiempo y mata a Mira...

Siento un nudo en la garganta que casi me la cierra por completo.

—*Lo conseguiremos* —me promete Tairn mientras descendemos por los acantilados cayendo en picada entre las cascadas y el abarrotado paso de Medaro.

Ya era un sendero traicionero y letal en otoño, y éramos cadetes. No me puedo ni imaginar cómo se las estarán arreglando los civiles, los niños.

—*¿Estás de acuerdo en que es una trampa?* —Escupo las palabras antes de poder contenerme.

—*Por descontado* —responde él—. *Pero eso ya lo sabías. De lo contrario ya lo habríamos hablado en algún momento de las últimas tres horas y media.*

La culpa se me mete entre las costillas cuando nos zambullimos en una gruesa capa de algodonosas nubes blancas.

—*No me deshonres con esa suerte de emociones* —me regaña.

—*¿Y qué opina Sgaeyl de que esté poniendo en peligro a Xaden?* —Examino las nubes lo mejor que puedo en busca de la silueta de algún guiverno, pero el manto es grueso y nos movemos demasiado rápido como para revisarlas a conciencia.

—*Si no estuviera de acuerdo, aún seguiría en Aretia y el Oscuro iría andando.*

Un argumento irrefutable.

—*Theophanie se ha llevado a Mira por mi culpa. Yo soy la responsable de lo que está pasando.*

—*Tú manipulas el rayo, y aunque quizá tu vida no importe más que la de otros jinetes, tu sello es harina de otro costal. Eres el arma, y deberás aprender a aceptar el sacrificio de otros en tu nombre si pretendes ganar esta guerra.*

Me entran náuseas.

—*¿Y crees que debería haber aceptado la muerte de Mira como sacrificio?*

Emergemos de las nubes y vislumbramos el espléndido campo.

—*Si lo creyera, aún seguiría en Aretia y tú irías andando.*

El corazón se me encoge al escudriñar el paisaje. Los campos del este en dirección a Draithus están cubiertos de hordas de guivernos grises que sitian la ciudad contra una hilera de dragones y grifos apostados entre los puestos de guardia a lo largo de los muros. Nos superan en un número que no quiero ni calcular. Por primera vez me tranquiliza que Andarna decidiera irse. Brennan es brillante, pero esta batalla parece imposible.

—Las estimaciones no eran correctas.

—Eso parece.

Sin embargo, ninguna de las criaturas parece lanzarse a atacarnos cuando descendemos, ni tampoco impiden el paso a la marea de evacuados que discurre por la puerta occidental de la ciudad.

—Han visto a Molvic en los acantilados —advierte Tairn al extender las alas y reducir la velocidad.

Puto Aaric.

—Como acaben matándolo...

—Lo han visto volando hacia el sur, lejos del conflicto. —Escupe cada palabra con asco.

Por Amari, ¿qué demonios estará haciendo?

—Huir no es algo propio de Aaric.

—Ni de Molvic.

Tairn se estabiliza cuando nos aproximamos al campo del norte, donde por fin diviso a una horda de una docena de guivernos esperando en un círculo en torno a Teine.

«Inspira. Espira». Me obligo a respirar hondo. Es antinatural tener a un dragón... cautivo. Los guivernos están posados sobre las pesadas cadenas que le envuelven la cola a Teine, le retienen las piernas y el hocico y le sujetan las alas contra el cuerpo que se sacude. No hay un palmo de metal que no esté lleno de sangre, y hay varias escamas en el suelo.

Theophanie está frente a las criaturas, con el pelo plateado reluciente y una daga en la garganta de Mira y otra en sus costillas.

Me agarro con fuerza a los borrenos, y no sé si es la ira de Tairn o la mía lo que me bombea por el cuerpo, pero extingue hasta la última gota de miedo, duda y culpa hasta no dejar más que una cólera ardiente.

Cómo demonios se atreve.

—Morirá por esto —exige Tairn. Su impacto agita la hierba verde del prado cuando aterrizamos a unos diez metros de Theophanie, quien nos recibe con una sonrisa.

No ha drenado el campo... todavía, pero le ha dado una paliza a mi hermana. Tiene un lado de la cara morado e hinchado y heridas en la garganta, y le gotea sangre por la mano izquierda, pero la ropa oculta su origen. La túnica de manga larga y pantalones escarlata que lleva Theophanie tampoco ayuda a distinguirlo.

—Estoy de acuerdo. ¿Podrías cargar con Teine si no es capaz de volar? —Me desabrocho de la silla mientras los demás aterrizan a ambos lados de Tairn.

—No sin clavarle las garras. —Le asciende un gruñido por la garganta—. *No pases en el suelo más tiempo del que sea estrictamente necesario.*

—Me ceñiré al plan.

Dejo mi mochila sujeta detrás de Tairn, me ajusto el carcaj de cuero y la ballesta enfundada en la espalda, compruebo que llevo el conducto bien guardado en el bolsillo y desmonto.

A Theophanie le bastaría con plantar una mano en el suelo para matarnos a todos.

—Aquí me tienes, tal como habías pedido. —Extiendo los brazos y dejo que el poder aumente y me caliente la piel, fría tras el vuelo. Con el rabillo del ojo veo a Brennan acercándose por la izquierda, mientras que Xaden y Bodhi caminan a mi derecha.

—Eso parece. —El viento le agita la larga trenza plateada mientras sonríe con los labios agrietados, y me fijo en las venas palpitantes de sus sienes y los restos difuminados del tatuaje de la frente—. Y, sin embargo, pareces haber perdido a tu írida. Qué desafortunado.

—No —farfulla Mira, y Theophanie cierra con fuerza la mano en la daga y la aprieta todavía más contra la garganta de Mira. Si presiona un poco más, le desgarrará la piel.

—Chsss. Si vuelves a hablar, regaré este campo con la sangre de tu dragón —le dice Theophanie a Mira al oído cuando los otros me alcanzan.

Mi hermana se queda inmóvil en el momento exacto en que los hombres se colocan a mi lado.

—Suéltalos. —Destriparé al ser oscuro ahí mismo. La energía me zumba en las venas, lista para la primera oportunidad de atacar.

—*Mantén la calma* —me dice Xaden; las sombras se le arremolinan en las puntas de las botas y fluyen hacia el sur a medida que nos acercamos—. *Mantén el control.* —Echa un vistazo hacia la ciudad condenada.

Cumplo con la promesa que le hice a Brennan de no mirar hacia Draithus.

—*Eso suelo decirlo yo.* —Esquivo a Mira, con la vista clavada en el ser oscuro.

—Aún no. Y cuatro contra uno no me parece nada justo. —Theophanie voltea hacia Brennan y después hacia Bodhi—. No pedí que viniera ninguno de esos dos.

—Me suena que pediste que te trajéramos hermanos. La próxima vez concreta un poquito más a quién has invitado —le sugiero.

—Y, con todo, no has traído al hermano que quería. —Theophanie suspira—. Berwyn se llevará una buena decepción. —Una fina línea de sangre aparece a lo largo del filo del cuchillo.

—Está de camino —le digo deprisa.

—Berwyn.

Xaden se tensa, y vuelve a desviar la mirada al sur, hacia la ciudad. Ahí es donde debería estar, en posición para salvar a toda la gente posible, pero ya me ha dejado claro que no piensa abandonarme.

—Sí. De ahí el término *hermano*. —Theophanie voltea hacia mí—. No cometeré contigo los errores que Berwyn cometió con Jack. Airea los secretos de su Sabio con demasiada facilidad.

—No voy a convertirme. —Aprieto con fuerza los puños.

—Claro que sí —declara, como si no le cupiera duda alguna—. Dentro de unos minutos, de hecho. Lo que me intriga es cuál será el catalizador. —La mirada se le ilumina—. ¿Salvar a tu hermana? ¿Defender a tu amante? ¿Esa sed de venganza tan manida como popular? Yo apuesto por una combinación de los tres. —Ladea la cabeza y apoya la mejilla sobre la coronilla de Mira—. Y, por cierto, ha llegado la hora...

El corazón se me encoge y una ráfaga de viento sopla desde el norte.

—¡Ya está aquí! —grita Garrick.

Miro a la izquierda y veo a Chradh de pie donde momentos antes había un espacio vacío, sujetando con la garra delantera un reconocible armario cubierto de runas. Lo han conseguido, pero Mira sigue con el cuchillo en la garganta, y apenas siento alivio alguno.

—Muéstrenmelo —nos ordena Theophanie.

Xaden estira el cuello y las sombras de sus pies pasan por delante de Bodhi.

Garrick desmonta, se acerca al arcón de Rybestad a un paso más lento de lo habitual y se saca una llave del bolsillo. Tarda solo unos segundos en abrir las puertas del arcón.

—Ahí está. —Theophanie sonríe, pero yo no me arriesgo a apartar la vista de ella para ver cómo le va a Jack, y mucho menos cuando Mira parece estar a punto de desmayarse—. Solo nos queda un asunto pendiente y podremos empezar.

—Está demacrado y pálido —me cuenta Tairn—. *Suspendido en el aire dentro del arcón, como corresponde, y parece... sedado. Puedo mostrártelo a través de mis ojos si lo prefieres.*

—La descripción es perfecta, gracias. —Levanto la barbilla—. Ya estamos aquí, tanto Jack como yo. Hemos cumplido con nuestra parte del trato, así que deja marchar a Mira y a Teine.

Brennan estira las manos en los costados.

—Ese no era el trato —chista Theophanie—. Dije que dejaríamos Draithus en pie, no que tu hermana viviría. —Esboza una sonrisa sádica—. Lo primero que debes aprender sobre nosotros es que elegimos con mucho cuidado nuestras palabras. Y lo segundo es que también mentimos.

Desliza la daga por el cuello de Mira y le raja la garganta.

CINCUENTA Y NUEVE

> Cuando los primeros dragones se vincularon a los humanos no fue algo baladí o exento de riesgos, pues a pesar de que era indiscutible que estaban al mando, sus jinetes vinculados los convertían en algo que no podían tolerar: seres vulnerables. Muchos dragones sufrieron la pérdida de sus jinetes vinculados en aras de su propia supervivencia.
>
> —*El sacrificio de los dragones*,
> por la mayor Deandra Naveen

—¡Mira! —grito más alto que el rugido de un dragón cuando la sangre carmesí brota de la herida del cuello de mi hermana.

Todo parece suceder de golpe, como un grupo musical al que le dan la señal para que empiece a actuar.

—Ha llegado el momento de jugar, Violet. —Theophanie le arroja la daga... a Jack.

Un mar de alas grises se alza al sur y rompo a correr por el campo. Xaden proyecta un flujo de sombras contra Theophanie, pero estas salen volando hacia el sur.

«¿Qué demonios está pasando?» No hay tiempo para pensar. Corro hacia el ser oscuro con la daga de empuñadura de aleación desenvainada, pero entonces el guiverno más cercano alza el vuelo y levanta a Theophanie del suelo al pasar por encima.

Mira cae de rodillas en la hierba, tapándose el corte fatal con ambas manos, y de repente no hay nada más importante. Ni la venganza, ni Draithus. A mi hermana le quedan segundos.

«Malen, no, por favor».

—No pasa nada. —La voz se me rompe y tiro la daga al suelo para recoger a mi hermana antes de que se caiga. La sangre me corre entre los dedos cuando le aprieto la herida palpitante de la garganta. Presión. Necesita presión.

«¡Mira no!» Le aúllo a la deidad que quiera escucharme y aprieto cada vez más fuerte, como si pudiera obligar a la sangre a regresar al cuerpo. Respiro con dificultad, entre resuellos, con el flujo de aire interrumpido por el pavor.

Mira levanta la vista hasta mí y abre de par en par los ojos cafés, y yo me fuerzo a sonreír para que no se reúna con Malek embargada por el miedo.

—Te pondrás bien —le aseguro, y asiento con la cabeza mientras la vista se me nubla.

—¡Apártate! —Brennan se tira de rodillas y apenas tengo tiempo de sacar la mano antes de que él ponga la suya encima de la garganta de nuestra hermana—. Vivirás, ¿me oyes? —Cierra los ojos y la frente empieza a sudarle de inmediato al inclinarse sobre ella.

¿Es siquiera posible? Brennan es poderoso, pero no se me ocurre ni un solo jinete al que haya podido salvar en mitad del campo de batalla con una herida tan grave. Se queda inerte y el corazón me da un vuelco, pero aún respira a pesar de la sangre que le cae por los lados del cuello.

Las formas se difuminan y se oyen gruñidos en todas direcciones. Alzo la vista y los dragones están saltando por encima de nuestras cabezas y llenan el cielo de garras antes de aterrizar sobre el círculo de guivernos. Cuatro de las criaturas grises se lanzan hacia la batalla, chirriando al cielo. Las dagas de la cola de Sgaeyl se sacuden a pocos metros por encima de nosotros, y cubro a Brennan y Mira con el cuerpo cuando las escamas de un color azul marino pasan silbando tan cerca que siento la ráfaga de aire en la piel.

Xaden proyecta un muro de sombras y nos aísla de la refriega, y a la derecha veo a Garrick arrancar la daga de la venin de la puerta del arcón de Rybestad mientras Bodhi cierra la otra a la fuerza.

El ambiente se llena de aullidos y los músculos se me tensan al echar un vistazo por encima del hombro hacia la oscuridad impenetrable.

—*¡Tairn!* —No lo veo.

—*Morirán* —responde, y su furia satura el vínculo.

Me lo tomo como la única señal positiva de este campo de guerra, y me siento sobre los talones para darle un poco de espacio a Brennan.

—Vamos, vamos —musita Brennan con la frente fruncida, concentrado, como solía hacer papá, pero se mece ligeramente y se está quedando pálido.

Tiene que funcionar. No hay otra opción.

La sangre fluye por el cuello de Mira y le cruza la cicatriz, y ella cierra los ojos.

—No te la puedes llevar —le susurro a Malek, y juraría que las nubes se oscurecen un poco como respuesta, o tal vez como burla, y dos rojos aparecen por el sur a una velocidad tremenda.

Un momento. ¿Por qué se alejan de la ciudad?

Entorno los ojos para identificar a los dragones. ¿Thoirt? El patrón en forma de lágrima del ala derecha es inconfundible, pero eso significaría que...

Por los dioses, Sloane ha venido.

«Liam, lo siento muchísimo». La garganta amenaza con cerrárseme cuando echo la cabeza hacia atrás y busco alguna mancha gris en el cielo, pero solo veo a Thoirt y... parpadeo. La de la cola es Cath.

A mi hermano le cae el sudor por el cuello al mismo ritmo alarmante al que brota la sangre de la herida de Mira, y cada vez le cuesta más respirar.

—Hay demasiados daños —susurra.

—No es verdad —le discuto, mirando el rostro macilento de Mira y luego la tensión en el de mi hermano—. Brennan, puedes reparar cualquier cosa, ¿te acuerdas?

Marbh ruge.

—*Tu hermano se acerca al límite de su poder* —me advierte Tairn.

Y no puedo entregarle el mío. El corazón se me desboca.

—¡Llévense el arcón de aquí! —le grita Xaden a Garrick—. Si lo quería muerto es evidente que sabe algo que nosotros ignoramos.

—¡Chradh! —chilla Garrick, y el Café Cola de Escorpión salta por encima de las sombras para colocarse a su lado. Un segundo más tarde, desaparecen junto con el arcón.

Siento una ráfaga de aire cuando se marchan, y miro hacia los dos rojos que se aproximan.

—¿Hasta qué punto podemos fiarnos de Aetos últimamente? —dice Bodhi corriendo hacia nosotros.

—No lo suficiente para lo que acaba de presenciar —responde Xaden, mientras sus sombras impiden que me golpee lo que parece ser la punta de la cola de un guiverno.

El viento que produce el batir de alas le revuelve el pelo a Brennan, y los rojos aterrizan tan cerca que sus cabezas se ciernen sobre nosotros cuando se detienen, y con las garras levantan terrones de hierba.

—Violet, lo siento —murmura Brennan.

—No digas eso. —Niego con la cabeza—. Ya no sale tanta sangre. Está funcionando. —Pero no ha parado.

—¡¿Se puede saber qué demonios hacen aquí?! —le grita Xaden a Dain mientras este desmonta, pero yo continúo con la mirada clavada por encima del hombro de Brennan.

—Pues siguiendo a esa —responde Dain, y tuerce el gesto al oír un crujido de huesos desde detrás del muro de sombras que Xaden mantiene en su sitio con ambas manos—. Está a mi cargo, y Cath me ha alertado en cuanto han cruzado las protecciones desobedeciendo órdenes. —Señala esa última parte en dirección a Sloane.

«Sloane». Un pequeño rayo de esperanza atraviesa el terror que me envuelve el corazón. Corre hacia nosotros, y mete una mano en la chamarra de vuelo y saca un paquete cilíndrico de la longitud de su mano.

—Aaric me ha dicho que necesitarías esto... —Tropieza al ver a Mira.

Me importa una mierda lo que haga aquí. Lo primordial es que ha venido.

Los ojos me escuecen.

—Por favor.

Sloane me mira asustada.

—¿Mira? —Dain corre y se arrodilla a mi lado—. No, carajo.

—Por favor —le suplico a Sloane sin tapujos—. Brennan necesita más poder, y vamos a perderla.

Da un paso vacilante, y luego otro al ver temblar a Brennan con las manos sobre el cuello de Mira.

—No sé qué hacer. Cuando su ma... —Se interrumpe—. Transferir no es lo mismo que imbuir. Eso lo sé.

—¡Hagan lo que hagan, más vale que se den prisa! —exclama Bodhi desenvainando una espada y montando guardia con los ojos puestos en el cielo.

—Inténtalo —la apremia Dain levantándose la manga del uniforme hasta el codo—. Es peligroso que uses tu poder si no has entrenado, así que aprovecha el mío. Soy el único aquí que hoy no tendrá que manipular su poder. Tú inténtalo.

Un guiverno gruñe detrás de mí, y se oye un chasquido inconfundible.

Sloane se agacha entre Dain y Brennan mientras la sangre de Mira me empapa el uniforme.

—Ponme una mano en la muñeca —le dice Dain con delicadeza, como si hablara con un caballo asustadizo.

Ella contempla la huella gris que le recorre el antebrazo.

—No quiero hacerte esto. No quiero convertirme en eso.

—Y no pasará. —Arquea las cejas—. Ya me odiarás más tarde, pero ahora confía en mí si no quieres que ella muera.

Sloane le rodea la muñeca a Dain con los dedos. Los ojos se le encienden y traga saliva.

—Alguien como tú no debería tener tantísimo poder.

—Pues, por el bien de Mira, menos mal que lo tengo. Pon la otra mano en alguna zona de piel expuesta.

Sloane suelta el paquetito y acerca la mano a la nuca de Brennan. Le aparto el pelo a Mira de la frente, dejando una marca sanguinolenta a mi paso. Está blanca como la cera. Debería haberle contado lo de Xaden. Ella debería haberme hablado sobre mi consagración. Hemos perdido muchísimo tiempo ocultándonos cosas cuando papá me advirtió que confiara solo en ella. Si le hubiera hecho caso, ¿esto habría ocurrido de todas formas?

—No te culpes por las heridas que no hayas infligido —me reprende Tairn.

—Los ojos aquí —le ordena Dain a Sloane—. Extrae el exceso que notes en mí y transfiérelo al déficit de Brennan. No eres un arma de destrucción. No eres una venin. Eres la arteria por la que el poder decide fluir. Eres vida.

Ella frunce el ceño y Dain se estremece.

—Te haré daño.

—Carajo, como si no lo supiera. —Asiente—. Pero no me matarás, por mucho que quieras. Ahora, hazlo.

Sloane aprieta los labios y a Dain le rechinan los dientes. Pasan unos segundos largos y preciosos antes de que Brennan respire hondo y el color le vuelva a las mejillas. Bajo la vista a Mira, temiéndome lo peor, pero el pecho sigue subiendo y bajándole. Ha parado de sangrar y ha recuperado el color.

—¿Brennan? —susurro demasiado asustada incluso para tener esperanza.

—Es un desastre, pero está viva. —Mi hermano se relaja y el cuerpo se le encorva cuando se pasa el brazo por la frente sudorosa—. Gracias, Mairi.

Sloane suelta a los dos hombres y entonces levanta los ojos hacia mí.

—¿Se pondrá bien?

—Gracias a ti —le digo.

Deja escapar un breve suspiro de alivio mientras Brennan recoge el odre de agua que lleva en la cadera. Lo descorcha deprisa y vierte agua sobre el cuello de Mira. Una cicatriz rosada, ancha e inflamada le cruza la garganta.

Vuelvo a apartarle el pelo de la frente y me doy exactamente tres segundos para sentirlo todo. Creo que el pecho me va a explotar.

Uno. Está viva.

Dos. No tendré que viajar por un mundo en el que ella no exista.

Tres. Brennan es un puto milagro como reparador.

—Hemos de sacar a Mira de aquí —le digo a mi hermano mientras los gruñidos y sonidos de carne desgarrada disminuyen a mi espalda. Una silueta nos sobrevuela, pero una soga de sombras jala de ella hacia atrás. Estoy bastante segura de que era una garra.

—Coincido. —Brennan voltea hacia Draithus, donde se ha desatado una batalla absoluta. Dragones y grifos sobrevuelan los muros de la ciudad mientras los descomunales virotes de las ballestas salen disparados hacia la nube de guivernos que se aproximan—. ¿Estás bien, Aetos?

Dain se frota la muñeca con la mano.

—Sí, tranquilo.

El estómago se me encoge. La peor parte será confiar en que todo el mundo cumpla con su cometido, y no soy yo quien debe defender la ciudad. Miro a Xaden y luego a Dain.

—Tienen que irse. Pronto se les acabarán los virotes.

Dain se pone en pie y le ofrece una mano a Sloane.

—Vete a la mierda, Aetos. —Se balancea hacia delante y se levanta.

Él hace una pausa, como si contara hacia atrás.

—Vuelve a refugiarte tras las protecciones, Mairi, y no te muevas de allí.

Ella da media vuelta y echa a caminar hacia Thoirt con el dedo medio levantado.

Bodhi se ríe.

—Los estúpidos de primero —masculla Dain mientras ella monta—. Riorson, te veo allí. —Se dirige hacia la pata trasera de Cath.

—¡Dain! —le grito, y él me mira por encima del hombro—. Gracias.

—No me las des. Prefiero que luego me cuentes cómo demonios han desaparecido Garrick y Chradh sin dejar rastro. —Echa a correr y, en cuestión de segundos, tanto Thoirt como Cath vuelan en direcciones opuestas.

Bodhi ayuda a Brennan a ponerse en pie.

—*No quiero dejarte.* —Xaden deja caer el muro de sombras. Miro por encima del hombro y veo guivernos muertos esparcidos por el campo, y a Sgaeyl, Tairn y Marbh examinando las cadenas que inmovilizan a Teine.

—*Ya lo sé, pero es tu deber.*

—Ya la llevo yo. —Brennan se encorva y recoge el cuerpo inconsciente de Mira de mi regazo.

—¿Estás bien? —Localizo mi daga con empuñadura de aleación en la hierba, y la envaino antes de levantarme y recoger el paquete que Sloane ha dejado atrás. El destinatario es Aaric, y lleva el sello intacto de Dunne.

Por todos los dioses, ¿qué hace mandando a Sloane a una zona de guerra para entregarme un paquete a su nombre? Pienso estrangularlo... en cuanto descubra dónde demonios está.

—Mairi me ha dado más poder del que necesitaba. Estoy bien. —Se coloca a Mira en los brazos.

—Sé que en principio debías quedarte, pero llévate a Mira —dice Bodhi—. Ya nos las arreglaremos para liberar a Teine y que pueda seguirlos.

—De acuerdo. —Brennan aprieta los labios y voltea hacia mí—. Tengo más de una docena de runas que puedo dejarte...

—Gracias, pero paso —lo interrumpo—. Prefiero ceñirme a lo que se me da bien.

Él asiente.

—Cíñete al plan, Violet, aunque las cosas vayan mal. Contamos contigo. —Se gira hacia Xaden—. Y eso también va por ti. —No pierde el tiempo esperando una respuesta, y echa a andar en dirección a Marbh.

Me guardo el paquete de Aaric en el bolsillo de la chamarra de vuelo y observo como Brennan se aleja. Qué extraño. No tiene ninguna marca en la nuca como la de la mano. Y tampoco le he visto nada en la muñeca a Dain.

—Tendrías que irte —le insiste Bodhi a Xaden—. Los guivernos están intentando rodear la zona norte de la ciudad, y el paso está justo al otro lado. El grueso de la batalla se encuentra apenas a unos kilómetros, ¿te acuerdas?

—Me voy. —Xaden recoge el odre de agua que Brennan ha dejado en el suelo y me echa lo que queda en la mano derecha, limpiando así la mayor parte de la sangre de Mira. El agua me corre por los dedos y pasa de un tono carmesí a un rosa pálido antes de que Xaden suelte el odre—. Concéntrate. —Me pone las manos en las mejillas y me mira fijamente a los ojos—. Utiliza solo el poder de Tairn. No te conviertas. No mueras. Cumple con tu misión y vendré a buscarte más tarde.

Me besa hasta dejarme sin aliento y, por un brevísimo instante, el tiempo deja de importar. El corazón se me acelera y me cuelgo de su cuello, vertiendo todo lo que siento por él como respuesta. Es algo caótico y desesperado que termina demasiado pronto.

—Vuelve conmigo —le exijo cuando empieza a alejarse.

—Siempre contigo. —Me sostiene la mirada durante unos pasos más, y entonces se gira hacia Bodhi—. Quédate con ella, pero recuerda tu promesa.

Bodhi asiente.

—Que no quiero tu provincia de mierda.

—Entiendo. —Xaden le da una palmada en el hombro y sale corriendo hacia Sgaeyl. Los ojos dorados de la dragona se giran hacia mí.

—*Aléjate del suelo y quédate con él* —me ordena, y las dos sabemos que no se refiere a Bodhi.

—*Lo mismo te digo.* —Levanto la barbilla.

Se elevan en unos pocos segundos, y salen volando hacia el sur, hacia la ciudad. Desvío la mirada antes de darle al miedo la oportunidad de dominarme. Él es el jinete más poderoso del lugar, y ella es implacable. Su supervivencia está fuera de toda cuestión.

Bodhi y yo les daremos el tiempo necesario para salvar la ciudad.

—Ahora que el duque de la angustia se ha ido —dice Bodhi levantando la voz—, tenemos un problema.

Qué me vas a contar.

SESENTA

Si hay algo más obstinado que un dragón, es su jinete.

—*Guía de campo de los dragones*,
por el coronel Kaori

—¿Qué ocurre? —Vuelvo a la matanza que rodea a nuestros dragones.

—*No despierta* —anuncia Tairn, y Cuir acerca el hocico verde al de Teine.

Mierda. El miedo vuelve a atenazarme.

—Tenemos que sacarlo de este campo antes de que Theophanie regrese. —Bodhi estudia las nubes.

—¿Garrick podría subir a Teine a los acantilados? —pregunto.

—¿En circunstancias normales? Sí. —Bodhi tuerce el gesto—. Pero ya está exhausto después de haber estado paseándose por el continente durante las últimas horas. Ahora mismo es imposible.

—El plan se está yendo a la mierda en un abrir y cerrar de ojos. —Y nos hallamos a kilómetros de todo, salvo del ser oscuro letal que quiere matarnos. Pero hay otra opción. Me giro hacia Tairn—. *Tú eres el único lo bastante fuerte para sacarlo de aquí. Puedes cargar con él si aprovechas las cadenas.*

—*No pienso abandonarte en este campo...* —gruñe.

—*Si me voy, todo se irá a pique. Los dracónidos protegen a los suyos, incluso por encima de su jinete vinculado* —le recuerdo.

Él entorna los ojos y expulsa vapor por las fosas nasales.

—*No me des lecciones sobre las leyes de los míos o aprenderás lo poco que me cuesta romperlas.*

Cuir se aleja deprisa.

—*Por favor* —le suplico—. *Si no lo haces por Teine, hazlo por Mira. Ya he perdido a Andarna. No puedo perder también a mi hermana. No me pidas que encuentre la fuerza necesaria o te fallaré. Nos fallaré a los dos.*

Se le escapa un gruñido de la garganta y se oye el repiqueteo del metal cuando se coloca sobre Teine y agarra los cuatro extremos de la cadena que le envuelve el torso con las garras.

—*No te moverás de este campo* —me ordena.

—*Gracias.*

El viento me sopla en un lado de la cara cuando empieza a batir las alas con la mayor potencia que he visto nunca, y el cuerpo inerte de Teine se eleva despacio del suelo. Su sombra me engulle al pasarme por encima, cargando con Teine hasta la seguridad que ofrecen los riscos.

—Una estrategia arriesgada —apunta Bodhi, que también observa como se marchan—. Deshacernos de nuestro dragón más grande no nos saldrá caro en absoluto, vaya.

—Volverá. —Miro al cielo y voy girándome poco a poco para examinarlo con más detenimiento, pero no hay ni rastro de Theophanie ni de su guiverno favorito. El corazón se me acelera. No me gusta nada ser la presa.

Respiro hondo y niego el impulso de buscar a Xaden por el cielo de la ciudad. El plan no funcionará si no me concentro en el aquí y el ahora. Me obligo a sacarme de la cabeza cualquier pensamiento sobre los demás y me adentro en ese espacio mental en el que ya no soy hermana, ni amiga, ni amante. Solo existo como jinete, como arma.

—¿Quieres esperar para dar caza a nuestra amiguita de pelo plateado? —pregunta Bodhi mientras Cuir camina hacia nosotros; le gotea sangre de guiverno de la cola de espada.

—No hace falta darle caza. —Me sujeto el conducto a la muñeca y levanto un brazo por encima del hombro para abrir el carcaj—. Mientras yo esté aquí, vendrá a nosotros. —Y tendré la oportunidad de matarla antes de que ataque a otro ser querido.

—Esperar me parece... anticlimático. —Se pone de espaldas a mí.

—Como siempre. —Y tortuoso, como el momento durante el vuelo en que los músculos de Tairn se estiran y sé que voy a vomitar en una caída en picada, o esos largos minutos en la cresta sobre Basgiath, esperando a que llegara la horda—. ¿Crees que funcionará?

—No hay otra opción. La magia exige equilibrio, ¿no?

—Es la regla más antigua que existe. —Theophanie aparece tras el cadáver de un guiverno—. Pero más o menos una vez cada siglo tenemos la oportunidad de dar un vuelco a nuestro favor, y en esta ocasión pienso demostrarle mi valía.

Nos volteamos hacia ella, hombro con hombro, y convoco el poder de Tairn, pero apenas percibo un hilo. Mierda. Tairn está fuera de mi alcance. No será precisamente un paseo tener que cargar con Teine durante kilómetros hasta las protecciones y luego ascender tres mil metros. Pero Mira está a salvo, y eso es lo que importa. Bodhi y yo sabemos cuidarnos solos.

—¿De dónde demonios ha salido? —susurra Bodhi desenvainando la espada.

—Es rápida —respondo con voz queda, recordando el día que desapareció del calabozo de Basgiath.

—Pocos somos más rápidos —contesta Theophanie rodeando el cadáver del guiverno y acariciando las aristas de su espalda mientras camina con parsimonia hacia nosotros—. Y más viejos.

Separo los labios. Nos ha oído a más de seis metros de distancia.

—Qué lástima que hayan tenido que matarlos. —Chasca la lengua—. Tardan una eternidad en generarse. ¿Estás lista para inclinar la balanza, Violet?

Contar con dos manipuladoras del rayo en cualquiera de los dos bandos no solo inclinaría la balanza, sino que además la destruiría.

«Igual que con las sombras».

Cuir agacha la cabeza y gruñe a la derecha de Bodhi.

—Estoy lista para matarte. —Agarro una daga en un acto reflejo y la arrojo con tanta fuerza que el hombro me cruje, pero no se me disloca.

Theophanie agita los dedos retorcidos y la daga cae a un lado antes de que llegue siquiera a la mitad del camino.

—Qué decepción. ¿No has aprendido nada desde la última vez que intentaste eso mismo? Pero tampoco te avergüences, ya lo trabajaremos. Estaré encantada de ser tu mentora.

Abro mucho los ojos. ¿Es ese el camino que me auguró la sacerdotisa? ¿Que no sería su pupila, sino la de Theophanie?

—Carajo —masculla Bodhi—. Ya tenemos otro problema.

Y probablemente haga también que las flechas que llevo a la espalda no sirvan de nada. De lujo. Tendré que acercarme y matarla con mis propias manos.

—Has elegido a un compañero extraño, viendo que apestas a su estirpe. —Las venas de los ojos le palpitan mientras repasa a Bodhi de arriba abajo, caminando sin prisa alguna hacia la cabeza del guiverno muerto—. Dime, ¿no te cansas de ser una versión más débil de tu primo?

—Yo no soy el que está aquí intentando demostrar lo que vale —replica Bodhi, y ladea la cabeza igual que Xaden cuando está valorando a un contrincante.

No lleva espada ni bastón. Está desarmada, salvo por la fila de dagas de su cadera. Busco debilidades en sus movimientos, pero no encuentro ninguna. Y además es más rápida, de modo que solo tendré una oportunidad.

—Qué ocurrente. —Sonríe y se le agrietan un poco más los labios—. Ya no tendrás que esperar mucho. Pronto se habrá ido y la corona será tuya.

«Vamos, acércate un poco más».

—No tenemos corona. —Bodhi se pasa la espada a la mano izquierda para dejarse libre la derecha—. No me conoces lo suficiente si crees que puedes manipularme. Estoy haciendo exactamente lo que siempre he querido: proteger a mi primo y mi provincia.

—Y a ella. —Se detiene frente al hocico sanguinolento del guiverno y arrastra la mirada hacia mí—. Un arma como tú solo se arrodillará ante alguien más fuerte, así que, vamos, terminemos ya con esta farsa para que puedas emprender tu verdadero camino. Él te está esperando. —Esboza una sonrisa alegre.

—¿Berwyn? —aventuro.

—¿Tú crees que respondería ante ese necio? Te equivocas. —Mira hacia el cielo—. Qué lástima que te hayas alejado de tu dragón, pero no sufras, hay mucho poder bajo tus pies. Ahora demuéstrame que mi paciencia ha merecido la pena.

Levanta los brazos y el viento arrecia, barriendo el paisaje desde los acantilados a nuestras espaldas.

Se acabó la espera, pues. Vamos allá. Mientras Bodhi contrarreste su sello, podremos acabar con ella incluso antes de que Tairn regrese.

Bodhi levanta la mano derecha y la tuerce como si estuviera

girando un pomo invisible. El cielo se oscurece y el viento empeora, y aunque no cae ningún rayo, la temperatura y la humedad aumentan a una velocidad que solo he sentido al estar cerca de una única persona.

Theophanie ensancha la sonrisa.

La gravedad cambia, junto con mi percepción de todo lo que me rodea.

—Está funcionando. —Bodhi esboza una media sonrisa.

—No, ni mucho menos —susurro, y la esperanza abandona mi cuerpo como el agua por un desagüe—. No puedes contrarrestar su poder. Tienes que irte. Ahora. —Agarro la siguiente daga. Quizá no pueda lanzarla, pero tampoco pienso caer sin defenderme. Puedo aguantar hasta que vuelva Tairn.

—No caen relámpagos —dice Bodhi mientras los nudillos se le ponen blancos sobre la empuñadura de la espada.

—Me equivoqué. No manipula el rayo. —Cayeron relámpagos en ambas batallas, y relacioné su presencia con ella cuando tan solo eran una consecuencia de su verdadero sello. No controlaba los rayos durante el ataque a Suniva.

Controlaba precisamente lo que los genera.

—Claro que no. —Theophanie mueve un dedo y los nubarrones comienzan a girar—. Solo hay una excepción a esa regla, Violet Sorrengail. Imagina mi sorpresa cuando resultaste ser tú. Si tenía que ser una de sus hijas, lo habría apostado todo a tu hermana.

—Que Amari nos asista. —Bodhi baja la mano despacio, y levanta la vista hacia el cielo—. No es una versión oscura de ti.

—No.

Niego con la cabeza, y entonces la siguiente ráfaga de viento casi me tira al suelo. Me he preparado para el enfrentamiento que no era. Conozco la sensación del relámpago cargándose, reconozco el restallido en el aire antes de que caiga. Comprendo sus límites, las barreras de manipularlo. Cada rayo requiere su propia descarga de energía, y cuando termina, se acabó. Pero lo que Theophanie está haciendo adquirirá vida propia y continuará mucho después de que le haya entregado su poder.

Esto es mucho peor que enfrentarme a mí misma.

—Es su respuesta a mi madre. —Decirlo en voz alta me arranca del ensimismamiento, y los pensamientos me bullen en la cabeza. Mi madre solo se debilitaba cuando Aimsir se agotaba o caía enferma. Ni siquiera el manipulador del viento más poderoso era capaz de sofocar las tormentas de mamá.

—Ella fue la respuesta a mí —escupe Theophanie, y las nubes comienzan a arremolinarse.

El tornado. El corazón se me encoge. Mi madre nunca logró algo así. Con razón no fui capaz de reconocer a Theophanie por lo que es; jamás había conocido a nadie que manipulara las tormentas mejor que mi madre. Hasta ahora.

—Tienes que irte de aquí. —Jalo a Bodhi del brazo—. ¡Váyanse antes de que Cuir no pueda volar a causa del viento!

—Mi sello siempre es el equilibrio —me replica Bodhi levantando las manos mientras el viento arrecia hasta convertirse en un rugido constante a nuestras espaldas—. ¡Puedo detenerla!

—¡No, no puedes! —Vuelvo a empujarlo, y esta vez se tambalea a un lado—. Tu sello solo funciona con nuestra magia, no con la suya. ¡Vete ahora mismo! ¡Se lo prometiste a Xaden!

—¡Ven conmigo! —me grita.

«Theophanie sabe que intentarás salvar a todo el mundo...» Las palabras de Brennan me llenan la cabeza.

—No puedo.

Si me voy, nos seguirá y perderemos. Si me quedo, puedo ser la distracción que otros necesitan.

—Pues entonces lucharé a tu... —empieza Bodhi, pero Cuir le envuelve el torso con dos garras y alza el vuelo antes de que pueda terminar. Sus alas verdes trazan amplios arcos mientras se lleva a Bodhi, entre sus protestas airadas, hacia el sur, lejos del campo. Seguro que consigue que el viento amaine antes de subir a los acantilados.

La línea sucesoria de Tyrrendor está a salvo, pero no hay tiempo para sentir el más mínimo alivio.

Una ráfaga de viento aullante me empuja hacia delante, y caigo de manos y rodillas en la hierba, y me falta poco para aplastar el conducto que me pende de la muñeca. Algo gruñe a mi espalda, y echo un vistazo por encima del hombro justo a tiempo de ver como un árbol más alto que Tairn se inclina hacia mí en el límite del campo, y se detiene en un ángulo obsceno antes de que el viento lo arranque de raíz.

Lo que faltaba. Me pongo de pie como puedo y echo todo el peso del cuerpo hacia la izquierda para correr y esquivarlo. El aire vuelve a tumbarme cuando he dado menos de diez pasos, y el corazón me da un vuelco en cuanto el árbol se precipita hacia mí. Resbalo sobre un montón de rocas sueltas, pero las botas me sujetan los tobillos mientras me arrastro durante unos pocos centímetros más.

El árbol se estrella y golpea el suelo con la fuerza de un dragón. Con el corazón desbocado, contemplo la rama que descansa a menos de un brazo de distancia de mí.

—¡Canaliza y nos iremos de aquí juntas! —me promete alzando la voz por encima del viento, a pesar de que el árbol la haya ocultado.

Ahora que lo pienso, el árbol también me ha ocultado a mí, al menos hasta que Theophanie se mueva.

Tengo que darme prisa.

El viento es demasiado fuerte como para poder hacer un lanzamiento directo; pasará de largo si no le pongo algo de peso. Agarro una daga, me levanto la chamarra de vuelo y corto un pedazo de tela de la parte inferior del uniforme. El aire amenaza con llevarse la tela, de modo que me la coloco entre los dientes y la muerdo antes de envainar la daga. Más rápido. Tengo que ir más rápido. Me paso una mano por encima del hombro y sujeto el fuste de una flecha con punta de maorsita con la mayor firmeza posible, y entonces la extraigo del carcaj estabilizador hasta tenerla frente a mí.

El viento amaina ligeramente en el momento en que ato la flecha a una roca del campo del tamaño de mi conducto.

—¡Convoca el poder y manipúlalo! —Theophanie aparece de nuevo delante de mí, a poco más de cinco metros.

Me pongo de rodillas y lanzo la roca con todas mis fuerzas en la dirección del viento. El vendaval la arrastra, pero Theophanie la desvía de su curso cuando ha recorrido unas tres cuartas partes del camino.

—¿Todavía no has aprendido nada? —exclama, y la piedra aterriza a unos pocos centímetros a su derecha.

Y explota.

Tierra, hierba y roca salen volando, y el impacto levanta a Theophanie del suelo hasta la altura de la mitad de un ala. El viento desaparece antes de que vuelva a tocar el suelo.

Gracias a los dioses que la tormenta todavía no es lo bastante virulenta como para no sobrevivir a ella. Me pongo en pie de un salto y cargo con mi última daga con empuñadura de aleación en la mano. No puedo arriesgarme a perderla en un lanzamiento.

Le caen briznas de hierba de la trenza cuando se incorpora, y trata de enfocar la vista en el momento en que yo coloco la daga en paralelo a mi muñeca y me abalanzo sobre ella. Golpeo el suelo con las rodillas un instante antes de atacar.

Ella me agarra del antebrazo y me lo estruja con una fuerza que podría pulverizarme el hueso.

—¡Se acabó!

Me arrolla una oleada de dolor incapacitante, pero me aferro a la daga como si las vidas de mis amigos dependieran de ello, y me saco un cuchillo de mango negro del lado izquierdo y se lo hundo en el muslo.

Los labios se le cuartean cuando grita, pero en vez de soltarme el brazo o extraerse el cuchillo del muslo, me agarra de la garganta y me empuja hasta aplastarme contra el suelo. Abro mucho los ojos mientras espero a que los explosivos del carcaj nos maten a las dos, pero parece que el acolchado ha resistido el impacto.

—Mujer estúpida. —Me hunde la rodilla en el estómago y me deja sin aliento.

Me esfuerzo por respirar, pero Theophanie me presiona la otra mano contra el suelo a una velocidad que no puedo igualar.

—A tu edad, tu madre ya sabía que no era rival para mí. Por eso se escondió detrás de las protecciones. Quizá deberías haber seguido su ejemplo. —Las uñas dentadas de Theophanie se me clavan en la piel, y las venas de los ojos se le hinchan cuando mira hacia el sur—. Parece que algunos han conseguido cruzar. Me pregunto qué harás al respecto.

Sigo su línea de visión y los músculos del cuerpo se me bloquean para no sacudirme. Una horda de guivernos ha atajado hacia el norte, sorteando la ciudad y volando directamente en dirección al valle que conduce al paso de Medaro. Debería estar allí..., pero entonces no podría estar entreteniéndola aquí.

«Dunne, protégelos». Aparto la mirada y veo que Theophanie me observa con unos inquietantes ojos rojos que están tan cerca que consumen todo mi campo de visión.

—La horda está hambrienta. ¿Cuántos inocentes están atravesando el paso? ¿Mil? ¿Dos mil? Todavía puedes salvarlos. Convoca el poder, canalízalo con las puntas de los dedos. —Me gira la mano y me aplasta la palma contra la hierba, y yo hago un esfuerzo consciente por bloquear mis sentidos—. Eres más terca que una mula. Debes de estar muriéndote de rabia por no tener todas las respuestas, por no ser la solución a todos los problemas. No eres más que una manipuladora del rayo más, mortalmente incapaz de estar en todos lados al mismo tiempo. —Noto la daga alejándose de mi garganta—. Adelante. Será un espectáculo ver cómo lo intentas.

Miro hacia el sur un instante, el tiempo suficiente para ver como la horda desaparece por el valle.

—Tienes razón. No puedo estar en todas partes. —Theophanie abre los ojos como platos cuando advierte que arqueo el cuello contra la daga—. Ni falta que hace.

A la hora de la verdad, la mejor de las dos no soy yo.

La mejor de las dos es ella.

SESENTA Y UNO

RHIANNON

> El mando se sustenta en el respeto, las reglas y la obediencia. Los pelotones se sustentan en la confianza.
>
> —*Liderazgo para estudiantes de segundo*, por la mayor Pipa Donans

Imogen. Quinn. Violet. El corazón me martillea contra el pecho. No sé cómo proteger el paso cuando nos faltan tres de nuestros compañeros de pelotón más poderosos y curtidos por la batalla, pero el fracaso no es una opción.

Gracias a Zihnal, ese viento infernal se ha detenido. Por un momento he pensado que saldríamos volando hasta Cordyn. Inspecciono lo que puedo del paso de Medaro desde la entrada, y suspiro con un profundo alivio al comprobar que no se ha despeñado ningún civil con el vendaval.

—El acantilado los ha resguardado del viento, como a nosotros.

Feirge se aparta de la seguridad que le ofrece la base, y se gira de golpe hacia el valle serpenteante que conduce hasta Draithus.

—Diles a los demás que formen una fila. Si nosotros podemos volar, ellos también.

Una horda de criaturas grises acababa de rodear la última curva del valle antes de que la tormenta nos azotara y obligara a los guivernos a aterrizar.

Según Cath, los dragones también se han visto obligados a tomar tierra en Draithus.

—*Listo* —responde Feirge, y la lluvia le salpica la base del cuello.

Fantástico. Lo último que necesita la gente de estos malditos riscos es lluvia.

Me recuerdo lo que siempre dice Raegan: «Zihnal nos da lo que considera oportuno». No tiene sentido agradecerle al dios una bendición y maldecirlo un instante más tarde. Me gustaría ver si en estas circunstancias sería capaz de decirme lo mismo, pero es muy probable que se saliera con la suya. Siempre ha sido la gemela más digna.

Tara, por otro lado, me diría que la suerte te la buscas tú.

Miro a la derecha para asegurarme de que nadie ha resultado herido por culpa de esa extraña tormenta. Maren y Cat se ponen en fila, y ni ellas ni sus grifos parecen haber sufrido rasguño alguno. Detrás de ella Sliseag agita la cola con las alas recogidas, y Sawyer me hace un gesto afirmativo con la cabeza. Luego miro a la izquierda y veo a Neve y Bragen en posición, con Aotrom cambiando el peso del cuerpo de pata, impaciente.

Ridoc observa la cima del norte en lugar del paso que atraviesa el valle al sur, como si creyese que, esforzándose lo suficiente, podría ver a través del macizo.

Una parte de mí clama que deberíamos estar al otro lado de esa cima, pero tenemos órdenes. «Y medio pelotón».

Me aclaro la garganta y los sentimientos. Esto no es Batalla de Pelotones. Si aquí cometo un error, muere gente inocente. Tuvimos suerte cuando el guiverno que atravesó los espacios que había dejado en nuestras defensas solo se llevó por delante el muro y no la casa de mis padres. Por mucho que me importe Violet, hablamos de una sola vida, y aquí estamos protegiendo a miles que huyen como huyó mi familia, y les debemos la misma protección.

—¡Gamlyn! —grito hacia el otro lado de los grifos—. Necesito que te concentres.

Parece estar a punto de pintarme el dedo, pero asiente.

—Reconocer que temes por la manipuladora del rayo no te deja en evidencia —me riñe Feirge, como siempre—. *Ignorarlo sí. Acepta esa emoción y sigue adelante.*

Aprieto con fuerza los bordes elevados de escamas verdes que conforman el borrén.

—Claro que me preocupa Violet. —Está ahí fuera en una situación que no querría para ninguno de nosotros: sola. Tairn se ha adentrado en el manto de nubes poco antes de que llegara la tormenta, cargando a Teine con unas cadenas mientras Marbh los escoltaba, y el último informe de Cath reportaba de que habían visto a Riorson y Durran cerca de los muros de la ciudad. Al menos no he visto ningún rayo—. *Pero tenemos un trabajo que...*

Una docena de guivernos, tal vez más, se elevan desde el lecho del valle, a unos pocos kilómetros. El corazón se me acelera.

—Pregúntale a Veirt cuántos divisa Baylor.

Se oyen gritos en coro entre los evacuados, tanto de los que esperan para subir como de los que ya están en los acantilados. Lluvia. Guivernos. Civiles al borde del pánico. La situación tiene el potencial de convertirse en un puto espectáculo. Por los dioses, espero que los de primero estén llevando a un lugar seguro a los civiles en la cima del paso, tal como se les ha ordenado. Graycastle y Mairi ya están en mi lista de reprimendas. A saber qué demonios se les estaba pasando por la cabeza a esos dos.

«Indisciplinados». Necesito meterlos a todos en vereda lo antes posible.

—*Baylor ha avistado diecisiete* —responde Feirge un segundo más tarde.

Diecisiete. Contra tres dragones y cuatro grifos. Maldición.

—*No te diré que no me impone* —le confieso a Feirge.

—*Pues entonces seamos nosotros quienes se impongan* —gruñe esta meciendo la cabeza, expectante—. *Estoy lista para transmitir tus órdenes.*

Mis órdenes. Sin presiones. Debemos interceptarlos.

—*Manada, ataquen en formación de espina* —le digo. Aprendí la lección en Aretia; debemos enfrentarnos a ellos lejos del acantilado—. *Bandada, protejan a los evacuados bajo el mando de Bragen.*

Feirge da tres pasos y aprieto los muslos para sujetarme a la silla cuando se eleva hacia el cielo nublado.

—*Kiralair no está de acuerdo con la decisión.*

¿Alguna otra novedad? Sopeso mi elección durante el tiempo que tardo en pestañear.

—*Dile a Kira que tendrán más maniobrabilidad que nosotros en el acantilado y un arsenal entero de runas. No podemos detener a diecisiete guivernos con tres dragones. Que se preparen.*

Por una vez, me gustaría darle una orden a Cat que no sintiera la necesidad de rebatirme.

Me coloco los goggles de vuelo sobre los ojos cuando volamos directos hacia el primer guiverno, con Feirge, Aotrom y Sliseag formando las tres puntas de un triángulo. Tenemos que atacarlos lo más lejos posible del acantilado. Hay mucho espacio para seguir avanzando, pero no tanto para retroceder hasta la roca desnuda.

El enemigo está más o menos dispuesto en tres columnas de dos filas.

—*Sigan con la formación de espi...* —Un momento—. *No, en vertical. Cambien a formación en vertical.*

Nos dará una mejor oportunidad para derribar a cuantos sea posible.

—*Que te arrepientas de tus decisiones me hace dudar a mí también sobre la Trilla* —me recrimina Feirge, ganando altura a medida que nos acercamos a las paredes empinadas del valle.

—*Qué graciosa eres cuando quieres.* —Ojalá pudiera ver qué tenemos debajo.

—*Están en posición* —responde Feirge sin que haya tenido que preguntárselo, pero me da la sensación de que Aotrom se desviará en cuanto tenga ocasión.

—*Mira a ver cómo está Sliseag.*

Nos quedan menos de treinta segundos, y este es solo su segundo encuentro después de haber estado a punto de perder a Sawyer en Basgiath.

—*Le ofende que se lo preguntes* —indica Feirge.

—*No esperaba menos.* —Encajo las puntas de las botas entre las escamas y me preparo para el impacto cuando veo la forma de sus colmillos—. *Primero el del centro de arriba.*

—*Creía que íbamos por el de abajo a la izquierda* —contesta con una inocencia fingida.

—*No tenemos tiempo para sarcasmos.*

Nuestro objetivo chirría y rompe la formación. Feirge se separa para perseguirlo, y el cuerpo entero se me tensa cuando una llamarada de fuego azul sale disparada hacia nosotras.

—*¡Aguanta!* —grita Feirge, y hago justo lo que me ordena: aprieto los músculos en el momento en que gira a la derecha. El peso del cuerpo me cambia y hago fuerza con la pierna izquierda para recuperar el equilibrio en el momento en que Feirge se coloca prácticamente en vertical.

—*Vas a hacer eso, ¿verdad?* —Me agarro al borrén como si

fuera un salvavidas cuando el impulso se detiene en el cénit que ha elegido.

—*Puede ser.*

Se gira de repente hacia la izquierda, y cae en picada a una velocidad que hace que mi estómago intente buscar una salida a través de mis pies.

—*¡Debes avisarme antes!*

Decido empujar contra el borrén y prepararme para lo que inevitablemente ocurrirá a continuación mientras nos precipitamos hacia el guiverno desde arriba.

—*¿Por qué? Estabas preparada.*

Feirge bate con suavidad las alas para reducir la velocidad un instante antes del impacto, lo justo para que yo no salga disparada por encima de su cabeza.

La colisión hace que me cueste aferrarme, y la lluvia no ayuda.

Feirge hunde las garras en la espalda del guiverno, y cierra las fauces en torno a la base de su cráneo, donde el cuerpo es más delgado, más débil. El grito de la criatura me hace temblar los tímpanos.

Luego nos desplomamos, a pesar de los movimientos frenéticos de las alas de Feirge. El miedo asoma su fea cabeza, pero trago saliva para intentar contenerlo. Mi dragona tiene la ventaja de estar lejos de las garras y colmillos del guiverno, pero la agilidad ha sido siempre su mayor recurso, no la fuerza. Le desgarra la piel de las alas grises con las garras, y luego empieza a partirle los huesos a medida que la montaña se eleva a mi derecha.

—*¡Nos acercamos al suelo!* —le advierto.

—*Tu sentido espacial siempre me deja sin palabras.*

Mueve el peso hacia delante, y jala hacia atrás de la cabeza del guiverno para romperle el cuello, y en ese momento percibo un borrón grisáceo invadiendo mi campo de visión.

—*En ese caso, ¿prefieres que te hable del que tenemos encima?* —le pregunto.

Feirge suelta al guiverno en la ladera de la montaña y las dos miramos hacia arriba.

Aotrom pasa volando junto a nosotras, huyendo de un guiverno, y una lengua de fuego verde le acaricia la cola. Contengo el aliento hasta que el café consigue esquivar la llama y ahorrarle a Ridoc una muerte dolorosa, y entonces busco la fuente.

—*Sujétate* —me advierte Feirge un segundo antes de abalanzarse sobre el guiverno fuegoverde. Le muerde el cuello y le arranca un pedazo sanguinolento, y este se desploma salpicando la ladera de la montaña de sangre.

Le hunde las garras a otro y le secciona la garganta.

¿Dónde está el resto del pelotón? Los busco con un movimiento rápido de cabeza y avisto a Aotrom volando en vertical junto con el otro guiverno que hay sobre nosotros. Me quedo boquiabierta cuando se da la vuelta y coloca su columna vertebral, y a Ridoc, contra la criatura.

—*Por Malek, ¡¿se puede saber qué está haciendo?!* —grito en el momento en que Ridoc se agarra al borrén con una mano y extiende la otra hacia las escamas grises. ¿Acaso quiere morir aplastado? No me creo que se esté planteando...

Pues sí.

El guiverno aúlla y una sombra pálida de gris se le extiende a lo largo de las escamas desde la mano de Ridoc. La bestia se queda rígida, deja de mover las alas... y se precipita contra nosotros.

Feirge se impulsa hacia delante y gira a la izquierda para evitar la cresta, y me muevo en la silla para ver como impacta el guiverno contra la roca. Carajo, creo que se ha partido en dos.

—*¿Has visto eso?* —le pregunto cuando doblamos la esquina de la montaña, y nos encontramos con Sawyer rematando a uno, a cientos de metros bajo nosotros. Debemos reagruparnos. Si aquí ya es un caos, no quiero ni imaginarme lo mucho que deben de superarlos en número en Draithus, al otro lado del valle.

Miro al cielo y, en un momento de debilidad, busco alguna señal de Tairn. ¿Cuánto tiempo sobrevivirá Vi sola?

—*Céntrate.*

Feirge gira la cabeza hacia el paso, y yo vuelvo a concentrarme en lo que toca.

Mierda. Han cruzado siete guivernos. Cat tiene a uno agarrado por el cuello mientras Kira le hunde las garras en los espacios que hay entre las escamas para inmovilizarlo debajo de ella. Maren apunta a otro con su ballesta. Un segundo más tarde, el ala arde en llamas. Es una runa impresionante.

Bragen y Neve persiguen a otro por la pared del acantilado, pero todavía quedan cuatro acabando con los civiles uno a uno.

—*Nos reagrupamos* —ordeno decidida a salvar a todas las personas posibles—. *Formación de escudo.*

—*¿Estás segura?* —pregunta Feirge con ese agradable tono bromista tan suyo.

Nos faltan tres personas, pero la fuerza del pelotón radica en el grupo, no en el individuo. Defenderemos este paso, incluso bajo este infierno de lluvia.

—*Correcto. Entonces, vámonos.*

SESENTA Y DOS

VIOLET

No existe diosa más inmisericorde que Dunne. Entrar en su templo le desgarrará el alma a cualquier acólito que haya rehuido su gracia.

—*Guía para complacer a los dioses*,
por el comandante Rorilee (segunda edición)

La lluvia me salpica la frente mientras la daga de Theophanie me araña la piel de la garganta, pero me tiene sujeta con firmeza y no aparto la vista de ella. Valoro todas las formas posibles de salir de esto con vida, y opto por la más sencilla, pero es arriesgada.

—Mis amigos seguirán luchando hasta mucho después de que me haya reunido con Malek, y lo saludaré con el alma intacta. Ponme a prueba.

El rojo de sus ojos le palpita mientras por el rostro le cruza una expresión de sorpresa, y levanta la daga lo justo para darme los centímetros que necesito.

Esto me va a doler.

Le doy un golpe con la frente en la nariz. Oigo como el hueso cruje cuando aparta la cabeza, y su cuerpo va detrás. En cuanto su peso cambia, me acerco la rodilla derecha al pecho y doy un golpe hacia arriba con todas mis fuerzas, y al acertarle en el brazo consigo que me suelte las muñecas.

—¡Mierda! —grita, y aprovecha la velocidad para alejarse unos siete metros a mi izquierda, agarrándose la nariz—. ¡A ver ahora cómo me la enderezo!

Me pongo de pie como puedo.

—No me crees capaz de arrebatarte la vida. —Me estudia con una malicia que no le había visto hasta ahora, y se saca del cinturón una daga con la punta verde.

El estómago se me revuelve. Ya tuve suficiente para toda una vida con sentir los efectos de ese veneno en concreto una vez.

—Creo que has dejado patente tu desesperación con el comentario del siglo. —Mantengo la vista clavada en ella mientras recojo mi daga con runas de la hierba húmeda—. Me necesitas.

—Vendrán otros —me advierte—. No eres especial.

—Pero ahora mismo soy la única manipuladora del rayo que existe para que pongas a prueba tu valía.

Estoy bastante convencida de que he llevado su paciencia al límite y que la cosa está a punto de ponerse seria. Agarro el conducto por inercia, e intento contactar con Tairn. El goteo creciente de poder y el vínculo del grosor de un pergamino me dicen que está acercándose, pero sigue fuera de mi alcance.

—Eso tenía mucho más peso cuando tu írida estaba contigo.

Se agacha y pasa la mano por la hierba del prado. Con un solo toque del dedo, la zona se vuelve gris.

«Ay, mierda». Si tiento a la suerte, ella no tiene más que bajar la mano y convertirme en polvo. El pánico me atenaza el corazón y me clava las uñas, pero expulso a esa zorra insidiosa antes de que pueda agarrarse con fuerza.

—*¿Violencia?* —me pregunta Xaden. Percibo una mezcla de agotamiento, urgencia y algo de dolor a través del vínculo. Está combatiendo.

—*Estoy bien. Céntrate en ti.*

Me arriesgo a apartar la vista de Theophanie un instante y escudriño lo poco que se ve de la ciudad entre los nubarrones. Dragones, guivernos y grifos llenan el cielo por encima de la torre en espiral, pero no me entretengo en buscar una mancha azul en ese mar caótico.

Xaden es el más fuerte de todos. No le pasará nada. Debo mantener la atención —y a Theophanie— aquí para proporcionarle a él una oportunidad de salvar Draithus. Solo necesitan tiempo. Le doy la espalda a la ciudad y me pongo de cara a Theophanie en el instante en que empieza a llover con fuerza y los goterones se precipitan contra el suelo.

—Ah, te preocupa el manipulador de sombras —dice ella con una sonrisa cruel, y continúa deslizando la mano por las puntas de las briznas de hierba—. ¿No quieres estar para siempre con él?

—Ya estoy con él. —Examino el entorno en busca de alguna ventaja, pero no encuentro nada.

—No como tú deseas. —Ladea la cabeza—. Somos unos actores excelentes, pero los nuestros no sienten eso que llamas amor.

Eso capta toda mi atención.

—Mientes. —Me habría dado cuenta.

—Ah, por fin. —Una sonrisa cruel le curva la boca—. Las batallas las pierden nuestros guerreros más débiles, y eso es lo que consigue él contigo: que seas débil. Ahora que conozco tu punto flaco, podemos empezar.

—Vete a la mierda.

Le he demostrado a la isla favorita de Dunne que soy cualquier cosa menos débil, y ella ya no cuenta con el favor de la diosa.

—Primera lección. Para sobrevivir en nuestro mundo, debes proteger la magia que te sustenta. ¿Sabes cómo evitar que te drenen mediante este método? —Posa la palma en el suelo y la tierra comienza a secarse lentamente. La hierba se vuelve gris y se deshace. El terreno se contrae y se agrieta, absorbiendo la lluvia. La infección brota hacia fuera desde su mano, devorándolo todo, primero centímetro a centímetro y luego metro a metro.

Retrocedo un paso y me doy cuenta de que es un instinto inútil. Puede acelerar la velocidad en cualquier momento. Simplemente está jugando conmigo.

—En realidad es muy sencillo. Cuando ocupas un lugar a cuya magia se le ha buscado otro propósito, se crea una barrera. —Arquea las cejas plateadas—. La solución más fácil es drenarte a ti misma. Si lo haces antes de que llegue hasta ti, sobrevivirás. Conservarás tu amor, o la farsa que consideras amor, y también el poder, incluso a tu dragón, si así lo deseas.

—¿Y si no lo hago?

La desecación se extiende y oigo un batir de alas, pero Tairn sigue fuera de mi alcance, de modo que supongo que estoy a punto de toparme con más guivernos.

—Mueres. —Se inclina sobre su mano y el suelo se marchita a una velocidad cuatro veces superior que antes; la magia desaparece en un círculo gris que se me acerca como una ola—. Puedo esperar a que aparezca otro que manipule el rayo, pero eres demasiado peligrosa para dejarte con vida, así que decídete rápido.

Carajo. Apenas me quedan unos segundos...

«A cuya magia se le ha buscado otro propósito». Necesito una barrera.

Giro a la derecha y corro como alma que lleva el diablo, soltando el conducto. Me golpea el antebrazo con cada zancada mientras desenvaino otra daga de mi muslo, y el pie me resbala sobre la hierba mojada, lo suficiente para hacerme perder el ritmo. La rodilla izquierda me arde, pero bloqueo el dolor y pongo un ojo en el círculo creciente de muerte que corre hacia mis pies y el otro en el que se extiende por debajo del cadáver del guiverno más cercano. Tres metros más. Puedo conseguirlo. No tengo alternativa.

No pienso morir en este campo.

El corazón se me acelera y los pulmones me arden cuando salto para cubrir los últimos metros, precipitándome hacia una pared gris. Choco contra la carne entre las garras del guiverno y hundo la daga derecha todo lo que puedo, para impulsarme de inmediato y clavar la izquierda lo más alto posible. Pataleo hasta buscar un punto de apoyo sobre la piel áspera y escurridiza y utilizo las dagas para escalar.

Alcanzo la parte superior de la garra, y entonces repto por su pata escamosa y el tobillo, hasta encontrar la carne desgarrada de su muslo.

La oleada de desecación fluye por debajo de mí hasta llegar al otro lado del cadáver del guiverno, y me llevo las manos al pecho para comprobarme el pulso. Si hubiera muerto lo sabría, ¿verdad? Y seguro que no seguiría oyendo ruido de alas.

—Vaya, vaya, no tienes un pelo de tonta. —Theophanie desvía la mirada hacia algo a mi espalda—. ¡No!

Veo aparecer unas garras curvadas con el rabillo del ojo y levanto los brazos. Una zarpa se cierra en torno a mí y me eleva hacia el cielo.

—Tairn.

—No exactamente.

La lluvia cae con violencia sobre unas escamas azul marino.

—*¿Sgaeyl?*

—*Eres una molestia que no conoce mesura alguna* —gruñe volando hacia el oeste mientras las nubes se revuelven sobre nosotras y se oscurecen a una velocidad abismal—. *Pero has hecho un trabajo excelente entreteniendo a la Maven.*

Si Xaden está en el sur, no debería estar llevándome hacia el oeste.

—*¡No puedes abandonarlo!* —grito.

—*No, y por eso voy a abandonarte a ti.* —Avanza la pata delantera y me suelta—. *Toda tuya.*

Me precipito contra la tormenta con la gracia de una persona ebria haciendo aspavientos mientras se ve sometida a las leyes de la física, y aprieto la mandíbula y me trago el grito que me sube por la garganta. El miedo me congela los pulmones y noto que el poder me recorre las venas como respuesta, avanzando con una fuerza cien veces superior a la de la adrenalina.

Ese es Tairn.

El miedo que ha convocado mi poder se evapora con la tormenta, y extiendo los brazos. Un vacío negro descomunal atraviesa la lluvia frente a mí en el momento en que mi trayectoria cambia y la gravedad me jala hacia el suelo.

—*¿Una ayudita?* —Empiezo a caer más rápido que la lluvia que me rodea.

—*Te he dicho que te quedaras en el campo.* —Dos garras me agarran por los hombros, y todos los huesos del cuerpo me rechinan los unos contra los otros cuando jala de mí hacia arriba—. *Pero, en este caso, me alegro de que no me hayas obedecido.*

—*Ha sido Sgaeyl quien ha tomado esa decisión por mí.* —De lo contrario, estaría muerta—. *¿Y Teine?*

—*En la cima del paso, recuperándose deprisa con los cuidados de Brennan.* —Tairn me sube hasta su hocico y me lanza a su espalda.

Aterrizo en la base de su cuello y resbalo. La rodilla izquierda me falla, pero alargo los brazos para recuperar el equilibrio y avanzo rápidamente por las escamas de su lomo contra la voluntad del viento y la lluvia.

—*¿Y Mira?*

Me acomodo en la silla y respiro con más calma cuando me abrocho el cinturón y me pongo los goggles de vuelo en su sitio.

Así es como estamos destinados a combatir. Juntos.

—*Vive* —responde mientras descendemos—. *Nos acercamos al campo.*

Las nubes sobre nuestras cabezas comienzan a girar en el sentido contrario a las agujas del reloj.

Fantástico.

—*Vigila el tiempo. Theophanie manipula las tormentas. Intentará derribarte del cielo.*

Agarro el conducto con la mano izquierda y abro las puertas de mis Archivos. Cuando por fin diviso el campo, cambio el flujo de poder hasta convertirlo en una avenida.

—*Que lo intente* —gruñe.

El campo muestra el círculo donde ha drenado la magia de la tierra, pero ella no está.

—*Se ha ido.*

—*Ha reconocido que ha perdido la ventaja. Mira al sur* —anuncia Tairn, y giro la cabeza.

—*Yo no puedo ver tan...* —Mi visión cambia igual que en la Trilla, y de repente contemplo el campo de batalla con una claridad asombrosa. Pero no estoy viendo a través de los ojos de Andarna, sino de los de Tairn—. *Lejos.*

Las hordas que esperaban a atacar han tomado los cielos a un kilómetro de las puertas de la ciudad, dejando tras de sí una hilera de una docena, no, de once guivernos montados por venin en el suelo. No distingo las facciones de los seres oscuros, pero no es difícil localizar el pelo plateado de Theophanie ni el guiverno monstruoso que monta.

El corazón se me encoge. El del centro parece más grande que Codagh.

—*Porque lo es* —dice Tairn con deleite—. *Será mi mayor víctima hasta la fecha.*

Pestañeo y recupero mi visión. Lo último que quiero es que Tairn se acerque a ese guiverno descomunal, pero la ciudad no podrá repeler el asalto que se aproxima. Si Kaori y los demás no cumplen con sus órdenes, no sobrevivirá nadie sin retroceder y abandonar a los civiles.

—*Nuestras órdenes son entretener o matar a Theophanie.* —Convoco y retengo más poder; la piel empieza a arderme hasta un punto considerable—. *El hecho de que haya más de un centenar de guivernos entre nosotros y nuestra presa, que además resulta que amenazan la ciudad...*

—*Coincido* —me interrumpe Tairn, y gira hacia la derecha para dirigirse a Draithus.

—*¿Por qué hay jinetes que desarrollan problemas de visión si ustedes ven con tanta claridad?* —pregunto.

—*El privilegio de nuestra vista está reservado a unos pocos* —contesta.

Lo suponía.

La lluvia silba al tocarme la cara, y diviso a Glane y Cath por encima de una hilera de grifos en el muro norte mientras Cuir vuela bajo en formación, todos interceptando a los guivernos que se atreven a rodear la ciudad de camino al valle que hay al otro lado. Rhi y el resto del pelotón los detendrán antes de que alcancen el paso. Un momento... ¿Cuir?

—*¿Bodhi no debería estar...?*

—*Todos tomamos nuestras propias decisiones.*

Xaden se va a enfurecer.

Lo busco en el horizonte. Los oficiales tienen a una docena de dragones en el cielo, pero solo hay uno azul por encima del límite sur de la ciudad, y no es Sgaeyl.

—*¿Dónde están?*

—*Se ha separado de mí* —admite con un gruñido mental.

Una retahíla de maldiciones me inunda la cabeza cuando nos acercamos a la ciudad, y convoco más poder hasta dejar que hierva y me escalde las entrañas.

—*Seguramente no quiere que te preocupes.*

—*Pues consigue el efecto contrario* —replica en el momento en que la horda pasa por encima de los cadáveres de guivernos amontonados del este. Llegarán a las puertas en menos de un minuto, y hay demasiados como para apuntar.

Al menos no me hará falta puntería.

—*Conduce a la manada hacia el espacio aéreo sobre la ciudad.*

Suelto el conducto y dejo que me caiga sobre el antebrazo antes de levantar ambas manos hacia la lluvia y que la energía me queme los pulmones y se caliente hasta que ya casi no puedo contenerla.

—*Hecho.*

Se desvía ligeramente hacia la izquierda para dirigirnos en dirección a la horda y no a la ciudad, y la multitud de color del cielo cambia y se concentra por encima de Draithus. Apostaría mi vida a que no hay un solo dragón en el cielo que haya puesto en duda la autoridad de Tairn sobre el espacio aéreo.

—*Es posible que las enseñanzas de Carr me sirvan de algo, después de todo.*

Me concentro en la horda y abro las manos para descargar la energía acumulada. El poder brota con un restallido ardiente, y me empuja hacia atrás mientras arrastro las manos hacia abajo y dejo que el rayo parta el cielo en tantas columnas que ni siquiera soy capaz de contarlas.

—*Diez relámpagos* —anuncia Tairn lleno de orgullo cuando

el trueno resuena por mi organismo y los guivernos caen—. *Siete han acertado.*

La determinación me infla el pecho. Sí, me veo capaz. Levanto ambas manos y convoco poder con voracidad, y entonces lo manipulo igual que antes. Las columnas de rayos vuelven a restallar, aunque no con la misma intensidad que en el primer ataque, y acabo con cinco guivernos, según Tairn.

—*Cuatro* —indica después del ataque siguiente.

Extraigo energía una vez tras otra, sin mesura, contando más con el volumen que con la precisión. No hay ninguna parte de mi cuerpo que no me queme, tanto que me siento como si estuviera atada a una fogata, pero continúo.

—*Seis. Tres. ¡Ocho!* —Tairn sigue contando con cada manipulación.

Tenemos tiempo para un ataque más al aproximarnos al límite noreste de las murallas, y convoco el poder calcinador de Tairn como quien respira, y entonces lo manipulo.

—*¡Seis!* —exclama, y entonces caigo hacia delante y la cabeza me da vueltas mientras aquellos que no hemos matado vuelan hacia nosotros en enjambre y ocupan el espacio aéreo de la ciudad—. *¡Agárrate fuerte!*

—*No podemos...*

Me aferro a los borrenes, y Tairn se lanza para llevar a cabo una ascensión tan empinada que se me nubla la visión. El viento me sienta de maravilla en la cara, pero no extingue el fuego de mis pulmones. Me esfuerzo por respirar contra la fuerza que me oprime el pecho, pero no lo consigo hasta que Tairn dispersa la nube de guivernos y se estabiliza un valiosísimo instante.

—*No puedes luchar si te sobrecargas. ¡Agua!* —me ordena Tairn, y recojo el odre de su correa detrás de la silla, lo descorcho y bebo. Me cae como mantequilla sobre una sartén caliente, y el estómago se me rebela al instante—. *Mantenla dentro.*

Como si fuera tan fácil.

Respiro por la nariz y saco el aire por la boca para reprimir el impulso de vomitar, y vuelvo a dejar el odre en su sitio cuando mi cuerpo absorbe la ofrenda. El calor me quema detrás de los ojos, lo cual significa que mi temperatura corporal sigue siendo demasiado elevada, pero el dolor ardiente ha desaparecido. Cada vez se me da mejor.

—*Vamos a matar a sus creadores.*

—*Vamos* —contesta Tairn, y nos precipitamos hacia la hilera de venin sentados sobre sus guivernos.

El viento me ruge en los oídos cuando se lanzan contra nosotros al vernos. Seis salen volando hacia la ciudad, dos hacia nosotros y tres se retiran a las montañas, incluidos Theophanie y su monstruosidad.

Mierda.

—*Matamos a los que vienen hacia aquí y luego perseguimos a la manipuladora de las tormentas* —decreta Tairn.

—*Solo me queda una daga de aleación.*

Sujeto el conducto con la mano mientras caemos en picada sobre los seres oscuros. En vez de convocar más poder, utilizo el que ya me palpita en las venas con delicadeza y descargo con precisión solo lo que necesito.

—*Pues entonces te sugiero que no la lances.*

El venin de la izquierda hace un gesto con la muñeca y nos arroja una lanza de hielo. Tairn gira a la derecha y el proyectil pasa volando a pocos metros de su ala, demasiado cerca como para confiarnos. Ese debe morir primero.

El poder me recorre el cuerpo y lo arrastro hacia abajo con la punta del dedo. La piel me quema cuando apunto. Acierto al venin justo en la capucha ondeante de su túnica púrpura, y él y su guiverno se desploman del cielo y mueren al instante.

Me centro en el otro ser oscuro, pero entonces oigo el chasquido de los colmillos de Tairn en esa dirección cuando la pareja huye.

El aire alcanza su punto álgido como un río que ha reventado su presa, y una ráfaga impacta en el ala de Tairn y nos impulsa de lado durante un instante sobrecogedor antes de que volvamos a estabilizarnos y nos situemos a favor del viento.

Ay, carajo.

Aparece un tornado en el límite norte del campo donde me he enfrentado a Theophanie, y cae desde las nubes en un cono estrecho. La tierra se revuelve a su paso lento en dirección a Draithus, trazando un camino demasiado preciso para ser natural. Partirá la ciudad en dos.

—*¡Manada, al suelo!* —grita Tairn con tanta vehemencia que me tiembla la vista, y tengo la sensación de que el mensaje no solo se ha transmitido por nuestro canal mental, sino por todos.

Theophanie.

—*Nuestra presa espera en la montaña más allá del campo* —dice Tairn cuando atajamos hacia la esquina noreste de la ciudad.

Oigo unas alas batiendo a mi espalda, y me volteo en la silla. Noto una chispa de esperanza al ver unas alas azules...

—*¿Qué demonios está haciendo?*

Arqueo las cejas cuando Molvic emerge de uno de los valles del sur.

—*El Repuesto acompaña a la avanzadilla de Zehyllna.* —Tairn gira la cabeza mientras me transmite la información—. *Mil soldados y sus caballos. Han desembarcado por accidente en el puerto de Soudra en lugar de en Cordyn, y estarán aquí en menos de media hora.*

La ciudad contará con refuerzos si puede aguantar hasta entonces, pero los guivernos superan en número a los jinetes y pilotos que huyen en busca de alguna cobertura. Nuestras fuerzas tendrán que llevar a los guivernos al suelo para que la infantería los mate y se de un giro a favor. El estómago se me revuelve. ¿Dónde están Xaden y Sgaeyl?

Me comunico a través del vínculo, pero no encuentro más que un muro de hielo negro.

Cuir desaparece en el fragor de la batalla sobre la ciudad, y contengo el aliento.

—*Tenemos que...* —empiezo.

—*Un objetivo* —gruñe Tairn mientras nos acercamos a la batalla—. *Decide nuestro destino.*

Glane se lanza hacia Cuir a pesar de las órdenes de buscar refugio.

Asiento para mis adentros y desvío la mirada hacia el norte, hacia el tornado y su creadora.

Ha llegado el momento de hacer lo que Imogen sugirió meses atrás y delegar. Partirá el mismo cielo en dos antes de que ella y Glane acepten siquiera la derrota.

Un objetivo.

—*Vamos por Theophanie.*

SESENTA Y TRES

IMOGEN

> Vete a la mierda. Mi hija y yo nos presentaremos ante Malek con la conciencia tranquila. ¿Tus hijas y tú podrán decir lo mismo cuando vengan por ustedes?
>
> —Últimas palabras de Tracila Cardulo (censurado)

Si el caos fuera un lugar físico, sería Draithus.

La lluvia tamborilea contra el cristal de mis goggles mientras Glane asciende hacia los tres guivernos que intentan desmembrar a Cuir. Ha optado por una inclinación que hace que me cueste la vida quedarme sentada, pero no le diré que baje un poco el ritmo, porque tampoco me haría caso. Y Bodhi tiene problemas.

Rechino los dientes. Él no lo entiende. Si lo perdemos tanto a él como a Riorson, Tyrrendor caerá en manos de quien el rey decida nombrar. Prefiero morir antes que ver a un aristócrata navarro en el trono quemado que mamá y Katrina defendieron con su vida. La llama de ira perpetua que vive en mi pecho arde con más fuerza. Que se vaya a la mierda la horda. Que se vayan a la mierda los venin que los montan. Que se vaya a la mierda ese tornado infernal del campo norte y que se vayan a la mierda las órdenes de permanecer en el suelo con estos vientos. Me niego a perder a Bodhi.

Sigue habiendo demasiados guivernos a pesar de la cantidad inhumana que Sorrengail acaba de despacharse, ¿y dónde demonios está Riorson? Más le vale estar echando una mano en la torre noreste, porque llevo más de veinte minutos sin ver ni una sombra.

—*Cruth informa que no hemos traído suministros suficientes* —me advierte Glane transmitiéndome el mensaje de Quinn desde la armería de la torre que hay abajo.

Maldita sea.

—*Pero ¡si hemos traído dos cajas!*

Suficiente para empezar una guerra en nuestro reino, si tenemos en cuenta que Riorson le ha estado reteniendo al rey Tauri las armas de nuestra forja.

—*Nuirlach dice que ya han pedido más.* —No parece demasiado convencida.

—*¿Con un trayecto de cuatro horas? ¿Cómo...?* —Ay, mierda. Felix sabe lo de Garrick. Por los dioses, a estas alturas debe de estar a punto de sobrecargarse—. *Pues entonces aguantemos y recemos por que Sorrengail pueda sofocar esta puta tormenta.*

—*Cruth también quiere que sepas que deberías beber más agua, pues llevamos combatiendo más tiempo de lo previsto.*

Me río.

—*Dile a Cruth que le diga a Quinn que estoy perfectamente.*

Para sorpresa de nadie, está preocupándose por mí cuando es ella quien se está encargando de todo.

Glane mueve la cabeza hacia arriba.

—*Cuir sufre* —me advierte en un tono áspero que suele indicar que está a punto de cometer una temeridad. En efecto: inclina las alas y asciende aún más, a un ángulo de noventa grados casi perfecto.

«Mierda». Deslizo las botas hasta la separación siguiente entre las escamas y me sujeto con firmeza. Me acuesto a lo largo de la espalda de Glane y agacho la cabeza por debajo del borrén antes de apretar la mejilla contra sus escamas para reducir la resistencia del viento contra mi pecho mientras ganamos altura.

Es un error mirar hacia la ciudad en llamas, pero no puedo evitar seguirles el rastro a los dos guivernos que cruzan nuestro espacio aéreo. Cath se abalanza sobre ellos, y pestañeo sorprendida. Supongo que ahora a Aetos también le va lo de saltarse las normas.

—*Agárrate* —me avisa Glane.

Ya es más de lo que suele ofrecerme.

Su impulso cambia y frenamos durante un brevísimo instante, y entre náuseas clavo todos los músculos de mi cuerpo y me fundo con su espalda para modificar nuestra forma de jinete y dragón a un solo ser. Ha llevado a cabo esta maniobra demasiadas veces como para que yo no sepa lo mal que la voy a pasar.

Ataca desde abajo, todo dientes y garras, y luego recoge las alas para protegerse y traza un arco ascendente con la cola.

Me concentro en moverme con ella, en combatir la gravedad mientras estoy colgada boca abajo y su cola de daga se hunde en el guiverno siguiente. La sangre salpica y tiñe la lluvia de color rojo. Se me resbalan las manos a pesar de los guantes con recubrimiento de plástico que llevo, y tuerzo el gesto mientras trato de introducir aún más los dedos entre las escamas.

—*Cuando te vaya bien, ¿eh?*

—*Vale.* —Suspira. Y entonces caemos en picada.

La fuerza de la caída me empuja contra sus escamas y me retiene de una forma muy efectiva al tiempo que ella derriba al guiverno del cielo. Se oye un crujir de huesos y el desgarro de la carne, y ella arroja el cadáver como si fuera la basura del día anterior. La masa gris cae como una roca a la derecha, y Glane da la vuelta para dejarme otra vez sobre su espalda, y no debajo de ella.

—*Diecisiete* —cuenta.

—*Yo creo que han sido dieciséis.* —Me aúpo aprovechando sus escamas como escalera hasta que toco la silla con el trasero, y me paso el brazo por los goggles para limpiarme la lluvia. Tiene que existir una runa en algún sitio que mantenga los putos goggles secos.

—*¡El primero ha contado!* —me rebate de camino hacia Cuir y los guivernos que faltan.

—*Lo ha matado Cath.*

—*¡Después de que yo lo hiriera!* —me espeta Glane.

—*Sigue sin contar.*

El estómago se me revuelve cuando consigo ver en condiciones a qué nos enfrentamos. Cuir no para de agitar la cola de espada para mantener a raya al guiverno que tiene a su espalda, pero se ha hecho un corte diagonal profundo y sangrante en el pecho, sin duda un obsequio de las garras del guiverno que está frente a él.

—*Quiero acabar con todos.* —Glane gira la cabeza en ambas direcciones.

—*Ve por el que tiene detrás* —le sugiero, con la esperanza de que esté de humor para escucharme. Con ella, es una lotería.

—*Una elección excelente* —responde con un inquietante tono alegre.

Bodhi sujeta la espada en la mano, pero no tiene un objetivo claro cuando el trío comienza a descender girando sobre sí mismo. Desde este ángulo los interceptaremos directamente.

Desenvaino mi espada y me agarro al borrén de escamas de Glane con una mano. Tengo la fuerza suficiente en los muslos como para no necesitar las manos, pero mi dragona es impredecible, y no me apetece morir.

Un fuego azul engulle a Cuir desde el hocico hasta los cuernos, y Bodhi agacha la cabeza cuando los restos de la llama avanzan por el cuello del dragón y se convierten en humo antes de alcanzarlo. Respiro hondo para aliviar la opresión repentina de mi pecho. Ha faltado muy poco.

Luego me concentro en el guiverno de arriba, buscando puntos débiles para...

Glane se escora de repente hacia la izquierda para seguir la espiral que traza Cuir, y arremete contra el guiverno que tiene agarrado al vientre.

—*He cambiado de idea.*

—*Para sorpresa de nadie.*

Glane carga contra el guiverno como un ariete, y yo me aferro con fuerza cuando salgo despedida hacia delante y luego hacia atrás con el cambio repentino en la velocidad. El pulso se me acelera en el momento en que presionamos, y oigo el sonido inequívoco de las escamas desgarrándose, pero en el vínculo solo percibo determinación y furia, no dolor.

Una cabeza enorme aparece por encima del hombro de Glane, y durante un instante no veo más que unos colmillos fétidos y supurantes acercándose a mí.

Ya estoy harta de tanta tontería.

—*No te inclines* —le digo a Glane; me pongo de pie sobre la silla antes de echar a correr hacia las escamas resbaladizas de su cuello, y paso por delante de los colmillos ponzoñosos que se separan el tiempo suficiente para que una llamarada de fuego azul recorra la espalda de Glane.

Menos mal que me he movido.

Antes de que vaya por su garganta, le hundo la espada en el ojo y empujo con todas mis fuerzas. La espada atraviesa la carne tierna con un repugnante sonido parecido a un chapoteo. Su chillido agudo me retumba en la cabeza como el tañido de una campana, y me arrepiento de mis decisiones vitales cuando la criatura echa hacia atrás la cabeza y por poco me lleva con ella. El puño me choca contra la bola de acero de la parte superior de la empuñadura de la espada y la agarro con fuerza cuando el guiverno se desploma.

Glane impacta contra la maraña de escamas y alas y yo salgo despedida hacia atrás, arrastrando el trasero por todas las crestas de su cuello hasta chocar con el borrén de escamas.

—*¿Me explicas a qué ha venido eso?*

Me incorporo como puedo y me acomodo en la silla en una posición con la que mis músculos estén más familiarizados, espada aún en mano. Percibo un destello rojo a la derecha. Cath.

—*¿Te has caído? No. No me vinculé a una llorona.*

Persigue al guiverno a través de la lluvia, y al alcanzarlo se le agarra al cuello y le secciona la garganta. Echo mi peso hacia la izquierda y evito por poco acabar empapada de sangre.

—*¡Dieciocho!* —exclama extendiendo las alas para detener la caída, y nos dirigimos de nuevo hacia el muro norte.

—*O diecisiete si tenemos en cuenta tu criterio, porque yo lo he herido primero.*

Otra masa gris cae como un borrón frente a nosotras, y al alzar la vista veo a Cath y a Cuir descender en nuestra dirección. Cuir tiene un agujero en el ala derecha, y el desgarro del pecho le dejará cicatriz, pero desde aquí no veo si Bodhi está herido.

Glane gira la cabeza cuando un guiverno fuegoazul rodea la ciudad por el sur y le prende llamas a una hilera de árboles.

—*A por ese.*

—*No es nuestro espacio aéreo.*

Kaori y los otros oficiales defienden los territorios este, sur y oeste, que están convirtiéndose rápidamente en el epicentro de la batalla debido a los vientos, pero les falta su jinete más poderoso: Garrick. Y no hay ni rastro de Chradh.

—Para ser una persona tan resolutiva, todavía tienes que trabajarte el... —empieza a sermonearme Glane.

—Si te callas ahora mismo, te concedo esa última muerte y acepto que llevas dieciocho.

Las costillas se me oprimen cuando bajamos hacia la ciudad. Los venin se han cansado de hacer idioteces y han venido en persona. Llamas azules envuelven la torre en espiral, cortesía de los dos guivernos que reptan por los costados, y el fuego sale disparado hacia fuera cuando un ser oscuro con una estridente túnica escarlata mueve el bastón en círculos desde la cima de la torre. Los grifos se lanzan con sus pilotos hacia la amenaza.

Noto una sensación extraña en el estómago. Hay demasiados y ya estamos agotados. Sin contar con los tres dragones que han caído, hay otros cuatro heridos a lo largo de las murallas del oeste e innumerables grifos. Sus jinetes hacen lo que pueden por atenderlos mientras sangran, y aparto la mirada de lo que parece ser una herida mortal en la cola seccionada de un café grande.

—¿Órdenes? —Siempre he sabido que moriría en combate, pero no quiero que sea hoy.

—¡La torre! —grita Glane.

Quinn.

Giro la cabeza a la izquierda y el corazón me da un vuelco. Un ser oscuro con túnica púrpura camina por la muralla este de la ciudad como si fuera suya, y otro con uniforme de combate carmesí se acerca por la norte. Ambos se dirigen hacia la torre donde trabaja la única persona de este campo de batalla que amo de verdad, y es muy probable que ni siquiera sepa lo que se le viene encima.

—¡Comunícaselo a Cruth!

—*Ya está.*

Glane bate las alas a la velocidad de mis latidos de camino a las murallas. Desde el aire no podremos hacer nada. Voy a tener que desmontar.

Glane gruñe.

—*Sabes que tengo razón, y no pienso dejarla morir.*

Envaino la espada y me muevo hacia su hombro a pesar del viento racheado que me azota la espalda. Ya habrá tiempo para las órdenes; debo ayudarla ahora mismo.

La infantería lucha por interceptar a los seres oscuros y acaban empotrados contra las murallas como muñecos insignificantes. Los guardias se precipitan en caídas de más de quince metros y despejan el camino de los venin.

El pavor me inunda los pulmones y el corazón me martillea contra el pecho.

—*Te ordenan defender la torre desde las murallas con el líder de ala* —me transmite Glane con un gruñido de desaprobación, y gira a la izquierda para aproximarnos en paralelo.

—*Fantástico. Déjame ahora mismo en la muralla.*

Los seres oscuros están a menos de diez metros de la puerta de la torre, y los dos guardias que quedan en la plataforma de las ballestas parecen estar a punto de huir.

«Mierda». Se suponía que estaban a salvo. Nadie debía saberlo, pero los pasos convencidos de los seres oscuros demuestran que están al tanto de lo que ocurre en la torre.

—*Tu muerte sería un fastidio.* —Glane frena lo justo para que sobreviva, y extiende la pata delantera mientras vuela a lo largo de la muralla norte.

—*Lo mismo digo.* —Corro por las escamas de su pierna ilesa. No hay tiempo para temores ni lugar para errores cuando están dando caza a Quinn. Al llegar a la garra de Glane, salto hacia la lluvia sin vacilar.

La sangre me bombea en los oídos cuando estoy en el aire, y la muralla norte se aproxima a mí a toda velocidad. Flexiono las rodillas para absorber el impacto, y echo a correr en cuanto mis botas tocan la mampostería para no matarme. Me impulso hacia delante y a punto estoy de caer de bruces sobre los adoquines húmedos de camino al venin de túnica carmesí.

Nos separan poco más de doce metros.

Diez. Oigo un alboroto en la base de la torre, pero me concentro en el ser oscuro y el bastón que lleva en la mano derecha.

—*Están evacuando las armas a pie* —dice Glane desde algún punto sobre mí.

Bien. Los pulmones me arden, pero respiro un poco mejor. Quinn estará a salvo.

Otro par de pisadas se une a las mías y veo un destello metálico con el rabillo del ojo. Aetos me alcanza por la derecha con la mitad de la cara empapada de sangre, cargando con su daga y un escudo la mitad de alto que él.

Mierda. Mala señal.

Seis metros. Canalizo mi rabia y rechazo cualquier noción de miedo, y desenvaino una de las dagas con empuñadura de aleación de la funda del brazo, lista para atacar. Estamos a punto de llegar...

El ser oscuro se da la vuelta hacia nosotros a una velocidad antinatural que ni siquiera yo puedo igualar, y agita el bastón en nuestra dirección. Una llamarada brota de la punta y se viene hacia nosotros en una lengua de fuego letal, y yo sopeso nuestras opciones durante un milisegundo cuando nos paramos en seco. Si nos da, moriremos. Si saltamos, moriremos.

—*¡No morirás quemada!* —exige Glane.

Carajo, esto es lo último que quería hacer, pero abro mentalmente la puerta del hogar de mi infancia e inundo mi cuerpo con su poder.

—¡Ponte...! —empieza a gritar Aetos.

—¡Ponte detrás de mí! —le ordeno, tirándole del escudo con las manos. Abre mucho los ojos y lo suelta. Nos quedan segundos, de modo que le doy la vuelta, coloco la parte superior llana entre las filas de piedras bajo nuestros pies y me dejo caer por detrás, con la mano en la correa de cuero.

Aetos salta detrás de mí en cuanto el poder me alcanza las puntas de los dedos a tanta velocidad que aprieto los dientes para no gritar. El calor nos envuelve y el cuero que estoy tocando se endurece al tiempo que el escudo se vuelve de piedra. El fuego ruge, resplandece y fluye a nuestro alrededor. Somos la roca en el río que le exige al agua que se separe.

El calor se disipa cuando termina la llamarada, y Aetos se asoma por la izquierda y arroja la daga de aleación, que sale volando de su mano, y yo me pongo en pie con la mía bien sujeta.

La expresión de total desconcierto del ser oscuro permanece mientras se seca unos metros más allá y se precipita por la muralla.

Uno menos, pero los guardias han desaparecido de la parte superior de la torre, y veo una mancha púrpura desaparecer en el interior de esta. Y para colmo de males, otro venin vestido de carmesí avanza por la muralla este.

Aetos se pone en pie de un salto y desenvaina la daga que le queda.

—Yo me encargo de aquel. Tú ve por el de la torre. —Mira de reojo el escudo de piedra antes de echarse a correr, y yo lo sigo a la mayor velocidad que puedo—. ¡Y vamos a tener que hablar de que carajos haya sido eso más tarde! —grita por encima del hombro, pero ya lo he dejado tras utilizar magia menor para mejorar mi velocidad.

Cruth ruge sobrevolando la ciudad, pero Draithus es como

otras ciudades poromielenses, diseñadas para evitar que los dragones aterricen en sus estrechas calles.

De la torre salen dos mujeres con bebés en brazos y el horror grabado en el rostro. La más alta voltea hacia mí cuando las alcanzo.

—¡Tienes que ayudarla! Nos hemos perdido y nos hemos equivocado de torre y ella...

—¡Vayan al oeste! —grito señalando la dirección desde la que he venido mientras Aetos pasa de largo para interceptar al otro ser oscuro—. Y corran.

Asienten y hacen lo que les pido.

Entro en la torre y pestañeo para acostumbrarme a la penumbra antes de descender la escalera de caracol sin detenerme, buscando a quien haya podido quedarse atrás.

—¿Dónde estás?

Un rugido áspero de frustración llena la torre, y doblo la esquina del tercer piso con el corazón en un puño.

Una túnica púrpura ondea cuando el venin se gira en el descansillo y ataca a Quinn con una daga con la punta verde mientras ella aparece delante de él y desaparece un instante más tarde para reaparecer en otro sitio. Hay dos, no, tres imágenes de ella rodeando al ser oscuro.

No está aquí. Está proyectándose. Siento un alivio tal que por poco me fallan las rodillas.

Me detengo a poca distancia y me inclino sobre el barandal para examinar la escalera más abajo, pero no la veo. Estará lejos de aquí, con Felix, montando una nueva armería. Sujeto con firmeza la daga y bajo con cuidado los escalones hasta colocarme a la distancia adecuada para lanzarla.

Un momento. La Quinn que hay unos pocos escalones por debajo de mí tiene la labris sujeta a la espalda, y de hecho está acercándose al ser oscuro colérico que ataca descontroladamente con la daga mientras las otras versiones de Quinn danzan a su alrededor, sirviendo de distracción.

Arrojo la daga en el mismo momento en que Quinn arremete con la suya y el venin de pelo claro se da la vuelta. Los ojos se le encienden y luego se le vidrian mientras se torna gris y se encoge, y poco después se desploma a los pies de Quinn con dos dagas en el pecho.

—¡Lo tenemos! —Levanto los brazos en actitud de victoria y bajo saltando los últimos escalones mientras Quinn se voltea hacia mí con sus ojos verde oscuro abiertos hasta lo imposible, contemplándose el pecho.

No. La daga del venin está clavada entre sus costillas, cerca del corazón.

El mundo parece ralentizarse a mi alrededor cuando se tambalea hasta la pared y su mirada de terror se encuentra con la mía.

—¡No! —grito abalanzándome hacia ella para que caiga sobre mí, y me araño la espalda con la piedra cuando nos deslizamos hasta el suelo del descansillo. La sujeto con la mayor delicadeza posible, rodeándole la espalda con el brazo derecho para que no se caiga—. No, Quinn.

—¿Lo han conseguido? —La voz se le rompe mientras me mira fijamente y la sangre va calándole las capas de uniforme a través de la chamarra de vuelo, cerca de la daga.

—Podemos solucionarlo —le prometo, y de repente me cuesta horrores respirar—. Solo tenemos que buscar a un reparador y...

—¿Lo han conseguido? —repite apoyando la cabeza en mi brazo.

Las mujeres. Los niños. No estaban diciéndome que hubieran dejado a alguien atrás, sino que ella las había salvado.

—Sí. —Asiento, y los ojos me escuecen y la garganta se me cierra—. Lo han conseguido. Las has sacado de aquí.

—Me alegro. —Una sonrisa débil se le dibuja en los labios.

—Aguanta, ¿está bien? Buscaré ayuda. —Miro arriba y debajo de la escalera, pero estamos solas. Tiene que haber alguien cerca. ¿Aetos, quizá?—. *¡Pide ayuda!* —le grito a Glane.

—*Lo siento* —me dice con la mayor delicadeza que le he oído jamás, y que espero no volver a oír en la vida.

—Ya no tengo solución —susurra Quinn.

—Eso no es verdad.

Niego con la cabeza y la visión se me nubla. Quinn se pondrá bien. No existe un mundo donde ella no esté bien, no se ría con Jax o se acueste en mi cama con los rizos tocándole el suelo para marearse mientras me da un sermón sobre los sentimientos.

Se oye un rugido que hace vibrar la piedra. Cruth.

—Aquí no hay reparadores ni runas que me sirvan —dice con una de esas putas sonrisas reconfortantes suyas—. Esta es una de esas cosas que no puedes arreglar, Gen. —El rostro se le descompone por el dolor, y creo sentirlo en mi propio pecho, desgarrándome los músculos y las venas antes de que se me pase, y su respiración se vuelve más superficial—. Necesito que le digas a Jax que la quiero.

—No. —Me seco la lágrima que se me escapa del ojo antes de que le caiga en el pelo—. Díselo tú. En un par de meses estarás graduada y te casarás con ese vestido negro precioso que escogiste, y van a ser muy felices.

—Dile que ha sido lo mejor de mi vida... —La boca se le curva y mira más allá de mí—. Tú no cuentas, Cruth. Tú te convertiste en mi vida. —Vuelve a arrastrar la mirada hacia mí y empieza a perder color—. Por favor, Gen. Está con los oficiales en el sur, y yo no...

Asiento.

—Se lo diré. —Esto no puede ser real, ¿verdad? ¿Cómo es posible que esto esté pasando?

—Gracias —susurra, y se relaja encima de mí, parpadeando cada vez más despacio—. Diles a mis padres que ha merecido la pena. Me alegro de que haya sido contigo. Juntas desde el Parapeto hasta las puertas de Malek. Siento muchísimo que esta vez sea yo la primera. —La respiración se le entrecorta—. Y deberías decírselo, Gen. Díselo y encuentra tú también la felicidad.

—Quinn... —La voz se me parte—. No te vayas. No me dejes —le suplico secándome otra lágrima mientras la visión se me emborrona y se me aclara—. Eres mi mejor amiga y te quiero. Quédate conmigo, por favor. —Esto no puede terminar así, en una escalera oscura de Draithus. Me niego a aceptarlo. Soy yo la que se suponía que debía caer. Ella tenía que vivir para siempre.

—Y tú la mía, y yo también te quiero. —Pierde la sonrisa y le cae otra lágrima—. Tengo miedo. No quiero tener miedo.

Tuerzo el gesto, pero lo oculto.

—No tengas miedo. —Niego con la cabeza y me obligo a sonreír—. Mi madre te cuidará. Y Katrina. —La boca me tiembla—. Es un poco mandona, pero estará encantada de tener otra hermanita. Les hablo constantemente de ti. Sabrán quién eres. No tengas miedo.

Su siguiente respiración es frágil y acuosa.

—Sabrán quién soy.

Asiento.

—Sabrán quién eres y te querrán. Es imposible no quererte.

—Imogen —susurra, y los ojos se le cierran.

—Estoy aquí —le prometo, pero apenas soy capaz de pronunciar las palabras en alto a medida que la garganta se me constriñe.

—Hemos hecho que valga la pena.

Se queda inerte, y cuando le acerco los dedos temblorosos a la garganta, no encuentro pulso alguno. Se ha ido.

Deslizo una mano hasta un lado de su cabeza y la aprieto con fuerza. El grito que se me escapa entre el embrollo que tengo en la garganta me parte el alma en dos y resuena por la piedra hasta sacudir los cimientos de mi mundo y no solo ralentizarlo, sino detenerlo. Yo misma me detengo.

«¡Hola! Me llamo Quinn Hollis. He decidido que deberíamos ser amigas». Eso fue lo que me dijo mientras subíamos por la torre el Día del Reclutamiento.

«¿Eres consciente de que estamos a punto de cruzar el paso de la muerte?»

«Bueno, pues a lo mejor será una amistad corta, pero haremos que valga la pena».

Contemplo el otro lado de la escalera, atrapada en el recuerdo, viendo como las piedras palidecen y luego pierden el color una a una, cada pérdida mayor que la anterior. De algún modo mi corazón sigue latiendo, marcando lo que antes entendía como tiempo, y el color de las piedras de la curva que hay más abajo desaparece de una forma tan gradual que no puedo evitar preguntarme si Quinn se ha llevado el color con ella.

—¡Quinn! —grita alguien desde arriba, y se oye un ruido de pisadas—. ¿Dónde estás? Tenemos que irnos... —Suena una exclamación a mi izquierda—. ¿Imogen? Mierda.

Giro la cabeza despacio hacia la voz y veo a Garrick de cuclillas en la escalera que hay sobre nosotras, con su mirada color miel posada en mí y llenándome de tanta angustia y empatía que los ojos se me inundan de lágrimas y noto como me ruedan por las mejillas.

—Está muerta.

Decirlo en voz alta no hace que me parezca más real.

El rostro se le descompone.

—Lo siento muchísimo. —Mira hacia la escalera—. Pero tenemos que irnos. Hay media docena de venin con las manos puestas en los muros de la ciudad, drenándole la vida a la piedra. No podemos quedarnos aquí.

Me abrazo a ella con más fuerza, incapaz de concebir la idea de moverme, como si hubiera la más mínima posibilidad de que regresara si espero aquí el tiempo suficiente.

—No puedo irme sin más.

—Estoy contigo. No morirás —gruñe Glane.

Garrick aprieta la mandíbula.

—No tienes otra opción. Si no nos vamos, te drenarán también a ti.

—¡No pienso abandonarla!

—¡Ni yo a ti! —Se inclina sobre mí y me pasa una mano por el cuello—. No te abandonaré, Imogen —repite, esta vez con más suavidad—. Nos llevaremos a Quinn, pero tenemos que irnos. Ahora. Déjame que la cargue.

Percibo las ojeras bajo sus preciosos ojos y la palidez inusual de su tez. Está exhausto, y por primera vez en mi vida me da igual que me vea en mi peor momento, porque él está igual que yo. Bajo ligeramente la barbilla y asiento.

—Vamos. —Se mueve deprisa hasta colocarse detrás de nosotras y le da una patada a algo antes de rodearnos a ambas con los brazos. Yo me agarro bien a Quinn para que no se caiga cuando Garrick nos levanta del suelo, y el descansillo de abajo pierde su color—. Vámonos de aquí.

Da un solo paso, y el calor y la luz me obligan a cerrar los ojos y el estómago se me revuelve.

Al abrirlos estamos en otro lugar. La lluvia cae a través de una puerta abierta, y un olor a humo y azufre me llena los pulmones.

—¡Por todos los dioses!

La profesora Trissa deja escapar un grito ahogado cuando Garrick nos deja a Quinn y a mí en el suelo de piedra cálido de un edificio indeterminado. ¿Una tienda, quizá? El cuerpo de Quinn se desliza y Garrick me ayuda a acostarla a mi lado, protegiéndole la cabeza con la mano.

—Venin. —Garrick explica su pérdida con una sola palabra—. ¿Están tejiendo? —le pregunta a Trissa.

—Estamos empezando. —Voltea hacia mí—. Serán débiles hasta que podamos alimentarlas con más poder, pero son nuestra mejor carta.

—Sigue sin ser suficiente. —Garrick se pone en pie con la cabeza gacha—. No puedo... —Suspira y camina hacia la puerta.

Obedezco el simple instinto de seguirlo. Me incorporo hasta estar de pie y obligo a mi cuerpo a moverse. Hay una batalla. Estamos en guerra. Puede que Malek reclame más vidas. Lo sigo más allá de la pequeña habitación donde Felix trabaja junto a cajas de dagas con empuñadura de aleación, todas imbuidas, todas zumbando de poder.

Poco después salgo hacia la lluvia y contemplo el escenario. Hay casas en llamas, cadáveres de guivernos y grifos en medio de tejados en ruinas. Civiles gritando. Cruth atraviesa el cielo y derriba a un guiverno. Bodhi está a gatas al otro lado de la plaza de la ciudad, vomitando.

Si los seres oscuros están drenando las murallas de la ciudad, nosotros somos los siguientes.

—¡¿Adónde vas?! —le grito a Garrick.

—¡No puedo volver a caminar! ¡Incluso si consiguiera llegar a Aretia, no tendría las fuerzas necesarias para regresar! —me grita por encima del hombro—. Así que más me vale buscar alguna forma de echar una mano.

Desenvaino mi última daga con empuñadura de aleación y observo el cielo repleto de guivernos. Luego vuelvo a entrar, le saco la última daga a Quinn de la funda del muslo y contacto con Glane.

—Diles a todos los jinetes dentro de las murallas que vengan aquí y se desarmen. Es la única forma de sobrevivir a esto.

Fuera, el cielo sigue oscureciéndose. Como Sorrengail no mande a la mierda a la líder, todo esto no habrá servido de nada.

SESENTA Y CUATRO

VIOLET

Un obsequio de una sirvienta de Dunne a otro. Debo advertirte de que solo aquellas personas tocadas por los dioses deberían blandir su cólera. Rezaré por que ella no necesite utilizarla contra aquella que también cuenta con su favor. Su camino aún no está definido.

—Correspondencia recuperada de la suma sacerdotisa Deserveea a su alteza real el cadete Aaric Graycastle, príncipe Camlaen de Navarre

Juraría que el tornado pierde fuerza mientras Tairn lucha contra el viento en el límite este del campo, volando hacia la ladera de la montaña que hay frente a nosotros.

—*Está perdiendo fuerza* —coincide Tairn.

—*Lo ha utilizado para traernos hasta aquí.*

Theophanie lo está conteniendo como una flecha tensada, esperando nuestra llegada.

A poco más de un kilómetro a la izquierda, varios árboles acaban arrancados de raíz y se convierten en proyectiles que cruzan el campo como virotes. Puede que el tornado avance más despacio, pero está haciendo mucho más daño a su paso.

El guiverno se abalanza sobre nosotros y, durante un instante, no puedo evitar preguntarme si no le habré abierto las puertas a Malek.

Ella es una Maven, y yo, una cadete.

Ella manipula las tormentas con precisión experta, y yo necesito un conducto para mis rayos.

Ella ya derribó a Tairn una vez.

Lo más sensato que podría hacer es volar hasta las protecciones y salvarnos a los dos, o a los cuatro, si contamos con Xaden y Sgaeyl, pero no puedo condenar a esa gente a una muerte segura, aunque ello implique que muramos desecados con ella.

Los jinetes no huyen; luchan.

—*Si puede ser, ahora mismo* —apunta Tairn—. *Si es que ya has acabado de aceptar nuestras muertes.*

—*No las acepto. Estoy haciendo cálculos.*

Extraigo poder a través de mis venas calcinadas a medida que la distancia que nos separa se reduce más y más, y sujeto el conducto con la mano izquierda al levantar la derecha.

La energía me desgarra cuando la libero, y arrastro el relámpago hacia abajo y lo suelto antes de que me achicharre los dedos. El rayo cae justo cuando el guiverno de Theophanie gira sobre sí mismo a la derecha.

He fallado. Se me revuelve el estómago.

—*¡Otra vez!* —me exige Tairn, y también gira a la derecha para seguirla mientras la lluvia se convierte en hielo.

El granizo cae en piedras del tamaño de guisantes, y luego de cerezas, golpeándome con la fuerza de mil flechas romas a la vez que el viento me araña el rostro, pero levanto la mano y...

El conducto se hace añicos.

El cristal me corta la mano y dejo escapar un grito ahogado de dolor cuando empieza a sangrarme.

«¡No, no, no!» No puedo apuntar sin el conducto.

—*¡No tienes elección!* —exclama Tairn mientras desciende en espiral.

De acuerdo. Morir aquí no es una opción que esté dispuesta a aceptar, y no pienso permitir que mate a mis amigos... ni a Xaden. Me desato de la muñeca la correa que sostiene los restos punzantes del conducto, y dejo caer lo que queda del orbe y el pedazo de hielo del tamaño de un puño que lo ha destruido, y mi esperanza con él.

Tendré que matarla igual que a los guivernos: por puro volumen. Desenvaino mi última daga con empuñadura de aleación y la sostengo en la mano ensangrentada para estar preparada para cualquier cosa, y entonces levanto la derecha y vuelvo a manipular mi poder.

Fallo cuando Theophanie se mueve en la dirección opuesta y empieza a elevarse. La seguimos y continúo extrayendo poder sin parar, pero cada relámpago hace que me cueste más. Los esquiva todos y cada uno de ellos mientras volamos a lo largo de la montaña, arrimándonos al terreno. Tairn se impulsa con firmes movimientos de las alas hasta casi alcanzarla.

El calor me enciende los pulmones, me quema y luego me fríe, hasta que no soy más que fuego y rabia.

Saltan pedruscos cuando golpeo la cresta de la derecha, pero fallo por apenas unos metros y nos elevamos hacia el sol.

El sol.

Giro la cabeza a la izquierda. El tornado se ha quedado a medio camino de la ciudad y el cielo sobre nuestras cabezas está despejado hacia el este.

—*¡Está extinguiendo la tormenta para que me cueste más manipular!*

Por eso estoy quemándome más que hace un rato. Vuelvo a concentrarme en nuestra presa antes de darle la posibilidad de que se escape hacia la ciudad que intento salvar con tanta desesperación.

—*No tomes más de lo que puedas canalizar* —me advierte Tairn, y se impulsa de nuevo hacia delante. Cierra las fauces a pocos metros de la cola del guiverno.

Son demasiado rápidos, carajo.

El guiverno vira y rodea la cresta hacia la derecha, y Tairn lo sigue. Un rugido de pura agonía me inunda la cabeza con una fuerza tal que me tiemblan los huesos y me pitan los oídos.

—*¡Sgaeyl!* —aúlla Tairn, y pierde el ritmo de las alas y el corazón me da un vuelco.

Por Malek, no.

Me lanzo hacia el vínculo, pero el muro de hielo no solo se mantiene firme, sino que además me repele con una fuerza brutal. El pavor me revuelve el estómago mientras perdemos velocidad.

Oigo el chasquido un instante antes de que las sombras nos engullan. No, no son sombras, sino una red descomunal con pesos del tamaño de escritorios sujetos a los bordes.

Tairn ruge y gira hacia la izquierda, pero no sirve de nada.

—¡Tairn! —grito cuando la red nos envuelve y me aplasta el torso contra los borrenes, hasta cubrir todas las escamas que alcanzo a ver. Tairn podría soportar sin problemas el peso en el torso, pero le inmoviliza las alas, y los pesos... Por todos los dioses.

—*¡Recoge las alas o te las partirá!*

Su rugido de indignación provoca que se suelten varias rocas de la pared de la ladera de la montaña, pero las cierra y las deja inertes dentro de la red.

Y caemos.

—*¡Prepárate!* —me advierte Tairn a medida que la montaña avanza a una velocidad pasmosa.

Andarna. Xaden. Sgaeyl. Mira. Brennan. Mis amigos. Todos me pasan por la mente en un remolino de imágenes a las que no consigo aferrarme, que desaparecen demasiado rápido como para que las sienta plenamente. Lo único que puedo hacer es soltarme de los borrenes e inclinarme a la derecha para evitar el impacto inevitable sobre mi abdomen mientras la cuerda gruesa de la red se me hunde en la espalda.

—*Has sido el regalo de mi vida* —le digo a Tairn.

—*¡Esto no acaba aquí!* —grita.

Chocamos con un impacto estremecedor, los huesos se me aplastan contra la roca, el brazo izquierdo me cruje y la daga se me cae.

Un grito se me abre paso por la garganta y los labios mientras nos deslizamos por la montaña..., igual que la primera vez que nos encontramos con Theophanie. El sonido de garras arañando la roca consume toda mi existencia, y lucho por bloquear el dolor a la vez que Tairn mueve el peso del cuerpo para avanzar de cabeza entre los árboles en una caída interminable y aterradora.

Mantengo la cabeza gacha para evitar las ramas bajas cuando algo se me clava en las costillas, provocándome un dolor agudo, y con el tiempo vamos perdiendo velocidad.

Dioses, es posible que al final sobrevivamos a la caída.

—*¡Por supuesto que sobreviviremos!* —gruñe Tairn.

—*¿Estás herido?* —le pregunto cuando nos detenemos en lo que parece ser la linde del bosque.

—*Nada que no sane después de que nos liberemos y le separemos el tendón del hueso.*

El aroma a azufre llena el aire cuando Tairn escupe fuego a través de la red. Se oye el crujido de la madera y la red emite un sonido elástico. Tairn se impulsa hacia delante y la red se suelta lo suficiente para que pueda incorporarme a través de una abertura claramente diseñada para inmovilizar dragones, no a jinetes.

—*Tenemos que ayudar a Sgaeyl.*

Y para ello debo liberarlo, pero tardaría demasiado en cortar estas sogas con las dagas rúnicas que tengo. E incluso en ese caso, aún tendría que manipular mi poder para matarla sin la daga con la empuñadura de aleación, y ya estoy a punto de sobrecargarme. El brazo me duele sin compasión, y con cada respiración me arden los pulmones.

—*Sgaeyl puede defenderse solita* —dice Tairn entre dientes, pero percibo una tensión absoluta y una preocupación que irradian del vínculo mientras el fuego fluye y él se esfuerza por liberarnos—. *Y el ser oscuro está descendiendo más adelante.*

En efecto, el guiverno de Theophanie se dirige hacia el campo despacio, como si tuviera todo el tiempo del mundo, como si nos tuviera justo donde nos quiere.

Carajo, es implacable. No importa que el brazo me palpite con un dolor insoportable; tenemos que salir de aquí en este maldito momento. Ha llegado el momento de utilizar las runas que he traído para casos de emergencia y rezar por que las haya templado correctamente, ya que estamos sin duda en medio de una crisis.

—*Tenemos que salir de debajo de esta cosa.*

Me aprieto el brazo izquierdo contra el pecho y busco a tientas la mochila, pero algo se me hunde en las costillas cuando meto la mano en la bolsa. Ignoro las runas que no necesito y extraigo la que suaviza superficies antes de aplastarla contra la cuerda. «Por favor, que funcione».

Se percibe una onda de magia y las fibras se estiran y ceden. Arqueo las cejas. «Funciona».

—*¡Rasga todo lo que puedas!* —le grito a Tairn.

—*Quédate sentada para que podamos volar* —me ordena desgarrando la red con las puntas de sus pinchos, y aprovecho la oportunidad para comprobar lo que tengo en el bolsillo y que se me está clavando en el pecho. «El paquete de Aaric». Me doy cuenta de que hay un mensaje escrito con prisas en el borde del paquete; lo he pasado por alto cuando Sloane me lo ha entregado.

Para cuando pierdas la tuya. Ataca en la oscuridad, Violet.

«¿Qué demonios es esto?» La caída ha roto el lacre y el pergamino se desenrolla cuando aflojo la mano, y me cae sobre el regazo un trozo tallado de mármol gris; parece una daga ceremonial, y tiene un grabado en forma de llama a lo largo de la empuñadura que me resulta familiar. Observo la nota que la acompaña, escrita del puño y letra de la suma sacerdotisa del templo de Dunne en Aretia, pero las letras se me desdibujan cuando el dolor del brazo me empeora y Tairn se sacude para liberarnos.

> *Un obsequio de una sirvienta de Dunne a otro. Debo advertirte que solo aquellas personas tocadas por los dioses deberían blandir su cólera. Rezaré por que ella no necesite utilizarla contra aquella que también cuenta con su favor. Su camino aún no está definido.*

El corazón se me encoge. ¿Cómo sabía Aaric que perdería la daga? ¿Y cómo se le ocurre que un pedazo de roca podría sustituirla...?

—*¡Delante de nosotros!* —exclama Tairn, y desvío la atención al frente y me envaino la daga de mármol por puro instinto.

Theophanie aparece en la linde del bosque, con el pelo de la trenza revuelto, y no percibo paciencia ni diversión alguna en su rostro.

Examino con nerviosismo el poco cielo que veo. El guiverno

de Theophanie espera en el campo al otro lado de los árboles, y las únicas alas que diviso aparte de esas están enfrascadas en la batalla sobre Draithus, lejos de aquí, lo cual significa que, con un poco de suerte, está sola.

—*¿Cuánto tiempo necesitas para liberarte?* —le pregunto a Tairn, tirando de la hebilla de mi silla hasta desabrocharla y escalando por el agujero de la red. Noto una intensa punzada de dolor en el brazo izquierdo, pero finjo que pertenece a otra persona y sigo adelante. El dolor importa poco si mueres.

—*¡Un momento!* —grita Tairn—. *Ni se te ocurra...*

—*¡No pienso dejar que te mate como a un cerdo enjaulado!* —replico alimentada por el miedo y la rabia de camino a su hombro, esforzándome por mantener el brazo estabilizado hasta que Tairn se quede quieto. Debe de haber estirado las garras antes de que nos golpeara la red, porque tiene las patas delanteras extendidas alrededor de su mandíbula inferior.

Extraigo una daga rúnica y me deslizo arrastrando la daga a lo largo de su pata. La daga no atravesará las escamas, pero la red se separa a su paso.

—¿Los ha derribado una red? —se mofa Theophanie caminando hacia nosotros—. Qué fácil ha sido capturarlos a los dos.

¿A los dos? «El grito».

—*Tienen también a Sgaeyl.* —La cólera de Tairn me inunda como un ácido.

Me coloco frente a él y abro las compuertas de su poder, y me entrego al calor sofocante y a la llama en mis venas llenas de ampollas.

—*Plateada...* —gruñe Tairn como advertencia acompañando los desgarros de la soga.

—Si tengo que sobrecargarme para que no te toque, bienvenido sea —respondo en voz alta para que Theophanie sepa que no me ando con tonterías.

—¿Has tomado una decisión, entonces? —pregunta ella acercándose paso a paso.

—Efectivamente.

Giro la mano izquierda hacia el cielo y dejo que la energía crepite por mis entrañas, y luego la hago descender con la punta del dedo.

Theophanie se echa a correr hacia la derecha, a una velocidad que nunca había visto hasta ahora.

—Tendrás que ser...

Manipulo otra vez antes de que termine de hablar y acierto en el lugar exacto en el que está, y se oye el retumbar de un trueno al instante.

Pero ella ya se ha movido varios metros a mi izquierda.

—Más rápida —termina, y yo vuelvo a atacarla, pero se repite el mismo patrón.

Y otra vez, y otra, y otra.

Los pulmones me chillan cuando respiro la sustancia misma en que me he acabado convirtiendo, una mezcla de calor, poder y rabia, pero ella sigue siendo demasiado rápida como para alcanzarla, y con cada ataque fallido se acerca más y más a Tairn.

—*Estoy a punto* —me asegura él en el momento en que una cuerda se rompe a mi espalda.

Tengo que entretenerla como sea.

Contengo mi siguiente ataque cuando aparece a unos diez metros frente a nosotros.

—Dime, ¿no añoras Unnbriel?

La mirada se le enciende y da un respingo.

«Victoria». Reúno más y más poder, enrollándolo como un hilo candente.

—¿No añoras el templo? —Utilizo las palabras que la suma sacerdotisa usó conmigo.

El rostro se le descompone con una emoción que casi parece añoranza, pero lo enmascara rápido con ira.

—¿Y tú? —replica—. ¿O como solo fuiste tocada, y no consagrada, eres inmune? —Empuja hacia delante—. ¿Conoces el dolor de no tener la oportunidad de regresar, de saber que sesgaría aquello que me ha hecho intocable durante todos estos años?

Suelto una fracción de mi poder y golpeo el suelo frente a ella, y se detiene. «Tocada». Mierda, la sacerdotisa de Unnbriel dijo también eso mismo. Igual que la nota que acompañaba el regalo de Aaric.

—Como suma sacerdotisa habrías tenido en tus manos un poder inconmensurable en la isla. ¿Por qué no te conformaste con eso?

—¿Por qué servir a una deidad cuando puedes convertirte en una? —gruñe Theophanie.

Un miedo pútrido consume el vínculo, seguido de otro rugido que casi me tira al suelo.

«Sgaeyl». Alzo la vista al cielo, y el corazón me martillea contra la caja torácica cuando Tairn ruge y hunde las garras en el lecho del bosque.

—*¡Para!* —El terror me atenaza la garganta en cuanto le grito a Xaden, pero no puede oírme.

Draithus está envuelto en un manto de oscuridad, y poco después comienzan a oírse los chirridos de los guivernos, que atraviesan el campo y resuenan en la piedra.

—¿Qué...? —Theophanie se voltea hacia el ruido.

Las sombras se extienden como una onda en un lago, devorando el campo con la furia de una tormenta de ónix hasta arrollarnos a una velocidad que extermina cualquier llama de esperanza de mi pecho, y poco después me hace añicos el corazón. El dolor me llega como un golpe físico en el centro del pecho.

Ya es una persona terriblemente poderosa con Sgaeyl, pero no de esta forma.

Este es el tipo de fuerza que podría destruir mundos.

Y está a punto de llegar.

—*Te amo* —susurro por el vínculo, y el hielo se agrieta un poco, pero no lo suficiente para detener la oleada de oscuridad.

La sombra tumba a Theophanie un instante antes de engullirme a mí, rozándome las mejillas con la delicadeza de un susurro, y nos sume en una noche impenetrable.

—*¡Ataca!* —me espeta Tairn, y oigo que la red cede.

El cansancio se hace patente y se niega a que lo ignore. Estoy demasiado agotada, demasiado cerca de arder viva. ¿Qué sentido tiene si no puedo atraparla?

—*¡Aprovecha la oscuridad!* —me ordena Tairn.

El corazón me da un vuelco. ¿Utilizar lo mismo que está arrebatándome a Xaden? Jamás me habría imaginado que tomar todos los caminos posibles para curarlo conduciría a esta decisión. El fuego que me devora por dentro amenaza con consumirme hasta los huesos, y por un instante me planteo entregarme a él. No pude detener a mi madre y no puedo detener a Xaden. No puedo salvarlo.

Un momento. «Ataca en la oscuridad». Eso decía la nota de Aaric...

Como si supiera que esto ocurriría.

Suelto un grito ahogado cuando todas las piezas encajan en su sitio, en una sobrecogedora milésima de segundo. Los refuerzos. La orden de defender el templo de Dunne. Apartar a Lynx del medio antes de que las puertas del gran salón se abrieran. Lo sabía. Lleva manifestando su sello desde el principio.

—Es un puto precognisciente. —Suspiro fascinada. Y uno de verdad, no como Melgren, que solo prevé las batallas. Si Aaric posee el don de la verdadera precognición, vio esto y me entregó un arma hecha del templo fracturado, un templo en el que Theophanie no puede entrar. No creo en los oráculos, pero sí en los sellos.

Desenvaino la daga de mármol con la mano derecha y mezclo mi dolor con el dolor ardiente que me achicharra lo poco que queda de mi corazón latiente, levanto el brazo roto y suelto una descarga agonizante de energía hacia el cielo.

Y la mantengo.

El rayo continuo ilumina los alrededores y se ramifica a través de las sombras hasta revelar la espalda de Theophanie. Se pone de pie como puede y se vuelve hacia mí con los ojos fuera de las órbitas; se precipita a la izquierda y choca con un muro invisible que la hace caer hacia atrás.

Un muro que ruge.

Las escamas resplandecen y adoptan el mismo tono azul plateado de mi relámpago, y una dragoncita camina hacia Theophanie con la cabeza gacha y los colmillos al descubierto.

Y así, sin más, los latidos de mi corazón desbocado se estabilizan.

«Andarna».

Theophanie extiende la mano con una expresión maravillada en los ojos rojos. Me importa poco cuáles sean sus intenciones: no le pondrá una mano encima a Andarna. El dolor me oprime como unas tenazas al rojo vivo y el fuego me perfora los pulmones, pero mantengo el rayo y corro. Que Andarna se marchara por voluntad propia fue una cosa, pero perderla ante el contacto con un ser oscuro es inconcebible.

—Írida —susurra Theophanie con reverencia, cojeando hacia Andarna. Me abalanzo sobre ella y le hundo la daga en el corazón. El fuego respira a través de mí hasta convertirme en carbón, ceniza y sufrimiento.

Ella retrocede entre tambaleos y se echa a reír, pero se queda inmóvil al ver la sangre.

—¿Cómo? —La mirada se le enciende y cae de rodillas—. La piedra no mata a los venin.

—Tú nunca fuiste solo una venin —respondo—. Dunne es una diosa vengativa con las sumas sacerdotisas que le dan la espalda.

Abre la boca para gritar, pero se deseca en un abrir y cerrar de ojos.

Suelto el rayo y volvemos a sumirnos en la oscuridad mientras me entrego al fuego que me consume viva.

—*Violet* —musita Andarna.

Y luego no oigo nada más.

SESENTA Y CINCO

XADEN

Solo hay algo más impredecible que la provincia volátil que es Tyrrendor: su duque. Por algo la aristocracia al mando no debería vestir nunca el negro.

—Diario del general Augustine Melgren

Una cosa fue atraerme hasta aquí, llamarme, convocarme contra mi voluntad a este cañón oculto y bañado por el sol al sur de Draithus, arrastrarme lejos de las murallas de nuestras defensas y obligarme a abandonar a mis amigos y una ciudad llena de civiles. Y otra muy distinta ha sido herir y capturar a Sgaeyl.

La sangre gotea entre sus escamas y le baja por el hombro, y ver como empapa las sogas del grosor de un brazo que la retienen me parte el alma y me inunda de poder como nada más podría hacerlo. Lo acepto todo y extraigo un poco más, pero ya está exhausta después de contener a tantísimos guivernos en las murallas de Draithus.

La ira fluye dentro de mí como una corriente tras el muro de hielo y la cuerda floja sobre la que pendo de buen grado, anulando mis emociones como las cargas que son para convertirme en el arma que ella necesita. Ella fue la primera en elegirme, en elevarme por encima de los demás, la primera que vio todo lo feo que había en mí y lo aceptó, y todas y cada una de las personas de este puto cañón morirán antes de arrancarle una sola de sus escamas.

Violet liberará a Tairn. Ese es el único resultado que permito que exista.

Los dos venin que montan guardia frente a mí en la boca del cañón, con sus ridículas túnicas, no son un problema. Acabarán hechos cenizas en un suspiro, en cuanto Sgaeyl recupere el poder suficiente. Pero el que camina hacia la puta rata cobarde y traicionera de Panchek y que se ha interpuesto entre Sgaeyl y yo... Ese sí es un problema.

Y no porque sea más letal.

Ni siquiera porque se suponga que debería estar muerto.

El problema es que no puedo matarlo. Soy tan capaz de acercarle una daga a la garganta como de atacar a Violet.

El vínculo entre Violencia y yo es de esos tipos de magia que no tienen explicación alguna. El vínculo que me ata a Berwyn es de los que jamás deberían haber existido, y ahora que mi Sabio tiene a otro «hermano» que puede utilizar contra mí... Estoy jodido.

—Ten cuidado, iniciado —me dice Berwyn por encima del hombro, mostrándome la cicatriz que le recorre la mitad del rostro del día en que lo arrojé al desfiladero de Basgiath.

Miro más allá de Berwyn, Sgaeyl y los venin, a mi nuevo hermano y al dragón inconsciente que yace en el valle al otro lado del cañón, protegido por siete guivernos. ¿Cómo ha sido capaz de algo así? ¿Cómo ha podido elegir esto después de haberme visto tropezar y caer durante los últimos cinco meses? ¿Cómo ha decidido por propia voluntad recorrer la senda que yo me he esforzado tanto por abandonar? Es la última persona que habría esperado que se convirtiera, pero aquí estamos.

No puedo dejar que Sgaeyl muera. No puedo permitir que él se despeñe por el mismo camino que yo. No puedo tolerar que mis amigos mueran porque yo, por puro egoísmo, quiera tener a Violet a mi lado. Una emoción clamorosa me consume y aporrea el hielo, pero no puedo dejarla entrar. Ella tiene su propio camino.

Decida lo que decida, será un error.

Pero solo hay un camino que termina con Sgaeyl viva.

—¡Esto no fue lo que acordamos! —grita Panchek renqueando hacia su dragón atrapado en la red, que forcejea y chirría.

No me molesto en mirarlos. El muy cabronazo merece sufrir por habernos vendido. Lo que el Sabio o Berwyn hagan me es indiferente. ¿Cuánta información le habrá vendido al enemigo? Como mínimo la suficiente para habernos atraído hasta Draithus. ¿Cuántas veces les habrá revelado la ubicación de Violet?

«Tiene que morir». No hay discusión posible.

—*No pierdas el control* —me advierte Sgaeyl, sacudiéndose contra la red que la tiene retenida al suelo rocoso a unos diez metros de mí—. *Hoy no te has convertido al descubrir sus maquinaciones. ¡No te rindas ahora!*

Porque antes no la habían capturado a ella, pero ahora sí.

—*No hay otra opción* —respondo desenvainando despacio las dos dagas con empuñadura de aleación que llevo en los muslos, lo cual me granjea una mirada asesina por parte del ser oscuro que espera en la punta de la cola de Sgaeyl, con los dedos extendidos en una clara postura de amenaza.

—¿No pediste poder? —gruñe Berwyn, armado también con dos dagas con empuñadura de aleación mientras se aproxima a Panchek—. ¿No he cumplido con mi palabra?

—Guarda eso. Los dos sabemos que no me harás daño. —Panchek llega a la red que envuelve a su dragón—. Soy el único que puede darte acceso a tu hijo.

—Tengo otro. —Berwyn hunde la daga entre las escamas del dragón y la criatura se deseca. Sus escamas verdes pierden el color y se contrae sobre sí mismo hasta convertirse en una cáscara.

El terror destroza el hielo.

Berwyn acaba de matar a un dragón con una daga.

¿Cómo demonios es eso posible?

—¿Lo has visto? Porque eso es justo lo que está a punto de pasarle a la tuya. —Voltea hacia mí y camina en dirección a Sgaeyl, que se retuerce fútilmente bajo la red—. Tendrás que canalizar muy hondo para compensar la pérdida de su poder. —Alza la daga y ya no solo pendo de la cuerda floja sobre un muro de hielo.

Me convierto en el hielo mismo.

—*¡Basta!* —ruge Sgaeyl haciendo que a Berwyn le ondee la túnica—. *¡No hagas esto para salvarme!*

¿Que no lo haga? Ya está hecho.

¿Cómo demonios se han atrevido a derribar a mi dragona del cielo, a capturar y a herir al ser que me vincula a esta existencia?

Lanzo las dagas al aire, hinco una rodilla, extiendo la mano sobre el suelo del cañón y me rompo.

En mi último acto de resistencia me convierto en lo que tanto desprecio. Quizá sea algo positivo que no pueda sentir nada.

Inhalo el poder que me palpita bajo la mano como si fuera una criatura viva, y exhalo oscuridad. Las sombras recorren el cañón, densas como la brea y negras como el carbón, bloquean el sol vespertino y sumen el lugar en una oscuridad absoluta. Las sombras hunden mis dagas en el pecho de los dos venin que montan guardia. Las sombras alejan a Berwyn de Sgaeyl y los dejan inconscientes a él y a mi nuevo hermano. Las sombras traen la calma.

Mi alma se esfuma como la ceniza de una hoguera, se desconcha y se disipa a medida que el poder va consumiendo el espacio que antes había habitado. Ya no hay un muro de hielo; yo mismo soy el hielo.

Y, sin embargo, sigo alimentándome, canalizando hondo en la fuente de la magia misma y expulsándola a la vez, hallando los latidos idénticos que delatan a los guivernos y atravesando las escamas con las sombras antes de arrancarles las piedras rúnicas. Comienzo con el que se ha atrevido a hundir sus colmillos en el hombro de Sgaeyl, paso de largo del que ahora se considera mi hermano y entonces destruyo a los seis que bloquean la entrada al cañón.

«Sálvalos», suplican los últimos fragmentos de mi ser, que se aferran con uñas y dientes para no acabar también desgarrados. Mis sombras emergen del cañón, cruzan la ciudad y acaban con todos los guivernos del aire y la tierra. Estoy en todas partes al mismo tiempo; rompo la red que aprisiona a Sgaeyl, le extirpo el corazón al guiverno que ha arrinconado a Dain y Cath, paso por encima de Imogen, que contempla el cielo. Estoy en el paso, derribando a los guivernos uno a uno, oyendo con satisfacción como sus cuerpos caen al suelo delante de la gente que ella ama. Repto por el acantilado, retrocedo ante la magia que quema al tacto y me dirijo al norte.

—*Te amo.* —La voz de Violet quiebra el frío, y un sedoso hilo de calidez asoma por la abertura antes de que se cierre y lo retenga.

No. Un momento. Agarro el hilo con manos desesperadas para retenerla mientras sigo perdiendo más partes de mí mismo, extraviadas ya en el vacío. Ella es calidez y luz y aire y amor.

Mis sombras consumen el valle donde está ella, armada con una daga, defendiendo a Tairn del mismo tipo de red que ha atrapado a Sgaeyl. Tumbo a la Maven como si su rango no valiera nada, y me deslizo por encima de Violet con una delicadeza que requiere de toda mi concentración.

La quiero. Esa es la emoción a la que me agarro como a un clavo ardiendo, el fuego de puro poder que quema en los límites del sentimiento, y sé que si voy un paso más allá, será la siguiente y última pieza que desaparecerá. Enseño los dientes y arranco la mano del suelo, y resuello mientras el corazón me martillea en los oídos.

Jamás me había sentido tan poderoso y tan derrotado al mismo tiempo. Esta era la única forma. Me pongo de pie y libero las sombras, y el cañón vuelve a mostrarse ante mí.

Sgaeyl se esfuerza por levantarse; las marcas de colmillos del hombro aún le sangran. La red cae hecha pedazos y ella extiende las alas al máximo, hasta ocupar casi cada centímetro del cañón. Contempla la destrucción y los cuerpos, y entorna los ojos dorados en una reprimenda silenciosa.

—*¿Me abandonarás ahora?* —le pregunto, caminando hacia el cuerpo inconsciente de Berwyn.

Lo mataría si pudiera. Carajo, creía que lo había matado. Me pregunto cuántos iniciados sentirán lo mismo por su Sabio. Conozco a uno, al menos. Pero más allá de esa imposibilidad física, tiene algo que necesito.

Y ya no soy un iniciado.

—*¿Qué queda por abandonar?*

Sgaeyl agacha la cabeza y el cañón se llena de vapor, y recuerdo el momento en que me encontró en el bosque durante la Trilla.

—*Dímelo tú.* —Bajo el hielo y la dejo entrar.

Su siguiente respiración huele a azufre, y abre mucho los ojos.

—*No pretenderás...*

—*Has visto lo que ha pasado. Es la única manera.*

Echa un vistazo por encima del hombro.

—*¿Y crees que ella nos ayudará?*

—*Me quiere.*

—*Pero Tairn no, y todavía no te has mirado al espejo. Las venas rojas que te brotan de los ojos se parecen a sus rayos.*

—*Nos ayudará* —digo con mucha más certeza de la que siento—. *Me lo prometió.*

—*Aunque ella accediera, nadie querría...*

—*Hay alguien que me debe un favor.*

—*No te dejará acercarte a ella.* —Agita la cola—. *Y menos en un estado tan vulnerable.*

—*¿Está herida?*

El órgano palpitante que tengo detrás de las costillas me da un vuelco y trato de contactar a través del vínculo que une mi mente con la suya, pero está embotado por el estado de inconsciencia.

—*Sí* —dice Sgaeyl despacio, meciendo la cabeza con movimientos serpentinos—. *Pero sobrevivirá.* —Hace una pausa—. *Han completado las protecciones, pero no se extienden más allá de Draithus.*

Eso es bueno. O malo. Carajo, yo qué sé. ¿Quién soy, siquiera?

Soy suyo.

—*Convence a Tairn* —le suplico.

Todo depende de ello.

—*Se lo preguntaré* —dice Sgaeyl al fin, estirando las garras sobre el suelo rocoso—. *Y su decisión determinará nuestro destino.*

Puedo aceptar esas condiciones.

Alzamos el vuelo en menos de un minuto.

SESENTA Y SEIS

VIOLET

A pesar de que a los cadetes se les anima encarecidamente a no forjar vínculos románticos mientras estudian en el cuadrante, los tenientes tienen permitido casarse con quien decidan tras graduarse.

—Artículo cinco, sección siete
del Código de Jinetes de Dragón

—¡Violet! —grita Brennan bajando la escalera de la Casa Riorson y saliendo al patio iluminado por la luz de la luna.

Se oyen sonidos de celebración a través de las puertas abiertas. Me pongo en pie como puedo junto a Imogen, y una silueta se mueve entre las sombras a mi derecha.

—No permitiré que te quemen —jura Andarna.

—¿Cómo? —Giro la cabeza hacia ella—. *¿Por qué iba a quemarme mi hermano?*

Y, por Dunne, ¿qué hago sentada en la grava del patio? La mente me va... despacio. Algo no me cuadra.

Algo no va bien.

—¿Estás bien? —le pregunto a Brennan cuando nos alcanza.

—¿Que si yo estoy bien? —Los ojos se le salen de las órbitas mientras me examina en busca de heridas—. ¡Son las tres de la mañana! ¿Dónde estabas? —exclama, y un grupo de jinetes que no reconozco sale por la puerta a nuestra izquierda—. ¿Weilsen? —pregunta Brennan, y el más alto se nos acerca—. Infórmame. —Echa un vistazo por encima del hombro—. Con discreción.

Abro la boca, pero vuelvo a cerrarla.

¿Que dónde estaba?

—Hemos... —El oficial me mira de reojo.

—Tranquilo, continúa —le indica Brennan.

—Según las cifras oficiales, durante lo que estimamos que han sido las últimas horas han sido asesinados en el valle cuatro jinetes, sus dragones y tres ancianos —responde Weilsen—. Y aún hay cinco jinetes desaparecidos, ahora cuatro —añade mirándome. Aprieta la boca—. Pero tras esa exhibición de poder, todos sabemos que ha sido cosa de Riorson. Seguro que los otros tres ya están muertos.

El estómago se me revuelve e Imogen se tensa tanto que casi parece de piedra.

Un momento. ¿Estoy soñando? Aprieto el puño derecho y me hundo las uñas en la palma un poco, lo justo para sentir dolor, pero no me despierto.

—Las protecciones resisten en Draithus, según los últimos informes, pero quién sabe cuántas de las muertes por desecación que han tenido lugar durante la batalla han sido obra suya —continúa Weilsen—. Y hasta ahora la cifra asciende a seis huevos desaparecidos del terreno de cría, aunque lo están comprobando de nuevo.

¿Huevos desaparecidos? Contacto con Tairn, pero el vínculo está embotado, como si estuviera dormido.

—Necesita un ciclo de descanso para recuperarse —me explica Andarna.

—*¿Recuperarse de qué?*

Estaba bien la última vez que lo he visto, que habrá sido hace unos cinco minutos, en el bosque del límite del campo donde...

Donde he matado a Theophanie.

«Xaden».

El muro de sombras... El corazón se me encoge. ¿Qué diablos está pasando? ¿Cómo he llegado hasta aquí? ¿Por qué tengo la cabeza tan nublada? ¿Tendré una conmoción cerebral?

—Puedes retirarte —le dice Brennan al jinete—. Quiero toda esta información clasificada hasta que recibamos un informe completo.

—Que sea tu hermana no significa que no sea la forma más rápida de...

—¡Puedes retirarte! —le espeta Brennan, y el jinete retrocede.

—¿Sabes dónde está? —me pregunta mi hermano con suavidad cuando el jinete ya no puede oírnos—. Riorson, digo. Ya has oído a Weilsen. Han muerto dragones y jinetes, y han desaparecido huevos; si has visto a Riorson tengo que saberlo, Violet.

—No... —Me faltan las palabras. ¿Por qué no puedo pensar?—. No lo sé.

Me llevo las manos a la boca y rozo un pedazo de pergamino que me sobresale del bolsillo delantero. Brennan lo recoge cuando se cae.

—¿Cardulo? —Alza la vista hacia Imogen.

—No lo veo desde ayer —contesta ella en voz baja, casi inexpresiva—. ¿El teniente Tavis?

—Se encuentra entre los desaparecidos —responde Brennan con delicadeza, y entonces se vuelve hacia mí y me examina con detenimiento—. Mierda, Violet.

—¿Qué pasa?

Bajo los brazos. ¿Garrick también ha desaparecido? ¿Quién más habrá entre los cuatro jinetes que ha mencionado Weilsen?

—El dedo —dice Imogen, y clava la mirada en el suelo.

¿El dedo? El chasquido, claro.

—Creo que me he roto el brazo.

Bajo la vista y veo que tengo el brazo izquierdo entablillado y un precioso anillo de oro con una esmeralda del tamaño de mi pulgar en la mano. Por los dioses, conozco esa gema. Es igual que las de la Daga de Aretia que hay arriba, en la mesilla de noche de Xaden. ¿Será la que desapareció?

—¿Se puede saber qué está pasando? —pregunto despacio.

—¿No lo sabes? —Brennan baja la voz.

Niego con la cabeza. Brennan gira el papel que se me ha caído del bolsillo.

—Esto lleva el sello de Dunne —dice—. ¿Puedo abrirlo?

Asiento sin dejar de observar boquiabierta el anillo. No es un anillo cualquiera que alguien me haya puesto en un dedo al azar. Es una alianza. Pero ¿cómo? Esta tarde estaba en el campo luchando contra Theophanie y luego se ha desecado y yo me he sobrecargado hasta quedarme inconsciente. ¿Ahora son las tres de la mañana, estoy en Aretia y hay dragones y jinetes muertos, y jinetes y huevos desaparecidos? Xaden no sería capaz de algo así.

¿Verdad?

«La tormenta de sombras». La sangre se me hiela. ¿Hasta dónde habrá llegado? Me lanzo por el vínculo, pero no hay nada. Se ha ido.

«O está demasiado lejos para que lo sientas», me recuerdo para no perder la calma. ¿Cuándo me ha puesto este anillo en la mano?

—Es una bendición oficial de su matrimonio legal y vinculante —susurra Brennan desconcertado, y enrolla deprisa el pergamino—. Firmado por la suma sacerdotisa del templo de Dunne.

—¿Con Xaden? —Siento como la gravedad cambia y distorsiona todo lo que creía que sabía hasta convertirlo en esta realidad, sea cual sea.

Brennan asiente.

Abro mucho los ojos. ¿Estamos casados? Mil emociones tratan de abrirse paso a través de la maraña de pensamientos, pero el inmediato acceso de asombro pasa por delante de la lógica del «cómo». Es imposible que me haya olvidado de algo así. ¿Por qué él no está aquí? ¿Adónde ha ido? ¿Y por qué?

—Creo que la nota de fuera es para ti. —Brennan me devuelve el pergamino.

Giro la carta y veo dos frases con la caligrafía de Xaden.

No me busques. Ahora es tuyo.

Se ha ido.

Intento encontrar algo en mi mente nublada a través de la conmoción, pero no consigo pensar con claridad. Es como si alguien hubiera estado hurgándome en...

No.

Siento una opresión en el pecho.

—¿Cuánto tiempo he estado desaparecida?

—Doce horas —responde Brennan.

—¿Qué has hecho? —Me vuelvo hacia Imogen, y un mal presentimiento me arraiga en el pecho.

Ella levanta despacio la mirada hacia mí.

—Lo que tú me pediste.

AGRADECIMIENTOS

Gracias a mi marido, Jason, por ser mi gravedad, por llevarme a todas las citas médicas y gestionar el frenético calendario que provoca tener cuatro hijos y una mujer con Ehlers-Danlos. Gracias por haberme mantenido entera con abrazos y entregas regulares de papas y queso a lo largo de estos últimos años de caos absoluto. Gracias a mis seis hijos, que lo son todo para mí, simplemente. No dejan de sorprenderme con su delicadeza, su tenacidad y sus risas. A mi hermana, Kate, que jamás se quejó cuando acabamos encerradas en una habitación de hotel en Londres, corrigiendo en vez de hacer turismo... OTRA VEZ. Te quiero, y lo sabes. A mis padres, que siempre han estado ahí cuando los he necesitado. A mi mejor amiga, Emily, por ser la parte más sencilla de mi vida y guardiana de mis secretos.

Gracias a mi equipo en Red Tower. Gracias a mi editora, Alice Jerman, por entregarte en cuerpo y alma a este libro y estar siempre disponible para un Zoom, independientemente de mi zona horaria. Gracias a Liz Pelletier por darme la oportunidad de escribir mi género favorito. A Stacy Abrams por su sabiduría infinita. A Lizzy Mason por contestarme siempre el teléfono, entenderme y bajarme la ansiedad. A Ashley, Hannah, Heather, Curtis, Brittany M., Brittany Z., Molly, Jessica, Katie, Ering, Madison, Rae y a todas las personas de Entangled y Macmillan por responder a conversaciones infinitas de correos electrónicos y por sacar este libro al mercado. A los maravillosos lectores beta y de sensibilidad por su vista de halcón. A Julia Kniep por desvivirse siempre por mí. A Becky West por la infinidad de ánimos, McDonald's, cocacolas y llamadas de T. Swift. A Bree Archer por su fenomenal cubierta y a Elizabeth y Amy por las exquisitas ilustraciones. A Meredith Johnson por ser LA MEJOR, sin más. Gracias a mi fantástica agente, Louise Fury, por cubrirme siempre las espaldas y a Shivani Doraiswami por ser una agente audiovisual tan maravillosa. Gracias infinitas a los equipos de Outlier y Amazon Studios. ¡Es un sueño trabajar con ustedes!

Gracias a mi asesora financiera, KP, por sostener mi frágil cordura en sus manos y no dejar nunca que se le caiga. Gracias a mis novias, nuestra profana trinidad, Gina Maxwell y Cindi Madsen; sin ustedes estaría perdida. A Kyla, por hacer posible este libro. A Shelby y Cassie por ayudarme a organizarme y por ser mis fanes número uno. A Rachel y Ashley por ser las mujeres más bondadosas e inteligentes que conozco. A todas las personas que han apostado por mí a lo largo de los años para hacer sus reseñas: nunca podré agradecérselos lo suficiente. A mi grupo de lectura, The Flygirls, por ser el sitio más feliz de internet. A mis lectores: su entusiasmo me ayuda a mantener los pies en la tierra.

Y, por último, porque tú eres mi principio y mi final, gracias otra vez a mi Jason. Tú y yo contra el mundo, amor mío.

EL CONTINENTE

MAR EMERALD

PROVINCIA DE LUCERAS

RÍO IAKOBOS

EL VALLE

BASGIATH

CALLDYR

PROVINCIA DE CALLDYR

PROVINCIA DE DEACONSHIRE

PROVINCIA DE TYRRENDOR

LEWELLEN

ARETIA

RISCOS DE DRALOR

OCÉANO ARCTILE